Für Virginia Dunne Finley in Liebe

W0352238

Prolog

Es war die Hälfte der ersten Stunde, wie Ezzie Fenwick es in seiner liebenswert verschnörkelten Art immer ausdrückte, am Dienstag nach dem Schwarzen Montag. Der mittägliche gesellschaftliche Ringelpiez bei Clarence's hatte seinen Höhepunkt erreicht, als hätte nie eine Finanzweltkatastrophe stattgefunden. An der Bar warteten in geduldigen Dreierreihen die Sterblichen, die keinen Tisch bekommen hatten, bis die persönlichen Freunde von Chick Jacoby, dem Clarence's gehörte und der es mit eiserner Hand dirigierte, in aller Ruhe ihren entkoffeinierten Espresso geschlürft hatten. Schwarzer Montag. Schwarzer Montag. Schwarzer Montag. An diesem Mittag war er überall das Gesprächsthema Nummer eins.

Ezzie Fenwick war fest am Fenstertisch installiert, dem allerbesten Tisch des allerschicksten Restaurants, wie immer, außer an den raren Tagen, an denen die First Lady zum Lunch kam oder der König von Spanien und der Secret Service bei Chick Jacoby bemängelte, der Fenstertisch sei von der Straße zu gut einsehbar – in Zeiten wie diesen, da die Verrückten tiefflogen –, und darauf bestand, sie in den nicht so schicken Nebenraum zu setzen, in dem sich Ezzie Fenwick nicht mal hätte aufbahren lassen.

Am Tag zuvor war der Börsenmarkt um fünfhundertacht Punkte gefallen. In der Stadt herrschte Panik, besonders unter den Spekulanten und den Neureichen. Natürlich gab es auch Schadenfreude, versteckte selbstverständlich, weil sich die neuen Milliardäre New Yorks, die vor sechs oder sieben Jahren noch völlig unbekannt waren und die jetzt das finanzielle, wohltätige und gesellschaftliche Leben in der Stadt beherrschten, öffentlich die Wunden leckten. Herkie Saybrook, berichtete Justine Altemus, einer der Gebrüder Zobel von Zobel Brothers, sei gesehen worden, wie er an seinem Schreibtisch hemmungslos über seine gigantischen Verluste weinte, ha-ha ha, wahrscheinlich mußte er einen Antrag auf Bundesunterstützung stellen. Sims Lord berichtete, Milton Sofiar, dessen persönliches Vermögen an einem einzigen Tag um drei- bis fünfhundert Millionen geschmolzen war, habe einen Selbstmordversuch unternommen, wenn auch nicht direkt ernsthaft, und sei unter falschem Namen im Harcourt-Pavillon im Manhattan Hospital eingeliefert worden. Aber der größte Witz des Tages war: Der einzige, der an diesem Tag Gewinne in der Wall Street gemacht hatte, war Elias Renthal, der im Gefängnis saß und auf Lebenszeit Handelsverbot an der Börse hatte.

Ezzie Fenwick, der alles über alle wußte, war wie immer von bewundernden Damen – nach der letzten Mode gekleidet – belagert, die sich jeden Mittag kaputtlachten über seine geistvollen Berichte darüber, was auf den Parties, die er in der Nacht vorher besucht hatte, passiert war. Ezzie berichtete Lil Altemus, einer geborenen Van Degan, Matilda Clarke, der Witwe Sweetzer Clarkes, und der alten Cora Mandell, der beliebtesten Innenarchitektin, er habe am Abend zuvor beim Milliardär Bulbenkian diniert, und Reza Bulbenkian habe seiner neuen Frau, Yvonne, ein Ultimatum gestellt, ihre Geldausgeberei müsse einfach ein

Ende haben. Yvonne Bulbenkian, erklärte er Lil Altemus, die manchmal so tat, als erkenne sie Leute nicht, obwohl sie genau wußte, wer sie waren, sei früher Yvonne Lupescu gewesen, als sie noch die ständige Begleiterin von Constantine de Rham gewesen war.

Reza Bulbenkian, der reichste der New People, der neuen Leute, wie die alte Garde ihn jetzt, wo Elias Renthal im Gefängnis war, bezeichnete, mußte schon gegen die schlechte Publicity ankämpfen, ausgelöst von den Fotos, die Yvonne von ihrem neuen Haus an der Park Avenue hatte machen lassen und die in derselben Ausgabe des *Times Sunday Magazine* veröffentlicht wurden, die eine Titelgeschichte über die Obdachlosen New Yorks brachte. Er flehte Yvonne an, nicht mehr so extravagant zu leben, noch bevor der Vorstand seiner Firma ihn anflehte, sie anzuflehen, damit aufzuhören. Er versuchte ihr klarzumachen, daß er schlecht tausend seiner Angestellten auf Grund einer wirtschaftlichen Rezension feuern konnte, wenn Dolly De Longpre, die Gesellschaftskolumnistin, in ihrer Kolumne berichtete, Yvonne habe hundertfünfzehntausend Dollar für einen Luchsmantel ausgegeben und habe vor, mit dem Firmenjet nach Paris zu fliegen zu einer privaten Vorführung der neuen Lacroix-Kollektion, ganz zu schweigen von ihrem lauten Mitbieten bei der Versteigerung der Van-Gogh-Irise, das selbst vor dem Crash mit Befremden registriert worden war.

»Sie ist so entsetzlich gewöhnlich«, sagte Matilda Clarke.

»Ich könnte euch Geschichten von dieser Dame erzählen«, sagte Ezzie, die Hand auf dem Herzen.

»Oh, erzähl, erzähl«, flehte die alte Cora Mandell, die genau wußte, daß man Ezzie nicht lange bitten mußte.

»Laurance hat das alles vorausgesehen«, sagte Lil Altemus

und brachte das Gespräch wieder auf den Crash. Sie hatte kein Interesse an Klatsch über Leute wie die Bulbenkians. »Laurance sagt schon seit einiger Zeit, der Markt habe ein unhaltbar hohes Niveau erreicht.« Lil Altemus zitierte ihren Bruder Laurance Van Degan öfter als jeden anderen Menschen in ihrem Leben. Sie sprach mit der Lässigkeit, die sich nur die erlauben konnten, deren Vermögen von der finanziellen Panik von gestern nicht tangiert worden war. »Laurance ist vor einer Woche aus dem Markt ausgestiegen und ich und Justine natürlich auch.«

Jeder behauptete natürlich, er sei rechtzeitig aus dem Markt ausgestiegen oder er habe nur auf dem Papier Verluste gemacht, als würden sie dann nicht zählen. Rochelle Prud'homme, von Prud'homme Products, Fabrikanten schnurloser Föne, zog Chick Jacoby beiseite, um ihm mitzuteilen, sie werde den Dinner Dance für hundertvierzig Personen, den sie vor ein paar Wochen gebucht hatte, absagen. Chick Jacoby, der schon vierzehn pinkfarbene Moiré-Tischdecken und hundertvierzig pinkfarbene Moiré-Servietten bei der Näherin gleich um die Ecke bestellt hatte, sah sehr enttäuscht aus. Jamesey Crocus, der Spezialist für gute französische Möbel, kam mit der tragischen Nachricht zu Clarence's zum Lunch, die Auktion guter französischer Möbel bei Sackville sei ein Reinfall gewesen, und die meisten ormolubeladenen Stücke hätten nicht einmal das Limit erreicht. Und Maisie Verdurin, die Kunsthändlerin, sah hinter ihrem Lächeln recht mitgenommen aus. Sie hatte es zwar niemandem erzählt, aber zwei ihrer wichtigsten Kunden waren an diesem Morgen vom Kauf zweier postimpressionistischer Bilder zurückgetreten, obwohl sie fest zugesagt hatten.

Wenn Ezzie Fenwick seine dunkle Brille abnahm, was nur

äußerst selten der Fall war, sah man, daß er ein deformiertes Auge hatte, das etwa wie ein pochiertes Ei aussah und in die entgegengesetzte Richtung schaute. Die Leute glaubten ihm also, wenn er, wie so oft, mit der nasalen Stimme, die alle seine Freunde nachmachen konnten, sagte: »Mir entgeht nichts. Wenn ich auf der Fifth Avenue spazierengehe, weiß ich, was auf der Madison und der Park passiert.« Keiner war also sonderlich überrascht, als Ezzie Lil Altemus unterbrach, die gedacht hatte, ihre Insiderinformationen über den Crash würden seine gesamte Aufmerksamkeit in Anspruch nehmen: »Meine Lieben, ihr *ahnt* ja nicht, wer gerade reingekommen ist.« Keiner hatte einen so ausgeprägten Sinn für Gesellschaftsdramen wie Ezzie Fenwick, und er hätte am liebsten vor Freude ein Tänzchen gemacht, als die einsiedlerische Ruby Renthal, die sich so lange nicht hatte sehen lassen, und der soeben aus dem Gefängnis entlassene Augustus Bailey in diesem Augenblick das Restaurant betraten, und das auch noch ohne Reservierung. Ezzies Damenriege und alle anderen, die im vorderen Teil von Clarence's saßen, wo all die guten Leute – wie Ezzie sie nannte – ihre Tische hatten, drehten sich um und musterten das seltsame Duo, das gelassen neben der Tür wartete, bis Chick Jacoby auf sie zueilte, um sie zu begrüßen, wenn auch mit gerunzelter Stirn. Chick Jacoby verbrachte den Großteil seines Vormittags damit, seine Tische mit der künstlerischen Präzision eines Bühnenregisseurs zu verteilen, mit allen Hintergrundinformationen über den ständig wechselnden Status seiner Klienten, sei es nun der eheliche, der finanzielle oder der gesellschaftliche; nur Änderungen in letzter Minute wie diese brachten seine göttliche Ordnung durcheinander. Aber es war schließlich und endlich Ruby Renthal, die seine göttliche Ordnung durcheinanderbrachte, und der Geschäftsmann hinter dem Perfektionisten wußte, Dolly De Longpre würde am nächsten Morgen in ihrer Kolumne sicher erwähnen, das ungewöhnliche Paar habe bei Clarence's geluncht, wenn er sie an einen guten Tisch setzte und es dann rechtzeitig vor Dollys Deadline zum Telefon schaffte.

»Du lieber Himmel«, sagte Chick, der mit gerunzelter Stirn lächeln konnte, und schob seine runde Brille mit einem langen Zeigefinger die Nase hoch.

»Ich bin jetzt eine Lady vom Land, Chick«, sagte Ruby. Ihre Stimme war immer noch so tief und rauchig wie in jenen Tagen, als sie das Tagesgespräch von New York gewesen war.

»Sie sieht gut aus«, sagte Cora Mandell, die die berühmte Wohnung der Renthals eingerichtet hatte.

»Schönes Kostüm«, meinte Matilda Clarke.

Lil Altemus würdigte sie keines Blickes. Sie konnte weder vergeben noch vergessen, daß Elias Renthals verachtungswürdige finanzielle Manipulationen den Namen ihres Bruders, Laurance Degan, besudelt hatten und er dadurch seinen Posten als Direktor von Butterfield aufgeben mußte, was ihm das Herz gebrochen und sicherlich auch den leichten Herzinfarkt ausgelöst hatte, der seinen Mund seitlich verzogen hatte.

»Ihr werdet sehen«, sagte Ezzie mit seiner näselnden Stimme zu Lil und Matilda und Cora. »Chick wird Lord Biedermeier und Constantine de Rham rüber an seinen eigenen Tisch setzen, als wär's eine große Ehre, und Ruby und den Knastbruder dort hinzusetzen.«

»Welcher Teufel hat uns denn geritten, hierherzukommen?« fragte Ruby.

»Keine Ahnung«, sagte Gus.
»Hast du Loelia gesehen?« Ruby mußte Gus nicht erzählen, daß Loelia Manchester früher ihre beste Freundin gewesen war.
»Und Matilda und Lil und Ezzie und Cora«, erwiderte Gus. »Und Lord Biedermeier und Constantine de Rham. Hier ändert sich anscheinend nichts.«
»Es gab Zeiten, da hat mich das hier sehr fasziniert«, sagte Ruby und schaute sich um, während sie ihre Serviette in den Schoß legte. In die Augen schaute sie aber keinem.
»Dort drüben sitzt Maisie Verdurin. Ich wette, sie verkauft heute nicht viele Postimpressionisten«, sagte Ruby. Maisie Verdurin hatte wahrscheinlich nie wieder einen Kunden bekommen, der sie so reich machte wie Elias und Ruby Renthal mit dem Berg von Kunst, den sie angesammelt hatten.
»Ich hab dich bei einer von Maisie Verdurins Parties kennengelernt«, sagte Gus.
»O ja, ich erinnere mich. An dem Abend war ich total mit den Nerven runter. Total falsch angezogen. Strahlend blaue Pailletten. Ich hab's in Cleveland gekauft. Hab aus Versehen *Fotze* zu Maisie gesagt, und sie hat mich angeschaut, als würde sie denken: ›Aus welchem Loch ist denn dieses Mädchen gekrochen?‹ Dann hab ich die Artischokke mit Messer und Gabel gegessen.«
Gus brüllte vor Lachen. »Du hast dich wirklich schnell geändert.«
Ruby lächelte. Sie war die eleganteste Frau im Raum.
»War's schlimm im Gefängnis?« fragte sie.
Gus zuckte mit der Schulter. »Ich wußte, daß ich ins Gefängnis mußte, als ich getan habe, was ich getan habe.

Für mich gehörte es zu meinem Leben, wie es sein mußte. Und ich hab dort ein Buch geschrieben.«

»Ezzie Fenwick hat immer gesagt, du würdest ein Buch schreiben. Er hat gesagt, du würdest immer zuhören.«

»Da hatte Ezzie Fenwick ausnahmsweise mal recht.«

I

Maisie Verdurin, die Kunsthändlerin, gab jeden Monat eine große Dinnerparty in ihrer Wohnung auf der Park Avenue, außer im Juli und August, wenn keiner in der Stadt war. Diese Parties waren ein so wichtiger Teil des gesellschaftlichen Lebens in New York geworden, daß selbst die Leute in der U-Bahn – zumindest die Leute in der U-Bahn, die die Gesellschaftskolumne lasen – ihren Namen kannten. In ihren Interviews in ihrer Rolle als namhafte Gastgeberin sagte Maisie Verdurin immer wieder, die Gesellschaft von heute setze sich zusammen aus Leuten, die etwas erreicht hätten, – den Machern, wie sie sie nannte –, und hatte nur verächtliche Kommentare für die wenigen Erlauchten übrig, die sich auf ererbtem Reichtum und gesellschaftlicher Vollkommenheit durchs Leben tragen ließen. Langeweile war für sie die allerschlimmste Strafe, wie sie immer wieder betonte, und die Leute, die sich jeden Monat auf den achtzig vergoldeten Ballsaalstühlen versammelten, die um acht Tische plaziert waren – sechs Tische für acht, zwei Tische für sechs Personen –, die in ihrem Salon aufgestellt waren, waren eine Garantie für die Art Konversation, die niemals langweilen würde.

Alle Cézannes, Van Goghs, Picassos und Monets, die an ihren grünen Moiré-Wänden hingen, standen zum Verkauf, und ihre Dinner, die sie, wie ihre Neider behaupteten, von der Steuer absetzte, dienten dazu, Geschäfte zu machen und Persönlichkeiten der politischen und finanziellen Welt, der Medien- und Literaturszene von New York in ihren mit Rigaud parfümierten Räumen zu versammeln.

Maisie gab ihren eigenen Dinnern den Vorzug vor allen anderen, aber zu den Gelegenheiten, bei denen sie von ihren Gästen eingeladen wurde, ließ sie sich ab und zu von Augustus Bailey begleiten. Gus Bailey, der Mann vom Dienst, tat ihr den Gefallen, wenn er sonst nichts vorhatte, und die Gespräche in den Taxis von und zu den Dinnern wurden fast ausschließlich von Maisie bestritten, die sich höchst selten für Gus' Leben interessierte. Sie wußte, daß er eine kalifornische Vergangenheit hatte, sie wußte, er hatte irgendwann einmal etwas mit Film zu tun gehabt, aber weder Film noch Kalifornien interessierten sie in dem Maß wie Wall-Street-Finanziers oder Arbitrage-Händler oder Immobilienmakler, deren erster Schritt auf dem Weg zum Reichtum die Anschaffung von Kunst war. Also setzte sie auch Gus' Einverständnis voraus, wenn sie gelegentlich fragte: »Bist du denn nicht froh, aus Kalifornien weg zu sein?« Gus war tatsächlich froh, aus Kalifornien weg zu sein, aber nicht aus den Gründen, die Maisie vermutete, nämlich wegen der Eintönigkeit des Gesprächsthemas am Dinnertisch »da draußen«, sprich Film. Maisie wußte auch, daß Gus eine Frau in Kalifornien hatte, eine Frau mit Geld, die unpassenderweise Peach hieß, die auch viele Leute kannten, aber all das war für Maisie nebensächlich. Es war viel wichtiger, daß Gus Bailey einen präsentablen Smoking besaß, seinen Teil zur Konversation beitragen konnte und ihm der Butler nicht zuflüstern mußte, er müsse Fingerschale und Spitzendeckchen entfernen, damit die *Crème Brulée* serviert werden konnte.

Maisie nahm Gus zu Rochelle Prud'hommes Party bei Clarence's mit, wo diese ihre neue Kollektion drahtloser Föne vorstellen wollte. Gus hatte eigentlich nicht hingehen wollen, aber er traf dort seinen alten Freund Nestor Calder, einen in Brooklyn geborenen Romancier, dessen neuestes Buch, *Judas Was a Redhead,* auf der Bestsellerliste stand.

»Dein neues Buch hat mir gefallen, Nestor«, sagte Gus. »Das gibt einen tollen Film.«

»Sie machen keine Filme mehr nach Büchern, Gus. Sie machen aus Büchern Miniserien. Ein Studio ist interessiert daran, eine Miniserie aus dem Buch zu machen«, erwiderte Nestor. »Aber sie wollen mich nicht das Drehbuch schreiben lassen, und ich verkauf's nur, wenn ich das Drehbuch schreibe.«

»Das Lied hab ich doch schon irgendwo gehört«, sagte Gus.

Nestor lachte.

»Wie läuft's denn, Gus?« fragte Nestor Calder. Die beiden hatten einmal bei einem Film zusammengearbeitet.

»Ach, okay«, erwiderte Gus. Auf persönliche Fragen reagierte Gus Bailey immer sehr einsilbig.

»Wie geht's Peach?« fragte er.

»Ganz okay.«

»Hörst du von ihr?«

»Klar.«

»Gib ihr einen dicken Kuß von mir, ja?«

»Klar.«

»Ich fahr nächste Woche nach L. A. zu einer Besprechung mit dem Studio«, sagte Nestor.

»Du mußt dich bei Peach melden«, erwiderte Gus. Obwohl die beiden geschieden waren, betrachteten ihre gemeinsamen Freunde Gus und Peach Bailey immer noch als Paar. Gus und Peach, sagten die Leute. »Erinnerst du dich noch an den Abend in Gus' und Peachs Haus in Malibu?« Oder: »Also, ich muß sagen, für mich war der Schwarz-Weiß-Ball von Gus und Peach einfach die schönste Party.« Wenn Freunde Peach in Kalifornien begegneten, sagten sie immer: »Wie geht's Gus?« Und wenn sie Gus in New York trafen, sagten sie: »Wie geht's Peach?«, als wären sie immer noch ein Paar, was sie schon seit fast so vielen Jahren, wie sie zusammen gewesen waren, nicht mehr waren.

»Bist du mit irgend jemandem liiert, Gus?« fragte Nestor.

»Nein.«

»Ich frag nicht bloß aus Neugier, das weißt du hoffentlich.«

»Ich weiß.«

»Es ist nur, weil du nie über dich selbst redest.«

»Ich hab während des Dinners nonstop geredet.«

»Du hast während des Essens nonstop über all die Leute geredet, über die du Artikel schreibst.«

Gus' Freunde, wie Edwina und Nestor Calder, zogen ihn immer auf, weil er jeden Abend zum Essen ausging. An manchen Abenden mit Schriftstellern wie den Calders. An manchen Abenden ging er mit den Filmleuten, die er aus seiner Zeit in Hollywood kannte. An manchen Abenden ging er mit Leuten aus der Gesellschaft, die ihn anriefen, nachdem sie seine Artikel gelesen hatten, oder ihn von ihren Sekretären anrufen ließen. »Mrs. Harcourt würde Sie gerne zum Essen einladen, am Mittwoch, dem einundzwanzigsten, Abenddreß«, fragten sie dann, und ihre

Stimmen waren mindestens genauso hochtrabend wie die der Leute, für die sie telefonierten. Meistens hörte er sich an, was seine Tischnachbarn zu sagen hatten, er war ein ausgezeichneter Zuhörer, und er schenkte ihnen seine volle Aufmerksamkeit, ob sie nun geistreich oder langweilig waren. Es schien ihm egal zu sein.

»Was siehst du nur in all den Leuten, mit denen du pausenlos ißt?« fragte Nestor.

»Ich höre ihnen gern beim Reden zu«, antwortete Gus.

»Wann kommt der Kerl aus dem Gefängnis?« fragte Nestor und wechselte im Unterton das Thema.

Gus mußte nicht fragen: »Welcher Kerl?«

»In zwei Jahren«, erwiderte er leise. Ihm gefiel die Richtung überhaupt nicht, die das Gespräch nahm. Es gab eine Zeit in Gus' Leben, über die er mit den Leuten, mit denen er sich umgab, nicht sprach, selbst mit einem Freund wie Nestor Calder nicht, der ein Teil seines alten und seines neuen Lebens war.

Nestor pfiff durch die Zähne. »So bald?«

»So bald.«

»Wie hieß er noch?«

Gus zögerte, wie immer, wenn der Name ins Gespräch kam. »Lefty Flint«, erwiderte er.

»Macht dir das Sorgen?« fragte Nestor.

»Ja«, sagte Gus. »Und Peach macht es auch Sorgen.«

»Diese Edwina Calder hat vielleicht Nerven«, sagte Maisie Verdurin erbost im Taxi auf dem Weg nach Hause. »Sie hat gesagt, ihr hätte ihr Platz bei meiner letzten Party nicht gefallen, der für den Vizepräsidenten und seine Frau. Kannst du dir das vorstellen?«

Gus, der Edwina Calder mochte, gab keine Antwort, aber das erwartete Maisie auch nicht.

»Sie hat gesagt, ich setzte sie nie an einen der *guten* Tische, wie sie das nennt, aber Nestor sitze immer an einem der guten Tische. Also hab ich zu ihr gesagt: ›Edwina, Nestor ist schließlich und endlich ein erstklassiger Schriftsteller, und die Leute wollen mit ihm reden.‹«

»Aber Edwina ist so schön.«

»Um Schönheit geht's bei meinen Einladungen nicht«, erwiderte Maisie indigniert. »Bei meinen Einladungen ist die Konversation das Wichtigste. Ich halte es für die reine Zeitverschwendung, wenn ein Mann bei einem meiner Essen mit einem hübschen Mädchen flirtet, wie das Bernie Slatkin zum Beispiel macht, wo doch so fantastische Dinge an jedem Tisch gesagt werden. Das nennt man den Sinn eines Abends verpassen.«

Maisie sprach über ihre Dinnerparties wie über einen Schöpfungsakt, wie ein Dichter von seinen Gedichten oder ein Autor über seine Romane, und wehe demjenigen, der Maisie verärgerte, denn die Folge war Verbannung von ihrer Gästeliste. Nach jedem ihrer Abende machte sie eine Autopsie ihrer Gästeliste: Wer hatte seinen Beitrag zur Unterhaltung geleistet, wer nicht; wem hatte sie einen zu guten Platz gegeben, wem einen zu schlechten; und wer würde nie wieder eingeladen, gleichgültig, was passierte. Wenn man Maisie Verdurin irgendwohin begleitete, endete der Abend, wie Gus entdeckte, immer genau an dem Punkt, an dem sie vor der Markise ihres Wohnhauses sicher in die Obhut des Portiers übergeben wurde. Es gab keine Einladungen auf einen Kaffee nach oben und alles, was dazu gehörte. Es war nicht einmal nötig, sie vom Taxi an die Schwelle zu begleiten. Fest in ihren Zobel gewikkelt, rannte sie zur Haustür und rief ihm nur noch kurz eine Erinnerung an ihre nächste Einladung über die Schulter zu.

»Am vierundzwanzigsten bei mir, denk dran.«

»Okay.«

»Du hast mir nach meinem letzten Dinner keine Dankkarte geschickt«, fügte sie noch hinzu.

»Ich hab dir statt dessen Blumen geschickt«, sagte Gus. »Ich hatte das Gefühl, ich wiederhole mich bei den Karten.«

»Schick mir keine Blumen«, sagte Maisie. »Ich geh nie in mein Wohnzimmer, nur an den Abenden, an denen ich Parties gebe. Schick mir einfach ein Briefchen. Ich heb sie alle auf und kleb sie in ein Album.«

Seit Gus Bailey von Los Angeles nach New York gezogen war und angefangen hatte, Artikel über berühmte Leute zu schreiben, lud Maisie Verdurin, die ein gutes Auge für neue Leute hatte, ihn zu ihren Dinnerparties ein, und durch diese Parties lernte er andere Leute kennen, die ihn zu sich einluden, und bald gehörte er zu der In-Truppe New Yorks, die jeden Abend zum Essen ausging.

Gus' literarischer Ruf war natürlich nicht vergleichbar mit dem Nestor Calders, der Jahr für Jahr auf der Bestsellerliste stand, deshalb wurde ihm meist ein Platz in Maisies Bibliothek zugeteilt, der im allgemeinen als weniger erstrebenswert galt als einer im anschließenden Eß- und Empfangszimmer. Maisie stritt das natürlich kategorisch ab, wenn sie darauf angesprochen wurde, aber dort wurden im allgemeinen die weniger berühmten Frauen, Männer, Liebhaber und Begleiter der Berühmtheiten untergebracht. Sie saßen dann unter einem Tissot oder Bombois, während ihre Partner für diesen Abend unter einem Monet oder Manet im Eß- oder Empfangszimmer Platz nahmen.

»Ich muß mich heute abend von meiner besten Seite zeigen«, sagte Edwina Calder zu Gus und küßte ihn auf beide Wangen, als er zur Cocktailstunde Maisies Salon betrat. »Meine Gastgeberin ist sauer auf mich, hast du schon gehört? Wahrscheinlich setzt sie mich heute abend in die Küche.«

Gus lachte. »Wo ist Nestor?«

»Draußen, in Hollywood«, sagte Edwina.

»Er hat mir erzählt, er würde die Miniserie von *Judas Was a Redhead* schreiben«, sagte Gus.

»Er hat Peach besucht«, sagte Edwina.

»Peach erzählt mir nie etwas.«

»Worüber schreibst du denn gerade, Gus?«

»Ach, über irgendeinen Gigolo, der einer reichen alten Lady das ganze Geld abgenommen hat«, erwiderte Gus schulterzuckend, die Geschichte war nicht sonderlich wichtig. »Und dann werde ich eine Geschichte über einen Gesellschaftsbesucher machen, der ermordet wurde, nachdem er eine reiche, alte Lady von einer Party nach Hause gebracht hat.«

»Dein Artikel über Faye Converse hat mir gefallen«, sagte Edwina. »Als Kind war sie immer mein Lieblingsstar. Glaubst du, sie bleibt jetzt wirklich trocken?«

Rochelle Prud'homme, die ihr Vermögen mit Haartrocknern gemacht hatte und deren gesellschaftlicher Aufstieg von Matilda Clarke gesponsert wurde, kam mit winzigen Laufschritten in den Raum, die linke Hand klammerte sich unter ihren Perlen an ein Stoffpaneel ihres Couture-Kleides. Sie war knapp einen Meter fünfzig groß und in New York unter dem Spitznamen Petit Dynamo bekannt.

Sie gehörte zu den besten Bridgespielern der Stadt; dieser Leidenschaft frönte sie, wenn sie nicht damit beschäftigt war, ihr industrielles Imperium zu leiten oder zu Parties zu gehen. Sie winkte Bekannten mit hektischen, kleinen Gesten zu, ließ sich von Freunden auf die Wange küssen und lächelte vollendet in das Blitzlichtgewitter eines Reporters, der für ein neues Magazin eine Reportage über die Welt der Maisie Verdurin schrieb. »Ich dulde sonst *nie* Reporter auf meinen Parties«, sagte Maisie zu jedem Gast, »außer Dolly natürlich, aber Dolly ist ja eine Freundin.« Dolly De Longpre, der Liebling aller, verpaßte nie ein Dinner bei Maisie und füllte ganze Kolumnen mit Maisies Gästelisten, wer da war und was sie anhatten und all die geistreichen Bemerkungen, die sie an Maisies Tafeln machten, obgleich Maisie, wie sie selbst zugab, gar kein Mitglied der Gesellschaft war, zumindest nicht im Sinne alteingesessener Familie und althergebrachten Geldes.

»Biarritz war eine einzige Katastrophe«, sagte Rochelle zu Maisie. »Regen, Regen, Regen und die grauenhaftesten Leute, die du dir vorstellen kannst. Nicht ein einziges bekanntes Gesicht.«

»Ist sie nicht fantastisch? Hör sie dir bloß an. Nestor schwört, ihr richtiger Name sei Roxy Perkys und sie sei in der Erasmus High School drei Klassen über ihm gewesen«, sagte Edwina Calder zu Gus.

»Wessen richtiger Name?« fragte Gus.

»Rochelle Prud'hommes'.«

Aber Gus' Aufmerksamkeit wurde von einem Neuankömmling in Maisies Salon abgelenkt. Er hörte, wie Rochelle Prud'homme abschließend zu Maisie sagte: »Du kommst am Donnerstag, dem neunzehnten, zu mir. Ich schick dir ein *Pour Memoire*. Prinzessin Murat kommt in

die Stadt.« *Pour Memoire* war die französische Bezeichnung für Erinnerung, und Rochelle hatte sich mit derselben Leidenschaft wie für Bridge darauf gestürzt.
»Ich werd's nicht vergessen«, sagte Maisie.
Die Ankunft des hochgewachsenen, bärtigen Constantine de Rham hatte Gus' Interesse erregt. De Rham führte Maisies Hand an seine Lippen, küßte die Luft fünf Zentimeter darüber und ließ sie wieder fallen. Maisie war, wie immer auf ihren Parties, mit teurer Sorgfalt gekleidet, und Constantine de Rham machte ihr ein Kompliment über ihr perlenübersätes Oberteil. Maisie war wie immer begeistert von seinen höfischen Manieren, sie hatte mehr Umgang mit Geschäftsmagnaten als mit französischen Aristokraten. Wann immer er auf einer Party, in einem Restaurant oder im Theater erschien, war jemand da, der zu einem anderen sagte: »Da ist Constantine de Rham.« In vergangenen Zeiten, als Playboys noch die große Mode waren, hatten seine Eskapaden und Eroberungen die Klatschkolumnen der internationalen Presse gefüllt, bis vor etwa sechs Jahren ein tödlicher Autounfall außerhalb von Paris seine Tage als romantische Gestalt beendet hatte. Seine schöne junge Begleiterin, die Tochter eines französischen Herzogs, war durch die Windschutzscheibe geflogen, als er in den frühen Morgenstunden von einem Ball auf einem Landsitz nach Hause raste. Dieser Unfall stellte sogar das andere dramatische Ereignis in seinem Leben in den Schatten, den Tod seiner Frau, der unermeßlich reichen Consuleo Harcourt de Rham, Adele Harcourts Tochter, die auf der marmornen Treppe ihres Hauses am Sutton Place bei der Heimkehr von einer Party, die sie nicht besuchen wollte, zu Tode stürzte.
»Da ist Constantine de Rham«, sagte Edwina.

»Ich weiß alles über Constantine de Rham«, erwiderte Gus.

An Constantine de Rhams Seite war eine junge Frau, die viel zu aufwendig für ein Dinner bei Maisie Verdurin angezogen war; sie trug ein enganliegendes Kleid aus Goldlamé und reichlich Diamanten an den Armen, den Ohren, an Hals und Dekolleté. Ihr blondes Haar war streng zurückgekämmt und zu einem Knoten im Nacken geschlungen, was ihr eine gewisse Ähnlichkeit mit der Frau eines südamerikanischen Diktators gab.

Maisies Salon hatte sich inzwischen mit Gästen gefüllt. Tabletts mit Drinks und Horsd'œuvres wurden von Kellnern herumgereicht, und das Zimmer zu durchqueren, was Constantine de Rham offensichtlich beabsichtigte, erforderte einiges Geschick. Gefolgt von seiner jungen Begleiterin, schlängelte er sich seitwärts zwischen Maisies weißem Brokatsofa und dem Kaffeetisch davor durch, entschuldigte sich charmant bei Dolly De Lonpre und einem Quartett sitzender Gäste, wie jemand, der sich zu seinem Platz im Theater durchdrängt, nachdem der Vorhang schon hochgegangen ist.

Dolly De Longpre, ganz Glamour und Rubens, rosa Haut und Grübchen, nickte Constantine de Rham nur abwesend zu und fuhr mit ihrer Unterhaltung fort. »Tischordnung ist das A und O einer Party«, sagte sie. »Und Maisie Verdurin macht das genial. Sie arbeitet nächtelang an ihrer Sitzordnung.«

Ein Monet-Gemälde mit Seerosen war erst heute nachmittag über Maisies Kamin gehängt worden und harrte dort der Ankunft des immens reichen Kunstsammlers Elias Renthal, den keiner in New York kannte außer Constantine de Rham, der ihn zu Maisie gebracht hatte, um seine

Sammlung zu begründen. Constantine de Rham hatte sein Ziel erreicht und richtete seine schwarze Brille wie ein Lorgnon auf das Rosa in der Mitte einer Seerose, als wolle er daran riechen. »Ah, hinreißend«, sagte er bewundernd zu Maisie, die stolz nickte.

»Ist das Rosa nicht wunderbar?« fragte Maisie.

»Wie das Innere einer Meeresmuschel«, stimmte de Rham ihr zu.

»Das Rosa hat es Elias Renthals neuer Frau nämlich angetan, mußt du wissen. Wenn er sich entschließt, es zu kaufen, dann werden die Wände des Salons so gestrichen in der neuen Wohnung der Renthals, die sie gerade von Matilda Clarke gekauft haben.«

Constantines Lächeln war überlegen, um zu demonstrieren, wie haushoch er und Maisie den Elias Renthals dieser Welt überlegen waren, die Kunst als eine Art erweiterte Innenarchitektur betrachteten. »Sie haben wirklich eine beeindruckende Truppe hier versammelt, Maisie«, sagte er und schaute sich im Raum um.

»Ihre Freunde, die Renthals, sind immer noch nicht erschienen. Und ich habe nicht vor, auf sie zu warten, wenn der Butler zum Dinner ruft«, erwiderte sie, nahm ihn beim Arm und führte ihn durch die dichtgedrängten Leute, um ihn vorzustellen. Sie wußte, daß der Gastgeberin immer eine Gasse gebahnt wurde. Maisie gab stets eine kurze Beschreibung des Betätigungsfeldes der Leute, die sie vorstellte. »Sie werden an meinem Tisch sitzen, Constantine, zwischen mir und Rochelle Prud'homme. Sie kennen doch Rochelle, nicht wahr? Prud'homme Products? Kabellose Haartrockner? Heimdauerwellen? Eine der außergewöhnlichsten Frauen Amerikas. Spielt fabelhaft Bridge. Und ich rechne fest mit Ihrer Unterstützung: Wir müssen

Elias Renthal dazu kriegen, sich an der Unterhaltung zu beteiligen. Wie ich höre, ist er hoffnungslos auf Parties.«

Sie passierten eine Gruppe lachender Männer, die Maisie immer als »meine Junggesellen« bezeichnete, obwohl dieselbe Truppe Junggesellen jede Nacht auf den vergoldeten Stühlen der Speisezimmer von Lil Altemus oder Loelia Manchester oder Matilda Clarke, als sie noch Parties gab, saß oder bei irgendeiner anderen Gastgeberin in der Stadt, die Männer brauchte, um Witwen oder geschiedene Damen der Gesellschaft zu unterhalten. Da war Jamesey Crocus, der aussah wie eine Eule und mehr von französischen Möbeln des achtzehnten Jahrhunderts als jeder sonst in New York verstand, wie die Leute behaupteten. Er hatte die Angewohnheit, seine runde schwarze Brille mit dem Zeigefinger hochzuschieben, wenn er über Sammeln und Sammler sprach, sein Lieblingsthema. Und Nevel, schlicht und einfach Nevel, Leven verkehrt herum gelesen, der Kleider für die meisten Damen der Gesellschaft entwarf und immer zählte, wie viele der Ladies im Raum seine Kreationen trugen. Und Freddy Winslow, über den die Leute so schreckliche Dinge sagten und der mit vererbten Juwelen handelte. Und Graf Motulsky, dessen Mutter eine der Brown-Schwestern aus San Francisco war, die Rochelle Prud'homme Französischstunden gab und bei Sackville Porzellan verkaufte.

»Ich warte immer darauf, daß das Licht gedimmt wird, wenn Constantine de Rham einen Raum betritt«, sagte Gus.

»Er paßt eigentlich gar nicht zu Maisies Gästen«, sagte Edwina.

»Wer ist denn dieser Evita-Perón-Verschnitt, der de Rham hinterdreintappt?« fragte Gus.

»Das ist Mrs. Lupescu oder Baroneß Lupescu, wie sie sich manchmal nennt, aber der Titel ist falsch. Constantine de Rham nennt sie Yvonne«, erwiderte Edwina.

»Schlafen sie miteinander?«

»Sieht fast so aus.«

»Für eine Party von Maisie Verdurin zeigt sie ganz schön viel Titten«, sagte Gus.

»Ich weiß gar nicht, wo ich zuerst hingucken soll, auf ihre Titten oder ihre Diamanten«, erwiderte Edwina.

»Warum redet denn keiner mit ihr?«

»Ihr Ruf ist, gelinde gesagt, zweifelhaft.«

»Ah, es fängt an, interessant zu werden.«

»Ich möchte euch Constantine de Rham vorstellen«, sagte Maisie, als sie zu Gus Bailey und Edwina Calder kam.

De Rham streckte ihm die Hand entgegen, aber Gus nahm sie nicht. Er nickte dem großen Mann nur zu. De Rham ignorierte den Affront, wandte sich ab, und Maisie führte ihn zur nächsten Gruppe weiter.

Gus fragte sich, warum ausgerechnet Maisie, die so besessen Leute sammelte, die »etwas machen«, einen Mann so bevorzugt behandelte, der mit seinem Leben absolut gar nichts angefangen hatte, außer eine Erbin zu heiraten, die gestorben war, bevor sie ihr Erbe antreten konnte. Nach dem Tod ihrer Tochter schnitt Adele Harcourt ihn in der Öffentlichkeit, und danach wurde er nicht mehr zu solchen Parties eingeladen, an denen er es gewöhnt war teilzunehmen. Er lebte weiterhin in dem Haus, das er von Consuelo geerbt hatte, und Gerüchten zufolge stellte er es gelegentlich für schändliche Zwecke zur Verfügung, um über die Runden zu kommen.

Maisies tüchtige Sekretärin dirigierte mit strenger Hand die Gäste an ihre Plätze. »Senator Marx, Sie sitzen da drüben, neben Justine Altemus, in dem kurzen, blauen Corsagenkleid, unter dem kleinen Renoir. Sie wissen doch, Justine Altemus ist Laurance Van Degans Nichte.« Und: »Oh, Mr. Fenwick, Sie sitzen neben Mrs. Renthal, die keine Menschenseele hier kennt, aber ihr Gatte ist der reichste Mann in Cleveland, und Maisie rechnet mit Ihrer Hilfe, um sie einzuführen, das heißt, wenn sie je auftaucht.«

Und genau auf dieses Stichwort hin betraten Elias Renthal und seine junge Frau Ruby Maisies Wohnung, etwas verunsichert, weil sie so spät dran waren. Elias war stämmig und nicht sonderlich groß, mit breiten Händen und breiter Brust. Er wirkte sehr kräftig, und sein Auftreten erregte die Aufmerksamkeit der Leute. Sein Blick, der von den Leuten, die für ihn arbeiteten, als beängstigend beschrieben wurde, musterte offen und erwartungsvoll Maisies Salon, der für ihn offensichtlich wie Glatteis war. Gesellschafsleben war ihm noch fremd, aber er hatte erfahren, man könnte bei zwanglosen Gesprächen auf New Yorker Dinnerparties wichtige geschäftliche Informationen sammeln. Seine dritte Frau Ruby, die wesentlich jünger war als er und die er vergötterte, war hübsch, trug aber leider ein sehr unmodisches Kleid aus grellblauen Pailletten und hatte eine sehr unvorteilhafte Frisur.

Die Renthals kannten offensichtlich außer Constantine de Rham, dem Elias zunickte, und Rochelle Prud'homme niemanden, obwohl alle anwesenden Geschäftsleute, wie Emil Jorst und die Gebrüder Zobel, sehr genau wußten, wer der schwerreiche Elias Renthal aus Cleveland war. Er hatte das sieche Konglomerat Miranda Industries für sechs

Milliarden aufgekauft, und zwar mit relativ geringem Einsatz seines Kapitals, dann liquidiert und dabei in sechzehn Monaten netto drei Milliarden Profit gemacht. Die Transaktion hatte überall Schlagzeilen gemacht und wurde als lukrativste Übernahme aller Zeiten gefeiert, was den bis dato unbekannten Elias Renthal zu einer Berühmtheit der Finanzwelt machte.

»Ich hatte Sie schon fast aufgegeben«, sagte Maisie, die sich sofort zu den Neuankömmlingen durchgeschlängelt hatte. Maisie, die großen Wert auf Pünktlichkeit bei ihren Gästen legte, wäre sicherlich nicht so charmant gewesen, aber die Renthals waren potentielle Käufer für ihren Monet mit den Seerosen, für den sie sechs Millionen Dollar verlangte, über den Preis konnte man natürlich noch reden.

»Tut mir leid, daß wir so spät kommen«, sagte Elias. Die Loyalität gegenüber seiner neuen Frau gestattete es ihm nicht, Maisie zu erzählen, daß Ruby in der letzten Stunde dreimal die Frisur und das Kleid gewechselt hatte. »Ich glaube, Sie kennen meine Frau noch nicht. Ruby, das ist Maisie Verdurin.«

»Ich freu mich so, daß Sie gekommen sind«, sagte Maisie. »Das Bild ist dort drüben, und ich bin ganz wild darauf, es Ihnen zu zeigen. Constantine de Rham war *hingerissen*. Aber die Kellner wollen gerade mit Servieren anfangen.«

»Bilder können wir immer noch anschauen«, sagte Elias.

»Das *ist* das Rosa, das ich mag, Elias«, sagte Ruby mit Blick auf den Monet.

»Wie ich höre, hat Elias Ihnen die Palumbo-Perle gekauft«, sagte Maisie zu Ruby, während sie sie zu ihrem Tisch in der Bibliothek führte, nachdem sie Elias bedeutet hatte, sich an ihren eigenen Tisch im Salon zu setzen.

»Ja«, sagte Ruby und hielt ihr die Perle hin, die sie an einer Kette um den Hals trug.
»Wie wunderbar.«
»Sie ist, äh, sehr nützlich«, erwiderte Ruby, der kein passenderes Wort einfiel.
»Ich habe Sie neben Ezzie Fenwick plaziert, den besten Freund aller berühmten Damen New Yorks, aber passen Sie auf, was Sie zu ihm sagen, weil er *alles* weitererzählt. Und auf Ihrer anderen Seite sitzt Gus Bailey. Er schreibt all die Illustriertenartikel über berühmte Leute. Ich hoffe, Sie amüsieren sich.«
»Augustus Bailey?« fragte Ruby.
»Ja. Jeder nennt ihn Gus. Kennen Sie ihn?« fragte Maisie.
»Nein«, erwiderte Ruby hastig. Maisie merkte, wie nervös Ruby war und wie sehr sie sich wünschte, neben ihrem Mann zu sitzen.
»Ist das Ihre erste Party in New York, Mrs. Renthal?«
»Ja.«
»Ich bewundere Ihren Mann ja so, obwohl ich ihn erst so kurz kenne«, sagte Maisie, die alle Finanzleute bewunderte, vor allem solche, die sich Sammlungen zulegen wollten. »Er weiß genau, was für Kunst er will, und holt sie sich, obwohl ich zugeben muß, daß er mir manchmal richtig angst macht, wenn etwas nicht klappt. Er flucht ganz schön, nicht wahr?«
»Oh, Honey, er meint es überhaupt nicht so«, sagte Ruby und winkte ab. »Wenn ich nicht begriffen hätte, daß *Fotze* Schätzchen heißen soll, hätte diese Ehe kein Jahr gehalten.«
Maisie war schockiert, und ihr überraschtes Lächeln wirkte, als hätte sie laut gesagt: »Wo ist denn diese Frau aufgewachsen?« Sie brachte sie zu ihrem Tisch, sagte: »Hier ist Ihr Platz« und ging schnell zu ihrem Tisch.

»Ich habe mir Ihren Mann größer vorgestellt, Mrs. Renthal«, sagte Ezzie Fenwick.
»Mein Mann ist sehr groß, wenn er auf seiner Brieftasche steht, Mr. Fenwick«, erwiderte Ruby.
»Hmmm«, sagte Ezzie. *»Touché.«*
Gus Bailey, auf Ruby Renthals anderer Seite, lächelte sie an und stellte sich vor. Ruby musterte ihn kurz, als könne sie ihn kennen.
»Wo haben Sie das Kleid gekauft?« fragte Ezzie mit einem scheelen Blick seines guten Auges auf die knallblauen Pailletten.
»Cleveland«, erwiderte Ruby.
»Das hab ich mir fast gedacht«, sagte Ezzie.

Mrs. Lupescu, die in der Bibliothek unter einem winzigen Tissot saß, war sehr verschnupft, weil sie nicht an Maisies Tisch im Salon plaziert worden war, wo Constantine de Rham, Rochelle Prud'homme, Elias Renthal und Justine Altemus saßen. Darüber beschwerte sie sich lautstark bei ihrem Tischnachbarn Bernard, einem Nachrichtensprecher beim Fernsehen, den sie nie zuvor gesehen hatte, und sagte, Mrs. Verdurin habe sie an einen C-Tisch in einem C-Zimmer gesetzt. Danach flüchtete sie sich in vornehmes Schweigen und zündete sich während des Essens eine Zigarette nach der anderen an, sehr zum Leidwesen von Matilda Clarke, die Rauchen verabscheute und ständig mit ihrer Serviette herumwedelte, um den Rauch zu vertreiben.
Gus Bailey beobachtete Mrs. Lupescu durch die weißen Blumen der Tischdekoration, während seine Tischnachbarin Matilda Clarke – die Witwe Sweetzer Clarkes, der bei einer Fuchsjagd durch einen trunkenen Sturz vom

Pferd ums Leben gekommen war und ihr außer Schulden nichts hinterlassen hatte – ihm Geschichten von ihrer gemeinsamen Freundin Evangeline Simpson ins Ohr flüsterte und sich dabei ständig mit beiden Händen ihre Pagenkopffrisur glättete.

»Gus, Evangeline ist ständig betrunken. Sie versteckt den Jack Daniels in ihrer Lazlo-Flasche und lauter solche Geschichten. Ich hab sie zu Smithers zum Entgiften gebracht. Mir braucht weiß Gott keiner was über Smithers zu erzählen. Ich hab den armen Sweetzer oft genug dorthin gebracht, aber Evangeline wollte einfach nicht bleiben, oder sie wollten sie nicht haben, ich weiß es nicht, und es ist mir inzwischen auch egal. Wenn du gesehen hättest, wie sie sich aufgeführt hat – und das vor mir, ihrer ältesten Freundin.«

Gus hörte zu, wie immer, wenn ihm Leute Sachen auf Dinnerparties erzählten. Er hatte vor, eines Tages ein Buch über all die Leute, die jeden Tag zum Essen gingen, zu schreiben. Sie redeten übereinander, darüber, wer reich war, wer mit wem eine Affäre hatte, wer normal war, wer schwul. Es gab nur wenig, das sie nicht wußten, und sehr wenig, das nicht untereinander beredet wurde.

»Seltsam, findest du nicht, daß Maisie Constantine de Rham zum Essen eingeladen hat?« erwiderte Gus.

Matilda Clarke war an sprunghafte Themenwechsel bei Dinnerparties gewöhnt und ließ sich von Evangeline Simpsons Problemen ablenken. »Er ist eine von Maisies neuen Eroberungen und hat ihr diesen gräßlichen, gewöhnlichen Renthal vorgestellt, der meine Wohnung gekauft hat und jetzt versucht, in zehn Minuten eine Kunstsammlung zusammenzustellen. Maisie bezahlt Constantine wahrscheinlich Finderlohn, damit er diese neuen Milliardäre für sie aufspürt.«

»Hmmm«, sagte Gus und gab Matilda durch Zeichen zu verstehen, daß Mrs. Renthal auf ihrer anderen Seite saß.
»Constantine ist sehr kultiviert«, fuhr Matilda fort. »Und er ist ein sehr amüsanter Tischherr, Gus. Ich wette, du kennst den Namen von Talleyrands Koch beim Wiener Kongreß nicht, aber so etwas weiß Constantine. Oder den Namen von Sebastian Flytes Teddybär in *Brideshead Revisited*. Constantine schon.«
Auf der anderen Seite des Tisches lehnte Yvonne Lupescu gerade den Käse ab, nachdem sie vorher schon Maisies Kalbfleisch als »Rätselfleisch« abgetan hatte. »Ich hasse Brie-Fahnen«, sagte sie in die Runde. Matilda Clarke versetzte Gus unter dem Tisch einen Stoß und machte Ezzie Fenwick mit rollenden Augen auf Yvonne aufmerksam.
»Sie ist einfach nicht tragbar. Einfach nicht tragbar«, sagte Matilda und hielt sich die Hand vor den Mund, als könne Mrs. Lupescu von den Lippen ablesen. »Constantine muß verrückt sein.«
»Hmm«, sagte Gus.
»Schau doch bitte, wie unmöglich sie angezogen ist«, sagte Matilda und spielte nervös mit den Ärmeln ihres Kaschmirpullovers, den sie zum Schutz vor dem eisigen Strahl aus Maisies Airconditioner, der auf vollen Touren lief, obwohl es schon beinahe Winter war, um die Schultern geworfen hatte. »Wenn wir Parties gegeben haben, als der liebe Sweetzer noch lebte und wir noch die große Wohnung hatten, ließ ich am Morgen vor der Party immer meine Sekretärin bei den Gästen anrufen. Sie hat ihnen gesagt: ›Mrs. Clarke trägt heute abend ein langes Kleid‹, oder: ›Mrs. Clarke trägt heute abend ein kurzes Kleid‹, damit alle Frauen gleich angezogen waren. Ich will damit

sagen: Schau dir bloß diese Frau an. Sie sieht aus, als würde sie in Istanbul zu einer Opernpremiere gehen.«

»Schwer, ihre Nationalität einzuschätzen«, sagte Gus und musterte Mrs. Lupescus großen Mund und die weit auseinanderstehenden Augen.

»Ach, vielleicht peruanisch«, sagte Matilda und überlegte kurz. »Oder korsisch möglicherweise und vielleicht eine gesunde Portion Albaner dabei. Was Sweetzer immer eine Straßenmischung nannte.«

»Aber hübsch.«

»Zeigt zuviel Zahnfleisch, wenn sie lächelt. Frag doch gelegentlich Ezzie Fenwick nach Mrs. Lupescu. Frag Ezzie, was sie im Flughafen von Tanger gemacht hat, als sie nicht genug Geld hatte, ihr Übergepäck zu zahlen.« Matilda rollte die Augen. »Hübsches Porzellan, das Maisie da hat«, fuhr sie fort und drehte den Dessertteller um. »Eine so gute Fitz-Hugh-Bordüre sieht man selten. Glaubst du, es ist zu verkaufen? Wie ihre ganzen Bilder?« Ein Kellner unterbrach sie durch das Servieren des Nachtischs. »Oh, schau dir bitte diese *Crème Brulée* an! Viel zu schade zum Essen, aber ich werd's trotzdem tun. Eine Million Kalorien, was soll's.«

Auf der anderen Seite des Tisches starrte Yvonne Lupescu mindestens eine halbe Minute Maisies *Crème Brulée* an, dann probierte sie und ließ kopfschüttelnd ihren Löffel mit lautem Knall auf den Teller fallen. »Das auf die Hüfte zu kriegen lohnt sich nicht«, sagte sie zu Bernie Slatkin.

Normalerweise gab es bei Maisie Verdurins Dinnerparties keine Trinksprüche, außer wenn ein früherer Präsident oder ein Kabinettsminister zu Gast war. Es überraschte also alle, als Constantine de Rham sich erhob, nachdem der Champagner eingegossen war, und mit seiner Gabel gegen sein Champagnerglas klopfte, bis die Gäste in allen drei Zimmern verstummt waren.

»Ich möchte gerne das Glas auf unsere Gastgeberin erheben«, sagte Constantine und – unterstützt von einigen »Hört! Hört!« aus den Räumen – hielt er eine charmante Laudatio auf Maisie. Sie sei eine beachtenswerte Macht in der Welt der Kunst in New York und eine so bemerkenswerte Gastgeberin, daß ihre monatlichen Feste sicherlich eines Tages in die Annalen der Gesellschaftsgeschichte der Stadt eingehen würden. Maisie errötete ganz bezaubernd.

»Sie hat ihr Talent ihrer Arbeit gewidmet«, schloß Constantine, »aber ihr Genie in ihr Leben eingebracht.«

Keiner applaudierte mit mehr Begeisterung als Mrs. Lupescu. Die Anerkennung für Constantine de Rham lag ihr wohl sehr am Herzen, sie profitierte schließlich auch davon.

»Wunderbar, was Constantine da über Mrs. Verdurin gesagt hat, nicht wahr?« sagte Yvonne Lupescu zu ihren Tischgenossen. »Daß sie ihr Talent ihrer Arbeit widmet und ihr Genie ihrem Leben. Wunderbar.«

»Es war noch wunderbarer, als Oscar Wilde es ursprünglich über sich selbst sagte«, sagte Gus zu Matilda Clarke.

Ruby Renthal sagte während des ganzen Essens aus Angst vor dem Gesellschaftshofnarren Ezzie Fenwick kein Wort und beobachtete die Leute nur, ohne an der Unterhaltung teilzunehmen, sie wollte nicht noch einen Fehler machen. Sie hatte durch seine Bemerkung begriffen, daß ihr Kleid total fehl am Platz war und ihre Frisur auch, der scheele Blick seines gesunden Auges sprach Bände. Und das Schlimmste: ihre Tischmanieren. Sie wäre am liebsten im Boden versunken, als sie merkte, daß sie als einzige ihre

Artischocke mit Messer und Gabel aß. Sie versuchte einige Male mit Gus Bailey zu reden, bis sie merkte, daß sein Ohr von Matilda Clarke, deren Wohnung die Renthals gekauft hatten, mit Beschlag belegt und sein Blick unverwandt auf Yvonne Lupescu gerichtet war.

Als Gus den langen Gang zu den Schlafzimmern hinuntergeging, um seinen Mantel zu holen, folgte ihm Ruby Renthal. »Mr. Bailey«, sagte sie.

Gus drehte sich um. »Ich glaube, die Mäntel der Damen sind in Maisies Schlafzimmer auf dieser Seite, Mrs. Renthal«, sagte Gus.

»Mr. Bailey«, sagte sie noch mal.

»Gus bitte«, sagte Gus.

»Gus«, sagte sie und schaute kurz den Gang auf und ab, um zu sehen, ob jemand kam.

»Haben Sie nicht früher in Kalifornien gelebt?« fragte er.

»Ja«, erwiderte sie.

»Vor meiner Heirat hieß ich Ruby Nolte. Sagt Ihnen der Name etwas?«

Gus kam der Name zwar bekannt vor, aber er konnte sich nicht an ihr Gesicht erinnern. »Helfen Sie mir auf die Sprünge«, sagte er.

»Sagt Ihnen der Name Lefty Flint etwas?«

»O ja«, sagte Gus leise. Der Name Lefty Flint löste bei ihm immer eine sehr heftige Reaktion aus. Er ging in das Schlafzimmer, in dem die Mäntel auf einer Stange hingen, und drehte sich dann zu Ruby Renthal um, die ihm gefolgt war.

»Es war doch Ihre Familie, in der das passiert ist, nicht wahr?« fragte sie.

Gus nickte. Etwas hinderte ihn daran, sie einfach zu ignorieren.

»Ich hatte früher rote Haare. Ich war auch Stewardeß, zumindest zu dieser Zeit. Ich bin eine Zeitlang mit Lefty Flint ausgegangen. Dann hab ich Angst vor ihm gekriegt. Als ich versucht habe, mit ihm Schluß zu machen, hat er mich zusammengeschlagen. Er hat mir die Nase gebrochen und zwei Zähne ausgeschlagen, mir blaue Augen verpaßt und den Kiefer gebrochen. Ich hab gedacht, ich würde mich nie wieder im Spiegel anschauen können.«

»Du meine Güte«, sagte Gus und setzte sich auf die Bettkante.

»Dank Mr. Lefty Flint war ich zehn Tage im Krankenhaus«, sagte Ruby.

»Du meine Güte«, wiederholte Gus.

»Ein paar von Leftys Freunden haben mich im Krankenhaus besucht. Sie haben gesagt, wenn ich gegen Lefty aussagte, würde Marv Pink mich ans Kreuz nageln. Ich hab nicht gerade wie die Jungfrau Maria gelebt, wenn Sie wissen, was ich meine. Es hätte so ausgesehen, als hätte ich es nicht besser verdient. Wenn Sie wissen, was ich meine?«

»Ja, ich weiß, was Sie meinen«, sagte Gus. »Heutzutage gibt man vor Gericht nur allzugern den Opfern die Schuld.«

»Sie haben meine Krankenhausrechnung bezahlt, und ich bin verschwunden. Das hab ich immer bereut«, sagte sie.

»Und Flint ist mit weißer Weste davongekommen.«

»Ich weiß.«

»Warum erzählen Sie mir das alles? Ich hätte nicht gewußt, daß Mrs. Elias Renthal Ruby Nolte war, wenn Sie mir es nicht erzählt hätten«, sagte Gus.

»Ich konnte es einfach nicht fassen, daß Sie neben mir sitzen. Ich habe nämlich gelesen, was ein paar Jahre später mit Ihrer Familie passiert ist, und habe mich immer schuldig gefühlt. Wenn ich damals zur Polizei gegangen wäre, wäre das vielleicht alles nicht passiert.«

Gus nickte.

Ruby setzte sich neben Gus aufs Bett und nahm seine Hand. »Es tut mir so leid, was da mit Ihnen passiert ist«, sagte sie.

»Es tut mir leid, was mit Ihnen passiert ist«, wiederholte Gus.

»Wann kommt er aus dem Gefängnis?«

»Er hat nur drei Jahre gekriegt.«

»Drei Jahre?« sagte sie fassungslos.

»Die Geschworenen sind auf ihn reingefallen. Er trug Anzug und Krawatte und hatte immer eine Bibel dabei.«

Ruby schüttelte den Kopf.

Draußen auf dem Gang waren Stimmen zu hören, andere Gäste suchten ihre Mäntel. Ruby sprang auf, stellte sich vor den Spiegel und begann ihr Haar zu bürsten.

»Hören Sie, Gus. Mein Mann weiß nichts davon«, sagte Ruby. »Ich hab es ihm nie erzählt. Ein Typ mag kein Mädchen heiraten, das so zugerichtet worden ist wie ich. Elias hätte mich für beschädigte Ware gehalten, und Elias Renthal ist das Beste, das mir je passiert ist.«

»Ich würde nie darüber reden«, sagte Gus.

»Ruby?« rief Elias draußen auf dem Gang.

»Hier drin, Elias«, erwiderte sie.

»Was, zum Teufel, geht hier vor?« fragte Elias mit bösem Blick auf Gus, der auf dem Bett saß, und Ruby, die sich vor dem Spiegel kämmte.

»Ich wollte nur meinen Mantel holen, Elias«, sagte Ruby.

»Maisie möchte uns das Bild zeigen«, sagte Elias.

»Elias, das ist Augustus Bailey. Mein Mann, Elias Renthal. Mr. Bailey hat den Artikel über Laurance Van Degan geschrieben, der dir so gut gefallen hat.«

»Freut mich, Mr. Dailey«, sagte Elias. Er schüttelte Gus die Hand, ohne ihn anzusehen.
»Ebenfalls«, sagte Gus und nahm seinen Mantel. »Hat mich gefreut, Sie kennenzulernen, Mrs. Renthal«, fügte er hinzu. Ihre Blicke begegneten sich im Spiegel, und Gus verließ den Raum.
»Der Typ könnte dein Vater sein«, sagte Elias.
»Du auch«, erwiderte Ruby und zog sich die Lippen vor dem Spiegel nach.
»Was ich auch?«
»Du bist auch alt genug, mein Vater zu sein.«
»Was, zum Teufel, soll das? Wir gehen zu unserer ersten Party in New York, und schon bist du mit irgendeinem Kerl im Schlafzimmer.«
»Ach, reg dich ab, Elias. Ich bin mit lauter Mänteln in einem Schlafzimmer und hab mich mit Mr. Bailey unterhalten. Er ist Schriftsteller. Er schreibt über reiche Leute. Du und ich, wir müssen irgendwann solche Leute wie ihn kennenlernen, wenn wir in diese Stadt ziehen. Und hör mal, mein Kleid ist eine Katastrophe. Hier gibt's einen Typ, der Nevel heißt, der ...«
»Ein Typ, der Nevel heißt?«
»Leven, rückwärts gelesen. Er hat Maisie Verdurins Kleid entworfen und das der jungen Altemus, der Nichte von Laurance Van Degan. Ich werd morgen da hingehen, also hol dein Scheckbuch raus, großer Mann, weil er ein Vermögen für seine Fummel verlangt und ich ihn aufkaufen werde.«
»Okay, okay. Woher kennst du diesen Dailey?«
»Bailey, nicht Dailey, Elias. Wenn er von der Wall Street wäre, würdest du dich an seinen Namen erinnern.«
»Na schön, Bailey.«

»Ich habe heute abend beim Essen neben ihm gesessen, und ich habe ihn einmal in L. A. gesehen. Ich hab viele Leute gekannt, bevor ich dich kennengelernt habe, Elias, und wenn du jedesmal eifersüchtig wirst, wenn ich jemanden treffe, den du nicht kennst, dann haben wir ein paar ziemlich langweilige Jahre vor uns. Okay?«

»Okay«, sagte Elias.

»Und jetzt lächle.« Sie legte ihren Finger unter sein Kinn.

»Ich lächle.«

»Liebst du mich?«

»Ich liebe dich.« Er küßte ihre Schulter.

»Ich dich auch. Jetzt schaun wir bei diesem Monet für sechs Millionen Dollar nach, ob er das richtige Rosa hat.«

Die Gäste bei Maisie Verdurins Parties blieben nie länger; die Abende endeten immer mit dem Likörkaffee, danach schoben sich die Massen zum Aufzug. An diesem Abend waren sich alle einig, Mr. und Mrs. Renthal würden in New York nicht bestehen, gleichgültig, wieviel Geld sie aus Cleveland mitbrachten.

»Wie war denn Mrs. Renthal?« fragte Matilda Clarke im überfüllten Aufzug.

»Sie hat gesagt, ihr Kleid sei förmlich«, sagte Ezzie, »und sie hat ihre Artischocke mit Messer und Gabel gegessen.«

»Stell dir bitte vor, solche Leute in meiner Wohnung. Sweetzer wird sich im Grab umdrehen. Er ist in der Wohnung aufgewachsen«, sagte Matilda.

Gus schloß die Augen. Ruby Renthal hatte seinen Beschützerinstinkt geweckt. »Ich fand sie sehr hübsch«, sagte er, »und sehr nett.«

»Hmmm«, sagte Ezzie.

»Gus, komm doch zum Wochenende raus aufs Land«,

sagte Matilda Clarke, als der Aufzug unten war. »Rochelle kommt auch und vielleicht die Calders, falls Nestor aus Hollywood zurückkommt.«
»Danke. Aber ich kann nicht.«
»Wo fährst du denn hin?« stichelte Matilda.
»Dieses Wochenende bin ich in die andere Richtung unterwegs«, erwiderte Gus und lächelte Matilda zu.
»Du verschwindest immer an irgendwelche geheimnisvolle Orte, Gus«, sagte Matilda.

Vor dem Haus, in dem Maisie wohnte, schliefen Obdachlose auf dem Gehsteig, auf Kartons und mit Zeitungen zugedeckt. Auf der Straße stand eine Flotte Limousinen und wartete auf die Gäste. »Das müßte verboten werden«, sagte Ezzie Fenwick, als er Matilda Clarke und Violet Bastedo in Violets Limousine half und dafür sorgte, daß sich ihre Kleider nicht in der Tür verfingen.
»Kannst du mir helfen? Ich hab nichts zu essen«, sagte ein Bettler und streckte ihm die Hand entgegen, als er sich anschickte, ins Auto zu steigen.
Ezzie, dem die Nähe des jungen Mannes angst machte, holte etwas Silbergeld aus der Manteltasche, drückte es ihm in die Hand, ohne ihn anzuschauen, und sprang dann trotz seines Alters und seiner Leibesfülle sehr behende in die Limousine.
»Hast du ihm was gegeben?« fragte Matilda.
»Ich kann schlecht sagen, ich hätte kein Geld, wenn ich in eine Limousine steige, einen Mantel mit Pelzkragen und Lackpumps mit Ripsbändern trage«, erwiderte Ezzie.
Die drei schwiegen eine Weile, während der Chauffeur das Auto an den anderen vorbeimanövrierte.
»Wir fahren jetzt, Bobby Short anhören«, sagte Violet Bastedo.

2

Bernard Slatkin kannte Justine Altemus schon einige Monate vom Sehen, bevor er tatsächlich ein Wort mit ihr wechselte. Justine, die Tochter der berühmten Lil Altemus und die Nichte Laurance Van Degans, war ein regelmäßiger Gast auf den schicksten Parties in New York, auf die Bernard Slatkin in der ersten Blüte seines beruflichen Erfolgs seit letztem Jahr eingeladen wurde.

»Wir haben uns schon kennengelernt«, sagte er nach Maisie Verdurins Party im Aufzug zu ihr.

»Wo?« erwiderte Justine.

»Hier, bei Maisie.«

»Das war heute meine letzte Party bei Maisie«, sagte Justine. »Einfach zu viele Leute, und ich mag bei Tisch nicht neben Constantine de Rhams Mätresse sitzen. Consuelo de Rham war die beste Freundin meiner Mutter.«

»Es war die Party, bei der einer der Brüder Zobel den Toulouse-Lautrec gekauft hat«, sagte Bernie.

»Heute abend hat Elias Renthal einen Monet gekauft«, sagte Justine und schaute ihn an. »O ja. Jetzt erinnere ich mich. Sie haben sich mit Violet Bastedo über Korruption in der Stadtverwaltung unterhalten. Sie waren ja *so* ernst, und Violet hat so getan, als würde sie alles verstehen, was aber nicht der Fall war.«

»Kann ich Sie nach Hause bringen?« fragte er leise.

»Einer der Vorteile, eine Van Degan zu sein, wenn auch

indirekt, ist es, ein Auto mit Chauffeur zu haben. Natürlich keine Limousine. So was ist für die Mrs. Renthals dieser Welt. Nur einen ganz normalen Kombi, aber es beruhigt meine Mutter, wenn sie weiß, daß ich nicht zu nachtschlafender Zeit irgendwo auf der Straße stehe und versuche, ein Taxi zu kriegen«, erwiderte Justine. Ihr Vortrag war ziemlich arrogant gewesen, freundlich, aber doch distanziert, und sie ging wie alle großen Erbinnen davon aus, daß der junge Mann genau wußte, wer sie war.
»Ich dachte, Sie heißen Altemus«, sagte er.
»Stimmt. Aber meine Mutter war eine Van Degan.«
Bernie musterte die junge Frau, die es fertiggebracht hatte, dreimal hintereinander ihre Mutter zu erwähnen. Ihre Augenbrauen waren dunkel und anmutig geschwungen. Ihr Gesicht war unverkennbar das einer Frau aus gutem Hause, aber irgendwie nicht direkt schön. »Leben Sie bei Ihrer Mutter?« fragte er.
»Im selben Haus. Verschiedene Wohnungen. Und verschiedene Aufzüge«, erwiderte sie.
Der Aufzug blieb mit einem Ruck stehen. Sie stieß versehentlich gegen ihn und spürte seine Erektion, trotz der Mäntel.
»Wie wär's, wenn Sie mich dann mitnehmen?« fragte Bernie und schaute ihr direkt in die Augen.
»Wenn Sie nicht in irgendeinem Vorort wohnen, schon«, erwiderte sie. Dann fiel ihr ein, was sie über diesen Mann wußte. Genau dieselbe Violet Bastedo hatte es ihr erzählt. Violet, die über solche Sachen redete, sagte, er sei mehr als reichlich bestückt, was seine Genitalien betreffe. Violet hatte es vor dem Kellner bei Clarence's erzählt, der ihnen gerade ihr Hühner-Paillard servierte. Violet hatte natürlich Französisch gesprochen, aber Justine war trotzdem schockiert gewesen und hatte »Violet!« gekreischt.

»Ich wohn nicht weit. Nur Central Park West«, sagte Bernie.
»Nur nicht frech werden auf dem Rücksitz«, sagte Justine und hob drohend den Zeigefinger. Sie versuchte mit dem Scherz ihre Schüchternheit zu kaschieren. »Mein Fahrer ist gleichzeitig mein Bodyguard.«
Bernie Slatkin lachte. »Ich werde nur unsittliche Gedanken haben«, sagte er.
»Jetzt weiß ich, wer Sie sind«, sagte Justine. »Das Grübchen. Ich hab Ihr Grübchen erkannt. Sie sind in den Fernsehnachrichten.«
»Und ich hab die ganze Zeit gedacht, Sie wissen es.«
»Sehen Sie?«
Im Auto hielt er Händchen mit ihr und erzählte ihr von seiner Arbeit als Nachrichtensprecher beim lokalen New Yorker Fernsehen. Sie machte angemessene Kommentare, sagte ab und zu: »Faszinierend«, aber mit den Gedanken war sie weit weg. Justine Altemus schlief nicht mit Männern oder »bumste herum« wie ihre Freunde, wie Violet Bastedo es nannte. Sie hatte gelegentlich eine Affäre gehabt – mit Toby Walters zum Beispiel, als sie vorhatte, Toby zu heiraten, und mit Jean-Claude St. Cloud eines Sommers in Frankreich –, aber diese fleischlichen Erlebnisse waren selten und erst nach langen Überlegungen ihrerseits passiert. Es war undenkbar, mit einem Mann ins Bett zu gehen, den man erst eine Stunde kannte, aber jetzt, hier, auf dem Rücksitz des Autos ihrer Mutter, mit einem Mann, den sie gerade in einem Aufzug kennengelernt hatte, gegen dessen Erektion sie zufällig gestoßen war, schien es ihr plötzlich das Begehrenswerteste auf dieser Welt, und sie wollte es mit jeder Faser ihres Körpers, ohne Rücksicht auf die Konsequenzen, wenn er sie drum bitten würde.

Es war schon zwölf Jahre her, seit sie debütiert hatte, bei einem kleinen Dinner in Großvater Van Degans Haus in Syosset für die Familie und Freunde und dann bei einem Ball in einem rosa Zelt für sechshundert Leute. Die Gästeliste hatte ihre Mutter persönlich überprüft und alle Außenseiter, Neureichen und »Neuen Leute«, die überall in New York eingeladen wurden, gestrichen. Ihre Mutter hatte natürlich gehofft, ein Jahr voller Einladungen und Parties würde folgen, anschließend ein Jahr mit Reisen, und die hochgewachsene, hübsche Erbin würde alle in Frage kommenden jungen Männer kennenlernen und sich dann einen aussuchen. Diese Hoffnung hatte sich nicht erfüllt, und Justine war mit dreißig immer noch unverheiratet.

»Einen Drink?« fragte Bernie, als der Wagen anhielt.

»Wo?«

»Bei mir. Tolle Aussicht.«

»Tolle Aussicht über den Park auf die Wohnung meiner Mutter.«

»Auf Ihre auch.«

»Ich wohne auf der anderen Seite des Hauses.«

»Und?«

»Ich werde bei Mr. Slatkin einen Drink nehmen, Joe«, sagte Justine zum Chauffeur. Sie benahm sich trotz ihrer Dreißig wie eine Zwanzigjährige.

Beim Betreten von Bernies Wohnung war sie sehr nervös. Sie schaute sich in dem kahlen schwarz-weißen Zimmer mit den Fenstern, die vom Boden bis zur Decke reichten, um. »Ist das der berühmte Minimal-Look?« fragte sie.

»Gefällt's Ihnen?« fragte Bernie.

»Eigentlich nicht«, erwiderte Justine. »Aber das darf Sie nicht enttäuschen. Das kommt nur daher, daß ich in

Wolken von rosa Chintz aufgewachsen bin, laut Diktat der alten Cora Mandell.«

»Wer ist Cora Mandell?«

»Ich glaube, jetzt ist nicht der geeignete Augenblick für Geschichtslektionen«, sagte Justine. »Ich hatte zumindest geglaubt, Sie hätten andere Gründe für die Einladung in Ihr West-Side-Adlernest.«

»Richtig«, sagte Bernie.

»Und die Drinks waren es auch nicht, richtig?«

»Drinks waren es auch nicht.« Aber Bernie fand, jetzt war es genug der Konversation. Er zog sich sein Jackett aus, ließ es auf einen Stuhl fallen, löste seine Fliege und knöpfte sich den obersten Knopf seines Hemdes auf. Als er sie das erste Mal küßte, griff er unter ihr kurzes Abendkleid zwischen ihre Beine.

»Es geht eben nichts über Raffinesse beim Verführen«, flüsterte sie. Justines wenige vornehme Ausflüge in die körperliche Liebe hatten sie nicht auf seinen direkten Angriff vorbereitet. Kaum eine Minute später hatte er sich seiner Hose und Unterhose entledigt und sie von sich geschleudert und führte ihre Hände zu seinem behaarten Unterleib. »Das ist sehr angenehm, was du da machst«, flüsterte sie.

»Was du da machst, ist auch sehr angenehm«, sagte Bernie.

»Es befriedigt mich sehr.«

»Das sind nur die Aufwärmeübungen vor dem Spiel, Miss Altemus«, sagte Bernie und nahm nur kurz seine Zunge aus ihrem Mund, um zu antworten.

»Was ist dir lieber, Bernie oder Bernard?« fragte sie zwischen zwei Küssen.

»Was immer dich anmacht, Schätzchen«, erwiderte er, riß

den Reißverschluß ihres Kleides auf und half ihr, es abzustreifen. Dann nahm er sie kurz und heftig. Erst in der Wiederholung wurde Justine die Schönheit des Liebesaktes bewußt. Sie genoß es, seinen Körper anzuschauen, Zentimeter für Zentimeter, und ließ den ihren von ihm anschauen, jeden Zentimeter. Mit Toby Walters, der später ihre Freundin Marie Harcourt geheiratet hatte, war es jedesmal vorbei gewesen, unmittelbar nachdem es anfing. Mit Jean-Claude St. Cloud, in jenem Sommer in Frankreich, war es romantisch, aber unbefriedigend gewesen. Die beiden waren sich zu bewußt gewesen, wie ideal diese Verbindung doch wäre. Mit Bernard Slatkin war es Leidenschaft und Lust.

»Ich hab noch nie einen Mann so obszön reden hören«, sagte sie hinterher.

»Zuviel Gosse für dich?«

»Ganz im Gegenteil«, hörte sie sich zu ihrem Erstaunen sagen.

»Ich hab gewußt, daß bei uns beiden die Post abgeht«, sagte er und strich ihr über die Stirn. »Warum die gerunzelte Stirn?«

»Mir ist der Chauffeur meiner Mutter unten eingefallen«, erwiderte Justine.

Bernie lachte und schüttelte ungläubig den Kopf. »Wie alt bist du, Justine?«

Sie wurde rot. Sie war sehr empfindlich, was ihr Alter betraf, weil ihre Mutter sie ständig daran erinnerte.

»Dreißig?« fragte er, als er merkte, wie sie zögerte.

»Dreißig«, gab sie zu.

Bernie stand auf, ohne irgendwelche Anstalten zu machen, seine Blöße zu bedecken, ging zur Gegensprechanlage an der Eingangstür und drückte den Knopf. »José,

Mr. Slatkin in Zweinundzwanzig. Miss Altemus' Fahrer sitzt in einem dunkelblauen Buick-Kombi vor der Tür. Er heißt Joe. Würden Sie ihm ausrichten, Miss Altemus hätte gesagt, er könne nach Hause gehen?«

»Was werde ich morgen meiner Mutter erzählen?« fragte sie.

»Nimm das in den Mund, während du drüber nachdenkst«, erwiderte er und drückte ihren Kopf auf seinen Schwanz hinunter. Justine Altemus war nicht schockiert. Sie hatte sich unsterblich in Bernard Slatkin verliebt.

3

Einladungen zu Dinnerparties, Bällen, Filmpremieren, Presseempfängen von Verlagen zur Präsentation neuer Bücher quollen aus dem angeschlagenen, vergoldeten Rahmen der Kopie eines Spiegels aus dem achtzehnten Jahrhundert, der höchstens hundert Jahre alt war. Gus Bailey war gebadet, rasiert, aber noch nicht angezogen. Er trug einen weißen Frottéemantel, den er einmal im Ritz in Paris gestohlen hatte. Während er mit zwei Bürsten durch sein Haar fuhr, tobte draußen vor dem Fenster ein Blizzard, und einen Moment lang bereute er sein Versprechen, die Busreise nach New England zu machen.

Es klingelte an der Tür wie jeden Morgen um zehn nach sieben. Gus öffnete die Tür. Es war Innocento, der Botenjunge aus dem Coffeeshop an der Ecke, der ihm wie immer drei schwarze Kaffee mit Süßstoff in Pappbehältern brachte. Innocento reichte Gus immer seine Morgenzeitungen, die der Liftmann schon vor die Tür geworfen hatte, gab ihm den Wetterbericht und bekam immer einen Dollar Trinkgeld.

»Kalt wie eine Nonnenfotze da draußen«, berichtete Innocento.

»Kalt wie ein Hexennippel klingt so früh am Morgen besser, Innocento«, sagte Gus.

»He, das klingt gut, Mr. Bailey.«

Beide lachten.

Der Interstate-Bus mit Gus an Bord fuhr vom Port Authority Terminal in New York bis Brattleboro, Vermont, mit einigen Stops unterwegs. Gus versuchte zu lesen, was ihm nicht gelang. Er versuchte zu schlafen, aber auch das gelang ihm nicht. Wenn doch nur der Mann neben ihm aufhören würde zu rauchen, der Mann war so abweisend, daß Gus keine Lust hatte, ihn darum zu bitten, und sonst gab es keine freien Plätze. Er fragte sich erneut, warum er zugestimmt hatte, diese Reise zu machen.

Die Leute sagten gelegentlich über Gus Bailey: »Ist es nicht wunderbar, wie er die ganze schreckliche Sache überwunden hat?« Sie sagten es, weil er es selten oder nie erwähnte und anscheinend ein ausgefülltes, produktives Leben führte. Man traf ihn überall, er wurde eingeladen und immer als Bereicherung betrachtet. Aber keiner konnte wissen, daß sein letzter Gedanke vorm Einschlafen und sein erster Gedanke beim Aufwachen sich mit seinen Qualen befaßten. Und sie bemerkten auch nicht jene Augenblicke, wenn er manchmal, inmitten hektischer Fröhlichkeit, einfach abschaltete und seinen privaten Gedanken nachhing.

Er schaute aus dem Busfenster. Hier irgendwo ganz in der Nähe lebte eine Tante in einem Pflegeheim. Eine Tante, die ihn aufgezogen hatte. Tante, hatte die Familie sie genannt, französisch ausgesprochen. Es hatte als Witz angefangen. Ihre Schwester Eliza, die inzwischen an Krebs gestorben war, behauptete, sie hätte Mary den Namen Tante gegeben, aber Gus wußte, er war es gewesen. Er konnte sich genau an den Tag erinnern, an dem er im Französischunterricht den Ausdruck *la plume de ma tante* gelernt hatte. Die ganze Familie hatte den Namen übernommen. Unverheiratet, und das freiwillig, war sie bis dahin immer Tante Mary gewesen, und es gab Geschichten, sie habe einmal Nonne werden wollen, aber ihr Vater habe es ihr ausgeredet. Selbst ihr gefiel nach einiger Zeit der Name, und sie unterschrieb auch ihre Postkarten von ihren endlosen Reisen damit. Sie war jetzt über neunzig und erkannte ihn nicht mehr, wenn er sie besuchte, und er rechnete jeden Tag damit, daß man ihn anrief und sagte, sie sei gestorben.

Nach dreieinhalb Stunden Fahrt hielt der Bus in der Nähe der Grenze zwischen Connecticut und Massachusetts, und Gus stieg aus in die Kälte. Ein Auto, das man ihm als sechs Jahre altes Oldsmobile beschrieben hatte, stand in der Nähe der überdachten Bushaltestelle. Er sah, wie der Fahrer ihm zuwinkte, ging darauf zu und stieg ein.

»Mrs. Haber?« fragte er.

»Mr. Bailey«, erwiderte sie.

Eine Chinesin. Damit hatte er nicht gerechnet. Ihre Schrift in dem Brief, in dem sie ihn gebeten hatte zu kommen, hatte ihn an die Schrift von Peach erinnert, ein Hauch guter Schulen und sparsamen Reichtums. Ihre Stimme, als er ihren Brief telefonisch beantwortete, war ohne Akzent gewesen, amerikanisch, und ihr Name, Faith Haber, deutete wirklich nicht auf einen orientalischen Ursprung hin. Unterwegs konnte er sie vom eigentlichen Thema ablenken, indem er ihr entlockte, daß sie von einer chinesischen Bankerfamilie aus Honolulu abstammte, dort in eine Schule gegangen war, die Peach in dem Jahr, in dem sich ihre Eltern fast hätten scheiden lassen, besucht hatte, und dann auf einem College in New England studiert hatte, wo sie den Bruder ihrer Zimmergenossin geheiratet und sich später von ihm hatte scheiden lassen. Gus mochte wichtige Lebensdaten und hatte die Fähigkeit, sie den Leuten ohne direkte Fragen aus der Nase zu ziehen.

»Das war ja eine entsetzliche Geschichte, die Sie mir vom Tod Ihrer Tochter erzählt haben, Mrs. Haber«, sagte Gus, als der Wagen in einen Parkplatz einbog.

»Das war eine schreckliche Geschichte, die Sie mir vom Tod Ihrer Tochter geschrieben haben, Mr. Bailey«, sagte Faith Haber.

»Nennen Sie mich doch einfach Gus.«

»Und ich heiße Faith.«

»Haben Sie den Kerl erwischt?«

»Nein.« Einen Augenblick lang trafen sich ihre Blicke im dunklen Auto. Gus streckte die Hand aus und berührte Faiths Hand, die noch immer das Steuerrad umklammerte.

»Er hat sechsundzwanzigmal auf sie eingestochen«, sagte Faith Haber. »Ich hab ihr Zimmer nie wieder betreten können.«

Im gemieteten Raum eines Kirchensaals, in den Faith Haber ihn führte, lernte er andere Eltern kennen, die denselben entsetzlichen Eingriff in ihr Leben erduldet hatten wie Peach und er. Klappstühle waren im Kreis aufgestellt, und der Raum roch nach Kaffee, der in einer Maschine an der Wand brodelte. Er fragte sich, wie er sich immer fragte, was er tun könne, um ihnen zu helfen, was diese Gruppen von ihm erwarteten, wenn sie ihn baten zu kommen, seit er über Lefty Flint geschrieben hatte, den Mann, der seine Tochter Becky getötet hatte.

Faith Haber setzte sich neben ihn und erzählte von dem Mord an ihrer Tochter, und die Eltern neben ihr erzählten von dem an ihrem Sohn, und das Paar neben ihnen von dem an ihrer Tochter. Auf Gus' anderer Seite saß eine Frau, die vom Schmerz so überwältigt war, daß sie gar nicht reden konnte, es war erst kürzlich passiert, und

Faith Haber erzählte die Geschichte für die Frau, die hemmungslos schluchzte. Gus hielt ihre Hand.
»Keiner versteht es wirklich«, sagte Gus. »All unsere Freunde sind in der Zeit nach der Tragödie sehr hilfsbereit und liebevoll, aber dann ziehen sie sich wieder in ihr eigenes Leben zurück, was nur natürlich ist, und kriegen glasige Augen, wenn man wieder davon anfängt, weil sie nicht mehr darüber reden wollen, und man selbst denkt an nichts anderes. Deswegen sind diese Gruppen so hilfreich. Nur jemand, der es selbst durchgemacht hat, versteht, was man durchmacht.«
Die Leute im Raum murmelten zustimmend.
»Mich macht es am wütendsten, wenn die Leute zu mir sagen: ›Wenigstens hast du noch ein Kind‹«, sagte Faith Haber. »Was soll man solchen Leuten sagen?«
»Ich habe keine Antworten. Ich kenne keine geheimen Formeln, die Ihren Schmerz lindern können. Ich kann Ihnen nur sagen, daß alles weiterhin seinen Gang geht. Irgendwie schafft man es, weiterzuleben. Nach einiger Zeit werden Sie wieder ins Kino und auf Parties gehen, Sie werden Ihre Freunde wiedersehen und über andere Dinge als das sprechen. Sie werden sogar wieder lernen zu lachen, so seltsam es Ihnen jetzt auch scheinen mag, wenn Sie es nur zulassen. Meine Frau und ich ...«
Er hielt inne. Er sagte nie: »Meine Exfrau und ich.« »Nenn mich nicht deine Exfrau«, hatte Peach einmal zu ihm gesagt. Die Sache mit ihm und Peach war zu kompliziert, um sie zu erklären. Nur er und Peach begriffen es, und überhaupt war er nicht deswegen hergekommen. Heute hieß das Thema: Wie man einen Verlust bewältigt.
»Aber das, was mit uns passiert ist, ist immer da. Es wird ein Teil von Ihnen. Es ist ein Teil von mir, genau wie die Tatsache, daß ich Linkshänder bin.«

Er redete weiter, wußte aber, daß sie ihm nicht folgten. Sie wollten Antworten.

»Da draußen in Vacaville, Kalifornien«, sagte er schließlich, »gibt es einen Mann namens Lefty Flint. Lefty Flint hat fünf Minuten lang seine Hände um den Hals meiner Tochter gehabt und sie erwürgt. Lefty Flint hat während des ganzen Prozesses die Bibel gelesen. Er hat nur zwei Jahre Gefängnis bekommen. In zwei Jahren wird er entlassen, nachdem er seiner Meinung nach für den Mord an meiner Tochter Buße getan hat.«

Gus hörte auf zu reden, zog sich in seine Gedanken zurück. Er erinnerte sich an den Prozeß, er erinnerte sich, wie ihre Freundin Wendy im Zeugenstand gesagt hatte: »Wie sie die Tür aufgemacht hat und Lefty Flint da hat stehen sehen, hat Becky gewußt, noch bevor er sie angefaßt hat, daß ihre letzte Stunde geschlagen hatte.«

»Einspruch, Euer Ehren«, hatte Marv Pink, der Verteidiger Flints, den Richter angebrüllt. »Die Zeugin kann nicht behaupten zu wissen, was in Miss Baileys Kopf vorging.«

»Stattgegeben«, sagte der Richter.

»Was würden Sie tun, wenn Sie ihm begegnen würden?«

Erst durch das Schweigen der anderen merkte Gus, daß jemand aus der Gruppe ihm eine Frage gestellt hatte.

»Was?« fragte er.

»Was würden Sie tun, wenn Sie Lefty Flint begegnen würden, nachdem er entlassen wird?« Es war der Vater, dessen sechzehnjähriger Sohn bei Rassenunruhen mit einem Baseballschläger zu Tode geprügelt worden war.

Gus schaute den Mann an. »Der Gedanke verfolgt mich, weil ich mir fast sicher bin, daß es passieren wird, so als würde eine höhere Macht ein solches Treffen steuern.«

»Was würden Sie tun?« fragte der Mann noch einmal.

»Ich wirke vielleicht nach außen hin sehr ruhig«, erwiderte Gus, »aber in mir tobt eine grenzenlose Wut.«
»Was würden Sie tun?« Der Mann ließ nicht locker.
»Ich möchte ihn töten. Schockiert Sie das? Es schockiert mich. Aber so empfinde ich.«
Er fügte nicht hinzu: »Und das werde ich auch tun.«

4

Am Donnerstag sagte Justine Altemus ihre Teilnahme an einer Wohltätigkeitsveranstaltung der Manhattan Ballet Company ab, in deren Vorstand sie saß, um mit Bernard Slatkin in einem kleinen Restaurant in der Bleecker Street im Greenwich Village zu Abend zu essen. Am Freitag drückte sie sich vor einem Familienessen bei Onkel Laurance und Tante Janet Van Degan zu deren dreißigstem Hochzeitstag, um ins Fernsehstudio zu gehen und Bernie bei den Nachrichten zuzusehen und anschließend mit ihm in einem Restaurant auf der Columbus Avenue zu Abend zu essen, in dem Theaterleute verkehrten. Am Samstag morgen rief sie Ceil Somerset an und sagte, sie könne unter keinen Umständen übers Wochenende aufs Land kommen, weil sie eine so schreckliche Erkältung habe, und verbrachte das ganze Wochenende mit Bernie in seinem Appartement auf der Central Park West im Bett. Am Montag sagte sie ihrer Mutter, sie könne heute abend nicht zur Neuinszenierung von *Tosca* mit ihr in ihrer Loge sitzen, obwohl die Inszenierung zum Teil von der Van Degan Foundation finanziert worden war, und ging mit Bernie zu Clarence's, auf das er neugierig war, weil sich dort, wie er es ausdrückte, die Leute herumtrieben, über die er in Dolly De Longpres Kolumne las.

»Der Fisch war nicht gerade berückend«, sagte Bernie.

»Zu Clarence's geht man nicht wegen dem Essen. Die

Leute kommen hierher, um sich gegenseitig anzuschauen. Jeder kennt fast jeden. Wir nennen es den Club, obwohl es gar keiner ist. Mutter sagt natürlich, sie kommt nie wieder hierher, weil ihr Zobel gestohlen wurde, als sie auf der Toilette war, aber sie kommt wieder. Wart's nur ab.«

»Zeig mir Clarence«, sagte Bernie.

»Es gibt keinen Clarence. Das ist nur ein Name. Clarence's gehört Chick Jacoby, und wenn Chick dich nicht mag oder nicht weiß, wer du bist, kriegst du nie einen Tisch bei Clarence's«, sagte Justine.

Bernie schaute sich um. »Sieht aus, als hätten wir den besten Tisch.«

»Haben wir auch«, meinte Justine lachend.

»Woraus ich schließen darf, daß Chick Jacoby dich mag.«

»Richtig.«

»Erzähl mir von deinem Vater«, sagte Bernie. »Du redest nie über ihn.«

»Ach, Daddy«, sagte Justine. »Er ist so lieb. Trinkt ein bißchen. Trinkt ganz schön, wenn du's genau wissen willst. Er hat nach der Scheidung von meiner Mutter schlecht geheiratet, und keiner in der Familie verkehrt mehr mit ihm. Er lebt oben in Bedford mit seiner neuen Frau in einem Haus, das ihr nach einer ihrer Scheidungen zugesprochen wurde. Belinda heißt sie und sieht auch so aus. Mutter sagt, sie sei eine Schlampe, aber das hätte sie von jeder gesagt, die Daddy heiratet. Sie hat es nie überwunden, daß Daddy sie verlassen hat.«

»Sie hat ihn also geliebt?«

»Ich glaube, es hat nicht so sehr mir Liebe zu tun. Sie haben ständig gestritten, und mein Bruder und ich waren heilfroh, als sie sich scheiden ließen. Mutter dachte, sie hätte in der Ehe das Sagen, weil sie eine Van Degan ist und soviel Geld hat. Die Altemus sind, wie man so schön sagt, ein guter Stall. Fabelhafte Familie. Gibt es schon seit Urzeiten, aber kaum Geld, zumindest nicht in der Größenordnung wie die Van Degans. Schau, da drüben ist Violet Bastedo. Deine frühere Freundin.«

»Sie ist nicht meine frühere Freundin«, sagte Bernie.

»Du hast mit ihr geschlafen.«

»Das hat sie dir erzählt?«

»Und noch einiges mehr«, sagte Justine und errötete vor Scham.

»Was hat sie dir denn sonst noch von mir erzählt?« fragte Bernie amüsiert, weil es der schüchternen jungen Frau so peinlich war.

»Ach, nichts.«

»Ach komm, erzähl schon.« Bernie ließ nicht locker.

»Sie hat gesagt, du hättest einen riesigen, na, du weißt schon was.« Justine begrub ihr Gesicht in den Händen.

»Wenigstens lügt sie nicht.«

Justine lachte. »Nein, sie lügt nicht.«

»Ich hab nicht gewußt, daß feine junge Damen wie Violet Bastedo und du sich über die Größe von Männerschwänzen unterhalten.«

Justine errötete. »Sie hat es in Französisch gesagt.«

Bernie brüllte vor Lachen.

»War dir die Geschichte mit Violet ernst?«

»Um Himmels willen, nein. Das war nur eine Nummer für eine Nacht. Ich hab sie nie wieder gesehen.«

»Ich frage mich, ob Maisie Verdurin weiß, daß du der Schrecken ihrer Parties bist. Sie glaubt, bei ihren Parties geht es nur um Konversation, dabei sind sie nur eine Startrampe für Bernie Slatkins Abenteuer.«

»Aber wir machen doch gerade Konversation. Maisie wäre stolz auf uns.«

»Violet Bastedo läßt sich gerade wieder scheiden. Das ist ihr neuer Anwalt, mit dem sie da sitzt.«

»Ich möchte über Justine Altemus reden und nicht über Violet Bastedo«, sagte Bernie. Er ergriff ihre Hand. Violet Bastedo war oberflächlich und albern, Justine dagegen, das wußte Bernie, war viel ernster. Sie war zwar genauso interessiert an Parties, Reisen und dem, was die Leute machten, wie Violet, aber sie las auch sehr viel, Bücher und auch Zeitungen, und konnte sich über aktuelle Probleme unterhalten, was Violet nicht konnte. Justine schaute sich jedes Interview, das Bernie in seiner täglichen Nachrichtensendung führte, an und erinnerte sich auch an Details aus den Interviews, was Bernie begeisterte. »Ich hab Assemblyman Walsh keine Sekunde lang geglaubt, als du ihn auf Bestechung angesprochen hast.« Oder: »Die arme, kleine Missie Everett. Ich hab für sie geweint, als sie dir von ihrer Schwester erzählt hat. Ich hoffe, der Mann kriegt lebenslänglich.«

»Hast du je daran gedacht, Karriere zu machen?« fragte Bernie.

Justine schaute ihn an. Er glaubte, etwas Schuldbewußtsein in ihrem Gesicht zu sehen. »Ich mache viel Wohltätigkeitsarbeit«, erwiderte sie ruhig. »Komitees und so was, und einen Tag in der Woche arbeite ich als Schwesternhelferin im Krankenhaus. Und dann ist da natürlich noch der Adele-Harcourt-Buchklub. Dafür muß ich furchtbar viel lesen. Momentan steck ich bis zum Hals in Dostojewski.«

Zu diesem Zeitpunkt hatte Bernie noch nie etwas vom Adele-Harcourt-Buchklub gehört, wußte aber wie alle New Yorker, wer Adele Harcourt war. Es beeindruckte

ihn, daß Justine Mitglied war und, egal was passierte, den *Idioten* bis zum nächsten Montag gelesen haben mußte, wenn sie sich wieder in Adele Harcourts Wohnung trafen.
»Ich nehme an, du bist nicht so scharf darauf, dich zu beweisen, weil du dir nie Sorgen machen mußt – über Geld für Essen oder die Miete«, sagte er.
»Du willst mir doch nicht einen Schuldkomplex einreden, bloß weil ich in eine reiche Familie hineingeboren wurde, oder?« fragte sie.
»Nein«, sagte er und lächelte sie an.
Sie erwiderte sein Lächeln. »Ich hab noch einen Bruder, nach dem du mich noch nicht gefragt hast.«
»Hubie. Richtig. Der geheimnisvolle Hubie. Ich hab so meine Theorien, was Hubie betrifft.«
»Oh, der arme Hubie. Mutters Liebling. Sie ist absolut blind, was seine Fehler betrifft. Er wird dauernd von den Strichern aufgemischt, die er abschleppt. Meine Mutter würde wahrscheinlich sterben, wenn sie's wüßte. Sie glaubt, alle Mädchen sind verrückt nach Hubie, und Hubie ist verrückt nach allen Mädchen. Die meiste Zeit hat er entweder ein blaues Auge oder eine gebrochene Nase.«
»Trinkt er auch?«
»Er betrinkt sich natürlich immer noch gelegentlich, aber kein Vergleich zu seinen früheren Exzessen«, sagte Justine. »Seit Juanito in sein Leben getreten ist.«
»Wer ist Juanito?«
»Frag nicht.«
Bernie lachte. »Im Vergleich zu euch ist meine Familie richtig spießig«, sagte er.
Auf der anderen Seite von Clarence's erzählte Violet Bastedo ihrem Anwalt, der ihre zweite Scheidung betrieb, sie

wolle von Tony Bastedo nichts für sich, außer, wie sie es ausdrückte: »Raus, raus, raus« aus dieser Ehe, wolle aber einen Trust für die kleine Violet und die üblichen Sachen wie das Gehalt der Kinderschwester, die College-Gebühren, medizinische Versorgung und »was immer Ihnen sonst noch einfällt«. – »Ich trau ja meinen Augen nicht«, sagte Violet plötzlich.

»Wie bitte?«

»Dort drüben sitzt Justine Altemus, und das ausgerechnet mit Bernard Slatkin.«

»Wer ist Bernard Slatkin?«

»Der vom Fernsehen.«

»Was ist denn daran so bemerkenswert?«

»Der würde einen Regenschirm ficken«, sagte Violet.

Herkie Saybrook errötete.

»Tut mir leid, Herkie. Ich hätte es in Französisch sagen sollen.«

Wenn der Name Hubie Altemus fiel, wurden Stimmen gesenkt, aber seine Mutter, Lil Altemus, vergötterte ihn und war felsenfest davon überzeugt, die neue Kunstgalerie in Soho, die sie ihm finanziert hatte, gegen den Rat ihres Bruders, Laurance Van Degan, der ihr Geld verwaltete, sei genau das Richtige für Hubie. Die ganzen Probleme wurden nur von dem angesammelten Van-Degan-Druck verursacht, weil er einer von der Familie war und so weiter, da war sie sicher.

»Ich weiß, daß da etwas nicht stimmt, Hubie«, sagte Lil und stellte ihre Tasse zurück auf den Teetisch, den der Butler in der Bibliothek aufgetragen hatte. Sie ließ sich einen Augenblick Zeit und bewunderte den mandarinefarbenen Rand ihres Nymphenburger Teeservices. »Ich merk doch, daß etwas nicht in Ordnung ist, es ist immer dasselbe, wenn du so dastehst.«

»Mach halblang, ja?« sagte Hubie. Hubie war nicht so groß wie seine Schwester, aber er hatte die aristokratische Altemus-Stirn und die Van-Degan-Adlernase und war unverkennbar ihr Bruder. Aber Hubie war sehr unsicher, wie seine Augen und sein Gesichtsausdruck verrieten. Sein Altemus-Vater und sein Van-Degan-Urgroßvater, Onkel und Cousin hatten alle St. Swithin's und Harvard besucht, aber Hubie war unter peinlichen Umständen gebeten worden, St. Swithin's zu verlassen, und hatte einige weniger standesgemäße Schulen besucht. Er flog im ersten Jahr aus Harvard raus, weil er bei einer Spanisch-Prüfung geschummelt hatte, und wurde zu Onkel Laurance zitiert, dem Familienoberhaupt. »In *Spanisch* geschummelt? Die Sprache der Dienstmädchen«, hatte Onkel Laurance verächtlich gesagt, als wäre es weniger ehrenrührig, in Wirtschaft oder Trigonometrie zu schummeln.

»Sag mir nur eins, Hubie«, sagte Lil.

»Was?«

»Ist es Mord?«

»Du lieber Himmel, nein. Wie kannst du mich so was fragen, Mutter?«

»Drogen?«

»Nein.«

»Du hast nichts veruntreut oder gestohlen oder so etwas?«

»Natürlich nicht.«

»Ich möchte erst einmal alle ernsten Dinge ausklammern. Also, wie du siehst, ist es nicht tragisch. Du hast nicht schon wieder überzogen, Hubie? Oh, bitte nur das nicht schon wieder.«

»Ich hab nicht überzogen.«
»Mein Gott, laß mich doch nicht Rätsel raten, Hubie.«
Hubie holte tief Luft. »Unsittliches Verhalten«, sagte er.
»Was heißt das?«
»Genau das, was es besagt.«
»Erklär mir das.«
»Ich bin erwischt worden ... « Er hielt inne, konnte den Satz nicht zu Ende sprechen. Er wandte sich von seiner Mutter ab, bevor er beichtete. »Sie haben mich erwischt, wie ich es im Central Park mit einem Mann gemacht habe.«
Einen Augenblick lang war Lil versucht zu fragen: »Was gemacht?« Unschuld war ihr Markenzeichen in der Familie, aber sie wußte, was der Ausdruck bedeutete, und wußte auch, ihr Sohn würde die Frage mit Worten beantworten, die sie in ihrer Gegenwart nicht duldete. Stattdessen sagte sie leise: »Ich will es nicht hören.« Ihre *Vogue* glitt von ihrem Schoß und fiel zu Boden. Sie drehte ihr enttäuschtes Gesicht zum Kaminfeuer. Hubie war scharlachrot angelaufen und schaute hinunter zu seiner Mutter.
Ihre beiden King-Charles-Spaniels, Bosie und Oscar, wachten durch das Geräusch der Illustrierten, die auf den Boden fiel, auf, sprangen auf Lils Sessel und versuchten, sie auf sich aufmerksam zu machen. Sie würdigte sie keines Blickes, streckte die Hand zu einem damastbedeckten Tischchen aus, nahm zwei Plätzchen von einem Teller und warf sie in die Luft, damit die beiden Hunde sie fangen konnten. Hubie beobachtete das kurz, dann drehte er sich um und wollte schnell zur Tür gehen. »Ist das nicht auch in St. Swithin's passiert?« fragte sie.
»Ja.«

»Und in Newport in jenem Sommer mit dem Rettungsschwimmer?«

»Ja.«

»Als Onkel Laurance dich nach Simsbury gebracht hat, hast du mir versprochen, es würde nicht mehr passieren.«

»Ist es aber. In Simsbury und im College auch.« Hubie öffnete die Tür.

»Geh nicht, Hubie«, sagte Lil. »Komm, wir werden einen Ausweg suchen. Komm hierher. Setz dich. Onkel Laurance weiß, wie das ohne Publicity geregelt werden kann, ohne Strafe, ohne alles. Du wirst zu Onkel Laurance gehen müssen, Hubie.«

»Das kann ich nicht.«

»Es wird für dich genauso wichtig sein wie für Onkel Laurance, Hubie, daß diese Sache so schnell wie möglich aus der Welt geschafft wird.«

»Ich kann nicht zu ihm gehen, Mutter. Ich kann es nicht. Er haßt mich. Er gibt mir das Gefühl, ein Nichts zu sein. Er vergleicht mich immer mit dem jungen Laurance. Ich kann nicht zu ihm gehen. Ich würde lieber ins Gefängnis gehen«, sagte Hubie, sein ganzer Körper krümmte sich vor Angst. Lil hatte schon Angst, er würde anfangen zu weinen.

»Wein nicht, Hubie. Bitte weine nicht.«

»Ich weine nicht, Mutter.«

»Ich werde zu ihm gehen.«

»Tut mir leid.«

»Wenn du bloß wüßtest, wie ich es hasse, deinen Onkel Laurance zu besuchen.«

»Es tut mir wirklich leid. Ich weiß nicht, was ich sonst sagen soll.«

»Weißt du was? Wenn das alles vorbei ist, machen wir

beide einen kleinen Urlaub. Wir könnten nach Venedig fahren, im Gritti wohnen, im Cipriani schwimmen und bei Harry's essen. Es wird wunderbar sein, und Allessandro wird dort sein, in seinem himmlischen alten Palast, und du hast noch nie solche Decken gesehen wie die Tiepolo-Decken in Allessandros Palast. Zum Sterben. Es wird wunderbar werden. Und bis wir zurückkommen, ist das alles vorbei. Wir können uns auf Onkel Laurance verlassen. Er wird alles ins Lot bringen.«

Für Justine war Heirat die logische Konsequenz von Liebe.

»Hast du denn noch nie etwas von einer Affäre gehört?« fragte Bernie, für den eine Ehe keinerlei Reiz hatte.

»Haben wir das nicht?« fragte Justine.

»Ich hab nie zu denen gehört, die glauben, eine Romanze müßte mit der Ehe enden«, sagte Bernie.

»Aber das ist doch nicht einfach eine Romanze, Liebling. Merkst du das nicht. Spürst du das nicht? Was wir haben, ist unglaublich.«

Justine pflegte sich und ihren Körper sehr gründlich, roch immer nach teuren Deodorants, Badeölen, Puder und Parfum. Nachdem sie ein paarmal miteinander geschlafen hatten, bat Bernie Justine, ihren natürlichen Geruch nicht mit Sprays und Atomizern zu dämpfen. Er sagte ihr, der Duft einer Frau wäre wie ihr Fingerabdruck, absolut einmalig, und es errege ihn, sie zu kennen, wie sie wirklich sei.

Bernie rieb mit seinen Händen Justines Brustkorb. Zu dünn; wenn nur ihre Rippen nicht so weit herausstehen würden. Aber auf ihre Brüste war sie stolz, nicht zu groß, nicht zu klein, genau richtig. Perfekt geformt. Sie beobachtete, wie Bernie den Kopf beugte, um sie zu küssen. Es gefiel ihr, wie seine Augen sich total auf ihre Brustwarzen konzentrierten und sie begehrlich anblickten.

»Ich bin froh, daß deine Warzen rosa sind«, sagte er. »Ich mag rosa Warzen lieber als beige.« Seine Hand glitt über ihren Körper hinunter zwischen ihre Beine, er stöhnte vor Wonne, und dann wanderte sein Mund langsam dorthin, wo seine feuchten Finger den Weg für seine Zunge bahnten.

»Oh, Bernie«, flüsterte Justine und packte seine Haare. Sie hatte solche Wonnen, wie sie Bernie Slatkin in ihr Leben brachte, nie vermutet. Sie hatte es nicht für möglich gehalten, daß man so lieben konnte, wie er sie liebte.

»Meine Tante Hester hat mich gefragt, ob du hübsch bist«, sagte er, ohne den Kopf von seinem lüsternen Werk zu heben.

»Was hast du ihr erzählt?« fragte Justine.

»Ich hab gesagt, du bist so groß wie ich.«

»Das war keine Antwort auf ihre Frage.«

»Ich habe gesagt, du siehst vornehm aus.«

Justine war hingerissen von dem, was ihr Liebhaber gerade machte, und erwiderte: »Hast du ihr erzählt, daß ich ihren Neffen heiraten werde?«

5

Constantine de Rham war selbst aus einem Block Entfernung schon zu erkennen, wenn er die Madison Avenue hinunterschritt. Sein riesiger Kopf mit dem schwarzen Bart und den Augen mit den schweren Lidern hatte etwas dramatisch Reptilienhaftes. Er überragte die meisten Leute und machte so ausladende Schritte, daß die meisten Spaziergänger auswichen und ihm nachstarrten. Im Herbst und im Frühling trug er seinen Mantel wie ein Cape um die Schultern drapiert.

Er hatte an diesem Tag in einem der bei ihm seltenen Anfälle von Großzügigkeit einem Bettler auf der Straße einen Dollar gegeben und war sehr pikiert gewesen, als dieser ihm zehn Minuten später wieder die Hand hinhielt und ihn wieder anbettelte, anstatt ihn lächelnd wiederzuerkennen, voller Dankbarkeit, wie er es nach seinem Beitrag zum Wohlbefinden dieses Kerls seiner Meinung nach verdient hatte.

Augustus Bailey und Constantine de Rham entdeckten sich gegenseitig schon aus einiger Entfernung und gingen wortlos aneinander vorbei, obwohl jeder merkte, daß der andere ihn bemerkt hatte. Ein ungutes Gefühl regte sich in Gus Bailey, als er sich umdrehte, um in das Fenster des Wilton House Bookshops zu schauen, und so tat, als würde er sich für die ausgestellten Ausgaben des neuesten Buches von Nestor Calder, *Judas Was a Redhead*, interessieren, bis Constantine de Rham an ihm vorbei war. Gus hatte gelegentlich Vorahnungen, und in dem Moment des Vorbeigehens hatte er das Gefühl, er würde einmal eine Szene, wie man das in Hollywood nannte, mit Constantine de Rham spielen müssen. Gus war so vertieft in den Umschlag von Nestor Calders Buch, daß er nicht sah, wie Elias Renthal hinter ihm vorbeiging und mit einer Aktentasche unterm Arm einen Coffeeshop betrat.

Im Buchladen selbst entdeckte er Matilda Clarke, die sich mit Arthur Harburg, dem Inhaber, die neuesten Bücher anschaute. Er ging hinein.

»Ich hab's so satt, satt, satt, über die Mitfords zu lesen«, sagte Matilda.

»Da wäre *Judas Was a Redhead*«, schlug Arthur vor.

»Das hab ich gelesen. Ich war sogar auf der Party von Nestor Calder, die er bei Clarence's zum Erscheinen des Buches gegeben hat.«

»Haben Sie *Inspired by Iago* gelesen?«

»Du lieber Himmel, nein!«

»Es ist nicht das, was Sie denken. Es fängt auf einem Campingplatz an.«

»Das ist mir schon zu hoch. Ein kleiner Campingplatz reicht mir für Jahre.«

»Was mögen Sie denn?« fragte Arthur Harburg geduldig. Er war es gewöhnt, von verwöhnten Kunden schikaniert zu werden.

»Ich mag Bücher mit kurzen Kapiteln«, sagte Matilda. »Ich finde es toll, wenn ich sagen kann: ›Ich möchte nur schnell das Kapitel zu Ende lesen‹, und es dann auch mache. Das ist ein echtes Erfolgserlebnis. Was haben Sie denn mit kurzen Kapiteln über reiche Leute?«

»Da bleibt immer noch Trollope«, sagte Gus. »Er schreibt kurze Kapitel.«

»Gus Bailey«, sagte Matilda und lachte. »Du bist mir einer. Trollope! Du hast ein gutes Wochenende auf dem Land verpaßt.«
»Tut mir leid.«
»Wie war dein Geheimniswochenende?«
»Okay.«
»Dieser Mann führt ein geheimnisvolles Leben, Arthur.«

Matilda kramte in Gus' Badezimmer in seinem Medizinschrank. Zu ihrer Überraschung fand sie hinter Schachteln mit englischer Seife und Puder ein Päckchen Ramses-Präservative. Bis jetzt hatte sie Gus Bailey nie mit sexueller Betätigung in Verbindung gebracht. Da war immer irgendwo eine Ehefrau in seiner Vergangenheit, deren Bilder in seiner Wohnung herumstanden, und die Tragödie, über die die Leute redeten, was immer sie war. Sie machte das Dreierpack auf und sah, daß zwei fehlten, und die Neugier plagte sie, was für eine Art Frau wohl in seine Wohnung kam. Sie steckte das letzte Präservativ in ihre Abendtasche und ging wieder in Gus' Wohnzimmer.
Aus der Anlage tönte klassische Musik, und Gus hatte es sich in einem chintzbezogenen Sessel bequem gemacht, offensichtlich sein Lieblingsstuhl, und blätterte in *Judas Was a Redhead*. Zum erstenmal sah sie ihn mit den Augen einer Frau und fragte sich, was er wohl für ein Liebhaber war.
»Hast du alles gefunden?« fragte er.
»Ja«, erwiderte sie, ließ ihn aber nicht aus den Augen. Sie strich sich mit beiden Händen übers Haar. Sie ging auf die Fünfzig zu und hatte immer noch dieselbe Pagenfrisur wie als achtzehnjährige Debütantin. »Finde deinen Stil und halt dich dran«, war ein oft zitierter Ausspruch von ihr, als

sie noch auf den Modeseiten der Zeitungen zitiert wurde, vor Sweetzers Tod.
»Was zu trinken?« fragte Gus, der die veränderte Atmosphäre spürte. Er stand auf.
»Ich nehm einen Whisky mit einem Schuß Wasser«, sagte sie. Sie schaute sich im Wohnzimmer um. »Richtig nett, dein kleines Appartement. So schick.«
»Schick ist wohl kaum das richtige Wort«, sagte Gus.
»Na ja, gemütlich. Ich meine, dieser etwas schäbige Look. So englisch, so zweiter Sohn der Familie.«
Gus lachte. In der Küche goß er ihr einen Scotch mit etwas Wasser ein. Gus war in allem sehr präzise. Er füllte den Eiswürfelbehälter wieder auf, wischte die Arbeitsplatte auf und kehrte dann ins Wohnzimmer zurück.
»Mein erster Drink seit Silvester«, sagte sie und nahm das Glas. »Schnaps, meine ich. Hab seitdem nur Wein getrunken, aber Wein zähl ich nicht. Was trinkst du denn?«
»Mineralwasser. Ich hab verschiedene zur Auswahl.«
»Mineralwasser? Sonst nichts?«
»Nein.«
»Du trinkst nicht?«
»Nein.«
»Nie?«
»Nein.«
»Hast du je?«
»Ja. Aber ich hab aufgehört.«
»Warum?«
»Einfach so.«
»Allein oder mit Unterstützung?«
»Mit Unterstützung.«
»Dann bist du ja Alkoholiker!« kicherte sie und fühlte sich schon wieder besser.

»Nicht mehr. Bin in Minnesota kuriert worden«, sagte Gus und lächelte. Er setzte sich wieder. »Wir haben verschiedene Möglichkeiten für heute abend«, sagte er. »Ich hab Chick Jacoby angerufen, und wir können einen Tisch im Clarence's haben. Oder wir können um die Ecke den neuen Woody-Allen-Film anschauen. Oder wir können zu Marty Lesky gehen, da ist eine Party mit vielen Filmstars.«

»Aus jedem Dorf 'ne Töle«, erwiderte sie.

»Wonach steht dir denn der Sinn?«

»Ich wüßte schon was.«

»Was?«

»Ich würde gerne sehen, wie du damit aussiehst«, sagte sie, machte ihre Handtasche auf und warf ihm den Gummi zu.

»Du überraschst mich immer wieder, Gus«, sagte sie dreißig Minuten später.

»Wie das?«

»Ich meine, du siehst aus und tust so, als würde dich das überhaupt nicht interessieren, und in Wirklichkeit beherrschst du es ganz fantastisch.«

»Du aber auch.«

»Aber von mir wissen es alle, deshalb bin ich keine Überraschung. Wartest du immer, bis die Frau den ersten Schritt macht?«

»Kann sein.«

»Bist du, wie man so schön sagt, momentan mit jemandem liiert?«

»Ich bin mehr für schnelle Nummern als für Romanzen«, sagte Gus. »Bei Romanzen versage ich immer.«

»Willst du mir damit auf nette Art sagen: keine Wiederholungen?«

»Nein, nein. Es heißt nur: laß uns warten, bis wir uns wieder zufällig im Buchladen begegnen.«
Sie legte sich zurück in die Kissen, holte einen Goldspiegel heraus und schaute sich prüfend an. »Schau, wie gut ich aussehe. Gut ficken ist eben das Beste für den Teint.«
Er lachte.
»Du solltest mehr lachen, Gus«, sagte Matilda. »Du lachst so nett. Manchmal hab ich das Gefühl, unter deinem finsteren Äußeren explodieren Gedanken, von denen keiner von uns etwas weiß.«
Sie zogen sich wieder an und gingen vom Schlafzimmer zurück ins Wohnzimmer. Matilda schaute sich die Fotos auf einem von Gus' Tischen an.
»Darf ich dir einen Vorschlag machen?« fragte sie.
»Natürlich.«
»Warum entfernst du nicht die Bilder von deinem toten Kind aus deiner Wohnung? So erinnerst du dich doch ständig daran.«
Nach kurzem Schweigen erwiderte er: »Darf ich dir auch einen Vorschlag machen?«
»Natürlich«, sagte sie und merkte nicht, wie hart seine Stimme plötzlich geworden war.
»Kümmer dich um deinen eigenen Scheiß.«
Matilda lief puterrot an und stotterte: »Ich hab doch bloß gemeint ...«
»Ich weiß, was du gemeint hast.« Er holte tief Luft. »Also, jetzt zu heute abend. Was darf's sein?«
»Du bist stocksauer auf mich.«
»Ich werd drüber wegkommen.«
»Ich glaube, ich sollte einfach aufs Land zurückfahren.«
»Nein, sollst du nicht. Wir hatten ein kleines Mißverständnis. Das ist ein Teil meines Lebens, an dem ich

niemanden teilhaben lasse, sonst nichts. Ich bin sicher, auch du hast so einen Teil. Wir sind Leute in einem bestimmten Alter. Wir sollten eine Krise meistern können. Stimmt's?«
»Kann sein.«
»Also, wie steht's mit heute abend? Was soll's sein?«
»Du bist nicht nur höflich, weil wir so eine Art Verabredung hatten?«
»Natürlich nicht.«
»Gehen wir zu Marty Leskys Filmstarparty. Ich bin so froh, daß du all die Filmleute kennst, Gus. Ich hab in Mavis Jones' Kolumne gelesen, Faye Converse wird dort sein.«
»Perfekt.«
»Du kennst Faye Converse, stimmt's?«
»Ja.«
»Ich hab die Geschichte gelesen, die du über sie geschrieben hast.«
»Ich mag sie.«
»Du bist seltsam, Gus.«
»Wieso?«
»Du hörst uns allen zu, aber du redest nie über dich selbst.«
Gus schaute Matilda an, sagte aber nichts.
»Ich halt wohl besser den Mund und steig aus, solange ich noch vorne liege«, sagte sie, und beide lachten.

6

Nur wenige Leute hätten damit gerechnet, daß Loelia Manchester eine der unglücklichsten Frauen New Yorks war. Seit zwanzig Jahren war die atemberaubende Blondine in der Gesellschaft als das Mädchen bekannt, das nie eine Party ausließ, egal wo. Einmal hatte sie angeblich innerhalb von vierzehn Tagen beim Ball eines Maharadschas in seinem Palast und im Schloß eines deutschen Prinzen in Regensburg und in der Villa eines Industriellen in Palm Beach getanzt – und es entsprach der Wahrheit. Sie flog dreimal im Jahr wegen ihrer Garderobe nach Paris und wurde ständig für Modejournale und Gesellschaftsmagazine fotografiert, nur weil sie einen perfekten Geschmack hatte und ein perfektes Mitglied der Gesellschaft war. Deshalb war ihr Gesicht in New York so bekannt wie das eines Filmstars.

Loelia war das jüngste der vier Kinder von Fernanda Somerset, die einzige Tochter nach drei Söhnen. Die Somersets nannten sie ihr gegenseitiges Versöhnungsgeschenk, nachdem sie sich eine Zeitlang auseinandergelebt hatten, was glücklicherweise nicht in einer Scheidung geendet hatte. Arthur Somerset betete sein schönes Kind an, und als er bei einem Flugzeugabsturz auf den Bahamas ums Leben kam, hinterließ er ihr ein ebenso großes Vermögen wie den drei Somerset- Söhnen, die vor ihr geboren waren, zusammen.

Als Loelia mit zweiundzwanzig ihrer Mutter eröffnete, Edward Potter Manchester hätte um sie angehalten, war Fernanda Somerset außer sich vor Freude. Es war bekannt, daß Ned Manchester gesellschaftliches Leben verabscheute. Er haßte Dinnerparties und Wohltätigkeitsbälle, weigerte sich sogar zumeist hinzugehen. Es war also für alle eine große Überraschung, als er sich in die Partylöwin Loelia verliebte.
Das Vermögen der Somersets stellte das der Manchesters in den Schatten, aber die gesellschaftliche Stellung der Familie Manchester war weit höher als die der Somersets, die ihre Linie in der amerikanischen Geschichte bis zu Gerald Manchester zurückverfolgen konnten, der die Unabhängigkeitserklärung mit unterschrieben hatte, und in der amerikanischen Gesellschaft bis zu Honoria Manchester, deren gold- und weißgetäfelter Ballsaal, der inzwischen nicht mehr existierte, in ihr Haus auf der Fifth Avenue aus Castleberry House in London herübergebracht worden war, als dieser riesige, graue Steinhaufen Anfang des Jahrhunderts abgerissen wurde.
Beide Familien waren sehr angetan von der Verbindung, vom finanziellen wie vom gesellschaftlichen Standpunkt aus betrachtet, und die Manchesters waren überzeugt, Loelia würde Geschmack am Landleben und am Sport finden, während die Somersets überzeugt waren, Loelia könnte Ned sicher dazu bringen, mehr Gefallen am Gesellschaftsleben zu finden. Nach einer Märchenhochzeit stürzte sich Loelia in die Welt der New Yorker Gesellschaft, wo sie überallhin eingeladen wurde, selbst von Leuten, die sie nicht mochten, und Ned tappte jahrelang pflichtbewußt hinter ihr drein.
Deshalb würde auch das Gerücht von einer Scheidung der

Edward Potter Manchesters nach zweiundzwanzig Jahren Ehe und zwei Kindern jedes andere Thema bei Dinnerparty-Konversationen in dieser Saison für drei Monate ausstechen oder zumindest jedes Dinnerparty-Gespräch in der Welt der Schickeria ausstechen, in der sich Loelia und Ned Manchester bewegten. Wenn Dolly De Longpre in ihrer Kolumne über die Edward Potter Manchesters schrieb, was sehr oft der Fall war – denn die Manchesters, und vor allem Loelia, gaben nicht nur die größten Wohltätigkeitsveranstaltungen, sondern gaben auch private Feste, die kein gesellschaftlicher Emporkömmling so schnell nachmachen konnte –, verwendete sie immer alle drei Manchester-Namen und fügte für die, die es immer noch nicht begriffen hatten, hinzu: »aus dem New Yorker *Social Register«*. Außerdem war Geld auf beiden Seiten da, und das reichlich, was ihrem Status noch mehr Glanz verlieh.
Cora Mandell, die die Wohnung der Manchesters auf der Fifth Avenue eingerichtet hatte, ebenso wie ihr Haus auf Long Island und ihr Haus auf den Bermudas und alle Häuser von Loelias Mutter, Fernanda Somerset, fehlten nur selten die Worte, aber als ihr Ezzie Fenwick, der immer alles vor allen anderen wußte, beim Mittagessen bei Clarence's von der bevorstehenden Trennung der Manchesters erzählte, war sie sprachlos. Cora Mandell trug immer Schwarz, egal zu welcher Jahreszeit, trug immer drei Stränge makelloser Perlen, hatte ihr weißes Haar immer in der Mitte gescheitelt und arbeitete schwerer als die meisten Leute ihres Alters. Ezzie sagte oft, wenn sie sich von Bobo wenigstens ein bißchen die Haare tönen lassen und eine modischere Frisur machen lassen würde, könnte man sie für sechzig halten statt für achtundsiebzig.

»Aber das kann doch nicht wahr sein«, rief Cora und stellte ihr Eisteeglas so heftig auf den Tisch, daß Lil Altemus und ihre Tochter Justine am Nebentisch ihren Streit unterbrachen, sich umdrehten und sie anstarrten. »Ich mache gerade neue Sommerbezüge für die Eßzimmerstühle in Locust Valley. Loelia würde doch wohl kaum neue Bezüge bestellen, wenn sie sich scheiden ließe. Oder was meinst du?«
»Mein Wort darauf, Schätzchen«, sagte Ezzie mit stolzgeschwellter Brust, wie immer, wenn er als erster die neuesten Nachrichten brachte. »Hab ich mich je geirrt?«
»Wer hat es dir erzählt?« fragte Cora, die wußte, daß Ezzie, die alte Klatschtante, meistens korrekte Informationen hatte.
Ezzie richtete sich auf und verkündete: »Das sag ich nicht.«
»Aber warum? Nach einundzwanzig Jahren?«
»Zweiundzwanzig Jahren«, verbesserte Ezzie sie.
»Zweiundzwanzig«, gab Cora zu. »Findest du nicht, daß Paare sich nach so langer Zeit einfach ertragen sollten?«
Ezzie Fenwick, dessen rastlose Augen ständig durch den Raum schweiften, selbst bei intimsten Gesprächen, verfolgte mit unverhohlenem Interesse den Auftritt Constantine de Rhams und Yvonne Lupescus, erwiderte de Rhams höfliche Verbeugung mit einem knappen Kopfnicken und ignorierte Mrs. Lupescu einfach, als das Paar an ihm vorbei zu seinem Tisch ging. Manchmal, bei gewöhnlichen Sterblichen oder Emporkömmlingen, wie er so gerne sagte, bekam Ezzie plötzlich einen hochnäsigen, aristokratischen Gesichtsausdruck. Das war ihm zwar nicht in die Wiege gelegt worden, aber er hatte lange sorgfältig beobachtet und geübt. Cora mochte Ezzie. Seine Snob-

Attitüden amüsierten sie. Sie konnte sich noch an die Zeit vor vielen Jahren erinnern, als Ezzie selbst noch ein Emporkömmling in New York gewesen war und die Leute behaupteten, sein Vater, der all die Franchises für ausländische Wagen aufgekauft hatte, woher Ezzies beträchtliches Einkommen stammte, hätte seinen exotischen Namen zu dem episkopal klingenden Fenwick angliziert.

»Was ich dir über die alles erzählen könnte«, sagte Ezzie zu Cora mit Blick auf Mrs. Lupescu. Aber Cora interessierte sich nicht im geringsten für Constantine de Rham oder Yvonne Lupescu oder irgendein anderes Mitglied des »europäischen Abfalls«, wie sie die nannte, die New York aus allen Nähten platzen ließen und die Immobilienpreise in die Höhe trieben.

»Hübsche Manschettenknöpfe«, erwiderte sie und klopfte mit einem langen, roten Fingernagel auf einen der winzigen grünen Emaillefrösche mit Rubinaugen, die Ezzie trug.

»Blanche Abdy hat sie mir gegeben, als Hektor starb«, sagte Ezzie und bewunderte, wie perfekt sie zu seinem grün-weiß gestreiften Hemd und der grünen Paisley-Krawatte paßten.

Ezzie Fenwick hatte sich nie seinen Lebensunterhalt verdienen müssen und hatte auch nie die künstlerischen Ambitionen eines reichen Mannes mit zuviel Zeit gehabt, wie zum Beispiel ein Magazin ins Leben zu rufen oder ein Theaterstück zu produzieren oder Kunstgalerien oder Antiquitätenläden zu eröffnen. Ezzie hatte den Ruf, geizig zu sein, obwohl er gegenüber bestimmten Gastgeberinnen und schicken Ladies angeblich, was Blumen und Essenseinladungen betraf, sehr großzügig war.

Früher war er als amüsanter Tischpartner gefragt, und die

Damen bemühten sich um ihn, obwohl er unbekümmert die Damen, die besonders nett zu ihm waren, verletzte, wenn ihm ein Kleid nicht gefiel: »Das Gelb steht dir *überhaupt* nicht«, hatte er einmal zu Loelia Manchester gesagt, oder wenn er das Gefühl hatte, sie hätten ihre Bibliothek falsch renoviert: »Gesteppter Chintz ist tödlich! So oll!« hatte er einmal zu Baba Timson gesagt.

Ezzie war zwar jetzt fest in der schicksten New Yorker Gesellschaft etabliert, aber das war nicht immer so gewesen. Cora Mandell wußte noch, wie man ihm vor vierzig Jahren auf Parties die Tür gewiesen hatte, weil er nicht eingeladen war oder weil er es gewagt hatte, die Blumengestecke als kärglich zu bezeichnen, wie bei Sibila Monroes Debüt, oder sich beschwerte, das Hühnerhaschée hätte nur aus Sahne bestanden, wie bei Blanche Abdys Dinnerparty. Aber das alles war lange her, und außer ihr erinnerte sich keiner mehr daran.

»Zurück zu den Manchesters«, ermahnte Cora Ezzie und klopfte auf den Tisch, um seine Aufmerksamkeit von Mrs. Lupescu abzulenken.

»Da ist noch jemand dran beteiligt«, sagte Ezzie.

»Das gibt's doch nicht«, zweifelte Cora.

»Da muß jemand sein«, sagte Ezzie. »Warum sollten sie sich denn sonst nach so langer Zeit scheiden lassen?«

»Aber Ned geht doch nicht fremd.«

»Woher weißt du, daß es Ned ist? Es könnte doch auch Loelia sein«, erwiderte Ezzie.

»Niemals«, sagte Cora voller Überzeugung. »Loelia liebt Parties und Kleider, aber sie ist nicht der Typ, der Affären hat. Ich kenne Loelia schließlich schon ihr ganzes Leben. Ich hab alle Häuser ihrer Mutter eingerichtet und hab sie aufwachsen sehen.«

»Wir werden sehen«, erwiderte Ezzie und zog vielsagend die Augenbrauen hoch, um ihr zu zeigen, daß er etwas wußte, was er ihr nicht erzählen würde. »Bestellen wir uns doch ein Grapefruit-Sorbet. Es schmeckt toll und hat praktisch keine Kalorien. Großohr Lil Altemus am nächsten Tisch hat versucht zu lauschen. Also, warum glaubst du, hat Justine trotz des vielen Geldes nicht geheiratet?«
»Heutzutage heiraten die jungen Leute später«, erwiderte Cora.
»Das ist nicht Justines Problem. Ihr Problem ist, daß sie noch keiner gefragt hat.«

Als Loelias Privattelefon klingelte, dessen Nummer keiner außer Lil Altemus, Matilda Clarke, Bobo, ihrem Friseur, ihrer Mutter und natürlich Dimitri Minardos hatte, mußte sie zu ihrer Überraschung feststellen, daß Dolly De Longpre am Apparat war. Für einen Moment wurde ihr ganz mulmig.
»Hör mal, Loelia«, sagte Dolly. »Die ganze Stadt redet davon, daß ihr euch trennt.«
»Das ist einfach nicht wahr, Dolly«, sagte Loelia. Ihr verschlug es vor Panik fast die Stimme. Sie hatte es den Kindern noch nicht gesagt, was ihr keine Angst machte. Und ihrer Mutter auch noch nicht, was ihr wirklich angst machte.
»Komm schon, Loelia, ich bin's, Dolly. Wir kennen uns schon seit fünfundzwanzig Jahren«, sagte Dolly. Dolly De Longpre war nicht so leicht abzuschütteln.
»Ich weiß nicht, wie solche Geschichten in die Welt gesetzt werden, Dolly«, sagte Loelia.
»Loelia«, sagte Dolly sehr geduldig und gab dem Namen Loelia drei Silben, nicht zwei.

»Ja?«
»Wenn ich es nicht drucke, tut es jemand anders«, sagte Dolly in ihrer direkten, offenen Art. Gegenwärtig gab es viele Gesellschaftsreporter in der Stadt, die über die Aktivitäten der Reichen und der Superreichen berichteten, aber alle in den erhabenen Kreisen, in denen sich Loelia Manchester bewegte, waren sich einig, daß auf diesem Gebiet Dolly De Longpre keiner das Wasser reichen konnte. Ihre Kolumne wurde von allen zuerst gelesen, vor den Schlagzeilen und den Todesanzeigen, damit sie über sich selbst lesen konnten, wo sie in der Nacht zuvor gewesen waren, was sie getragen, gegessen, gesagt hatten.
»Du meine Güte«, sagte Loelia, die sofort begriffen hatte, daß Florian Gray gemeint war, ein junger Reporter, der gerade in Dollys Stil anfing zu arbeiten, aber der niemals, wie sie und all ihre Freunde glaubten, solches Einfühlungsvermögen für Leute wie sie haben würde wie zum Beispiel Dolly.
»Du meine Güte«, sagte Loelia und überlegte fieberhaft. Die liebe, gute Dolly De Longpre weiß sicher genau, wie das zu handhaben ist, dachte Loelia. Dolly wußte immer genau, was zu tun war, wenn etwas so Unangenehmes anstand. Es war fast, als wäre sie eine von ihnen, so lange schon schrieb sie über sie alle und dinierte mit ihnen, verbrachte Wochenenden auf dem Land mit ihnen und nahm an allen ihren Hochzeiten, Taufen und Beerdigungen teil. Selbst wenn Dolly ihre Kolumne nicht hätte, würden sie alle immer noch einladen, sagte man immer. Ja, Dolly De Longpre wußte sicher genau, wie eine Scheidungsankündigung zu verfassen war und wie man all den furchtbaren Sachen entgegenwirkte, die die Leute über Loelia und Dimitri Minardos sagten.

»Hör mal, Dolly, warum kommst du nicht einfach her, und wir trinken ein Täßchen Tee zusammen, dann können wir uns in aller Ruhe unterhalten«, sagte Loelia.

Und Dolly machte es wunderbar, genau wie Loelia es erhofft hatte, mit einer diskreten Ankündigung, die Edward Potter Manchesters aus dem New Yorker *Social Register* hätten sich geeinigt, uneinig zu sein, sehr zur Bestürzung ihrer Freunde und Familie. Aber es war der junge Florian Gray, der gerade erst anfing, sich in den Klatschspalten einen Namen zu machen, der die bis dahin geheime Romanze zwischen Mrs. Manchester und dem Schuhdesigner Dimitri Minardos, bekannt als Mickie, publik machte und sich somit auch selbst sehr viel Publicity verschaffte.

Versteckt in Paris, inkognito auf einer Liebesreise, gaben Loelia und Mickie der Telefonistin im Ritz die Anweisung, alle Anrufe aus Amerika entgegenzunehmen, und dann entschieden sie gemeinsam, welche Anrufe sie erwidern würden. Loelia fand es unwiderstehlich, daß Dom Belcanto angerufen hatte, der Balladensänger aus Hollywood, der versprochen hatte, bei ihrer Wohltätigkeitsveranstaltung zugunsten des Infarktzentrums aufzutreten, um ihr alles Gute zu wünschen; er hatte eine Nummer in New York hinterlassen.

»Wie lieb von Dom, anzurufen, nicht wahr, Mickie?« sagte Loelia und lehnte sich auf der Chaiselongue zurück. »Die Leute erzählen sich die furchtbarsten Sachen über ihn, daß er bei der Mafia oder beim Mob ist, wie immer das heißt, aber ich glaub kein Wort davon. Wenn es um einen guten Zweck geht wie bei meiner Wohltätigkeitsveranstaltung, ist Dom immer da.«

Als sie den Anruf erwiderte, war Florian Gray am Telefon, der Dolly De Longpre in der New Yorker Presse ein bißchen die Schau stahl.
»Ich wollte nur wissen, Mrs. Manchester, ob Sie und Mr. Minardos vorhaben zu heiraten, wenn Sie geschieden sind«, sagte Florian schnell, bevor sie einhängen konnte. Er wollte nur einen Satz von ihr, den er seinen sensationslüsternen Lesern zitieren konnte. Loelia, die es noch nicht fertiggebracht hatte, ihren Kindern zu sagen, es gebe einen neuen Mann in ihrem Leben, wurde aschfahl und bedeutete Mickie durch ein Zeichen, Florian Gray sei am Telefon und nicht Dom Belcanto.
»Das ist ein ganz mieser Trick, du Scheißer«, schrie Mickie, der sehr ausfallend wurde, wenn er wütend war. Seine Stimme verlor den New Yorker Schliff, und der Akzent der griechischen Provinz, in der er geboren war, brach durch.
Loelia und Mickie waren beide begeistert von der Abfuhr, die Mickie dem Emporkömmling von Journalisten gegeben hatte, als hätte der Wutausbruch jeden Gedanken des Journalisten, die Geschichte zu drucken, vertrieben, ehe sie Loelias Familie und einige enge Freunde von ihrer Absicht unterrichtet hatten.
Sie irrten sich sehr.
ERBIN LOELIA SOMERSET MANCHESTER FLIEHT MIT IHREM SCHUHMACHER IN PARISER LIEBESNEST lautete am nächsten Tag die Schlagzeile von Florian Grays Kolumne. Florian Gray konnte nicht wissen, wie sehr Mickie Minardos diese Schlagzeile schaden würde.

7

»Wer ist denn der gutaussehende junge Mann, mit dem ich deine Tochter dauernd sehe?« fragte Baba Timson beim Bridge.
»Ein gutaussehender junger Mann mit Justine?« erwiderte Lil Altemus überrascht und entzückt. »Du meinst doch nicht etwa Herkie Saybrook?«
»O nein, nicht Herkie«, sagte Baba. »Herkie Saybrook kennt doch jeder.«
»Und hoffentlich nicht Thayer Good?« sagte Lil.
»Du lieber Himmel, nein. Gutaussehend, hab ich gesagt. Thayer Good schaut mit seinen fünfunddreißig aus wie ein Riesenbaby.«
»Ich weiß es nicht«, sagte Lil, fest entschlossen, es herauszufinden. »Du bist dran, Loelia.«

Spät abends, wenn Bernie Justine nach Hause gebracht hatte, oder früh am Morgen, wenn sie beide aufwachten, rief Justine Bernie an oder Bernie Justine. Der Gesprächsstoff schien ihnen nie auszugehen.
»Ich habe nicht die leiseste Ahnung, wieviel Geld ich erben werde«, sagte Justine. »Ich komme aus einer Familie, in der die Frauen über so etwas nichts erfahren. Mein Bruder und ich haben jeder einen Trust, der ziemlich großzügig ist, und davon leben wir, bis Großvater Van Degan stirbt, dann erben wir etwas, und den Rest, nehm ich an, kriegen wir, wenn Mutter stirbt.«

»Du brauchst mir das nicht zu erzählen, Justine. Ich kann die Rechnungen bezahlen. Ich habe auch vor, die Rechnungen zu bezahlen«, sagte Bernie.

»Musik in meinen Ohren«, sagte Justine und lachte über ihren Witz. »Seit meinem fünften Lebensjahr höre ich nur, ich soll vor allen Leuten auf der Hut sein, selbst vor den Mädchen, mit denen ich zur Schule gegangen bin, weil sie nur an meinem Geld interessiert seien. Es ist schrecklich, so aufzuwachsen, weißt du, und allen zu mißtrauen.«

»Ich werde Leute wie dich nie richtig verstehn«, sagte Bernie.

»Weißt du was, Bernie? Du bist mein unschicklichster Verehrer, was Familie und so was betrifft, aber du bist auch der einzige bis jetzt, dem Geld scheißegal ist. Ich könnte dir Sachen erzählen, zum Beispiel von Jean-Claude St. Cloud, den meine Mutter ausgesucht hat.«

»Wahrscheinlich sind meine Werte spießig«, sagte Bernie.

»Wieder Musik in meinen Ohren«, erwiderte Justine.

»Es gibt da einiges, worüber ich gerne mit dir reden würde, wenn wir schon mal dabei sind.«

»Ja?«

»Ich möchte nicht im selben Haus wie deine Mutter leben, und ich sag es wohl am besten gleich: ich hasse Chintz.«

Justine lachte wieder. »Okay«, sagte sie. »Auf Wiedersehen Fifth Avenue und auf Wiedersehen Cora Mandell und rosa Chintz. Aber in deinem Haus möchte ich auch nicht leben, und der Minimal-Look gefällt mir auch nicht.«

»Abgemacht«, sagte Bernie.

»Noch etwas, damit wir Klarschiff haben.«

»Das wäre?«

»Ich bin ein verwöhntes Mädchen, Bernie«, sagte Justine. »Ich bete dich an, liege dir zu Füßen, kurz, ich krieg einfach nicht genug von dir, ich liebe es, dich anzuschauen, jeden Teil von dir, aber ich werde nicht jeden Morgen aufstehn, um dir deine Eier zu braten, kurz gewendet, wenn ich einen hervorragenden Koch habe, der das viel besser kann als ich.«

»Gut, ich hasse es zu reden, wenn ich die *Times* lese.«

»Wir werden fabelhaft miteinander auskommen, Bernie.«

»Auf uns, Kleine!«

»Soll ich rüberkommen?« fragte sie.

»Es ist zwei Uhr früh.«

»Ich weiß.«

»Ich bin nicht rasiert, und ich stinke«, sagte er.

»Um so besser«, erwiderte sie.

»Ich brauch einen vierten zum Bridge«, sagte Lil Altemus am Telefon. »Ich habe Matilda und Nonie, aber Loelia hat gekniffen. Sie kneift in letzter Zeit ständig, und diese langweilige Baba Simpson hat eine Verabredung mit dem Psychiater ihrer Tochter, die sie unbedingt einhalten will. Sei um zwei hier, ja, oder früher, wenn du mit mir essen willst. Matilda kommt auch zum Essen.«

»Ich kann nicht, Mutter«, sagte Justine.

»Warum nicht?«

»Weil ich nicht kann.«

»Was soll ich bloß tun?«

»Wie ich höre, hat Rochelle Prud'homme sich mit Haut und Haaren auf Bridge gestürzt.«

»Das hat Matilda auch gesagt, aber ich glaube, Rochelle Prud'homme ist nicht das Richtige für unsere kleine Gruppe. Vor solchen Leuten kann man nicht offen reden.«

»Ich dachte, du magst Rochelle Prud'homme.«

»Sie macht wunderbare Sachen für wohltätige Zwecke, aber hier geht's um ein Bridgespiel unter alten Freunden.«
»Matilda hat Rochelle dazu gebracht, Bridge zu lernen.«
»Und warum in aller Welt macht Matilda so etwas?«
»Weil Rochelle Prud'homme mit Lil Altemus und Loelia Manchester Bridge spielen will.«
Lil hörte zu, aber weigerte sich aus Prinzip, zuviel Interesse an etwas zu zeigen, das Justine erzählte, sie zog es vor, ihre Informationen aus anderen Quellen zu beziehen.
»Und warum kannst du nicht spielen?« fragte sie.
»Weil ich schon verabredet bin.«
»Die Leute reden über dich und diesen Nachrichtensprecher.«
»Ich glaube, wir sollten uns darüber unterhalten, Mutter.«
»Das ist nicht so ganz das Richtige, weißt du, Justine. Ich bin sicher, er ist sehr nett und so weiter, aber Schatz, hör auf deine alte Mutter, solche Sachen funktionieren einfach nicht.«
»Bitte, Mutter, nicht wieder diese Hör-auf-deine-Mutter-Leier. Du weißt gar nicht, wie lächerlich es klingt, wenn du es sagst.«
»Das gibt nur Ärger mit solchen Leuten, Justine.«
»Geh morgen mit mir zu Clarence's zum Essen, dann reden wir.«

»Sex mit Kondomen ist einfach Mist«, sagte Bernie Slatkin, zog seins ab und spülte es in die Toilette hinunter.
»O Gott, schon wieder ein intellektuelles Gespräch«, sagte Brenda Primrose und zog sich ihre Strumpfhose an.
»Es ist einfach kein Gefühl so«, sagte Bernie.
»So bunt, wie du es treibst, Bernie, läuft's bei mir nur mit«, sagte Brenda. Die beiden schliefen seit Jahren mehr

oder weniger regelmäßig miteinander, ohne den geringsten Gedanken an Liebe. Brenda trug das Material für Bernies Sendungen zusammen. Sie war gescheit. Sie war schlagfertig. Sie war sexy. Beide waren sich über ihre Beziehung vollkommen klar.

»Ich treibe es nicht mehr bunt«, sagte Bernie. »Ich habe mich gebessert.« Er war in diesem Punkt sehr empfindlich. Einer der Leiter des Senders, der seine Arbeit bewunderte, hatte ihn gewarnt, es könnte seinen politischen Ambitionen schaden, wenn er den Ruf hätte rumzuschlafen.

»Seit wann?« fragte Brenda. »Seit drei Minuten?«

Bernie überlegte. Er hatte sie gebeten, zu ihm zu kommen, um ihr von Justine zu erzählen, aber dann war Sex daraus geworden wie immer, wenn sie alleine waren, in seinem Büro, in seiner Wohnung, wo auch immer, einmal im Aufzug, immer schnell, immer nur geil, nie romantisch. Dann gingen sie wieder an die Arbeit, als wäre nichts passiert, und in ihrer Freizeit hatte sie Verabredungen mit anderen Männern und er mit anderen Frauen, und es bedurfte auf keiner Seite irgendwelcher Erklärungen.

»Seit ich, äh, verlobt bin«, sagte er. Er drehte sich schnell zum Spiegel, um sich sein Hemd zuzuknöpfen und sich die Krawatte zu binden, damit er sie einen Augenblick lang nicht anschauen mußte.

»Seit du was?«

»Seit ich verlobt bin.«

»Mit wem hast du dich verlobt?«

»Sie heißt Justine Altemus.«

»Die Nichte von Laurance Van Degan?«

»Ja.«

Brenda ging zum Spiegel, packte Bernie am Arm und riß

ihn herum, damit er ihr ins Gesicht sah. Sie schauten einander in die Augen. Er setzte sein Knabenlächeln auf, als würde er auf ihre Gratulation warten. Dann schlug sie ihm mit aller Kraft ins Gesicht. »Du bist ein Schwein, Bernie.«

»He, das hat weh getan«, sagte er überrascht und legte seine Hand auf seine brennende Wange.

»Das war der Zweck der Übung, Bernie«, sagte Brenda wütend. »Dir weh zu tun. Wie du.« Bernie hatte sie noch nie wütend erlebt oder zumindest nicht wütend auf ihn.

»Wovon, zum Teufel, redest du überhaupt, Brenda?«

»Du mußtest erst zweimal kommen, bevor du mir erzählst, daß du heiratest?«

Bernie zuckte schuldbewußt zusammen. Dann ging er zur Bar. »Einen Drink?« fragte er.

»Klar«, sagte sie. Sie zog sich fertig an, ging zum selben Spiegel, den er gerade benutzt hatte, zog sich die Lippen nach und bürstete sich die Haare. Bernie beobachtete sie von hinten und war wieder einmal von der Vollkommenheit ihrer Beine beeindruckt. Sie war das erste aller Mädchen, das wußte, wie man die neuen kurzen Röcke trug, schon bevor die Modeleute der Welt wissen ließen, daß es der richtige Look für das richtige Mädchen mit den richtigen Beinen war.

»Hier«, sagte Bernie und reichte ihr ein Glas Wein.

Brenda nippte daran. »Du wirst dir einen besseren Wein besorgen müssen, Bernie, wenn du die Van-Degan-Erbin heiraten willst.«

»Als ich sie kennengelernt habe, wußte ich nicht mal, wer sie ist«, sagte er.

»Du liest Dolly De Longpres Kolumne nicht?«

»Damals nicht. Jetzt schon.«

»Wo hast du sie denn kennengelernt?«
»In einem Lift.«
»Klingt vertraut.«
»Nein, nein, nein, so nicht. Wir kamen beide von einer Party bei Maisie Verdurin, und sie hat mich in ihrem Auto mitgenommen.«
Brenda nickte. »Ich bin nicht verletzt, Bernie, aber ein bißchen ausgenutzt komm ich mir schon vor. Mir ist klar, daß ich nur die Büronummer bin, aber wir Büronummern haben auch Gefühle.«
»Also wirklich, Büronummer«, sagte Bernie und umarmte sie.
»Herzliche Glückwünsche«, meinte sie schließlich.
»Danke, Brenda. Ich werde dafür sorgen, daß diese Ehe funktioniert.«
Brenda war da anderer Meinung, aber sie nickte. Er war ein echter Straßenkater. Sechs Monate nach der Hochzeit würde er wieder auf der Jagd sein.
»Hast du's Sol und Hester schon erzählt?« fragte sie. Brenda Primrose hatte Bernie Slatkins Tante und Onkel, die ihn aufgezogen hatten, kennengelernt, als sie ins Studio kamen, um zu sehen, wie seine Sendung gemacht wurde, und sie nannte sie Bernie gegenüber immer Sol und Hester.
»Noch nicht.«
»Ich glaube, die werden nicht gerade begeistert sein, wenn sie eine *Schickse* zur Nichte kriegen, oder?«
»Wenn sie Justine kennenlernen, werden sie sie mögen«, sagte Bernie.
»Klar, Bernie. Wahrscheinlich genauso sehr, wie Mrs. Altemus und Laurance Van Degan dich mögen werden.«

Lil Altemus schaute hoch und sah, wie ihre Tochter das Restaurant betrat. Lil fand es entsetzlich, daß ihre Tochter so groß war, und war sich sicher, daß sie, obwohl erst dreißig, nur ledig war, weil sie die meisten Jungs in Mr. Godfreys Tanzschule im Colony Club um Hauptes-länge überragt hatte. Aber vor allen Dingen war sie erbost über Justines Größe, weil sie ihrem Sohn soviel besser gestanden hätte. Lil weigerte sich immer noch stur, Hubie so zu sehen, wie er war, und bestand darauf, daß er am Ende doch noch eine Frau finden würde. Sie ermunterte ihn sogar, dieser oder jener den Hof zu machen, und hatte ihm sogar einmal ihren abgelegten Verlobungsring gegeben, einen ziemlich großen Diamanten aus ihrer gescheiterten Ehe, als sie irrtümlich glaubte, er hätte die Wahl seines Lebens in der völlig ungeeigneten Violet Bastedo gefunden.

Lil beobachtete, wie Justine auf ihrem Weg zum Tisch stehenblieb und ein Trio junger, verheirateter Frauen begrüßte, mit denen sie debütiert hatte. Justine hatte nie, wie die Töchter der Millingtons, Rauschgift genommen. Noch war sie wie die Tochter Emerald de Greys einer radikalen Gruppe beigetreten und hatte mit bezopften Nachwuchsprofessoren der New Yorker Universität geschlafen. Und Gott sei Dank war sie keine Lesbe geworden, wie Baba Simpsons Nan, über die Baba überhaupt nicht mehr redete. Lil konnte keinen Makel an Justines perfekter Erscheinung finden, aber sie war es gewohnt zu kritisieren und musterte mit zusammengekniffenen Augen das Haar ihrer Tochter, so daß Justine sich unwillkürlich an die Frisur griff, als wäre sie vom Wind draußen zerzaust, obgleich gar kein Wind wehte.

»Wer ist der große, fette Mann mit der riesigen Zigarre?«

fragte Lil, nachdem sich ihre Tochter gesetzt hatte. Lil wußte ganz genau, wer der große, fette Mann mit der Zigarre war, aber sie spielte gerne die Unwissende.

»Er heißt Elias Renthal«, sagte Justine, die genau wußte, daß ihre Mutter das wußte.

»Der, der Matildas Wohnung gekauft hat? Schaut furchtbar aus. Braune Schuhe zum blauen Anzug. Seine Frau ist so was von aufdringlich. Ruby heißt sie. Sie hat mich zum Lunch eingeladen, wo ich sie doch nicht besser kenne als diesen Kellner hier.« Sie machte eine Geste in Richtung des Kellners, der ihr gerade ein Glas Weißwein servierte. »Zuerst hat sie Käsesoufflé servieren lassen und zum Dessert ein Schokoladensoufflé. Kannst du dir das vorstellen? Sogar ihre Rigaud-Kerzen hatten die falsche Farbe. Setz doch Matilda auf die Renthals an.« Sie nippte an ihrem Wein.

»Wenn du so denkst, warum bist du dann hingegangen?« fragte Justine.

»Ich sammle Geld für das neue Infarktzentrum im Krankenhaus, und meine Freunde haben gesagt, sie würden keinen Cent mehr geben, und Mrs. Renthal konnte ihr Scheckbuch gar nicht schnell genug zücken, also mußte ich einfach hingehen. Aber einmal und nie wieder. Chick Jacoby sollte ihm wirklich nicht erlauben, hier drinnen Zigarren zu rauchen.« Lil wedelte mit ihrer Serviette herum, als wolle sie den anstößigen Zigarrenrauch vertreiben.

»Chick Jacoby hätte nicht den Nerv, Elias Renthal zu sagen, er solle sie ausmachen«, sagte Justine.

»Ich frage mich, wie er es angestellt hat, so einen guten Tisch zu kriegen«, sagte Lil.

»Reich, reich, reich, Mutter. Oder der ganz große Dollar,

wie Bernard Slatkin sagen würde. Wie ich höre, sogar reicher als die Van Degans.«
Lil fürchtete sich vor den, wie sie es nannte, neuen Leuten, und ihr eigenes, riesiges Vermögen hatte sie immer davor bewahrt, sich gesellschaftlich mit ihnen zu gemein zu machen, außer wenn sie sie um Geld für eine ihrer Wohltätigkeitswerke bat. Aber in letzter Zeit, seit Mr. Forbes jährlich seine Liste der vierhundert reichsten Leute Amerikas herausbrachte, war ihr bewußt geworden, daß ihr zwar stattliches Vermögen nicht so unermeßlich war wie das mancher neuer Leute wie Elias Renthal und »seinesgleichen«, wie zum Beispiel der Bulbenkians, der Gebrüder Zobel und der Jorsts. Dieses Gefühl verunsicherte sie.
»Wie kann man nur einen hellblauen Gabardineanzug anziehen«, sagte Lil Altemus und starrte unverwandt Elias Renthal an. Dann fügte sie noch hinzu: »Wer ist Bernard Slatkin?«
»Er ist der Mann, den ich heiraten werde«, erwiderte Justine.
»Du meine Güte«, sagte Lil.
Justine hatte mit einer Protesttirade ihrer Mutter gerechnet oder sogar mit einer Szene. Bernard Slatkin erfüllte keine der Bedingungen, die Lil Altemus, die keinen vergessen ließ, daß sie eine geborene Van Degan war, an frühere Aspiranten für die Hand ihrer Tochter gestellt hatte. Überraschenderweise war Lil zwar nicht gerade begeistert, aber auch nicht strikt gegen die Wahl ihrer Tochter eingestellt. Justine war schließlich schon dreißig, oder um genauer zu sein, praktisch einunddreißig. Die Jungs, mit denen sie aufgewachsen und zur Tanzschule gegangen war, mit denen sie Wochenenden in Yale oder Princeton verbracht hatte und die jetzt in der City in

Banken oder bei Maklern arbeiteten, heirateten fast nie Mädchen, die so reich waren, wie Justine Altemus es eines Tages sein würde. Lils größte Angst war, Justine könnte in die Hände eines Ausländers fallen, der es auf das Vermögen einer amerikanischen Erbin abgesehen hatte. Jedesmal, wenn sie an ihre Jugendfreundin Consuelo Harcourt de Rham dachte, erschauderte sie ob ihres traurigen Schicksals. Vielleicht hatte der Anblick Constantine de Rhams, der ein paar Tische weiter Consuelos Geld mit einer blonden Schlampe – die seine Tochter sein könnte und viel zu sehr mit Schmuck behängt war – verpraßte, ihre Einwände gegen Bernard Slatkin gemildert.

»Slatkin«, sagte Lil. »Den Namen kenn ich nicht.«

»Er steht nicht im *Social Register*, Mutter«, erwiderte Justine.

»Das hab ich nicht gemeint, und das weißt du auch.«

»Er verdient sehr viel Geld, Mutter.«

»Ein Fernsehansager, hat mir jemand erzählt.«

»Nein, er ist Nachrichtensprecher. In den Abendnachrichten.«

»Doch nicht der kleine Chinese?«

»Nein, Mutter, der macht die Wetteransage, und er ist Koreaner, nicht Chinese. Bernie ist Nachrichtensprecher.«

»O ja, natürlich. Der mit dem Grübchen oder der mit dem Toupet?«

»Mit dem Grübchen. Er sieht sehr gut aus, Mutter.«

»Natürlich, Schatz. Wo in aller Welt hast du denn so jemanden kennengelernt?«

»Bei Maisie Verdurin.«

»Mrs. Verdurin lädt immer lauter solche Berühmtheiten zu ihren Parties ein, nicht wahr? Ich lese dauernd in

Dollys Kolumne darüber. Was hast du denn bei Maisie Verdurin gemacht?«

»Wir sind hier, um über den Mann zu reden, den ich heiraten werde, nicht über Maisie Verdurin.«

»Worüber, glaubst du, unterhalten Cora Mandell und Ezzie Fenwick sich so angeregt?« fragte Lil.

»Mutter!«

»Ich bin ganz Ohr, Justine«, sagte ihre Mutter erbost. »Du mußt schon verzeihen, wenn ich das alles nicht so schnell verdauen kann. Das ist doch alles sehr wichtig, und wir wissen schließlich gar nichts über Bernard Slatkin, hab ich recht?«

Justine wußte, noch bevor es ihre Mutter aussprach, was sie sagen würde: »Wer ist er?« Sie wußte auch, was ihre Mutter damit meinte: »Was für eine Familie hat er? Welche Schulen hat er besucht?«

»Wer ist er?«

»Seine Eltern sind tot. Eine Tante und ein Onkel haben ihn aufgezogen, Sol und Hester Slatkin. Sol ist im Druckereigeschäft. Sie leben in New Jersey, Weehwaken.«

»Hmm«, sagte Lil.

»Bernie hat ein Stipendium für Rutgers gehabt«, sagte Justine. Sie fand es toll, sagen zu können: »Er hat ein Stipendium für Rutgers gehabt«, als würde das seinen Wert steigern, eine romantische Ergänzung seiner Lebensgeschichte. Ihr ganzes Leben lang hatte sie nie jemanden kennengelernt, der ein Stipendium für eine Schule hatte, und sie fand die Vorstellung sehr schick. Selbst die Namen Sol und Hester fand sie schick. Sie dachte dabei an Ellis Island, die Freiheitsstatue und dichtgedrängte Massen von Einwanderern, obwohl Sols und Hesters Vorfahren schon vor Generationen eingewandert waren und sie gutsituiert lebten. »Er hat in einem Fraternity House als Kellner gearbeitet«, fuhr Justine aufgeregt fort. »Und dann hat er ein Jahr lang Recht studiert, ich weiß nicht mehr wo, aber er hat aufgehört, weil er wild darauf war, in die Fernsehnachrichten zu kommen. Zuerst hat er Live-Übertragungen aus dem Rathaus gemacht und ist dann eine Woche lang für Charlie Walsh eingesprungen, als der sich das Bein gebrochen hat, und das Publikum war so angetan von ihm, die Leute haben ihm geschrieben, weil er so gut aussieht ... warte, bis du ihn siehst ..., und dann ist er zweiter Sprecher geworden, nachdem Charlie Walsh nach Los Angeles gegangen ist.«

»Hmmm«, sagte Lil.

»Er ist nicht hinter meinem Geld her, wenn du dir deshalb Sorgen machst, weil er ein Vermögen verdient, wirklich ein Vermögen.«

»Sie verdienen alle ein Vermögen, diese Ansager, stimmt's?«

»Er ist Nachrichtensprecher, Mutter, kein Ansager, und er schreibt seine eigenen Texte. Er ist sehr erfolgreich.«

»Ich hab ja gemeint, Nachrichtensprecher«, sagte Lil.

»Ich möchte eine große Hochzeit, Mutter, mit Brautjungfern und einem Empfang im Colony Club, du weißt schon, mit allen Schikanen«, sagte Justine.

»Das ist wirklich nett, Justine«, sagte Lil. Sie quälte sich das erforderliche Lächeln ab, aber ihr Mund war nicht direkt dran beteiligt. Sie klappte ein paarmal mit den Augenlidern und zog die Augenbrauen hoch, was wohl Heiterkeit signalisieren sollte. »Du weißt natürlich, daß wir einiges mit Onkel Laurance in der Bank zu besprechen haben.«

»Ja.«

»Wann werde ich Mr. Slatkin kennenlernen?«
»Wann immer du willst. Du wirst doch keine Schwierigkeiten machen, Mutter, wenn Daddy mich zum Altar führt?«
»Natürlich nicht, Schätzchen, solange mir die Schlampe, die er geheiratet hat, aus den Augen bleibt und irgendwo hinten in der Kirche sitzt«, sagte Lil.
»Oh, Mutter, ich bin so aufgeregt. Und du wirst Bernie lieben. Er weiß alles über Libyen und atomare Abrüstung und all die Sachen. Er ist faszinierend.«
»Justine.«
»Ja, Mutter?«
»Mr. Slatkin, äh...«
»Bitte sag Bernie zu ihm.«
»Natürlich. Bernie.«
»Was ist mit ihm?«
»Er trägt doch nicht etwa eins dieser kleinen Käppchen, oder?«

8

Die Leute, die für Elias Renthal arbeiteten, bezichtigten ihn, natürlich hinter seinem Rücken, bösartig zu sein. Er hatte nämlich nicht die geringste Geduld mit Leuten, die nicht dieselbe Leidenschaft wie er besaßen, Geld zu machen. Der Vorwurf hätte ihn sicher nicht beleidigt, wenn er davon gewußt hätte. Elias hielt seine Unbeliebtheit für eine logische Konsequenz seines Reichtums und seiner Macht. Maxwell Luby war ein Manager zweiter Klasse, wußte es, akzeptierte es und wollte auch nur der beste Manager zweiter Klasse sein, ein unersetzlicher Handlanger für Elias Renthal. Nur Max Luby, der Elias von Anfang an gekannt hatte, aus Cleveland, fürchtete seinen Zorn nicht und wagte es gelegentlich, mahnende Worte über seinen unermeßlichen Reichtum zu sprechen, er traute sich nur nicht, seine Mißbilligung über die Art und Weise, in der Elias Renthal sein Vermögen zusammengetragen hatte, zum Ausdruck zu bringen.

»Du bist wie ein Heroinsüchtiger, Elias«, sagte er, »bei dir geht es nur um Geld.«

»Wovon, zum Teufel, redest du überhaupt?« fragte Elias ungeduldig. Elias Renthal hatte keine Zeit zur Selbstbetrachtung, schon gar nicht während der Bürostunden, da gehörte seine Zeit den fünfzig Computern in seinem Büro, die ständig pekuniäre Informationen ausstrahlten.

»Ich weiß noch, wie du gedacht hast, dein Leben sei

erfüllt, wenn du eine Million gemacht hättest. Und dann hast du dir zehn Millionen als Ziel gesetzt und dann fünfzig und dann hundert. Du hast gedacht, die Welt gehört dir mit hundert Millionen, weißt du noch?«

»Hör schon auf, wir haben zu arbeiten. Was soll das? Psycho Eins in der Cleveland University?«

»Aber das war immer noch nicht genug«, fuhr Max fort, den Elias' Ungeduld nicht im geringsten störte. »Dann waren es fünfhundert Millionen. Und dann hast du eine Milliarde gehabt, obwohl Malcolm Forbes behauptet hat, es wären nur achthundert Millionen. Und jetzt hast du drei Milliarden. Wo soll das aufhören, Elias? Wieviel brauchst du noch?«

Elias schaute zu Max. »Ich kann nicht aufhören, Max. Es ist so scheißeinfach. Weißt du, wie das ist? Wie wenn man einem Löwen rohes Fleisch hinlegt.«

Selbst Max Luby, der alles über Elias Renthal wußte, hatte keine Ahnung von seinen diversen Geheimkonten bei Schweizer Banken mit Filialen in Nassau auf den Bahamas. Er glaubte, Elias fliege nur wegen seines neuen Ferienhauses, das er in Lyford Key baute, auf die Bahamas. Er wußte nicht, daß eins der Konten auf seinen Namen lief und eins auf Rubys Mädchennamen, R. Nolte. Er wußte nicht, daß Elias, immer wenn er einen Tip bekam – von einer Anzahl junger Anwälte, die in Firmen arbeiteten, die mit Fusionen zu tun hatten, oder von jungen Börsenmaklern, die Zugang zu Informationen hatten, die nicht jedermann verfügbar waren –, R-Gespräche mit seinen Schweizer Banken in Nassau führte, die für ihn kauften, und keiner erfuhr je davon.

Lord Biedermeier musterte von seinem Lieblingstisch bei Clarence's aus die Mittagsgäste mit Besitzerstolz. Er war es gewesen, wie er all seinen Freunden und Bekannten immer wieder gern erzählte, der den Namen für das beliebte Restaurant gefunden hatte, als Chick Jacoby nach einem Namen mit englischem Flair gesucht hatte. »Nenn es Clarence House«, hatte Lord Biedermeier vorgeschlagen, mit derselben Schlagfertigkeit, mit der er Autoren bessere Titel für ihre Bücher vorschlug. Bessere, als sie selbst je hätten finden können. Lord Biedermeier war ein großer Bewunderer der Königinmutter, der er den Ritterschlag verdankte, der seinem Titel vorausging, und war in der Vergangenheit oft Gast in ihrer Londoner Residenz gewesen, die Clarence House hieß. Wie bei allem, was Lord Biedermeier machte, spielte Snobismus eine große Rolle. Und er war entzückt, als Clarence House von den Leuten, denen der sehr penible Chick Jacoby dort einen Platz zukommen ließ, liebevoll als Clarence's bezeichnet wurde. Lord Biedermeier aß fast jeden Tag dort, wenn er in New York war.

Er winkte Charlie Dashwood zu, als Charlie an seinem Tisch vorbei zu Teddy Vermont ging, und fragte sich, warum die beiden Männer sich trafen. Lord Biedermeier plagte immer die Neugier, geschäftlich und gesellschaftlich, selbst wenn es um Leute ging, die er kaum kannte. Er starrte ungeniert auf die beiden, nahm sein Pincenez ab und rieb sich seine gerötete Nase, bevor er sich wieder der Fotokopie eines Artikels auf der Titelseite der heutigen *New York Times* über den bevorstehenden Zusammenbruch des Hotelimperiums von Oswald Slingerland zuwandte.

Er schob die Manschetten seines maßgeschneiderten

Turnbull-und-Asser-Hemdes hoch und schaute auf seiner Cartier-Uhr nach, wie spät es war. Normalerweise ließ er immer seine Gäste warten, aber er wollte es nicht riskieren, nach Elias Renthal anzukommen, der sich bei Clarence's nicht wohl fühlte, und war zehn Minuten vor der vereinbarten Zeit erschienen. Rochelle Prud'homme kam an seinem Tisch vorbei, er stand auf und küßte ihr die Hand.

»Die Party war wirklich bezaubernd, Rochelle«, sagte er.

»Deine Blumen waren wunderbar, Lucien«, sagte Rochelle.

»Wen triffst du denn hier?« fragte Lord Biedermeier.

»Meinen Verkaufsstab. Ich bringe eine neue Art flüssige Vitamine auf den Markt, aus lebenden Zellen von Schafsembryos«, sagte sie.

»Sieh mal an«, sagte Lord Biedermeier.

»Längeres Leben, Lucien«, sagte Rochelle.

»Ich meine das ernst mit deiner Biographie«, sagte Lord Biedermeier. »Ah, da ist ja Mr. Renthal.« Er beäugte Elias Renthals hellblauen Gabardineanzug kritisch. »Kennt ihr euch? Rochelle Prud'homme. Elias Renthal.«

»Hallo, Eli«, sagte Rochelle.

»Hallo, Roxy«, sagte Elias.

»Rochelle«, korrigierte sie ihn und schaute ihm streng ins Auge.

»Elias«, sagte er ebenso streng. »Tag, Lucien«, sagte Rochelle und ging zu ihrem Tisch. Der unfreundliche Ton zwischen Elias Renthal und Rochelle Prud'homme war Lord Biedermeier nicht entgangen.

»Alte Freunde, nehm ich an«, sagte er.

»Alte Bekannte wäre eine bessere Beschreibung«, sagte Elias.

»Geschäftliches Mißverständnis?« fragte Lord Biedermeier.
»Ein Raubzug auf Prud'homme-Haartrockner. Einer meiner wenigen Mißerfolge«, sagte Elias lächelnd. »Eine harte Nuß, Roxy Perkys, für so eine winzige Person.«
»Ich glaube, das ist genau das, was die Öffentlichkeit faszinieren wird, Elias, deine Takeovers. Wenn sich jemand von der Pieke hocharbeitet, ist das für das amerikanische Publikum unwiderstehlich. Sie haben den amerikanischen Traum erfüllt«, sagte Lucien Biedermeier. Er hielt inne, um den Wein und den Hauptgang zu bestellen; er bat Elias, sich seiner kulinarischen Auswahl anzuschließen, weil der Küchenchef, ein Ungar, den er aus Budapest kannte und der später im Ritz in London gearbeitet hatte, genau wußte, wie sein spezielles Lieblingsgericht zubereitet werden mußte, das er telefonisch bestellt hatte.
»Haben Sie je geschrieben?« fragte Lord Biedermeier.
»Nur Schecks für Ruby«, erwiderte Elias lachend, als hätte er ein *bon mot* zum besten gegeben.
Lord Biedermeier lächelte gütig und sagte dann: »Nein, ich meine jetzt ernsthaft.«
»Ich hab nicht die Zeit, alles zu tun, was ich möchte«, sagte Elias. »Woher, zum Teufel, soll ich die Zeit nehmen, meine Autobiographie zu schreiben, Lord Biedermeier?«
»Ich heiße Lucien, Elias«, sagte Biedermeier. »Sie müssen kein Wort schreiben. Ich werde alles arrangieren. Sie müssen lediglich zwei Stunden dem Schriftsteller, den ich für Sie arrangieren werde, zur Verfügung stehen. Sie erzählen ihm oder ihr einfach Ihre Geschichten, und das Schreiben wird für Sie erledigt. So einfach ist das.«
»Sobald ich aus London zurück bin, werde ich mich mit dem Schreiber treffen«, sagte Elias. Allmählich gefiel ihm die Idee einer Autobiographie.

»Wie lange werden Sie weg sein?«

»Nur ein paar Tage. Wir werden im Claridge's Hotel wohnen.«

»Nein, nein, nein«, sagte Lord Biedermeier. »Sagen Sie einfach Claridge's. Nicht *das* Claridge's. Und Claridge's Hotel auch nicht. Du liebe Güte, niemals. Sagen Sie einfach Claridge's.«

»Was macht das schon für einen Unterschied?« fragte Elias.

»Das sind die kleinen Signale, an denen sich Leute wie wir erkennen«, sagte Lord Biedermeier.

»Glauben Sie, ich werde diese ganzen Ins und Outs je lernen?«

»Aber natürlich, Elias, natürlich.«

»Ich hab da so eine Idee, Lucien«, sagte Elias, holte einen Kamm heraus und kämmte sich das Haar, während er weiterredete.

»Nein, nein, nein, das dürfen Sie nie tun, Elias«, sagte Lucien.

»Was tun?«

»Ihr Haar bei Clarence's kämmen. Ich meine, das schickt sich einfach nicht.«

»Mein Gott, Sie hören sich ja an wie Ruby. Sie sagt mir auch dauernd, daß ich alles falschmache. Außer Geld natürlich. Darüber wollte ich mit Ihnen reden. Der Profit aus diesem Buch. Es wird doch Profit machen, nehme ich an?« sagte Elias.

»Diese Hoffnung haben wir beim Verlegen immer, Elias, und momentan besteht ein großes Interesse an Tycoon-Biographien, besonders solcher Tycoons, die es allein an die Spitze geschafft haben. Wir bei Biedermeier und Lothian haben allen Grund, ein großes Interesse an der

Geschichte Elias Renthals zu erwarten, besonders nach Ihrer kürzlichen Heirat. All das Hin und Her nach Ihrer letzten Scheidung wäre beim mittelständischen amerikanischen Publikum nicht gut angekommen, vor allem bei einem Mann in Ihrem Alter, aber jetzt, mit Ruby, werden Sie sich Ihren Platz in New York erobern. Wie geht es der göttlichen Ruby?«

Elias Renthal wünschte von ganzem Herzen, er hätte Lord Biedermeier in einem Anfall brüderlicher Kameradschaft an Bord der Concorde von London nach New York nicht erzählt, daß Ruby, wie er es damals ausdrückte, seine beiden Eier gleichzeitig in den Mund nehmen konnte. Und vor allem wünschte er sich von ganzem Herzen, er hätte nicht auch noch hinzugefügt: »Und ich hab große Eier.« Damals hatte er nicht gewußt, daß er Ruby Nolte heiraten würde. Er wußte, woran Lord Biedermeier dachte, wenn er Ruby sah. Er fragte sich, ob Lord Biedermeier anderen Leuten erzählt hatte, was er ihm anvertraut hatte. Er hätte es weitererzählt, wenn Lord Biedermeier ihm etwas Ähnliches von einem Mädchen, mit dem er was hatte, anvertraut hätte.

»Ruby und ich haben gedacht, wir sollten den Profit aus dem Buchverkauf den Obdachlosen von New York oder den Familien von Gewaltopfern oder irgend so was schenken, so als Reklamegag.«

»Eine wunderbare Idee, Elias. Da gibt es diesen Polizisten, der vom Kampf mit einem Drogenhändler gelähmt ist. Dem könnten Sie es geben. Das Publikum liebt so etwas.«

»Oh, Scheiße«, sagte Elias.

»Wie bitte?« fragte Lord Biedermeier.

»Ich hab was von dem Gulasch, das Sie bestellt haben, auf meinen neuen Anzug gekleckert.«

»Ziemlich gewagt, was Sie da tragen«, sagte Lord Biedermeier.
»Gefällt Ihnen mein neuer Anzug nicht?« fragte Elias.
»Ich habe hellblauen Gabardine nie gemocht.«
»Oh.«
»Aber er gefällt mir bei weitem besser als der rostfarbene Gabardine, den Sie gestern im Büro angehabt haben.«
»Ich mach einfach alles immer falsch. Versuchen Sie mir das zu sagen?«
»Ich glaube, bei Ihrer ständig besseren Stellung in der Stadt sollten Sie Ihrer Kleidung mehr Aufmerksamkeit schenken. Dunkles Grau, dunkles Blau. Und ganz zarte Nadelstreifen. Sie müssen mir erlauben, Sie zu meinem Schneider zu bringen«, sagte Lord Biedermeier. »Und wenn wir schon mal dabei sind, zu welcher Maniküre gehen Sie?«
»Blanchette, in meinem Büro«, sagte Elias.
»Sie müssen Blanchette in Ihrem Büro sagen, sie muß Ihre Nägel polieren. Dieser glänzende Lack ist schrecklich gewöhnlich.«
Elias starrte verwundert seine Finger an. Er fragte sich, ob er wohl je alles lernen würde, was er lernen sollte.
»Ich kapier's einfach nicht«, sagte Elias mit Blick auf die Tür, wo Chick gerade einige Kunden wegschickte, deren Aussehen ihm mißfiel.
»Was begreifen Sie nicht, Elias?« fragte Lord Biedermeier.
»Diese Kneipe. Clarence's. Warum schlagen sich die Leute drum, hierherzukommen?«
»Es ist billig. Das ist Chick Jacobys Geheimnis.«
»Das kapier ich eben nicht.«
»Mein lieber Elias. Das werden Sie lernen. Billige Gelegenheiten sind das Schönste für Reiche, besonders wenn

diese billige Gelegenheit ausschließlich ihnen vorbehalten ist.«
»Warum kann Ruby das nicht lernen? Sie mag nur das, was am meisten kostet.«
»Oh, schaun Sie, wer da kommt«, sagte Lord Biedermeier mit Blick zur Tür, wo Chick gerade mit überschwenglichen Gesten Gäste begrüßte, was zeigte, wie wichtig sie waren. »Der Mann neben Jamesey Crocus ist Dimitri Minardos. Einige Leute nennen ihn Mickie Minardos.«
»Wer, zum Teufel, ist Dimitri Minardos? Ruby weiß, wer all die Leute sind, aber ich nie«, sagte Elias und strich Butter auf ein Brötchen.
»Er entwirft Schuhe.«
»Schuhe? Ist das denn so was Tolles? Schuhe?« fragte Elias verächtlich.
»Dimitri Minardos' Name ist diese Woche in aller Munde«, sagte Lord Biedermeier.
»Was hat Dimitri Minardos denn gemacht?«
»Die faszinierende Loelia Manchester hat sich Hals über Kopf in ihn verliebt, und Ruby weiß ganz sicher, wer Loelia Manchester ist.«
»Verdammt, wenn Ruby doch bloß hier wäre«, sagte Elias.

Ruby war zu diesem Zeitpunkt gerade damit beschäftigt, mit Cora Mandell die Neugestaltung der riesigen Wohnung zu besprechen, die sie und Elias vor kurzem von Matilda Clarke gekauft hatten, die es sich selbst vor Sweetzers Tod nicht mehr hatte leisten können, dort zu wohnen.
»Diese Vorhänge waren sicher mal sehr hübsch«, sagte Ruby. »Aber ich wette, die hängen da schon seit den fünfziger Jahren.«

»Diese Gardinen wurden 1958 angefertigt«, sagte Cora Mandell.

»Woher wissen Sie das?«

»Ich hab dieses Zimmer 1958 für Sweetzer Clarkes Mutter eingerichtet, bevor Sweetzer und Matilda geheiratet haben.«

»Ich bin froh, daß ich gesagt habe, die Vorhänge sind hübsch«, sagte Ruby.

»Ich habe diese Gardinen aus altem Damast anfertigen lassen, den Sweetzers Mutter in der Fortuny-Fabrik in Venedig gefunden hatte.«

Jedesmal, wenn Ruby *Vorhänge* sagte, wiederholte Cora Mandell das Wort *Gardinen* im nächsten Satz, um Ruby zu zeigen, daß man *Vorhänge* einfach nicht sagt, ohne jedoch die neureiche Frau zu korrigieren, die sich so sehr wünschte, daß Cora Mandell ihre Wohnung einrichten möge. Beim drittenmal hatte es Ruby Renthal kapiert und nahm das Wort *Vorhänge* nie wieder in den Mund.

»Heutzutage kostet es natürlich wesentlich mehr, ein Fenster zu machen als 1958«, sagte Cora.

Ruby Renthal schien Geld völlig gleichgültig zu sein, aber Cora Mandell sprach trotzdem immer wieder davon, damit später keine Mißverständnisse entstehen konnten.

»Sie müssen pro Fenster mit etwa siebentausend Dollar rechnen. Natürlich ist das inklusive Besatz«, sagte Cora.

Ruby schien keine Einwände zu haben.

»Mich interessiert nur, wie lange es dauert, nicht, wieviel es kostet«, erwiderte Ruby.

»Wie viele Fenster sind es denn?«

»Neunzig vielleicht, in allen drei Stockwerken, aber ich denke, für die Dienstbotenräume reicht irgend etwas Hübsches von der Stange«, sagte Ruby.

»Genau«, pflichtete ihr Cora bei.

»Wir haben ein neues Gemälde, einen Monet mit Seerosen, und ich dachte, die Wände in diesem Zimmer sollten in demselben Rosa wie das Innere der Seerosen sein«, sagte Ruby. »Rosa ist zufällig meine Lieblingsfarbe.«

»Pflaumenfarben wäre, glaube ich, hübscher als Rosa. Lackiert. Neunzehn bis zwanzig Schichten Lack«, sagte Cora.

»Klingt nett«, sagte Ruby.

»Haben Sie Möbel, die Sie mir zeigen möchten, Mrs. Renthal?« fragte Cora.

»Wir müssen alles neu kaufen«, erwiderte Ruby.

»Für alle drei Stockwerke? Meiner Treu«, sagte Cora. »Wollen Sie damit sagen, da gibt es nichts zu retten?«

»Wir fangen ganz neu an«, sagte Ruby. »Aber ich möchte alles erstklassig.«

»Ich verstehe. In ein paar Wochen gibt es in London eine Auktion.«

»Ich liebe Auktionen«, sagte Ruby.

»Die Orromeo-Familie ist in Nöten und verkauft ihre unbezahlbare Möbelsammlung.«

»Meiner Treu«, sagte Ruby, die sich Coras Ausspruch sofort angeeignet hatte.

»Da gibt es ein paar Konsolen, schönstes achtzehntes, mit eingelegten Widderköpfen, atemberaubend. Sie würden wunderbar zu beiden Seiten des Kamins passen, mit dem Monet über dem Kamin«, sagte Cora. Selbst in diesem opulenten Jahrzehnt und trotz der vielen Neureichen passierte es nicht mehr oft, daß jemand ihr Carte blanche für eine Wohnung mit einundvierzig Zimmern gab. Ihr wurde mit einemmal bewußt, daß sie danach endlich genug beiseite hätte, um sich zur Ruhe zu setzen.

»Wir können im Jet meines Mannes hinfliegen«, sagte Ruby.
»Meiner Treu, wie nobel«, sagte Cora.
»Wir werden uns prächtig verstehen, Mrs. Mandell«, sagte Ruby.
»Ja, Mrs. Renthal«, erwiderte Cora.

Lil Altemus saß im Fond ihres Wagens neben ihrer Tochter und starrte hinaus auf den Central Park, während sie ihre Pläne für den heutigen Tag in Gedanken ordnete. »Klopf ans Glas, Justine, sei so gut und sag Joe, er soll mich zuerst zum Van-Degan-Gebäude bringen.«
»Ja, Mutter«, sagte Justine. Sie zog ihren Handschuh aus und klopfte mit ihrem Ring ans Glas. »Joe, Mutter möchte zuerst zum Van-Degan-Gebäude.«
»Okay, Miss Justine«, sagte Joe und schob das Glas wieder zu.
»Ist das dein Verlobungsring?« fragte Lil.
»Ist er nicht perfekt?« fragte Justine herausfordernd.
»Laß mal sehn«, sagte Lil.
Justine streckte ihrer Mutter die Hand entgegen.
Lil nahm Justines Hand und beäugte den Verlobungsring ihrer Tochter kommentarlos. Sie öffnete ihre Handtasche, nahm ihre Lesebrille heraus und nahm wieder Justines Hand. »Das ist nicht mal ein Rubin«, sagte Lil. »Ich dachte, du hättest gesagt, er schenkt dir einen Rubin. Aber das ist ja bloß ein Granat. Er hat dir einen Granat mit ein paar armseligen, kleinen Diamanten drumrum geschenkt. Also, jetzt tu bitte nicht so, als wär das was Tolles, das ist es nämlich nicht. Wenn ich etwas nicht ausstehen kann, dann ist es ein Geizhals. Entweder sagst du es Mr. Slatkin, oder ich sag ihm, daß das nicht geht. Ein Mann, der

vierhunderttausend Dollar im Jahr verdient, kann sich was Besseres als einen Granat leisten.«
»Woher weißt du, wieviel Bernie verdient?« fragte Justine. »Nicht mal ich weiß das.«
»Onkel Laurance hat ihn überprüfen lassen.«
»Mutter, das kann ich Bernie nicht sagen. Der Ring hat seiner Mutter gehört.«
»Ja, da bin ich mir sicher.« Lil wandte sich ab und schaute wieder aus dem Fenster. »Du meine Güte, schau dir das an. Da ist Loelia Manchester. Und sie hält mitten auf der Fifth Avenue Händchen mit Mickie Minardos. Ich trau wohl meinen Augen nicht! Schau! Jetzt küßt er sie auch noch, mitten auf der Straße!«
»Und Loelia erwidert seinen Kuß. Den Teil der Geschichte darfst du nicht vergessen, Mutter«, sagte Justine.
»Das ist doch wirklich nicht zu fassen«, sagte Lil. Sie lehnte sich zurück und starrte geradeaus. »Ich steig hier aus, Joe«, rief sie dem Chauffeur zu, als er vor dem Van-Degan-Gebäude anhielt. Sie wandte sich zu Justine. »Ich muß zu Onkel Laurance, Justine. Du brauchst nicht mitzukommen. Warum übernimmst du nicht meinen Friseurtermin bei Bobo? Dann kannst du meine Schuhe bei Delman's abholen und bei Tiffany nachsehn, ob die Karten für die Verlobungsparty schon da sind. Nevel möchte, daß du dir ein paar Entwürfe fürs Hochzeitskleid ansiehst, aber das kannst du ja auch morgen noch machen. Ich treffe mich mit Matilda Clarke bei Clarence's zum Lunch und ich bin sicher, Matilda Clarke würde dich gerne sehen, also komm, aber zeig um Gottes willen Matilda den Ring nicht.«

»Großer Gott, Lil«, sagte Laurance Van Degan. Er stand auf, ging zum Fenster seines Büros und schüttelte angewidert den Kopf, während er vierzig Stockwerke auf die Straße hinunterschaute, als Lil ihm, wie immer, mit vielen Umschreibungen die Geschichte der neuesten Verfehlung ihres geliebten Sohnes Hubie erzählte. »Ich dachte immer, solche Leute erschießen sich.«

»Laurance, wie kannst du so etwas Furchtbares über Hubie sagen?« schrie Lil wie eine Löwin, die ihr Junges verteidigt. Lil wollte natürlich nicht, daß Hubie sich erschoß, weil sie ihn liebte, wie sie Justine nie hatte lieben können. Sie hatte es aber immer sehr edel gefunden, wenn ›Leute wie diese‹ Selbstmord begingen, als Laurance und sie noch jung waren. Wie zum Beispiel Warkie Taylor, der sich in Yale erhängt hatte, und der arme, süße Mungo Fitz Alyn, Dodo Fitz Alyns Onkel, der eines Mitternachts still über die Reling der *Queen Elizabeth* irgendwo zwischen New York und Southampton verschwunden war und erst nach zwei Tagen vermißt wurde, damals nach der schrecklichen Geschichte an Bord mit diesem Matrosen, der beim Verhör so gelogen hatte.

»Jetzt beruhig dich, Lil«, sagte Laurance.

»Sobald das richtige Mädchen auftaucht, wird Hubie zur Vernunft kommen, und alles wird wunderbar, Laurance, das garantier ich. Schau, wie wunderbar seine Kunstgalerie läuft.«

»Okay, Lil«, sagte Laurance. »Ich werde ein paar Anrufe machen. Sag Hubie, er muß herkommen und mit mir reden.«

»Das wird er nicht, Laurance.«

»Wenn er will, daß sein Name nicht in der Zeitung erscheint, sag ihm, er muß herkommen.«

»Ja, Laurance. Danke dir, Laurance.«

»Oh, und noch eins, Lil, du mußt mir auch einen Gefallen tun.«

»Natürlich, Schatz, was du willst«, sagte Lil, nahm ihre Handtasche und hielt ihrem Bruder den Nerzmantel hin, damit er ihr hineinhelfen konnte.

»Wenn die Einladungen für Justines Hochzeit rausgehen, dann lade Mr. und Mrs. Elias Renthal ein. Sie leben in Matilda Clarkes alter Wohnung.«

»Das kann doch nicht dein Ernst sein, Laurance.«

»Das ist mein Ernst, Lil.«

»Du meinst den fetten Mann mit den hellblauen Gabardineanzügen, der die übelriechenden Zigarren raucht und dessen Frau versucht, sich in jedes Komitee New Yorks reinzudrängeln? Niemals. Justines Hochzeit ist nur für Familie und Freunde.«

»Familie, Freunde und die Renthals, Lil.«

»Aber warum?«

»Weil ich dich drum bitte.«

9

Loelia Manchester und Mickie Minardos, deren Romanze die Gerüchteküche der New Yorker Gesellschaft fast zum Überkochen brachte, zeigten sich das erste Mal gemeinsam in der Öffentlichkeit bei der Premiere von *Carmen* in der Metropolitan Opera. Aber sie hielten sich an die Regeln und saßen nicht als Paar zusammen, sondern nur in derselben Loge mit einer sehr schicken Gesellschaft. Loelia kam mit Ezzie Fenwick, dem witzigsten Mann New Yorks, der sie schon früher, mit Genehmigung ihres Mannes, begleitet hatte, wenn Ned Manchester, müde vom Squash im Racquet Club, nicht jede Nacht ausgehen und die Künstler treffen konnte, die Loelia so faszinierend und Ned so langweilig fand.

»Mickie Minardos?« hauchte Lil Altemus entsetzt in ihrer Loge, ohne einen Blick auf Loelias Loge zu riskieren. »Ich glaub es einfach nicht. Es kann doch nicht wahr sein. Ich meine, Mickie ist göttlich. Soviel Fantasie. So amüsant. Und ein *so* guter Tänzer. Hast du je mit Mickie Tango getanzt, Matilda? Zum Sterben. Und der beste Gesellschafter für ein Wochenende oder auf einem Boot. Aber heiraten? Loelia kann doch unmöglich dran denken, ihn zu heiraten. Ich meine, das kann sie doch einfach nicht.«

Aller Augen waren auf Mickies Loge gerichtet. Sie nannten sie Mickies Loge, und Mickie spielte Gastgeber, aber alle Eingeweihten wußten, daß Loelia bezahlte.

»Um Himmels willen, hör doch auf, in ihre Loge hochzustarren, und starr vor allem nicht mit dem Opernglas«, flüsterte Ruby Renthal ihrem Mann Elias im Parkett zu, obgleich die Romanze zwischen Loelia Manchester und Mickie Minardos sie noch mehr faszinierte als ihren Mann.

»Sie steht mit dem Rücken zum Publikum, also kann sie mich nicht sehen«, sagte Elias.

»Bist du sicher?« fragte Ruby.

»Außer sie hat Augen am Hinterkopf«, erwiderte Elias.

»Was trägt sie?«

»Rosa.«

»Lange Ärmel? Hochgeschlossen?«

»Ja.«

»Das ist ein Nevel. Das Kleid hätte ich fast bestellt«, sagte Ruby und wünschte, sie hätte. Man stelle sich nur vor, was für eine Aufregung es gewesen wäre, wenn sie und Loelia Manchester, die alle für die bestangezogene Frau der New Yorker Gesellschaft hielten, im gleichen Nevel-Kleid in der Oper erschienen wären.

»Wer ist der fette Mann mit dem Opernglas, der uns anstarrt?« fragte Mickie Minardos. Mickie Minardos war als Designer von Frauenschuhen reich und berühmt geworden, obwohl er und seine Jünger und vor allem Loelia Manchester der Meinung waren, sein künstlerisches Talent sei zu viel Größerem fähig. Sie sagten, er hätte Bühnendesigner, Ballettausstatter und sogar Opernausstatter werden können. Seine Kommentare über das heutige Bühnenbild waren vernichtend, aber sehr amüsant gewesen.

»Er heißt Elias Renthal«, erwiderte Ezzie Fenwick. »Er ist eine Milliarde wert, wie ich höre, bei der letzten Zählung. Und er hat sie in nur acht bis neun Jahren gemacht.«

»Oh, und seine Frau ist so aufdringlich«, sagte Loelia, ohne sich umzudrehen. »Ruby heißt sie. Sie haben Matilda Clarkes Wohnung gekauft, und Cora Mandell richtet sie für sie ein. Du müßtest Coras Geschichten darüber hören. Zu komisch.«

»Wie ist er?« fragte Mickie.

»Er nennt einen Smoking einen Affenanzug«, erwiderte Ezzie.

»Du meine Güte«, sagte Loelia.

»Aber alles, was er anfaßt, wird zu Gold. Er kann einfach nicht genug Geld kriegen. Und diese Leute lernen sehr schnell«, sagte Ezzie, der alles über alle wußte.

»Er ist angeblich ein großer Kunstsammler, dank Maisie Verdurin, die jeden seiner Schritte leitet, und die Wohnung wird um die Bilder herum eingerichtet, laut Cora«, sagte Loelia.

»Elias Renthal hat eine großartige Sammlung, aber als großen Sammler würde ich ihn wahrhaftig nicht bezeichnen«, sagte Jamesey Crocus aus seiner Ecke der Loge, und alle drehten sich zu ihm, weil Jamesey Crocus mehr über französische Möbel und Kunstsammeln wußte als jeder andere Mann in New York. Jamesey war zwar ursprünglich aus Seattle, sprach aber mit englischem Oberklassenakzent, den er sich bei einem einjährigen Trainingskurs in einem Londoner Auktionshaus angeeignet hatte, und er behauptete, als letzter Schüler Bernard Berensons bei I Tatti in Florenz studiert zu haben. »Er hat wahrscheinlich dreißig echte Meisterwerke und viele andere gute Bilder, aber ihr müßt euch vorstellen, er hat die ganze Sammlung in zwei Jahren zusammengetragen und kauft nur Bilder für spezielle Plätze in seiner Wohnung. Ein großer Sammler hört nie auf zu kaufen. Und außerdem kann ich keinen

als Sammler ernst nehmen, der auch wie Elias diese Steuben-Tiere sammelt.«
»Wie kann man in so kurzer Zeit soviel Geld verdienen?« fragte Mickie Minardos.
»Zuerst Flugzeugreifen, irgendwo draußen in Ohio. Dann eine Hamburger-Franchise. Das wirkliche Geld stammt vom Aufkauf der Miranda Industries, womit er angeblich in weniger als zwei Jahren drei Milliarden gemacht hat«, sagte Ezzie.
»Du lieber Himmel!« sagte Loelia. Alle waren fassungslos ob solcher Geldbeträge. »Aber das kann doch nicht legal sein?«
»Jeder, der in so kurzer Zeit soviel Geld gemacht hat, kann es unmöglich auf legale Weise getan haben. So was ist einfach unmöglich, aber das soll nicht unsere Sorge sein«, sagte Jamesey Crocus, der mehr an Sammlungen für wohltätige Zwecke interessiert war. »Schaut nur, was er für das Museum tut. Ich mag an Elias, daß man ihn einfach anrufen und um sechshunderttausend oder siebenhundertfünfzigtausend Dollar bitten kann, oder was immer man braucht, für ein Ausstellungsstück oder einen Kauf, und er gibt es einem einfach oder auch nicht. Er trifft all seine Entscheidungen allein, und natürlich ist er sehr großzügig. Aber man kann es nur so und so oft machen, dann erwarten Leute wie Elias Renthal eine Gegenleistung.«
»Das Problem mit solchen ist, daß sie früher oder später zum Essen eingeladen werden wollen«, sagte Loelia.
»Und mehr«, sagte Jamesey.
»Zum Beispiel?«
»Einen Posten in unserem Aufsichtsrat im Museum.«
»O nein. Nein, nein, nein«, sagte Loelia. »Das geht doch nicht. Dazu ist er zu ungeschliffen.«

»Genau«, sagte Jamesey und nickte ernst.
»Ich spiele bei einigen Herrendoppeln mit«, sagte Laurance Van Degan aus dem rückwärtigen Teil der Loge, »aber ich habe noch nie mit jemandem wie Elias Renthal gespielt. Der Mann spielt Tennis wie Krieg.«
»Ich hab mir sagen lassen, so führt er auch seine Geschäfte«, sagte Jamesey.
»Ich würde mich zu gerne umdrehn und Mr. Renthal anschaun«, sagte Loelia. »Gib mir dein Opernglas, Mickie. Seine Frau starrt mich beim Friseur an, und Bobo sagt, sie läßt sich die Haare immer genau so machen wie ich.«
»Sieht hübsch aus«, sagte Mickie.
»Das wär sie vielleicht auch, wenn die Nase ihre eigene wäre«, sagte Loelia und schaute durch das Glas die Renthals an. »Dr. Apted.«
»Wer?«
»Dr. Apted macht kleine, nach oben gebogene Nasen, wo man direkt in die Nüstern schauen kann.«
Als die Fotografen der Mode- und Gesellschaftspresse während der Pause die geschlossenen Türen der Loge von Dimitri Minardos belagerten, in der Hoffnung, ein Bild von Loelia Manchester zusammen mit Mickie zu erhaschen, zeigte sich Loelia, die sich wegen ihrer vielen Wohltätigkeitsveranstaltungen immer gut mit der Presse stellte, zusammen mit Ezzie Fenwick, der sich wahnsinnig gerne fotografieren ließ, den die Presse aber nicht fotografieren wollte. Mickie blieb unerreichbar in seiner Loge.
Ezzie kritisierte alles. Er hatte soviel Freizeit, daß er immer alle neuen Filme als erster sah, alle neuen Theaterstücke, neuen Ausstellungen, musikalischen Ereignisse, neuen Kollektionen sowohl in Paris als auch in New York,

und er konnte die Leute beim Lunch oder bei Dinnerparties mit seinen geistvollen Kritiken unterhalten, weil es ihm, offen gesagt, Spaß machte, Zeuge von Reinfällen zu werden.

»Einfach grauenhaft!« sagte er und rollte gespielt entsetzt die Augen über die *Carmen*, die gerade gesungen wurde, und verkündete mit lauter Stimme, die Rolle der Carmen würde schlicht und einfach die Sopranistin auf der Bühne überfordern. Während des zweiten Aktes, nachdem sich die Fotografen bis zur zweiten Pause an die Bar zurückgezogen hatten, sammelte Ezzie die Belegschaft der Loge, und sie schlichen sich kichernd, auf Zehenspitzen, zu einer wunderbaren Party, die, wie er erfahren hatte, im Rhinelander stattfand.

Nach der Oper saß Ruby Renthal untröstlich an ihrem Zehntausend-Dollar-Tisch auf der Promenade des Opernhauses und musterte den leeren Tisch neben dem ihren. Ruby hatte sich diesen Tisch gesichert, der strategisch neben dem plaziert war, an dem Loelia Manchester mit Dimitri Minardos und ihrer Gruppe hätte essen sollen, was durch die Zusage einer größeren Summe für die Opera Guild bei Janet Van Degan gesichert worden war. Aber die Gruppe war einfach entschwunden.

»Elias, man wischt seinen Teller nicht mit dem Brötchen leer«, flüsterte Ruby irritiert. »Du sollst ein bißchen einfach stehenlassen.«

»Ich hab aber Hunger, Ruby.«

»Ich weiß, was wir machen werden. Der Koch soll dir was machen, bevor wir auf solche Veranstaltungen gehen, und dann kannst du im Essen herumstochern wie all die anderen Leute, wenn wir zu Abend essen.«

»Gute Idee«, sagte Elias und nahm die Hand seiner Frau. Elias' Fliege war auf einer Seite schwarz und auf der anderen rot, und beim Binden wurde dadurch die linke Hälfte rot und die rechte schwarz. Er war anscheinend sehr stolz darauf, so als würde er eine neue Mode kreieren.
»Schatz, diese Fliege muß weg«, sagte Ruby.
»Aber ich hab sie doch gerade erst gekauft«, sagte Elias. »Was ist denn damit?«
»Es ist die einzige zweifarbige Fliege hier, das ist damit.«
»Es ist das Neueste, hat der Typ in dem Laden gesagt.«
»Das Neueste irgendwo anders, aber nicht hier.«
»Aber –«
»Auf der Einladung stand schwarze Fliege. Nicht halb schwarz und halb rot. Wir sind nicht in der Position, eine neue Mode zu kreieren.«
»Noch nicht«, sagte Elias.
»Noch nicht«, stimmte Ruby zu und lächelte ihn an. Sie schaute noch mal zu dem leeren Tisch neben ihnen. »Was wohl mit Mickie und Loelia passiert ist?«

10

»Ich glaube, ich werde mich ein bißchen betrinken, wenn du nichts dagegen hast«, sagte Hubie Altemus. »Überall dieser gräßlich gute Champagner, der einfach so rumsteht.«

»Wie komm ich darauf, daß du nicht trinkst?« fragte Lil und beobachtete ihren Sohn im Spiegel ihres Toilettentisches. Er erwiderte ihren Blick, als er eine Flasche Champagner von einem Silbertablett nahm und sich ein Glas eingoß. Lil senkte den Kopf und konzentrierte sich auf den Verschluß eines mit Diamanten und Saphiren besetzten Armbandes.

»Ich weiß wirklich nicht, wie du darauf kommst, Mutter«, erwiderte Hubie.

»Wie heißt er noch, dein Freund aus der Galerie, der mit dem spanischen Namen?«

»Juanito?«

»Ja, Juanito. Ich dachte, Juanito hat dich dazu gebracht, mit dem Trinken aufzuhören.«

»Hat er. Ich hab gerade einen kleinen Ausrutscher, wie es in manchen Kreisen heißt, zu Ehren der zukünftigen Eheleute.«

»Du wirst dich doch vor der Familie benehmen, nicht wahr, Hubie?«

Hubie goß sich noch ein Glas Champagner ein und ließ dabei seine Mutter nicht aus den Augen.

»Ich wünschte, du hättest einen Anzug angezogen, Hubie. Nicht diese verdammten Jeans. Und du wirst dir eine Krawatte leihen müssen. Die ganze Familie ist hier, da kannst du nicht so rumlaufen. Du weißt doch, wie Onkel Laurance ist.«
Hubie lachte.
»Was hat Onkel Laurance gesagt, Hubie?« fragte Lil. »Du warst doch heute bei Onkel Laurance, oder?«
»Er hat gesagt, ich wäre eine Schande für die Familie. Er hat gesagt, ich würde überhaupt keine Rücksicht auf dich nehmen. So in der Richtung. Er hat gesagt, er hätte geglaubt, Leute wie ich würden sich erschießen.«
»Das kann er doch nicht gesagt haben!« widersprach Lil.
»Er hat gesagt, es wäre das letzte Mal, das unwiderruflich letzte Mal, daß er mir aus der Patsche hilft. Er hat gesagt, es wär ihm scheißegal, was ich ab jetzt mache.«
»Also wirklich, Hubie. Du weißt doch, daß ich solches Gerede nicht ertragen kann.«
»Er ist dein Bruder, Mutter. Du hast mich gefragt, was er gesagt hat, und ich hab's dir erzählt.«
»Du wirst doch nicht wieder in Schwierigkeiten geraten, Hubie, nicht wahr?« Lil schaute hoch zu ihrem Sohn. Ihre Blicke trafen sich einen Moment, dann sahen beide weg.
»Komm, Schatz. Bringen wir einfach diese verdammte Party hinter uns, und dann setzen wir uns zusammen und sprechen uns mal so richtig aus.«
»Ich bleib nicht zur Party, Mutter«, sagte Hubie.
»Natürlich bleibst du zur Party. Wir finden eine Krawatte für dich. Es ist schließlich die Verlobungsparty deiner Schwester. Und deine alte Mutter braucht dringend moralische Unterstützung.«
»Ich kann nicht bleiben.«

»Fulco hat dieses Armband vor ewigen Zeiten aus Großmama B.B.'s Tiara für mich gemacht, aber in dreißig Jahren hab ich es nicht gelernt, diesen verflixten Verschluß zuzumachen. Machst du's bitte zu, Hubie?« Sie streckte ihm den Arm entgegen. »Warum kannst du nicht bleiben? Magst du Bernie Slatkin nicht?«

»Ich mag Bernie Slatkin sogar sehr gerne. Wenn er doch auch nur so begeistert von der Hochzeit wäre wie Justine«, sagte Hubie.

»Was soll das denn heißen?« fragte Lil und wedelte mit ihrem Handgelenk vor Hubies Gesicht herum.

»Genau das, was ich sage.«

»Ach, sei doch nicht albern. Er ist ganz verrückt nach Justine.«

»Nein. Justine ist verrückt nach ihm. Das ist nicht dasselbe.«

»Klingel bitte nach Lourdes, ja, Hubie? Sie wird eine Krawatte für dich finden. In deinem alten Zimmer müssen doch welche sein. Oder in der Geschenkeschublade.«

»Mutter, ich hab gesagt, ich bleib nicht zur Party.«

»Aber warum denn nicht?«

»Ich kann die Scheiß-Van Degans nicht sehen«, sagte Hubie, nahm das Handgelenk seiner Mutter und machte ihr das Armband zu.

»Sogar dein Großvater kommt.«

»Genau das mein ich doch. Großvater Van Degan. Onkel Laurance. Tante Janet. Die junge Schweinebacke Laurance und seine armselige Frau mit den selbstgenähten Kleidern. Ich kann sie alle nicht ausstehen. Bis auf die arme Dodo.«

»Es hat geklingelt. Die ersten kommen schon. Mach doch bitte auf, Hubie.«

»Dafür hältst du dir doch einen Butler, Mutter. Ich geh hinten raus.«
»Justine wird so enttäuscht sein.«
»Wenn einer mich versteht, dann Justine.«
»Du siehst müde aus, Hubie.«
»Ich schlafe schlecht.«
»Du gehst zu lange aus. Daran liegt's.«
»Nicht mehr.«
»Findest du nicht, daß du zu dünn wirst, Hubie?«
»Ja, schon«, erwiderte er.
»Wir alle lieben es, dünn zu sein. ›Man kann weder zu reich noch zu dünn sein‹, hat die Herzogin immer zu Mutter gesagt, aber es gibt Grenzen.«
»Wiedersehn, Mutter.«

»Eins solltest du wissen, Bernie«, sagte Justine.
»Was denn?« fragte Bernie. Sie standen in Lils Salon und warteten auf die Gäste, während Hubie sich mit seiner Mutter unterhielt.
»Mutter kann manchmal schrecklich sein. Höflich und charmant, ja, aber schrecklich.«
Bernie lachte. »Ich habe Edith Wharton gelesen. Ich weiß, wie Leute wie deine Mutter sind.«
Justine gab Bernie einen Kuß auf die Wange. Sie war fasziniert, weil er sich weder vor ihrer Familie noch vor ihrem Lebensstil fürchtete. Bernie war zu Lil und den anderen Van Degans immer sehr charmant und höflich, aber er gab nie nach, wenn unangenehme Themen wie Politik und Religion ins Gespräch kamen. Er hatte sich sogar einmal über den Präsidenten und die First Lady lustig gemacht, obwohl er genau wußte, daß Lil und ihre Freunde sie verehrten und gelegentlich zu Gast hatten.

Und er widersprach auch nicht, wenn nach dem anschließeden unvermeidlichen Schweigen Onkel Laurance erklärte, die Medien hätten häufig sehr liberale Ansichten.

»Nur wieder eine von meinen langweiligen Migränen«, sagte Lil Altemus zu ihrem Vater, Ormonde Van Degan, der nach seinem achtzigsten Geburtstag vor vier Jahren nur noch selten bei gesellschaftlichen Ereignissen erschien, geschweige denn auf Cocktailparties. Lil lag während der gesamten Cocktailparty anläßlich der Verlobung ihrer Tochter Justine mit Bernard Slatkin elegant drapiert auf einem tiefrot gepolsterten Damastsofa am äußersten Ende ihres Salons mit Aussicht auf die Fifth Avenue. Ormonde Van Degan war früher in Bankwesen, Politik und Gesellschaft genauso angesehen gewesen wie augenblicklich sein Sohn Laurance, aber das Alter hatte seinen Zoll gefordert. Seine Anwesenheit wurde jetzt von Lils und Laurances Freunden mit Mitleid und unterdrücktem Lächeln quittiert. Nur Dodo Fitz Alyn konnte anscheinend mit ihm kommunizieren, wenn er so durch einen Salon schlurfte wie jetzt. Dodo Fitz Alyn, eine arme Verwandte der Van Degans, Hauptziel für Familienwitze, hatte die Aufgabe, Ormonde Van Degan in seinem Gehapparat durch den Raum zu führen, damit er alle Familienmitglieder begrüßen konnte. Die arme Dodo, wie sie hinter ihrem Rücken genannt wurde, hatte schon lange die Hoffnung auf eine Heirat aufgegeben und scherte sich nicht um ihr Aussehen oder ihre Figur. Ihre dünnen Haare hatte sie in der Mitte gescheitelt und mit einem Gummiband zusammengebunden und nur heute zur Feier der Party mit einem schwarzen Band versehen.
»Dodo, meine Liebe, führ doch bitte Vater rum«, sagte Lil

mit derselben überschwenglichen Herzlichkeit, die man sonst einer geliebten Kinderschwester zukommen läßt, die der Familie lange gut gedient hat, und nicht einer Verwandten.

»Ich hab ihn schon durchs Zimmer geführt, Lil«, sagte Dodo.

»Sag ihm, Matilda kommt«, sagte Lil zu Dodo vor ihrem Vater, als wäre er taub und blind und nicht bloß alt. »Er mag Matilda so gern, und Sweetzer hat er geliebt.« Nachdem sie das geregelt hatte, widmete sich Lil wieder ihren Gästen. Es war den anderen nicht entgangen, daß Lil und nicht Justine der Mittelpunkt von Justines Verlobungsparty war. Sie hielt ein Glas Champagner, das laufend von ihrer Zofe Lourdes aufgefüllt wurde und bot alten Freunden wie Matilda Clarke, Mary Finch und Cora Mandell und der fast vollständig erschienenen Familie Van Degan die Wange zum Kuß.

»Die Stühle, auf denen Dodo Fitz Alyn gesessen hat, sind immer warm. Ist dir das auch schon aufgefallen?« fragte Cora Mandell, als sie sich auf einen schwarzen Regency-Stuhl neben Lil setzte, von dem Dodo gerade aufgestanden war.

»Die arme Dodo«, sagte Lil und rollte die Augen.

»Bernie ist ja so attraktiv«, sagte Mary Finch zu Lil. »Glückliche Justine. Männer mit Grübchen waren immer meine Schwäche. Wer war noch der Filmstar mit dem Grübchen? Du weißt schon, der in dem Film über Afrika.«

Bernard Slatkin beobachtete das Spektakel der Van Degans und ihrer Freunde mit einem amüsierten und abwesenden Lächeln. Er stand in der Nähe des Flügels, unterhielt sich und scherzte mit Justine, oft mit dem Arm um

ihre Taille, und erfüllte charmant seine gesellschaftlichen Verpflichtungen bei jedem, den Justine ihm vorstellte.
Loelia Manchester rauschte in einer Wolke himbeerfarbenen Satins ein, auf dem Weg zu einer anderen Party. Mickie Minardos begleitete sie nicht, weil Lil Altemus' Salon für Lil und ihren entfremdeten Mann Ned praktisch ein zweites Zuhause war. Wie immer drehten sich alle nach Loelia um, wegen ihres Kleides und des Skandals. Dünner als dünn, modischer als jede Mode, trug Loelia ihr jetzt sehr blondes Haar zu einem winzigen Knoten gebunden, was Mickie Minardos, wie viele Leute behaupteten, sehr mochte und die Friseure der Stadt fürchteten, weil sie Angst hatten, die Idee könne Furore machen. Loelias Blick flatterte durch den Raum, sogar schon während sie Verwandte und alte Freunde auf beide Wangen küßte, Justine begrüßte und Bernie ihr vorgestellt wurde. Sie wollte es vermeiden, Ned Manchester in die Arme zu laufen, der bestimmt anwesend war.
»Wenn du den genauen Termin festlegst, Justine, laß es mich sofort wissen, dann werd ich mit Mickie im Rhinelander ein kleines Dinner für Bernie und dich geben«, sagte Loelia. »Ich freu mich ja so, Sie kennenzulernen, Bernie. Ich seh immer Ihre Sendung, und Mickie findet, Sie sind der beste, der absolut beste von allen Nachrichtensprechern.« Jedesmal, wenn jemand Bernie ein Kompliment für seine Arbeit als Nachrichtensprecher machte, strahlte Justine vor Stolz und drängte sich noch näher an ihren Verlobten.
»Danke, Mrs. Manchester«, sagte Bernie, der es offensichtlich genoß, so hofiert zu werden. »Ich möchte Ihnen den Rest der Nachrichtengang vorstellen«, sagte er und zog seinen Assistenten und den Wettersprecher zu sich,

damit sie die glitzernde Mrs. Manchester kennenlernen konnten, über die sie schon in Zeitungen und Illustrierten gelesen hatten.
»Wer ist denn der kleine Chinese, der alle Käsestangen ißt und sich mit Dodo Fitz Alyn unterhält?« fragte Cora Mandell.
»Oh, Charlie *quelque chose*«, erwiderte Lil und rückte die Kissen hinter sich zurecht. »Und sag nicht Chinese. Das regt sie so auf. Er ist Koreaner oder Vietnamese, irgend so etwas. Er macht das Wetter bei Bernies Sendung, und der andere, mit dem Salz-und-Pfeffer-Toupé und einem Drink in jeder Hand, ist Bernies Co-Sprecher oder Co-Redakteur, oder wie immer das heißt.«
»So angeregt hab ich die arme Dodo selten gesehen«, sagte Cora.
Lil verdeckte mit der linken Hand ihren Mund und sagte zu Cora Mandell. »Flüster Loelia zu, daß ich Ned gesagt habe, er soll erst um acht Uhr kommen, sie ist eine Stunde sicher vor ihm. Ned hat sich so gefreut, daß er später kommen kann, dann verpaßt er sein Squash nicht.«
»Glaubst du, es stimmt, daß Ned nicht in eine Scheidung einwilligt? Es stand in Dollys Kolumne«, sagte Cora.
»Ich weiß, daß es wahr ist«, erwiderte Lil, »aber Ned ist mein Cousin, und ich bin Charlottes Patin und kann einfach nicht Partei ergreifen. Ich meine, was ist nur in die Leute gefahren? Als nächstes wird die arme Dodo noch was mit dem Wettermenschen anfangen.«
»Lil, tut mir ja so leid, daß es dir nicht gutgeht«, sagte Loelia Manchester.
»Hallo, Loelia. Küßchen.«
»Wie aufregend das alles für dich sein muß, Lil«, sagte Loelia. »Mickie hält Bernie für den allerbesten Nachrichtensprecher. Wann ist denn die Hochzeit?«

»Zu bald. Ich alte Mutter weiß gar nicht, wie ich das alles so schnell organisieren soll«, klagte Lil. »Du siehst anders aus, Loelia.«
»Wie gefällt dir mein neues Gesicht?« fragte Loelia.
»Mir hat dein altes Gesicht gefallen, und ich werde mich sicher an dein neues gewöhnen«, erwiderte Lil. Loelia musterte Lil Altemus und ließ die Bemerkung auf sich beruhen.
»Ich wollte Onkel Ormonde begrüßen«, sagte sie und machte Lil ein Zeichen, daß sie, ohne sich groß zu verabschieden, gehen würde, wie man das eben so macht als erfahrener Partygänger, der in einer Nacht zu mehreren Festen muß.
»Ich glaube, es hat sie geärgert, was du da gesagt hast«, sagte Cora.
»Nun ja. Seit Mickie Minardos in ihr Leben getreten ist, trifft Loelia sich mit allen New People in New York. Sie hat sich von uns entfernt.«

Die Aufzugtüren öffneten sich. »Sei umarmt«, sagte Loelia zum Abschied zu Matilda Clarke, drehte sich um und wollte in den Aufzug steigen, aus dem gerade Ned Manchester mit Charlotte und Bozzie kam, ihren beiden Kindern. Neds und Loelias Blicke trafen sich. Neds Haar war wie immer naß, als wenn er gerade nach seinem nachmittäglichen Squash-Spiel geduscht hätte. Loelia sah, wie hart das Gesicht ihres Mannes mit einemmal wurde und wie verächtlich er sie musterte.
»Oh, hallo, Ned«, sagte sie.
Ned, der sie so lange so sehr geliebt hatte, schaute weg und erwiderte: »Hallo.« Loelia erinnerte sich, wie seine schon lange verstorbene Mutter, Honoria, den Gruß eines Men-

schen, den sie nicht mochte, erwidert hatte. Mit einem schlichten »Hallo«. Kein Wort mehr. Genau wie ihr Mann sie jetzt begrüßt hatte.

Loelia merkte, wie ihr die Röte ins Gesicht schoß, und drehte sich schnell zur Seite, als Ned an ihr vorbei in Lils Wohnung ging.

»Du siehst wunderbar aus, Charlotte«, sagte sie zu ihrer Tochter. Sie hatte nicht daran gedacht, daß ihre Kinder auch zu dieser Familienfeier erscheinen würden. Charlotte ging wortlos an ihrer Mutter vorbei und eilte ihrem Vater nach.

»Bozzie«, sagte Loelia.

»Hallo, Mutter«, sagte Bozzie.

»Wie erwachsen du aussiehst«, lobte Loelia. »Und so attraktiv.« Sie schauten sich in die Augen und lächelten.

»Danke für das Geburtstagsgeschenk, Mutter«, sagte Bozzie.

»Ich dachte, es wär genau das Richtige für Bermuda.«

»Ist es auch.«

»Ich hoffe, die Größe war richtig.«

»War sie.«

»Tut mir leid, daß ich nicht zu deiner Party kommen konnte, aber wie du weißt, war ich an dem Abend im Komitee für die Opera-Guild-Wohltätigkeitsveranstaltung und –«

»Ist schon gut.«

»Charlotte hat nicht mit mir gesprochen.«

»Charlotte hatte Angst, du könntest mit Mr. Minardos hier sein, und sie wollte euch nicht zusammen sehen«, sagte Bozzie.

Loelia wurde rot.

Charlotte erschien an der Tür. »Bozzie, Daddy möchte dich Onkel Ormonde Van Degan vorstellen.«

»Wiedersehn, Mutter.«
»Wiedersehn, Bozzie. Wiedersehn, Charlotte.« Loelia stieg in den Aufzug und drehte sich noch mal zu ihren Kindern um.
»Du siehst schön aus, Mutter«, sagte Bozzie. Als die Aufzugtüren sich schlossen, schaute Loelia Charlotte in die Augen, die den Blick ihrer Mutter wortlos erwiderte.
Allein im Aufzug, lehnte sich Loelia gegen die mit Mahagoni getäfelte Wand und schloß die Augen. Dann schlug sie die Augen wieder auf und drehte sich zum Aufzugsspiegel, der dort hätte sein müssen, es aber nicht war.
»Wenn ich in diesem Haus leben würde, würde ich darauf bestehen, daß ein Spiegel hierherkommt und nicht lauter Holz«, sagte Loelia zum Liftboy.
»Ja, Ma'am«, erwiderte der Liftboy.
Loelia öffnete ihr goldenes Minaudier, holte einen Spiegel heraus und betrachtete sich. Sie wischte sich eine Träne aus dem Augenwinkel und kniff sich in die Backen, um wieder ein bißchen Farbe zu kriegen.
»Soll ich Ihnen ein Taxi rufen, Ma'am?«
»Was?«
»Ein Taxi. Möchten Sie ein Taxi?«
»Nein danke, ich hab einen Wagen.«
Als sich die Aufzugtüren öffneten, wickelte Loelia sich in ihren himbeerfarbenen Satinmantel mit dem Zobelkragen und den Zobelmanschetten und ging durch die Lobby zur Tür. Der Portier öffnete ihr die Tür, und sie ging unter der Markise hinaus auf die Fifth Avenue. Eine Limousine stand in zweiter Reihe vor dem Eingang. Bevor der Fahrer aussteigen konnte, hatte jemand die hintere Tür von innen geöffnet und Loelia stieg ein. Mickie Minardos saß im Abendanzug auf dem Rücksitz.

»Bist du okay?« fragte Mickie.
»Warum fragst du das?« erwiderte Loelia.
»Ich hab Ned und die Kinder reingehn sehen.«
»Haben sie dich gesehn?«
»Ich weiß es nicht. Ich hab mich geduckt.«
»Es war schrecklich. Ned hat nicht mit mir geredet. Und Charlotte auch nicht. Nur Bozzie. Es war entsetzlich.«
»Möchtest du die Party sausen lassen und zurück ins Hotel fahren?«
»Nein. Ich will beschäftigt sein. Ich will nicht denken. Ich brauche dringend einen kleinen Schwips.«
»Bereust du's?«
»Bereuen?«
»Bereust du, was passiert ist zwischen dir und mir?«
»Nein. Ich bereu es nicht. Ich bin wahnsinnig in dich verliebt, Mickie Minardos.«
»Selbst wenn du mit mir nicht zu Familienfeiern gehen kannst?«
»Selbst dann.«

Am nächsten Morgen las Bernie Slatkin seine Verlobungsanzeige in der *New York Times.* Darin stand, welch wichtige Rolle die Familie Van Degan seit Anfang des Jahrhunderts in der City gespielt habe – gesellschaftlich und politisch. Erst jetzt erfuhr er, daß Justine nicht nur von den Van Degans abstammte, sondern auch von den Rhinelanders und dem republikanischen Zweig der Whitbecks. Er beschloß, seine Tante Hester und seinen Onkel Sol Slatkin in Weehawken, New Jersey, anzurufen, um ihnen von seiner Verlobung zu erzählen, bevor es ihnen jemand anders erzählte.

11

»Maisie, würdest du mir bitte erklären, warum dieses grausige Ding ein Kunstwerk ist?« fragte Ruby Renthal ratlos angesichts des riesigen Bildes. Sie hatte Maisie Verdurin gebeten, mit ihr an einem Samstagnachmittag eine Tour durch die Galerien von SoHo zu machen.

»Grausiges Ding! Wie kannst du das nur sagen?« fragte Maisie Verdurin entsetzt.

»Das sind doch lauter zerbrochene Tassen und Teller, die in einer Leinwand stecken. Ich versteh nicht, wieso das große Kunst sein soll. Ich will ja gerne was lernen, aber du mußt es mir erklären.«

Maisie Verdurin fand es interessant, daß Ruby nie vorgab, etwas würde ihr gefallen, wenn sie es nicht mochte, selbst wenn es großen Erfolg hatte. »Ich glaube, Julian Schnabel ist vielleicht nicht ganz deine Kragenweite«, erwiderte Maisie.

»Sag mir bitte, was es dann ist.«

»Elias hat seine Vorliebe für Rubens und El Greco entdeckt«, sagte Maisie.

»Ich kann es nicht ertragen, wenn mein Wohnzimmer voller Märtyrer mit blutenden Wunden hängt«, sagte Ruby.

»Ich glaube, die Impressionisten oder Postimpressionisten sind vielleicht mehr nach deinem Geschmack«, vermutete Maisie. Sie war den Umgang mit den Männern reicher Frauen gewohnt, die Bilder für ihre Wände brauchten. »Der Monet hat dir doch gefallen, richtig?«

»Das Rosa bei dem Monet hat mir gefallen. Ich für meinen Teil würde das Geld lieber in Juwelen anlegen«, sagte Ruby.

»Aber die Leute kommen nicht zum Abendessen, um deine Juwelen zu sehen. Die Juwelen sehen sie, wenn du ausgehst. Aber die Leute kommen zum Abendessen, um die Bilder zu sehen«, sagte Maisie. Mit diesem Argument hatte sie den Frauen großer Finanzgenies schon oft die gesellschaftlichen Vorteile des Kunstsammelns schmackhaft gemacht.

»Aha.« Ruby hatte sofort begriffen. Elias' größter Wunsch war es, Mitglied im Aufsichtsrat des Museums zu werden, und er wollte so schnell wie möglich eine Sammlung auf die Beine stellen. »Kein Wunder, daß alle sagen, du bist die Beste, Maisie. Schauen wir uns doch mal ein paar Impressionisten oder Postimpressionisten an.«

12

Cora Mandell, die gefragte Innenarchitektin, wußte alles über jeden und erzählte es Ruby Renthal weiter, der ihre Geschichten nicht langweilig wurden, vor allem nicht die über Loelia Manchester, die Ruby mehr als alle anderen Frauen bewunderte und deren Freundin sie so gerne werden wollte. Ruby wußte jetzt, dank Cora, daß Loelia Manchesters Brüder und ihre Frauen sich auf die Seite Neds gestellt hatten und daß Fernanda Somerset, Loelias Mutter, nicht mit Matilda Clarke redete, und das seit Jahren. Den Grund dafür wußte Ruby nicht. Sie fühlte sich aber persönlich von der Geschichte betroffen, weil sie jetzt die Eigentümerin von Matilda Clarkes Wohnung war, und wünschte, die Leute würden sie nicht ständig als die alte Wohnung von Sweetzer Clarke bezeichnen und sie endlich die Wohnung von Elias Renthal nennen.

Ruby und Cora saßen sich in Elias Renthals Geschäftsjet gegenüber. Die Stewardeß hatte zwischen ihnen einen Tisch aufgestellt, damit sie die überarbeiteten Pläne für die neue Wohnung studieren konnten. Neben Ruby standen vier Fabergé-Eier in Tüten auf dem Boden, die sie gerade bei einer Auktion in New Orleans gekauft hatte, und ein goldenes Teeservice, das die Insel Martinique Josephine zur Hochzeit geschenkt hatte. Cora hatte gesagt, es sei viel zu teuer, als sie es im Fenster eines Antiquitätenladens in der Bourbon Street gesehen hatten, aber Ruby bestand

darauf, es sei das perfekte Hochzeitsgeschenk für Justine Altemus.
»Oh, gehst du zur Altemus-Hochzeit?« fragte Cora und hoffte, man würde ihr nicht anmerken, wie überrascht sie war.
»Ja«, sagte Ruby.
»Ich hab gar nicht gewußt, daß du Lil Altemus kennst.«
»Tu ich auch nicht.«
»Aber Justine.«
»Nicht mal Justine. Ich habe bei meiner ersten Party in New York, bei Maisie Verdurin, neben Bernard Slatkin gesessen.«
»Jetzt versteh ich«, sagte Cora, als wäre damit ein Problem gelöst. »Du bist eine Bekannte von Bernard Slatkin.« Das war für Cora leichter verständlich. Sie wußte, wie Lil Altemus alle neuen Leute verabscheute, und die Renthals konnte man wirklich nur als neue Leute einstufen.
»Nein, bin ich nicht«, erwiderte Ruby. »Ich hab ihn nach diesem Abend nicht mehr gesehen.«
»Oh«, sagte Cora, die vor Neugier fast verging, aber sie brachte es nicht über sich, Ruby zu fragen, wie sie zu der Einladung gekommen war.
»Elias und Laurance Van Degan haben geschäftlich viel miteinander zu tun«, sagte Ruby, die wußte, was in Cora vorging.
»Ich verstehe«, sagte Cora. Sie sagte nicht, daß Laurance Van Degan mit vielen Leuten Geschäfte machte, die sicherlich keine Einladung kriegen würden.
»Erzähl deine Geschichte weiter, Cora«, sagte Ruby.
»Wo war ich stehengeblieben?«
»Bei Bitsy und Brassy«, erinnerte sie Ruby.
»Ach ja. Bitsy hat das ganze Geld geerbt«, sagte Cora. »Sie

ist irgendwohin gezogen. Ich glaube, nach Antibes oder so. Die andere Schwester heißt Brassy. Eigentlich ist sie nur eine Halbschwester. Sie hat Harry Kingswood geheiratet, aber sie sind schon seit Jahren geschieden. Ihr Sohn von Harry ist an einer Überdosis Heroin gestorben. Hab ich dir die Geschichte erzählt? Schrecklich. Brassy hat nie wieder geheiratet. Es wird erzählt, sie hätte ein lesbisches Verhältnis mit einer dieser englischen Herzoginnen, aber das glaub ich nicht. Sie lieben nur Pferde. Heutzutage behaupten die Leute immer gleich, Frauen wären lesbisch, wenn sie nur gute Freundinnen sind.«

Bitsy, Brassy, Harry, Lesben. Ruby schloß die Augen, um alle Informationen besser zu speichern. Sie hätte sich zu gerne Notizen gemacht, wenn Cora Geschichten erzählte, damit sie Elias alles erzählen konnte, den es genauso interessierte wie sie, wenn er auch manchmal die Pointe nicht verstand, wie damals, als sie ihm die Geschichte von der Ehe der Tante Justine Altemus', Grace Gardiner, erzählte, die laut Cora »eine *mariage blanc,* eine sehr glückliche *mariage blanc*« bis zum Tode von Winkie Gardiner geführt hatte.

»Was, zum Teufel, ist eine *mariage blanc*?« hatte Elias Ruby gefragt.

»Eine freundschaftliche, kameradschaftliche Ehe, so etwas«, hatte Ruby mit Dulderstimme erwidert. Genau dieselbe Antwort hatte ihr Cora gegeben, als sie dieselbe Frage gestellt hatte.

»Meinst du, ohne zu bumsen? Willst du das damit sagen?« hatte Elias gefragt.

»Oh, Elias«, hatte Ruby vorwurfsvoll erwidert.

Ruby hatte die ganze Zeit die überarbeiteten Pläne auf dem Tisch betrachtet. Sie wußte, ihre Wohnung würde nach Fertigstellung die meistberedete in New York sein, aber es trieb sie zum Wahnsinn, daß alles so lange dauerte, besonders wo sie bereit war, jeden erdenklichen Betrag auszugeben, damit alles schneller voranging. Sie konnte Cora, die ihr gerade eröffnet hatte, daß eine Bordüre für die Vorhänge ihres Salons erst in sechs Wochen aus Paris kommen würde, nicht eingestehen, daß sie glaubte, ihr Leben in New York könne erst richtig anfangen, wenn ihre luxuriöse Wohnung fertig war und sie alle Leute empfangen konnte, über die sie immer nur hörte und las und die sie immer nur von weitem beobachten konnte.

»Wo ist denn mein Bidet in diesem Bad?« fragte Ruby Renthal.

»Oh, in diesem Bad wird es kein Bidet geben«, erwiderte Cora Mandell.

»Elias hat gesagt, er wolle nicht mehr als dreißigtausend Dollar für dieses Bad ausgeben, und es würde weitere zehn kosten, die Kacheln zu entfernen, um das Bidet einzusetzen. Also haben wir beschlossen, das Bidet wegzulassen«, sagte Cora.

»Da wollen wir doch mal eines klären«, sagte Ruby langsam und bedächtig und trommelte mit ihren langen, roten Fingernägeln auf den Plan. »Sie haben entschieden, daß ich kein Bidet kriege. Hab ich recht?«

»Nein, Ruby, ich habe diese Entscheidung nicht getroffen«, erwiderte Cora ruhig. »Elias hat gesagt, er will nicht mehr –«

»Lassen Sie Elias aus dem Spiel«, keifte Ruby, die sich in Wirklichkeit über die sechs Wochen Wartezeit für die Bordüre ärgerte. »Fazit ist, daß Sie entschieden haben, ich kriege kein Bidet. Richtig?«

Cora Mandell spielte mit ihrer dreireihigen Perlenkette

und erwiderte den Blick der schönen, jungen Frau mit dem schönen Schmuck, die sich, wie Cora es bezeichnen würde, sehr ungnädig verhielt. »Ich habe die Entscheidung nicht alleine getroffen, Mrs. Renthal«, sagte Cora. Ruby registrierte, daß sie sie plötzlich wieder förmlich anredete. »Die Entscheidung wurde getroffen, nachdem ich Ihrem Mann die Pläne in seinem Büro vorgelegt habe.«
»Schön«, sagte Ruby. Sie begann die Pläne zusammenzulegen und schob sie dann Cora zu, damit sie sie falten konnte. »Es ist mir egal, wieviel es kostet, die Kacheln zu entfernen, Mrs. Mandell. Ich möchte ein Bidet im Badezimmer, und belästigen Sie mich damit nicht mehr.«
Cora Mandell dachte sich ihren Teil. Sie hatte die feinsten Häuser New Yorks eingerichtet und Leute wie die Renthals kommen und gehen sehen, ließ sich aber nichts anmerken.
»Natürlich, Mrs. Renthal«, sagte Cora, faltete die Pläne und steckte sie in die Tasche mit ihrer Stickerei.
»Noch eine Sache«, sagte Ruby.
»Nein, es gibt keine Noch-eine-Sache mehr, Mrs. Renthal«, sagte Cora, stand auf und ging zu einem anderen Platz im hinteren Teil des leeren Jets.
»Und was soll das heißen?« fragte Ruby. Ihr wurde mit einem Schlag klar, daß sie ihr einziges wackliges Verbindungsglied zur Welt Loelia Manchesters und Lil Altemus' beleidigt hatte.
»Ihr nächster Innenarchitekt kann sich um was immer ›noch eine Sache‹ ist kümmern« sagte Cora und setzte sich. Sie holte Nestor Calders Buch *Judas Was a Redhead* aus ihrer Tasche und begann zu lesen.
»Ich will keinen anderen Innenarchitekten, Cora. Ich will Sie. Nach all den Monaten können wir nicht einfach

aufhören. Bedenken Sie doch, wie lang es dauern würde, bloß jemand anderen kennenzulernen. Und dann ist da die Orromeo-Auktion in Paris. Sie haben versprochen, mit mir dorthin zu fliegen. Außerdem sind Sie die beste. Die allerbeste. Das sagt jeder. Bitte verzeihen Sie mir, wenn ich Sie beleidigt habe. Ich hab grad meine Tage, und immer wenn ich meine Periode habe, benehm ich mich schlecht. Fragen Sie Elias. Der wird es bestätigen. Bitte gehen Sie nicht, Cora. Bitte. Da ist die große Party, die Elias und ich geben, und bis zur Party muß die Wohnung fertig sein. Bitte.«

»Ruby haßt es nämlich, wenn ich Zigarren rauche«, sagte Elias. »Also richtet sie mir dieses Zimmer her, damit ich nach Herzenslust rauchen kann. Ich glaube, es heißt Fumary oder irgend so ein scheißvornehmer Name.«
Ruby hatte angeordnet, keiner dürfe die neue Wohnung sehen, ehe Cora Mandell fertig war, aber Elias hatte sich die Gelegenheit zunutze gemacht, daß Ruby mit Cora zum Einkaufen weggeflogen war, und hatte einen jungen Mann namens Byron Macumber vom Anwaltbüro Weldon & Stinchfield in die neue Wohnung mitgebracht und ihm alles gezeigt. Er hielt es für einen sichereren Platz für ein erstes Treffen als ein Restaurant oder einen Coffeeshop, wo er vielleicht Bekannte treffen würde.
Byron Macumber war vierunddreißig, trug einen grauen Bankeranzug mit blauem Hemd und roter Krawatte. Er war geblendet von der Pracht der Renthal-Wohnung.
»Ich würde das zu gerne mal meiner Frau zeigen, wenn Sie mal eingezogen sind«, sagte er mit einem Hauch von Südstaatenakzent.
»Das läßt sich sicher irgendwann machen, Byron«, sagte Elias.

»Sie würde tot umfallen, wenn sie so was sieht.«
»Haben Sie Kinder?«
»Zwei kleine Mädchen, Kimberley, sie ist drei, und Sharon, sie ist ein Jahr alt.«
»Wo wohnen Sie, Byron?«
»Wir haben eine Eigentumswohnung in Bronxville, aber wenn ich eines Tages mal ans große Geld komme, möchte ich gerne ein Haus am Wasser in Fairfield bauen.«
»Mit einem Tennisplatz und einem Swimming-pool, richtig?«
»So in der Richtung«, sagte Byron und lachte.
»Bei dem Arrangement, das mir vorschwebt, Byron, gäbe es kein Risiko. Sie müßten mir nur bestimmte Firmen identifizieren, die Weldon & Stinchfield bezahlen, damit sie sie vor Raubtieren und ganz zu schweigen vor Typen wie mir schützen.«
Byron Macumber machte es sehr nervös, sich mit jemandem zu unterhalten, der so reich war wie Elias Renthal. Er holte ein Taschentuch heraus und wischte sich die Stirn ab. Er nickte, um zu zeigen, daß er Elias' Bitte verstanden hatte.
»Timing ist das Wichtigste«, fuhr Elias Renthal fort, als hielte er einen Vortrag über Finanzen. »Ich muß möglichst früh einsteigen können, damit meine Aktivitäten nicht die Aufmerksamkeit«, er hielt inne, zuckte mit der Schulter und beendete dann seinen Satz, »von wem auch immer erregen.«
In Elias' zukünftigem Rauchzimmer stand ein antiker Billardtisch, der vor kurzem aus England gekommen war. Byron Macumber rieb mit der Hand über das Mahagoni und den verblaßten, grünen Filz.
»Der ist wunderschön«, sagte er.

»Der hat mal Edward dem Siebten gehört«, sagte Elias. »Der Filz ist original.«

»Wunderschön«, wiederholte Byron.

»Das können Sie auch alles haben«, sagte Elias. »Egal, wieviel Profit ich auf Grund eines Tips von Ihnen mache, Sie bekommen fünf Prozent. Fünf Prozent in bar, nehmen wir mal an von achtzigtausend Anteilen Tennessee Natural Gas, ist eine stattliche Summe. Genug, um ein Kindermädchen für Ihre Kinder ein Jahr zu bezahlen und mit Ihrer Frau einen netten Urlaub auf Mustique zu machen und ihr vielleicht einen Nerzmantel zu Weihnachten zu kaufen. Und das ist nur ein Tip.«

»Heiliger Strohsack«, sagte Byron Macumber.

13

Je näher der Tag von Justines Hochzeit rückte, desto größer wurde Lils Begeisterung für die Ehe ihrer Tochter. Genauer gesagt wuchs ihre Begeisterung für die Hochzeitsfeierlichkeiten, die Begeisterung für die Ehe hielt sich immer noch in Grenzen, sie glaubte nach wie vor fest daran, daß Leute in ihre eigene Klasse heiraten sollten, wie es ihre Mutter immer ausdrückte.

Die Hochzeit wurde häufig in den Kolumnen von Dolly De Longpre und Florian Gray erwähnt, wenn Justines Freunde Dinner und Cocktailparties gaben. Lil nahm an den meisten teil, wenn auch nicht an allen. Am Abend von Violet Bastedos Dinner zog sie es vor, Kopfschmerzen zu haben, und sie hatte eine »üble Erkältung« an dem Tag, an dem Bernies Tante Hester und Onkel Sol eine kleine Gruppe von Bernies Verwandten und Freunden in Bernies Lieblingssteakhaus einluden. Sie nahm an allen Van-De-gan-Familienfeierlichkeiten teil und an den meisten Parties, die ihre Freunde gaben, wie Loelia Manchesters Dinner im Rhinelander für die alten Freunde aus Justines Schul- und Debütantenzeit.

Ihr besonderes Interesse galt den Hochzeitsgeschenken, die nach und nach eintrafen und die sie alle in Augenschein nahm. Großvater Van Degan schickte goldene Kerzenleuchter, und Onkel Laurance und Tante Janet Van Degan brachten persönlich einen winzigen Renoir aus ihrer eige-

nen Sammlung, »wunderbar gerahmt«, wie Lil sofort verlauten ließ. Tante Minnie Willoughby schickte Perlen, weil sie nicht einsah, wieso Justine sie erst nach ihrem Tod haben sollte, und Lils ach so gute Freunde, die Todescos, bei denen sie in Rom immer wohnte, schickten eine chinesische Vase, die, wie Lil Bernie erklärte, von Museumsqualität war. Silberteile in großen Mengen, alt und neu, klein und groß, verziert und schlicht, kamen von Freunden und Cousins und von Bernies Geschäftskollegen. Justines Vater, den Lil nach ihrer Scheidung und seiner unglückseligen zweiten Heirat nie mehr gesehen hatte, schickte eine Vermeil-Uhr, die, wie Lil sich erinnerte, seiner Mutter gehört hatte. Hubie schickte etwas entsetzlich Modernes, wie Lil es beschrieb, aus seiner Galerie in SoHo. Lil bat Justine, so zu tun, als würde es ihr gefallen, und Lil selbst entschied sich nach reiflicher Überlegung, Justine einen Aubusson zu schenken, der, seitdem sie das Haus in Newport aufgegeben hatte, eingelagert war, und das Diamant-und-Saphir-Armband mit dem Verschluß, der nie funktionierte, das Fulco de Verdura aus Großmama B. B.'s alter Tiara gefertigt hatte.
Für ein Mädchen in Justines Alter waren die Brautjungfern ein gewisses Problem. Die Freunde aus ihrer Schul- und Debütantenzeit waren längst verheiratet und hatten inzwischen zwei bis drei Kinder. Gott sei Dank hatte Lourdes, Lils Zofe, den glücklichen Einfall, doch Kinder zu nehmen, und Lil war begeistert von der Idee und stürzte sich mit Feuereifer in die Planung.
»Justine«, sagte sie. An ihrer Stimme merkte Justine, daß sie sie um etwas bitten wollte.
»Ja, Mutter«, erwiderte Justine, die bis jetzt jeden Disput wegen der Hochzeitsorganisation verloren hatte.

»Ich finde, Herkie Saybrook sollte Trauzeuge sein«, sagte Lil.

»Herkie Saybrook, Mutter? Bernie kennt ihn doch nicht mal. Der Bräutigam kann doch keinen Trauzeugen haben, den er nicht mal kennt ...«

»Das muß einer von unserer Seite sein, der all unsere Freunde kennt. Du kannst doch nicht erwarten, daß ein chinesischer Wettermann, Verzeihung, ein koreanischer, weiß, wohin er Tante Winnie Willoughby und die Todescos setzen soll.«

»Hubie kennt die ganze Familie, Mutter«, sagte Justine.

»Hubie ist kein Trauzeuge. Er wird an meiner Seite in die Kirche gehen und neben mir sitzen. Ich werde ganz sicher nicht neben deinem Vater sitzen.«

»Hubie kann mit dir in die Kirche kommen, bei dir sitzen und immer noch Trauzeuge sein, Mutter.«

»Würdest du bitte Bernie wegen Herkie fragen? Für mich? Für deine Mutter, Justine?« fragte Lil.

Die Spannung zwischen Mutter und Tochter wurde gebrochen, als Lourdes mit einem weiteren Hochzeitsgeschenk ins Zimmer kam.

»Oh, du lieber Himmel«, rief Lil wie bei jedem neuen Geschenk.

Es war eine geschliffene Vase vom jungen Laurance und seiner Frau Laura.

»Anemonen werden wunderbar drin aussehen«, sagte Justine.

14

Gus Bailey arbeitete an seinem Computer und ließ das Telefon einige Male klingeln, bevor ihm einfiel, daß er vergessen hatte, den Anrufbeantworter einzuschalten.

»Hallo?«

»Ist da Gus Bailey?«

»Ja.«

»Ceil Somerset. Erinnern Sie sich noch an mich?«

»Ja«, erwiderte er, obwohl es eigentlich nicht stimmte. Sie hatte eine schicke Stimme, wie man sie auf schicken Parties hörte, und er merkte schon an ihrer Stimme, daß sie ihn wieder zu einer schicken Party einladen würde, wahrscheinlich in letzter Minute, um einen Tisch vollzukriegen.

»Wir haben uns bei Justine Altemus' Verlobungsparty kennengelernt«, sagte Ceil Somerset.

»O ja«, erwiderte Gus. Er konnte sich immer noch nicht erinnern, aber das war gleichgültig. Wenn er sonst nichts vorhatte, würde er hingehen. Es interessierte ihn, wie sich die verschiedenen Gruppen in New York überschnitten.

»Ich war diejenige, der Ihr Artikel über den Filmstar, der das Trinken aufgegeben hat, gefallen hat.«

»O ja.« Gus war schon fünfzig, als die Leute ihn allmählich am Namen und am Gesicht erkannten, was ihn immer noch erstaunte.

»Schreiben Sie immer noch über den gräßlichen Gigolo, der der alten Dame ihr ganzes Geld abgenommen hat?«

»Ja. Ich dachte, er wäre es, als das Telefon geklingelt hat. Er hat die letzten beiden Verabredungen mit mir nicht eingehalten.«

»Auf solche Leute ist kein Verlaß, Gus. Das müßten Sie inzwischen gelernt haben.«

Gus lachte. »Was kann ich für Sie tun?«

»Ich bin Loelia Manchesters Schwägerin. Mein Mann ist ihr Bruder.«

»Ja.«

»Sie sind nicht zufällig heute abend zum Dinner frei, oder? Ich weiß, so kurz vorher ist einfach nicht fein, aber es ist jemand ausgefallen, und ich habe ein Dinner vor Mary Finchs Ball für Justine Altemus und Bernie Slatkin, und Justine hat gesagt, sie würden zu dem Ball kommen, und da hab ich mir gedacht, Sie möchten vielleicht zum Essen kommen.« Sie redete sehr schnell, als hätte sie Angst, er sei beleidigt, weil sie ihn so kurzfristig einlud.

»Klar«, sagte Gus.

»O wirklich?« Sie klang erstaunt. »Oh, Sie sind wunderbar. Acht Uhr. Unsere Wohnung ist zu klein, deshalb machen wir's bei meiner Schwiegermutter. Wissen Sie, wo sie wohnt?«

»Nein.«

»Im selben Haus wie Lil Altemus.«

»Sie sitzen hier drüben, Gus, neben mir«, rief Lil Altemus und klopfe auf den Petit-Point-Sitz eines Chippendale-Stuhls, als sie Gus mit etwas Verspätung hereinkommen sah. Ceil Somersets Schwiegermutter, Fernanda Somerset, hatte ihm ihre Wohnung gezeigt. Gus war überwältigt von der Kunst an den Wänden, und Fernanda Somerset, die auch Loelia Manchesters Mutter war, zeigte interessierten Gästen immer gerne die Meisterwerke, die ihr verstorbener Mann zusammengetragen hatte, der einen ausgezeichneten Kunstgeschmack und Lust am Herrensport des Sammelns gehabt hatte, und die ihre Freunde und ihre eigenen Kinder längst als selbstverständlich betrachteten. Es war bekannt, daß Fernanda Somerset entsetzt und betrübt über die Liaison ihrer Tochter mit dem Schuhdesigner Dimitri Minardos war. Sie fand, er passe überhaupt nicht zu ihrer Tochter, aber sie behielt ihre Meinung in dieser Angelegenheit für sich. Als Gus sich entschuldigte, um zu Tisch zu gehen, zog sie sich in ihr Zimmer zurück, weil sie nicht zur nächsten Party mitgehen würde.

»Wie ich höre, hat Fernanda mit Ihnen Schloßführung gemacht«, sagte Lil, nachdem Gus seinen Platz eingenommen hatte.

»Ein beeindruckendes Schloß, wirklich«, erwiderte Gus. »Das kann man wirklich als Sammlung bezeichnen.«

»Geht alles ans Museum, wenn Fernanda stirbt«, sagte Lil.

»Das hat sie mir erzählt.«

»Hat sie Ihnen von Elias Renthals Angebot erzählt?« fragte Lil.

»Elias Renthal? Nein.«

»Er hat ihr angeboten, die ganze Sammlung zu kaufen, können Sie sich das vorstellen? ›Sie bestimmen den Preis‹, hat er gesagt. Oder hat es Mrs. Verdurin sagen lassen. Um die neue Wohnung einzurichten«, sagte Lil.

Sie lachte scharf und knapp, das Lil-Lachen, wie ihre Kinder es nannten, eine Art kultiviertes Schnauben, wie ihre Mutter und ihre Großmutter vor ihr, wenn sie sich über die Prätentionen der neuen Leute amüsierten. »Wirk-

lich zu komisch«, schloß sie. Lil schaute sich in der Runde um. Das war ihre Art Leben. Das waren ihre Art Leute.
»Ich hab Justine und Bernie gar nicht gesehen.«
»Bernie mußte überraschend arbeiten, und Justine wollte ohne ihn nicht kommen, wir treffen sie später bei Marys Ball.«
»Gratuliere zu Justines Verlobung.«
Kein Wort des Vorwurfs über die Wahl ihrer Tochter kam über Lil Altemus' Lippen, aber ihr gequältes Lächeln, ihr resigniertes Schulterzucken und ihre Duldermiene sprachen Bände.
»Er ist charmant«, sagte Lil vorsichtig. »Keiner von uns natürlich, aber charmant.«
Gus lachte. Es amüsierte ihn, wenn sie zu ihm *einer von uns* sagte, als ob er das wäre. »Bin ich doch auch nicht ...«, sagte er.
»Sie sind auch nicht was?«
» ... einer von Ihnen.«
»Aber Sie werden auch meine Tochter nicht heiraten«, erwiderte sie.
»Ich kenne Bernie«, sagte Gus. »Ich mag ihn.«
»Im Fernsehen, meinen Sie?«
»Im Fernsehen, ja. Aber auch im normalen Leben. Ich treffe ihn bei den Parties von Maisie Verdurin.«
»Er sieht fabelhaft aus, das muß man ihm lassen«, gab Lil zu.
»Er sieht nicht nur fabelhaft aus, Lil«, sagte Gus. »Er ist ein sehr erfolgreicher junger Mann. Er verdient ein Vermögen. Er arbeitet. Das ist mehr, als die meisten Typen machen, die Justine hätte heiraten können. Die Leute sagen, er wird eines Tages ganz nach oben kommen.«
»Sie reden genauso wie Justine. Das sagt sie auch dau-

ernd.« Lil lachte etwas verächtlich. Verdientes Geld, gleichgültig wie reichlich, beeindruckte Lil Altemus nie so wie ererbtes. Dann flüsterte sie ihm, nicht sehr überraschenderweise, *jüdisch* zu.

Ein junger Mann auf der anderen Seite von Lil räusperte sich, um ihre Aufmerksamkeit auf sich zu lenken, damit er eine Geschichte zu Ende erzählen konnte, die Gus unterbrochen hatte, als er an den Tisch kam.

»Laurance hat uns gerade eine wahnsinnig faszinierende Geschichte erzählt«, sagte Lil. »Kennen Sie meinen Neffen, Laurance Van Degan? Gus Bailey. Und Maud kennen Sie doch, nicht wahr? Maud Hoare?«

Laurance Van Degan, den alle den jungen Laurance nannten, war eingebildet, mit angehender Glatze und dicker Brille, hatte zwar Gus, aber nicht seinen Namen registriert und wollte endlich seine Geschichte an den Mann bringen. Lil wünschte sich oft, ihr Sohn Hubie wäre ihrem Neffen ähnlicher, der auch die Sachen machte, durch die die Familie berühmt geworden war, oder sie wünschte sich, ihr Sohn und ihr Neffe wären zumindest Freunde, was sie nie waren. »Es gibt da einen Mann namens Elias Renthal«, sagte Laurance Van Degan, um Gus zu erklären, worum sich seine Geschichte drehte, als würde Gus nicht wissen, wer Elias Renthal ist. Van Degan hatte, wie viele der anwesenden Gäste, als alteingesessener New Yorker sehr ausgeprägte Ansichten über Elias Renthal und sein Geschäftsgebaren.

»Die Renthals sieht man ja jetzt überall«, fuhr er fort. »Neulich waren sie in der Oper mit Constantine de Rham und der Frau, mit der er sich ständig zeigt, Mrs. Lupescu. Sie trug weißen Pelz und viel zu viele Diamanten.«

»Eine gräßliche Frau«, sagte Lil.

»Renthal ist offensichtlich ein alter Freund von Constantine de Rham«, fuhr Van Degan fort.
»Sagt das nicht alles?« meinte Lil, die es immer noch nicht fertiggebracht hatte, jemandem zu erzählen, daß die Renthals zur Hochzeit ihrer Tochter kommen würden.
»Laß mich ausreden, Tante Lil«, sagte ihr Neffe, der sich nur ungern unterbrechen ließ. »Aber Mrs. Renthal, die, wie alle wissen, mit aller Macht nach oben will, zeigte sich nicht gerne mit de Rham und seiner Freundin in der Öffentlichkeit, und sie und Elias haben sich während des ersten Aktes gezankt, und die Leute um sie herum mußten sie dauernd ermahnen, still zu sein.«
Ein Kellner der Catering-Firma, die zur Unterstützung des Somerset-Personals engagiert worden war, begrüßte Gus mit einem Kopfnicken über Lil Altemus' Kopf, während sie sich Spargel von einer Silberplatte, die er hielt, nahm.
»Oh, hallo«, erwiderte Gus den Gruß des Kellners.
»Aber das war noch gar nichts«, fuhr Laurance Van Degan fort. »Du wirst nicht glauben, was dann passiert ist. Während des zweiten Akts, als Montserrat Caballé gerade ihr *Vissi d'Arte* sang, schön wie nie, ist einer von Mrs. Lupescus Diamantohrringen mit großem Knall auf den Boden der Metropolitan gefallen.«
»Nein«, rief Lil.
»O doch, und sie und de Rham sind einfach auf die Knie gegangen und haben ihn mitten in der Arie gesucht und sogar ein Streichholz angezündet, um besser suchen zu können.«
»Außergewöhnlich«, sagte Lil.
»Laura und ich waren mit Mutter da. Du kannst dir ja vorstellen, wie Mutter reagiert hat, Tante Lil. Sie hat

darauf bestanden, daß sie die Suche bis zum Ende des Aktes einstellen, wenn die Lichter angehn.«

»Gut gemacht, Janet«, sagte Lil.

»Mrs. Renthal versucht, in Mutters Opernkomitee zu kommen, und es war ihr so peinlich, daß Mutter sie in Begleitung von de Rham und Mrs. Lupescu gesehn hat, daß sie gegangen ist, und Elias mußte ihr natürlich folgen. Das ist ein fauler Apfel, dieser de Rham.«

»Consuelo war eine meiner besten Freundinnen«, sagte Lil kopfschüttelnd.

»Fauler Apfel, wieso?« fragte Gus, der sich jetzt erst in das Gespräch einschaltete.

»Schuldet überall Geld. Vermietet das Haus, das er von Consuelo geerbt hat, für alles mögliche, wird erzählt. Herkie Saybrook sagt, wenn er je jemanden aus dem Weg schaffen will, würde er zu Constantine de Rham gehen.«

»Nein«, sagte Lil ungläubig.

»Ich will ihm nicht unterstellen, daß er selbst etwas unternehmen würde, aber er wüßte genau, an wen man sich wenden müßte.«

»Was genau meinen Sie damit?« Gus ließ nicht locker.

»Genau das, was ich gesagt habe«, erwiderte der junge Laurance Van Degan und wandte sich Maud Hoare auf seiner anderen Seite zu.

Neben Gus saß eine junge Frau, die anscheinend auf der Party niemanden kannte, aber offensichtlich völlig zufrieden damit war, alles nur zu beobachten. Als Gus sich zu ihr drehte, merkte er, daß sie ihn anstarrte. Er nahm ihre Tischkarte und sah, daß sie Inez Peretti hieß.

»Sind Sie eine Freundin von Justine?« fragte Gus.

»Ich bin Justine nie begegnet«, erwiderte Inez Peretti.

»Dann von Bernie?«

»Bernie bin ich auch noch nie begegnet. Ich weiß nicht einmal seinen Nachnamen, nur daß er Justine Altemus heiraten wird«, sagte Inez.
Gus überlegte sich, wie er seine nächste Frage formulieren sollte.
»Ich bin Ceil Somersets Hellseherin«, sagte sie zu Gus, und Gus lachte, weil sie seine Frage erraten hatte.
»Ah, eine Hellseherin. Wie interessant.«
»Waren Sie schon mal bei einer?«
»In Kalifornien. Hier nicht. Machen Sie Hausbesuche?« fragte Gus.
»Nur ungern.«
»Wo leben Sie?«
»Sullivan Street. Wissen Sie, wo das ist?«
»Seitenstraße der Houston. Richtig?«
»Richtig. Die meisten von Ceils Freunden glauben, das liegt in Tasmanien. Diese Mrs. Lupescu, von der Mr. Van Degan gerade geredet hat, sie hat von irgend jemandem meinen Namen erfahren und angerufen, aber als sie gehört hat, wo ich wohne, hat sie den Termin abgesagt, weil sie nie weiter als bis zur Fiftieth Street geht. Sie sagt, Saks Fifth Avenue sei ihre untere Grenze.«
Gus lachte. »Das klingt ganz nach Mrs. Lupescu, nach allem, was man von ihr hört«, sagte er.
»Sie gehen heute abend irgendwohin, nicht wahr?« fragte Inez Peretti.
Gus musterte sie. »Zu Mary Finchs Ball für Justine und Bernie«, erwiderte er vorsichtig.
Inez Peretti ignorierte seine ausweichende Antwort. »Davor, meine ich.«
Gus schaute sie schweigend an.
»Was immer Sie vorhaben, tun Sie's nicht«, sagte sie. Ihre

Blicke trafen sich kurz. Gus nahm noch einmal ihre Tischkarte.
»Als nächstes werden Sie mich um meine Telefonnummer bitten«, sagte Inez lächelnd.
»Richtig«, erwiderte Gus und schrieb sie dann auf die Platzkarte, die er in seine Smokingjacke steckte.
Laura Van Degan erschien hinter dem jungen Laurance und legte ihm die Hand auf die Schulter. Er schaute zu ihr hoch und lächelte. Sie trug kein Make-up, ein schlichtes Abendkleid, und ihre Haare hingen wie die eines Schulmädchens auf die Schulter herab. »Zeit?« fragte Laurance.
»Ja, Schatz«, erwiderte sie.
»Laura stillt das neue Baby noch«, erklärte Laurance Lil.
»Wir fahren schnell nach Hause und treffen euch dann später bei Mary.«
»Die kleine Janet ist ja so aufgeregt, weil sie Justines Brautjungfer sein darf, Lil. Du kannst es dir gar nicht vorstellen«, sagte Laura.
»Du verpaßt dieses köstliche Kokosnußeis«, sagte Lil und löffelte sich etwas aus der silbernen Schüssel, die ihr ein Kellner hinhielt.
»Mein Lieblingseis«, sagte Gus, als ihm der Kellner die Schüssel anbot.
»Im Kokoseis ist Rum, Gus«, flüsterte derselbe Kellner ihm zu, der ihn vorher begrüßt hatte. Gus lehnte mit einem sehnsüchtigen Blick sein Lieblingsdessert ab.
»Wer ist denn Ihr Kellnerfreund?« fragte Lil.
»Jemand, den ich bei den Anonymen Alkoholikern kennengelernt habe«, sagte Gus.
»Das erinnert mich an etwas. Evangeline Simpson trinkt wieder«, meinte Lil.
»Glauben Sie, Constantine de Rham wird heute abend bei Mary Finch sein?« fragte Gus.

»Wohl kaum«, erwiderte Lil.
»Aber wie es scheint, sind sie doch das Paar des Jahres«, sagte Gus.
»Vielleicht bei Maisie Verdurin und im Clarence's, Gus, aber nicht bei diesen Leuten«, erwiderte Lil mit einer Geste auf die zweiunddreißig Gäste im Speisezimmer der Somersets. »Ich glaube, alle brechen zu Mary auf. Soll ich Sie mitnehmen? Mein Wagen wartet unten.«
»Nein, danke, Lil, wir treffen uns dort. Ich muß noch woanders hin.«
»Das sagt Matilda immer über Sie.«
»Was sagt Matilda immer über mich?«
»Daß Sie immer an irgendwelche geheimnisvollen Orte verschwinden.«

Wenn Constantine de Rham es seltsam fand, daß ein Mann, der sich auf Maisie Verdurins Parties geweigert hatte, mit ihm zu reden, ihn um zehn Uhr nachts besuchte, so ließ er sich nichts anmerken. Gus Bailey war überrascht, daß er selbst die Tür öffnete, obwohl ein ziemlich betagter Butler mißmutig hinter ihm stand, als hätte er sich das Recht, die Tür zu öffnen, widerrechtlich angeeignet. Später erinnerte sich Gus, daß de Rham Samtslipper mit goldgestickten Initialen und eine Hausjacke aus dunkelgrünem Samt trug, aber in diesem Augenblick, draußen im Regen am Sutton Place, sah er nur die Marmortreppe hinter de Rham, auf der Consuelo de Rham vor zwei Jahren zu Tode gestürzt, und den schwarzweißen Marmorboden, auf dem sie gelandet war.
»Mein Name ist Augustus Bailey«, begann Gus.
»Ja, ich weiß, wer Sie sind«, erwiderte Constantine. »Sie haben sich bei Maisie Verdurin geweigert, mir die Hand zu schütteln.«

Gus, der als Bittsteller gekommen war, wurde rot.
»Ich merke mir Beleidigungen. Selbst niedergeschlagene Augen sind in meinem Computer hier oben registriert«, sagte Constantine und deutete auf seinen Kopf. Er musterte Gus, der frierend und naß vor der Tür stand, und genoß das Machtgefühl, ihn warten zu lassen. »Am liebsten würde ich Ihnen die Tür vor der Nase zuschlagen, aber die Neugier siegt über dieses Verlangen. Kommen Sie rein.«
Gus ging an ihm vorbei ins Haus.
»Geben Sie Ramon Ihre nassen Sachen«, sagte er, als Gus sich den Mantel auszog. Der Butler nahm die Sachen und machte sich dabei seine weiße Jacke völlig naß.
»Es wird behauptet, die Filipinos seien eine intelligente Rasse, aber mein Butler ist die Ausnahme, die diese Regel bestätigt«, sagte Rham – vor dem Butler. »Leg die Sachen nicht auf die gepolsterte Bank, Ramon. Bring sie in die Küche.«
Gus drehte sich zum Spiegel und rückte seine Fliege zurecht.
»Sie sind entweder auf dem Weg zu Mary Finchs Party oder kommen gerade daher«, sagte de Rham mit Blick auf Gus' Smoking und Lackschuhe.
»Auf dem Weg«, erwiderte Gus.
»Wären Sie nicht gerne ein Mäuschen gewesen, als Justine Lil gesagt hat, sie würde Bernie Slatkin heiraten? Oder vielleicht waren Sie es, Mr. Bailey. Ein Mäuschen, meine ich.«
»Nein, war ich nicht, Mr. de Rham.«
»Mit einem Ihrer Artikel?«
»Nein.«
»Ich bin sicher, Mr. Slatkin entsprach nicht ganz den

Vorstellungen Lils von einem idealen Ehemann für Justine. Sie hatte sicher auf eine bessere Partie gehofft.«

Gus hatte mit allem möglichen gerechnet, aber nicht damit, daß Constantine de Rham mit ihm über die kommende Hochzeit klatschen wollte. In einem anderen Zimmer lief der Fernseher.

»Yvonne schaut sich *Denver Clan* an«, sagte Constantine mit einem nachsichtigen Lächeln und ging mit Gus in sein Arbeitszimmer, wo er die Tür hinter sich schloß.

Auf einer dunkelroten Wand, über einem wuchtigen Sofa voller Damast- und Gobelinkissen, hing ein riesiges Bild, auf dem ein Hirsch von Hunden zerrissen wurde. Gus' Blick wurde von einer anderen Wand und einem schmalen Bücherregal angezogen, auf dem hohe, schmale Bände standen, in rotes Leder gebunden und mit Goldprägung: wahrscheinlich privat herausgegebene aristokratische Biographien der aristokratischen de Rhams. Da gab es die von Casimir, Stanislaus, Edouard und Thierry, den verehrten Vorfahren, die Constantine für sich beanspruchte. »Die Guillotine hat während des Terrorregimes verheerend in meiner Familie gewütet«, sagte de Rham, als er merkte, daß Gus sich die Bücher ansah. »Aber es haben genug überlebt, um den Namen zu erhalten und die Besitzungen zurückzufordern.«

Gus schaute hoch in die Augen des großen Mannes, die sich in seine bohrten und ihn herausforderten, das abzustreiten. Die Enge des Arbeitszimmers war erfüllt vom Geruch abgestandenen Schweißes; Gus fragte sich, ob Constantine de Rham wohl selten badete, und war angewidert, wäre am liebsten davongelaufen. Aber er nahm sich zusammen und bewunderte den eleganten französischen Schreibtisch, hinter den sich de Rham setzte. Der

Tisch war, wie de Rham ihm erklärte, von Boulle signiert.
»Aber Sie sind doch sicher nicht hierhergekommen, um sich mit mir über einen Boulle-Schreibtisch zu unterhalten«, sagte de Rham.
»Nein.«
De Rham stand auf und zog die Samtvorhänge zu, dann wies er Gus einen sehr unbequemen schwarzen Regency-Stuhl zu.
»Und, was kann ich für Sie tun, Mr. Bailey?« fragte de Rham.
»Es gibt da einen Mann, der demnächst aus dem Gefängnis kommt«, begann Gus vorsichtig.
Constantine de Rham hob erstaunt die Augenbrauen. »Ja?«
»Ich möchte diesen Mann verfolgen lassen.«
»Es ist außergewöhnlich, daß Sie mit einem solchen Anliegen zu mir kommen.«
»Mir wurde gesagt, Sie würden Leute kennen, die einen zu Leuten bringen können, die solche Aufgaben erledigen.«
»Soll ich mich etwa von so einem Ruf geschmeichelt fühlen?«
»Bitte, lassen Sie mich ausreden.«
De Rham zuckte desinteressiert die Achseln.
»Ich möchte diesen Mann verfolgen lassen.«
»Das sagten Sie schon.«
Gus begann zu schwitzen und wünschte, er wäre nicht gekommen.
»Ab wann?« fragte Constantine überraschenderweise.
»Vom Tag seiner Entlassung an.«
»Wo ist das Gefängnis?«
»In Kalifornien.«
»Wo in Kalifornien?«

»Vacaville.«
»Wie lange soll er beschattet werden?«
»Unbegrenzt.«
»Das kann sehr teuer werden.«
»Das ist mir egal.«
»Haben Sie schon an die Polizei gedacht?«
»Ich will die Polizei nicht bemühen.«
»Vielleicht wäre ein Privatdetektiv das Richtige für Sie.«
»Ich will auch keinen Privatdetektiv.«
»Könnte es sein, daß da etwas mehr dahintersteckt als Beschattung?«
»Vielleicht.«
»Das könnte auch im Gefängnis arrangiert werden.«
»Das will ich nicht«, sagte Gus.
»Wie heißt der Mann, der Sie so verfolgt, Mr. Bailey?«
»Ich hab nicht gesagt, er verfolgt mich, Mr. de Rham.«
»Das war nicht nötig, Mr. Bailey. Besessenheit erkenne ich sofort.«
Gus lachte. »Besessenheit ist wohl kaum das richtige Wort.«
»Hmm.« Constantine de Rham verschränkte die Arme und wartete Gus' Antwort ab.
»Flint. Francis Flint. Genannt Lefty Flint«, sagte Gus ruhig, aber am Zucken seiner Schultern sah man, wie nervös er war.
»Allein sein Name regt Sie wohl schon auf, Mr. Bailey. Was hat Ihnen dieser Mann angetan?«
Gus schüttelte den Kopf und winkte ab, er wollte nicht darüber reden.
»Ich glaube, ich kenne jemanden, der Ihnen jemanden nennen kann, der Ihnen hilft.«
Constantine de Rham stand auf, sperrte eine Schublade

des Boulle-Tisches auf, holte ein abgegriffenes, ledernes Adreßbuch heraus und ging damit zum Sofa, wo er sich setzte und das Buch durchblätterte.
Yvonne Lupescu öffnete die Tür und kam ohne anzuklopfen ins Zimmer. Ihr spitzenbesetztes Satinnégligé hatte ein sehr tiefes Dekolleté.
»Endlich hat Alexis Carrington eine vor den Latz gekriegt!« sagte sie. Sie nahm offensichtlich starken Anteil an der Fernsehserie. Beide Männer schauten hoch, und sie tat sehr überrascht, als sie Gus sah. »Aber, Constantine, ich hab ja nicht gewußt, daß du einen Gast hast!« rief sie und legte züchtig die Hand ans Dekolleté.
Gus stand auf. Er hatte Yvonne Lupescu noch nie mit offenem Haar gesehen. Die blonden Locken hingen bis zur Schulter. Sie schauten sich an.
»Ein unerwarteter Besuch zu dieser späten Stunde, meine Liebe. Mr. Bailey. Baroneß Lupescu«, sagte er. »Du erinnerst dich, Yvonne. Mr. Bailey war bei Maisies Parties nicht sehr freundlich zu uns.«
»Ja, ja. Ich erinnere mich. Er und Matilda Clarke haben sich über mich unterhalten«, sagte Yvonne.
Gus wurde wieder rot.
»Oh, schau doch, Constantine. Er wird rot. Wie schick Sie aussehn, Mr. Bailey. Lassen Sie mich raten: Sie gehen zu Mary Finchs Party«, scherzte Yvonne.
»Richtig.«
»Wir sind natürlich nicht eingeladen.«
»Das habe ich Mr. Bailey erklärt.«
»Ich weiß nicht, wie Mr. Bailey mit Vornamen heißt, Constantine.«
»Augustus«, sagte Gus.
»Und natürlich nennt man Sie Gus. Oder Gussy?«

»Gus.«
»So werde ich Sie jetzt nennen. Also, Gus, bevor Sie zu Mrs. Finch abschwirren, kommen Sie in die Bibliothek und trinken Sie ein Glas Champagner mit Constantine und mir.«
»Nein, danke. Ich trinke nicht, und ich bin in Eile, Mrs. Lupescu.«
»Lassen Sie Ihre Adresse da«, forderte Constantine ihn auf.
Gus beugte sich vor und schrieb sie auf einen Block auf dem Schreibtisch.
»Ich werde Mr. Bailey zur Tür bringen, Constantine«, sagte Yvonne.
Mrs. Lupescu führte Gus den Korridor entlang.
»Tigerschnauzhaare«, sagte sie.
»Tigerschnauzhaare?« wiederholte Gus überrascht.
»Fein gehackt unters Essen gemischt. Das Opfer stirbt einige Tage später, und keiner findet eine Spur.« Sie drehte sich zu ihm und lächelte.
Gus wurde klar, daß sie das Gespräch belauscht hatte.
»Ah, aber wo finde ich Tigerschnauzhaare?«
»Das ist natürlich das Problem«, sagte Yvonne. »Einmal, in Albanien, da hat meine Großmutter, die Mätresse von König Zog ...«
Gus' Regenschirm und Mantel lagen getrocknet in der Halle. Er drehte sich zum Spiegel und rückte seine Fliege gerade.
»So bindet man eine Fliege nicht«, sagte Yvonne.
»Was ist denn falsch?« fragte Gus.
»Sie ist völlig schief. Lassen Sie mich mal«, meinte Yvonne, löste die Fliege, stellte sich dicht vor ihn und band sie neu. *»Voilà!«*

Sie kam noch näher. Ihre Brust war jetzt fast ganz entblößt. Gus wurde wieder rot.
»Soll ich mich um deinen Steifen kümmern?« flüsterte sie ihm lächelnd zu.
»Nein«, flüsterte Gus und blickte zu Constantine de Rhams Arbeitszimmer.
»Gefahr ist schon das halbe Vergnügen, Gus«, sagte sie.
»Ich bin spät dran.«
»Was ich vorhabe, dauert höchstens eineinhalb Minuten.«
»Das ist unwahrscheinlich nett von Ihnen, aber nein, danke«, sagte Gus und ging zur Tür.
»Was wollen Sie denn, Mr. Bailey?«
»Ich würde gerne einmal die Geschichte von Ihrer Großmutter und König Zog hören«, sagte Gus. Er machte die Tür auf und ging.

15

Seit Wochen redete die ganze Stadt nur vom Scheitern der Ehe Edward Manchesters und der Romanze zwischen Loelia Manchester und Mickie Minardos. Gus interessierte das Gerede nicht sonderlich, aber er hatte begriffen, daß diese Leute eben am liebsten nur über sich selbst redeten, und zwar ausschließlich.

»Es war ja alles so gut kaschiert, Gus, verstehen Sie. Keiner hatte die geringste Ahnung«, sagte Lil Altemus und lehnte sich in ihrem Stuhl bei Clarence's zurück. »*Ich* bestimmt nicht, und ich bin doch schließlich eine von Loelias allerbesten Freundinnen.«

Michael, der Kellner mit dem Pferdeschwanz, jedermanns Lieblingskellner bei Clarence's, kam und sagte die Tagesgerichte auf. Lil sprach nie direkt einen Kellner an, wenn ein Mann bei ihr war. »Sagen Sie ihm, ich nehme das Hühner-Paillard mit irgendeinem grünen Gemüse. Keine Vorspeise und vielleicht ein bißchen von dem wunderbaren chilenischen Wein, den sie hier haben. Chick Jacoby weiß, wie er heißt. Schaun Sie, da ist Ezzie Fenwick. – Jedenfalls hat Mickie Minardos Loelia zum Lachen gebracht, und er kann tanzen. Loelia tanzt doch so gerne, und Ned hatte immer zwei linke Füße, wenn's ans Tanzen ging. Aber keiner hat auch nur eine Sekunde eine Romanze vermutet. Am wenigsten der arme Ned. Haben Sie gewußt, daß Ned ein Cousin von mir, von der Altemus-

Seite, ist? Aber in Ägypten, in Luxor, als die *Aida* vor den Pyramiden gesungen wurde, da haben sie sich unsterblich verliebt. Und meine Freundin Gertie Todesco hat es allen erzählt, und dann hat Loelia zu allem Überfluß Ned noch aus Kairo angerufen, wo doch immer die Verbindung so schlecht ist, und ihn um die Scheidung gebeten, nach zweiundzwanzig Jahren. Können Sie sich das vorstellen? Ist es ein Wunder, wenn Ned außer sich ist?«

Loelia Manchester war zwar selbst eine reiche Frau, aber der Löwenanteil des Somerset-Vermögens, das sehr stattlich war, wurde mit eiserner Hand von Fernanda Somerset, Loelias Mutter, kontrolliert.
Loelia und Fernanda hatten sich immer sehr nahe gestanden, und alle wußten, wie stolz Fernanda auf die gesellschaftlichen Erfolge ihrer Tochter war. Außerdem bewunderte und liebte Fernanda ihren Schwiegersohn Edward Potter Manchester sehr und teilte seine Vorliebe für das Ländliche.
An diesem Tag saßen die beiden Frauen im sogenannten Gartenzimmer Fernandas beim Lunch. Loelia war von ihrer Mutter durch eine vom Chauffeur überbrachte Nachricht aus dem Rhinelander, wo sie jetzt lebte, gerufen worden und wußte, daß jetzt das gefürchtete Gespräch stattfinden würde, vor dem sie sich seit Wochen drückte.
»Hast du dich wieder liften lassen?« fragte Fernanda ihre Tochter.
»Findest du es nicht gut?« erwiderte Loelia.
»Du hast es nicht gebraucht.«
»O doch. Dr. James hat jetzt eine neue Methode. Er schneidet hier oben an der Kopfhaut und zieht dann alles hoch, und die Haare verdecken die Narben. Wunderbar.«

»Deine Augen sehen aus, als würden sie dir aus dem Gesicht springen.«
»Tun sie nicht!«
»Tun sie doch. Und deine Haare sind viel zu blond.«
»Mickie mag die Farbe.«
»Das kann ich mir vorstellen«, sagte Fernanda. »Hör auf, mir das Essen vom Teller zu nehmen.«
»Ich nehm dir kein Essen vom Teller.«
»Du hast zwei Garnelen, mein halbes Brötchen und jetzt auch noch einen Löffel von meinem Käsesoufflé genommen.«
Loelia schob nervös ihren Stuhl zurück, der auf dem Kachelboden ein unangenehm kreischendes Geräusch machte. »Mutter, warum hackst du dauernd auf mir rum?« fragte sie. Am liebsten hätte sie angefangen zu weinen.
»Kommen wir doch mal zur Sache, Loelia. Was geht in deinem Leben vor?«
»Ich werde Mickie Minardos heiraten«, entgegnete Loelia.
»Was für eine groteske Äußerung«, sagte ihre Mutter.
»Von dir hätte ich das nicht erwartet, Mutter!«
»O doch. Du hast es genau gewußt. Ist dieser Mann nicht jünger als du?«
»Ja.«
»Wieviel?«
»Zehn Jahre.«
»Er ist ein Gigolo.«
»Er ist der erfolgreichste Schuhdesigner der Welt.«
Fernanda schüttelte ungeduldig den Kopf. Das beeindruckte sie überhaupt nicht.
»Eines Tages wird er Ausstattungen für Ballett und Theater machen«, sagte Loelia.

»Eine Dame kann mit ihrem Chauffeur ins Bett steigen, aber sie kann nicht mit ihm zum Abendessen ausgehen, Loelia«, sagte Fernanda. »Du müßtest das doch wissen.«

»Das ist unglaublich böse, Mutter.«

»Du wirst aus dem *Social Register* gestrichen, wenn du ihn heiratest.«

»Du weißt, daß mir das nichts bedeutet, Mutter.«

Fernanda musterte ungläubig ihre Tochter.

»Was weißt du über seine Familie?«

»Sein Vater ist Bankier«, sagte Loelia stolz. Das war ihre Trumpfkarte, er wollte sie nicht wegen ihres Geldes.

Ein Dienstmädchen in geblümter Uniform brachte Kaffee, und Fernanda schickte sie gleich wieder weg.

»Weißt du, Loelia, es gibt Griechen und Griechen, und keiner der Griechen, die wir kennen, wie Stavros und Christina und Alecco, haben je von der Familie von Mickie Minardos gehört.«

»Das ist mir egal«, sagte Loelia ruhig.

»Mir aber nicht«, sagte ihre Mutter ebenso ruhig.

Fernanda Somerset begriff sehr wohl die Verlockungen sexueller Leidenschaft und wußte, daß sie der Hauptgrund für das Verhältnis ihrer Tochter mit Mickie Minardos waren. Sie hatte selbst ein kleines Abenteuer gehabt, während ihr Mann eine Affäre mit Matilda Clarke hatte. Und als Sweetzer Clarke nach sechs Monaten aus dem Alkoholikersanatorium entlassen wurde, waren beide Ehen kameradschaftlich weitergeführt worden. Die Kinder hatten nicht unter einer Scheidung leiden müssen, und die jeweiligen Vermögen blieben unangetastet.

»Mach eine Reise mit deinem Griechen«, sagte Fernanda. »Und wenn es dann vorbei ist, was unvermeidbar ist, komm zu deinem Mann und deinen Kindern zurück. Ned wird auf dich warten. Er liebt dich.«

»Ich werde Mickie Minardos heiraten.«
»Du hast deine Familie sehr verletzt.«
»Hilf mir, Mutter.«
»Nein, ich werde dir nicht helfen, Loelia. Und ich muß dich noch an etwas erinnern, obwohl ich gehofft hatte, das wäre nicht nötig.«
»Geld, nehme ich an«, sagte Loelia und sammelte ihre Sachen ein, um zu zeigen, daß sie im Aufbruch war.
»Ja, Geld. Wenn du das durchziehst, wird das, was du jetzt hast, alles sein, Loelia.«

Als Loelia Manchester eine Woche später von ihrem Anwalt erfuhr, daß Ned für seine Einwilligung in die Scheidung ihr halbes Vermögen forderte, war sie entsetzt. Ned Manchester war reich, wenn auch nicht so reich wie Loelia Manchester, und es war nicht seine Art, Geld von einer Frau zu verlangen. Loelia wußte sofort, daß ihre Mutter sich mit Ned zusammengetan hatte, um die Scheidung zu verhindern.
Loelia bot ihm die Hälfte dessen, was er verlangte, aber Ned lehnte durch seine Anwälte ab. Alle ihre Freunde sagten, Ned verhalte sich so, weil er so verletzt sei und eine Scheidung überhaupt nicht wolle, aber das war kein Trost. Loelia hatte sich einer Leidenschaft hingegeben, wie sie sie noch nie erlebt hatte, und ihr größter Wunsch war es, Dimitri Minardos zu heiraten. Natürlich mußte sie Rücksicht auf die Kinder nehmen, alles mußte seine Ordnung haben. Also war sie aus der schönen Manchester-Wohnung ausgezogen, hatte alles außer ihren Kleidern dort gelassen und war ins Rhinelander gezogen, wo alle aus ihrem Kreis hinzogen, wenn sie sich scheiden lassen wollten. Ihre Freunde trösteten sie mit schönen Blumenkör-

ben, Petit-Point-Kissen, Duftkerzen und Porzellanteilen für Aschenbecher, damit dic Suite heimeliger wurde, und Lil Altemus, die zwar gegen die Romanze mit Mickie war, hatte ihr Bilder geliehen, nachdem sie gebeichtet hatte, die Hotelbilder seien einfach unsäglich.

Eines Nachmittags war Loelia auf dem Weg zu einem Treffen mit ihrer Maklerin, Helene Whitbeck, um sich eine Wohnung auf der Fifth Avenue anzusehen, die gerade frei geworden war. Im Aufzug des Rhinelander stand Elias Renthal. Sie war beeindruckt, als er zur Begrüßung den Hut abnahm.

»Ich bin Elias Renthal, Mrs. Manchester«, sagte er mit einer knappen, aber sehr höflichen Verbeugung.

»Ja, natürlich«, erwiderte Loelia. »Wie geht's?«

Elias bemerkte sofort, daß Loelia unglücklich war, und fragte sie, ob er sie zu einem Drink an der Bar, die um diese Tageszeit immer leer war, einladen dürfe. Loelia hörte sich mit Erstaunen sagen, sie wolle zwar keinen Drink, habe aber nichts gegen eine Tasse Tee einzuwenden. Hoffentlich wußte Elias nicht, daß sie es gewesen war, die seine Ernennung in den Aufsichtsrat des New York Art Museums verhindert hatte, obwohl er so großzügig gespendet hatte. Sie hatte gehört, er sei seither in seinem Auftreten sehr geschliffen worden. »Seine Frau, Ruby, feilt ihm die scharfen Kanten weg«, hatte Jamesy Crocus gesagt.

Innerhalb kürzester Zeit unterhielten sich Loelia und Elias wie alte Freunde, und Loelia schüttete dem berühmten Finanzier ihr Herz über ihre Probleme mit Ned und der Scheidung aus. Loelia vergaß darüber völlig ihre Verabredung mit Helene Whitbeck, die in der Lobby des Hauses in der Fifth Avenue auf sie wartete.

»Ich hab Ned gesagt, er kann das Haus auf dem Land haben und das Haus auf den Bermudas, und die will er auch, aber zusätzlich will er noch so und so viele Millionen. Wie kann er sich nach so vielen Jahren nur so anstellen? Es ist ja nicht so, daß er kein Geld hätte.«

»Sein Stolz ist verletzt, und er will sich rächen«, erklärte Elias.

»Ich kann nicht mehr hören, daß Neds Stolz verletzt ist«, erwiderte Loelia. »Wir sind doch schließlich nicht das erste Paar, das sich scheiden läßt.«

»Na, dann gehn Sie doch einfach drauf ein. Warum bieten Sie ihm nicht mehr, als er verlangt? Es spielt keine Rolle, wieviel Sie bezahlen«, sagte Elias, »sondern nur, wie Sie es bezahlen.«

»Das versteh ich nicht, Mr. Renthal«, sagte Loelia.

»Nehmen wir zum Beispiel mal an, Sie bieten Ned zwanzig Millionen Abfindung«, begann Elias.

»Zwanzig Millionen!« rief Loelia entsetzt. »Bitte, Mr. Renthal!«

»Eine fiktive Zahl. Lassen Sie mich ausreden«, sagte Elias geduldig und holte eine Zigarre aus seinem Etui. Elias genoß es, über Geld zu reden. Es war das einzige Thema, bei dem er sich keiner anderen Meinung beugen mußte. Er öffnete einen Knopf seines grauen Nadelstreifenjacketts und machte es sich bequem. Loelia bemerkte jetzt, wieviel besser er angezogen war, seit sie ihn das erstemal gesehen hatte. Sein Anzug war wunderbar geschnitten, und er trug ein zartrosa Hemd mit diskretem Monogramm und Gold-und-Email-Manschettenknöpfe, wie sie auch Mickie Minardos trug.

»Gleichgültig, wieviel Geld das ist, Sie haben keine Wahl, weil er sich sonst nicht scheiden läßt, und Sie wollen

Mickie doch heiraten, nicht wahr? Sie geben ihm die fünf oder zehn Millionen einfach nicht auf einmal, aber mit Ihrem Vermögen können Sie sich eine Million pro Jahr leisten.«

Sie fragte sich, ob er wußte, wieviel Geld sie hatte, war sich aber eigentlich sicher. Im Lauf der Zeit würde sie erfahren, daß Elias Renthal von jedem genau wußte, wieviel Geld er hatte.

»Kapiert?«

Sie hatte kapiert. Eine Million pro Jahr konnte sie sich leisten. Plötzlich paßten die Puzzlestücke. Sie fragte sich, warum ihre teuren Anwälte nicht auf eine so einfache Lösung gekommen waren. Elias Renthal hatte nur zehn Minuten dazu gebraucht.

»Und dann«, fuhr Elias Renthal fort.

»Ja«, sagte Loelia.

»In einem Jahr oder so wird Ned jemanden kennenlernen und vielleicht wieder heiraten, und wenn er dann wieder glücklich ist, wird er nicht auf der Abmachung bestehen. Schließlich sagen alle, Ned sei ein Gentleman.«

»Ja, natürlich«, sagte Loelia. Bis zu diesem Augenblick war sie nicht auf die Idee gekommen, Ned könne sich wieder verlieben und vielleicht sogar wieder heiraten.

»Leben Sie hier im Rhinelander, Mr. Renthal?« fragte Loelia, als sie ihre Handtasche und die Handschuhe zusammensuchte.

»Nein, nein. Ruby und ich kampieren hier nur, während Cora Mandell unsere Wände lackiert. Wir haben gedacht, sie schafft's bis Ostern, aber Sie wissen ja, was für ein Perfektionist Cora Mandell ist. Irgend so ein Typ aus Rom malt falschen Marmor.« Er grinste entwaffnend. »Vor ein paar Jahren hab ich nicht mal gewußt, wie man faux Marmor schreibt, und jetzt diktiert er unser Leben.«

Loelia lachte. »Und Mrs. Renthal? Wie geht es ihr?«
»Sie heißt Ruby. Und ich bin Elias, Loelia.«
»Ja, natürlich, Elias.«
»Ruby ist drüben in London und ersteigert ein Paar Konsoltische aus dem achtzehnten Jahrhundert auf der Orromeo-Auktion.«
»Oh, ja, Jamesy Crocus hat mir von diesen Tischen erzählt. Eingelegt, nicht wahr, mit Widderköpfen an den Beinen?«
»Keine Ahnung.«
»Traurig, das mit den Orromeos, nicht wahr?«
»Keine Ahnung.«
»Sie haben alles verloren.«
Elias erschauderte. Es gab nur wenig, was Elias angst machte, aber der Gedanke, sein Vermögen zu verlieren, wie die Orromeos, wer immer die auch waren, ließ ihn erzittern.
»Wie?« fragte er.
»Wie was?«
»Wie haben die Orromeos ihr Geld verloren?«
»Das übliche, was nach ein paar Generationen Vererbung passiert«, erwiderte Loelia.
»Verzogene Gören, die nicht arbeiten? So was?« fragte Elias.
»Wahrscheinlich. Zu viele Scheidungen. Scheidungen fressen heutzutage die Vermögen auf.«
»Wie wir gesagt haben«, stimmte Elias zu.
»Wann kommt denn Mrs. Renthal, ich meine Ruby, zurück?« fragte Loelia.
»Sie wird rechtzeitig zur Hochzeit von Justine Altemus zurück sein. Das läßt sich Ruby nicht um alles in der Welt entgehen«, antwortete Elias und drückte seine Zigarre aus.

»Ich hab nicht gewußt, daß Ruby mit Justine befreundet ist«, sagte Loelia und versuchte, nicht zu zeigen, wie überrascht sie war.
»Ist sie nicht. Kennt sie gar nicht.«
»Oh, dann von Bernard. Sie sind mit Bernard Slatkin befreundet?«
»Nein, den kenn ich auch bloß vom Fernsehen.«
»Sie sind doch nicht mit Lil befreundet, oder? Ich hab Sie noch nie bei Lil gesehen, nicht wahr?«
Elias lachte. »Loelia, wir haben nicht vor, einfach ohne Einladung zu kommen, wenn Sie das meinen.«
»Natürlich mein ich das nicht, Elias!«
»Ich wickle ein paar Geschäfte mit Laurance Van Degan ab, und er hat es arrangiert, daß Ruby und ich eingeladen werden.«
»Oh«, sagte Loelia. »Ich wohne auch hier im Rhinelander, zumindest bis ich eine neue Wohnung finde. Vielleicht könnten wir, wenn Ruby aus London zurück ist, mal zusammen hier im Hotel dinieren.«
»Das wäre toll, Loelia«, sagte Elias. »Und schönen Gruß an Mickie.« Elias konnte es kaum erwarten, zum Telefon zu kommen, um Ruby in ihrem Hotel in London anzurufen und ihr zu sagen, sie solle ihren Hintern nach Hause schwingen, damit sie hier, mitten in der Öffentlichkeit, mit Mickie Minardos und Loelia Manchester dinieren könnten.

»Du hast *wieviel* für diese Scheißtische bezahlt?« brüllte Elias Renthal seine Frau in London übers Telefon an.
»Ich schwöre bei Gott, bei französischen Möbeln aus dem achtzehnten Jahrhundert kann man nie Geld verlieren«, brüllte Ruby zurück.

»Wieviel?«
»Du hast mich beim erstenmal verstanden.«
»Ich muß mich verhört haben.«
»Du wirst sie lieben, Elias, das schwör ich dir. Links und rechts vom Kamin mit dem Monet mit den Seerosen drüber. Warte, bis du sie siehst.«
»Eingelegt, stimmt's, mit Widderköpfen an den Beinen?«
»Was weißt du über Widderköpfe?« fragte Ruby überrascht.
»Nur was Loelia Manchester mir erzählt hat, als ich heute nachmittag mit ihr Tee getrunken habe«, erwiderte Elias.
»Was? Du hast Tee mit Loelia Manchester getrunken? Erzähl sofort alles.«
»Ich werde dir alles erzählen, wenn du nach Hause kommst.«
»Schickst du mir die Maschine, oder soll ich die Concorde nehmen?«
»Was schneller geht.«
»Elias. Ist das okay mit den Konsolen?«
»Ich weiß noch nicht mal, was eine Konsole ist, Ruby.«
»Ist es okay?«
»Ja, es ist okay.«
»Du weißt, was ich mit dir machen werde, Elias, wenn ich nach Hause komme, nicht wahr?«
»Ich weiß es, aber ich möchte, daß du's sagst.«
»Dein schönstes. Beide in meinem Mund. Gleichzeitig. Genauso, wie du's magst.«

Mickie Minardos tobte innerlich. Er warf die Zeitung zu Boden, sprang auf und zog den Gürtel seines grünseidenen, gepunkteten Morgenmantels enger um seine schmale Taille. Loelia saß an ihrem Toilettentisch und sah im

Spiegel, wie rot sein Gesicht war und wie schmal sein Mund.
Seit Florian aus Rache für Mickies verbalen Angriff ihn in seiner Kolumne als *Flickschuster* bezeichnet hatte, war das Wort in aller Munde. Man hatte ihm zugetragen, viele von Loelias Freunden und ihr Mann würden ihn jetzt hinter seinem Rücken so nennen.
Was Florian Gray nicht ahnen konnte: Mickie Minardos' Vater, in jener Provinzstadt in Griechenland, war tatsächlich Flickschuster gewesen und hatte sich später ein kleines Vermögen durch die Erfindung einer Sandale mit Sohlen aus alten Autoreifen verdient, was Demetreus ermöglichte, seinen Sohn Dimitri, genannt Mickie, in eine gute Schule und später nach Paris zum Studieren zu schicken. Mickies Ziel war es, ›etwas‹ im Theater zu machen, was genau, war noch unbestimmt.
In Paris waren attraktive Griechen immer schon sehr beliebt, weil, wie Bijou McCord Thomopolous es ausdrückte, »sie so wunderbare Tänzer sind und wissen, wie sie ihre Frauen behandeln müssen«. Mickie Minardos, der ein wunderbarer Tänzer war und ein Bewunderer schöner Füße, begann seine Karriere als Schuhdesigner, bis die Zeit kam, in der er ›etwas‹ im Theater machen konnte. Vor New York und Loelia Manchester war er mit einigen Damen der High Society zusammengewesen, darunter Bijou McCord Thomopolous.
Es war schon seltsam, daß Mickie Minardos, obwohl er sich wegen des Berufs seines Vaters schämte, ausgerechnet in diesem Metier Erfolg hatte. Bei Interviews mit der Modepresse gab Mickie immer an, sein Vater sei Bankier gewesen, was zum Teil stimmte, weil sein Vater in der Stadt, in der seine Sandalenmanufaktur stand, die Zweig-

stelle einer Bank leitete, aber den Schuster verschwieg er hartnäckig.
»Was ist denn los, Schatz?« fragte Loelia schließlich.
»Nichts«, erwiderte Mickie. In den Monaten, in denen sie zusammenlebten, hatte sie bereits gelernt, daß Mickie, wenn er wütend war, bockig wurde, und wenn man ihn fragte, was los sei, behauptete, er sei nicht wütend.
»Schatz, ich seh doch, daß du dich geärgert hast. Was ist denn passiert?«
»Florian Gray.«
»Der schon wieder«, sagte Loelia. »Was hat er denn jetzt wieder gesagt?«
»Lies es nicht.«
»Natürlich werde ich es lesen. Was hat es schon zu bedeuten, was diese Leute schreiben? Von all diesen Leuten ist nur Dolly wichtig, und Dolly war zu allen bezaubernd.«
»Er nennt mich wieder einen Flickschuster.«
»Na und?« sagte Loelia. Es erstaunte Mickie immer wieder, daß Loelia Kritik an ihm anscheinend nicht tangierte.
»Er sagt, deine Freunde akzeptieren mich nicht.«
»Oh, bitte, Mickie! Das ist doch einfach lächerlich.«
»Er sagt, deine Mutter sagt, sie wird dich enterben, wenn du mich heiratest.«
»Mickie, ich versichere dir, wenn meine Mutter so etwas sagt, dann bestimmt nicht zu einem Klatschkolumnisten. Also beruhig dich. Es ist einfach nicht wahr.«
»Es ist wahr, daß deine Freunde mich nicht akzeptieren.«
»Aber du hast gesagt, meine Freunde wären zu langweilig.«
Mickie wandte sich ab. Er hatte das tatsächlich gesagt und auch hinzugefügt, die neuen Leute seien interessanter als die alten Familien, aber es nicht so gemeint. Tief in seinem

Innersten wollte er nichts lieber, als in die Welt Loelia Manchesters aufgenommen zu werden.
»Eines Tages werden sie sehen, wie begabt ich bin, und sich drum reißen, mich zu haben«, sagte er.
Er schmollte wie ein kleines Kind. Loelia musterte Mickie eindringlich, wie eine Frau den Mann mustert, den sie liebt, wenn sie plötzlich einen unangenehmen Charakterzug an ihm entdeckt, von dem sie bis jetzt noch nichts wußte.
»Schatz, du giltst als der erfolgreichste Mann in deinem Metier in New York. Sag mir bitte einen Schuhdesigner, der dein untrügliches Gefühl für Stil hat.«
»Ich schlag ihm die Nase ein, diesem Wichtel Florian Gray, wenn er mir das nächste Mal über den Weg läuft.«
»Ich finde es unwiderstehlich, Mickie, wenn du den harten Mann spielst.« Sie stand auf und drehte sich zu ihm. »Wie seh ich aus?«
»Dreh dich um!« sagte er.
Loelia drehte eine Pirouette, und Mickie musterte sie kritisch von Kopf bis Fuß.
»Fast perfekt«, sagte er. »Setz dich eine Minute. Ich mach dir die Augen noch mal. Du brauchst noch ein bißchen grünen Lidschatten, passend zu den Schuhen.«

16

Nachdem Jorgie Sanchez-Julia zu zwei vereinbarten Interviewterminen mit Gus Bailey nicht erschienen war, beschloß dieser, die Geschichte sausen zu lassen, oder zumindest den Teil, der sich mit Jorgie befaßte. Die Geschichte befaßte sich mit dem wachsenden Trend reicher älterer Witwer und Witwen, ihr gesamtes Vermögen Lebensgefährten ihres Alters zu hinterlassen. Jorgie Sanchez-Julia war ein dreißigjähriger Gigolo, der eine fast fünfzig Jahre ältere, verkrüppelte Millionärin aus Washington geheiratet und dann ihr gesamtes Vermögen geerbt hatte, sogar die Familienerbstücke, sehr zum Leidwesen ihrer Kinder.

»Sagen Sie Jorgie, er soll sich's in die Haare schmieren«, sagte Gus der jungen Dame, die das Telefon in Jorgies Suite im Rhinelander beantwortete, als er anrief, um sich zu beschweren, daß er das zweite Mal hintereinander über eine Stunde warten mußte.

Am nächsten Morgen brachte ein Bote einen großen Strauß Rosen in Gus' Wohnung in Turtle Bay, zusammen mit einem reumütigen und charmanten Brief von Jorgie Sanchez-Julia, in dem er sich entschuldigte, weil er am vorigen Tag überraschend nach Washington reisen mußte. Gus glaubte ihm das nicht, aber er glaubte, daß sich Jorgie die Gelegenheit, publiziert zu werden, nicht entgehen lassen wollte. Ein dritter Termin wurde festgesetzt.

Überraschenderweise für Gus wollte Sanchez-Julia sich bei Clarence's mit ihm treffen und nicht in einer etwas privateren Atmosphäre, obwohl er vor Gericht gerade eine Schlacht um sein Erbe austrug. Gus blätterte mit dem Rücken zum Raum seine Notizen durch, während Jorgie aufgeregt, aber mit Schmollmund die Mittagsparade bei Clarence's beobachtete. Jorgie hatte einen vollen Mund, olivfarbene Haut und lockige blonde Haare und trug einen spanischen Anzug, der seine schmalen Hüften und die schlanke Taille betonte.

»Helfen Sie mir, Jorgie«, sagte Gus. »Wie alt waren Sie, als Sie Mrs. Acton geheiratet haben?«

»Komteß Sanchez-Julia«, korrigierte Jorgie. Eine Zigarette klebte in seinem Mundwinkel.

»Aber sie war doch sicherlich Mrs. Acton, als Sie sie heirateten?«

»Ich war sechsundzwanzig.«

»Und wie alt war die Komteß?«

»Ach, siebzig oder so. Geraldine war so jung im Herzen. Sie hat nie übers Alter geredet«, erwiderte Jorgie, den Blick unverwandt auf die Eingangstür des Restaurants gerichtet.

»Und der Titel Komteß kam woher?«

»Päpstlich«, erwiderte Jorgie. »Geraldine wurde von Seiner Heiligkeit für ihre philantropischen Taten belohnt.«

»Ah ja, päpstlich. Erzählen Sie mir, warum die Komteß hinkte«, bat Gus.

»Sie ist mit einem Klumpfuß auf die Welt gekommen«, erwiderte Jorgie. »Schaun Sie, da kommt Yvonne Lupescu. Kennen Sie sie? War eine von Madame Myras Mädchen. Hat ihre Peitschen in einem spezialangefertigten Louis-Vuitton-Koffer herumgetragen. Was für eine Domina! Die Sachen, die ich Ihnen von der erzählen könnte.«

Gus schaute von seinen Notizen hoch. »Mrs. Lupescu ist eine von Madame Myras Mädchen? Das hab ich nicht gewußt.«
»War«, verbesserte ihn Jorgie. »Sie kennen Madame Myra?«
»Ja«, erwiderte Gus. »Ms. Myra, wie wir in New York sagen.«
»Wie amüsant«, sagte Jorgie. »Das muß ich mir merken.«
Gus kehrte wieder zum Thema zurück. »Aber Ihre Frau, die Komteß, hat so gut getanzt, trotz ihres Klumpfußes.«
»Ich hab ihr das Tanzen beigebracht«, sagte Jorgie. »Geraldine hat für ihr Leben gern getanzt. Sehen Sie, ich hab Freude in ihr Leben gebracht. Ihre Zwillinge, diese Playboys, haben sich überhaupt nicht um ihre Mutter gekümmert. Haben nur darauf gewartet, daß sie stirbt, damit sie an ihr Geld kommen. Wenn ich nicht gekommen wäre, hätten sie sie ins Altersheim gesteckt. Ich hab ihr ein wunderbares Leben geboten. Jetzt sagen sie, ich hätte sie dazu gebracht, mir ihr ganzes Geld zu hinterlassen. Geraldine hat es so gewollt. Ich war genauso überrascht wie alle anderen bei der Testamentseröffnung.«
»Ja, ja, natürlich«, sagte Gus und schrieb Jorgies Worte nieder.
»Sie war eine wunderbare Frau«, sagte Jorgie.
»Stimmt es, daß die beiden Renoirs Kopien waren und Sie die Originale während ihrer letzten Krankheit verkauft haben?« fragte Gus.
»Du lieber Himmel, nein!« erwiderte Jorgie und lachte fröhlich über Gus' absurde Frage. »Wie kommen so schreckliche Geschichten nur in Umlauf?«
»Ich würde Sie gerne etwas fragen. Etwas sehr Persönliches.«

»Fragen Sie nur, Mr. Bailey.«
»Gus.«
»Fragen Sie nur, Gus.«
»Haben Sie, äh, mit der Komteß geschlafen?«
»O ja, ziemlich regelmäßig. Geraldine fand mich sehr attraktiv.«
»Ich verstehe.« Gus nippte an seinem Wasser, als hätte er einen Drink. »Sagen Sie mir, Jorgie, ist es nicht schwierig, mit einer Siebzigjährigen, die hinkt, zu schlafen?«
Jorgie Sanchez-Julia lächelte und schüttelte den Kopf. »Mir ist noch keiner begegnet, Gus, Mann oder Frau, für den ich ihn nicht hochkriege«, sagte er. Er überlegte kurz und sagte dann, mit einem Zwinkern: »Wenn der Preis gestimmt hat.«
»Das aber nur unter uns, nehm ich an«, sagte Gus.
»Was soll das heißen?« fragte Jorgie.
»Hallo, Jorgie«, sagte Yvonne Lupescu und kam an den Tisch. »Ich hab nicht gewußt, daß du in New York bist.«
»Hallo, Yvonne«, sagte Jorgie widerwillig und streckte ihr die Hand entgegen, blieb aber sitzen.
»Auf«, sagte Yvonne und zeigte mit dem Daumen nach oben. »So begrüßt man eine Dame nicht.«
»Ich bin grade gestern mit der Concorde angekommen«, sagte Jorgie, stand sehr langsam auf und bedeutete Gus mit einem Zwinkern, seine Lüge zu decken. Er küßte Yvonne kühl auf beide Wangen und schaute sich dabei im Restaurant um. Beide waren jung und attraktiv, aber keiner fühlte sich vom anderen körperlich angezogen. »Und du?«
»Ich lebe jetzt hier«, sagte Yvonne.
»O ja, hab irgend so was läuten hören. Constantine de Rham, nicht wahr?«

»Ich hab gelesen, daß Geraldine gestorben ist«, sagte Yvonne.
»Sie fehlt mir schrecklich«, erwiderte Jorgie.
»Das kann ich mir vorstellen.«
»Kennst du Augustus Bailey? Baroneß Lupescu«, sagte Jorgie.
»Ja, wir kennen uns«, sagte Gus.
»Jorgie, Fritzi von Stauffenberg ist im anderen Zimmer und möchte dir hallo sagen«, sagte Yvonne.
»Fritzi ist hier? Wie wunderbar. Deshalb wollte ich zu Clarence's gehen, Mr. Bailey. Jeder, der in New York ist, kommt hierher. Würden Sie mich eine Minute entschuldigen?«
Nachdem Jorgie Sanchez-Julia sich entfernt hatte, wandte Gus sich seinen Notizen zu, weil er keine Lust hatte, sich mit Yvonne zu unterhalten.
»Darf ich mich setzen, Gus?« fragte Yvonne.
»Natürlich.«
»So ein unartiger Junge, dieser Jorgie«, sagte sie. »Was ich Ihnen über den alles erzählen könnte. Aber er war so lieb zu seiner Schwester, der Nonne. Er hat alles geerbt, wie ich höre.«
Gus legte sein Notizbuch beiseite.
»Damit dürfte er der erfolgreichste männliche Stricher der Welt sein«, sagte Yvonne.
»Glauben Sie, die alte Dame hat es gewußt?«
»Geraldine? Es war ihr völlig egal. Jorgie hat sie mit Rosen überhäuft, dutzendweise, für die ihre Buchhalter natürlich später die Rechnungen gekriegt haben, aber sie hat die Aufmerksamkeit genossen.«
»Du meine Güte«, sagte Gus.
»Besser als ein Pflegeheim«, sagte Yvonne.

»Kommt drauf an«, entgegnete Gus.
»Ich hab da über etwas nachgedacht, Gus«, sagte Yvonne.
»Worüber?«
»Wie wär's denn mit einem Artikel über mich? Ich könnte ein bißchen Publicity in New York gebrauchen.«
»Da müßten Sie zuerst jemanden erschießen, Mrs. Lupescu. Oder jemanden beerben. Über solche Leute schreibe ich.«
»Ich bin zu langweilig, ist es das?« fragte Yvonne und lächelte ihn an. »Ich bin achtundzwanzig. Ich bin noch nie geschieden. Ich war noch nicht einmal verheiratet!«
Gus lächelte, hätte sie gerne nach Ms. Myra gefragt, unterließ es aber dann. »Wie geht's Constantine?«
»Oh, immer gleich.«
»Wie ist immer gleich bei Constantine de Rham?«
»Er ärgert sich, weil er in New York nicht mehr eingeladen wird. Es verfolgt ihn. Was hat er denn schon noch im Leben, außer mittags und abends zum Essen gehen?«
»Mrs. Verdurin lädt ihn ein.«
»Das ist nur einmal im Monat. Da bleiben neunundzwanzig Abende mit Nichtstun. Neulich war er zum Dinner hier, und Chick Jacoby hat ihn eine Stunde auf einen Tisch warten lassen. Er gibt mir die Schuld. Er glaubt, er wird nicht mehr eingeladen, weil ich ein Hindernis bin. Die Zeit naht, ich weiß, ich fühle es, ich werde ihn verlassen müssen.«
»Was passiert dann mit Ihnen? Wohin werden Sie gehen?«
»Ich weiß, er wäre verzweifelt, wenn ich ihn verließe. Um ganz ehrlich zu sein, Gus, irgendwie genieße ich Constantines Verzweiflung. Sie ist so bodenlos. Ich mag es, wenn er mich anfleht, ihn nicht zu verlassen. Dann ist er gar nicht mehr der große Herr. Wie ist noch das richtige Wort

für dieses Gefühl, das ich dabei habe? Überlegen, nehm ich an. Ich spüre, was für eine Macht ich habe dadurch, daß ein Mann mich so leidenschaftlich liebt.«

»Wie eine Domina, meinen Sie?« fragte Gus.

Yvonne lächelte. »Jorgie hat über mich geklatscht, nicht wahr?«

Gus zahlte seine Rechnung und schaute Yvonne an.

»Sie sehen so vorwurfsvoll aus, Gus. So rechtschaffen. So normal.«

»Ich weiß nicht. Bin ich denn so anders als ihr?«

»Das ist mein Stiefsohn«, sagte Fritzi Stauffenberg, als er Jorgie Sanchez-Julia seinem Gast vorstellte.

»Ja, ich kenne Jorgie«, erwiderte Jamesey Crocus. »Er war mal mein Stiefsohn.«

Gus hatte keine Freude an der Jagd. Er hatte keine Sehnsucht nach Liebe. Er wollte keine Beziehung, die sein Leben komplizierter machte und ihn von dem ablenken würde, was er plante, sobald Lefty Flint aus dem Gefängnis entlassen würde. Sein Freund George Eardley hatte ihm Myra Wealth vorgestellt. In Europa nannte man sie Madame Myra. In New York Miss Wealth. Sie zog es vor, Ms. Myra genannt zu werden, wenn sie jemand näher kannte, der Name amüsierte sie. Ms. Myra betrieb ein äußerst diskretes Etablissement in dem vormals vornehmen Bezirk Muray Hill. Einige der erfolgreichsten Männer New Yorks verkehrten bei ihr, nur keine Politiker – sie senkten das Niveau einer solchen Einrichtung und brachten unausweichlich den Ruin, weil ihre politischen Gegner ihnen nachspürten und ihre Laster an die Öffentlichkeit brachten.

Sie war zwischen dreißig und vierzig und fühlte sich in keiner Weise von den jüngeren Mädchen ihres Etablissements bedroht, weil diese gefragter waren. Sie hatte eine untrügliche Nase für Männer, die ihre reiferen Reize vorzogen. Gus Bailey hatte sie im Lauf der Zeit richtig liebgewonnen. Sie besuchte ihn seit langer Zeit jeden Samstag in seiner Wohnung, wenn die meisten Leute, die er kannte, auf dem Land waren. Keine Peitsche. Keine Ketten. Keine Perversionen. Kein Kokain. Er bevorzugte schlichten Sex. Sie blieb immer eineinhalb Stunden, wovon eine Stunde stets Unterhaltung war. Sie erzählte ihm von den bizarren Vorlieben ihrer Klienten, nannte aber nie Namen.

Wenn sie ging, gab ihr Gus nie das Geld direkt, sondern legte schon vorher einen Umschlag mit mehreren hundert Dollar auf den Tisch am Eingang. Und nachdem er Ms. Myra in ihren schwarzen Nerzmantel geholfen hatte, steckte er ihr den Umschlag diskret in die Tasche.

»So lieb«, sagte sie und strich ihm übers Gesicht. Sie schminkte sich die Lippen, setzte sich den kleinen Abendhut auf, den sie immer trug, und arrangierte einen schwarzen Schleier vor ihrem Gesicht.

»Hinreißend«, sagte Gus und lächelte sie an.

»So lieb«, sagte sie noch einmal.

»Samstag«, sagte er.

»Samstag«, wiederholte sie.

Er öffnete die Tür, um nach dem Aufzug zu läuten.

»Wann kommt der Mann aus dem Gefängnis?« fragte sie.

»Viel zu bald«, erwiderte Gus. Sie konnte ihm Fragen stellen, die er sonst von niemandem duldete.

»Macht es dir Sorgen?«

»Ja.«

Der Aufzug war zu hören.
»Kennst du jemanden, der Yvonne Lupescu heißt?« fragte er.
Ihre Blicke trafen sich. Dann machte sie ein nachdenkliches Gesicht, als würde sie überlegen. »Nein«, erwiderte sie.
Der Aufzug öffnete sich. Sie stieg ein und drehte sich zu ihm um, bevor sich die Tür schloß. Sie lächelten sich an.

17

Wenn Ezzie Fenwick in den Spiegel schaute, drehte er den Kopf zur Seite, damit er sein kaputtes Auge, das in die völlig andere Richtung schaute, nicht sehen mußte. Und nachdem er leider gar nicht so aussah, wie er gerne ausgesehen hätte, war Kleidung für ihn eine grenzenlose Leidenschaft. Ezzie Fenwick steckte genausoviel Energie in die Auswahl seiner Kleider wie Elias Renthal in seine Geldgeschäfte.

Am Tag von Justines Hochzeit war Ezzie Fenwick dem Irrsinn nahe. Sein vor Wochen in London bestelltes lavendelfarbenes Hemd mit dem violetten Monogramm, den weißen Manschetten und dem weißen Kragen war nicht gekommen, obwohl er dem Hemdenschneider genau erklärt hatte, daß er es unbedingt an diesem Tag brauchte, um es mit seinem neuen perlgrauen Flanellanzug mit dem grau-weiß gestreiften Seidenfutter bei Justine Altemus' Hochzeit mit dem Fernsehsprecher zu tragen.

Constantine de Rham klopfte mit dem Messer an sein gekochtes Ei, köpfte es und aß schweigend. Yvonne Lupescu wußte genau, wann sie Constantine nicht ansprechen durfte, und wandte sich wieder Dolly De Longpres Kolumne zu, die von der Aufregung in der Gesellschaft über Justine Altemus' Hochzeit am heutigen Tage berichtete. Constantine war wütend, weil er zu so exklusiven

Anlässen wie dieser Hochzeit nicht mehr eingeladen wurde, so wie früher, in den Jahren seiner Ehe mit Consuelo. Als er vom Frühstückstisch mit der *Times* unter dem Arm aufstand, sah er so feindselig aus, daß sie nicht wagte, ihm zu sagen, er habe Ei am Kinn. Er ging sehr langsam an ihr vorbei zur Tür des Eßzimmers, aber er ging immer sehr langsam an den Morgen, nachdem sie ihn gepeitscht hatte. An solchen Tagen nahm er sie überhaupt nicht zur Kenntnis, obwohl er und nicht sie die Sache ins Rollen brachte und darum bettelte, gepeitscht zu werden. An der Tür blieb er stehen und sagte, ohne sich umzudrehen: »Ich möchte, daß du deine Koffer packst und verschwindest.«

»In so einer Aufmachung hab ich dich noch nie gesehen«, sagte Juanito zu Hubie. Er lag auf dem Bett und beobachtete, wie Hubie sich für Justines Hochzeit anzog. Juanito schmollte wie immer, wenn Hubie familiäre Verpflichtungen hatte, von denen er ausgeschlossen war.

»Ich trage selten gestreifte Hosen, Frack, Gamaschen und Zylinder«, sagte Hubie. »Deshalb hast du mich noch nie so gesehen.«

»Ich will mit zur Hochzeit«, sagte Juanito wie schon öfter in dieser Woche.

»Du kannst nicht mitgehen«, sagte Hubie geduldig wie schon so oft diese Woche.

»Warum?«

»Du weißt warum, Juanito. Wir haben das schon hundertmal durchgekaut.«

»Tio Laurance, nehm ich an«, sagte Juanito und schnitt eine Grimasse.

»Ja, Tio Laurance. Ganz zu schweigen von Madre Lil. Und Padre Hubert. Und Hermana Justine. Und *todos los* Van Degans.«

»Ich dachte, du hättest gesagt, deine Schwester mag mich«, schmollte Juanito.
»Tut sie auch, auf ihre Art, aber das ist eine Geschichte, mit der sie sich an ihrem Hochzeitstag in der St.-James-Kirche nicht herumschlagen mag. Sie tanzt sowieso schon auf dem Drahtseil mit ihrem Fernsehansager.«
»Wie's aussieht, stehn deine Schwester und du auf die niedere Klasse.«
»Bernie ist nicht niedere Klasse, nur anders.«
»Aber ich, was?«
»Komm schon, Juanito. Ich werd mich dafür bei dir revanchieren, das versprech ich.« Er öffnete seine Brieftasche, holte ein paar Scheine raus und gab sie Juanito. »Geh und kauf dir die Lederjacke, die dir so gut gefallen hat.«
»Verdirb mir meine Depression nicht«, sagte Juanito.
»Manchmal kannst du einem tierisch auf den Sack gehn, Juanito«, meinte Hubie.
Beide lachten. »Du siehst Klasse aus, Hubie.«
»Danke, Juanito. Wie sieht das aus?« fragte er und strich sich übers Kinn. Er hatte ein Geschwür am Kinn mit Make-up verdeckt.
»Man merkt es überhaupt nicht.«
»Sieht man, daß Make-up drauf ist?«
»Nein, ich hab's dir doch gesagt, du siehst toll aus.«
»Hör mal.«
»Was?«
»Eine Kirche ist ein öffentlicher Ort, sogar St. James. Ich kann dich nicht daran hindern, dich hinten in die Kirche zu stellen und zuzuschauen.«
»Ehrlich?«
»Die Obdachlosen dürfen auch hinten zusehen.«
»Oh, danke.«

»Aber nicht in den Colony Club.« Hubie schaute aus dem Fenster seines Lofts. »Das Auto meiner Mutter ist da.« Er öffnete das Fenster und rief hinunter: »Ich komm gleich runter, Joe.«
»Joseph«, korrigierte ihn Juanito. »Du sollst deinen Chauffeur Joseph nennen, um Gottes willen nicht Joe.«
»Damit hast du wohl viel Erfahrung, was?« fragte Hubie amüsiert.
»Klar, meine Familie hatte in Puerto Rico immer Chauffeure.«
Hubie setzte seinen Zylinder auf.
»Laß dich mal mit deinem Zylinder anschauen«, sagte Juanito.
Hubie drehte sich verlegen um.
»Du siehst wie ein echter Dandy aus.«
Hubie zuckte die Achseln. »Ich *bin* einer.«
»Nimmst du mich mit in die Stadt?« fragte Juanito. »Ich bin noch nie in einer Limo gefahren.«
»Gehn wir.«
Juanito öffnete die Tür und winkte Hubie mit einer Verbeugung zur Tür hinaus.
»Nach dir«, sagte Hubie.
»Nein, nach dir. Aids vor Schönheit.«
Hubie schüttelte den Kopf. »Du bist schon eine Nummer, Juanito.«

»Wenn du doch nicht immer in mein neues Bidet pinkeln würdest, Elias«, sagte Ruby. »Es ist ekelhaft. Das neue Mädchen wird denken, wir wissen gar nichts.«
»Wir müssen uns ganz schön viele Sorgen darüber machen, was Candelaria mit der Hasenscharte, die kein Wort Englisch kann, über uns denkt«, sagte Elias.

»Ich hab doch nicht zuviel Schmuck an, oder?« fragte Ruby.

»Du siehst toll aus, Ruby. Neues Kleid?«

»Natürlich ist es neu. Bald werden sie sagen, Ruby Renthal trägt nie zweimal dasselbe Kleid. Was meinst du, Nerz oder Zobel?«

»Schätzchen, ich hab keine Ahnung.«

»Das ist das erste Mal, daß wir zu was gehen, ohne Eintrittskarten kaufen zu müssen, um reinzukommen.«

»Nervös?«

»Ja.«

»Ich auch.«

»Laß mich ja nie allein, Elias.«

»Werd ich nicht.«

»Elias, mein neuer Ring ist einfach fantastisch.«

»Wie ich höre, waren Braut und Bräutigam am Wochenende bei dir auf dem Land zu Gast«, sagte Maisie Verdurin auf dem Weg von Violet Bastedos Lunch bei Clarence's zur St.-James-Kirche die Madison Avenue entlang.

»Nur ein kleines Dinner für die Bedford-Truppe«, sagte Matilda.

»Bernie und Justine haben sich bei einer meiner Parties kennengelernt. Hast du das gewußt?« fragte Maisie, sehr zufrieden mit ihrer Rolle als Ehestifterin.

»Ich weiß nicht, ob dir die Van Degans dafür ein Dankschreiben schicken werden«, sagte Matilda.

»Magst du Bernie nicht?«

Matilda Clarke, die Bernie Slatkin sehr attraktiv fand, zögerte kurz, bevor sie antwortete. »Groß, dunkel, gutaussehend, gescheit. Zu gescheit. Und er könnte eventuell, ganz eventuell, gerne fremdgehen. Du lieber Himmel, schau dir den Menschenauflauf vor der Kirche an.«

Yvonne Lupescu schob die Tür zu Constantine de Rhams Arbeitszimmer auf, ging hinein und schloß sie hinter sich. Das Zimmer war dunkel, aber sie wagte es nicht, die roten Samtvorhänge aufzuziehen oder das Licht anzudrehen. Sie wußte genau, wieviel Zeit sie hatte. Constantine war auf der Toilette neben der Eingangshalle. Sie wartete, bis sich ihre Augen an die Dunkelheit gewöhnt hatten. Dann ging sie zu Constantines Boulle-Schreibtisch und setzte sich dahinter. Sie öffnete die mittlere Schublade und tastete sich durch die Papiere und das lederne Adreßbuch. Sie schloß die Schublade, öffnete die oberste linke Schublade und fand sofort, was sie suchte. In diesem Augenblick öffnete sich die Tür, und das Licht ging an.

»Was hast du hier zu suchen?« fragte Constantine.

Yvonne Lupescu erhob sich verängstigt.

»Es ist kein Geld im Schreibtisch, wenn du das suchen solltest, Yvonne.«

»Meinen Paß, Constantine«, erwiderte sie. Sie hatte eine Hand hinter dem Rücken. »Ohne meinen Paß kann ich nicht gehen.«

»Dein Paß, Yvonne, ist in der Reisetasche, wo du ihn immer hast. Was suchst du in meinem Schreibtisch?«

»Wo ist Ramon?«

»Ramon hat heute seinen freien Tag.«

Yvonne lächelte.

»Ich hab dich gefragt, was du in meinem Schreibtisch suchst?« wiederholte er.

Constantine ging zu dem Schreibtisch, hinter dem Yvonne stand. Gelassen holte sie ihre Hand hinter dem Rücken vor und richtete eine Pistole auf ihn.

»Ach, Yvonne, mach dich doch nicht lächerlich«, sagte Constantine und ging um den Schreibtisch herum.

»Du glaubst doch nicht etwa, Constantine, daß ich ohne, sollen wir sagen, Abfindung, hier weggehe«, sagte Yvonne, berauscht von der Spannung im Raum, und wich zurück.
»In den letzten sechs Monaten hab ich dir ein Heim gegeben, wie du es noch nie gehabt hast«, sagte Constantine.
»Soll ich das als großzügige Tat betrachten?«
»Einige würden es so sehen.«
»Ohne meine Dienste, Constantine, kriegst du keine Erektion, und das weißt du, und das ist wesentlich mehr wert als ein gratis Bett mit den Porthault-Laken deiner toten Frau drauf.«
»Ich laß dir vom Buchhalter einen Scheck für deine Dienste schicken«, sagte Constantine.
»Du bist mieser Laune, weil du nicht zu Justine Altemus' Hochzeit eingeladen worden bist und weil du Striemen auf deinem Hintern hast, die ich dir verpaßt habe, weil du mich angebettelt hast. Keins von beiden kannst du mir vorhalten.«
Constantine beugte sich blitzschnell vor und packte Yvonne am Handgelenk.
»Was in aller Welt willst du denn mit der Pistole, du dummes Mädchen?« fragte er.
Yvonne ließ die Pistole nicht los und zog ihren Arm zurück. Constantine lachte und zog sie an sich. Ein Schuß hallte durch den Raum. Einen Moment lang trafen sich ihre Blicke, seiner ungläubig, ihrer erregt. Sie beobachtete, wie alle Farbe aus seinem Gesicht wich und er dann langsam vor ihr zu Boden fiel.
»O mein Gott, Constantine«, sagte sie. Sie kniete sich neben ihn und horchte nach seinem Herzschlag. Seine glasigen Augen starrten sie an.

»Du hast abgedrückt, du Schwein. Ich hab nicht abgedrückt«, zischte sie ihm ins Gesicht.
Dann wischte sie vorsichtig mit einem Taschentuch aus Constantines Jackett ihre Fingerabdrücke vom Abzug und dem Griff der Waffe, legte die Pistole in seine Hand und drapierte seine Finger um den Abzug. Sie erhob sich langsam, schloß die Schubladen des Schreibtisches und ging zur Tür. Im Gang horchte sie kurz, das Haus schwieg. Sie schloß die Tür des Zimmers hinter sich und rannte die Marmortreppe hoch. In ihrem Badezimmer drehte sie die Dusche auf höchste Stufe, lief zu ihrem Schrank und fing an, Kleider herauszuzerren, warf eins nach dem anderen zur Seite, bis sie das gelbe fand, das ihr für diese Gelegenheit das passende schien.

Beim dritten Klingeln meldete sich der Anrufbeantworter in Gus Baileys Wohnung. »Hallo, hier ist Augustus Bailey. Ich bin momentan nicht zu Hause. Hinterlassen Sie Ihren Namen, Ihre Nummer und die Uhrzeit Ihres Anrufs, ich werde Sie so bald wie möglich zurückrufen. Warten Sie auf den Piepton.«
»Rufen Sie mich an, Bailey. Ich habe eine Information für Sie.« Die Stimme war die von Detective Johnston, und Detective Johnston rief Gus nur an, wenn er einen sehr triftigen Grund dafür hatte.

Auf der Brautseite der Kirche waren soviel mehr Leute, daß die Helfer schließlich aufhörten, die Leute zu fragen, wo sie sitzen wollten, damit der Unterschied nicht so kraß war. Nur die Renthals bestanden darauf, auf der Seite der Braut zu sitzen, schließlich hatte Laurance Van Degan sie eingeladen, und zu ihrer Freude saßen sie weit vorne, nur zwei Reihen hinter Loelia Manchester und Matilda Clarke, die ja praktisch zur Familie gehörten, und eine Reihe hinter Ezzie Fenwick, dem Gesellschaftsschiedsrichter, unter dem berühmten Rosenfenster, das die verstorbene Alice Grenville zum Andenken an ihren Sohn gestiftet hatte.

Alle waren entzückt vom Geigenquartett vor dem Altar, das Jamesey Crocus, der mehr über Bachfugen als alle anderen wußte, für Justine gefunden hatte, die Bach wollte, und zwar nur Bach. Lorenzas Blumendekoration, voll aufgeblühter pfirsich- und korallenfarbener Rosen, wurde von allen bewundert. Wohlwollendes Nicken begleitete den alten Ormonde Van Degan, der sich mit seinem Gehapparat den Gang entlang kämpfte, unterstützt von der lächelnden und fürsorglichen Dodo Fitz Alyn.

»Ich glaube, Ormonde hat einen Schlaganfall gehabt«, sagte Tante Minnie Willoughby zu Cora Mandell. »Irgend etwas stimmt nicht mit seinem Mund. Hängt ein bißchen.«

»Tropft auch ein bißchen«, sagte Cora. »Arme Dodo. Sie sieht aber recht glücklich aus. Lil sagt, sie pflegt Ormonde wie ein Engel.«

»Nevel hat Justines Kleid gemacht und die Kleider der Brautjungfern und das von Lil Altemus auch«, flüsterte Ruby Elias zu.

»Wer ist Nevel?« fragte Elias.

»Leven rückwärts gelesen«, flüsterte Ruby.

Nach vierzig Minuten wurden die Gäste unruhig und fragten sich, ob die Hochzeit wohl abgesagt würde. Ezzie Fenwick verbreitete das Gerücht, Bernie würde sich wahrscheinlich weigern, das voreheliche Abkommen, das

Lil Altemus verlangte, zu unterzeichnen. Bernie Slatkin, der die Vereinbarung vor Wochen unterschrieben hatte, hoffte, seine Tante Hester und sein Onkel Sol befürchteten nicht, Justine würde nicht erscheinen, während er mit seinem Trauzeugen Fielder Black, dem zweiten Sprecher in seiner Sendung, auf das Erscheinen der Braut wartete. Sol Slatkin, in der ersten Reihe auf der Seite des Bräutigams sitzend, streichelte die Hand seiner Frau Hester.

»Ich darf gar nicht dran denken, was diese Blumen gekostet haben«, sagte Hester.

»Sie können sich's leisten«, meinte Sol.

»Wo kann sie denn bloß sein?«

»Kommen Bräute denn nicht immer zu spät?« fragte Sol.

»Ich nicht«, sagte Hester. »Tu doch mal so, als ob du dich nach den Perelmans umdrehen würdest, und schau dann unauffällig zur Tür, ob sich da was rührt.«

Sol Slatkin drehte sich unauffällig um und berichtete dann: »Da passiert was.«

Lil Altemus ließ sich von ihrem Fahrer Joe aus dem Wagen helfen und lächelte den wartenden Fotografen zu. Sie trug ein graues Chiffonkleid unter ihrem Zobel. Um dem Ganzen etwas Farbe zu geben, hatte Nevel etwas Koralle und Pfirsich bei dem grauen Chiffonhut verwendet. Lil trug wie immer zu feierlichen Anlässen ihre berühmten Perlen, von ihrer Mutter geerbt, und Diamanten auf der Schulter. Hubie Altemus, sehr dünn, aber nüchtern, bot seiner Mutter den Arm und führte sie die Stufen hoch in die Kirche, er verschwand so neben seiner Mutter, daß keiner das Make-up über der Wunde am Kinn bemerkte. Justine Altemus saß mit verschleiertem Gesicht neben ihrem Vater in der Altemus-Limousine auf dem Weg in die Kirche.

»Bist du glücklich mit diesem Kerl, Justine?« fragte er.
»Daddy, das ist wohl nicht der passende Zeitpunkt für eine solche Frage. Du hast Wochen Zeit gehabt, mich das zu fragen.«
»Aber ich seh dich doch nie alleine«, sagte er und drehte sich zu ihr.
Justine schenkte ihrem Vater ein liebevolles Lächeln. Sie erinnerte sich an seinen Geruch, wenn er auf dem Weg zu Parties noch zu ihr hereingeschaut hatte, um ihr einen Gutenachtkuß zu geben: eine romantische Mischung aus Floris' Aftershave, Camels und Scotch.
»Tut mir leid wegen Belinda, aber Mutter wollte es einfach nicht zulassen, daß sie bei der Familie sitzt.«
»Wir haben uns inzwischen alle an Mutter gewöhnt«, sagte Hubert. Er kippte hastig einen Schluck Scotch aus einer silbernen Taschenflasche.
»Da wären wir an der Kirche«, sagte Justine. »Oh, schau, eine Markise. Daran hab ich gar nicht gedacht. Ich liebe Hochzeiten mit Markisen.«
»Hier haben deine Mutter und ich geheiratet«, sagte Hubert Altemus.
»Ein sehr ernüchternder Gedanke«, meinte Justine. Sie lachten beide. »Ja, Daddy. Ich bin sehr glücklich mit dem Kerl.«
»Gut«, sagte er und streichelte ihre Hand. »Da sind ja Massen von Fotografen.«
»Die sind nicht wegen der Van Degans oder der Altemus gekommen. Sondern wegen Bernie Slatkin. Mein Typ ist ein Star, Daddy.«
»Du meine Güte.«
Im Vestibül empfingen die kleinen Brautjungfern kichernd und nervös die strahlende Braut mit ihrem Vater. Lil Altemus und ihr ehemaliger Mann schauten sich an.

»Hallo, Lil«, sagte Hubert.
»Hubert«, erwiderte Lil.
»Du siehst gut aus, Lil.«
Lil Altemus, die sich nie mit der Tatsache hatte abfinden können, daß ihr Mann sie verlassen hatte, bückte sich in einem seltenen Anfall von Mütterlichkeit und ordnete die cremefarbenen Satinfalten von Justines Schleppe.
»Dein Bukett ist wunderschön, Justine«, sagte Lil und wandte den Blick von Hubert ab. »Lorenza ist einfach unschlagbar.«
»Seh ich gut aus, Mutter?«
»Perfekt. Nevel hat sich selbst übertroffen.«
»Ich habe mich gemeint«, sagte Justine.
»Du siehst wunderschön aus, Justine«, bestätigte ihr Vater.
»Ich glaube, es ist Zeit, daß du mich rausführst, Hubie«, sagte Lil zu ihrem Sohn, der die Familie aus einer Ecke des Raumes beobachtet hatte.
»Viel Glück, Justine«, sagte Hubie.
»O Hubie«, sagte Justine und beugte sich zu ihrem kleineren Bruder, um ihn auf die Wange zu küssen. Sie sah das Make-up auf seinem Kinn. »Was ist das?« flüsterte sie.
»Nichts«, erwiderte Hubie. »Eine Allergie gegen mein Aftershave.«
Ihre Blicke trafen sich in einem Moment stillschweigenden Verstehens wie vor langer Zeit als Kinder.
»Komm schon, Hubie«, drängte Lil.
Zur Erleichterung aller erklang endlich der Brautchor aus *Lohengrin*, und Justine Altemus, eine Vision in cremefarbenem Satin und rosa Spitze mit einem Bukett cremefarbener voll aufgeblühter Rosen, ging im Eilschritt auf ihren Bräutigam zu, ihr leicht angetrunkener Vater bremste sie

nur etwas. Vor ihr gingen zehn kleine Mädchen in Schäferinnenkostümen mit Krummstäben. Und jeder der Anwesenden, vielleicht mit Ausnahme von Lil Altemus, fand alles sehr romantisch.

Der Koch der Bradleys sprang aus dem Fenster und »verteilte sich unvorteilhaft über die Ecke Park und 62nd Street«, wie Ezzie Fenwick später berichtete, gerade als die Hochzeitsgäste zum Empfang im Colony Club eintrafen. Im Club selbst wurde der Vorfall totgeschwiegen, nichts sollte das Fest des glücklichen Paares stören. Die Bradleys, deren Koch gesprungen war, blieben anstandshalber lang genug, um das attraktive Paar zu beglückwünschen.

»Traumhaft, Lil. Alle alten Familien«, sagte Mame Bradley. »Keiner von den neuen Leuten.« In diesem Augenblick kreuzten Elias und Ruby Renthal ihr Blickfeld. »Bis auf die Renthals natürlich.«

Lil Altemus flüsterte: »Geschäfte«, damit ja keine Mißverständnisse über die Anwesenheit der Renthals entstehen konnten.

Justine hielt sich ihr Bukett vor den Mund und flüsterte Lil zu: »Mutter, bitte sprich mit Mrs. Slatkin. Sie steht nur herum und kennt keinen.«

»Stellen Sie sich doch zu mir, Hester«, sagte Lil. »Kennen Sie meine liebe Freundin, Cora Mandell?«

»Hallo«, sagte Cora zu Hester.

»Ist das nicht alles wunderbar«, erwiderte Hester, sie wußte gar nicht, was sie zu dieser siebzigjährigen Innenarchitektin sagen sollte, über deren Arbeit sie in Illustrierten gelesen hatte.

»So hübsch, ja. Ich suche Ezzie überall«, sagte Cora zu

Lil. »Sein Hemdenschneider hat ihn versetzt. Er ist tobsüchtig. Zu lustig.«
»Er unterhält sich mit Madge Trees Sohn«, erwiderte Lil. »Verzeihung, Mrs. Slatkin, ich muß diesen Freund begrüßen«, sagte Cora und eilte davon. Hester ließ sich davon nicht aus der Ruhe bringen. Sie war schließlich die Tante des bestaussehenden jungen Mannes im Raum.
»Alsdann, Hester«, sagte Lil. »Wen kennen Sie nicht?«

»Das war deine Großtante Gardiner«, sagte Laurance Van Degan angesichts einer Marmorbüste am Eingang des Ballsaals. »Die New Yorker Gardiner haben das *i* in ihrem Namen verwendet, in Boston wurde der Name Gardner geschrieben, ohne *i*. Deine Großtante Grace war eine der Begründerinnen dieses Clubs und allen Berichten zufolge eine sehr interessante Frau.«
Aber Hubie Altemus hatte keinerlei Interesse an seiner Großtante Grace, ihn interessierte nur Juanito Perez. »Entschuldige mich bitte, Onkel Laurance, ich muß mal telefonieren.«
Im Männerklo stand Hubies Cousin, der junge Laurance Van Degan, am Pissoir. Als Hubie sich neben ihn stellte, drehte sich Laurance weg.
»Mein Alter, wenn du denkst, dein Schwanz interessiert mich, denkst du falsch«, sagte Hubie.
»Du bist widerlich, Hubie«, sagte der junge Laurance Van Degan mit dem hochnäsigen Van-Degan-Gesichtsausdruck, den Juanito so gut nachmachen konnte.
Hubie mußte lachen. »Spargel zum Mittagessen, was?« fragte er.
»Bist du jetzt auch noch zu allem Überfluß Hellseher geworden?« fragte Laurance.

»Nein. Deine Pisse stinkt.«
»Du bist widerlich, Hubie.«
»Du hast deine zehn Zentimeter so schnell weggesteckt, Laurance, und vergessen, sie abzuschütteln, jetzt hast du einen riesigen Urinfleck auf deinem feinen Grauen.«
Laurance ging mit hochrotem Kopf in Richtung Tür.
»Lauf nur schnell zu Laura, Laurance. Es muß schon höchste Zeit sein, das Baby zu stillen.«

»Entsetzlich gewöhnlich«, sagte Ezzie Fenwick.
»Wer?« fragte Cora Mandell.
»Mrs. Renthal, wer sonst? Schau dir den Pflasterstein an ihrem Finger an. Wenn der Stein falsch ist, ist er albern, und wenn er echt ist, lächerlich.«
»Der ist echt«, sagte Cora, »das kann ich dir versichern.«
»Bernie und Justine tanzen, Cora. Willst du nicht kommen und es dir anschauen?« fragte Tucky Bainbridge.
»Ich bin ganz zufrieden, wenn ich hier sitzen bleiben kann und mir anhöre, was Ezzie an den Kleidern aller Leute auszusetzen hat«, sagte Cora.

»Sprich mit mir, Elias. Wir können doch nicht einfach hier rumstehen, als würden wir niemanden kennen.«
»Warum haben Mäuse so kleine Eier?« fragte Elias.
»Nein, bitte nicht, Elias, den kenn ich schon.«
»Ich versuch doch nur so zu tun, als würden wir uns unterhalten, Ruby. Du brauchst mir doch nicht gleich den Kopf abzureißen, weil du den Scheißwitz schon kennst.«
»Mein Gott, Elias, da kommt Loelia Manchester auf uns zu. Erzähl ihr keine Witze und sag nicht *Scheiß*.«
»Ich komm mit Loelia Manchester prima zurecht, Ruby«, erwiderte Elias.

Loelia fiel erneut auf, wie sehr sich das Auftreten von Elias Renthal verändert hatte. Es hatte nichts mit teuren Schneidern und Friseuren zu tun. Das Gesicht, das sie einmal als ordinär empfunden hatte, strahlte unmißverständlich Macht aus, und das zog sie an.
Auch das Getuschel hinter ihrem Rücken hatte sich grundlegend verändert. Elias Renthal war plötzlich ein Genie, wenn's ums Geschäft ging, sogar Laurance Van Degan hatte einen Treffer an der Börse gelandet, dank eines Tips von Renthal, wie man hörte. Und dann natürlich die neue Wohnung der Renthals – keiner hatte sie bis jetzt gesehen, aber es kursierten die wildesten Gerüchte. »Die Möbel sind unbezahlbar«, sagte die große Koryphäe Jamesy Crocus. Dolly De Longpre hatte in ihrer Kolumne berichtet, Elias Renthal habe Merry Hill gekauft, ein prachtvolles Anwesen mit Gestüt, das vor Jahren einer Familie namens Grenville gehört hatte. Wie man hörte, gab es auch bereits ein Haus in den Tropen und Wohnungen in Paris und London, wo Elias öfter geschäftlich zu tun hatte, und er reiste immer mit eigenem Flugzeug mit Computern und Telefon, damit sein Arbeitstag nicht unterbrochen werden mußte. Und Geld war zweifelsohne da, ohne Ende, und es wurde von den beiden mit großer Freude ausgegeben. Mrs. Renthal trug die größten Edelsteine in New York und fuhr in einer hellblauen, ausländischen Limousine zum Friseur, von der es in New York nur diese eine gab. Ihr Hochzeitsgeschenk an Justine und Bernie war so extravagant, daß Lil Altemus darauf bestehen wollte, es zurückzugeben, und nur die Intervention ihres Bruders Laurance, der sagte, es sei »unschicklich«, das Geschenk zurückzugeben, ein Goldservice aus dem Besitz der Kaiserin Josephine, hinderte Lil daran, ihre Drohung wahrzumachen.

»Hallo, Elias«, sagte Loelia, und Ruby war hingerissen, sie so nah bei sich zu haben und diese Stimme, die von makelloser Herkunft zeugte, zu hören. Loelia Manchesters Kleid war die Schlichtheit schlechthin, wie Dolly De Longpre am nächsten Tag berichtete, aber sie war die bei weitem bestangezogene Frau im Raum.

»Loelia, das ist Ruby«, sagte Elias.

»Ihr Mann war so bezaubernd zu mir, Ruby, als Sie verreist waren. Ich hab mich schon so darauf gefreut, Sie kennenzulernen.«

»Ich auch«, sagte Ruby. »Toller Fummel.«

»Toller Ring«, sagte Loelia, und die beiden Damen lachten.

»Mickie und ich haben uns gefragt, ob Sie und Elias Lust hätten, Montag mit uns zu dinieren und dann in die Oper zu gehen.«

»Montag?« fragte Ruby und schaute zu Elias. Montag war der Geburtstag von Elias' Tochter aus erster Ehe. Ihre Blicke trafen sich. Er nickte.

»Wir wären entzückt«, sagte Ruby mit ihrer smartesten Stimme.

»Jaime kommt auch«, fügte Loelia hinzu.

»Jaime?« fragte Ruby.

»Sie werden Jaime lieben.«

»Jaime wer?«

»Der Botschafter von Honduras.«

»Nimm dir Champagner, Gus«, sagte Lil Altemus. »Wir werden anstoßen müssen.«

»Ich halt mich daran«, sagte Gus und klammerte sich an sein Glas mit Mineralwasser.

»Oh, ich vergeß es immer«, sagte Lil. »Ein Gläschen kann doch nicht schaden, oder?«

»Ich will keins, danke.«
»Tust du mir einen Gefallen, Gus? Sprich mit diesen Renthals. Sie kennen hier niemanden, und Laurance will unbedingt, daß sie sich amüsieren, weiß Gott, warum.«
»Loelia Manchester tanzt mit Elias Renthal«, sagte Gus.
»Loelia? Wirklich? Na, das ist ja ganz was Neues. Sei ein Schatz und tanz mit, wie heißt sie noch, seiner Frau«, sagte Lil.
»Ruby«, half ihr Gus.
»Ja, natürlich, Ruby«, sagte Lil, die das sehr wohl gewußt hatte.
Ruby war entzückt, mit Gus zu tanzen. Nach dem Gespräch mit Loelia Manchester hatte sie das erste Mal das Gefühl gehabt, sie könne es doch in New York schaffen.
»Ich bin ein alter Foxtrotter«, sagte Gus. »Ich kann diese neuen Schritte nicht.«
»Genauso wie Elias«, sagte Ruby.
»Sie sehen toll aus, Ruby, ich lese dauernd in der Zeitung über Sie.«
Ruby lachte. »Wie geht's Ihnen denn so?« fragte sie.
»Okay.«
»Mir kommen Sie sehr angespannt vor.«
»Unser gemeinsamer Freund, Lefty Flint, hat Bewährungsverhandlung am dreizehnten nächsten Monats«, sagte Gus.
»Ich kann es nicht glauben«, sagte sie. Sie wurde blaß.
»Es ist wahr.«
»Gehen Sie zur Verhandlung?«
»Nein.«
»Warum nicht?«
»Er wird automatisch entlassen. Mustergültige Führung. Der Liebling aller.«

»Sie wissen, daß er's wieder tun wird, nicht wahr?« fragte sie.
»Ja, weiß ich.«
»Wo ist die Verhandlung?«
»Im Männergefängnis in Vacaville, Kalifornien.«
Ruby schaute Gus an, als wolle sie etwas sagen.
»Mein Mann will Sie gerade abklatschen«, sagte sie.

Nach einem Tusch des Trommlers von Peter Durchins Orchester ging Lil Altemus mit einem Glas Champagner zum Mikrophon und hielt eine charmante Ansprache, obwohl sie kein Wort von dem glaubte, was sie sagte. Sie sagte, wie gerne sie Bernie Slatkin möge und wie sie sich freue, daß Bernies Onkel und Tante, Hester und Sol Slatkin, jetzt ein Teil ihrer Familie seien. Und Bernie hielt auch seine Rede und sagte, er sei der glücklichste Mann der Welt, weil Justine Altemus ihn geheiratet habe, und sein Grübchen wurde von allen Freunden Justines bewundert, als er sein Glas auf das Wohl seiner frischgebackenen Ehefrau erhob.
»Du solltest aufbrechen, Justine«, sagte Lil.
»Wenn ich das Bukett geworfen habe, Mutter«, erwiderte Justine.
»Wirf es der armen Dodo zu«, sagte Lil.
»Ist es nicht süß, wie sie Großvater immer den Speichel vom Mund wischt?« meinte Justine.
»Wo ist Bernard?«
»Er tanzt mit seiner Tante.«
Lil Altemus und ihre Tochter schauten zur Tanzfläche. Bernie blinzelte Justine zu. In diesem Augenblick betrat ein später Gast den Ballsaal. Sie trug einen Turban und sah sehr exotisch aus. Sie schien jemanden zu suchen.

»Mein Gott, es ist diese schreckliche Frau«, sagte Lil. »Was macht die denn hier?«
»Welche schreckliche Frau?«
»In dem gelben Kleid und dem Turban. Mrs. Lupescu. Hast du sie eingeladen?«
»Ich ganz bestimmt nicht, Mutter.«
»Sie kann doch nicht auch eine Geschäftsfreundin von Onkel Laurance sein, wie Elias Renthal.«
»Glaubst du, Constantine de Rham ist auch hier?«
»Das würde ich ihm nicht raten. Consuelo war eine meiner besten Freundinnen. Diese Frau ist einfach ohne Einladung gekommen. Das ist doch wohl der Gipfel. Wirf dein Bukett, Justine! Ich will diese Party hinter mich bringen.«

»Oh, hallo, Gus, tut mir leid, daß ich so spät komme«, sagte Yvonne Lupescu.
»Spät?« fragte Gus überrascht.
»Ich war ja hingerissen, als Sie mich gebeten haben zu kommen. Der arme Constantine hat sich nicht wohl gefühlt und fand es wunderbar, daß ich unter die Leute komme. So lieb von Ihnen, Gus«, sagte Yvonne.
Gus schaute ihr in die Augen. Sie lächelte ihn an, nahm seinen Arm und schaute zur Tanzfläche. »Wollen wir tanzen?« fragte sie.
»Nein«, sagte Gus. »Ich tanze nicht gerne.«
»Ich wette, Sie sind ein wunderbarer Tänzer.«
»Bin ich nicht.«
»Oh, schaun Sie, Gus. Justine wird gleich ihren Brautstrauß werfen.« Sie nahm Gus am Arm und führte ihn in den Raum.
Justine, mit Bernie an ihrer Seite, stand auf der Treppe des

Clubs und schaute hinunter zu ihren Freunden. Leute drängten sich vorbei an Dodo Fitz Alyn und Violet Bastedo. Peter Durchins Band spielte einen Tusch, Justine hob den Arm und warf den Strauß. Dodo streckte schamrot die Arme hoch, und Violet, obwohl schon zweimal verheiratet, quietschte vor Aufregung. Wie der Blitz stellte Yvonne de Lupescu sich vor die beiden Frauen und fing den Strauß, der direkt in Dodo Fitz Alyns Händen gelandet wäre.

»Oh, wie wunderbar, wenn das Constantine hört«, sagte Yvonne Lupescu. »Ist das nicht aufregend, Gus?«

Gus starrte Yvonne Lupescu sprachlos an.

In der Zwischenzeit lag Constantine de Rham, immer noch unentdeckt, in einer Blutlache am Boden seines Arbeitszimmers in seinem Haus am Sutton Place.

18

Am nächsten Morgen brach Gus in aller Eile zum Flughafen auf, um nach Los Angeles zu fliegen, aufgrund der Nachricht, die Detective Johnston auf seinem Anrufbeantworter hinterlassen hatte.

Die Maschine hatte glücklicherweise Verspätung, sonst hätte Gus sie verpaßt, aber heutzutage hatten eigentlich alle Maschinen Verspätung, und so kam er rechtzeitig am Flughafen an.

An Bord der Maschine wehrte er mit Erfolg die Konversationsversuche seiner Nachbarin ab und widmete sich den Zeitungen, die ihm Innocento, sein Kaffeelieferant, beim Verlassen des Hauses in die Hand gedrückt hatte.

Und da las er vom Selbstmordversuch Constantine de Rhams. Der sterbende de Rham war von seinem philippinischen Butler gefunden worden, der an seinem freien Tag früher nach Hause gekommen war, weil er sich nicht wohl fühlte. Der Butler, Ramon Enrile, 62, entdeckte de Rham, als er das Licht anmachte, in einer Blutlache auf dem Boden seines Arbeitszimmers unter einem Gemälde mit einem Hirsch, der gerade von Hunden zerrissen wurde. In der linken Hand hatte er einen Revolver. Ein Schuß war in seinen Bauch gefeuert worden. Zuerst dachte der Butler, er wäre tot. Er machte sich auf die Suche nach Yvonne Lupescu, Mr. de Rhams Gefährtin, die im Haus zu Gast war, aber sie war nicht da. Dann rief er die Polizei an. De

Rham war jetzt auf der Intensivstation des New York Hospitals und stand unter polizeilicher Bewachung. Kein Abschiedsbrief war gefunden worden, und es wurde auch kein Grund für den Selbstmordversuch des fünfzig Jahre alten de Rham angegeben. Als Mrs. Lupescu nach Hause zurückkehrte, wurde sie von der Polizei von dem Selbstmordversuch informiert und bekam einen hysterischen Anfall. Sie gab sich die Schuld, weil sie sich entschlossen hatte, ihn zu verlassen. Wie die Polizei später bestätigte, war Mrs. Lupescu zur Zeit des Selbstmordversuchs zu Gast auf dem Empfang anläßlich der Hochzeit der Van-Degan-Erbin, Justine Altemus, mit dem Nachrichtensprecher Bernard Slatkin im Colony Club.

Gus ließ schockiert die Zeitung sinken. In seiner Tasche standen auf einem Blatt sehr teuren, schlichten weißen Papiers Name, Adresse und Telefonnummer eines gewissen Anthony Feliciano in Los Angeles. Die Adresse war am Tag zuvor in einem Umschlag ohne Absender, ohne Begleitnotiz per Post gekommen, mehrere Stunden bevor Detective Johnston die Nachricht hinterlassen hatte, Lefty Flint würde aus dem Gefängnis entlassen. Gus wußte, der Absender war ohne Zweifel de Rham gewesen.

Los Angeles erfüllte Gus immer mit Angst. Er hatte einmal hier gelebt. Hier gearbeitet. Eine Familie gegründet. Hier war er einmal glücklich gewesen. Aber das war lange her und weit weg.

Gus hatte verschiedene Möglichkeiten zum Übernachten. Peach würde ihn vielleicht aufnehmen. Peach lebte nicht mehr in dem Haus, das sie während ihrer Ehe bewohnt hatten. Sie war vor einigen Jahren in ein kleineres Haus in einem Teil von Beverly Hills gezogen, der Flats hieß. Sie wollte keine Gäste, hatte aber ein Zimmer, das er haben könnte, aber Gus wollte nicht, daß Peach von seiner Anwesenheit erfuhr, bevor er das erledigt hatte, weswegen er gekommen war.

Er überlegte, ob er bei Cecillia Lasky in Bel Air wohnen sollte, der Tochter des Filmmoguls Martin Lasky, einer alten Freundin von ihm, aber sie gab ständig Parties, und in ihrem Haus ging es rund um die Uhr zu wie in einem Taubenschlag. Manchmal genoß er dieses Chaos, aber momentan war er nicht in der Stimmung.

Dann waren da noch seine Freunde Nestor und Edwina Calder, die sich ein Haus in Malibu gemietet hatten, wo Nestor das Drehbuch für die Miniserie von *Judas Was a Redhead* schrieb. Aber sie würden Fragen über seine Reise nach Los Angeles stellen, die er nicht beantworten wollte.

Gus entschloß sich schließlich, in einem Hotel am Sunset Strip abzusteigen, wo ihm so schnell keine Bekannten über den Weg laufen würden wie in den bekannten Hotels in Beverly Hills oder Bel Air, in denen ihn sogar die Kellnerinnen in den Coffeeshops mit Namen begrüßten. Er nahm sich ein Zimmer im Sunset Marquis und stellte erfreut fest, daß die Adresse, die Constantine de Rham ihm hatte zukommen lassen, leicht von da aus zu Fuß erreichbar war.

»Woher haben Sie meinen Namen?« fragte Anthony Feliciano.

»Aus New York, wo ich lebe«, sagte Gus.

»New York, was?« Anthony Feliciano schien es zu gefallen, daß man in New York über ihn redete. »Wer hat Ihnen in New York von mir erzählt?«

»Ein Mann namens Constantine de Rham.«

»Ein Name aus der Vergangenheit. Wie geht es Constantine de Rham?«

»Laut Morgenzeitungen in New York ist er fast tot.«
»Wie fast tot?«
»Bauchschuß, selbst zugefügt.«
»Er war eigentlich nicht der Typ, der Selbstmord begeht«, sagte Feliciano.
»Der Meinung bin ich auch«, erwiderte Gus.
»Kennen Sie ihn schon lange?«
»Nein, und auch nicht besonders gut.«
Anthony Feliciano saß hinter einem imitierten Mahagonischreibtisch in einem kleinen Büro in einem zweitklassigen Haus in einer Nebenstraße des Sunset Strip. Hinter ihm stand auf einer Anrichte, passend zum Schreibtisch, eine riesige falsche Orchideenpflanze mit violetten Blüten. Daneben waren mehrere Farbfotografien einer sehr blonden, hübschen Frau; auf einer war sie im Badeanzug, Arm in Arm mit Feliciano, anscheinend an einem hawaiianischen Strand.
»Das ist Wanda«, sagte Feliciano. »Meine Frau Wanda.«
»Sehr hübsch«, erwiderte Gus.
»Weswegen wollten Sie mich sprechen?«
»Ich möchte jemanden beschatten lassen.«
»Und da sind Sie zu Constantine de Rham gegangen?«
»Ich hatte das Gefühl, er könne mir helfen.«
»Das war richtig. Wer ist die Person, die Sie beschattet haben wollen?«
»Der Name ist Francis Flint. Bekannt als Lefty Flint.«
Anthony Feliciano schrieb sich den Namen auf einen Notizblock, der vor ihm lag. »Was wollen Sie über diesen Mann wissen?«
»Ich will wissen, wo er wohnt. Ich will wissen, wo er seine Zeit verbringt.«
»Wann soll ich anfangen?«

»Am dreizehnten Oktober. An dem Tag soll er aus dem Gefängnis entlassen werden.«
»Wo ist das Gefängnis?«
»Vaccaville.«
»Was ist er?«
»Ein Würger.«
»Ein Würger?« wiederholte Feliciano überrascht.
»Ein Würger ist jemand, der seine Hände um den Hals einer anderen Person legt und diese Person erwürgt«, sagte Gus.
»Die Definition eines Würgers ist mir bekannt, Mr. Bailey. Ich meinte: was für einen Beruf hat der Mann?«
»Oh«, sagte Gus kopfschüttelnd. »Hansdampf in allen Gassen.«
»Zum Beispiel?«
»Gitarrist manchmal. Oder Sänger. Dann wieder Bildhauer.«
»Ein Nichts, meinen Sie«, sagte Feliciano.
»Nein, das meine ich nicht. Ein Charmeur wäre vielleicht eine bessere Beschreibung. Immer sehr beliebt bei den Damen.«
»Was ist Ihre Verbindung zu diesem Mann?«
»Er hat mir und meiner Frau schreckliches Leid zugefügt.«
»Ich nehme an, Schreckliches in Sachen Würgen?« fragte Feliciano.
Gus wich der Frage aus und sagte: »Und er hat es verstanden, die Geschworenen auf seine Seite zu bringen, besonders die weiblichen. Sie wollten alle seine Mutter sein. Er hatte eine Bibel dabei. Er war Meßdiener, hat sein Anwalt erzählt. Er trug brave Kleidung. Er konnte niemals das sein, was behauptet wurde, davon hat er sie überzeugt. Es

war eine einmalige Geschichte, ein Verbrechen aus Leidenschaft, ein Junge, der einfach zu sehr liebte. Davon hat er sie überzeugt, oder vielmehr hat sein Anwalt sie davon überzeugt.«

Feliciano nickte, aber bedrängte ihn nicht, genauer zu antworten. »Das dürfte Sie doch nicht überraschen, Mr. Bailey. Jeder geschickte Strafverteidiger macht das. Ihn interessiert nur eins: seinen Klienten freizukriegen, schuldig oder nicht schuldig. Das ist ihm doch egal.«

»Und das Opfer zu verleumden? Ist das auch okay?«

»Ich hab nicht gesagt, es ist okay. Ich hab gesagt, es ist legal.«

Gus schüttelte den Kopf.

»Wie lange soll er beschattet werden?« fragte Feliciano.

»Unbegrenzt.«

»Haben Sie Bürgen?«

»Constantine de Rham, wenn er überlebt.«

»Was beabsichtigen Sie, Mr. Bailey?«

»Das hab ich Ihnen gesagt, Mr. Feliciano.«

»Nur so ungefähr. Wollen Sie diesen Kerl aus dem Fenster schmeißen lassen?«

»Nein, so was nicht.«

»Es wird wie ein Unfall aussehen. Keiner wird je etwas erfahren. Sie kennen die Person, die es macht, nicht, und er wird nie Ihren Namen hören. Sehr leicht zu arrangieren. Nicht billig, aber sicher.«

»Nein, so etwas will ich nicht.«

»Ich spüre, daß da mehr dahintersteckt, als Sie mir erzählen.«

Gus schaute durch das schmutzige Fenster hinaus in das flache Sonnenlicht des kalifornischen Nachmittags. »Können Sie sich vorstellen, was das für ein Gefühl ist, zu wissen, daß Lefty Flint da draußen sein wird und ein freies Leben führt, in Restaurants ißt, ins Kino geht, sich in einer Welt von Leuten bewegt, die wahrscheinlich nicht wissen, daß er jemanden getötet und eine lächerliche Strafe abgesessen und das Gefühl hat, er habe Buße getan und somit das Recht auf ein normales Leben erworben? Ich hab mir immer vorgestellt, wie toll es wäre, wenn er im Gefängnis ermordet oder von einer Horde Gefangener vergewaltigt würde. Er war ein arrogantes Schwein, und ich hab gebetet, daß ihm so etwas passieren möge, aber leider war er ein Mustergefangener.«

»Sie erzählen hoffentlich diese Gedanken nicht jedem X-Beliebigen, Mr. Bailey?«

»Nein.«

»Vertrauen Sie so etwas niemandem an. Es kann alles gegen Sie verwendet werden.«

»Sie wissen, daß man zum Erwürgen sehr viel Kraft braucht. Nur wenige Mörder bedienen sich dieser Methode«, sagte Gus.

»Was schwebt Ihnen denn vor, Mr. Bailey?« fragte Feliciano. Einen Moment lang befürchtete er, Gus könne verrückt sein.

»Ich möchte, daß seine Hände in einem riesigen Schraubstock zerquetscht werden«, sagte Gus ruhig, ohne Anthony Feliciano anzuschauen.

Feliciano schwieg einen Augenblick, den Blick unverwandt auf Gus gerichtet. Dann lachte er. »Er wird keine Gitarre mehr spielen können«, sagte er.

»Und er wird auch niemanden mehr erwürgen können«, sagte Gus.

»La Senora«, sagte Immaculata, die Haushälterin, »ist im Garten.«
Gus ging zu den Flügeltüren am hinteren Ende des kleinen Hauses. Rechts war das Eßzimmer. Links das Wohnzimmer. Mit diesen Möbeln hatte er einmal gelebt. Auf dem Piano standen silbergerahmte Fotos einer Familie, die jetzt nicht mehr existierte, von Scheidung und Krankheit zerstört und von Mord. Gus blieb nicht stehen, sah nur, wie sparsam Immaculata in letzter Zeit mit der Silberpolitur gewesen war, was Peach sicher nicht bemerkte, die längst die Fotos nicht mehr anschaute oder sie ansah, ohne sie zu registrieren. Er ging zur Tür hinaus über den Rasen zu der weißen Wand, die das Haus vom Badehaus trennte. Er schob die schmiedeeiserne Tür auf, die in Peachs kleinen Garten führte. Einen Augenblick lang verdeckten die beiden Glyzinienbüsche zu beiden Seiten des Tores mit ihren üppigen lavendelblauen Blüten teilweise den Blick auf Peachs Stolz und Freude, die Rosenbüsche.
»Ich bin hier drüben«, rief Peach, als sie das Gartentor zuschlagen hörte. Sie saß in ihrem Rollstuhl neben einer Holzbank. Gus ging zwischen zwei Rosenbeeten, auf denen Blumen in voller Blüte standen, in allen Farben und ohne Rücksicht auf Symmetrie und Ausgeglichenheit. Peach hatte nichts für Symmetrie übrig, das war während ihrer Ehe Gus' Ressort gewesen, dem sich Peach verweigert hatte. Ohne Gus war es unerheblich geworden. Ihr Garten gedieh verwildert und ohne Plan.
Gus merkte, schon bevor er zu ihrem Platz kam, daß Peach momentan nicht mit Gartenarbeit beschäftigt war. Ihr Gartengerät lag neben ihr auf der Holzbank. Sie trug wie immer einen Kaftan, der ihre unbrauchbaren Beine verdeckte, und einen Strohhut, um sich vor der Sonne zu

schützen. Neben ihr lag schlafend eine der vielen schwarzen Katzen, die immer bei ihr waren. Gus hatte sie seit fünf Monaten nicht gesehen, und die Krankheit, die sie zerstörte, hatte fünf Monate Zoll von ihrer Schönheit gefordert.

»Oh, hallo«, sagte sie, als sie sah, wer es war. So begrüßte sie ihn immer, zeigte weder Überraschung noch Freude, wenn er sie in Los Angeles besuchte.

»Hallo«, erwiderte Gus. Er hatte immer geglaubt, Liebe würde ein natürliches Ende finden. Er hatte schließlich schon vor Peach geliebt und hatte mehrere Beziehungen nach ihr gehabt, aber seine Sehnsüchte und Gedanken kehrten immer zu Peach zurück.

»Was ist das für ein Name, Peach?« hatte er sie bei ihrem ersten Treffen gefragt.

»So heiß ich eben«, war ihre schlichte Antwort gewesen.

»Gus und Peach. Wie hört sich das an?« fragte er sie.

»Macht mich eigentlich nicht an«, erwiderte sie.

»Vielleicht klingt Peach und Gus besser«, sagte er.

Sie hieß eigentlich Rebecca, aber das paßte nun überhaupt nicht zu ihr. Ihr Vater, den sie liebte, nannte sie Peach, und dabei blieb es. Als Gus Peach Prindeville bat, ihn zu heiraten, hatte er eigentlich nicht mit ihrem Ja gerechnet. Er glaubte, sie werde seine Schwächen erkennen, sein Innerstes, wie das Frauen tun sollten. Und zu seiner Überraschung hatte sie nach kurzer Überlegung ja gesagt. Brieflich. Er war hingerissen. Er war auch angsterfüllt. Er hatte Respekt vor ihr. Immer. Immer noch. Das hatte Peach nie gewollt.

Wenn ein Tag verging, ohne daß er mit ihr telefonierte, fehlte sie ihm. Aber sie rief ihn selten an, und wenn, dann nur aus triftigen Gründen. Nach Peach hatte er sich der Möglichkeit der Liebe entzogen.

»Ich bin nur eine Nacht in der Stadt«, sagte Gus.
»Hast du mir erzählt, daß du kommst?« fragte sie. Manchmal vergaß sie Dinge.
»Nein.«
»Ist irgend etwas passiert?«
»Ich wollte dir sagen, daß ich einen Privatdetektiv engagiert habe.«
»Warum hast du das getan?«
»Lefty Flint kommt aus dem Gefängnis.«
»Ich weiß«, sagte Peach.
»Woher denn? Detective Johnston hat mich erst gestern abend in New York angerufen. Er wollte, daß du es von mir erfährst.«
Peach holte einen billigen weißen Umschlag aus der Tasche ihres Kaftans und reichte ihn Gus. Auf der Marke stand LIEBE.
»Er ist von ihm«, sagte Peach.
Gus wurde blaß. Er setzte sich neben Peach auf die Holzbank, schaute den Umschlag an, machte ihn aber nicht auf.
»Was will er denn?« fragte er.
»Er möchte mich besuchen.«
»Großer Gott.«
»Wenn er draußen ist, natürlich.«
Vor drei Jahren waren Gus und Peach, geschieden, aber durch widrige Umstände wieder zusammengebracht, nebeneinander sieben Wochen in einem Gerichtssaal gesessen. Dann hatte sie ihn gebraucht, genau wie er sie, und sie waren sich in dieser Zeit viel näher gekommen als während ihrer Ehe. Keine vier Meter vor ihnen hatte Lefty Flint gesessen, der Mörder ihres Kindes, mit einer Bibel in Händen, schwarzweiß gekleidet wie ein Priesterschüler,

obwohl er als Gottesverächter bekannt war. Peach hatte die Farce der Gerechtigkeit durchschaut, wußte, wie es enden würde, die arme, süße Becky würde vergessen werden, und Flint würde im Namen der Liebe nur ein paar Hiebe bekommen.

»Haben Sie etwas zu sagen?« hatte ein Fernsehreporter Gus nach dem Prozeß gefragt.

»Ich frage mich manchmal, warum die Staatsanwaltschaft nicht dieselbe Leidenschaft dransetzt, die Schuldigen zu verurteilen, die die Strafverteidiger darauf verwenden, sie freizukriegen«, hatte Gus geantwortet.

»Bitte besorg mir eine Pistole, Gus«, sagte Peach.

»Würdest du ihn töten, wenn er hierherkäme?« fragte Gus.

»Natürlich.«

»Das kannst du nicht machen, Peach«, sagte Gus.

»Du glaubst doch nicht etwa, sie würden einen Krüppel wie mich ins Gefängnis stecken?«

»Er darf dich gar nicht besuchen. Es verstößt gegen seine Bewährungsauflage. Das hat mir Detective Johnston gesagt. Er darf auch nicht an ihr Grab«, sagte Gus. »Gib mir den Brief, damit ich ihn der Polizei übergeben kann.«

»Wer ist dieser Privatdetektiv, den du angeheuert hast?«

»›Privatdetektiv‹ ist eine sehr vornehme Bezeichnung für ihn.«

»Schmierig, was?«

»Schmierig, ja.«

»Woher hast du seinen Namen?«

»Constantine de Rham.«

»Da ist ja schmierig genau das richtige Wort«, sagte Peach kopfschüttelnd. »Du kennst die tollsten Leute, Gus.«

»Lefty Flint wird beschattet werden. Wenn er auch nur in

die Nähe dieses Hauses kommt, wandert er wieder in den Knast.«

»Weiß Detective Johnston, daß du diesen Privatdetektiv angeheuert hast?«

»Nein.«

»Wirst du's ihm sagen?«

»Nein.«

Peach nickte. »Roll mich bitte rein, Gus. Ich muß zurück ins Bett.«

Gus schaute auf die Uhr. Es war Zeit aufzubrechen und nach New York zurückzufliegen. Er küßte Peach in ihrem Bett auf die Wange und ging.

Jedesmal, wenn Gus den Wilshire Boulevard entlangfuhr, vorbei an dem Friedhof, auf dem Beckys Grab war, hupte er zweimal, um sie zu grüßen, wo immer sie war.

19

»Da hat der Butler den armen Constantine gefunden«, sagte Yvonne Lupescu und zeigte auf den dunklen Fleck im portugiesischen Teppich.

In der Woche nach Constantine de Rhams Selbstmordversuch war Yvonne Lupescu eine glückliche Frau. Alle Zeitungen schrieben, de Rham habe versucht, sich zu töten, weil sie ihn hatte verlassen wollen. Sie gab Interviews, in denen sie erklärte, alles sei nur ein Mißverständnis gewesen.

»WIR LIEBEN UNS«, SAGT YVONNE war die Schlagzeile von Mavis Jones' Kolumne.

Sechs Tage lang verteilte Yvonne auf den Treppen des Krankenhauses täglich Bulletins über Constantines Gesundheitszustand. Leider war ihre Prominenz nur von kurzer Dauer. Faye Converse, dem Filmstar, wurde ihr gesamter Schmuck von einem maskierten Mann im Aufzug des Rhinelander Hotels geraubt, und sie verdrängte Yvonne aus den Schlagzeilen.

Während der wochenlangen Genesung Constantines dinierte Yvonne oft allein bei Clarence's. Niemand redete mit ihr, nur Chick Jacoby setzte sich gelegentlich ein paar Minuten zu ihr, um das Neueste über Constantines Zustand zu erfahren.

20

Lil Altemus und ihre Freunde fanden, es gebe nur zehn Gebäude in Manhattan, in denen Leute wie sie leben könnten, vier an der Fifth Avenue, drei an der Park Avenue, eins am Gracie Square, eins am Sutton Place und natürlich River Place, aber selbst am River Place hatten sich schon »gewisse Elemente«, wie Lil das nannte, breitgemacht.

Trotzdem waren Justine und Bernie Slatkin in ein neues Haus an der Park Avenue gezogen und ließen sich von Lils Einwänden nicht im geringsten stören.

»Die arme Cora Mandell war sehr verletzt, weil sie deine Wohnung nicht einrichten durfte«, sagte Lil Altemus zu ihrer Tochter. »Sie hat schließlich alle Altemus-Häuser eingerichtet.«

»Bernie haßt rosaroten Chintz«, erwiderte Justine. »Und falls du es vergessen haben solltest, Mutter, ich bin keine Altemus mehr. Ich bin jetzt Mrs. Slatkin.«

»Nein, das hab ich nicht vergessen, Justine«, sagte Lil.

»Schau dir das Wohnzimmer an. Es ist wirklich toll geworden. Ein ganz neuer Look für mich.«

Lil ging bei ihrem ersten Besuch in Justines neuer Wohnung durch das soeben fertiggestellte Wohnzimmer. Sie nickte gelegentlich, wenn sie Sachen aus Justines alter Wohnung erkannte. »Süß«, sagte sie schließlich. »Süß.«

»Süß?« fragte Justine.

Lil sah sich weiter schweigend um.

»Süß war nicht gerade der Effekt, den ich erzielen wollte, Mutter«, sagte Justine.

»Aber es war als Kompliment gemeint«, sagte Lil.

»Ich finde das Wort unpassend.«

»Meine Liebe, wie selbständig wir doch seit unserer Ehe geworden sind«, sagte Lil, setzte sich in einen Stuhl und zog ihre Handschuhe aus. »Diese Lampenschirme sollten rosa gefüttert werden.«

»Zufälligerweise mag mein Mann keine rosa gefütterten Lampenschirme.«

»Sag ihm, die Frauen sehen dann viel hübscher aus«, sagte Lil und fächelte sich zu. »Du hast viel zu viele Hyazinthen hier drin, Schatz.«

»Mach das Beste draus«, sagte Justine ungeduldig.

Lil hatte erwartet, ihre Tochter werde die Hyazinthen entfernen, und sagte erstaunt: »Oh, Verzeihung.«

»Mutter, an deiner Stelle würde ich solche Kommentare vor meinem Mann unterlassen«, sagte Justine. »Hubie und ich sind dran gewöhnt. Wir ertragen dich. Aber Bernie wird dir Bescheid stoßen.«

»Ho, ho, ho. Das möchte ich sehen, wie Bernie Slatkin mir Bescheid stößt«, sagte Lil.

»Sei nur gewarnt.«

»Wo ist mein Aubusson?« rief Lil plötzlich, als sie merkte, daß ihr Hochzeitsgeschenk nicht am Boden lag.

»Bernie hat er nicht gefallen.«

»Bernie nicht gefallen. Das ist ja wohl der Lacher der Saison. Wenn er dir nicht gefällt, nehm ich ihn gern zurück«, sagte Lil erbost.

»Wir haben ihn verkauft.«

»Ihr habt was?«
»Ruby Renthal hat ihn für ihre tolle neue Wohnung gekauft.«
»Der Teppich hat Großmutter Van Degan gehört, aus dem Haus in Newport.«
»Deshalb hat er Ruby so gut gefallen. ›Er hat Geschichte‹, hat sie gesagt.«
»Also wirklich, Justine, diese schreckliche Mrs. Renthal.«
»Bernie sagt, Ruby sei das Stadtgespräch«, sagte Justine, »und Dolly auch.«
»Ich werde Cora bitten, ihn von Mrs. Renthal zurückzukaufen«, sagte Lil.
»Schau, du hast ihn uns geschenkt, Mutter. Du hast nicht gesagt, daß Bedingungen daran geknüpft sind«, sagte Justine.
Lil nickte, stand auf und zog sich die Handschuhe wieder an. »Ich muß wieder los.«
»Ich dachte, du wärst zum Tee gekommen«, sagte Justine. »Bonita macht Tee.«
»Nein, ich muß los. Was sollen denn all die Leitern im Eßzimmer?« fragte Lil.
»Ich laß ein *Trompe l'œil* hinter der Anrichte machen, das aussieht wie ein Koromandel-Paravent. Findest du das gut?«
»Donina hat das auch in ihrem Eßzimmer gemacht«, sagte Lil.
»Ich habe auch denselben Maler wie Donina. Es ist wirklich schwer, von dir ein Kompliment zu kriegen«, sagte Justine.
»Wie ich höre, sollte er sich mit dem Malen beeilen.«
»Warum?«

»Wie heißt noch diese Krankheit, an der die Jungs wie die Fliegen sterben?« fragte Lil. Justine drehte sich schnell zu ihrer Mutter um. »Bobo sagt, bald wird es in New York keinen Mann mehr geben, der einen Vorhang aufhängt oder ein Kleid einsäumt.« Bobo war ihr Friseur.
Justine ließ ihre Mutter nicht aus den Augen.
»Wie geht es Hubie?« fragte sie.
»Hubie? Gut, warum?«
»Ich frage nur so«, meinte Justine.

21

»Hast du etwas dagegen, wenn ich mir eine Zigarre anzünde?« fragte Elias Renthal.
»Nein, überhaupt nicht«, sagte Ruby Nolte, die Zigarren haßte, vor allem in geschlossenen Räumen.
»Manche Frauen mögen es nicht«, sagte Elias.
»Du hälst mich doch hoffentlich nicht für eine Frau, die sich in die kleinen Freuden eines Mannes einmischt, Mr. Renthal«, sagte Ruby und lächelte ihn an.
»Sag doch bitte Elias«, erwiderte Elias, ebenfalls lächelnd.
»Elias«, wiederholte Ruby und ließ den Namen auf der Zunge zergehen. »Laß sie mich anzünden.«
Sie nahm ihm sein goldenes Feuerzeug aus der Hand und beugte sich zu ihm. Elias nahm ihre Hände.
»Wieso hast du deinen Ehering abgezogen?« fragte Ruby.
»Na ja, du weißt schon.« Elias zuckte verlegen die Achseln.
»Steck ihn wieder an.«
»Warum?«
»Was für einen Sinn hat denn Ehebruch, wenn man so tut, als wär's keiner? Richtig? Außerdem wird's teurer.«
Elias, erst vor wenigen Minuten befriedigt, war schon wieder bereit. Ihre Blicke trafen sich beim Anzünden der Zigarre. Erst dann, umhüllt von grauen Rauchwolken, ließ Ruby ihrer Fantasie freien Lauf und träumte von einer Zukunft mit diesem unermeßlich reichen Mann: die Klei-

der, die Juwelen, die Pelze, die Häuser und, was ihr mehr als alles andere auf dieser Welt bedeutete, eigenes Geld, auf ihren Namen.

Das alles war vor vier Jahren passiert. Oder fünf. In Cleveland. Gladyce Renthal, Elias' zweite Frau, wurde bei der Scheidung fürstlich abgefunden und behielt ihr großes Haus in Shaker Heights, einem schicken Vorort von Cleveland, und sie war einigermaßen zufrieden, bis sie vom prächtigen Lebensstil Elias' mit seiner neuen Frau Ruby erfuhr. Wenn Elias Leute aus Cleveland traf, erzählten sie ihm, Gladyce habe angefangen zu trinken, und immer wenn sie betrunken sei, rede sie schlecht über Elias und sage, wie schäbig er sie behandelt habe.

Ruby Renthals Fotos waren überall. Die Fotografen warteten auf sie nach Opern- und Ballettpremieren, in der Bibliothek und im Museum. Sie war als Förderin der Künste bekannt, ging in Wirklichkeit aber nur zu Premieren, wenn es hinterher Feste auf der Promenade gab. In allen Klatschzeitungen erschienen Artikel über den Lebensstil der Renthals. Kurzum, der Name Renthal wurde in gesellschaftlichen und geschäftlichen Kreisen bekannt. Wenn Ruby Renthals Name auf der Liste eines Wohltätigkeitskomitees stand, wußte jeder, was an diesem Abend das wichtigste Ereignis war.

»Solche Leute kommen und gehen«, sagte Lil Altemus. »Letztes Jahr haben alle über Constantine de Rham geredet. Jetzt hört man seinen Namen überhaupt nicht mehr, und wenn, dann nur mit Schaudern. Dieses Jahr ist Mr. Renthals Name in aller Munde, und seine Frau ist hier und dort und überall, und vor ganz kurzer Zeit hatte noch niemand von ihnen gehört.«

»Loelia Manchester behauptet, Ruby Renthal hätte sich für immer etabliert«, sagte Matilda Clarke.
»Wir werden sehen«, sagte Lil.

»Die sind von Lorenza, nicht wahr?« fragte Ruby, den Blick auf einer antiken Kaffeekanne, die vollgestopft war mit Dutzenden Rosen in allen Farben, in allen Stadien der Blüte, ein Markenzeichen der teuersten Floristin in der Stadt. Der Strauß war nur einer von vielen in Loelia Manchesters Übergangsquartier im Rhinelander Hotel.
»O ja, Lorenza. Sie kommt jeden Montag und Donnerstag und macht die Blumen.«
Ruby war begeistert von dieser Information. Man stelle sich vor, zweimal die Woche Lorenza, obwohl nicht mal eine Party angesagt war. Eine ganz neue Perspektive von feinem Lebensstil, den diese Leute anscheinend selbstverständlich fanden, die sie jetzt in ihre Reihen aufgenommen hatten.
Loelia Manchester kuschelte sich in die gelben Damastkissen ihrer Bergère, ein Arm ruhte auf dem vergoldeten Rahmen über ihrem Kopf. Was für eine elegante Pose, dachte Ruby. Das muß ich üben. Ruby war von Loelias Glamour geblendet. Anfangs wußte sie gar nicht, was sie mit ihr reden sollte. Sie hatte nicht gewußt, daß etwas wie Unterhaltung so berauschend sein konnte. Loelia war von Rubys offener Verehrung geschmeichelt, insbesondere weil ihre eigenen Freundinnen, wie Lil und Matilda, seit ihrer Trennung von Ned sehr kühl zu ihr waren. Sie tanzten zwar gerne mit Mickie auf Wohltätigkeitsbällen, aber fanden ihn absolut ungeeignet als Mann für sie. Loelia war außerdem begeistert von Rubys Ehrlichkeit und hingerissen von ihren wahren Geschichten.
»Erzähl weiter«, sagte Loelia zu ihrer neuen Freundin.

»Ich hab meine erste Periode mit acht gekriegt«, vertraute Ruby ihr an.
»Mit acht?« rief Loelia entsetzt.
»Ich war sehr reif für mein Alter«, erklärte Ruby.
»Eine Untertreibung!«
»Mit zehn war ich wie eine Frau, volle Brüste, alles. Mit zwölf hab ich mit Sex angefangen. Mit sechzehn war ich das erstemal verheiratet. Mit zweiundzwanzig hatte ich schon drei Ehen hinter mir.«
»Du lieber Himmel«, sagte Loelia fasziniert.
»Mit achtundzwanzig hab ich Elias kennengelernt und war bereit für eine feste Bindung. Ich hatte meine Erfahrungen. Ich hab von Leuten wie dir gehört und wollte eine von euch sein. Und als ich Elias kennengelernt habe, wußte ich, daß ich das schaffen konnte mit seinen Moneten und meinem Kopf.«
»Faszinierend«, meinte Loelia.
»Eins wollt ich dir sagen, Loelia. Wenn du mich je was falsch machen siehst, dann sag's mir. Ich versprech dir, ich bin nicht beleidigt.«
»Natürlich, Ruby«, erwiderte Loelia. »Sag mir eins.«
»Schieß los.«
»Warst du der Grund für Elias' Scheidung?« fragte Loelia.
Ruby zuckte mit den Achseln. »Sie waren vierzehn Jahre zusammen. Das war lange genug.«
Loelia starrte Ruby an. Die unumwundenen Antworten Rubys faszinierten sie immer wieder.
Ruby fuhr fort. »Schau, ich war nicht die erste, mit der Elias fremdgegangen ist. Wenn's ich nicht gewesen wäre, dann eine andere. Aber ich war diejenige, die ihm gesagt hat, es wäre ja ganz nett, der größte Fisch in Cleveland, Ohio, zu sein, wo sie ihn nicht mal in den Country Club

hineingelassen haben, aber es wäre schon eine ganz andere Sache, der größte Fisch in New York zu sein.«

»Warst du wirklich Stewardeß?«

»Unter anderem.«

»Du hast ihn auf einem Flug kennengelernt?«

»›Kaffee, Tee oder mich‹ hab ich gesagt. Er hat mich genommen.«

Loelia lachte.

»Ich war auch Kellnerin in einem Howard Johnson, aber erzähl das um Gottes willen keinem«, sagte Ruby.

»Liebst du Elias?«

»Klar liebe ich ihn, und von allen Frauen, die er gehabt hat, bin ich die beste für ihn. Er hat dieses Talent, Geld zu verdienen, und ich das Talent, es auszugeben. Wir haben uns gegenseitig gebraucht.«

»Und wenn er nicht so reich wäre?«

»Ob ich mich dann auch in ihn verliebt hätte? Möchtest du das wissen?«

Loelia errötete verschämt.

»Wahrscheinlich nicht«, erwiderte Ruby. »Aber er ist so reich, und ich liebe ihn sehr. Ist das eine Antwort?«

»Eine ehrliche«, sagte Loelia und lächelte ihr zu.

»Erzähl mir von Mickie, Loelia«, sagte Ruby.

Loelia war natürlich nicht bereit, mit derselben Offenheit wie Ruby über ihr Privatleben zu reden. Ruby merkte das sofort.

»Versteh mich nicht falsch, Loelia«, sagte sie, denn ihr war gerade eine Idee gekommen. »Ich meinte Mickies augenblickliche Karriere. Elias und ich planen nämlich einen Ball, um mit der neuen Wohnung anzugeben, wann immer Cora Mandell damit fertig wird, für etwa vierhundert Gäste. *Tout* New York, wie Dolly De Longpre sagen

würde, und wir haben uns gefragt, ob Mickie dran interessiert wäre, das für uns zu designen. Ich meine, du sagst doch immer, Mickie hätte nicht Schuhdesigner, sondern Bühnenbildner werden sollen. Wir wollen, daß die Leute noch jahrelang drüber reden. Der Renthal-Ball. Ich hab mir Schmetterlinge als Thema vorgestellt. Glaubst du, das würde Mickie Spaß machen?«
»Oh, Ruby, Ruby, du Schatz, das wäre das Wunderbarste überhaupt«, rief Loelia und umarmte ihre neue Freundin. »Warte, bis Mickie das hört! Er wird hingerissen sein. Fantasie, Ruby. Mickie hat ja soviel Fantasie! Wenn du wüßtest, wie Mickie Schmetterlinge liebt! Es wird zauberhaft werden, was immer er macht. Das kann ich dir garantieren. Und alle werden kommen. Das kann ich dir auch garantieren.«
Ruby schob den Ärmel ihres perfekten roten Kostüms zurück und schaute auf ihre perfekte goldene Uhr, oval mit römischen Zahlen, die einmal der Herzogin von Windsor gehört hatte. Leider ging diese wunderbare, historische Uhr nach, und so kam Ruby immer zu spät zum Friseur, zu Dessousanproben oder Französischlektionen, was die armen Seelen, die davon betroffen waren, immer sehr aus dem Konzept brachte. Aber sie entschuldigte sich stets so reumütig und machte die nobelsten Weihnachtsgeschenke in der Stadt, so daß ihr keiner richtig böse sein konnte. »Heiliger Strohsack, ich muß meinen Hintern in Bewegung setzen«, sagte sie zu Loelia. »Ich hab um zwei Französisch bei Graf Motulsky. Um vier geh ich zu Jamesey Crocus' Vortrag über Sèvres-Porzellan im Museum. Um halb sieben muß ich auf Madame Orromeos Cocktailparty sein, und um acht gehen wir mit Laurance und Janet Van Degan in die Oper.«

Am nächsten Morgen flog Ruby mit dem Jet ihres Mannes nach Vacaville, Kalifornien. Sie hatte Elias erzählt, sie würde zu einer Auktion auf einer kalifornischen Ranch fliegen. Sie sagte, es würden einige Pferdeskulpturen von Frederick Remington versteigert und sie wolle eine oder zwei für die Sammlung erwerben, die Elias für ihr Haus auf dem Land angefangen hatte. Ruby versprach Elias, rechtzeitig zu Loelia Manchesters Dinner wieder in New York zu sein.
Ein Wagen mit Fahrer erwartete sie am kleinen Flughafen von Vacaville. Ein Freund von Cora Mandell hatte zwei Remington-Pferdeskulpturen von einem Sammler in San Francisco erstanden und sie in den Wagen gebracht, damit Ruby sie mit nach New York nehmen konnte. Sie sagte dem Piloten, sie würde zu einer Auktion fahren, aber es würde nicht lange dauern. Im Auto saß ein Anwalt aus San Francisco.
»Hallo, Mrs. Renthal. Ich bin Morrie Sable.«
»Hallo«, erwiderte sie.
»Es ist alles arrangiert. Die Verhandlung ist um elf. Die Fahrt dauert etwa fünfzehn Minuten.«
»Fahren wir«, sagte Ruby.
Auf dem Weg zum Gefängnis versuchte Morrie Sable vergebens, mit Ruby eine Unterhaltung anzufangen, sie war mit den Gedanken woanders.
»Soll ich die Rechnung an das Büro Ihres Mannes in New York schicken, Mrs. Renthal?« fragte er.
»Um Gottes willen, nein«, erwiderte sie. »Ich habe einen Scheck mitgebracht. Mein Mann darf unter keinen Umständen von der Sache hier erfahren.«
»Würden Sie mir sagen, warum Sie das tun?« fragte er.
»Vor vier Jahren bin ich während der Beerdigung Becky

Baileys vor einer Kirche in Beverly Hills in einem Auto gesessen und hab mich vor lauter Schuldgefühl nicht hineingetraut, weil ich gewußt habe, wenn ich ausgesagt hätte, als ich hätte aussagen sollen, wäre das mit dem armen Mädchen vielleicht gar nicht passiert. Und ich will auf diese Weise dafür sorgen, daß es nicht noch mal passiert«, erwiderte sie.

Bei ihrer Ankunft war die Verhandlung bereits im Gang. Lefty Flint saß an einem Tisch mit seinem Anwalt, Marv Pink. Er hatte einen Kugelschreiber und machte Notizen auf einen gelben Block. An einem anderen Tisch saßen der Gefängniswärter und zwei Bewährungshelfer. Mehrere Wächter aus dem Gefängnis saßen im Zuschauerteil, ebenso Marguerite Hanrahan, Leftys Verlobte, die für Lefty aussagen wollte.

Die Türen öffneten sich, und alle Augen richteten sich auf die schöne, elegant gekleidete Frau, die den Gerichtssaal betrat. Lefty Flint wurde blaß, als er Ruby sah.

Ruby ging an Leftys Tisch vorbei, ohne ihn eines Blickes zu würdigen, und setzte sich auf einen Stuhl neben den Bewährungshelfer. Sie wurde vorgestellt, und dann erteilte man ihr das Wort.

»Mein Name ist Ruby Nolte Renthal«, begann sie. »Ich bin heute von New York hierhergekommen, um Sie zu bitten, Francis Flint nicht vorzeitig aus der Haft zu entlassen.«

»Herr Vorsitzender, ich erhebe Einspruch«, sagte Marv Pink und stand auf.

»Das ist eine Anhörung, Mr. Pink. Einsprüche werden nicht anerkannt. Mrs. Renthals Anwalt hat mich angerufen und darum gebeten, seine Klientin hier aussagen zu lassen«, sagte der Vorsitzende. »Fahren Sie fort, Mrs. Renthal.«

»Ich hatte eine zweijährige Beziehung mit Francis Flint, die mehrere Jahre vor dem Mord an Becky Bailey endete. Mr. Flint hat mich bei vier verschiedenen Gelegenheiten geschlagen. Einmal hat er mich die Treppe hinuntergeworfen, als ich versuchte, vor ihm zu fliehen. Zweimal mußte ich wegen seiner Mißhandlungen stationär behandelt werden. Beim zweitenmal hat mir Mr. Flint, den ich Lefty nannte, die Nase gebrochen, die Zähne eingeschlagen, zwei blaue Augen verpaßt und mir den Kiefer gebrochen.«

»Haben Sie damals Anzeige erstattet?« fragte der Vorsitzende.

»Nein«, erwiderte Ruby. Sie öffnete ihre Handtasche und holte ein Taschentuch heraus.

»Darf ich fragen, warum nicht, Mrs. Renthal?«

Ruby schaute zu Marv Pink und antwortete: »Ich wurde gewarnt, es zu tun.«

»Von wem?«

»Das spielt jetzt keine Rolle«, erwiderte sie und wischte sich eine Träne ab. »Den Geschworenen beim Prozeß gegen Lefty Flint wurde eingeredet, der Mord an Becky Bailey sei ein einmaliger Vorfall in Lefty Flints ansonsten makellosem Leben gewesen. Das ist nicht wahr. Mr. Flint ist ein notorischer Frauenquäler, und seine Waffen sind seine Hände.«

Schweigen im Raum.

»Sind Sie fertig, Mrs. Renthal?« fragte der Vorsitzende.

»Ja, Sir, ich möchte nur noch hinzufügen, meinem Gefühl nach ist dieser Mann eine Gefahr für Frauen. Ich hab gesehen, wie er vor Wut Schaum vorm Mund hatte. Ich weiß, wie wenig es braucht, damit er die Beherrschung verliert.«

Lefty Flint atmete heftig und schob seinen Stuhl vom Tisch zurück. Der Kugelschreiber in seiner Hand war in zwei Teile gebrochen. Marv Pink legte warnend seine Hand auf Leftys Arm.

»Setz dich, Lefty«, flüsterte ihm Marguerite zu, die hinter ihm saß.

»Danke, Mrs. Renthal«, sagte der Vorsitzende.

»Darf ich gehen?« fragte sie.

»Ja.«

Ruby erhob sich. Morrie Sable stand auf. Als Ruby an Lefty Flint vorbei zur Tür ging, trafen sich ihre Blicke für einen Augenblick.

22

Langlebige Romanzen waren noch nie Bernie Slatkins Stärke gewesen. Er war es gewöhnt, von fünf bis sechs Frauen gleichzeitig angehimmelt zu werden, von denen keine der anderen in die Quere kam. Er liebte die Jagd. Und die Verführung. Er haßte es, sich bei jemandem für seine Zeit und seine Zuneigung verantworten zu müssen. Seine Affären vor seiner Hochzeit waren alle nur kurz gewesen und endeten meistens mit einer rauschenden Liebeswoche auf einer tropischen Insel, wenn alles schon wieder zu langweilig geworden war.

Justines Liebe fing an ihn zu langweilen, das mußte Bernie zugeben. Er zog die Schnoddrigkeit von Brenda Primrose vor, bei der er von Zeit zu Zeit Befriedigung suchte. Sie hatte in der Zeit mit ihm zwei andere Liebhaber gehabt, das gefiel ihm, weil es zeigte, daß sie das Spiel auf seine Art spielte, wegen Sex, nicht wegen Liebe.

In diesem Jahr machte Justine Bernie viele Geschenke: goldene Manschettenknöpfe von Tiffany für den Tag, goldene mit Saphiren von Cartier für den Abend, Seidenschlafanzüge mit seinem Monogramm, Briefpapier mit seinem Namen. Eine Zeitlang freute sich Bernie über ihre Geschenke und amüsierte sich über ihre Extravaganz. Bernies Geschenke an Justine waren zwar auch großzügig, aber fantasielos, meist kaufte er in letzter Minute Blumen oder ein Goldarmband, obwohl die Wohnung schon vol-

ler Blumen war und Justine schon mehr Goldarmbänder hatte, als sie je tragen konnte. Aber die unsterblich verliebte Justine freute sich wahnsinnig über jedes Geschenk, als wäre es etwas ganz Besonderes.
Bis zu einem gewissen Punkt genoß Bernie Justines Gesellschaftsleben, obwohl er eigentlich keine Lust hatte, jeden Abend auszugehen. Er genoß das sportliche Leben von Justines Freunden an den Wochenenden auf dem Lande: Tennis, Golf, Jagd. Er genoß die mächtigen Leute, die er durch seine Heirat kennenlernte, wie die Renthals. Er genoß die Bewunderung Laurance Van Degans wegen seiner hohen Einkünfte und seiner Berühmtheit. Er reagierte schnell auf alle Börsentips, die ihm Onkel Laurance gab. Wenn er irgendwann in die Politik gehen würde, konnte er mit seiner Aufrichtigkeit und seinem Grübchen und mit Hilfe dieser Leute, mit denen er jetzt verkehrte, seine Pläne durchziehen.
Er hätte glücklich sein können. Aber treu konnte er nicht sein.

23

Laurance Van Degan akzeptierte die erstaunlichen Neuigkeiten ohne Erstaunen. Ein Van Degan zeigte keine Überraschung vor dem Personal. Selbst wenn ihm, wie soeben Miss Mae Toomey, die Krankenschwester seines Vaters, mitteilte, sein Vater Ormonde Van Degan, das Oberhaupt der Familie, habe vor, Dodo Fitz Alyn zu heiraten. Seine Schwester Lil drehte fast durch, als er es ihr einige Zeit später in seinem Büro mitteilte.

Schluchzend sagte Lil: »Aber Laurance, sie können doch unmöglich eine intime Beziehung haben.«

»Da wär ich mir nicht so sicher, Lil«, sagte Laurance.

»Was soll das heißen? Der Mann ist vierundachtzig.«

»Sie spielt ihm Pornovideos vor.«

»Laurance, das ist ja wohl zu lächerlich.«

»Es ist auch wahr.«

»Woher weißt du das?«

»Von Miss Toomey.«

»Wer ist Miss Toomey?«

»Die Krankenschwester.«

»O ja, natürlich, ich nenn sie immer Mae.«

»Und dann holt sie ihm einen runter.«

»Miss Toomey holt Vater einen runter?«

»Nein, Lil. Sei doch nicht so beschränkt. Dodo holt Vater einen runter, wenn er sich die Pornos anschaut.«

Lil erschauderte. »Nach allem, was wir für Dodo Fitz

Alyn getan haben, Laurance. Keiner wollte sie. Bei diesen seltsamen Leuten aufgewachsen. Ihr Vater ist wegen Steuerhinterziehung ins Gefängnis gekommen. Ihre Mutter ist mit einem dieser gräßlichen Orromeo-Brüder weggelaufen. Ihr Onkel ist von der *Queen Elizabeth* gesprungen, nachdem er diese unsäglichen Geschichten mit diesem Cockney-Matrosen gemacht hat. Und wir armen Idioten haben sie aufgenommen, ihr ein Heim gegeben und für ihre Ausbildung gezahlt.«

»Ich kenne ihre Geschichte, Lil.«

»Als nächstes will sie wahrscheinlich auch noch in Vaters Testament bedacht werden.«

»Mehr als das.«

Lil richtete sich auf. Alles, was mit Erbe zu tun hatte, machte sie hellhörig. »Was soll das heißen?«

»Dodo will vorher Geld.«

»Wieviel Geld?«

»Zwölf Millionen.«

Sie lachte. »Das kann ich alles nicht glauben, Laurance.«

»Plus«, fügte er noch hinzu.

»Was soll das heißen: *plus*?«

»Sie will, daß ihr das Haus in Southampton überschrieben wird.«

»Mutters Haus?«

»Und sie will das Romney-Gemälde von Lady Rushington. Und die Fabergé-Eier will sie auch überschrieben haben.«

»Aber das waren Mutters Sachen, Laurance«, sagte Lil.

»Jetzt werden sie Dodo gehören«, erwiderte Laurance.

»Aber Mutter hat immer gesagt, ich soll sie kriegen. Das weißt du.«

»Aber sie hat es nicht schriftlich gemacht. Sie hat einfach

gedacht, Vater würde sie dir in seinem Testament vermachen.«

»Und während wir gedacht haben, die ›arme Dodo‹ schiebt Vater in seinem Rollstuhl herum, hat sie Inventur gemacht?«

»Wie es scheint.«

»Und du wirst das zulassen, Laurance? Ausgerechnet du? Du läßt dir von dieser fetten Waise Bedingungen stellen? Zeig diesem hinterlistigen Luder, wer der Herr ist! Was will sie denn tun, wenn du einfach nein sagst?«

»Dann hört sie auf, Vater einen runterzuholen. Und anscheinend mag Vater das.«

Lil war völlig niedergeschlagen und begann ihre Sachen einzusammeln. »Ich dachte immer –«

»Was dachtest du, Lil?« fragte ihr Bruder.

»Ich hab immer gedacht, Dodo sei lesbisch.«

»Das hab ich auch immer gedacht«, sagte Laurance.

Sie schauten sich an und mußten beide lachen. Und konnten nicht mehr aufhören, wie Schulkinder.

Erst als Miss Wentworh, die Sekretärin von Laurance, ohne zu klopfen ins Zimmer kam, faßten sich die beiden.

»Ja, Irene«, sagte Laurance.

»Tut mir leid, Mr. Van Degan, aber ich hab angerufen, und Sie haben mich nicht gehört.«

»Was gibt's, Irene?«

»Elias Renthal ist am Apparat. Er sagt, es sei wichtig.«

»O ja, danke, Irene.« Laurance Van Degan war wieder ganz der kühle Geschäftsmann. Er nahm den Hörer. »Hallo, Elias«, sagte er mit der Herzlichkeit, die er sich im allgemeinen für Kabinettsminister vorbehielt. Erst später fiel Lil ein, wie freundlich sich ihr Bruder mit einem Mann unterhielt, den sie immer noch für den vulgärsten Mann New Yorks hielt.

24

»Ich überlege, ob ich nicht ein Buch schreiben soll«, sagte Yvonne Lupescu.

»Heutzutage überlegen viele Leute, ob sie nicht ein Buch schreiben sollen«, erwiderte Gus Bailey.

»Sehr wenige Leute wissen etwas über Albanien, wie es vor dem Kommunismus war, selbstverständlich. Es hat eine faszinierende Geschichte. Meine Großmutter war die Mätresse König Zogs.«

»Das haben Sie mir schon einmal erzählt, soweit ich mich erinnern kann«, sagte Gus.

»Ich hab mich gefragt, ob Sie mir dabei helfen würden«, sagte sie. Sie hatten sich bei Clarence's zum Lunch getroffen.

»Ist das die dringende Angelegenheit, die Sie mit mir besprechen wollten? Hofleben in Albanien?« fragte Gus.

»Ja.«

»Das Thema interessiert mich nicht sonderlich«, sagte Gus.

»Aber es ist faszinierend. Sie wissen doch, was Constantine immer sagt, nicht wahr?« fragte sie und lächelte schon aus Vorfreude über das Zitat.

»Nein, das weiß ich nicht«, erwiderte er.

»Er sagt immer: ›Das Leben bei Hof ist faul bis ins Innerste, aber es verdirbt einen für alles andere.‹« Sie lachte. »Ist das nicht wunderbar?«

»Es war noch wunderbarer, als Congreve es schrieb«, erwiderte Gus.
Sie fuhr unbeirrt fort. »Ich würde Ihnen alles erzählen, und Sie würden es schreiben.«
»Ich habe vor, mein eigenes Buch zu schreiben.«
»Sie geben mir einen Korb?«
»Ja.«
»Sie geben mir oft einen Korb, Gus.«
»Sie haben das bemerkt?«
Sie starrte ihn an.
»Warum haben Sie so schlecht gezielt?« fragte Gus.
»Was soll denn das heißen?«
»Man sagt, Sie hätten auf Constantine geschossen«, sagte Gus.
Yvonne schüttelte müde den Kopf. »Das ist nicht wahr«, sagte sie gelassen. »Constantine hat selbst geschossen. Er konnte es nicht ertragen, daß ich ihn verlassen wollte, der arme Schatz, und hat versucht sich umzubringen.«
»Wo waren Sie?«
»Wann?«
»Als er versuchte, Selbstmord zu begehen.«
»Ich war beim Hochzeitsempfang von Justine Altemus. Sie haben mich gesehen.«
»Und halb New York. Sie waren nicht eingeladen, sind aber trotzdem gekommen.«
»Aber ich war mit Ihnen verabredet.«
»Aber ich nicht mit Ihnen.«
»Gus«, sagte sie im Tonfall einer Mutter, die ein vergeßliches Kind tadelt.
»Yvonne, ich bin es«, sagte Gus und zeigte auf sich. »Faseln Sie mir nichts vor. Sie sind einfach uneingeladen gekommen und haben so getan, als wären Sie mit mir verabredet. Sie haben den Brautstrauß gefangen, damit ja

alle Sie bemerkten. Der Hochzeitsempfang war Ihr Alibi.«
»Sie sollten Romane schreiben, Gus.«
»Haben Sie nicht Angst, daß Constantine die Katze aus dem Sack läßt?«
»Nein.«
»Warum nicht?«
»Weil Constantine mich auf eine Art braucht, von der Sie keine Ahnung haben«, erwiderte Yvonne mit einem geheimnisvollen Lächeln.
»Er mag es, wenn Sie ihn peitschen, meinen Sie das?«
»Wo in aller Welt haben Sie denn die Geschichte her?«
»Von einem aus Ihrer Truppe.«
»Ich wette, von diesem furchtbaren Jorgie Sanchez-Julia.«
Gus schwieg.
»Es war nie regelmäßig«, sagte Yvonne. »Nicht im entferntesten gefährlich. Ich peitsche ihm den Hintern oder den Rücken. Es soll nur ein bißchen weh tun, nichts Ernstes. Ich nenne ihn einen Versager, eine Niete, ein Nichts, wenn ich ihn peitsche. Es ist seine größte Angst, daß die Leute das denken. Erstaunlicherweise erregt es ihn. Anders kann er keine Erektion kriegen.«
Gus starrte sie an. Er wußte nie, ob sie gerade log oder nicht.
»Das Langweilige ist nur seine schlechte Laune am Tag danach«, sagte Yvonne.
Auf seine Frage hin erzählte sie ihm, wie sie Constantine de Rham kennengelernt hatte. Er hatte sie angeblich vor den Nachstellungen eines immens reichen, fetten Finanziers gerettet, der, wie sich herausstellte, angeblich Elias Renthal gewesen war.
»Das war kurz bevor er die jetzige Mrs. Renthal kennenlernte und sie ihn gesellschaftsfähig gemacht hat.«

»Sie meinen, wenn Sie Ihre Trümpfe richtig ausgespielt hätten, wären Sie jetzt vielleicht die immens reiche Mrs. Renthal anstatt nur die Begleiterin, in Anführungszeichen, wie Mavis Jones Sie in ihrer Kolumne nennt, von Constantine de Rham.«

»Etwas in der Richtung«, erwiderte Yvonne kopfschüttelnd.

»Ich habe das Gefühl, Constantine ist Ihnen gegenüber nicht großzügig. Hab ich recht?« fragte Gus.

»Constantine ist überhaupt nicht so reich, wie die Leute behaupten«, erwiderte Yvonne. »Er hat nur ein paar Millionen, und an das Kapital kommt er überhaupt nicht ran.«

»Ein paar Millionen, ist das nicht reich?«

»Für ihn vielleicht«, erwiderte sie und zeigte mit der Gabel auf Michael, den Kellner mit dem Pferdeschwanz, der das Geschirr vom Tisch abräumte, als wäre er blind und taub. »Aber nicht reich wie die reichen Leute heutzutage, wie Elias Renthal zum Beispiel.«

»Was werden Sie jetzt tun? Wo werden Sie jetzt wohnen?«

»Im Haus am Sutton Place. Wo sonst? Es ist wunderbar. Man kann über Consuelo denken, wie man will, aber ihr Geschmack war vollkommen.«

»Aber Sie können doch nicht dort bleiben, wenn Constantine aus dem Krankenhaus kommt?«

»Aber natürlich. Er braucht mich doch.«

»Wie wird er sich in Ihrer Nähe fühlen nach allem, was passiert ist?«

»Sicher«, sagte Yvonne und lächelte.

Gus schüttelte den Kopf und lachte. »Was war der wirkliche Zweck dieses Lunchs?« fragte er.

»Chick Jacoby hat angefangen, mich ins Hinterzimmer zu setzen«, sagte sie. »Und ich wollte einen besseren Tisch.«

Gus verlangte die Rechnung. Als er Yvonne in ihren Mantel half, sagte er: »Das ist Ihr Buch, Yvonne, die Geschichte, die Sie mir gerade erzählt haben. Ein solches Buch bringt viel Geld, und viel Geld mögen Sie ja. *Ms. Myra's Girl* wäre ein guter Titel. Vergessen Sie, wie Ihre Großmutter König Zog einen geblasen hat.«

25

Hinter Ruby Renthals Rücken wurde nicht gekichert. Diejenigen, die es auf sich genommen hatten, sie in Mode, Inneneinrichtung, Französisch, Literatur und ihrer Lebensart zu unterweisen, machten sich für sie stark. Ihre Schlagfertigkeit amüsierte sie. Ihre Ehrlichkeit entzückte sie. Ihre Wißbegier begeisterte sie.

Jamesey Crocus, den Loelia Manchester an Ruby zur Unterstützung beim Möbelkauf abgetreten hatte, ließ sein geschultes Auge über Rubys Konsoltische schweifen, die endlich von der Orromeo-Auktion in London eingetroffen waren. Jamesey Crocus war ein Connaisseur von Antiquitäten, der nichts lieber tat, als Leuten fachmännischen Rat zu geben.

»Wunderbar, Ruby«, sagte er und schob einen bunten Lorenza-Rosenstrauß zur Seite, strich mit der Hand über die Marmorplatte und einen der eingelegten Widderköpfe. »Einfach wunderbar.«

Ruby plusterte sich vor Stolz auf.

»Klaus Van Rijn hat sie gemacht«, fuhr Jamesey Crocus fort. »Ich erkenne seine Arbeiten immer. Ein Genie, dieser Van Rijn. War nicht einmal Franzose. Er hat in Antwerpen gelebt und diese brillanten Reproduktionen französischer Möbel des achtzehnten Jahrhunderts gemacht. Ich habe ihn einmal besucht, während ich bei Bernard Berenson am I Tatti studiert habe, da war er aber schon so alt und tatterig, daß er überhaupt nicht mehr verständlich war.«

Rubys Gesicht wurde aschfahl. »Reproduktionen? Jamesey, Sie glauben doch wohl nicht, meine Konsolen sind Reproduktionen?« Fast hätte sie ihm erzählt, daß sie eine halbe Million Dollar für sie bezahlt hatte.

»Etwa neunzehnhundertsechsunddreißig, würde ich sagen. In den späten Dreißigern hat er seine besten Arbeiten gemacht. Während des Krieges hat er nur wenig Möbel gemacht. Ich für meinen Teil hab die Geschichte, er wäre Kollaborateur gewesen, nie geglaubt. Er war einfach in einen deutschen Soldaten verknallt, und da haben all die Geschichten angefangen, die ihn ruiniert haben. Mr. Berenson dachte –«

Aber Ruby interessierte sich nicht für die Legende Klaus Van Rijns. »Sie müssen sich irren, Jamesey«, sagte sie, sorgfältig bedacht, ihren kulivierten Akzent nicht zu verlieren, den sie von Loelia Manchester gelernt hatte. »Diese Konsolen sind aus dem Haus der Orromeos in Paris.«

»Der alte Bolivio Orromeo hatte viele Van-Rijn-Stücke. Er hat die Auktionäre richtig ausgetrickst, als er pleite ging und alles verkauft hat. Die Auktionatoren waren *tobsüchtig*, als sie dahinterkamen. Aber die sind sehr gut, Ruby. Sie können jederzeit vierzig- bis fünfzigtausend dafür kriegen. Das garantier ich Ihnen.«

»Neunzehnhundertsechsunddreißig?« fragte sie.

»Ungefähr.«

»Lausige fünfzig Jahre alt? Mehr nicht?«

»Mehr oder weniger.«

»Schaffen Sie sie mir aus den Augen«, sagte Ruby.

»Was? Das ist doch wohl nicht Ihr Ernst, Ruby?«

»Doch. Ich will nur das Beste in diesem Haus. Keine Repros. Aber erzählen Sie um Himmels willen Elias nicht, daß sie falsch sind.«

»Du lieber Himmel, nein«, sagte Jamesey.

»Er würde mich umbringen.«

»Unsinn«, meinte Jamesey lachend. »Man sagt, Elias Renthal liebt nur zwei Dinge auf dieser Welt: Geld verdienen und Ruby Renthal.«

»Er würde mich trotzdem umbringen. Ich hab Ihnen nicht erzählt, was ich für diese lausigen Fälschungen bezahlt habe.«

Jamesey Crocus schnippte mit den Fingern. Er hatte eine fabelhafte Idee.

»Ruby, mir ist da was Fabelhaftes für diese Konsolen eingefallen«, sagte Jamesey.

26

Vor dem Einweihungsball durfte außer Loelia Manchester, Jamesey Crocus, Cora Mandell und Gus Bailey keiner die neue Wohnung der Renthals sehen. Loelia Manchester und Jamesey Crocus hatten Baileys Besuch arrangiert, weil sie glaubten, ein Artikel im Sonntagsmagazin der *Times* wäre für das Image der beiden Newcomer wichtig, um den Leuten ihre wohltätigen Interessen nahezubringen. Dies vor allem, weil Florian Gray seit neuestem Ruby in seiner Kolumne die Gattin des Milliardärs nannte.

Die ständig wachsende, sagenhafte Renthal-Sammlung von Impressionisten und Postimpressionisten lehnte an den Wänden des Salons, bereit zum Aufhängen, sobald die neunzehnte Schicht pflaumenfarbenen Lacks in dem riesigen Raum aufgetragen war. Porträts der Ahnen anderer Leute, aristokratische Damen und Grandseigneurs, einige in Krönungsroben von Sargent und Boldini und Oswald Birley, lehnten in der Halle und an den Wänden des Eßzimmers.

»Das ist König Boris von Bulgarien im Jagdkostüm«, erklärte Elias Gus in seiner Rolle als Kunstsammler.

Die antiken Stücke waren mit Tüchern verhüllt, bereit zum Aufstellen. Die gepolsterten Teile, Cora Mandells Markenzeichen, waren fest in braunem Papier verpackt und mit Schnüren gebunden. Alle Arbeit ruhte momen-

tan, die neunzehnte Lackschicht mußte trocknen, damit die zwanzigste und letzte pflaumenfarbene Schicht aufgetragen werden konnte.
Gus Bailey mußte mit Erstaunen feststellen, wie sehr Ruby sich seit ihrem ersten Treffen bei Maisie Verdurin verändert hatte. Sie hatte damals grellblaue Pailletten getragen und mit Gus ein Geheimnis geteilt, das sie beide verband. Die Geschichte wurde nie erwähnt, die beiden hatten ein stillschweigendes Abkommen. Jetzt trug sie ein schlichtes, elegantes, schwarz-weißes Hahnentrittkostüm und einen schwarzen Kaschmirpullover, der ihre perfekten Brüste betonte. Angeblich hatte sie sich in Brasilien einer Schönheitsoperation unterzogen, um sie zu verkleinern. Sie lehnte graziös an einer Transportkiste, ihre Jacke lag neben ihr, und das Schild Nevel, Leven, rückwärts gelesen, war deutlich sichtbar. Ihr schicker Minardos-Pumps baumelte elegant auf der Zehenspitze, während sie ihr Leben beschrieb.
»Wie Sie sehen, müssen wir campen, Mr. Bailey«, sagte sie, und alle lachten, als hätte Mrs. Renthal eine geistvolle Bemerkung gemacht. »Sonst wird das hier nie fertig.«
Gus Bailey fragte sie nach ihren Häusern und Wohnungen in anderen Städten und Ländern und erfuhr, daß es neun waren, aber Elias fand, er solle das besser nicht schreiben, es würde womöglich bei den Leuten einen schlechten Eindruck machen.
Elias Renthal hatte sich ebenfalls verändert, wie Gus bemerkte. Er hatte die Sicherheit, die durch großen Reichtum und den Respekt der Öffentlichkeit vor demselben kommt. Es gab zwar immer noch Leute in dem exklusiven Haus, in dem er wohnte, die ihn im Aufzug nicht grüßten und seine Wohnung immer noch Matilda Clarkes Woh-

nung nannten. Aber die Portiers und die Liftboys in seinem Haus gaben ihm den Vorzug vor all den alten Dandys, die seit Jahrzehnten in diesem Haus wohnten, weil seine Trinkgelder ungeheuer großzügig waren. Das, gepaart mit dem neuen Schneider, gab dem stämmigen Finanzier eine beeindruckende und liebenswürdige Präsenz.

»Ist das eigentlich kompliziert mit acht Haushalten?« fragte Gus.

»Oh, bitte«, erwiderte Ruby. »Es ist schon kompliziert genug, sich die Namen des Personals in jedem zu merken. Und immer sind die Schuhe, die ich gerade anziehen will, in der Wohnung in Paris, wenn ich sie in London brauche, und dann muß das Flugzeug geschickt werden, um sie zu holen. Das aber nur unter uns, Mr. Bailey. Das sind die Probleme der sehr, sehr Reichen, wie Loelia immer sagt.«

Gus zuckte die Achseln. »Schade, daß ich das nicht schreiben darf. Gefällt mir alles sehr gut.«

»Siehst du, Elias, wie nett Mr. Bailey ist? Mein Mann ist der festen Überzeugung, die Presse will uns an den Kragen.«

»Ich meinte die Finanzpresse, Ruby«, sagte Elias.

»Und er findet auch, mein Bild wäre zu oft in der Zeitung, Mr. Bailey.«

»Ist es auch«, stimmte Elias zu.

»Die Gattin des Milliardärs«, sagte Gus. »Wie könnte es anders sein?«

»Wenn ich den nur in die Finger kriegen könnte, der mir den Namen angehängt hat«, sagte Ruby. »Das hört sich an, als wär ich 'ne Lady, die zum Lunch geht, und das tu ich nicht, nur ab und zu. Ich möchte etwas Bedeutsames machen. Das Problem ist nur, wir werden mit so vielen

Anliegen belagert, und ich hab mich noch nicht entschieden, worauf wir uns konzentrieren wollen. Ich meine natürlich, außer Ballett und Museum.«

»Haben Sie immer Leibwächter, Mr. Renthal?« fragte Gus.

»O ja, vierundzwanzig Stunden am Tag. Sie arbeiten in Schichten«, sagte Elias, der sichtlich entspannter war. »Sie fahren meistens im zweiten Auto hinterher, weil ich sie nicht im Auto haben will, wenn ich geschäftlich telefonieren muß.«

»Ich verstehe«, sagte Gus. »Sind Sie je bedroht oder angegriffen worden?«

»Nein. Aber wissen Sie, hier gibt's so viele Verrückte, die über Leute wie uns lesen.«

»Mein Mann hat einen Sicherheitswahn, Mr. Bailey«, sagte Ruby. »Er hat um unser Haus auf dem Land eine dreieinhalb Meter hohe Ziegelmauer bauen lassen. Und wohin man schaut, stehen Wächter.«

»Also, Ruby«, sagte Elias scherzhaft tadelnd.

»Es stimmt. Und schaun Sie, er will sogar, daß ich diese Pistole immer dabeihabe. Das Ding mit dem Perlmuttergriff hat er mir letztes Weihnachten in den Strumpf gesteckt. Sie hat mal Königin Maria von Rumänien gehört. Elias hat sie bei einer Auktion in London gekauft und sie bei Purdy's richten lassen.«

»Also, Ruby«, wiederholte Elias.

»Paßt genau in meine Handtasche, weil sie so klein ist. Ich würd' nicht im Traum daran denken, sie zu benützen, aber Elias freut sich, wenn ich sie dabeihabe.«

»Wie wär's, wenn ich mit Ihnen eine Führung durch die Wohnung mache, Mr. Bailey?« schlug Elias vor und erhob sich, um das Interview zu beenden.

Später am Abend, als sich die beiden für eine Party umzogen, fragte Ruby Elias: »Wer ist Byron Macumber?« Elias, der sich gerade die Manschettenknöpfe in sein Frackhemd steckte, erschrak: »Warum?«
»Warum?« wiederholte Ruby. »Was gibst du denn deiner Frau für Antworten?«
»Ach, das ist so ein Junge, der für Weldon und Stinchfield arbeitet«, erwiderte Elias.
»Dann ist er ein Anwalt.«
»Ja, ein junger. Warum dieses große Interesse?«
»Sehr charmant am Telefon. Er hat angerufen, als du Gus Bailey die Wohnung gezeigt hast. Du sollst ihn anrufen. Er sagt, du hast die Nummer.«
»Er hat *hier* angerufen?« fragte Elias überrascht.
»Ja, Elias. Byron Macumber hat hier angerufen, und deine Frau war am Telefon, und er hat drum gebeten, daß du ihn so schnell wie möglich zurückrufst. Wo gehst du hin?«
»Ich hab meine Brieftasche unten gelassen. Ich geh kurz runter.«

»Was haben Sie Arschloch sich dabei gedacht, mich zu Hause anzurufen?« flüsterte Elias wutentbrannt ins Telefon.
»Tut mir leid, Mr. Renthal, aber Sie waren nicht mehr im Büro, und bis morgen wird es schon publik sein, ich dachte mir, Sie wollten es wissen.«
»Was?«
»Omaha Natural Gas hat Weldon und Stinchfield als Berater im Zusammenhang mit einem Kaufangebot an ONG von Tri-World, Inc., engagiert«, sagte Byron Macumber.
»Ach du Scheiße«, entfuhr es Elias.

»Tut mir leid, daß ich Sie zu Hause gestört habe, Mr. Renthal.«
»Nein, nein, Byron. Tut mir leid, daß ich in die Luft gegangen bin. Sie haben das Richtige gemacht. Wenn Sie mich unbedingt zu Hause anrufen müssen, dann unter fünf-fünf-fünf, vier-eins-zwei-acht, das ist meine Privatleitung. Bis morgen hängt da ein Anrufbeantworter dran, hinterlassen Sie einfach eine Nachricht, und ich ruf Sie zurück und nicht mit Ihrem richtigen Namen, Byron. Sie heißen ab jetzt Brown. Okay?«

Elias schaute auf die Uhr, nachdem er aufgelegt hatte, zündete sich eine Zigarre an und nahm noch mal den Hörer.
»Vermittlung, ein R-Gespräch an Mr. Rufus Courtauld in Nassau, von Mr. Nolte.«
»Nolte hier«, sagte Elias, nachdem Rufus Courtauld am Telefon war. »Kaufen Sie hundertachtzigtausend Anteile von Omaha Natural Gas, sobald die Börse morgen früh aufmacht.« Dann hängte er wieder ein.
Die Tür zu dem kleinen Zimmer ging auf, und Ruby kam herein, in voller Abendgarderobe. »Ich kann dich vor lauter Zigarrenrauch kaum noch sehen, Elias«, sagte sie.
»Deswegen hast du mir doch dieses Rauchzimmer eingerichtet, Ruby, damit ich hier alles vollqualmen kann und nicht die schicken Zimmer vorn.«
»Es war nur ein Kommentar, Elias, keine Beschwerde.«
»Du siehst wunderschön aus, Ruby«, sagte Elias. »Neues Kleid?«
»Natürlich«, sagte sie und zwickte ihn ins Kinn. »Du wolltest eine Frau auf der Liste der zehn bestangezogenen Frauen. Kannst du mir bitte die Halskette zumachen, Elias?«

»Mit Vergnügen«, sagte er. Nachdem er den Verschluß zugemacht hatte, küßte er Ruby auf die nackte Schulter. »Hab ich dir je gesagt, daß ich ganz verrückt nach deinen Schultern bin?«

»Ja, aber das hör ich immer wieder gern«, sagte Ruby und rieb ihre Schulter an seinem Mund.

»Wohin gehn wir denn heute abend?« fragte er.

»Zu Adele Harcourt. Und wir dürfen nicht zu spät kommen.«

»Oh, Adele Harcourt«, sagte er beeindruckt. »Schickimicki.«

»Sag nicht Schickimicki.«

»Warum?«

»Das ist gewöhnlich. Das haben wir hinter uns.«

27

Matilda Clarke war heilfroh, als sie nach dem Tode Sweetzer Clarkes die große Wohnung an der Fifth Avenue verkaufen konnte. Sweetzer war in der Wohnung aufgewachsen und hatte sie nach dem Tod seiner Mutter geerbt. Das Gebäude stand auf dem Grundstück, auf dem früher das Stadthaus der Clarkes gestanden hatte, und die Einundvierzig-Zimmer-Wohnung in den obersten drei Stockwerken war in den zwanziger Jahren nach den extravaganten Vorstellungen von Sweetzers Vater gebaut worden. Matilda, Sweetzer und ihre Kinder hatten neunzehn Jahre darin gelebt, zuerst einige Zimmer und dann ganze Stockwerke zugemacht, um die ungeheuren Unkosten zu senken, die ihre stetig abnehmenden finanziellen Reserven schröpften.

Die Anwälte, die Sweetzers Erbschaft verwalteten, hatten Matilda unumwunden gesagt, sie müsse entweder die Wohnung in der Stadt aufgeben oder das Haus auf dem Land. Matilda hatte sich sofort dafür entschieden, das Haus auf dem Land zu behalten, denn ein Leben ohne Malvern, das Haus der Clarkes in Bedford, wäre undenkbar für sie gewesen. Sie züchtete Norwich-Terrier und ritt jeden Tag. Ihre beiden Söhne hatten früh und gut geheiratet und sich in andere Teile des Landes zurückgezogen, weg vom Anblick einer Mutter, die sich auf dem absteigenden Ast befand.

Zum Zeitpunkt von Sweetzers Tod waren Wohnungen mit einundvierzig Zimmern nicht sehr gefragt, und deshalb stand sie einige Jahre leer. Matilda verkaufte sie schließlich verzweifelt an jemanden, dessen Namen sie sich angeblich nicht merken konnte. Der Aufsichtsrat des Gebäudes gab seine Zustimmung für den Einzug Elias Renthals erst, als dieser schriftlich garantiert hatte, er werde die Wohnung nicht in kleinere aufteilen, und das erst nach langem Zögern, weil in ein solches Haus nicht einfach jeder einziehen sollte.

Matilda Clarke nahm sich ein kleines Appartement und mußte zähneknirschend mitansehen, wie die Renthals ihre frühere Wohnung auf den Kopf stellten, und das auch noch mit Hilfe Cora Mandells, die früher auch ihre Innenarchitektin war, als sie noch Geld hatte.

»Sweetzer hat mich ganz schön im Regen stehen lassen«, sagte sie zu Lil Altemus. »Und ich war Sweetzer eine sehr gute Frau, bis auf das eine Mal. Ich mußte die französischen Möbel versteigern lassen und die Wohnung verkaufen. Und ich hab's nicht gemacht, um einfacher zu leben, wie die liebe Dolly das ausgedrückt hat. Ich habe alles verkauft, um zu überleben.«

»Aber, Schatz«, rief Lil. »Wir sind doch schon unser ganzes Leben lang befreundet. Wärst du zu mir gekommen, dann hätte Laurance dich versorgt.«

»O nein. So was funktioniert nicht«, sagte Matilda. »Ich bin kein Wohltätigkeitsfall. Außerdem hat Rochelle Prud'homme mich in den Aufsichtsrat von Prud'homme Products gesetzt und zahlt mir ein Gehalt. Ich weiß, daß du Rochelle nicht in deinem Haus duldest, aber sie ist eine sehr nette Frau und verkauft ihre Haartrockner mit großem Erfolg. Sie nennen sie den Petit Dynamo. Sie wollte

eine Königin der Gesellschaft werden und hat's nicht mal die erste Treppe hoch geschafft. Sie hat mich gebraucht, damit ich ihr ein paar Türen öffne, und ich hab sie gebraucht, und alle sind glücklich.«
»Was in aller Welt machst du denn im Aufsichtsrat?« fragte Lil. »Du hast doch in deinem ganzen Leben noch nie gearbeitet.«
»Ich mach überhaupt nichts«, erwiderte Matilda. »Ich geh nur ein paarmal im Jahr zu den Versammlungen und sitze rum, und Rochelle nickt mir zu, um zu sagen, wie ich abstimmen soll.«
»Warum will sie dich dann im Aufsichtsrat haben?« fragte Lil.
»Aus demselben Grund, aus dem Elias Renthal Loelia Manchester und Lord Biedermeier im Aufsichtsrat von Miranda Industries sitzen hat. Wir bringen Klasse.«
»Du lieber Himmel!« sagte Lil und klatschte in die Hände. Dann brachen die beiden alten Freundinnen kreischend vor Lachen zusammen.

28

Die absolut prachtvolle Einladung der Renthals für ihren Ball zu Ehren des Grafen und der Gräfin von Astoria war heute das Tagesgespräch bei Clarence's. Ezzie Fenwick, der für gewöhnlich Einladungen erst in letzter Minute zusagte, für den Fall, daß eine bessere Einladung nachkam, schrieb seine Zusage am Tag des Erhalts der Einladung. Er war sich absolut sicher, am 21. Juni würde es auf der ganzen Welt keinen besseren Platz geben.
Matilda Clarke und Fernanda Somerset wurden normalerweise nie gleichzeitig zu einer Party eingeladen. Matilda hatte einmal eine Affäre mit Fernandas Mann gehabt, und Fernanda hatte daraufhin nie wieder ein Wort mit Matilda geredet, aber Ruby Renthal hatte beide eingeladen, und alle waren schon gespannt, wie die beiden Damen mit diesem Problem fertigwerden würden.
»Du gehst doch nicht etwa zu den Renthals?« fragte Lil Altemus.
»Natürlich geh ich hin«, sagte Matilda zu Lil.
»Ich nicht«, sagte Lil.
»Du mußt mit diesen neuen Leuten mitspielen«, sagte Matilda.
»Warum muß ich das?« fragte Lil.
»Leute wie du und ich, die im *Social Register* stehen, sind eine fast ausgestorbene Rasse. Diese neuen Leute übernehmen jetzt die Macht.«

»Mein Bruder Laurance Van Degan ist immer noch an der Macht. Die Van-Degan-Bank gehört ihm. Die Van Degan Foundation und das Van Degan Building gehören ihm«, sagte Lil. »Mehr Macht kann man nicht haben.«
»Aber Laurance ist eine Ausnahme. Die meisten Großen der Wallstreet und der Banken sind schon aufs Altenteil geschickt worden. Die neuen Leute haben heutzutage das Geld. Und die haben ganz andere Begriffe vom großen Geld als wir.«
»Ich habe nicht vor mitzuspielen«, beharrte Lil entschlossen.
»Du wirst aber müssen«, sagte Matilda ruhig.
»Was werde ich müssen?«
»Zum Ball der Renthals gehen.«
»Warum muß ich das?«
»Weil Laurance darauf bestehen wird.«
Lil schaute Matilda Clarke erstaunt an. Sie konnte einfach nicht begreifen, warum sich ihr Bruder mit einem Klotz wie Elias Renthal abgab, aber sie sprach nie mit jemandem über ihren Bruder, auch nicht mit einer alten Freundin wie Matilda Clarke.

29

Lil Altemus war dieses Jahr zu Ostern an der Reihe. Gewechselt wurde jedes Jahr zwischen der Wohnung von Laurance und Janet Van Degan und der von Lil, obwohl sie fand, die Familie werde sie sehr strapazieren, so kurz nach Justines Hochzeit. Justine und Bernie waren natürlich da und die Frischvermählten, Dodo und Ormonde Van Degan, soeben von ihrer Hochzeitsreise am Hobe Sound zurückgekehrt. Hubie kam, natürlich ohne Juanito, der wie immer eine Szene gemacht hatte, weil er nicht mitdurfte.

»Wenn du dich doch bloß nicht so anziehen würdest, Hubie, besonders wo die ganze Familie da ist«, sagte Lil bei der Begrüßung zu ihrem Sohn.

»Was ist denn daran so schlimm?« fragte Hubie.

»Du weißt es ganz genau«, sagte seine Mutter. Hubie trug zwar Jeans und Cowboystiefel, aber sah, weiß Gott, nicht aus wie ein Straßenkünstler, wie seine Mutter ihm immer unterstellte. Seine Hemden waren von Brooks Brothers, die Tweedjacketts nach Maß von Mr. Sills.

Ned Manchester, Lils Cousin von der Altemus-Seite, um den man sich bei Familienfesten seit der Romanze von Loelia Manchester und Mickie Minardos kümmern mußte, war diesmal zu Ostern anwesend, weil er die zwei Kinder hatte, die sich weigerten, Mickie kennenzulernen. Alle sagten immer, was für ein wunderbarer Vater er doch sei. Zur Lunchparty kamen außerdem noch alte Freunde wie Matilda Clarke und die, die Lil ihre Streuner nannte, wie Gus Bailey, der keine Familie hatte, soweit sie wußte. Ezzie Fenwick, der normalerweise immer kam, sagte in letzter Minute ab, weil er von den Renthals zu einem Wochenende auf dem Land in ihrem Haus in Merry Hill eingeladen worden war.

»Fantastisch, deine Blumen, meine Liebe! Zu schön!« rief Janet Van Degan beim Betreten des Salons ihrer Schwägerin. »Wie ich sehe, war Lorenza hier.«

»Ist erst vor ein paar Minuten gegangen. Es wird immer schwieriger, Lorenza zu kriegen«, sagte Lil. »Ich bin natürlich hocherfreut über ihren Erfolg, aber schließlich und endlich war ich es doch, der sie entdeckt hat. Mrs. Renthal nimmt sie total in Beschlag.«

»Mrs. Renthal, Mrs. Renthal, dauernd dieser Name«, sagte Janet mit gespieltem Entsetzen.

»Und dieser verdammte Ball. Ich kann die Dinge einfach nicht glauben, die Lorenza mir darüber erzählt«, sagte Lil.

»Unglaublich«, stimmte Janet Van Degan zu.

»Stell dir vor, so neue Leute wie die Renthals geben so ein Fest«, fuhr Lil fort, »und laden uns alle ein. Vor zwei Jahren hat sie keiner gekannt. Ich würde nicht im Traum dran denken hinzugehen.«

Laurance sagte, als er das hörte: »Darüber sollten wir uns unterhalten, Lil.«

Diese Unterhaltung wurde von der Ankunft der jungen Van Degans, Laurance und Laura, mit der kleinen Janet und dem Baby, Laurance III., unterbrochen. Die kleine Janet stürzte sich auf ihre Großmutter.

»Ja, wen haben wir denn da? Wer ist denn das? Wer?« rief Janet Van Degan. Mit viel Geschrei und Gelächter hob

Janet das Kind hoch. »Oh, so ein Schatz! Schau dir dies bezaubernde Geschöpf an, Lil. Zum Aufessen, richtig zum Aufessen.«
Lil beobachtete neidisch ihre Schwägerin. Sie würde vermutlich nie ein Enkelkind haben und sich dann wahrscheinlich auch nicht so drüber freuen wie Janet, wenn sie sie sah.
»Ich muß wohl Bernie bitten, das Lamm zu tranchieren«, sagte Lil zu ihrer Tochter. »Kann Bernie tranchieren, Justine? Hubie ist hoffnungslos, und Onkel Laurance wird immer so wütend, wenn nicht richtig tranchiert ist.«
»Frag Bernie, Mutter«, erwiderte Justine.
Wie sich herausstellte, tranchierte Bernie ausgezeichnet. Bernie spielte ausgezeichnet Spiele. Bernie tanzte sehr gut. Bernie wußte, wie man Wein dekantiert. Lil wünschte, Hubie wäre genauso versiert in diesen Dingen, die sie bei einem Gentleman so wichtig fand, der Bernie ihrer Meinung nach nicht war.
»Keine Erdnüsse mehr, Kinder. Ihr glaubt ja nicht, was für Leckerchen Gertie für uns gemacht hat«, sagte Lil zu den Manchester-Kindern. »Laurance, hilf mir bei der Sitzordnung. Wo soll ich meine neue Stiefmutter hinsetzen?« fragte sie mit ironischem Blick auf Dodo. »Sie ist es gewöhnt, am falschen Tischende zu sitzen, aber dieses Jahr werde ich sie wohl oben hinsetzen müssen.«
Als der Butler sagte, das Essen sei serviert, ging Lil mit einem kleinen Silberglöckchen durch die Räume, um alle zu Tisch zu rufen, was angeblich die Fröhlichkeit steigern sollte.
Zwei Tische waren zum Essen aufgestellt, der lange Tisch mit den Chippendale-Stühlen für die Erwachsenen am Fenster, der kleinere runde für die Kinder. Lil saß am

Kopf der Erwachsenentafel und sah mit Freuden, daß Matilda Clarke Ned Manchester das erstemal seit seiner Trennung von Loelia zum Lachen gebracht hatte. Die arme Dodo, ihre neue Stiefmutter, eigentlich die reiche Dodo, sah viel besser aus, seit sie geheiratet hatte. Lil fragte sich, ob sie wohl eine Diät gemacht oder ein besseres Korsett hatte und ob ihr Kostüm wohl ein echter Chanel sei. Eine seltsame Freundschaft hatte sich zwischen Dodo und Hubie gebildet. Wie sich herausstellte, hatte Dodo mehrere Gemälde Juanitos in Hubies Galerie in SoHo gekauft und sie in der Eingangshalle von Ormonde Van Degans Wohnung in der Fifth Avenue aufgehängt. »Ich finde sie entzückend«, hatte sie über Juanitos Arbeit gesagt, und das stimmte auch. Sie hatte auch noch einige andere Leute zu Hubie in die Galerie geschickt, um Juanitos Bilder zu kaufen. Zum Dank dafür besorgte ihr Juanito die Pornovideos, die sie Ormonde jeden Abend zeigte, weil sie sich schämte, sie selbst auszuleihen.
»Parker, Sie vergessen doch nicht, Gertie zu sagen, wie sehr wir das Fischmousse genossen haben«, sagte Lil, als ihr Butler den ersten Gang abservierte. Gertie war ihre Köchin, und Lil unterbrach immer ihr Gespräch, um ihr über den Butler Komplimente zu schicken. »Früher konnte man durch Southampton fahren und wußte, wer wer war. Jetzt sind lauter neue Namen an denselben Häusern, und keiner weiß, wer sie sind, nur, daß jeder von ihnen mindestens fünfzig Millionen hat. Wer, bitte, ist dieser Reza Bulbenkian, der gerade Evangelines Haus gekauft hat?«
Lil hatte noch einige Kisten Champagner von der Hochzeit übrig und hatte sich entschlossen, nur Champagner auszuschenken, um alles festlicher zu gestalten. Sie erhob

ihr Glas auf die neuen Familienmitglieder, Bernie Slatkin und Dodo Fitz Alyn. Dodo dankte Lil errötend und erhob ihr Glas auf Ormonde, der seine Serviette wie ein Lätzchen umgebunden hatte; er hatte, wie sie sagte, ihr Leben verändert. Bernie sprang auf und brachte alle zum Lachen, indem er schilderte, was es für einen Menschen wie ihn für ein Gefühl war, plötzlich ein Mitglied der Van Degans zu sein. Justine hüpfte zu ihm und küßte Bernie, den sie ihr liebes Herz nannte, einen Namen, den Bernie nicht ausstehen konnte. Matilda Clarke entging nicht, daß Bernie von Justines überschwenglicher Zuneigung irritiert war.
Draußen hatte es angefangen zu regnen, und Parker zündete den Kamin an, als sich nach dem Essen alle in dem Salon mit den roten Damastsofas zum Kaffee versammelten. Laura Van Degan wechselte der kleinen Janet die Windeln, und Dodo wechselte Ormondes Windeln. Hubie und Justine standen vor einem der hohen Fenster und unterhielten sich leise. Bernie Slatkin spielte Backgammon mit Matilda Clarke, und Ned Manchester unterhielt sich mit den beiden Laurances über die Börse. Gus Bailey hatte einen ruhigen Tag und sprach mit Lil über Trollope, ihren Lieblingsautor, während sie ihre King-Charles-Spaniels mit Plätzchen fütterte. Bozzie Manchester ging zur Toilette, nutzte freilich die Gelegenheit, seine Mutter Loelia im Rhinelander anzurufen, um ihr fröhliche Ostern zu wünschen, aber sie war nicht da, und er hinterließ auch keine Nachricht.
Wie immer bei Familienfesten der Van Degans, kamen die Fotoalben auf den Tisch. »Weißt du noch, damals, bei Evangeline Simpsons Hochzeit, Laurance? Sieh doch nur, wie hübsch Evangeline damals war. Bei den Dashwoods neulich abends war sie wieder schrecklich betrunken«, sagte Lil.

»Sieh nur, Sonny Thomas. Mein Gott, Lil, was ist bloß aus dem alten Sonny geworden?« fragte Laurance.
»Er hat diese Frau mit einem Bein geheiratet, wie heißt sie noch, die mit dem heroinsüchtigen Sohn. Betsy Babcock. Er hat Betsy geheiratet.«
Ein Hauch von Melancholie zog durch Lils Salon, als wüßten alle, daß dies ihr letztes Van-Degan-Ostern sein würde.
»Wo ist Juanito heute?« fragte Justine.
»Ich hab keine Ahnung«, seufzte Hubie, weil er nicht zeigen wollte, wie besessen er von seinem puertoricanischen Liebhaber war, obwohl Justine das genau wußte.
»Hubie, wann wirst du's mir sagen?« fragte Justine plötzlich.
»Schau nur, die Magnolie, es wird Frühling«, erwiderte Hubie.
»Hubie!«
»Was soll ich dir erzählen?«
»Hubie, ich bin's, weißt du noch, deine Schwester.«
»Was gibt's da zu erzählen? Du weiß es doch sowieso. Ich hab's dir angesehen.«
»Wie?«
»Bei deiner Hochzeit. Kurz bevor du zum Altar gegangen bist. Als du mich geküßt hast. Ich hab's in deinen Augen gesehen.«
Ihre Augen füllten sich mit Tränen. »Was wird passieren, Hubie?«
»Ich werd langsam kalt, nehm ich an.«
»Mach keine Witze drüber, Hubie.«
»Ich mach keine Witze, Justine. Glaub mir. Ich weiß noch nicht, wie ich mich verhalten soll. Ich weiß noch nicht, wie ich das in Szene setzen soll.«

»Hast du Angst?«
»Ja.«
»Glaubst du, Juanito hat dich angesteckt?« fragte Justine.
Hubie lächelte. »Könnte sein. Er ist positiv. Könnten aber auch sechshundert andere Typen gewesen sein. Ich war nicht gerade inaktiv. Schockiert dich das, Justine?«
»Ich versuche, nicht schockiert zu sein, Hubie.«
»Bei meinen Neigungen hätte ich mich noch vor sehr kurzer Zeit an die heiße Nummer, die du geheiratet hast, herangemacht.«
»Bernie? Der hätte dir die Nase eingeschlagen.«
»Wär nicht das erstemal gewesen.«
»Oh, Hubie«, sagte Justine und legte die Hand auf die Schulter ihres Bruders.
»Wein nicht, Justine. Wein bloß nicht. Nicht hier. Nicht, wenn die ganze Familie da ist.«
»Werd ich nicht, Hubie. Und Mutter? Wann wirst du's Mutter sagen?«
»Heute, wenn alle fort sind.«
»Möchtest du mich dabeihaben?«
»Ich glaube, das muß ich allein machen. Aber danke, Justine.«

In Merry Hill regnete es das ganze Wochenende, und die männlichen Gäste waren erbost, weil das Wetter ihnen einen Strich durch ihre sportlichen Pläne machte.
Die Renthals hatten dort ein Haus gekauft, wo vor Jahren eine Jagd stattgefunden hatte. Es hatte einer Familie namens Grenville gehört, ein fast vergessener Name, der aber immer noch an vergangene Pracht erinnerte. »Das war mal das Haus der Grenvilles«, sagten die Leute, wenn sie am vernagelten Haus vorbeikamen, das jahrzehntelang

keiner gewollt hatte, seit es durch den Skandal unbewohnbar geworden war. »Er wollte sie verlassen, und sie hat ihn erschossen. Irgend so etwas«, sagten sie.

Die Renthals hatten noch nie etwas von den Grenvilles gehört und griffen sofort zu, als die einzige Tochter dieser traurigen Familie es zum Verkauf anbot. Sie mochten Dinge, die einmal Leuten mit Klasse gehört hatten. Bei einer Rothschild-Auktion in Europa kaufte Elias jedes Stück Glas, Porzellan oder Silber und Wäsche, in das der Buchstabe *R* eingraviert oder eingestickt war, mehr als genug für die zahlreichen Gäste in seiner riesigen Wohnung in der Stadt und auf seinem neuen Anwesen auf dem Land.

Ruby wachte früh auf, weil Lorenza sich mit ihrem Personal über Vasen stritt. Die temperamentvolle, anspruchsvolle Lorenza war früh in ihrem Minirock aus der Stadt gekommen, um die Pfingstrosen und die Delphinien zu arrangieren, und sie stritt immer mit dem Personal. Ruby war aber nicht böse, sondern kuschelte sich genüßlich in ihre Leinenlaken und genoß das Geräusch eifriger Betriebsamkeit unter ihr. Für sie war ihre neue Rolle nie selbstverständlich, und in Augenblicken wie diesem sagte sie, wem auch immer, ein kurzes, schüchternes Dankgebet. Dann schaute sie auf ihre Vermeil-Reiseuhr, die einmal der Kaiserin Elisabeth von Österreich gehört hatte, und wußte, daß in ihrem perfekt organisierten Leben in genau neun Minuten Candelaria an die Tür klopfen würde mit ihrem Tablett, ihrer Post und den Morgenzeitungen.

Ruby hatte nur ein Wochenende auf Schloß Castor gebraucht, um alle Annehmlichkeiten des Landlebens in großem Stil kennenzulernen: Koffer vom Butler ausgepackt, Kleider von Zofen gebügelt, Kekse, Früchte und eine Flasche Malvern-Wasser auf dem Nachttisch, Frühstück für die Damen im Zimmer, für die Herren im kleinen Speisezimmer und für jeden Zeitungen.

Elias Renthal war gerade mit seinen Eiern fertig geworden, zündete sich seine erste Zigarre heute an und nahm sich den Wirtschaftsteil der *Times* vor. Er und die anderen männlichen Wochenendgäste hatten sich im kleineren der beiden Speisezimmer des Hauses zum Frühstück versammelt, während die Damen ihr Frühstück auf ihren Zimmern einnahmen. Elias gefiel der Gedanke, daß wichtige Männer in Morgenmänteln als seine Wochenendgäste in seinem Landhaus hier Zeitung lasen, während ihre Frauen und Freundinnen in ihren Zimmern frühstückten. Erst nach seiner Hochzeit mit Ruby, deren Gier nach Gesellschaftsleben unstillbar war, begriff Elias die Freuden der Popularität. Ruby hatte Elias begreiflich gemacht, wie wichtig gesellschaftliches Leben für seine Geschäftskarriere war. Zu seinem Erstaunen stellte er fest, daß die Leute ihn amüsant fanden, und es gefiel ihm, gemocht zu werden. Er fand sogar inzwischen Gefallen an Konversation bei Tisch, weil er dadurch seine ständig wachsende Kunstsammlung publik machen konnte. »Sie müssen sich meinen neuen Caravaggio anschauen«, sagte er gerne oder: »Ich persönlich ziehe Picassos blaue Periode vor.« Seine größte geheime Hoffnung war, es würde sich im Lauf der Zeit ein Platz im Aufsichtsrat des Museums für ihn finden lassen.
»Journalismus ist keine sehr präzise Wissenschaft«, sagte Elias erbost und schleuderte seine Zeitung zu Boden. Die Geste ließ alle anderen aufblicken.
»Etwas nicht in Ordnung?« fragte Lord Biedermeier.
»Ich hab diesem Kerl von der *Times* ein Interview gege-

ben, und er zitiert mich im ganzen Artikel falsch«, sagte Elias.
»Worum ging's denn?« fragte Mickie Minardos.
»Meine Übernahme von Miranda Industries. Es hört sich an, als wär ich ein Raubtier, das zum Sprung ansetzt. Ich hab eben vor langer Zeit gelernt, daß man eine Firma, ein Hotel oder ein Geschäft, das man anfängt zu lieben, verkaufen muß.«
»Das versteh ich nicht«, sagte Mickie Minardos.
»Was gibt's da zu verstehen?« fragte Elias.
»Warum eine Firma verkaufen, wenn man sie liebt?«
Elias warf Mickie einen mitleidigen Blick zu. »Deshalb sind Sie nicht reich.«
Mickie sah etwas beleidigt drein.
»Ich meine wirklich reich«, sagt Elias. »Ich bin ein Mann, der einen Sinn für Timing hat, damit bin ich auf die Welt gekommen. Man hat's oder man hat's nicht. In meinem Geschäft muß ich jeden Tag mit Hunderten Millionen Dollar umgehen. Ich habe nicht mehr als fünfhundert Leute gefeuert, und ich hab einen ganz neuen Aufsichtsrat gestellt mit verantwortungsvollen Leuten wie Laurance Van Degan, Lord Biedermeier hier, Loelia Manchester und meinem englischen Freund, dem Grafen von Castoria, hochklassigen Leuten. Jetzt funktioniert das Ganze. Am Ende des Jahres werden wir voraussichtlich einen Gewinn von einer Milliarde zweihundert, einer Milliarde fünfhundert dort haben.«
Elias' Gäste lauschten begierig. Renthal redete viel über sich selbst: seine Übernahmen, seine Aufsichtsräte, seine Profite, seine Käufe. Und seine Gäste lauschten gebannt, als könnten sie allein durchs Zuhören auch so reich werden.

»Genug«, sagte Elias und klatschte in die Hände. »Schaun wir uns mal an, was Sie da haben, Winston.«
Winston, halb englisch, halb französisch, war berühmt für seine Pferdebilder. Einen modernen Stubbs nannte ihn der Sackville-Katalog. Er hatte die Pferde der Königin von England gemalt und gerade ein Gemälde von Flash, Elias' preisgekröntem Zuchthengst, vollendet, den Renthal auf der Auktion in Saratoga gekauft hatte.
Winston Bergerac kam mit einer kleinen Staffelei und einem Ölgemälde unter dem Arm zurück ins Frühstückszimmer und stellte beides am Kopf des Tisches vor Elias auf. Beifälliges Gemurmel über die Schönheit des eleganten Tieres war zu hören. Elias paffte an seiner Zigarre und musterte seine neueste Erwerbung mit dem prüfenden Auge des Sammlers. Er stand auf, beugte sich vor, ging einen Schritt vor und beugte sich dann noch mal zum Bild.
»Mir gefällt's nicht«, sagte er schließlich. Entsetztes Raunen ging um den Tisch.
»Aber warum nicht?« fragte Winston Bergerac erstaunt.
»Der Schwanz ist zu groß«, sagte Elias. »Ich kann das so nicht in mein Eßzimmer hängen, nicht mit diesem Pimmel, der da unten baumelt. Das würde Ruby nicht gefallen.«
»Aber Mr. Renthal«, wehrte sich Winston Bergerac, »das liegt doch in der Natur des Tieres.«
Lord Biedermeier sah, wie erbost Renthal war, und schlug vor, diesen Teil der Anatomie des wunderschönen Tieres doch zu übermalen.
»Na schön. Machen Sie den Schwanz kleiner, dann überleg ich mir's noch mal«, sagte Elias großzügig. Er sammelte seine restlichen Zeitungen ein und ging aus dem Zimmer, um geschäftliche Anrufe zu tätigen und sich ein

bißchen dem Buch zu widmen, das er für Lord Biedermeier über Firmenübernahmen schrieb.

Auf einer Kaminbank lagen Zeitungen und Magazine aus aller Welt, kaum gelesen, vom Butler einmal wöchentlich gewechselt, die jeder Gast mit auf sein Zimmer nehmen konnte. Ezzie Fenwick, der alle Arten sportlicher Betätigung mit Inbrunst haßte, war der einzige Gast, der das schlechte Wetter genoß. Lange Nachmittage beim Bridge, vorm offenen Feuer lesen oder bei einem Drink über Parties und Mode klatschen, das entsprach ihm viel mehr als Tennisplätze, Swimming-pools, Reiten und, o Graus, Tontaubenschießen.

»Elias Renthal hat sich in das Luxusleben gestürzt, als hätte er Angst, es könne nicht weitergehen«, sagte Ezzie zu Loelia Manchester.

»Sch«, warnte Loelia.

»Diese neuen Leute geben mehr für ihre Häuser aus, als die reichen Leute zu meiner Zeit geerbt haben«, fuhr Ezzie fort.

»Sch«, machte Loelia.

»Auf dem Herrenklo hängt ein Toulouse-Lautrec. Das hab ich auch noch nie gesehen«, fuhr Ezzie unbekümmert fort.

»Sch«, machte Loelia.

Auf Rubys elegantem Kaminsims waren die Einladungen zu den besten Parties der Stadt wie Trophäen aufgereiht. Ezzie schaute sie durch.

Die Tür der Bibliothek öffnete sich, und Ruby Renthal kam herein, in der Hand *Die Memoiren der Madame de La Tour du Pin*. Jamesey Crocus hatte ihr nämlich gesagt, es sei ein Muß, dieses Buch zu lesen, wenn sie wissen wolle, wie das Leben am Hofe Marie Antoinettes in den letzten Tagen vor der Revolution wirklich gewesen ist.

»Die Blumen sind wunderschön, Ruby«, sagte Ezzie Fenwick und drehte sich schnell von den Einladungen weg.

»Danke«, sagte Ruby strahlend. Die Damen der Gruppe sehnten sich nach Ezzies Beifall für ihre Kleidung, Häuser, Blumen und Tischordnungen. Die Männer waren von Ezzie nicht so begeistert.

»Ich versteh nicht, warum du vor dem Kerl den Kotau machst, Ruby«, hatte Elias ihr am gestrigen Abend zugeflüstert und gemeint, nur Kellner und Kapellmeister würden am Sonntagabend einen Abendanzug tragen, als Ruby vorgeschlagen hatte, sich zum Abendessen umzuziehen.

»Ezzie Fenwick ist ein Geschmackspapst«, sagte Ruby.

»Ezzie Fenwick ist ein Arschloch«, erwiderte Elias.

Ezzie tat, als hätte er nichts gehört, das hatte er gelernt, um sich vor den grausamen Spötteleien seiner Jugend zu schützen. Er plapperte unbekümmert weiter über Bridge, den schrecklichen Zustand von Alice Royntons Zähnen und was ihm sonst noch einfiel.

Ruby verließ die Runde mit Mickie Minardos und schloß sich mit ihm ein, um die Pläne für den Ball zu besprechen, die streng geheim waren, nur Loelia kannte sie, verriet aber nichts. Nachdem sie gegangen war, sprachen alle von ihrer Schönheit. Sie war vor kurzem mit kleineren Brüsten und einem veränderten Kinn aus Brasilien zurückgekehrt. Ihre fantastische Kleidung, ihre traumhaften Juwelen und ihre neuentdeckte Fähigkeit, alle Blicke auf sich zu lenken, wenn sie ein Zimmer betrat, und der Reiz ihres ungeheuren Vermögens zogen Leute in ihren Bannkreis. Und wenn sie sie näher kennenlernten, waren sie nicht enttäuscht. Ihre Stimme hatte sich verändert und glich der von Loelia Manchester, ihrer besten Freundin. Und Menschen aus ihrem früheren Leben hätten sie kaum wiedererkannt. Ruby Renthal war eine große Dame geworden.

Lord Biedermeier nahm sein Pincenez ab und massierte seine gerötete Nase, den Blick unverwandt auf ein Aquarium mit tropischen Fischen gerichtet, das Elias Renthal vor kurzem im Morgenzimmer seines Hauses hatte installieren lassen.

»Schüttelst du den Kopf über die tropischen Fische, Lucien?« sagte Loelia und schaute von ihrer Petit-Point-Stickerei hoch.

»Meine erste Frau war aus Venezuela. Erinnerst du dich an sie, Loelia?« fragte Lord Biedermeier.

»Mutter kannte sie«, sagte Loelia.

»Concepción de la Madrid hieß sie«, fuhr Lord Biedermeier fort.

»Sie hatte eine wunderbare Haut«, sagte Loelia.

»Ja, eine wunderbare Haut, und ihr Fleisch war nicht sehr fest. Gerade so, wie ich's mag.«

»Also wirklich, Lucien! Das ist ein Thema für das Männerfrühstück. Nicht hier.«

»Die Latinos sind abergläubisch, weißt du. Concepción hat immer gesagt, Fische in Gläsern bringen Unglück.«

»O je«, sagte Loelia. »das hab ich noch nie gehört.«

»Doch, stimmt«, sagte Ezzie Fenwick aus den Tiefen seines Sessels. »Fische in Gläsern bringen Unglück.«

»Fast so schlimm wie Pfauen«, warf Winston Bergerac von seiner Staffelei aus ein, wo er den Schwanz des Hengstes übermalte.

Später, nach dem Tee, kam die Sonne raus. Ruby betrat das Zimmer. »Alle Mann raus. Es gibt einen Regenbogen.«

Ruby fand den Regenbogen natürlich nicht so schön wie ihren Pavillon, in den sie ihre Gäste brachte, um den Regenbogen zu betrachten.
Lord Biedermeier, der ziemlich korpulent war, sagte: »Endlich zum Pool. Ihr dürft euch die Gelegenheit nicht entgehen lassen, mich in einer Badehose zu sehen.«
Alle lachten.
»Und ihr müßt euch die Pfauen anschaun, die Elias gekauft hat«, sagte Ruby. »Unbeschreiblich schön.«

Elias schloß die Tür zu seinem neu eingerichteten Wochenendbüro hinter sich. Neben seiner Computerkonsole und einer Miniversion seiner Telefonzentrale in der Stadt saß Maxwell Luby in lindgrüner ländlicher Kleidung von einer anderen Qualität als die lindgrünen ländlichen Kleider der Hausgäste, die im kleineren der beiden Speisezimmer saßen.
»Tut mir leid, Max, wenn ich dir den Sonntag verdorben habe«, sagte Elias. »Aber du mußt mir morgen früh einen Gefallen tun. Ich komm erst mittag zurück in die Stadt, weil ich mir morgen früh ein neues Pferd anschauen muß, und das muß um zehn Uhr fünfzehn erledigt werden, nicht früher, nicht später.«
»Was denn, Elias?« fragte Max, der sich inzwischen an seltsame Anliegen gewöhnt hatte.
»Es gibt da einen Coffeeshop mit Namen Magnolia Ecke Madison und Zweiundsechzigste Straße.«
»Was ist damit?«
»Ich möchte, daß du morgen, genau um zehn Uhr dreißig, dort hingehst. Ein junger Mann wird am vorletzten Stuhl am Tresen sitzen. Etwa zweiunddreißig. Gut angezogen. Dunkle Haare, Flanellanzug, blaues Hemd, dunkelrote Krawatte.«

Max nickte, solche Aufträge war er gewöhnt.
»Er wird die *Times* lesen. Auf dem leeren Hocker neben ihm wird eine alte Ausgabe von *Forbes* liegen, mit einem Bild von mir auf dem Cover. Du sagst zu ihm: ›Haben Sie was dagegen, wenn ich das *Forbes* zur Seite lege?‹ Wenn er sagt: ›Verzeihung, ich nehm's weg‹, setzt du dich neben ihn und bestellst eine Tasse Kaffee.«
»Ist das alles?« fragte Max.
»Nur noch eins«, erwiderte Elias. »Du wirst diese Aktentasche bei dir haben. Du mußt sie nur neben sein Bein stellen, wenn du dich setzt. Wenn er aufsteht, wird er sie mitnehmen. Okay?«
»Okay, Elias«, sagte Max und nahm die Aktentasche. »Warum genau um zehn Uhr fünfzehn?«
»Nach dem Frühstücksansturm. Vor den Lunchgästen. Dann gibt es leere Barhocker.«
»Das ist doch nicht wieder Guy Howard, oder?«
»Nein, nein, nein, nicht Guy«, sagte Elias entsetzt. »Er heißt Byron Macumber, aber Namen sind nicht nötig.« Dann musterte er etwas befremdet Max' hellgrünen ländlichen Outfit: »Ich würde dich ja bitten zu bleiben, Max, aber Ruby hat Gäste.«
Max wußte, daß er nicht dazupaßte. »Kein Problem, Elias. Muß sowieso zurück nach Pelham Manor.«
Später, unterwegs im Auto, hielt er zum Tanken an. Max öffnete die Aktentasche. Unter den Zeitungen lagen, wie er geahnt hatte, viele Häufchen Hundertdollarnoten für Byron Macumber.

»Ist das nicht nett, Hubie? Essen auf Tabletts, nur für uns zwei, vor dem Feuer«, sagte Lil Altemus und klatschte in die Hände. »Dieses ewige Ausgehen langweilt mich entsetzlich. Ich hab mich ja so gefreut, als du gesagt hast, du möchtest den Abend mit mir alleine verbringen.«

»Ich muß dir etwas sagen, Mutter«, setzte Hubie an.

»Ich wette, du hast es deiner alten Mutter nicht zugetraut, ein Essen auf die Beine zu stellen? Ich mußte Gertie und Parker doch freigeben, nach der vielen Arbeit heute. Und Lourdes ist an heiligen Feiertagen absolut unbrauchbar. Sie kniet von morgens bis abends und rennt ständig in die Kirche.«

»Mutter.«

»Schau doch, die Hundchen! Sind sie nicht goldig? Fertig. Einfach fertig. Die Kinder haben sie den ganzen Nachmittag schikaniert. Weißt du, daß Bosie schon zwölf wird?«

»Mutter.«

»Das Baby ist bezaubernd, nicht wahr? Hubie?«

»Was?«

»Das Baby. Die kleine Janet? Findest du sie nicht bezaubernd?«

»Niedlich. Furzt viel. Aber niedlich.«

»Hubie, du weißt doch, wie ich solche Worte hasse. Wie haben dir denn unsere Neuvermählten gefallen?«

»Welche?«

»Dodo und dein Großvater.«

»Gut für Dodo, finde ich.«

»O Hubie, du sagst immer genau das Gegenteil von dem, was du sagen sollst. Dodo war nur hinter dem Geld her, und das nach allem, was die Familie für sie getan hat.«

»Du wolltest Großvaters Windeln nicht wechseln, Mutter.«

»Darum geht's nicht. Dafür gibt's schließlich Schwestern.«

»Besser, er hat Dodo geheiratet und nicht Schwester Toomey, Mutter.«

»O Hubie, du bist wirklich das letzte. Laurance hat Vaters neues Testament gesehen. Alle Gemälde, alle Möbel und sogar die Nippessachen auf den Tischen, Mutters gesamtes Porzellan und Silber. Alles.«

»Mutter, vor Gericht wirst du wohl kaum jemandem leid tun«, sagte Hubie.

»Was soll das heißen? Einige Sachen waren nicht mal von den Van Degans. Einige Sachen waren von Tante Gardiners Familienzweig.«

»Mutter«, sagte Hubie ungeduldig. »Es gibt keinen Zentimeter in dieser Wohnung, der nicht schon mit wertvollen Objekten vollgestopft ist. Was brauchst du denn mehr?«

»Es geht ums Prinzip«, erwiderte Lil, stand auf und ging zum Fernseher.

»Mutter, wir müssen reden«, sagte Hubie.

»Da kommt ein Interview mit der First Lady, oder willst du nur reden?«

»Nur reden.«

»Versuch das Feigenmousse. Das ist Gerties Spezialität. Ich weiß nicht, wie sie es so leicht hinkriegt. Irgend etwas mit dem Eiweiß, glaub ich. Ich hab ihr mal zugeschaut.«

»Du siehst doch, daß ich nicht gesund bin, Mutter?« Hubie hob die Stimme.

»Die Feigen müssen sehr reif sein«, fuhr Lil fort. »Und weiße Feigen. Das ist sehr wichtig.«

»Ich habe Aids, Mutter.«

»Es ist nur deine Gesichtsfarbe. Du bist so blaß. Und du mußt ein bißchen zunehmen. Du ißt wie ein Spatz. Du brauchst gutes Essen und Gebirgsluft.« Lil brach zwei Plätzchen und warf sie für Oscar und Bosie in die Luft. »Da, ihr bösen Hundchen. Darauf habt ihr nur gewartet, ich hab's gewußt. Schau sie dir an, Hubie.«

»Ich habe Lymphoma, Mutter. Mir bleiben noch drei bis vier Monate, sagt der Arzt. Vielleicht keiner mehr«, sagte Hubie leise.

»Ich hab mir gedacht, wir zwei machen eine kleine Reise in die Berge. Sankt Moritz ist unbeschreiblich schön außerhalb der Saison und so gesund. Aber wann? Das ist das Problem. Der verflixte Ball der Renthals – Laurance besteht darauf, daß ich hingehe – und die Todesco-Hochzeit und das Galafinale im Ballett, da sitz ich im Aufsichtsrat. Danach fahren wir.«

»Im September bin ich vielleicht schon ein paar Wochen tot«, sagte Hubie.

Lil atmete hektisch. »O bitte, so etwas klingt doch so morbide. Ich weiß nicht, wie du das deiner Familie antun konntest.«

»Danke für deine Unterstützung, Mutter.«

»Weiß es schon jemand?«

»Juanito weiß es.«

»Juanito ist mir doch vollkommen egal. Ich meine, weiß es schon irgend jemand aus der Familie?«

»Nur Justine.«

»Du hast es Justine vor mir erzählt?«

»Sie hat's erraten.«

Lil legte die Hand aufs Herz.

»Paris!« schrie sie plötzlich.

»Was?«

»Paris! Dahin solltest du fahren. Die Herzogin, Wallis von Windsor, die gute Freundin deiner Mutter, sie und der Herzog waren jeden Winter bei Vater und Mutter zu Gast.«

»Ich erzähl dir, daß ich sterben werde, und du erzählst mir von der Scheißherzogin von Windsor!«

»Sie hat ihr ganzes Geld dem Pasteur-Institut vermacht, und sie haben fabelhafte Erfolge bei dieser Krankheit. Ich schick dich nach Paris.«

»Du willst mich loswerden, Mutter, stimmt's? Damit deine Freunde nicht erfahren, daß dein Sohn schwul ist und Aids hat. Deswegen willst du mich nach Paris schikken, nicht wahr? Ich werd aber nicht nach Paris gehn.«

Er stand auf, stieß mit dem Fuß gegen das Tablett, das zu Boden fiel. Bosie und Oscar stürzten sich kläffend auf das unberührte Essen. Hubie schaute sich das Chaos eine Weile an, dann ging er zur Tür.

»Bitte, bitte, Hubie, geh nicht«, kreischte Lil. »Bitte verlaß mich jetzt nicht. Ich hab alles über diese Krankheit von Bobo, meinem Friseur, gehört. Die Tänzer in den Musicals, im Ballett, die Friseure, sie sterben wie die Fliegen, aber ich hab nicht gedacht, daß einer von uns es kriegen kann. Das hab ich nicht geglaubt, Hubie. Einfach nicht geglaubt.«

Lil hörte schluchzend, wie die Tür zuging. Hubie war gegangen. Sie blieb lange reglos im Stuhl sitzen. Das Telefon klingelte, doch sie ging nicht dran. Dann stand sie langsam auf, sammelte das Geschirr ein und trug es in die Küche. Sie stellte es ab, machte Licht und wollte die Küche wieder verlassen, blieb aber plötzlich stehen und drehte das Licht wieder an.

Sie nahm den von ihrer Mutter geerbten Meißenteller, den Hubie benutzt hatte, und warf ihn auf den Küchenboden, wo er in tausend Scherben zersprang. Dann ließ sie das Weinglas ihres Sohnes ebenfalls fallen, nahm Gabel und Löffel vom Teller, Silber mit ihrem Monogramm LVD, und warf sie in den Müllschlucker.

30

Laurance Van Degan ging nur selten in schicke Restaurants zum Lunch, im Gegensatz zu seiner Schwester, die fast jeden Tag bei Clarence's war. Laurance aß meist im privaten Speisesalon seines Büros oder zu besonderen Gelegenheiten im Butterfield Club, wo er sich fast wie zu Hause fühlte. Der Butterfield auf der Fifth Avenue war der am wenigsten bekannte und exklusivste Männerclub in New York. Mitgliedschaft erlangte man nur durch Einladung, nie durch Antrag. Laurance war im Jahr nach seinem Abschluß in Harvard von seinem Vater, Ormonde, eingeladen worden, und Laurance hatte seinen Sohn, den jungen Laurance, ebenfalls nach seinem Abschluß in Harvard eingeladen.

Der Eingang zum Butterfield war sehr gediegen und nur von einem kleinen Messingschild gekennzeichnet, das schon so lange dort hing, daß es sich kaum mehr von den roten Ziegeln der Hausmauer abhob. Das Innere war ungleich üppiger: rote Teppiche, getäfelte Wände, Kristallüster und eine der anmutigsten Marmortreppen New Yorks, die sich über vier Stockwerke nach oben zog. Vor einem der großen Fenster ohne Vorhänge saßen Laurance Van Degan und sein Gast Elias Renthal.

»Noch einen Martini?« fragte Laurance.

»Nein, nein, Laurance«, sagte Elias. »Ich nehme mittags immer nur einen Drink.«

»Ein Mann nach meinem Geschmack«, sagte Laurance und gab Doddsie, dem Kellner, der schon seit Laurances Eintritt im Club arbeitete, ein Zeichen, die Karten zu bringen. Es hatte Laurance sehr amüsiert, als Elias heute morgen vorgeschlagen hatte, im Butterfield zu Mittag zu essen. Er hatte gesagt, er würde gerne die berühmte Treppe sehen, von der Jamesey Crocus Ruby erzählt hatte, nachdem er und Ruby die Treppe in Merry Hill herausreißen und durch eine neue ersetzen wollten.
Alte Freunde von Laurance, wie Addison Cheney, Charley Dashwood und Sims Lord, hatten ihn und Elias mit kurzem Kopfnicken begrüßt, aber keiner hatte sich ihnen angeschlossen, was Laurance verstand. Er hätte sich an ihrer Stelle genauso verhalten.
»Ich glaube, Sie täten gut daran, ein paar tausend Aktien von Sims Lords Gesellschaft zu kaufen«, sagte Elias. »Sie stehen jetzt ein bißchen hoch, etwa achtundsechzig, und in zwei Wochen werden sie auf etwa zweiundvierzig fallen, aber dann werden sie steigen, und zwar bis ganz nach oben. Früh einsteigen und mit dem Kursabfall mitreiten, damit man niemanden stutzig macht, wenn Sie wissen, was ich meine.«
»Von Sims Lords Gesellschaft?« fragte Laurance. Er spürte, wie er rot wurde. Er war mit Sims Lord in St. Swithins in derselben Klasse gewesen, und bei ihren jeweiligen Hochzeiten waren sie Trauzeugen gewesen. Sims Lord war einer seiner ältesten Freunde, und Ormonde hatte jahrelang im Aufsichtsrat von Lord and Co. gesessen. Im letzten Jahr hatte Laurance durch Elias' richtungsweisende Tips für seine Gesellschaftsübernahmen Millionen verdient. Keiner der Van Degans brauchte eigentlich mehr Geld, aber die Van-Degan-Stiftung wurde bedrängt, et-

was für die Obdachlosen der Stadt zu tun, und so hatte er diese zusätzlichen Einkünfte der Stiftung für philantropische Zwecke überlassen.

»Wir reden hier im Butterfield nicht übers Geschäft«, warnte Laurance Van Degan. »Hausordnung.«

»Kapiert«, sagte Elias. »Gibt's hier auch weibliche Mitglieder?«

»Du liebe Güte, nein«, erwiderte Laurance. »Und auch nicht in Zukunft, das kann ich Ihnen versichern. Zweimal im Jahr haben wir hier Damenabend, das reicht.«

»Schöne Stühle«, sagte Elias und klopfte auf die Lehne des grünen Ledersessels. »Ich mag Stühle, in denen man versinkt. Regency, die Stühle, stimmt's?«

»Ja, sind sie«, sagte Laurance beeindruckt. »Sie sind ja inzwischen eine richtige Autorität für Möbel geworden.«

»Ich geb genug Kies für Möbel aus, dank des teuren Rats von Rubys Kurator, Jamesey Crocus. Da hab ich mir gedacht, wär nicht schlecht, was drüber zu lernen.«

»Ihr Landhaus muß ja ganz bezaubernd sein. Loelia Manchester hat es Janet erzählt.«

»Ruby und ich möchten Sie bald mal zu einem Wochenende einladen.«

»Wunderbar.«

»Sieht englisch aus, wie der Butterfield hier. Ich hab zu Ruby gesagt: ›Du hast diese ganzen französischen Louis-der-Schreckliche-Möbel in New York. Laß uns auf dem Land was Gemütliches machen.‹«

Laurance lächelte huldvoll über Elias' kleinen Witz. »Ich kenne Ihr Haus gut. Billy Grenville war in St. Swithin's ein paar Klassen über mir.«

»Die Frau hat ihn erschossen, hab ich gehört. Stimmt das?«

»Wie es scheint.«
»Wo war das?«
»In Ihrem Haus.«
»In Merry Hill?«
»Ja.«
»Du lieber Gott. Das hätte doch die Maklerin aufs Tapet bringen müssen.«
»Vielleicht hat sie es nicht gewußt; das ist alles vor fünfunddreißig Jahren passiert. Die Leute vergessen.«
»Sind das hier lauter Protestanten?« Elias wechselte oft das Thema, wie Laurance bemerkte, als dächte, als würde er schon an etwas anderes, während er über eine Sache redete.
»Du lieber Himmel, nein, Elias. Das ist schon vor Jahren abgeschafft worden. Quentin Sullivan, der da drüben mit Herkie Saybrook Karten spielt, ist ein herausragender katholischer Laienpriester, vom Papst zum Ritter geschlagen, und so weiter.«
»Ich möchte gerne hier Mitglied werden, Laurance«, sagte Elias.
Laurance war sehr überrascht, nahm die Karte und schaute sich die Tagesgerichte an. Damit hatte Laurance nicht gerechnet. Das war nicht so einfach, wie seine Schwester Lil dazu zu zwingen, zum Ball der Renthals zu gehen. Mitgliedschaft in diesem Club, den sein eigener Großvater mitbegründet hatte, das war schon etwas anderes.
»Das müssen wir gelegentlich besprechen, Elias«, sagte Laurance.
»Was gibt's da zu besprechen?«
»Darf ich vorschlagen, Sie nehmen entweder den kalten, pochierten Lachs, der wunderbar ist, oder das Hühnerhaschee, das beste in New York?«
»Ich versuch das Haschee.«

»Hervorragend gewählt.« Laurance nahm Block und Bleistift, die Doddsie am Tisch gelassen hatte, und schrieb die Bestellung auf. Dann drückte er eine Tischklingel.

»Schreibt man hier seine Bestellung selbst?«

»Dann gibt's keine Fehler.«

»Ja, Sir, Mr. Van Degan«, sagte Doddsie.

»Da wären wir, Doddsie«, sagte Laurance und reichte ihm das Blatt.

»Keine Vorspeise, Sir?«

»Ich glaube nicht. Wir müssen auf unsere Linie achten, Doddsie.«

»Da brauchen Sie sich keine Sorgen zu machen, Mr. Van Degan«, sagte Doddsie mit Blick auf Van Degans schmale Taille.

»Schaun Sie ja nicht auf meine Taille, Doddsie«, sagte Elias und klopfte sich seinen Bauch. Alle drei lachten. »Ich werde doch eine Vorspeise nehmen. Zum Beispiel einen Salat.«

»Ja, Sir. Mit dem Hausdressing?«

»Thousand Islands.«

»Wir kommen gleich rauf in den Speisesaal, Doddsie.«

Beide schwiegen eine Weile, nachdem der Kellner gegangen war. Herkie Saybrook kam auf dem Weg zum Speisesaal an ihnen vorbei und begrüßte Laurance Van Degan.

»Bin später mit dem jungen Van Degan zum Squash-Spielen verabredet«, sagte Herkie.

Laurance Van Degan strahlte immer, wenn der Name seines Sohnes fiel. »Mr. Saybrook, Mr. Renthal«, sagte er.

»Ist mir eine Ehre, Mr. Renthal. Darf ich Ihnen Quentin Saybrook vorstellen? Elias Renthal.«

»Freut mich. Freut mich«, sagte Elias. »Ich hab grade zu Larry gesagt, wie nett dieser Club doch ist.«

Keiner hatte Laurance Van Degan je Larry genannt. Selbst als Kind hatte er keinen Kosenamen gehabt. Laurance erstarrte, aber er wollte Elias nicht vor anderen Leuten zurechtweisen, sondern lächelte und blinzelte Herkie Saybrook zu, als wäre er amüsiert.

»Wir sehn uns oben«, sagte Laurance.

»Netter Kerl, dieser Herkie Saybrook«, sagte Elias.

»O ja, guter Freund meines Sohnes.«

»Und was ist jetzt?«

»Was ist jetzt womit?«

»Mit meinem Beitritt in den Club.«

»Elias, so einfach ist das nicht. Wir müßten mit Opposition rechnen.«

»Was für Opposition?«

»Alle Mitglieder des Butterfield müssen in New York geboren sein.«

»Quentin Sullivan ist in Pittsburgh geboren.«

»Es gibt gelegentliche Ausnahmen.«

»Was muß ich machen, um beizutreten?«

»Es muß Sie ein Mitglied auffordern, das schon mindestens zwanzig Jahre dabei ist.«

»Das sind Sie.«

»Sie brauchen Empfehlungsschreiben von sechs anderen Mitgliedern.«

»Das dürfte nicht schwierig sein.«

»Ah, ich glaube doch.«

»Ich hab ein paar Leuten, die ich hier herumlaufen sehe, schon unter die Arme gegriffen«, sagte Elias.

»Wir sollten nach oben ins Eßzimmer gehn«, schlug Laurance vor.

»Ich bin am Verhungern.«

»Noch etwas, Elias.«

»Was denn?«
»Wenn die Person, die zur Mitgliedschaft vorgeschlagen wurde, abgelehnt wird, muß derjenige, der sie vorgeschlagen hat, austreten.«
»Das ist die beste Neuigkeit bis jetzt.«
»Wie das?«
»Laurance Van Degan bitten, aus dem Butterfield auszutreten. Da lachen ja die Hühner. Jetzt kann ich's aber kaum erwarten, die berühmte Treppe hochzugehn.«

Am folgenden Samstag, am siebzehnten Loch des Maidstone Club in East Hampton, Long Island, sagte Laurance Van Degan zu seinem Sohn, dem jungen Laurance: »Ich möchte, daß du einen Brief für Elias Renthal schreibst.«
»Was für einen Brief, Dad?«
»Für eine Mitgliedschaft im Butterfield.«
»Du machst Scherze.«
»Mach ich nicht.«
»Ich trau wohl meinen Ohren nicht.«
»Es würde mir sehr viel bedeuten, Laurance«, sagte sein Vater.
»Elias Renthal? Herkie Saybrook hat mir erzählt, er habe neulich Larry zu dir gesagt. Herkie hat gesagt, er habe gar nicht mehr gewußt, wo er hinschaun soll.«
»Ja, er hat tatsächlich Larry zu mir gesagt, aber schau, er hat es nicht gewußt.«
»Es gibt so viele Clubs, denen er beitreten könnte, Dad, aber nicht dem Butterfield. Das kann doch nicht dein Ernst sein.«
»Doch, das ist mein Ernst.«
»Du hast Whelan O'Brian nicht beitreten lassen, als dein alter Freund Sonny Thomas ihn vorgeschlagen hat.«

»Ich wäre dir dankbar, wenn du Herkie Saybrook bitten würdest, auch einen Brief zu schreiben«, sagte Laurance, als hätte sein Sohn nichts gesagt. »Ich brauche sechs Briefe.«

31

Gus hob beim ersten Klingeln den Hörer ab, weil er dachte, es sei Peach aus Kalifornien, die ihn anrufen wollte, nachdem sie mit Mr. Feliciano geredet hatte. Aber es war Matilda Clarke.

»Oh, Gus, gut, daß du zu Hause bist.«

»Ja«, erwiderte Gus.

»Ich möchte gerne vorbeischaun.«

»Wann?«

»Jetzt.«

»Ich geh um acht Uhr zum Essen.«

»Ich bin in zehn Minuten da.«

»Ist irgend etwas passiert?«

»Du lieber Himmel, nein. Ich wollte dich nur schnell auf einen Drink besuchen.«

Gus zog sich fertig an. Dann rief er Peach in Kalifornien an.

»Ich bin's, Gus«, sagte er.

»Ich wollte dich anrufen«, erwiderte Peach.

»Ich hab drauf gewartet.«

»Ich wollte bis fünf warten.«

»Warum?« fragte er, obwohl er die Antwort kannte.

»Ab fünf ist es billiger.«

»Du lieber Himmel, Peach«, sagte Gus. Das war immer ein Streitpunkt gewesen. Peach war eine sparsame Reiche, selbst in Beinahe-Notfällen. »Da wär ich schon unterwegs gewesen.«

»Ja, also, ich hab mit deinem Privatdetektiv geredet.«
»Was wollte er?«
»Er sagt, er wird heiraten.«
»Er ist schon verheiratet. Mit jemandem namens Wanda. Sein Büro ist mit Bildern von ihr gepflastert.«
»Nein, Gus, nicht Mr. Feliciano. Er hat gesagt, Lefty Flint wird heiraten, sobald er entlassen ist.«
Gus schwieg.
Peach fuhr fort. »Jemanden, mit dem er während seiner ganzen Zeit im Gefängnis korrespondiert hat. Du kennst doch diese Irren, die Gefangenen Briefe schreiben und sich dann in sie verlieben. Eine von denen.«
»Wie heißt sie?«
»Marguerite irgendwie. Sie hat eine Bar in Studio City, er wird da arbeiten, wenn er rauskommt.«
»Ist Marguerite irgendwie von Sinnen?«
»Vielleicht hat sie keine Sinne.«
»Ich muß aufhören. Da klingelt jemand.«
»Gut.«
»Peach, ich komm vielleicht für einen Tag.«
»Ich werd nirgends hinfahren.«
Auf dem Weg zur Tür zog er sich seine Smokingjacke an. Matilda Clarke und Ned Manchester standen vor der Tür.
»Was bist du schick, Gus!« sagte Matilda. »Gus ist einer der beliebtesten Männer New Yorks«, fügte sie hinzu und drehte sich zu Ned. »Ihr kennt euch doch? Ned Manchester. Gus Bailey.«
»Ostern bei Lil Altemus«, sagte Gus.
»Genau«, erwiderte Ned. Er schien etwas verlegen. »Reizend, Ihre Wohnung«, sagte er zu Gus.
»Nicht wahr«, stimmte Matilda zu. »Genau das richtige Maß von Schäbigkeit.«

Gus lachte. »Was für Komplimente! Wie wär's mit einem Drink in etwas angeschlagenen Gläsern?«

»Einen Scotch für mich«, sagte Ned.

»Wein für mich«, sagte Matilda. Gus ging in die Küche. Als er draußen war, zeigte Matilda auf ein Foto seiner Tochter auf einem Tisch und flüsterte das Wort *tot*.

»Ich hab Constantine de Rham heute bei Clarence's gesehen«, berichtete Matilda, als Gus mit den Drinks zurückkam.

»Ist er raus?« fragte Gus.

»Schaut aus wie hundert«, sagte Matilda.

»Bauchschüsse machen alt«, sagte Manchester.

»Hast du mit ihm geredet?« fragte Gus.

»Du lieber Himmel, nein«, sagte Matilda. »Er hatte diese junge Frau mit der Evita-Peron-Frisur dabei.«

»Yvonne Lupescu heißt sie«, sagte Gus.

»Sie hat Schwester gespielt und ihn zum Tisch geführt.«

»Seltsames Paar«, sagte Ned.

»Ich bin sicher, sie hat auf ihn geschossen«, sagte Matilda.

»Das ist eine Theorie«, erwiderte Gus. Während der anschließenden Gesprächspause überlegte er sich, was wohl der Zweck dieses Besuchs war.

»Wann mußt du los, Gus?« fragte Matilda.

»Eigentlich sofort«, sagte Gus. »Ich geh zu Maisie Verdurin, und da darf man nicht zu spät kommen. An um acht Uhr. Ab um elf. Wie die Uhr.«

»Loelia und Mickie gehn auch zu Maisie«, sagte Matilda zu Ned.

»Glückliche Maisie«, sagte Ned. In seiner Stimme schwang ein Hauch von Bitterkeit.

»Hör mal, Gus«, sagte Matilda. »Mein Sohn ist gerade aus Santa Barbara zu Besuch. Er hat meine kleine Absteige

total auf den Kopf gestellt. Würde es dir sehr viel ausmachen, wenn wir bleiben würden, nachdem du gegangen bist?«
Gus begriff sofort. Ned wandte sich ab und schaute sich die Bücher auf dem Couchtisch an. Gus lächelte Matilda zu.
»Kein Problem«, sagte Gus, nahm sein Glas und ging in die Küche. Matilda folgte ihm.
»Wir haben für neun Uhr eine Reservierung in dem kleinen französischen Restaurant um die Ecke«, fuhr Matilda fort. »Ich meine, hier ist es doch so gemütlich.«
»Kein Problem«, erwiderte Gus.
Matilda drehte den Wasserhahn auf und spülte Gus' Glas aus. »Untersteh dich und sag, ich bin ein loses Frauenzimmer, Gus Bailey«, flüsterte sie.
»Wer hat das behauptet?« fragte Gus.
»Du denkst es.«
»Nein, du«, sagte Gus lachend.
»Er ist so einsam, seit Loelia weg ist«, sagte Matilda.
»Du weißt ja, wo die Gummis sind«, sagte Gus.
»Du bist *furchtbar*«, sagte sie lachend. »Ich könnte den netten Liftboy bitten, hinter uns abzusperren, wenn wir gehen.«
»Klar«, sagte Gus.
»Möchtest du am Wochenende aufs Land rauskommen?« fragte Matilda bei ihrer Rückkehr ins Wohnzimmer.
»Ich bin unterwegs«, antwortete Gus.
»Wieder eine geheimnisvolle Reise? Ned, dieser Mann führt bestimmt ein Doppelleben. Eines Tages wird sich rausstellen, daß er ein Killer ist und gar kein Schriftsteller.«

»Gus, ich war hingerissen von dem Artikel, den du in der *Times* über uns geschrieben hast«, sagte Ruby Renthal bei Maisie Verdurin.

»Danke«, sagte Gus.

»Du bist ein echter Kumpel und hast diese dämlichen Sachen nicht geschrieben, die ich dir gesagt habe«, sagte Ruby.

»Ich hab's doch versprochen.«

»Viele von euch Typen sagen, sie tun's nicht, und tun's dann doch«, erwiderte Ruby. Gus bemerkte, daß die Leute Ruby so anstarrten wie sonst Filmstars.

»Wenn ich es getan hätte, hättest du mich nicht zu deinem Ball eingeladen, und da will ich unbedingt hin«, sagte Gus. Beide lachten.

Maisie Verdurins Dinners waren immer das Barometer für den Status von Geschäftsleuten. Falls jemand noch nicht begriffen haben sollte, wie weit oben Ruby und Elias Renthal jetzt waren, so wurde es ihm heute abend klar. Elias saß zu Maisies Rechter, dieser Ehrenplatz war sonst Kabinettsministern und Expräsidenten vorbehalten. Rubys Plazierung hatte Maisie einiges Kopfzerbrechen bereitet, aber schließlich hatte sie sich entschlossen, ihre eigene eiserne Regel, Ehepaare nie zusammen an einen Tisch zu setzen, zu brechen, und Ruby gegenüber von sich gesetzt, zwischen die Topmanager einer Fluglinie und einer Ölgesellschaft. Schließlich mußte gezeigt werden, daß Ruby genauso wichtig war wie ihr Mann.

»Mrs. Renthal hat noch nie zweimal dasselbe Kleid getragen«, sagte Rochelle Prud'homme zu Maisie. Rochelle hatte die Renthals während ihres Aufstiegs ignoriert, aber jetzt hatte sie sich der Allgemeinheit angeschlossen und pries die beiden bei jeder Gelegenheit, besonders seit sie sich entschlossen hatten, den pompösesten Ball der Neuzeit zu geben. »Ich höre, Ezzie Fenwick berät sie in Sachen Kleidung.«

»Ist sie nicht bildschön?« hatte Maisie erwidert. »Ich finde, sie ist die schickste Frau in New York.« Maisie erwähnte nicht, daß sie noch nie zuvor Kunden wie die Renthals gehabt hatte, obwohl sie Jamesey Crocus, ihren privaten Kurator, nicht ausstehen konnte. Elias' Kaufrausch hatte sich inzwischen etwas gelegt, er tauschte nur noch gelegentlich ein besseres Werk eines Malers gegen eins von seinen ein. Maisie, wie immer auf der Suche nach neuen Wänden zum Füllen, beschäftigte sich jetzt mit Reza Bulbenkian, einem der neuen Leute, dessen Reichtum unschätzbar war. Sie hatte ihn und seine Frau Babette ebenfalls eingeladen, aber sie saßen an einem weniger begehrten Tisch. Die Bulbenkians waren in der Gesellschaft ebenfalls auf dem Weg nach oben, aber nicht in derselben Elitegruppe wie die Renthals. Aber auch sie standen auf der Liste der reichsten vierhundert, die Mr. Forbes einmal jährlich herausbrachte.

»Wer in aller Welt ist dieser Reza Bulbenkian?« hatte Loelia Ruby nach dem Durchlesen der Liste gefragt.

»Man sieht ihn bei Wohltätigkeitsveranstaltungen«, erwiderte Ruby. »Er kauft immer mehrere Tische und füllt sie mit Leuten, die keiner je gesehen hat.«

»Der mit den Haaren in den Ohren?« fragte Loelia.

»Genau. Und mit der Frau, die etwa dreihundert Pfund wiegt.«

Maisie Verdurin hatte Reza Bulbenkian an ihren drittbesten Tisch gesetzt, neben Yvonne Lupescu und Babette, mit der er seit dreißig Jahren verheiratet war.

»Wunderbar, Ihr Toupet«, sagte Yvonne Lupescu zu Reza Bulbenkian. »Keiner würde es je merken.«

Bis jetzt hatte Bulbenkian seine Tischnachbarin ignoriert und versucht, Elias' Aufmerksamkeit zu erhaschen, weil er unbedingt zum Ball der Renthals eingeladen werden wollte. Jetzt drehte er sich wütend zu Yvonne Lupescu, denn er glaubte, keiner, nicht einmal seine Frau, wüßte von dem Toupet, nahm ihre Tischkarte und entdeckte, daß sie eine Baroneß war. Ab dann widmete er sich nur noch ihr, sie war eine bezaubernde Tischnachbarin, deren diamantberingte Finger den Weg zu der Schwellung zwischen seinen Schenkeln unter Maisie Verdurins jungfräulich weißem Tischtuch fanden, während sie ihm Geschichten von ihrer Großmutter und König Zog von Albanien erzählte.

An Maisies Tisch hielt Ruby die Gesellschaft mit Geschichten aus dem Weißen Haus in Bann. »Neulich saß ich neben dem Vizepräsidenten«, sagte sie. »Ich hab zu ihm gesagt: ›Sie müssen sich eine neue Brille zulegen, Sir. Mit einer randlosen Brille wird man nicht zum Präsidenten der Vereinigten Staaten gewählt.‹«

»Das haben Sie doch nicht wirklich zum Vizepräsidenten gesagt?« fragte Maisie Verdurin entsetzt.

»Hab ich doch, und er wird sich eine andere zulegen. Ganz bestimmt, Maisie. Achte im Fernsehen drauf.«

»Wie war's denn so im Weißen Haus?« fragte Maisie sehnsüchtig. Eine Einladung dorthin war ihr größter Traum.

»Recht hübsch das Ganze«, sagte Ruby. »Die First Lady hatte rosa Geranien in den Fingerschalen, Maisie. Das müssen wir alle probieren.«

Elias blinzelte seiner Frau über den Tisch zu. Sie antwortete mit einem Lächeln. Zwei Dinge wußte er mit Sicherheit: Er war der fünftreichste Mann Amerikas, und er hatte die perfekte Frau geheiratet. Ruby war für die große Gesell-

schaft geboren, und er nörgelte zwar, weil sie fast jeden Abend ausgingen, genoß es in Wirklichkeit aber genauso wie Ruby. Mit seinen beiden anderen Frauen wäre er nie so weit nach oben gestiegen, das wußte er genau.
Ruby hatte sich heute nachmittag nicht widersetzt, als Elias ihr sagte, er würde ihr einen Teil seines Vermögens überschreiben; falls es dann, wider Erwarten, Schwierigkeiten geben würde, wäre das Geld in ihrem Namen in Sicherheit.
»Wir sind ein Team«, hatte er zu ihr gesagt.
»Ein tolles Team«, hatte sie ihm zugestimmt. In diesem Augenblick war sie die glücklichste Frau der Welt, kein Mann war so anziehend wie der ihre.
Ruby behauptete zwar, sie verstehe von Geschäften nichts, aber inzwischen las sie den Wirtschaftsteil der Zeitung mit demselbem Interesse wie letztes Jahr die Gesellschaftskolumne und wußte genau Bescheid, wieviel Geld Elias wann gemacht hatte.
Maisie Verdurin war wie vom Donner gerührt gewesen, als Ruby Renthal erzählt hatte, sie sei im Weißen Haus eingeladen gewesen. Sie ließ einen angemessenen Zeitraum verstreichen und sagte dann ganz beiläufig zu Elias: »Ich hab gar nicht gewußt, daß Ruby mit der First Lady so befreundet ist.«
»O ja«, sagte Elias stolz. »Die First Lady schätzt Ruby sehr, seit Ruby dem Weißen Haus das Geschenk gemacht hat.«
»Welches Geschenk?« fragte Maisie.
»Sie hat die Konsolen, die sie auf der Orromeo-Auktion in London gekauft hat, die mit den eingelegten Widderköpfen, dem Weißen Haus für den Green Room geschenkt.«
»Meiner Treu«, sagte Maisie.

»Nachdem die First Lady in der Wohnung zum Essen gewesen war, hat Ruby sie dem Weißen Haus geschenkt. Sie hat gesagt, das Land sei so gut zu ihr gewesen und sie wolle dem Land etwas dafür schenken.«

»Die First Lady war in Rubys Wohnung zum Lunch?« fragte Maisie.

»Wenn ich Ihnen ein kleines Geheimnis verrate, Maisie, werden Sie doch keinem davon erzählen, oder?«

»Ich? Niemals –«

»Wenn das herauskommen würde –«

»Meine Lippen sind versiegelt«, sagte Maisie.

»Die First Lady könnte vielleicht zum Ball kommen, wenn ihr Terminkalender es gestattet und sie es schafft, am selben Tag noch ein Waisenhaus in Harlem zu besuchen.«

»Meiner Treu«, sagte Maisie.

Kein anderes Gesprächsthema aus Maisie Verdurins Gesellschaft machte so schnell die Runde wie die Nachricht, die First Lady könne eventuell zum Ball der Renthals kommen.

32

Im Ambassador-Club der Fluglinie beobachtete Gus, wie Filmstar Faye Converse eintrat und welches Aufsehen sie sogar unter den Topmanagern erregte, die hier auf ihre Maschinen warteten. Faye Converse trat zwar nur noch gelegentlich in Miniserien im Fernsehen auf, aber wenn sie erschien, gab es immer noch großen Auflauf. Sie setzte sich und ließ sich eine Limonade bringen.

»Sind Sie das, Gus?« rief sie ihm zu, als sie seiner ansichtig wurde.

»Hallo, Faye«, sagte er, stand auf und ging zu ihr.

»Das sieht Ihnen wieder ähnlich, mich keines Blickes zu würdigen«, sagte sie.

Beide lachten.

»Sie sehen fabelhaft aus, Faye«, sagte er.

»Das klingt schon besser«, sagte sie. »Sie wissen doch, wie sehr ich Komplimente liebe. Ich wette, Sie hätten nicht mal guten Tag gesagt, wenn ich Sie nicht entdeckt hätte.«

»Doch, hätte ich schon. Ich wollte nur warten, bis sich die Aufregung gelegt hat.«

»Fliegen Sie nach L. A.?«

»Ja. Für einen Tag.«

»Der Artikel, den Sie über mich geschrieben haben, hat mir gefallen.«

»Danke.«

»Immer noch brav, sehen Sie«, sagte sie und hielt ihre Limonade hoch.

»Ich auch«, sagte er und zeigte sein Glas.
»Das ist meine Sekretärin, Brucie Hastings. Gus Bailey.«
»Oh, ich habe Ihren Artikel über Faye gelesen«, sagte die junge Frau neben ihr.
Gus schüttelte ihr die Hand. Ihr Händedruck war sehr sanft.
»Arbeiten Sie momentan?« Gus hatte sich wieder Faye zugewandt.
»Ich spiele in *Judas Was a Redhead.* Haben Sie's gelesen? Tolles Buch.«
»Nestor Calder ist ein Freund von mir«, sagte Gus.
»Ich spiele Magdalena. Die alternde Nutte mit dem Herzen aus Gold«, meinte sie.
»Perfekt«, sagte Gus.
»Wie finden Sie das, Brucie? Haben Sie gehört, was dieser Bastard zu mir gesagt hat? Er hat gesagt, ich sei die perfekte Besetzung für eine alternde Nutte.«
Brucie lachte. Auf Gus wirkte sie sehr zerbrechlich.
»Sind Sie in der ersten Klasse, Gus, oder reisen Sie immer noch billig?«
»Billig.«
»Geben Sie mir Ihr Ticket, Brucie. Lassen Sie Gus' Ticket auf erste Klasse umschreiben, damit er neben mir sitzen kann, und Sie nehmen seinen Platz. Ich muß ein paar Dinge mit Gus besprechen.«

Nach einiger Zeit belangloser Konversation sagte Gus: »Deshalb haben Sie Brucie doch nicht auf meinen Sitz verbannt, nun lassen Sie schon die Katze aus dem Sack.«
Beide lachten.
»Na schön«, sagte sie. »Sie kennen doch einen gewissen Elias Renthal, nicht wahr?«

»Ein bißchen. Ich hab seine Frau und ihn interviewt.«

»Ich hab's gelesen«, sagte Faye. »Er ist doch sehr reich, richtig?«

»O ja, sehr reich.«

»Großzügig?«

»Worauf wollen Sie hinaus, Faye? Ich glaube nicht, daß er einen Film finanzieren würde, wenn Sie das im Sinn haben.«

Faye schüttelte den Kopf. Sie schaute aus dem Fenster und sagte: »Brucie, meine Sekretärin.«

»Die auf dem billigen Platz?«

»Sie stirbt.«

»O nein.«

»Sie hat diese schreckliche Krankheit«, sagte Faye.

»O Gott«, sagte Gus.

»Sie ist mit einem Tänzer verheiratet. Er hat es auch. Sie verstehen.«

»Ich verstehe.«

»Ich versuche, Geld zur Bekämpfung dieser Krankheit aufzutreiben, sehr viel Geld. Glauben Sie, Mr. Renthal würde mir helfen?«

»Ich weiß es nicht. Er spendet für die Oper, er spendet für das Ballett und die Museen. Ob er das für die Krankheit macht, weiß ich nicht. Bis jetzt beteiligt er sich nur an Wohltätigkeiten, die ihn gesellschaftlich weiterbringen.«

»Ich möchte nur, daß Sie mich Mr. Renthal vorstellen, Gus, dann kann ich alleine weitermachen«, sagte Faye.

»Faye, Sie sind eine berühmte Frau. Sie brauchen mich doch nicht, um Elias Renthal kennenzulernen.«

»Er hat mich nicht zurückgerufen.«

»Das kann ich nicht glauben.«

»Er hat zwei Anrufe nicht erwidert.«

»Was hat die Sekretärin gesagt?«
»›Weiß er, worum es sich handelt?‹ hat sie gefragt.«
Gus schüttelte den Kopf. »Seine Frau ist die Schlüsselperson«, sagte er. »Er macht alles, was sie ihm sagt. Sie heißt Ruby.«
»Ich hab ihr Bild in Illustrierten gesehen. Hübsch.«
»Sehr hübsch«, sagte Gus. »Und auch sehr nett.«
»Können Sie ein Treffen mit ihr arrangieren?«
»Ich glaube schon. Ihr hat der Artikel gefallen, den ich über sie geschrieben habe. Ich arrangier ein Lunch.«
»Bei Clarence's. Da wollt ich schon immer mal hin.«
»Okay, hoffe ich zumindest.«
»Danke, Gus. Was ich noch sagen wollte. Tut mir sehr leid, was da mit Ihrer Tochter passiert ist.«
Gus nickte.
»Ich hab damals in Italien gefilmt, sonst hätte ich geschrieben«, sagte sie.
Gus nickte.
»Ich versteh nicht, wie Sie sich unter solchen Umständen so gut verhalten konnten. Wenn mir das passiert wäre, hätte ich das Schwein erschossen.«
Gus nickte. Solche Dinge sagten die Leute immer zu ihm.

Gus war für kurze Zeit geblendet, als er aus dem grellen Sonnenlicht in die dunkle Bar trat. Es dauerte ein paar Momente, bis er sich zurechtgefunden hatte. Es war zwei Uhr nachmittag, und die Bar war leer. Nur eine junge Frau saß an der Kasse und addierte Quittungen.
»Kann ich Ihnen was bringen?« fragte sie Gus, als er sich auf einen Barhocker setzte.
»Perrier«, sagte er.
»Perrier ist aus.«

»Coke?« fragte er.
Sie stand auf, legte die Quittungen auf die Kasse, nahm einen Bierkrug, warf ein paar Eiswürfel hinein und füllte ihn mit Cola.
»Es ist Pepsi«, sagte sie und stellte ihm das Glas hin. Sie war hübsch, noch keine dreißig, und schaute ihn an, als wisse sie, daß er nicht um zwei Uhr nachmittag hierhergekommen war, um Pepsi Cola zu trinken. Sie trug eine dünne Bluse, durch deren Stoff man ihre BH-Träger sehen konnte.
»Sind Sie Marguerite?« fragte er.
»Was kann ich für Sie tun?« fragte sie, ohne seine Frage zu beantworten.
»Ich wollte Sie etwas fragen.«
»Was denn?«
»Ist es wahr, daß Sie mit Lefty Flint verlobt sind?«
»Wer sind Sie?«
»Stimmt es?«
»Was, zum Teufel, geht das Sie an?«
»Der Mann ist ein Killer. Er hat ein junges Mädchen ermordet.«
»Wer, zum Teufel, sind Sie?«
»Ich bin der Vater des Mädchens, das er ermordet hat.«
»Er war betrunken, als er das gemacht hat. Jetzt trinkt er nicht mehr. Das war eine einmalige Sache. Er hat mir alles erklärt.«
»Dann wissen Sie, was er gemacht hat?«
»Ja.«
»Und Sie wollen ihn trotzdem heiraten?«
»Sie gehen jetzt besser, Mr. Bailey.«
»Da haben Sie recht«, sagte Gus. Er war ausgelaugt, blaß, fertig. Ihre Blicke trafen sich für einen Moment.

»Wiedersehn«, sagte er.
»Wiedersehn«, erwiderte sie.
»Hier ist eine Telefonnummer und ein Name. Wenn Sie Schwierigkeiten haben, rufen Sie da an.«
»Wessen Telefonnummer ist das?«
»Meine nicht. Nur wenn Sie Probleme haben. Heben Sie sie auf.«
»Ich werde keine Probleme haben, Mr. Bailey.«
»Ich hoffe nicht, Marguerite. Ich wünsche es Ihnen von ganzem Herzen.«
Er drehte sich um und ging aus der Bar.
Marguerite nahm die Karte. Es waren die Telefonnummer und der Name Anthony Felicianos.

»Kann ich runter in deinen Keller gehn?« fragte Gus.
»Wozu?« fragte Peach.
»Ich such etwas, das ich vielleicht beim Ausziehen vergessen habe«, erwiderte er.
»All deine Sachen sind nach New York geschickt worden«, sagte Peach.
»Ich finde etwas nicht.«
»Was?«
»Ein paar Briefe, die mein Vater mir während des Kriegs geschickt hat.«
»Na schön«, sagte sie.
Irgendwo in einer Truhe oder einem Schrank war eine schwarze Lederschachtel mit einer Medaille für Tapferkeit und daneben eine Luger, die von der Leiche eines Soldaten stammte.

Im Waffengeschäft wartete er, bis der Laden leer war, und schaute sich in den Regalen um.

»Kann ich Ihnen helfen?« fragte der Verkäufer.
»Ich habe eine deutsche Luger aus dem Zweiten Weltkrieg«, sagte Gus. Er öffnete und nahm die Waffe heraus.
»Eine Schönheit«, sagte der Verkäufer. »Ist eine Stange Geld wert. So etwas wird gar nicht mehr produziert. Ist sie zu verkaufen?«
»Nein«, erwiderte Gus. »Ich möchte sie wieder funktionsfähig machen lassen. Könnten Sie das machen?«
»Wie eilig haben Sie's denn?«
»Nicht besonders«, erwiderte Gus.
»Eine Woche, zehn Tage? Die Jagdsaison hat angefangen. Wir haben momentan sehr viel zu tun.«
»Kein Problem. Ich lebe in New York, nicht hier, und ich bin erst in etwa einem Monat wieder hier, dann könnte ich sie abholen.«
»Sie müßten eine Anzahlung machen.«
»Wieviel?«
»Fünfundsiebzig.«
Gus bezahlte.
»Ist sie registriert?«
»Nein.«
»Name?«
»Gene Mertens.«

33

Die Einladungen zum Ball der Renthals, geschrieben von ihrem Kalligraphen, waren in der Post, und ganz New York war in heller Aufregung. Ezzie Fenwick hatte sich selbst zum persönlichen Fürsprecher Ruby Renthals gemacht und sagte einigen Leuten, er könne ihnen eventuell Einladungen besorgen, quasi als habe er die Gästeliste mit ihr aufgesetzt, was nicht ganz der Wahrheit entsprach. Diejenigen, die keine Einladung bekommen hatten, zogen sich früher als sonst auf ihre Sommersitze zurück.

Keiner war so betroffen, weil er nicht eingeladen war, wie Constantine de Rham, der inzwischen von seiner Schußwunde fast wieder genesen war.

Als Elias Renthal noch mit Gladyce, seiner zweiten Frau, verheiratet gewesen war, hatte ihm Constantine de Rham sein Haus am Sutton Place für seine Treffen mit Ruby zur Verfügung gestellt. Constantine war für seine Dienste fürstlich entlohnt worden, aber trotzdem fand er, er habe Anspruch auf eine Einladung, und schmollte jedesmal, wenn er in der Zeitung von dem Fest las, obwohl sein etwas angekratzter Ruf und seine Affäre mit Yvonne Lupescu jeden weiteren Kontakt mit den Renthals unmöglich gemacht hatten. Die Sache wäre im Sande verlaufen, hätten Renthal und de Rham sich nicht zufällig im Anprobezimmer von Sills getroffen, dem Schneider Lord Biedermeiers.

Constantine de Rham sagte zu Elias: »Ich habe mich gefragt, ob da etwas schiefgelaufen ist.«
»Schiefgelaufen? Was?«
»Ich hab keine Einladung zu Ihrem Ball bekommen.«
»Viele Leute haben keine Einladung bekommen. Es passen eben nur vierhundert Leute in meinen Ballsaal.«
»Ich verstehe«, sagte Constantine de Rham.
Mr. Sills kam ins Ankleidezimmer, um nachzusehen, wie sein Schneider, Sal, mit der Anprobe zurechtkam. De Rham lehnte sich gegen die Wand und schaute Elias im Spiegel direkt in die Augen.
»Wissen Sie noch, wie Sie Miss Ruby Nolte in meinem Haus am Sutton Place gefickt haben, Elias?« fragte er. »Als Sie nirgendwo anders hingehn konnten, weil Ihre Frau, Gladys, so mißtrauisch war.«
Sal spuckte vor Schreck seine Nadeln auf den Boden. Mr. Sills merkte sofort, daß er sehr ungelegen kam, gab Sal ein Zeichen, und die beiden verließen den Raum.
Elias wußte, wann er bei einer Geschäftsverhandlung nachgeben mußte. »Ich werd dafür sorgen, daß Sie eine Einladung bekommen, de Rham.«
»Das ist sehr nett, Elias«, sagte Constantine, wieder ganz der große Charmeur.
»Nur eins.«
»Ja, Elias.«
»Die Einladung gilt für Sie alleine, nicht für Sie und Mrs. Lupescu.«
»Das macht die Sache aber etwas problematisch für mich.«
»Ihr Problem.«
»Aber Yvonne wird so enttäuscht sein.«
»Ruby wird Yvonne keinesfalls auf ihrer Party dulden nach ihrem Auftritt bei der Altemus-Hochzeit.«

»Bei der Altemus-Hochzeit?«
»Sie ist ohne Einladung einfach gekommen. Das müssen Sie doch wissen.«
Constantine hatte nichts davon gewußt.
»Sie hat auch noch zu allem Überfluß den Brautstrauß gefangen«, sagte Elias verächtlich.
Constantine errötete vor Scham über die Unverschämtheit seiner Mätresse.
»O ja«, fuhr Elias fort. »Yvonne ist bei Lil Altemus nicht sehr gut angeschrieben. Oder bei Janet Van Degan. Und die kommen beide zum Ball. Also, entweder Sie alleine oder gar nicht.«
»Dann hinterlassen Sie mir doch die Einladung lieber in Ihrem Büro. Dann sieht sie keiner außer mir.«
»Wie Sie wünschen«, sagte Elias, der seinen Anzug wieder anhatte und bereit war zu gehen. »Dann möchte ich dir noch was sagen, du ausländisches Stück Scheiße«, sagte er. Keine Spur mehr von seinem gutmütigen Charme. »Es war das Haus deiner toten Frau, und du Zuhälter bist gut für deine Dienste bezahlt worden. Also versuch ja nie wieder, mich zu erpressen. Was ich alles über dich weiß, könnte dich direkt ins Gefängnis bringen.«
Constantine war von seiner Wunde noch sehr geschwächt und ließ sich nach Elias' Angriff leichenblaß in seinen Stuhl fallen.
»Wir sehn uns beim Ball, Constantine«, sagte Elias. »Und noch eins. Versuch dran zu denken, an dem Abend ein Bad zu nehmen, und sprüh dir deine feuchten Achselhöhlen ein.«
Falls Elias gehofft hatte, ihn durch diese Beleidigungen davon abzuhalten, sich die Einladung zu holen, hatte er sich verrechnet. Gleich am nächsten Tag kam Constantine

in Renthals Büro und holte sich die Einladung, auf der Rubys Kalligraph *Ohne Begleitung* geschrieben hatte, damit es keine Mißverständnisse geben konnte, Mrs. Lupescu war nicht geladen.

Am Damentag im Butterfield lernte Ruby Renthal Ned Manchester kennen, den verlassenen Mann ihrer guten Freundin Loelia Manchester. Laurance Van Degan stellte die beiden einander vor.

Ruby hatte schon viel über Ned Manchester gehört, von Loelia und anderen. Aber sie hatte sich ihn ganz anders vorgestellt. Er war so blond, wie Mickie schwarz war, rosa Haut im Gegensatz zu Mickies olivfarbener, Lapislazuli-Augen im Gegensatz zu Mickies Onyx-Augen, genauso groß, genauso schlank, nur war seine Figur ein Ergebnis harten Sports, wohingegen Mickie ständig Diäten machte. Ruby konnte sich gar nicht vorstellen, wie man sich in zwei so verschiedene Männer verlieben konnte.

»Ich kenne Ihre Kinder«, sagte Ruby.

»Das hab ich gehört«, erwiderte Ned lächelnd. »Sie haben den Besuch bei Ihnen auf dem Land sehr genossen.«

»Ihr Sohn ist der bestaussehende junge Mann, den ich je kennengelernt habe, und Charlotte ist unglaublich hübsch.«

»Danke«, erwiderte Ned voller Stolz. So hatte er sich Ruby Renthal nicht vorgestellt. Irgendwie erinnerte sie ihn an seine Frau Loelia, vor allem die Art, wie sie redete.

»Sie kennen meine Kinder, Mrs. Renthal, aber ich kenne Ihr Haus. Ich war als Kind oft in Merry Hill zu Besuch. Der Sohn der Grenvilles war mein Freund, als ich klein war.«

»Ich glaube, Sie werden das Haus nicht wiedererkennen«, sagte Ruby.

»Das hab ich auch gehört. Haben Sie immer noch den Tennisplatz im Haus?«

»O ja. Elias spielt jeden Tag, wenn wir auf dem Land sind. Sie müssen kommen und sich das Haus ansehen.«

»Gerne, irgendwann mal.«

»Und Tennis spielen. Elias sucht immer einen vierten Mann.«

Ruby hätte das nie einer Menschenseele eingestanden, nicht einmal Elias, aber sie fragte sich, wie Loelia Mickie attraktiver als Ned finden konnte. Mickie Minardos tanzte wirklich fantastisch, aber wenn's ans Heiraten ging, dann bitte Männer wie Elias. Und Ned. Auch wenn sie zwei linke Füße hatten, wenn's ans Tanzen ging.

34

Gus war schon spät dran und wollte gerade gehen, als das Telefon klingelte.

»Feliciano.«

»Oh, ja«, sagte Gus.

»Wie ich höre, waren Sie in L. A. und haben nicht angerufen.«

»Ich war in einer privaten Angelegenheit da«, sagte Gus.

»Um eine Dame namens Marguerite, der eine Bar in Studio City gehört, zu besuchen.«

Gus hielt inne. »Ja, da bin ich vorbeigekommen.«

»Nicht sehr geschickt, Gus«, meinte Feliciano.

»Ich wollte sie warnen.«

»Das ist nicht Ihr Job, Gus. Sie machen bloß auf sich aufmerksam. Ihr Name darf keinesfalls ins Spiel kommen, wenn das passieren wird, was passieren soll.«

»Ja«, erwiderte Gus. Er fragte sich, ob Feliciano auch von der Pistole wußte, die er im Waffenladen abgegeben hatte.

»Marguerite hat mich angerufen. Sie haben ihr anscheinend meine Karte gegeben. Sie hat Sie für einen Irren gehalten«, sagte Feliciano.

»Ich muß jetzt los«, sagte Gus.

»Es ist Sonntagmorgen. Wohin wollen Sie denn am Sonntagmorgen?«

»Zur Messe«, erwiderte Gus.

Gus Bailey, seit langer Zeit abtrünniger Katholik, hatte in letzter Zeit in aller Stille zu seinem Glauben zurückgefunden. Er selbst verstand diese wiederaufgelebte Zuneigung zu Gott nicht, und eine Zuneigung war es, obwohl er gelegentlich Trost darin fand, sich Lefty Flint tot vorzustellen. Er war überrascht, als er am Sonntag Loelia Manchester einige Reihen vor sich sitzen sah. Sie betete mit der Intensität der Menschen, die nur selten in die Kirche gingen. Einmal, als Gus zu ihr hinüberschaute, sah er, wie sie sich eine Träne abwischte.

Sie entdeckte ihn erst beim Verlassen der Kirche. Ihre melancholischen Augen blitzten mit einemmal wieder, und sie warf sich in Pose wie bei den Fotografen vor der Oper.

»Hallo«, sagte sie.

»Guten Morgen«, erwiderte Gus.

»Süß, nicht wahr, der kleine Meßjunge mit den roten Haaren, mit den Adidas-Schuhen unter dem Kittel? Er konnte es kaum erwarten, bis die Messe zu Ende war, damit er wieder Baseball spielen kann. Richtig süß.« Frömmigkeit war vergessen. Sie war wieder ganz Dame der Gesellschaft.

»Ich hab gar nicht gewußt, daß Sie katholisch sind«, sagte Gus.

»Bin ich auch nicht«, sagte sie. »Ich war spazieren, und da hab ich die Musik gehört und bin einfach reingegangen.«

»In St. James haben sie auch gute Musik«, sagte Gus.

»Stimmt, aber da kenn ich alle Leute, und ich hab nicht gedacht, daß ich hier jemanden treffe. Ich geh nur in die Kirche, wenn ich Sorgen habe.«

»Wie es scheint, haben Sie Sorgen«, sagte Gus.

Loelia schaute Gus an, als wolle sie etwas sagen, aber dann

schien sie sich's anders zu überlegen. »Ich kann dieses ›Friede sei mit euch‹ und Händeschütteln mit wildfremden Leuten einfach nicht ertragen«, sagte sie. »Ich halte meinen Kopf gebeugt und bete wie verrückt, die ganze Messe lang. Ist das schlimm?«

»Ich bin sicher, der Papst erfährt es nicht«, sagte Gus. Sie lachten beide. Sie öffnete ihre Handtasche und nahm eine Zigarette aus ihrem goldenen Zigarettenetui.

»Ich hab kein Feuer«, sagte Gus.

»Aber ich«, sagte sie und zündete sich die Zigarette an. Sie nahm einen tiefen Zug. »Meine Mutter hat immer gesagt, eine Dame raucht nicht in der Öffentlichkeit. Soviel über frühe Erziehung, Mr. Bailey.«

»Gus.«

»Stimmt es, daß mein Mann zum Abendessen in Ihrer Wohnung war?«

»Nein, das stimmt nicht. Bei mir war noch nie jemand zum Essen. Ich kann nicht kochen.«

»Aber er war in Ihrer Wohnung.«

»Er war auf einen Drink bei mir.«

»Wie das?«

»Es war an dem Abend, an dem ich Sie mit Mickie bei Maisie Verdurin gesehen habe.«

»Ich weiß.«

»Eine Freundin ist mit ihm auf einen Drink vorbeigekommen.«

»War diese Freundin Matilda Clarke?«

»Ja.«

»Sie scheint es auf die Männer meiner Familie abgesehen zu haben. Sie hatte einmal eine Affäre mit meinem Vater, während ihr Mann in einem Alkoholikersanatorium war.«

Gus schwieg.

»Nachdem Sie zu Maisies Party aufgebrochen waren, sind Matilda und Ned da bei Ihnen in der Wohnung geblieben?«

»Ich glaube, an dieser Unterhaltung möchte ich mich nicht beteiligen«, sagte Gus.

»Tut mir leid. Natürlich wollen Sie das nicht.«

»In welche Richtung gehen Sie?«

»Rauf.«

»Ich geh runter.«

»Gus. Meine Freunde kennen Sie anscheinend alle, nur ich kenne Sie nicht. Aber wahrscheinlich haben Sie keine Lust, mit mir irgendwann diese Woche Tee zu trinken? Ich wohne im Rhinelander.«

»Klar.«

»Wie wär's mit morgen?«

»Klar.«

Beim Betreten der Suite von Loelia Manchester im Rhinelander Hotel, in dem sie seit ihrem Auszug aus der Wohnung lebte, wurde sich Gus bewußt, daß die Zimmer selbst für diese Übergangsphase den spezifischen Bedürfnissen einer luxusgewohnten Frau angepaßt worden waren. Loelia stand mit dem Rücken zu ihm am Fenster. Als Gus auf sie zugehen wollte, hielt sie die Hand hoch, in der sie eine Zigarette hielt, und brachte ihn zum Stehen. Leonores Ouvertüre aus Beethovens *Fidelio* war auf der Anlage zu hören. Loelia schien wie hypnotisiert bis zum großen Finale. »Bitte verzeihen Sie, Gus. *Fidelio* kann ich einfach nicht widerstehen, besonders nicht der Leonoren-Ouvertüre.«

»Ich glaube, ich komme ungelegen«, sagte Gus.

»Aber nein, Gus«, sagte Loelia. Sie setzte sich und zündete sich noch eine Zigarette an.

Loelia war sehr penibel in allem, nur nicht in ihren Rauchgewohnheiten. Sie rauchte ständig, aber trotzdem fast verstohlen, als hätte man ihr immer und immer wieder gesagt, wie schädlich es sei. Sie drückte die Zigaretten halbgeraucht in dem grünen Meißenschälchen aus, das als Aschenbecher diente, und zündete sich sofort eine neue an.

»Sie wollten doch nicht wirklich Tee, oder?«

»Nein.«

»Lil Altemus sagt, Sie trinken nichts.«

»Das stimmt.«

»Wie wär's mit einer Coke?«

»Perfekt.«

»Ich werde auch eine trinken. Ich trink an die zwanzig Colas am Tag. Ich hab lauter nichtkriminelle Süchte: Zigaretten und Koffein.«

Sie stand auf und ging zum Kühlschrank. Er hörte, wie sie die Tür öffnete und schloß. Hörte Eiswürfel klappern, Flaschen klirren. Er schaute sich im Zimmer um und dachte sich, wie ähnlich sich diese Frauen doch waren. Schalen mit Rosen in allen Blütenstadien standen auf jeder verfügbaren Oberfläche, arrangiert, wie er inzwischen wußte, von Lorenza. Duftkerzen, Petit-Point-Kissen, Körbe für Zeitungen, chintzbezogene Sofas, Fotografien in Silberrahmen. Ihre Häuser waren schön, teuer und austauschbar. Loelia kam mit einem Silbertablett ins Zimmer zurück, auf dem zwei Gläser standen. Sie reichte ihm eine kleine Leinenserviette, auf die er sein Glas stellen konnte, in dem eine dünne Scheibe Zitrone lag.

»Ich habe Angst, Sie könnten lachen.«

»Das werde ich nicht.«

»Den Horcher nennt man Sie.«

»Wer nennt mich so?«
»Ezzie Fenwick. Er sagt, Sie werden über uns alle schreiben.«
»Dann erzählen Sie mir's nicht.«
»Aber ich hab das Bedürfnis, mit Ihnen zu reden.«
»Dann hör ich zu.«
»Ich bin mir sehr wohl der Konsequenzen bewußt, mich in einen Mann wie Mickie Minardos zu verlieben. Ich hätte jede Freundin kritisiert, die dasselbe getan hätte, aber ich kann nicht anders. Es ist wie eine Sucht. Ich kann ihn nicht aufgeben. Ich bete ihn an.«
Gus schwieg.
»Wenn ich nicht bei ihm bin, denke ich ständig an ihn«, fuhr sie fort. »Ich weiß alles über ihn, und es ist mir egal. Ich weiß, daß er mich benutzt hat, um gesellschaftlich in New York hochzukommen, aber es ist mir egal. Er ist sehr oft schlecht gelaunt. Aber wenn er gut gelaunt ist, möchte ich bei niemand anderem auf dieser Welt lieber sein. Und die Versöhnungsgeschenke, die er mir macht, sind immer perfekt, genau richtig.«
Gus schaute aus dem Fenster.
»Sehn Sie, er ist frustriert von seinem Riesenerfolg, weil er Erfolg als Bühnenbildner haben wollte, aber er ist mit dem Designen dieser verdammten Schuhe Millionär geworden, und er haßt sie so sehr. Und seine kreativen Energien werden verschwendet.«
Gus, der Beichtvater, schaute Loelia weiterhin nur an.
»Mickie hat sich in meine Füße verliebt. Haben Sie das gewußt?«
»Woher denn?« fragte Gus.
»Er liebt Füße über alles.«
»Ich verstehe.«

»Ich habe natürlich schon von Leuten gehört, die Füße lieben, aber nie erwartet, einen kennenzulernen.«

»Ja, natürlich.«

»Er mag es, wenn ich Schuhe mit sehr hohen Absätzen trage und schwarze Strümpfe mit Naht. Sehr nuttenhaft. Stellen Sie sich das vor! Er sieht es gerne, wenn ich damit gehe, immer im Zimmer auf und ab, die Augen starr auf meine Füße gerichtet. Dann zieht er mir die Schuhe ganz langsam aus, zuerst den einen, dann den anderen, und tastet wie mit einer Feder meine Waden und meine Fußsohlen ab.«

Gus war peinlich berührt und stand auf. »Haben Sie was dagegen, wenn ich mir noch eine Cola hole?«

Loelia verneinte und fuhr fort. »Meine eigene Mutter hat mir kaum zugenickt, als ich bei Flora Spaldings Beerdigung war. Meine Brüder sind tolerant, aber vorwurfsvoll, und meine Schwägerinnen sind natürlich auf der Seite meiner Mutter. Meine Tochter hat in *Cyrano de Bergerac* in St. Cyprians gespielt und mich zu keiner der drei Vorstellungen eingeladen. Ich hab's nur durch Violet Bastedos Tochter erfahren, die an derselben Schule ist. Gestern, bevor ich Sie in der Kirche getroffen habe, hat mir mein Sohn Bozzie gesagt, er würde seine Sommerferien nicht mit mir verbringen, wenn Mickie in der Nähe wäre. Ich weiß, es ist schrecklich, wenn eine Mutter sagt, sie liebt ein Kind mehr als das andere, aber es ist wahr. Bozzie und ich hatten immer ein ganz besonderes Verhältnis, und jetzt will er wegen Mickie nichts mehr mit mir zu tun haben. Aber ich kann Mickie einfach nicht aufgeben, Gus, ich kann es einfach nicht.«

35

Der Tag des Balls rückte näher, und Lorenza, die Floristin, und Mickie Minardos kämpften Schlachten um die künstlerische Oberhand. Beide riefen ständig bei Ruby Renthal an, um sich über den anderen zu beschweren. Mickie nannte Lorenza eine Verkäuferin und Lorenza Mickie eine Primadonna. Lorenza fand, die Lauben für Lilien, Tulpen und Orchideen würden von den Trauerweiden erschlagen, die Mickie notwendig für seine zehntausend lebendigen Schmetterlinge in Gelb und Orange, die er um Mitternacht fliegen lassen wollte, erachtete, und Mickie fand, die Blumenlauben, die Lorenza für den Ball kreierte, seien lediglich ein Hintergrund für die Fantasie, die er aus Fauna und Flora für den Ball der Renthals schuf. Die Leute sagten auch inzwischen nicht mehr:» Matilda Clarkes Wohnung«, sondern es war für jetzt und zumindest einige Zeit die Elias-Renthal-Wohnung, und Matilda selbst hätte sie, obwohl sie dort zweiundzwanzig Jahre gelebt hatte, nicht mehr erkannt.

Um Mitternacht, in der Nacht vor dem Ball, rückten fünfzig Blumenarrangeure und Kulissenbauer im Triplex der Renthals an, um die Transformation des ersten Stockes in Sitzzimmer und des Ballsaals in ein Märchenland aus Blumen und blitzenden Lichterketten zu verwandeln. Elias, der seinen Schlaf brauchte, war das Gehämmer und Gerede zuviel; er mietete sich kurz entschlossen im Rhinelander ein, um seine Ruhe zu haben.

Die Trauerweiden, auf denen Mickie Minardos bestand, waren viel zu groß für die Lastenaufzüge des Gebäudes, und Kräne wurden gemietet, um sie die sechzehn Stockwerke bis zum Penthouse hochzuhieven. Die Fenster mußten entfernt werden, um die Bäume ins Haus zu kriegen. Als der Kran zwischen dem fünfzehnten und dem sechzehnten Stock steckenblieb, beugte sich ein Arbeiter, Julio Martinez, hinaus, damit die Trauerweide nicht gegen die Fenster der Wohnung darunter stieß, und stürzte ab, ohne einen Schrei, als hätte er seinen Todesfall der exklusiven Umgebung angepaßt.
Elias Renthal, dem es endlich gelungen war, im Rhinelander einzuschlafen, wurde von einem Anruf der völlig hysterischen Ruby geweckt. »Du mußt sofort kommen, Elias, es ist was Schreckliches passiert.«
Für den Fall, daß er immer noch nicht kapiert hatte, wie dringend die Sache war, holte eine Polizeistreife Elias aus dem nur einen halben Block entfernten Hotel ab.
»Eine schreckliche Geschichte«, sagte Elias Renthal, während er mit einer dicken Zigarre in der Hand vor dem Haus auf und ab lief und auf den Krankenwagen wartete, der die schrecklich zugerichteten Überreste von Julio Martinez abtransportieren würde.
»Wir müssen doch nicht die Party absagen, Elias, oder?« fragte Ruby nervös, als die Polizisten und der Vorarbeiter außer Hörweite waren.
Elias, der ausnahmsweise sprachlos war, sah sie an.
»Ich weiß, es klingt furchtbar, aber die First Lady hat zu neunzig Prozent zugesagt. Die Castorias aus England sind im Rhinelander angekommen, und Leute aus aller Welt kommen zu dem Fest. Wir stehen da wie die Idioten.«
»Ich weiß nicht, wie ich das aus den Zeitungen raushalten soll, Ruby«, sagte Elias.

»Knete, Elias, mit Knete«, sagte Ruby. »Du hast einmal gesagt, es gibt nichts, was man mit Knete nicht machen kann.«

»Das wird nicht gut aussehn: Vater von vier Kindern stürzt zu Tode beim Hochheben von Trauerweiden in den sechzehnten Stock in eine Einundvierzig-Zimmer-Wohnung um zwei Uhr morgens, damit Elias Renthal das Schmetterlingsmotto für einen Ball mit vierhundert Gästen aus aller Welt durchziehn kann.«

»Du klingst, als hättest du mal für eine Zeitung gearbeitet.«

»Ja, das wird da stehen. Damit mußt du rechnen.«

»Du kannst doch dafür sorgen, daß es erst nach der Party in den Zeitungen steht. Oder zumindest nur auf den hinteren Seiten.«

»Wie?«

»Du bist die Erfolgsgeschichte in diesem Land. Denk dir was aus, Elias.«

»Hilf mir, Ruby.«

»Wie heißt der arme Mann?«

»Julio Martinez.«

»Er hat vier Kinder?«

»Und eine Witwe.«

»Sobald es hell wird, setzen wir uns in ein Auto und fahren in sein Haus in Queens oder wo immer er wohnt. Nehmen Anwälte mit. Du richtest den Kindern ein Konto ein, damit sie studieren können. Zahl die Hypothek auf das Haus ab. Richte ein Konto für Mrs. äh...«

»Martinez«, sagte Elias.

»Für Mrs. Martinez ein, das ihr ein lebenslanges Einkommen garantiert, das höher als das Gehalt ihres Mannes ist.«

»Das ist eine gute Idee, Ruby«, sagte Elias, der sich inzwischen wieder gefangen hatte.

»Wir werden zur Totenfeier gehn. Wir beten den Rosenkranz. Wir werden Blumen schicken, wie sie sie noch nie gesehn haben, und die Limousinen für die Beerdigung stellen.«

»Was ist mit den Zeitungen?«

»Arbeiter fallen ständig von Kränen. Sorg dafür, daß keine Adresse drinsteht und unsere Namen nicht erwähnt werden.«

»Du bist unglaublich, Ruby«, sagte Elias.

»Hast du eine von deinen Gangsterrollen mit Geld in der Tasche, Elias?« fragte Ruby.

»Ja, warum?«

»Große Trinkgelder für alle Polizisten, alle Portiers und einen Bonus für jeden von der Kranmannschaft, wenn sie die letzte Trauerweide in den sechzehnten Stock gebracht haben.«

Spät am Nachmittag desselben Tages rief Bernard Slatkin seine Frau Justine bei ihrem Friseur Bobo an und bat sie, sie beide bei den Renthals zu entschuldigen, weil er etwas Wichtiges mit ihr zu besprechen hätte.

Justine war am Boden zerstört. Ruby hatte nur vierzig Leute zum Essen vor dem Ball geladen, die Absage würde die ganze Sitzordnung durcheinanderbringen, aber Bernie klang so streng, daß sie nicht zu widersprechen wagte.

Der Kalligraph von Mrs. Renthal nahm ihre telefonische Absage entgegen und sagte nur: »Du meine Güte.«

Als Elias und Ruby Renthal an diesem Tag der Familie Martinez ihren zweiten Besuch abstatteten, diesmal im Margetta-Beerdigungsinstitut zur Trauerfeier, wollten sie nur zehn Minuten bleiben. Aber Vater Francis X. Mulca-

hey von der Kirche Unserer Ewigen Schmerzensreichen machte ihnen einen Strich durch die Rechnung und begann mit dem Rosenkranz in voller Länge, nachdem er sich bei den Renthals für die Großzügigkeit gegenüber der Familie bedankt hatte.
Elias und Ruby saßen wie auf Kohlen. Es waren nur noch zwei Stunden bis zur Ankunft der vierzig Gäste zum Dinner, Bobo war bestellt, um sie zu frisieren, aber sie mußten bis zum letzten Gebet ausharren und stürmten um halb sieben aus dem Beerdigungsinstitut.

An diesem Nachmittag wurde ein weinender junger Rechtsanwalt in Handschellen aus dem Büro der angesehenen Kanzlei Weldon und Stinchfield geführt. Zufälligerweise wurde Gus Bailey Zeuge der Verhaftung. Er befand sich zu diesem Zeitpunkt in der Kanzlei, um die Finanzen der verstorbenen Frau von Jorgie Sanchez-Julia für den Artikel, den er schrieb, zu überprüfen.
»Was ist passiert?« fragte Gus.
Beatriz Love, die junge Anwältin, die ihm bei seinen Nachforschungen half, zuckte nur die Achseln.
Gus Bailey wußte, wann Fragen keinen Sinn haben, und fuhr fort mit seinen Fragen über die verworrenen wirtschaftlichen Verhältnisse der verkrüppelten, siebzigjährigen Millionärin Geraldine Sanchez-Julia. Nachdem er mit seinem Fragenkatalog fertig war und sich zum Gehen anschickte, sagte er in bezug auf Byron Macumber: »Ein recht dramatischer Abgang für den armen Kerl, nicht wahr?«
»Hmmm«, erwiderte Beatriz.
»Ein junger Mann in seinem Alter hat sicher Frau und Kinder«, sagte Gus.

»Zwei Töchter«, sagte Beatriz Love.
»Was in aller Welt kann er bloß getan haben?« fragte Gus beiläufig, als würde er gar keine Antwort erwarten.
»Irgend etwas wegen eines Bankkontos auf den Bahamas.«
»Ah, jetzt wird's interessant«, sagte Gus.
»Ein ganz großer Kopf wird rollen«, flüsterte sie ihm zu.
»Hier bei Weldon und Stinchfield?«
»Du lieber Himmel, nein.«
Gus wartete ohne Kommentar ab. Sie flüsterte: »Elias Renthal.«
Beim Gehen fragte Gus: »Weiß er es?« Beatriz Love zuckte die Achseln. Sie hatte ihm ohnehin mehr erzählt, als sie gewollt hatte.
»Er gibt heute abend einen Ball«, sagte Gus.
»Ja, das hab ich in Dolly De Longpres Kolumne gelesen«, sagte Beatriz. »Hat nicht die Herzogin von Richmond am Abend vor der Schlacht von Waterloo auch einen Ball gegeben?«
Auf dem Weg in die Innenstadt, in der U-Bahn, überlegte Gus, ob er Ruby erzählen sollte, was er erfahren hatte. Er fühlte sich Ruby sehr verbunden, seit sie ihm bei Maisie Verdurins Dinner von ihrem schrecklichen Erlebnis mit Lefty Flint erzählt hatte.
Am Nachmittag rief er sie an.
»O Gott, Mr. Bailey, Sie wollen doch hoffentlich nicht absagen?« fragte die Sekretärin, die den Anruf entgegennahm. Sie klang hysterisch. »Mr. und Mrs. Slatkin haben gerade abgesagt, und Mrs. Renthal wird einen Anfall kriegen, wenn sie zurückkommt.«
»Sie ist nicht da?« fragte Gus überrascht.
»Nein, die Renthals sind bei einer Trauerfeier in Queens«,

sagte die Sekretärin erbost. Sie mußte nämlich, bis Ruby zurückkam, den hysterischen Bobo und den unberechenbaren Mickie Minardos beruhigen.
»Wissen Sie, wann sie zurück sein wird?« fragte er.
»Sie sagen nicht ab, nicht wahr?« fragte sie noch mal.
»Nein, nein, ich sage nicht ab.«
»Gott sei Dank.«
»Würden Sie Mrs. Renthal bitten, mich anzurufen, sobald sie zurückkommt? Ich muß etwas sehr Wichtiges mit ihr besprechen.«
»Ich glaube kaum, daß sie dazu Zeit finden wird. Sie muß einen Ersatz für die Slatkins finden, Bobo ist hysterisch, weil er anschließend die First Lady frisieren soll. O Gott, ich sollte ja kein Wort von der First Lady sagen. Vergessen Sie das sofort wieder, bitte, Mr. Bailey. Aber vielleicht können Sie sie im Lauf des Abend beiseite nehmen und es ihr ins Ohr flüstern. Wäre das möglich?«
»Sicher«, sagte Gus.
»Ich fand Ihren Artikel über die Frau des Diktators toll.«
»Danke.«

Als Ruby kurz vor sieben Uhr nach Hause kam, rief sie Justine sofort an. »Das kannst du mir einfach nicht antun, Justine. Ich finde doch jetzt keinen Ersatz mehr.« Die arme Justine, die nur allzu gerne gekommen wäre, bat Ruby um Verzeihung, sagte aber, sie wäre machtlos, und litt immer noch unter der Eiseskälte in Rubys Stimme, als Bernie nach Hause kam.
Die Aussprache wurde noch eine Weile hinausgezögert, bis sich die beiden entschieden, wo sie essen würden. Schließlich beschlossen sie, zu Clarence's zu gehen, weil Justine ein erklärter Liebling von Chick Jacoby war und er immer einen Platz für sie fand, egal, wie voll es war.

Bernie sprach lange – bei Salat und Hühner-Paillard – über Reza Bulbenkian, einen iranischen Amerikaner, der ein Vermögen mit Öltankern im Persischen Golf gemacht hatte und nach dem Tod des Schahs nach New York gezogen war, wo er sein Vermögen noch weiter vergrößert hatte, mit ähnlichen Methoden wie Elias Renthal. Beiden war bewußt, daß diese Unterhaltung nur ein Mittel war, die eigentliche Aussprache hinauszuzögern, aber Justine klammerte sich verzweifelt daran.

»Ich habe ihn gesehen. Er hat eine ungeheuer fette Frau«, sagte Justine und starrte dabei unverwandt auf Yvonne Lupescu und Constantine de Rham, die heute abend auch hier dinierten.

»Es überrascht mich, die Slatkins hier zu sehen«, sagte Yvonne Lupescu zu Constantine de Rham. »Sie waren doch eingeladen.«

Constantine hatte Yvonne immer noch nicht gesagt, daß er eingeladen war, denn er hatte Angst vor ihren Wutausbrüchen.

Zu Hause lag alles bereit: die mit Diamanten und Rubinen besetzten Manschettenknöpfe, die Consuelo ihm geschenkt hatte, die schwarzen Seidensocken, sogar seine weiße Fliege war schon fertig gebunden. Er mußte nur noch seine Angst vor Yvonne in den Griff kriegen.

»Du hast deinen Bart gestutzt, Constantine«, sagte Yvonne plötzlich.

»Ja, ja, hab ich.«

»Hast du dich auch maniküren lassen?«

»Ja.«

»Man könnte fast glauben, du gingest zum Ball der Renthals.«

»Wohl kaum«, sagte Constantine nervös.

»Ich halt das nicht aus, wieder einen Abend zu Hause vor dem Fernseher zu sitzen«, sagte Yvonne schmollend. Sie hatte mehrmals versucht, Justines Blick zu erhaschen, um ihr zuzuwinken, aber Justine hatte nicht reagiert.
»Was würdest du denn gerne machen?« fragte Constantine.
»Ins Kino gehn vielleicht?«
»Welchen Film?«
»Weiß ich nicht.«
»Vielleicht hat Chick Jacoby eine Zeitung«, sagte Constantine. Ihm war da eine Idee gekommen.
»Chick Jacoby ist bei Maisie Verdurins Dinner vor dem Ball der Renthals, sogar an Maisies Tisch, zwischen Mrs. Frazier und Mrs. French.«
»Woher in aller Welt weißt du das?« fragte Constantine.
»Von den Dienstmädchen«, sagte Yvonne verbittert.
»Auf der Fifty Eigth Street läuft ein Film, den ich auch ganz gerne sehen würde«, sagte Constantine.
»Und welcher?«
»Der Titel ist mir entfallen, aber er soll sehr gut sein.« Endlich hatte er sich einen Plan zurechtgelegt.

Beim Grapefruit-Sorbet eröffnete Bernie Justine, daß er sich scheiden lassen wolle.
Justine war wie vom Donner gerührt, brachte keinen Ton heraus und starrte ihren Mann fassungslos an. Sie hörte nicht einmal, als ihr Lieblingskellner Michael, der mit dem Pferdeschwanz, sie fragte, ob sie Kaffee wolle. Sie stand auf, ging durchs Restaurant, vorbei am Tisch, wo Constantine de Rham gerade seine Rechnung bezahlte, aufs Damenklo, wo sie sich übergab, spülte sich den Mund aus und schminkte sich die Lippen neu.

Nachdem sie wieder am Tisch saß, sagte sie leise: »Ich hab mich noch nicht einmal bei allen schriftlich bedankt.«
»Wofür?« fragte Bernie.
»Für die Hochzeitsgeschenke.«
»Oh.«
»Ist es Brenda Primrose?« fragte Justine.
»Brenda Primrose?« erwiderte Bernie. Seine Stimme zeigte, wie absurd er diese Idee fand.
»Hubie sagt, er hätte dich mit ihr in einem obskuren Restaurant im Village gesehen.«
»Brenda Primrose hat nichts damit zu tun.«
Der Kellner brachte ihnen koffeinfreien Kaffee.
»Michael«, sagte Justine, »könnten Sie mir etwas Süßstoff bringen?«
»Ja, Mrs. Slatkin«, sagte Michael und reichte ihr ein etwas feuchtes Paket aus seiner Westentasche.
»Ich versteh nicht, warum Chick Jacoby so geizig mit dem Süßstoff ist«, sagte Justine. Tränen stiegen ihr in die Augen.
»Justine, deine Tränen fallen ins Grapefruit-Sorbet«, sagte Bernie und vergewisserte sich, ob sie jemand beobachtete. Justine schaute aus dem Fenster, bis sie sich wieder gefangen hatte.
»Ich wollte dir nicht weh tun, Justine«, sagte Bernie.
»Ist deine Entscheidung, mich zu verlassen, unwiderruflich?«
»Ja.«
»Dann sollten wir diese Unterhaltung beenden.«

»Den Film wolltest du sehen?« fragte Yvonne. »Ich dachte, solche Filme verachtest du?«
»Er soll wirklich sehr gut sein«, sagte Constantine.

»Ich liebe Horrorfilme«, sagte Yvonne.
»Möchtest du Popcorn?«
»Eine große Schachtel«, sagte Yvonne.
Als er mit dem Popcorn zurückkam, war Yvonne schon völlig im Banne des Films.
»Ich geh zur Toilette«, flüsterte er ihr nach zehn Minuten zu.
Sie nickte, den Blick unverwandt auf die Leinwand gerichtet.
Das Kino war nur fünf Minuten zu Fuß von seinem Haus am Sutton Place entfernt. Er lief, so schnell es seine Narbe erlaubte, nach Haus. In Minutenschnelle hatte er seine Abendgarderobe angelegt und ging. Er hatte zwar noch eineinhalb Stunden Zeit bis zum Beginn des Balls, aber falls Yvonne ihn im Kino vermißte, wollte er ihr keinesfalls über den Weg laufen. Er mußte sich also jetzt irgendwie die Zeit um die Ohren schlagen.

»Ich bin einfach nicht glücklich, Justine«, sagte Bernie. Sie saßen jetzt zu Hause in ihrem Wohnzimmer, eines der wenigen Male seit ihrer Hochzeit, daß sie beide allein zu Hause waren. Er sprach von seinen politischen Ambitionen und sagte ganz richtig, eine Verbindung mit einer so reichen und mächtigen Familie wie den Van Degans würde seinen liberalen Ansichten widersprechen, und jetzt, wo noch keine Kinder da waren, sollte die Ehe beendet werden. Zu Hause, nicht vor den Augen der Öffentlichkeit.
Justine saß auf der Sofalehne, den Mund halb geöffnet, fast katatonisch. Wie konnte es nur passieren, fragte sie sich, daß ich nicht geahnt habe, daß ich meinen Mann verlieren werde?
»Ich liebe dich, Bernie«, sagte sie schließlich, als Tränen

aus ihren verletzten Augen zu fließen begannen. »Ich liebe dich von ganzem Herzen, mit Leib und Seele und Verstand. Bitte, verlaß mich nicht, Bernie. Bitte.«
»Wein nicht, Justine«, sagte Bernie, »bitte wein nicht.«
Bernie war Tränen gegenüber hilflos. Mit Wutanfällen wäre er zurechtgekommen, aber nicht mit Tränen. Er fühlte Mitleid mit ihr, er legte den Arm um sie, klopfte ihr beruhigend auf die Schulter, ein Signal verebbender Liebe, das sie nicht verstand.
»Ich liebe dich so sehr«, sagte sie immer und immer wieder, als könnten ihre Liebesbeteuerungen seinen Entschluß umstoßen.
»Ich wünschte, ich könnte dich trösten«, sagte er. Während er redete, starrte sie seine Hände an. Was für schöne Hände er hat, dachte sie. Diese starken Hände hatten ihre Brüste liebkost, sie zwischen den Beinen gestreichelt, zart wie eine Feder. Sie wollte die Haare an seinen Gelenken berühren. Sie begehrte ihn mit einer Inbrunst, die sie einer Ohnmacht nahebrachte.
»Ist alles in Ordnung, Justine?« fragte er.
»Was?«
»Du siehst krank aus.«
»Fick mich, Bernie«, flüsterte sie.
»Justine«, sagte er erstaunt.
»Bitte, bitte, Bernie, bitte. Nur noch einmal. Bitte.«
»Justine, das wird nichts helfen. Es ist vorbei.«
»Ich weiß, Bernie. Aber verlaß mich nicht in diesem Zustand. Nur noch einmal. Bitte.«
Sie küßte seine Handrücken. Legte ihre Hände auf seine Brust und massierte seine Brustwarzen durch das Hemd. Legte ihre Hände auf seine Hose. Am liebsten hätte sie sie aufgerissen, um an den Teil von ihm zu kommen, von dem

sie seit Wochen träumte, seit er sich von ihr zurückgezogen hatte.
»Justine, um Himmels willen, tu dir das nicht an.«
Sie glitt zu Boden, schlang die Arme um seine Beine und schob ihr Gesicht gegen seinen Hosenschlitz. Er konnte es nicht ertragen, sie so zu sehen, und fühlte Mitleid mit ihr. Er nahm sie langsam in die Arme, zog sie hoch und trug sie zum Sofa.
Er schob ihr das Kleid bis zur Taille hoch und zog langsam die Strumpfhose über ihre Beine zu ihren Schuhen herunter. Er legte die Hand zwischen ihre Beine. Sie war naß vor Begierde nach ihm. Er zog sein Jackett aus, seinen Gürtel, öffnete den Reißverschluß und ließ seine Hose zu Boden fallen. Justine starrte seine Beine an, er schob seine Hose weg, zog sich die Unterhose herunter, behielt aber Hemd, Krawatte, Schuhe und Socken an. Er beugte sich über sie und ließ seinen Penis von ihr mit Händen und Mund zur Erektion bringen, berührte sie aber nicht und küßte sie auch nicht. Als er bereit war, hob er ihre Beine und drang in sie ein, wortlos. Er schob sich bis zum Anschlag hinein, zog sich ein Stück zurück, stieß dann wieder zu, immer und immer wieder, mit langen, regelmäßigen Stößen. Er ließ ihr Zeit. Sex war sein Metier, und er hielt seinen eigenen Höhepunkt zurück, bis sie ihren erlangt hatte, mit Keuchen und unterdrückten Schreien. Als sein Orgasmus kam, zeigte er seinen Genuß ungeniert, und Justine beobachtete sein Gesicht, seine geschlossenen Augen, den schlaffen Mund. Er stöhnte und ergoß den Samen eines Kindes in sie. Dann zog er sich nicht sofort zurück, ließ es zu, daß ihre Finger seine Gesäßbacke liebkosten und sie ihn zwischen den Beinen streichelte.
Sie blieb liegen und sah ihm beim Anziehen zu. Sie begriff,

daß dieser Liebesakt der unwiderruflich letzte mit ihm gewesen war, und flehte ihn nicht mehr an, sie nicht zu verlassen. Nachdem er sich angezogen hatte, sprach er kurz über seine Kleidung, seine Besitztümer und wann er sie abholen lassen würde.

»Adieu, Justine«, sagte er schließlich.

»Adieu, Bernie«, erwiderte sie. Ihre Blicke folgten ihm aus dem Wohnzimmer, in den Korridor, zur Tür hinaus. Sie blieb liegen und horchte, wie er nach dem Aufzug klingelte, hörte, wie die schwere Tür sich öffnete und der Liftboy sagte: »Guten Abend, Mr. Slatkin«; hörte Bernie erwidern: »Guten Abend, Willie«, hörte, wie die Aufzugtür sich schloß. Erst dann erhob sie sich vom Sofa, ging zum Fenster und schaute auf die Straße hinunter. Sie sah, wie er unter der Markise heraustrat, sah, wie er die Park Avenue hochging und ein Taxi anhielt, einstieg und wegfuhr. Sie wußte nicht, wo er die Nacht verbringen würde, wußte nur, es würde nicht mit ihr sein, diese Nacht nicht und nie wieder. »Adieu, Bernie«, sagte sie noch mal, diesmal zu sich selbst. Sie ging zum Sofa, um die Kissen aufzuschütteln, bevor Bonita, das Mädchen, morgen früh kommen würde, und sah den noch nassen, weißen Fleck, Bernies Samen, auf dem grünen Damast ihres Sofas.

In der Präsidentensuite des Rhinelander wurde die First Lady, erschöpft von einem anstrengenden Tagesprogramm, durch einen Anruf geweckt, der ihr abriet, an dem Ball heute abend teilzunehmen, da Mr. Renthal momentan Gegenstand einer geheimen Untersuchung der Securities and Exchange Commission sei, wegen illegalen Gebrauchs von Insiderinformationen.

In der Zwischenzeit war am anderen Ende von New York eine ganz andere Dinnerparty im Gang. In den vergangenen Wochen, seit dem Ostertreffen mit seiner Mutter, hatte Hubie Altemus sich von der Welt zurückgezogen, hatte keine Besucher mehr empfangen außer seiner besorgten Schwester Justine. Juanito hatte die Leitung der Galerie in SoHo übernommen und verärgerte das gesamte Personal mit seinem neugewonnenen Autoritätsgehabe. Aber Hubie reichte es, wenn das Geschäft zumindest in seinem Interesse weitergeführt wurde. Er rief nicht mehr zurück, wenn jemand anrief, und sah seine Freunde nicht mehr.

Am Abend des Renthal-Balls, wo er abgesagt hatte, überkam ihn mit einemmal das Bedürfnis, Freunde zu sehen. Er bat vier Gentlemen mit ähnlichen Veranlagungen zum Essen in seine Wohnung über der Galerie. Er war ein ausgezeichneter Koch, und Einladungen zu seinen Dinnerparties waren sehr begehrt, weil sein gesamter Lebensstil, seine Einrichtung, Geschirr und Tischdekoration einen Hauch der großen Welt ins Village brachten, obwohl er sich von dieser losgesagt hatte.

Der Abend war ein Fiasko, genau wie er befürchtet hatte. Juanito, der sich in den vergangenen Monaten aufopfernd um Hubies Wohlergehen gekümmert hatte, nahm die Dinnerparty als Entschuldigung für einen wohlverdienten freien Abend und zog mit Lederjacke, Jeans und Diamantohrring auf die Piste ab, noch vor der Ankunft Boy Fessendens im Loft, den Juanito haßte und hinter seinem Rücken als Fräulein Fessenden bezeichnete. Boy Fessenden hatte mit Hubie auf der Schule das Zimmer geteilt, einer von den vielen Schulen, die zu verlassen Hubie dringend nahegelegt worden war. Aber die Freundschaft hatte überlebt, trotz Juanito.

Beim Öffnen der Tür sah Hubie in Boys Augen den Spiegel seiner Zerstörung. Er hatte inzwischen gelernt, nicht mehr in Spiegel zu schauen, selbst beim Rasieren konzentrierte er sich nur auf seine Stoppeln und sah nicht seine eingefallenen Wangen, die er früher immer durch Diäten hatte erreichen wollen. Später in der Küche, wo er jede Hilfe abgelehnt hatte, wußte er, daß Boy und die anderen sich flüsternd über ihn unterhielten.
»O mein Gott«, sagte Robert.
»Er muß es haben«, sagte Herbie. Davor hatten sie am meisten Angst.
»Genauso hat Sam ausgesehen.«
Das Essen, wie immer ausgezeichnet, war eine sehr lustlose Angelegenheit, Tod lag in der Luft. Sie unterhielten sich kurz über Fischzubereitung. Dann wieder Schweigen. Boy strampelte sich ab, wurde seiner Rolle als Unterhalter gerecht und erzählte zum wiederholten Mal mit vielen Ausschmückungen die Geschichte von Hubie und dem Bademeister in Bailey's Beach, als sie beide, noch Teenager, bei Hubies Mutter in ihrem Haus in Newport Ferien machten.
»Du übertreibst schamlos, Boy«, sagte Hubie lachend, als er aufstand, um das Geschirr abzuräumen. »Es war ganz anders. Du hast bloß Glück gehabt, daß sie dich nicht erwischt haben.«
Er stellte das Geschirr auf ein Tablett auf dem Sideboard. Ted, ein Sänger, Boys Begleiter, stand auf, um ihm zu helfen. »Nein, nein«, sagte Hubie. »Ich mach das schon. Ich hab da mein System.«
In der Küche überkam ihn wieder Kälte. Er setzte sich ein paar Minuten aus Angst, er könnte in Ohnmacht fallen. Dann stand er auf und ging aus der Küche. Boy erzählte

gerade wieder eine Geschichte und nahm an, Hubie würde ins Bad gehen. In seinem Schlafzimmer legte er sich aufs Bett und wünschte, Juanito wäre hier anstatt auf der Pirsch.

»Wo, zum Teufel, ist Hubie?« fragte Boy fünfzehn Minuten später, als er immer noch nicht zurück war. Auf dem Küchentisch standen ein Schokoladenkuchen und eine Schale mit Erdbeeren, Himbeeren und Blaubeeren.

»Ich dachte, er wär zur Toilette gegangen«, sagte Robert.

»Ich klopfe mal«, sagte Boy.

Er ging in das abgedunkelte Schlafzimmer.

»Hubie?« fragte er. Seine Stimme klang ängstlich.

»Ich bin hier, auf dem Bett«, sagte Hubie.

»Was ist los?«

»Kannst du mich ins St. Vincent Hospital bringen, Boy?« fragte Hubie.

»Taxi oder Krankenwagen?«

»Ein Taxi tut's auch«, sagte Hubie.

»Warum hast du's mir nicht erzählt, Hubie?«

»Was hätte das schon geholfen?«

»Was ist mit deinem Arzt?«

»Da liegt ihre Nummer. Ich hab versucht, sie anzurufen, aber ich war zu schwach. Dr. Alice Montego«, sagte Hubie.

»Darf ich fragen, wo Juanito sich jetzt herumtreibt?« fragte Boy.

»Sei nicht so hart zu Juanito. Er war in letzter Zeit sehr gut zu mir. Er hat einen freien Abend gebraucht.«

»Soll ich deine Mutter anrufen? Oder Justine?«

»Die sind auf dem Ball der Renthals. Du wirst sie nicht erreichen.«

Nachdem Mickie Minardos vor dem Ball mit letzten Vorbereitungen beschäftigt war, mußte Loelia den Abend allein herumbringen. Sie hatte Gus Bailey gebeten, sie zum Dinner der Renthals abzuholen, aber er hatte Matilda Clarke bereits seine Begleitung versprochen und konnte ihr den Gefallen nicht tun. Sie war fertig angezogen und wollte sich gerade auf den Weg zu den Renthals machen, als es an der Tür klopfte. Draußen stand ein Mann mit einem Hörgerät im Ohr, den sie sofort als Geheimagenten identifizierte. Er sagte, die First Lady würde sie gerne kurz in ihrer Suite sprechen.

In der Präsidentensuite angelangt, sah Loelia zu ihrer Überraschung, daß die First Lady noch im Negligé und noch nicht frisiert war.

»Wie hübsch Sie aussehen, Loelia«, sagte die First Lady.

Loelia lächelte. »Danke.«

»Ich hab Ihre Mutter heute gesehen. Bei Adele Harcourt, zum Lunch.«

»Mutter sagt momentan nur unschöne Dinge über mich«, sagte Loelia.

»Mir gegenüber nicht«, sagte die First Lady.

»Sie sind noch nicht angezogen. Gehen Sie nicht vorher zum Essen?«

»Nein. Und zum Ball auch nicht.«

»Aber warum nicht?«

»Ich hab da meine Gründe.«

»Das dürfen Sie sich nicht entgehen lassen. Ruby wäre am Boden zerstört. Um Mitternacht werden zehntausend lebendige Schmetterlinge, heute aus Chile eingetroffen, gelb und orange, losgelassen. Es wird göttlich. Bitte überlegen Sie sich's doch noch mal«, flehte Loelia.

»Darf ich Ihnen etwas anvertrauen, Loelia?« fragte die First Lady.

»Aber natürlich.«
»Ich habe gehört, es besteht die Möglichkeit ...« Dann flüsterte sie Loelia ins Ohr, was ihr der Sicherheitsberater mitgeteilt hatte.
»Niemals!« rief Loelia im Brustton der Überzeugung. »Das stimmt niemals!«
»Sind Sie sicher?«
»Dafür würde ich meine Hand ins Feuer legen«, sagte Loelia. »Es gibt keine bessere Freundin als Ruby Renthal. Vielleicht nicht standesgemäß geboren, aber entzückend. Sie erzählt mir alles, wirklich die erstaunlichsten intimen Details. Sie hätte es mir erzählt.«
»Vielleicht weiß sie es nicht. Vielleicht hat Elias es ihr nicht erzählt«, warf die First Lady ein.
»Unmöglich. Sie führen eine wundervolle Ehe. Elias sagt immer von Ruby: ›Was für ein Team wir sind‹, und das sind sie auch. Sie teilen alles.«
Die First Lady wollte nur zu gerne überzeugt werden und glaubte ihr.
»Ich bin ja so froh. Wissen Sie, sie hat mir diese wunderbaren Konsoltische mit den eingelegten Widderköpfen für den Green Room im Weißen Haus geschenkt, und ich mag sie persönlich auch sehr gerne«, meinte die First Lady.
»Sie kommen also doch?« fragte Loelia.
»Vielleicht für eine Stunde, die Schmetterlinge angucken.«
»Ich hol Sie um elf Uhr ab, wenn Sie möchten. Es ist gleich um die Ecke.«

Die Renthals hatten dieselbe Markise gemietet, die Justine Altemus' Hochzeit abgeschirmt hatte, damit ihre Gäste das Gebäude betreten konnten, ohne den neugierigen Schaulustigen ihre Juwelen zeigen zu müssen, die für die

Party aus den Safes geholt worden waren. Und sie schirmte auch den Teil des Trottoirs ab, auf dem vor wenigen Stunden Julio Martinez sein Leben ausgehaucht hatte.
Die Wohnung der Renthals schön zu finden war natürlich dem Betrachter vorbehalten, aber die vierzig Gäste beim exklusiven Abendessen vor dem Ball waren sich einig, sie sei beeindruckend. »Ich hab noch nie solche Bilder gesehen«, sagte Lil Altemus, die lieber in Rom bei den Todescos gewesen wäre, wie immer um diese Jahreszeit; aber ihr Bruder hatte auf ihrer Anwesenheit bestanden. Lil fand zwar die Vorliebe ihrer Gastgeberin für die Ahnenporträts anderer Leute – Damen und Herren von Sargent, Gräfinnen und Grafen von Boldini und eine Kaiserin von Winterhalter, die sie schon einmal im Museum gesehen hatte – etwas merkwürdig, aber auch sie war beeindruckt.
»Überrascht mich, dich hier zu sehen«, sagte Lil zu Fernanda Somerset, der Mutter Loelia Manchesters, die ihrer Tochter zur Begrüßung nur kurz zugenickt hatte.
»Ich bin gekommen, um mir die Möbel anzuschaun«, erwiderte Fernanda.
»Wie, glaubst du, haben sie es angestellt, soviel in so kurzer Zeit zu sammeln?« fragte Lil.
»Mein Großvater hat mit Mr. Duveens Hilfe allein für die Bilder zwanzig Jahre gebraucht«, erwiderte Fernanda Somerset. Dann fügte sie hinter vorgehaltener Hand hinzu: »Ezzie Fenwick sagte mir, die Vorhänge allein hätten über eine Million Dollar gekostet.«
»Stell dir bitte vor!« sagte Lil.
An diesem Abend mußte alles mit der Präzision eines Uhrwerks funktionieren. Die Dinnergäste waren für Punkt acht Uhr geladen und mußten bis acht Uhr vierzig ihre Plätze eingenommen haben, damit sie vier Gänge

noch vor der Ankunft der übrigen dreihundertsechzig Gäste bewältigen konnten.
Als zu Tisch gebeten wurde, mußte Lil zu ihrem Erstaunen feststellen, daß Justine und Bernie noch nicht da waren.
»Ich sehe Justine gar nicht«, sagte Lil zu Ruby.
»Aber sie hat doch in letzter Minute abgesagt«, sagte Ruby überrascht, weil Lil das nicht wußte. »Um sechs Uhr. Ich war gerade auf einer Trauerfeier in Queens, von einem Angestellten Elias', und hab es erst bei meiner Rückkehr erfahren. Es war sehr schwierig, Ersatz zu finden, aber die reizenden Trouts sind eingesprungen.«
Lil schaute nachdenklich drein.
»Komm, Rochelle«, sagte Ruby zu Mrs. Prud'homme. »Ich zeig dir, wo du sitzen wirst.«
Matilda Clarke, am Arm von Gus Bailey, wanderte schweigend durch die Räume, in denen sie einmal gewohnt hatte. Die Pracht war eine andere als die der Clarkes, aber man konnte sie nicht einfach ignorieren.
»Wie schön Sie aussehen, Matilda«, stellte Ruby fest.
»Ein neues Kleid, extra für diesen Anlaß«, sagte Matilda.
»Ich hab ihr das Kleid gekauft«, flüsterte Rochelle Ruby zu. »Sonst hätte sie wieder das verflixte schwarze mit den weißen Punkten angezogen. Schrecklich, wenn man so in den Keller geht wie die Clarkes.«
»Vierzig zum Dinner und alles passend«, sagte Matilda zu Gus. Alles Geschirr und alle Gläser waren mit *R* graviert genauso wie das Silber.
Noch vor einem Jahr hätte Ruby gesagt: »Und wenn hundert Leute zum Essen kommen würden, hätte ich auch noch alles passend.« Aber Loelia Manchester würde so etwas nie sagen, also tat sie es auch nicht.

»Sie sitzen hier, Rochelle«, sagte Ruby und zog ihren Stuhl vor.
Für Rochelle war es immer sehr wichtig, wo sie saß. Sie ließ den Blick unauffällig durchs Zimmer schweifen. Vier Tische mit jeweils zehn Plätzen, auf jedem ein Lorenza-Blumenarrangement. Sie schaute auf die Tischkarte neben der ihren und sah, daß Augustus Bailey ihr Tischnachbar war.
»O nein, nein, nein«, sagte sie zu Ruby. »Ich will nicht neben einem Schriftsteller sitzen. Sie wollen dauernd Artikel über mich schreiben.«
»Ihr anderer Tischherr ist der Botschafter von Honduras, Rochelle«, sagte Ruby. »Sie kennen doch Jaime.«
»Ich spüre einen Zug an meiner Schulter«, sagte Rochelle. »Ich glaube, es ist mir hier zu kalt. Wo sitzt Elias? Ich glaube, ich möchte neben Elias sitzen. Wir sind doch alte Freunde. Ich setze Matilda hier rüber, zu dem Schriftsteller. Sie ist doch sowieso mit ihm gekommen. Ich werde mich zu Elias setzen, und die Frau des Botschafters kann sich hierhersetzen.«
»Der Petit Dynamo hat meine Sitzordnung ruiniert«, sagte Ruby zu Loelia. »Der arme Elias. Er hat mich angefleht, ihn nicht neben Rochelle zu setzen. Ach, du liebe Zeit, schau nur, jetzt sitzt der Botschafter neben seiner eigenen Frau.«
Endlich hatte Ruby alle Gäste untergebracht und konnte sich selbst setzen. Nur der Überraschungsgast des Abends, eine berühmte Persönlichkeit, wie Ruby sie immer gerne ihrem Zirkel bot, war noch nicht eingetroffen. Trotzdem ließ sie sich als vollendete Gastgeberin nicht aus der Ruhe bringen, unterhielt sich angeregt mit ihrem Ehrengast Binkie Castoria, gab dem Kellner ein Zeichen,

dem Grafen noch mehr Kaviar zu servieren, den dieser offensichtlich sehr schätzte, und bedeutete Maude Hoare gleichzeitig, wie fantastisch sie ihr schwarzes Kleid fand, das gerade noch rechtzeitig zur Party aus Paris eingetroffen war.

Sie war fürs Zuspätkommen berühmt und machte mit Verspätung ihren großen Auftritt: Faye Converse, mit strahlenden Diamanten behängt. Alle Augen richteten sich auf sie. Faye, die sich für gewöhnlich nicht mit so feinen Leuten umgab, spielte ihre Rolle als Filmstar bis zum äußersten, entschuldigte sich bei Elias und Ruby sehr charmant, die sie wie alte Freunde begrüßt hatten, obwohl sie sich in Wahrheit gerade erst kennenlernten. Gus Bailey hatte ein Geschäft zur gegenseitigen Zufriedenheit ausgehandelt: Faye Converse würde an Dinner und Ball teilnehmen im Austausch für eine großzügige Spende zur Bekämpfung der Pestilenz, für die Faye sich so stark einsetzte. Elias redete sich selbst ein, wie nobel diese Geste war, wenngleich seine Motive alles andere als das waren. Sollte die Party in der Presse wegen ihrer Extravaganz kritisiert werden, konnte er Faye vorweisen und die Tatsache, daß eine ungeheure Summe gespendet worden war; er wollte es auch später in seiner Rede ansprechen.

Ruby nahm Fayes Arm und führte sie an den ihr zugedachten Platz, aber Rochelle Prud'homme dachte gar nicht daran, ihn aufzugeben. Jeder Konversationsversuch mit Elias wurde von ihm mit Schweigen abgeblockt, aber sie redete sich ein, er sei ein nervöser Gastgeber, was gar nicht der Fall war, und rief Ezzie Fenwick über den Tisch zu, als würden Ruby und Faye Converse gar nicht da stehen.

»Die Herzogin hat mir ein paar Goldteller hinterlassen«,

rief Rochelle. »Was soll ich damit machen? Sie als Aschenbecher nehmen?«
»Mach doch Ohrringe draus«, sagte Ezzie, der seinen Teller umgedreht hatte, um die Marke anzuschaun. »Solches Porzellan sieht man sonst nur in den Vitrinen herzöglicher Häuser, die der Öffentlichkeit zugänglich sind.«
»Wir hatten ein kleines Durcheinander mit den Tischkarten«, flüsterte Ruby Faye zu. »Sie sollten neben Elias sitzen, aber jemand, sagen wir jemand Namenloses hat die Karten vertauscht.«
»Genau wie in Hollywood«, erwiderte Faye, der es völlig gleichgültig war, wo sie saß. »Da machen sie das auch ständig. Warum setzen Sie mich nicht einfach neben meinen alten Freund Gus Bailey?«
Nachdem sie sich gesetzt hatte, sagte Gus: »Mrs. Prud'homme hat die Karten vertauscht, damit sie nicht neben mir sitzen muß.«
»Mein Glück«, sagte Faye, nahm ihre Serviette und schaute sich um. Ein Kellner wollte ihr Wein eingießen, aber sie winkte ab und bestellte ein Glas Wasser. »Wer zum Teufel sind diese Leute, Gus?« fragte sie.
»Zu Ihrer Rechten sitzt Lord Biedermeier.«
»Oh, Lucien, wie geht's dir, Schatz? Hab dich gar nicht gesehen.« Ihr Lachen zeigte unmißverständlich, daß sie ihn aus seinen wilderen Zeiten kannte.
»Neben ihm sitzt Janet Van Degan, die Frau von Laurance Van Degan, und neben ihr Herkie Saybrook und dann –«
»Niedlich, dieser Herkie Saybrook«, sagte Faye. »Mein dritter Mann sah ihm ein bißchen ähnlich.«
Nach den verschiedenfarbigen Sorbets stand Elias auf und klopfte mit einer mit *R* gravierten Gabel gegen ein mit *R* graviertes Champagnerglas, und die Konversation ver-

stummte. Er dankte dem Grafen und der Gräfin von Castoria, die er Binkie und Antoinette nannte, für ihre Freundschaft, für die wunderbare Freundschaft, obwohl diese kaum ein Jahr alt war, erzählte eine Anekdote von ihrem Besuch auf Schloß Castoria, wo Ruby sich auf dem Weg zum Abendessen in den Hallen verlaufen hatte. Elias' Rede war sehr charmant und wurde mit reichlich Applaus bedacht. Danach stand der Graf auf und brachte einen Trinkspruch auf Elias und Ruby aus, dankte ihnen für ihre Freundschaft und diese wunderbare Party und den kommenden Ball, der zu ihren Ehren stattfand. Keiner der beiden erwähnte die Tatsache, daß der Graf von Castoria im Aufsichtsrat von Miranda Industries saß.

Dann ging Elias zum Platz von Faye Converse und sprach über die wunderbare Karriere der Schauspielerin und die vierzig Filme, die sie gemacht hatte.

»Sechzig, nicht vierzig«, sagte Faye. Alle lachten.

»Ist sie nicht wunderbar?« fragte Maude Hoare.

Elias fuhr fort mit seiner Laudatio und erzählte von den guten Werken, die Faye in ihrer Freizeit tätigte: »Zur Bekämpfung der Seuche, die die Reihe der Künstlergemeinde so dezimiert.« Dann überreichte er ihr einen Scheck in einem Umschlag.

Faye erhob sich unter großem Applaus und dankte Ruby und Elias für den wunderbaren Abend, der gerade erst begonnen hatte, dann öffnete sie den Umschlag. »Mein Gott!« sagte sie. »Zwei Millionen Dollar!«

Der Applaus war ohrenbetäubend.

»Wir sind eine Armee, die ohne Verbündete einen Feind bekämpft«, sagte Faye und begann von ihrer Mission zu erzählen.

»Wovon redet sie überhaupt?« fragte Fernanda Somerset, die ein bißchen schwerhörig war.

»Aids.« Lil machte die entsprechenden Mundbewegungen.
»Ich dachte, sie hätte was von einer Armee gesagt«, sagte Fernanda.
»Schau dir Aline Roycetons Zähne an«, sagte Ezzie.
»Sieht trotzdem noch hübsch aus, findest du nicht?« erwiderte Rochelle.
»Wer, Aline etwa?«
»Nein. Faye Converse.«
»Die Rede ist zu lang«, sagte Ezzie.
»Shhh«, machte Ruby.
»Wie alt sie wohl ist?« fragte Rochelle.
Am Ende der Rede klatschte Lil Altemus heftiger als alle anderen. »Wunderbar«, sagte sie. Lil, deren Sohn soeben ins St. Vincent Hospital eingeliefert wurde, erzählte dem Botschafter von Honduras, ihr Friseur hätte ihr gesagt, es würde bald keinen Mann mehr in New York geben, der einen Vorhang aufhängen oder ein Kleid säumen könnte, und sie schüttelte traurig den Kopf über die armen Seelen, die von ihrer Welt so weit entfernt waren.
Binkie Castoria, inzwischen ziemlich betrunken, fragte Ruby, was für eine Seuche das denn wäre, die die Reihen der Künstlergemeinde dezimierte, und Ruby wandte sich ihm zu. Ein Kellner namens Chet vom Catering Service nickte Gus, den er von den Anonymen Alkoholikern kannte, zur Begrüßung zu und kollidierte unabsichtlich mit den wedelnden Armen Ezzie Fenwicks, der zum größten Vergnügen seiner Tischnachbarn ein Modell bei der gestrigen Kollektionsschau Nevels imitierte; die Flasche Lafitte-Rothschild, die der Kellner trug, flog aus seiner behandschuhten Hand und ergoß ihren rubinroten Inhalt über das weiße Satinkleid Ruby Renthals. Der Graf

war sichtlich erschüttert, er war gerne im Aufsichtsrat von Miranda Industries; genauso ging es allen anderen Gästen, denn der Ball würde schließlich in Kürze beginnen. Alle Blicke richteten sich auf den unglücklichen Kellner, der vor Scham puterrot angelaufen war.

»Oh, Mrs. Renthal, daß mir so etwas passieren mußte, kann ich einfach nicht glauben«, sagte der Kellner, sicher, daß er fristlos gefeuert würde.

»Kein Grund zur Aufregung«, sagte Ruby und schaute an ihrem ruinierten Kleid hinunter. »Weiß ist eine so langweilige Farbe.« Chet konnte sein Glück kaum fassen. Damit verließ Ruby den Raum, um sich umzuziehen, nachdem sie ihre Gäste gebeten hatte, zum Kaffee in den Salon zu gehen.

»Mrs. Renthal ist einfach wunderbar«, sagte der Graf. »Eine Herzogin hätte es nicht besser machen können.«

Seit Ruby den Status eines häufigen Gastes im Weißen Haus erreicht hatte, hatte sie der französischen *Couture* den Rücken gekehrt und sich ihren amerikanischen Cousins zugewandt. Auf den Rat Ezzie Fenwicks hin, eines Experten für Frauenkleidung, hatte sie sich für ihren großen Abend drei verschiedene Kleider bestellt, weil sie sich nicht entscheiden konnte, was sie anziehen sollte. Sie zog sich nicht nur um, sondern wechselte auch gleich ihre Parure, die Perlen und Diamanten mußten den Smaragden und Diamanten weichen. Ihr fiel ein Satz aus einem Film ein, der ihr gefallen hatte. »Wenn du's hast, zeig's vor«, sagte sie im Spiegel zu sich selbst.

Frisch umgezogen sah Ruby noch besser aus als vorher. Elias beugte sich zu ihr und küßte ihre nackte Schulter.

»Wie süß, Elias«, sagte Ruby.

»Du siehst zum Anbeißen aus«, lobte er.

»Paß auf, was du sagst, Großer«, sagte sie mit Mae-West-Stimme.

»Ich liebe dich, Ruby Renthal«, sagte Elias.

Ruby errötete bezaubernd. »Dito«, meinte sie.

»Wer hätte das gedacht, was, wir zwei?« flüsterte Elias.

»Wer hätte?« wiederholte Ruby.

Ruby stand mit Elias an ihrer Seite am Eingang und begrüßte jeden ihrer vierhundert Gäste persönlich, unter anderem den französischen Botschafter, den spanischen, den britischen und verschiedene Mitglieder der abgesetzten königlichen Familien von Jugoslawien, Bulgarien und Rumänien, die verschiedene Möbelstücke in der Wohnung der Renthals wiedererkannten, weil sie einmal in ihren eigenen Palästen gestanden hatten. Die illustre Menge schob sich von Raum zu Raum, begleitet von Zigeunermusik, bevor sie die Treppe zum Ballsaal herunterging, in dem eine Kapelle Cole Porter spielte. Leute, die sich erst beim Lunch gesehen hatten, begrüßten sich mit kreischendem Hallo wie verlorengeglaubte Freunde und küßten sich auf beide Wangen. Gesellschaftsreporter waren reichlich vertreten, eine Garantie, daß der Renthal-Ball für die Nachwelt aufgezeichnet würde. Blitzlichtgewitter und das grelle Licht der Fernsehkameras begrüßten jedes bekannte Gesicht, das die marmorne Eingangshalle der riesigen Wohnung betrat. Außer Dolly De Longpre, dem einzigen Mitglied der Presse, das auch zum Dinner geladen war, erschienen der junge Florian Gray und Mavis Jones, die die Showbusinesskolumnen schrieb und die normalerweise nie eine Party besuchte, auf der Dolly war, und umgekehrt, doch jeder war eben neugierig auf die Renthals.

Ezzie Fenwick sprach Candelaria, Rubys Zofe, an und etablierte sich somit als regelmäßiger Besucher des Hauses, den das Personal kannte und schätzte. Ezzie konnte sich angesichts der Prachtentfaltung der Renthals an diesem Abend kaum noch in Zaum halten. Er machte einen schnellen Rundgang durch die Sitzräume und versuchte, einen Platz zu finden, von dem aus er am besten alles beobachten konnte. Er entschloß sich schließlich für eine Stelle am Fuß der Treppe, unter einer Trauerweide, wo er jeden Neuankömmling sehen konnte. Er war umringt von Frauen, die an seinen Lippen hingen, um seine Kommentare über alle zu hören (»Nur die netten Europäer, nicht die miesen«, sagte er) und ihm Komplimente für seine Perlenmanschettenknöpfe, groß wie Murmeln, machten. Er begrüßte seine speziellen Freunde, alles Frauen, mit Komplimenten über ihre Kleider und begrüßte die, die er nicht mit seiner Freundschaft ehrte, überhaupt nicht.

»Sie kennen jeden, Ezzie«, sagte Bijou McCord, die Millionärin aus Texas, die versuchte, in New York Fuß zu fassen.

»Ja«, erwiderte Ezzie und strahlte vor Stolz und Zufriedenheit.

Einige Male runzelte sich seine Stirn verärgert, wenn jemand die Treppe hochkam, den er nicht auf der Gästeliste vermutet hatte. Er war schockiert, als Constantine de Rham auftauchte, wo er doch Ruby so dringend geraten hatte, ihn nicht einzuladen, und er teilte seinem Kreis von Bewunderern sofort mit, er sei wahrscheinlich ohne Einladung gekommen, genau wie Yvonne Lupescu damals bei Justines Hochzeit. »Elias wird ihn rauswerfen, da könnt ihr euch auf mich verlassen«, sagte er. Leider traf Elias, der Ruby suchte, in diesem Augenblick auf Constantine de

Rham und begrüßte ihn, nicht sehr herzlich, die Begrüßung eines wichtigen Gastgebers für einen unwichtigen Gast.

Jamesey Crocus kam mit Adele Harcourt, der Wohltätigkeitskönigin New Yorks. Jamesey war immer als Begleiter für die *Grande Dame* verfügbar und dank seinem Hang zur Literatur auch gebeten worden, Mrs. Harcourts Buchklub beizutreten.

»Mein Gott, sie haben alle gekriegt«, flüsterte Jamesey Adele zu. Die *Haut Monde* war vollzählig bei den Renthals erschienen.

»*Tout* New York«, flüsterte Adele Harcourt.

»Was flüstert ihr beiden denn?« fragte Ruby im Vorbeigehen.

»Ich hab gerade zu Adele gesagt, wir sollten als nächstes Trollope im Buchklub lesen, jetzt, wo wir mit den Russen fertig sind«, sagte Jamesey.

»Ich hab gesagt, was für wunderbare Arbeit Mickie geleistet hat«, sagte Adele gleichzeitig.

Mickie Minardos' Augen glänzten wie die eines Kindes ob dieser Erfüllung seiner Kreativität. Er wurde von allen mit Komplimenten überhäuft, sogar, wie er Loelia zuflüsterte, von Adele Harcourt selbst. Das hatte er sich immer gewünscht: Anerkennung als Künstler anstatt Anerkennung als Schuhdesigner. Bescheiden wehrte er die Komplimente ab; die Leute hatten ja keine Ahnung, was da noch kommen werde. Wenn dann um Mitternacht erst die zehntausend Schmetterlinge, die heute aus Chile angekommen waren, losgelassen und beim Walzer durch den Ballsaal fliegen würden, gelb und orange, der absolute Höhepunkt, dann werde dieses Fest als das schönste des Jahrzehnts in die Annalen New Yorks eingehen.

»In ganz Holland wird es keine einzige gelbe Tulpe mehr geben!« rief Dodo Fitz Alyn Van Degan beim Anblick des Ballsaals.

»Diese Leute haben ein Vermögen ausgegeben, um uns zu unterhalten, und wollen dafür nur von uns akzeptiert werden«, sagte Ormonde Van Degan, den man mit dem Lastenaufzug in den Ballsaal gebracht hatte, damit er alles sehen konnte, bevor er sich nach oben zurückzog, weg von der Musik und den Menschenmassen, und mit einem alten Freund, den er entdeckt hatte, genüßlich eine Zigarre rauchen konnte, während Dodo und Lil sich den Auftrieb und das Tanzen anschauten.

»Das wird nicht passieren«, sagte Lil zu ihrem Vater.

»O ja, das wird es«, sagte der alte Mann. »Es ist schon passiert.«

Ruby und Elias begaben sich zur Tanzfläche, sie mit dem Grafen, er mit der Gräfin, und eröffneten den Ball so traditionsgemäß, als hätten sie ihr ganzes Leben nichts anderes getan. Die Leute klatschten, aber keiner so heftig wie Maisie Verdurin, die Tränen in den Augen hatte vor Stolz über den Triumph der Renthals, die es geschäftlich und gesellschaftlich ohne die Vorteile von Herkunft und Erbe geschafft hatten. »Der fleischgewordene amerikanische Traum«, sagte Maisie hingerissen und klatschte weiter. Dann brachte Laurance Van Degan Faye Converse zur Tanzfläche, Jamesey Crocus folgte mit Adele Harcourt, ein jugoslawischer Prinz mit einer bulgarischen Prinzessin, und in kürzester Zeit tanzten alle.

»Haben Sie je etwas so Schönes gesehen?« fragte Adele Harcourt.

»Sie haben es uns gezeigt, Mr. Renthal«, sagte Janet Van Degan.

Als es Elias endlich gelang, mit Ruby zu tanzen, fand er sie schön wie nie zuvor.
»Wir ham's geschafft, Kleine«, flüsterte er ihr ins Ohr.
Sie lächelte ihn an.
»Wir sind ein Team«, flüsterte er.
»Ein Team«, flüsterte sie zurück.
In diesem Augenblick klatschte ein Botschafter Elias ab, aber Ruby flüsterte Elias noch zu, bevor sie mit dem Botschafter weitertanzte: »Vergiß nicht, wenn die First Lady kommt, müssen wir beide sie am Eingang begrüßen und hereinbegleiten, und du mußt als erster mit ihr tanzen.«
»Ich werd's nicht vergessen«, sagte Elias.
»Bleib in der Nähe. Es ist bald soweit«, forderte Ruby ihn auf.

Erst im nachhinein, als die Leute, die nicht eingeladen gewesen waren, in der *News* und der *Post* und in diesem Fall sogar in der mächtigen *Times*, die normalerweise nie über Privatfeste schrieb, alles über das Fest gelesen hatten, wurde der Ball der Renthals zu einer Legende, die lange Jahre nicht vergessen wurde. »Ich hab gelesen, du warst beim Ball der Renthals«, sagten die Leute. »Erzähl mir alles.«
Das Billardzimmer war das einzige, das den Gästen verschlossen blieb, weil der Billardtisch, der einmal Edward VII. gehört hatte, noch seinen originalen Filzbezug hatte und Elias befürchtete, die Gäste könnten Gläser draufstellen. Während Dodo und Lil sich das Tanzen anschauten, zog Ormonde sich mit Lord Biedermeier auf eine Zigarre in das kleine Zimmer oben neben dem Billardzimmer zurück, das normalerweise für Poker und Zigarrenrau-

chen vorgesehen war, was Ruby in den anderen Räumen nicht duldete.
Lord Biedermeier, der ständig nur Bücher im Kopf hatte, hätte nichts lieber getan, als eine Biographie der Van-Degan-Familie zu schreiben, deren Wurzeln in der Nation und der Stadt – politisch, gesellschaftlich und finanziell – mit keiner anderen Familie vergleichbar waren, und so unterbreitete er den Vorschlag dem Achtziger Ormonde Van Degan, denn seine Unterstützung könnte seinen Sohn Laurance, der im allgemeinen gegen jede Form von Publicity war, dazu bringen, mit dem Biographen, der ihm vorschwebte, zu reden.
»Seit Ihrer Hochzeit sehen Sie wirklich sehr gesund aus«, sagte Lord Biedermeier, obwohl Ormonde Van Degan in diesem Moment aussah, als würde er jeden Augenblick den Löffel abgeben. Der alte Mann ging normalerweise um acht Uhr zu Bett und war von seinem nächtlichen Ausflug in die Gesellschaft erschöpft, zu dem ihn seine Frau Dodo und sein Sohn Laurance überredet hatten.
»Wer, zum Teufel, sind diese Leute?« erwiderte Ormonde Van Degan, seine Stimme war kaum hörbar.
»Welche Leute?« fragte Lord Biedermeier.
»Die die Wohnung meines Freundes Sweetzer Clarke benutzen.«
»Oh, ich verstehe«, erwiderte Lord Biedermeier lachend. »Unsere Gastgeber meinen Sie? Elias und Ruby Renthal? Elias Renthal ist einer der reichsten Männer im Land.«
»Sweetzer fehlt mir. Verdammt guter Sportsmann. Und ein guter Schütze, wie es sich gehört. Seine Mutter war eine Phelps. Ein Gentleman. Das ist Mr. Renthal nicht«, keuchte der alte Mann.
Lord Biedermeier hielt es für das Beste, das Gespräch

nicht in dieser Richtung fortzusetzen, und bot Mr. Van Degan eine Zigarre an, was der eigentliche Zweck seines Besuchs im Rauchzimmer gewesen war. Seine Zigarren waren aus Kuba, über London eingeführt, und er war immer sehr stolz, wenn Zigarrenraucher ihm Komplimente dafür machten.
»Kuba«, sagte er und bot Ormonde Van Degan eine an.
Van Degan bedeutete Lord Biedermeier, ihm die Zigarre zurechtzumachen. Er schnitt die Spitze ab, und der alte Mann steckte sie in den Mund.
»Ich habe darüber nachgedacht, Sir«, sagte Lord Biedermeier, zündete ein Streichholz an und hielt es an Ormondes Zigarre, »was für eine wunderbare und ehrwürdige Familie Ihre Familie ist und in der Geschichte dieses Staates immer war.«
»Mein Vater war der Gouverneur«, flüsterte Ormonde.
»Genau«, sagte Lord Biedermeier.
»Mein Onkel war der Botschafter in Frankreich«, fuhr Ormonde fort.
»Genau das, worauf ich hinauswollte«, sagte Lord Biedermeier. »Sie müssen fester an der Zigarre ziehen, damit sie brennt.«
Der alte Mann inhalierte den Rauch.
»Ich dachte mir, es sei an der Zeit, eine Biographie Ihrer Familie herauszubringen, vom Anfang bis zum heutigen Tage«, sagte Lord Biedermeier. »Sehen Sie, Mr. Van Degan –«
Der alte Mann mußte nach dem Inhalieren husten, und sein Körper bäumte sich unter einem Herzanfall auf.

Als Constantine de Rham Lil Altemus zum Tanzen aufforderte, erwiderte Lil, eingedenk ihrer besten Freundin

Consuelo, schlicht: »Nein«, ohne Begründung oder Entschuldigung. Loelia Manchester lehnte seine Aufforderung ebenfalls ab, genauso auch Mary Finch. Ruby Renthal, die mit Elias in Constantines Haus gewesen war, als er noch mit Gladyce verheiratet war, sagte, nachdem Constantine sie zum Tanzen aufgefordert hatte: »Jetzt nicht«, und entschuldigte sich mit ihren Pflichten als Gastgeberin, aber Constantine begriff, daß sie auch später keine Zeit für ihn haben würde.

Auf der Suche nach einem Sitzplatz sah Constantine, wie Laurance Van Degan eine Hand auf den Stuhl neben sich legte, als wäre er besetzt, obwohl er dann zwanzig Minuten lang leer blieb. Schließlich entdeckte er, ganz allein auf einem Stuhl, einen gescheiterten Wall-Street-Finanzier, Max Luby, einen früheren Geschäftsfreund Elias', der wegen Fälschung kurz gesessen hatte. Er setzte sich neben ihn. Als Elias Max zu dem Ball eingeladen hatte, meinte Luby, der sich auf Gesellschaften nicht wohl fühlte: »Ich weiß doch nicht, was ich mit all den Leuten reden soll«, und Elias hatte erwidert: »Keine Sorge, Max, es wird sowieso keiner mit dir reden.« Max Luby und Constantine de Rham waren beide froh, jemanden zum Reden gefunden zu haben. Kurz darauf gesellte sich Gus Bailey zu ihnen.

»Amüsieren Sie sich, Mr. de Rham?« fragte Gus.

»Hauptsache, man kann morgen sagen, man sei hiergewesen«, erwiderte Constantine, der sich nicht amüsierte.

»Mrs. Lupescu ist nicht dabei?«

»Leider hatte Mrs. Lupescu für heute abend schon andere Pläne.«

Etwas leiser sagte Gus, direkt in de Rhams Ohr: »Ich hab Ihren Freund Feliciano besucht.«

»Ja, ja, ich weiß. Er hat angerufen und gefragt, ob Sie für soviel Geld gut sind.«

»Und was haben Sie ihm gesagt?«

»Ich hab gesagt, Sie würden in den besten Häusern New Yorks dinieren.«

»Das ist, wie wir beide wissen, keine Garantie für Liquidität.«

»Sicher, sicher. Aber Feliciano hat es genügt.«

In diesem Moment ging Ruby vorbei und sah Gus.

»Gus Bailey, soll das etwa heißen, daß du mich nicht zum Tanzen auffordern willst?« fragte sie.

»Ich bin ein lausiger Tänzer, Ruby«, erwiderte Gus. Den ganzen Abend hatte Gus versucht, einen Moment zu finden, in dem er Ruby von Byron Macumber erzählen konnte, und hier war er nun.

»Ich glaube Männern nie, die sagen, sie wären lausige Tänzer. Komm.« Ruby nahm Gus an der Hand und führte ihn zur Tanzfläche. Sie tanzten eine Zeitlang schweigend.

»Was soll das heißen, du bist ein lausiger Tänzer? Stimmt doch gar nicht.«

»Schau mal, wer meine Partnerin ist«, sagte Gus.

Die Musik wechselte. Der Rhythmus wurde langsamer. Gus legte den Arm fester um Rubys Rücken, und sie lehnte ihre Wange an seine. »Wie ich höre, hast du mich heute nachmittag angerufen.«

»Hab ich.«

»Weswegen?«

»Wo wirst du morgen sein, Ruby?« fragte er.

»Genau hier. Kannst du dir vorstellen, was das heißt, diese Party wieder abzubauen?«

»Ich möchte dich morgen sehen, Ruby. Nur fünfzehn oder zwanzig Minuten. Allein«, sagte Gus.

Ruby lehnte sich zurück und schaute Gus an. Sein Gesicht war ernst.

»Das ist kein Partygeschwätz, nehm ich an?« fragte sie.

»Nein.«

»Lefty Flint?«

»Nein, nicht Lefty Flint. Es gibt da etwas, das du wissen solltest.«

»Erzähl's mir.«

»Morgen.«

»Drei Uhr. Da kommt einer dieser albanischen Prinzen, der will dich abklatschen. Gib mir einen Tip, Gus, schnell. Du hast mich neugierig gemacht.«

»Byron Macumber«, sagte Gus.

Sie überlegte kurz, konnte aber den Namen nicht unterbringen, wie sie Gus mit einer Geste zeigte. Der Prinz übernahm Gus' Platz. »Byron Macumber, Byron Macumber, es dämmert«, sang sie zur Melodie des Orchesters, und der Prinz wirbelte sie herum.

»Ich bin ein ganz einfacher Kerl aus dem Mittleren Westen. Arme Familie. Hab während der Schulzeit immer arbeiten müssen, aber in den paar Jahren hier in New York hab ich viel über Leute wie Sie gelernt«, sagte Elias zu Loelia Manchester, während er mit ihr über die Tanzfläche seines Ballsaals wirbelte. Im Gegensatz zu Mickie Minardos, der mit viel Mühe seine bescheidene Herkunft zu kaschieren versuchte, hatte Elias Renthal sich angewöhnt, seine harte Jugend schamlos zu übertreiben, um seinen spektakulären Aufstieg zur Spitze von Macht und Reichtum noch mehr zu betonen. »Schaun Sie, selbst hier, wo die *Crème de la Crème* der Stadt in meinem Haus versammelt ist, bilden sich kleine Untergruppen. Dort drüben zum Beispiel, all diese abgetakelten gekrönten Häupter, auf die Ruby so steht, sitzen an einem Tisch zusammen. Und dort drüben, unter der Trauerweide, da sitzt die alte Garde von New York. Lil Altemus und alle Van Degans und Cora Mandell und die alte Lady Somerset.«

»Die alte Lady Somerset ist meine Mutter, Elias«, sagte Loelia.

»O ja, richtig. War nicht bös gemeint. Bin ich ins Fettnäpfchen getreten?«

»Diese Woche nicht, Elias. Meine Mutter wirft mich aus ihrem Testament raus.«

»Sie wird sich schon wieder beruhigen, Loelia. Die Stimme des Blutes wirkt bei euch Leuten immer. Jetzt schaun Sie mal rüber zu dem Tisch. Sie müssen zugeben, ich bin alten Freunden gegenüber loyal«, sagte Elias und schaute zu dem einsamen Duo Max Luby und Constantine de Rham. »Ich laß sie nicht fallen wie alle anderen, wenn sie im Leben mal die falsche Kurve nehmen. Da ist Constantine de Rham, den die Leute nicht mehr einladen. Und der arme Max Luby, der erst vor kurzem entlassen wurde, wegen dieser dämlichen Fälschung, die er angeblich gemacht hat, was ich keine Sekunde glaube. Die wenigsten würden sie noch einladen, aber ich tu's.«

»Vielleicht sollten Sie sie an einem Abend einladen, an dem Leute wie wir nicht da sind«, sagte Loelia.

»Wenn ich Sie recht verstehe, mißfallen Ihnen meine Freunde«, sagte Elias.

»Ich möchte nicht mit ihnen tanzen müssen«, sagte Loelia.

Lord Biedermeier rannte mit wehendem Pincenez am schwarzen Band durch den Ballsaal, um Elias Renthal die Nachricht zukommen zu lassen.

»Welche Hast!« sagte Lil Altemus und zog den Satinrock ihres aufwendigen Kleides zur Seite, als er an ihr vorbeidrängelte.

»Ah, Lil«, sagte er und blieb stehen. »Verzeih mir.« Einen Moment lang überlegte er, ob er ihr sagen sollte, daß ihr Vater in einem der oberen Zimmer einen Herzanfall gehabt hatte, aber in diesem Augenblick kam Elias und forderte sie zum Tanz auf.

»Wie nett, Elias«, sagte Lil, stand auf und reichte ihren Beutel Dodo.

»Ich muß zuerst etwas mit Elias besprechen«, sagte Lord Biedermeier, der Elias mitteilen wollte, daß einer seiner wichtigsten Gäste möglicherweise im Sterben lag.

»Nein, erst nach diesem Tanz«, sagte Elias und führte Lil zur Tanzfläche.

»Wie heiter das alles ist«, sagte Lil strahlend und huldvoll und führte rückwärts.

Sie tanzten an Laurance und Janet Van Degan vorbei, beide Paare lächelten und winkten, auf beiden Seiten war den Pflichten Genüge getan worden.

Nachdem Elias Lil wieder an ihren Platz gebracht hatte, gelang es Lord Biedermeier, Elias beiseite zu ziehen und ihm zuzuflüstern, Ormonde Van Degan habe einen Herzanfall gehabt.

»Das schmeißt die ganze Scheißparty«, sagte Elias.

»Ja«, stimmte Lord Biedermeier zu.

»Und die First Lady wird jeden Augenblick eintreffen«, flüsterte ihm Elias ins Ohr.

»Nein!« sagte Lord Biedermeier, der nicht wußte, daß den Renthals diese Ehre zuteil werden sollte.

»Sie haben es doch niemandem erzählt, oder?« fragte Elias.

»Du lieber Himmel, nein. Fast hätte ich es Lil und Dodo erzählt, aber da sind Sie dazwischengekommen.«
Die beiden eilten so schnell es ging nach oben.

Im ersten Stock, vor dem Raucherzimmer, versicherten sich Elias Renthal und Lord Biedermeier, daß sie unbeobachtet waren, und öffneten dann die Tür. Elias sperrte die Tür hinter sich ab.
»Wo ist er?«
»Er war in dem Stuhl«, stöhnte der Lord.
»Großer Gott, er liegt auf dem Boden«, bemerkte Elias.
»Er ist tot«, sagte Lord Biedermeier.
Die beiden Männer schauten sich an.
»Das wird die Party ruinieren«, meinte Elias.
»Das sagten Sie schon«, stellte Lord Biedermeier fest.
»Wie wär's, wenn wir kein Wort sagen, bis die First Lady gegangen ist? Dann kommen Sie hier rauf und entdecken ihn, wir rufen eine Ambulanz und schaffen ihn mit dem Lastenaufzug runter«, sagte Elias. »Ich meine, er ist doch schließlich ein alter Mann, es ist doch keine große Tragödie.«
»Okay«, sagte Lord Biedermeier.
»Großer Gott«, seufzte Elias. »Er hat sich in die Hosen geschissen.«
»Das machen sie anscheinend alle«, sagte Lord Biedermeier.

»Hast du Elias gesehn, Gus?« fragte Ruby, als der gerade mit Dodo tanzte. Ruby hatte sich das dritte Mal umgezogen und wieder einen neuen Satz Juwelen angelegt, diesmal ihre Rubine, zur Ankunft der First Lady.
»Ich hab ihn mit Lord Biedermeier nach oben gehn sehn«, erinnerte sich Gus.

»Er ist bestimmt rauf, um eine seiner verdammten Zigarren zu rauchen«, sagte Ruby. »Entschuldige bitte, Dodo, ich muß mir Gus kurz ausleihen.«
Ruby nahm Gus beim Arm und ging mit ihm zur Tür. »Holst du ihn bitte, Gus? Die First Lady hat das Rhinelander verlassen, und wir müssen sie an der Tür empfangen.«
»Ich hab nicht gewußt, daß die First Lady kommt«, sagte Gus.
»Sag Elias, wir treffen uns an der Eingangstür.«

Elias sperrte die Zwischentür zum Billardzimmer auf, dann trugen die beiden Männer Ormonde Van Degan von einem Zimmer ins andere.
»Heben wir ihn auf den Billardtisch«, schlug Lord Biedermeier schwitzend vor.
»Das ist eine Antiquität«, protestierte Elias. »Der Tisch hat einmal Edward VII. gehört.«
»Legen Sie den Teppich auf den Tisch, dann legen wir ihn auf den Teppich«, meinte Lord Biedermeier. »Und drehen Sie die Aircondition auf.«
»Und sperren Sie die Tür ab«, sagte Elias.
In diesem Augenblick klopfte jemand an die Tür. Die beiden Männer sahen sich an, und Elias machte Lord Biedermeier ein Zeichen, nicht zu antworten.
Es klopfte wieder.
»Elias«, sagte Gus auf der anderen Seite der Tür. »Ich soll Ihnen von Ruby sagen, die First Lady kommt jeden Moment, und Sie sollen an die Eingangstür kommen.«
»Ach, du Scheiße«, flüsterte Elias.
»Besser, wenn wir jetzt gehn«, sagte Lord Biedermeier. »Hier drin stinkt's.«

Als Elias und Ruby Renthal den Ballsaal mit der First Lady zwischen ihnen wieder betraten, erhoben sich zum Tusch der Musik die vierhundert Gäste und applaudierten. Jeder, auch Lil Altemus, war sich bewußt, daß dies heute die wichtigste Party im ganzen Land war, möglicherweise der Welt, und sie waren auserlesen, daran teilzunehmen. Den Renthals, die vor kurzem noch keiner kannte, war der gesellschaftliche Triumph der Dekade gelungen.

Das Orchester stimmte den »First Lady Waltz« an, den Ruby extra für diesen Anlaß hatte komponieren lassen, und Elias führte die Frau des Präsidenten zur Tanzfläche.

»Wie hübsch«, sagte die First Lady und schaute sich beim Tanzen die Trauerweiden, die Orchideen, Tulpen und Lilien an.

»Warten Sie ab«, sagte Elias, »es kommt noch besser.«

Dicht neben ihnen tanzte Mickie Minardos mit Loelia Manchester, und jeder sah, wie verliebt sie waren. Mickie war der geborene Tänzer, und Loelia schien durch die Luft zu schweben, während er sie durch die kompliziertesten Tanzschritte führte. Loelia hatte Mickie noch nie so glücklich gesehen, er wurde von allen Seiten mit Komplimenten für seine künstlerische Dekoration überhäuft.

»Alles bereit für die Schmetterlinge?« flüsterte ihm Loelia ins Ohr.

»Punkt zwölf«, erwiderte Mickie.

»Wo sind sie?« fragte sie.

»In den Wolken versteckt«, sagte er. Sie schaute hoch und sah die bauschigen Wolken aus Tüll und Seide, die von der Decke schwebten.

»Du bist ein Genie, Mickie«, sagte Loelia.

In diesem Moment trennte Ezzie Fenwick die beiden, und

Mickie ging nachschauen, ob seine Arbeiter für den großen Moment bereit waren.
Ezzie Fenwick war zwar ziemlich füllig, aber ein hervorragender Tänzer; er genoß es, die hübschesten Damen New Yorks über die Tanzfläche zu wirbeln, und es gab wohl kaum eine hübschere als Loelia. Unter dem Siegel der Verschwiegenheit flüsterte Loelia ihm zu, der First Lady sei nahegelegt worden, den Ball der Renthals nicht zu besuchen, weil Renthal von der Securities and Exchange Commission wegen finanzieller Missetaten untersucht würde. Ezzie, ein geborener Schauspieler, kreischte vor Lachen und tat so, als finde er die Vorstellung genauso absurd wie Loelia. Er wurde aber den Gedanken nicht los, daß etwas Wahres an diesem Gerücht sein müsse, wenn das Weiße Haus die First Lady davor warnte. Ezzie genoß zwar den Ruf eines Mannes, dem man Geheimnisse ungestraft anvertrauen konnte, aber in Wirklichkeit hatte er es noch nie fertiggebracht, ein Geheimnis zu bewahren. Ezzies sonst so flinke Füße wurden mit einemmal zu Blei. Er konnte einfach nicht weitertanzen, er mußte dieses Geheimnis weitergeben, sonst würde er platzen.
»Sie sind eine fantastische Tänzerin, Loelia!« rief er. »Ich bin erschöpft!«
Loelia lachte, und sie verließen Hand in Hand die Tanzfläche.
»Das Gespräch bleibt aber unter uns, Ezzie«, sagte Loelia.
»Darling, meine Lippen sind versiegelt«, sagte Ezzie.
In diesem Augenblick ging Dolly De Longpre an ihm vorbei. Ezzie wirbelte sie einmal im Kreis und wollte ihr gerade die aufregende Neuigkeit ins Ohr flüstern, als er Florian Gray sah. Florian Gray war gerade erst dabei, sich einen Namen zu machen, und würde einem solchen Ge-

rücht gnadenlos nachgehen, während die gute Dolly, Liebling aller, »Quatsch!« rufen und die häßliche Geschichte abstreiten würde; oder aber, schlimmer noch, sie riefe zuerst im Weißen Haus an, um die Geschichte zu bestätigen, oder, o Graus, fragte die First Lady selbst, ob sie wahr wäre.

Dolly folgte Ezzies Blick und sah, wie Florian Gray in Richtung Herrentoilette verschwand. Sie schüttelte den Kopf und sagte: »Ich versteh nicht, wieso Ruby und Elias ihn eingeladen haben.«

»Dolly, er ist es nicht einmal wert, den Saum deines Kleides zu küssen«, sagte Ezzie.

Ezzie sprach auf der Herrentoilette kurz mit Florian und verabredete sich dann mit ihm im Raucherzimmer im ersten Stock, wo keiner sie beobachten würde. Nach einigem Hin und Her flüsterte Ezzie ihm zu: »Sie werden Elias Renthal anzeigen, weil er Geschäfte mit Insiderinformationen gemacht hat«, flüsterte Ezzie ihm zu.

»Nein!« sagte Florian, der sein Glück nicht fassen konnte. Mit dieser Story war ihm die Titelseite sicher. Es war die Chance, auf die er so lange gewartet hatte.

In diesem Moment öffnete sich die Tür des kleinen Zimmers, und Lil Altemus kam mit Dodo Fitz Alyn Van Degan herein. Die beiden suchten Ormonde, weil sie glaubten, er wolle sicher die Schmetterlinge sehen, bevor sie ihn nach Hause brachten.

»Oh, Verzeihung«, sagte Lil.

»Schon in Ordnung«, sagte Ezzie. »Ich hab dem jungen Mann gerade die Namen der Gäste gegeben, die er nicht kennt.«

»Ja, natürlich«, sagte Dodo augenzwinkernd.

»Haben Sie vielleicht meinen Vater gesehen, Ezzie?«

»Er ist vor einer Stunde hier rauf, um eine Zigarre zu rauchen, und wir können ihn nirgends finden«, ergänzte Dodo.
»Ich hab ihn nicht gesehen«, sagte Ezzie.
»Ich auch nicht«, echote Florian.
»Was ist in dem Zimmer?« fragte Lil.
»Der Billardtisch«, erwiderte Ezzie. »Sie haben es heute abend abgesperrt. Elias hatte Angst, jemand könnte Gläser auf den alten Filz stellen oder so was.«
»Es ist abgesperrt«, sagte Dodo.
»Er muß da drinnen sein. Wir haben in alle anderen Zimmer geschaut«, sagte Lil. »Schau durchs Schlüsselloch, Dodo.«
Dodo kniete sich auf den Boden und legte ein Auge ans Schlüsselloch.
»Schau! Er schläft, mitten auf dem Billardtisch. Wie süß! Schau dir deinen Vater an, Lil.«
»Ich geh runter, die Schmetterlinge anschaun«, sagte Ezzie.
»Ich auch«, sagte Florian.
»Laß mal sehn«, sagte Lil und kniete sich ebenfalls hin, um durchs Schlüsselloch zu schaun.

Inzwischen hatten alle Gäste von den zehntausend gelben und orangefarbenen Schmetterlingen gehört, die während des Mitternachtswalzers losgelassen werden sollten und erst heute morgen aus Chile eingetroffen waren. Die Leute versammelten sich kurz vor Mitternacht wie die Zuschauer des Neujahrsfeuerwerks zum Countdown im Ballsaal. Mickie Minardos, unterstützt von Loelia Manchester, gab seinen Leuten letzte Anweisungen.
Die Lichter des Ballsaals wurden gedimmt, ein Raunen

ging durch die Menge, als rosa und türkis fluoreszierende Lichter angingen und den Ballsaal in eine Märchenwelt verwandelten. Eine goldene Schnur wurde gezogen, die Wolken öffneten sich, und Tausende von Schmetterlingen flatterten von der Decke.

»Oh, himmlisch!«

»Göttlich!«

»Fantastisch!«

»Das Schönste, was ich je gesehn habe«, rief Ruby Renthal und nahm Elias' Hand, die dieser fest drückte.

»Mir fehlen die Worte«, sagte die Gräfin von Castoria.

»Oh, seht nur«, rief die First Lady und klatschte begeistert.

Die Leute stürmten die Tanzfläche. Jeder wollte tanzen. Enthemmung war das Motto des Abends, und die Paare gaben sich der Musik und der Schönheit des Renthal-Balls hin. Die Tanzfläche war voll, als der erste Schrei ertönte, von Rochelle Prud'homme, gefolgt von den Schreien Matilda Clarkes und Violet Bastedos, als die zehntausend gelben und orangefarbenen Schmetterlinge, heute erst aus Chile eingeflogen, tot herabfielen, verschmort von der Hitze der rosa und türkis fluoreszierenden Lichter. Geheimdienstleute stürmten an den Tänzern vorbei, die sich hektisch tote Schmetterlinge von den Schultern und aus den Haaren wischten, um die First Lady in Sicherheit zu bringen, bevor das Chaos völlig außer Kontrolle geriet.

»Der *Geruch*«, rief Ezzie und wedelte vor der Nase mit der Hand wie mit einem Fächer.

»Macht diese scheißfluoreszierenden Lichter aus!« brüllte Elias.

»Sag nicht Scheiß, Elias«, flüsterte die völlig aufgelöste Ruby ihrem Mann ins Ohr.

Mickie, schweißüberströmt vor Entsetzen, drehte den Schalter, der die Lichter kontrollierte, und der Ballsaal versank in Dunkelheit. Fernanda Somerset schrie. Auf der überfüllten Treppe fiel eine ungeheuer fette albanische Prinzessin in Ohnmacht und warf dabei einige Leute um.

»Mach das Ballsaallicht an!« brüllte Elias.

»Ich finde den Schalter nicht!« schrie Mickie Minardos zurück.

»Du hast meine Party ruiniert!« brüllte Ruby Mickie an.

»Wie kannst du es wagen, Mickie so anzubrüllen«, schrie Loelia Manchester Ruby an.

»Flickschuster!«

»Nutte!«

»Mir hat einer auf den Rücken gekotzt«, brüllte Constantine de Rham.

»Es war Binkie Castoria«, sagte Jamesey Crocus.

»Adele Harcourt hat einen toten Schmetterling verschluckt!« rief Minnie Willoughby.

»Licht!«

»Licht!«

»Hat einer die Polizei angerufen?«

»Das Telefon ist tot!«

»Laurance, Vater liegt tot auf dem Billardtisch«, schrie Lil Altemus.

»Was soll das heißen: Vater liegt tot auf dem Billardtisch?«

»Nichts wie raus hier!«

»Die Lifte funktionieren nicht.«

»Der griechische Schuhmacher hat alle Sicherungen im Haus durchgejagt!«

»Wer sind diese schrecklichen Leute überhaupt?«

»Ich bin ihnen nur einmal zuvor begegnet«, sagte die Gräfin von Castoria.

»Er ist Gegenstand einer Untersuchung der Securities and Exchange Commission.«
»Was erwarten Sie von Leuten, die eine Million für Vorhänge ausgeben?«
»Hör ich Sirenen?«
»Polizei oder Feuerwehr?«
»Schlagt die Fenster ein!«
»Nicht mit der Bergère, nicht die Fenster einschlagen«, rief Ruby.
Als die Polizei und die Feuerwehr über denselben Kran eintrafen, von dem Julio Martinez zu Tode gestürzt war, spielte das Orchester: »Näher mein Gott zu dir.«

36

Die Zeitungen meldeten außer Ormonde Van Degans Tod zwei gebrochene Knöchel, zwei gebrochene Arme und ein gebrochenes Bein in dem Chaos nach dem Stromausfall beim Ball der Renthals am gestrigen Abend, an dem vierhundert Leute, einschließlich der First Lady, teilgenommen hatten. Die Gazetten meldeten weiterhin, Adele Harcourt, die *Grande Dame* New Yorks, sei fast an einem toten Schmetterling erstickt und befinde sich nun zur Nachbehandlung im Harcourt-Pavillon des Manhattan Hospital.

»Sie sind abgehauen. Ausgeflogen«, sagte Ezzie Fenwick am Nachmittag des folgenden Tages am Telefon.

»Dann müssen wir uns wenigstens nicht bedanken oder Blumen schicken. Ruby will sicher in ihrem ganzen Leben keine Blume mehr sehen«, sagte Matilda Clarke.

Am Morgen nach dem Ball verließen die Renthals New York in ihrer Privatmaschine Richtung Europa, obwohl das am Tag zuvor noch nicht geplant gewesen war. Die Leute fragten sich später, ob der Grund dafür wohl gar nicht das Fiasko des Balls gewesen war, sondern Elias' bevorstehende Untersuchung durch die Securities and Exchange Commission.

»Heute? Wir fliegen heute?« hatte Ruby entsetzt gefragt, wie Candelaria, die Zofe Rubys, Lil Altemus' Zofe Lour-

des berichtet hatte. Rubys Augen waren verweint und geschwollen.
»Heute«, erwiderte Elias. »Um genau zu sein, in drei Stunden.«
»Elias«, flehte Ruby ihn an. »Ich will ja weg. Das weißt du auch. Ich kann keinem in der Stadt gegenübertreten. Nur in drei Stunden kann ich unmöglich fertig sein.«
»In zwei Stunden und fünfundfünfzig Minuten«, sagte Elias.
»Aber meine Kleider. Ich schaffe es nie, alles für eine zweimonatige Reise in so kurzer Zeit zu packen«, sagte sie.
»Candelaria kann dein Zeug packen und es dir nachschikken. Ansonsten kauf dir in der Zwischenzeit einfach etwas Neues.« Elias verließ ihr Schlafzimmer und ging die Treppe hinunter. Erstaunt hörte er, wie Ruby ihm folgte.
»Wird etwas passieren, Elias?«
»Wie meinst du das?«
»Irgendein Unglück.«
»Warum fragst du das?«
»Ich fühle es.«
»Hast du etwas gehört?«
»Elias, spiel keine Spielchen mit mir. Du hast gesagt, wir wären ein Team, weißt du noch?«
»Ich weiß noch, Ruby.«
»Ein Team bedeutet gute und schlechte Zeiten.«
Elias ging in den Salon und schaute aus dem Fenster zum Central Park. Eine Trauerweide wurde gerade mit einem Kran zur Straße hinuntergehoben.
»Brauchst du Geld, Elias?« fragte Ruby, die ihm gefolgt war.
»Du lieber Gott, nein«, erwiderte er lachend.

»Ich meine nur, ich hab diesen ganzen Schmuck.« Sie öffnete ihren schwarzen Eidechsenlederschmuckkoffer, den sie mit heruntergebracht hatte, und begann die Stücke abzunehmen. »Wir können alles verkaufen. Und das ganze Geld, das du mir überschrieben hast. Es gehört dir.«
»Nein, danke, Ruby. Die Kohlen stimmen noch. Aber ich werde nie vergessen, daß du mir das angeboten hast.«
»Erzähl mir, was los ist, Elias. Du steckst in Schwierigkeiten, stimmt's?«
»Ja. Vielleicht.«
»Was hast du getan?«
»Was schon viele Leute vor mir getan haben und noch viele Leute nach mir tun werden.«
»Das ist keine Antwort.«
»Ich hab mir Insiderinformationen zunutze gemacht, die ich von jungen Typen in den Maklerbüros gekauft habe.«
»Das ist illegal?«
»Ja.«
»Das hast du gewußt?«
»Ja.«
Sie holte tief Luft. »Was soll ich tun, Elias?«
»Meine Lügen beschwören, wenn's nötig sein sollte.«
Zu Elias' Überraschung füllten sich Rubys Augen mit Tränen. Er begriff, daß die Tränen seiner Frau nicht seinen Schwierigkeiten galten, die sie mit ihm durchstehen würde. Sie weinte, weil er sie gebeten hatte, für ihn zu lügen. Sie ging zu einem anderen Fenster ihres Salons und schaute hinunter in den Central Park, wo eine Pennerin ihre Vorbereitungen für einen Tag auf einer Parkbank in der Fifth Avenue traf. Ruby Renthal stand neben ihren pflaumenfarbenen Damastvorhängen mit der Borte, die sechs Wochen Lieferzeit aus Paris gehabt hatte, und weinte. Als

Elias auf sie zuging, um sie zu trösten, weil er sie liebte, hob sie abwehrend die Hand; sie hatte seine Schritte auf dem Aubusson gehört, den sie Justine Altemus Slatkin abgekauft hatte, die ihn von Lil Altemus zur Hochzeit geschenkt bekommen hatte, und der aus dem Van-Degan-Haus in Newport stammte und einmal ein Hochzeitsgeschenk des belgischen Hofes an die unglückliche Kaiserin Carlotta von Mexico gewesen war.

Elias Renthal war kein vertrauensseliger Mann, was zur Folge hatte, daß er nur wenig Vertraute hatte. Zu den wenigen gehörte Max Luby, sein Spezi aus Cleveland. Elias hatte vor einiger Zeit bei Max Lubys Fälschungsprozeß als Leumundszeuge für ihn ausgesagt. »Quatsch! Absoluter Quatsch«, hatte er behauptet. »Wenn ein Mann stehlen will, dann stiehlt er nicht lausige zehntausend Dollar, denn über die Summe hat er den Scheck geschrieben. Zehntausend Dollar hätte er sich in fünf Minuten leihen können, zum Beispiel von mir. Das war nur eine einmalige Entgleisung.« Trotzdem hatte Max sechs Monate absitzen müssen, aber wie man hörte, war er dem großen Finanzier sehr dankbar, weil er sich die Mühe gemacht und ihn sogar zu seinem Ball eingeladen hatte.
»Hör mal, Max«, sagte Elias in vertraulichem Ton auf seiner Privatleitung, auf der Max ihn angerufen hatte, um ihm sein Beileid für den geplatzten Ball auszusprechen. Er saß in dem kleinen Raucherzimmer, das Ruby ihm zum Zigarrenrauchen eingerichtet hatte, demselben Zimmer, in dem Ormonde Van Degan in der Nacht zuvor gestorben war. »Ruby und ich reisen ab. Mir wird's hier ein bißchen zu heiß, wenn du weißt, was ich meine.«
»Richtig«, erwiderte Max.

»Du mußt ein paar Sachen für mich erledigen, und dann können wir uns vielleicht in einer Woche oder so in Paris treffen. Überprüf für mich, aber ganz diskret, was für Folgen es haben könnte, wenn ich meine Stiftungen für das Museum und die Oper zurückziehe. Ich glaube, ich habe ihnen jeweils zehn Millionen versprochen, über einen Zeitraum von sieben Jahren verteilt. Nur falls es kurzfristig Liquiditätsprobleme geben könnte. Ich hab keine Lust, meine Kohle für solchen Quatsch rauszuwerfen. Den Leuten kommt doch die Kohle sowieso aus den Ohren.«

»Was ist mit dem Geld für Julio Martinez?« fragte Max.

»Wer, zum Teufel, ist Julio Martinez?« fragte Elias.

»Der Arbeiter, der gestern vom Kran für die Trauerweiden gefallen ist.«

»Ach, du Scheiße, den hab ich total vergessen.«

»Das war erst gestern, Elias.«

»Ich hab schließlich andere Sachen im Kopf. Das bleibt besser.«

»Richtig.«

»Oh, und noch was, Max«, sagte er und drückte seine Zigarre in einem Aschenbecher aus. »Und noch was, sperr den Scheck, den ich Faye Converse gestern nacht für Aids gegeben habe.«

Loelia Manchester wünschte sich von ganzem Herzen, Mickie Minardos hätte Ruby Renthal gestern nacht nicht Nutte genannt, als Ruby ihm an den Kopf geworfen hatte, er hätte ihr Fest ruiniert. Sie haßte das Wort und konnte sich vorstellen, wie sehr Ruby verletzt war. Loelia mochte Ruby und hatte die Freundschaft mit ihr genossen, verstand aber auch, daß sie sie wegen Mickie nicht fortsetzen

konnte. Loelia hatte Mickie gestern abend zum erstenmal weinen sehen, bei ihrer Rückkehr ins Rhinelander. Die zweiunddreißig Stockwerke im Aufzug hatte er noch durchgehalten wegen des Aufzugbedieners und dem Grafen und der Gräfin von Castoria, die auch gerade in ihre Suite zurückkehrten. Der Graf von Castoria trug mehrere Heftpflaster und war noch immer betrunken. Er lachte zweiunddreißig Stockwerke hoch hysterisch, jedesmal, wenn er Mickie anschaute; die Gräfin, die einen toten Schmetterling im Haar hatte, hielt verzweifelt ihr aufgerissenes Kleid zu. Beim Aussteigen hatte der Graf sich lateinamerikanisch verabschiedet und gebrüllt: *»Buenas Noches, amigos«*, als die Gräfin ihn zu ihrem Zimmer führte. »Er ist kein Mexikaner, Binkie. Er ist Grieche.«
Mickie weinte wie ein Kind. Er sei schließlich ein Künstler, sagte er, und kein Elektriker. Wie sollte er Ampère, Watt und Spannung verstehen? Hatte er denn nicht das schönste Fest der Welt kreiert, bis diese Scheiß-Sicherungen versagt und in einer Sekunde die Arbeit von Monaten ruiniert hatten? Er schluchzte hemmungslos. Loelia wischte ihm die Stirn mit einem in Rosenwasser getauchten Handtuch ab.
Beiden war klar, daß sie die Stadt verlassen mußten, bevor die ersten Reporter anriefen. Loelia schlug Griechenland vor. »Du lieber Himmel, bloß nicht Griechenland«, sagte Mickie. »Stell dir vor, was meine Familie sagen wird«, und dann fing er wieder an zu weinen.
»Ich hab da eine wunderbare Idee«, schlug Loelia schließlich vor. »Da wird uns keiner finden.«
»Wo?«
»Eine Klinik in Deutschland. In Bayern. Am Tegernsee.«
»Erzähl.«

»Sie geben Spritzen. Lebende Zellen von ungeborenen Schafen. Und das baut auf. Es wird wunderbar. Wir werden vor Gesundheit strotzen und uns so jung wie meine Kinder fühlen. Keiner wird uns aufspüren, und bis wir wieder zurückkommen, haben alle den Ball vergessen. Geh du ins Bett, Schatz. Ich werde alles regeln.«

Früh am Morgen nach dem Ball rief Lil Altemus ihre Tochter Justine an. Sie merkte zuerst nicht, wie desinteressiert die Stimme ihrer Tochter klang.

»Hast du gehört?«

»Was gehört?« fragte Justine.

»Dein Großvater ist tot.«

»Armer Großvater«, sagte Justine gleichgültig.

»Mehr hast du nicht zu sagen? ›Armer Großvater.‹ Hört sich an wie ›arme Katze‹ oder ›armer Hund‹.«

»Mutter, er war fünfundachtzig.«

»Vierundachtzig.«

»Wenn das so ist, bin ich natürlich sehr schockiert.«

»Du klingst so seltsam, Justine.«

»Ich kann klingen, wie ich will, dafür muß ich mich nicht rechtfertigen.«

»Wenn ich dich nicht so gut kennen würde, würde ich fast meinen, du wärst betrunken.«

»Willst du was wissen, Mutter?«

»Was?«

»Ich bin betrunken.«

»Das ist nicht der richtige Zeitpunkt für Scherze, Justine. Du mußt sofort kommen. Es gibt Entscheidungen zu treffen, wegen der Beerdigung und so weiter.«

»Ich kann nicht.«

»Doch, du kannst. Onkel Laurance hat gerade angerufen,

und er dachte, es wäre nett, wenn die junge Generation wie Laurance, Hubie und Bernie den Sarg tragen würde. Ich halte das für eine wunderbare Idee, du nicht auch?«

»Mutter, hör mal«, sagte Justine, war aber dann doch nicht fähig, ihr Geheimnis zu offenbaren. »Hör mal, ich komm gleich. Lourdes soll Kaffee machen. Ich muß dir etwas sagen.«

»Ich habe gestern abend mit dir gerechnet. Die ganze Welt war da bis auf dich und Bernard«, sagte Lil.

Justine zögerte, hätte es gerne am Telefon hinter sich gebracht, doch die Worte: »Bernie hat mich verlassen« kamen ihr einfach nicht über die Lippen. »Bernie mußte arbeiten«, sagte sie schließlich.

»Bernie muß dauernd arbeiten. Das hält dich normalerweise auch nicht zu Hause.«

»Kopfschmerzen.«

»Du bist doch nicht etwa schwanger?«

»Oh, nein, Gott sei Dank nicht.«

»Ich dachte, du wolltest ein Baby. Warte nicht zu lange, Justine. Schau, was mit Muffie Windsor passiert ist, und sie war erst sechsunddreißig.«

»Wie war die Party der Renthals?«

»Willst du damit sagen, du weißt es noch nicht? Meine Liebe, ich weiß, wie gemein es ist zu lachen, wo doch mein armer Vater in einem Sarg bei Frank E. Campbell liegt, aber wenn du das hörst! Du kannst dir nicht vorstellen, was passiert ist. Komm rüber, ich werde dir alles erzählen. Nein, ruf Violet Bastedo nicht an. Komm her, und ich erzähl dir alles. Und ruf Hubie an. Der soll auch kommen.«

Justine Altemus Slatkins sämtliche Bekannte und Freunde lebten in einem Dreißig-Block-Radius der Stadt, in Upper East Side, und so war es wie in einer kleinen Stadt. Man lief sich ständig über den Weg in dieser kleinen Enklave.
Ezzie Fenwick fuhr gerade in einem Taxi die Park Avenue hinunter, als Justine ihre Wohnung verließ, um die paar Blocks zu ihrer Mutter zu gehen, und wurde Zeuge, wie Justine einen Schluck aus einer Bierdose, die sie in der Hand hielt, nahm. Später, als er den Damen, mit denen er zum Lunch verabredet war, den Vorfall schilderte, sagte Ezzie, Justines Gesicht habe ausgesehen wie ein verunglücktes Soufflé.
Justine sah Ezzie Fenwick nicht, als er sich aus dem Taxi lehnte, und bemerkte auch Ned Manchester nicht, bis er sie am Arm nahm.
»Möchtest du eine Tasse Kaffee?« fragte Ned.
»Na schön«, sagte Justine, die etwas schwankte.
Ned nahm ihr die Bierdose aus der Hand und schmiß sie in eine Mülltonne. Sie gingen in ein Café neben dem Whitney Museum.
»Ich weiß, wie furchtbar ich aussehe«, sagte Justine.
»Mach dir keine Gedanken deswegen«, sagte Ned.
»O Gott. Ich hasse Bier. Bernie mag Bier. Ich weiß überhaupt nicht, warum ich es getrunken habe, geschweige denn warum ich damit auf der Park Avenue rumgelaufen bin. Du glaubst doch, ich flippe aus, stimmt's?«
»Was ist los, Justine?« fragte Ned.
Justine schaute Ned an und bemerkte, daß seine Haare naß waren. Wahrscheinlich kam er gerade vom Duschen nach dem Squash im Butterfield. »Mein Hund ist gestorben«, log sie, obwohl sie gar keinen besaß.
»Was ist los, Justine?« wiederholte er.

»Bernie«, erwiderte sie.
Ned nickte, sagte aber nichts.
»Bernie hat sich nicht einmal in jemand anderen verliebt wie Loelia«, fuhr Justine fort. »Bernie will einfach nicht mehr mit mir verheiratet sein.«
Ned rührte ihr etwas Milch und Süßstoff in den Kaffee. »Ich weiß, man macht Schreckliches durch.«
»Das Unglaubliche ist, ich hab gedacht, wir wären glücklich«, sagte sie.
»Trink deinen Kaffee«, sagte Ned. »Dann geht's dir gleich besser.«
»Ich hab nicht gewußt, wie nett du bist, Ned«, sagte Justine und trank ihren Kaffee.
»Ich hab das alles auch durchgemacht«, sagte Ned.
»Es ist ein grauenhaftes Gefühl«, sagte Justine.
»Wir zwei haben aufgehört, all die kleinen Dinge zu tun, die eine Ehe ausmachen: Sonntagnachmittag ins Kino gehn, zusammen Tennis spielen, zu Hause essen, nur wir zwei allein«, sagte Ned. »Und dann ist der Flickschuster dahergekommen.«
»Ich hab ihm nur einmal was gekocht in der ganzen Zeit, in der wir verheiratet waren, weil Bonita, meine Köchin, zur Beerdigung ihrer Mutter nach Hause nach Honduras geflogen ist, und Bernie hat gesagt, es würde furchtbar schmecken, und da haben wir dann was aus dem Food-to-Go in der Lexington Avenue bestellt.«
»Hast du's Lil schon gesagt?«
»Ich war gerade auf dem Weg zu ihr, als du so nett warst, mir das Bier aus der Hand zu nehmen. Ich muß jetzt gehen. Sie wartet auf mich.«
»Tut mir leid wegen deines Großvaters. Matilda hat mich angerufen.«

»Danke, Ned.«
Justine ging weiter in Richtung der Wohnung ihrer Mutter. Der Weg schien ihr endlos lang. Ihre Seele war wund. Vor dem Gebäude, in dem die Renthals wohnten, schoß ein Fernsehteam Aufnahmen von den Trauerweiden, die per Kran wieder nach unten befördert wurden. Justine schaute eine Weile zu und ging dann weiter.
»Justine, ist alles in Ordnung?« hörte sie jemanden sagen. Sie drehte sich um und sah, daß es Brenda Primrose war, die sich Notizen über den Abbau des Balls machte.
»Justine«, sagte Brenda noch einmal und nahm ihren Arm. Die sonst so gepflegte Justine sah aus, als hätte sie in den Kleidern, die sie anhatte, geschlafen. Ihr Haar war ungekämmt. An ihrer Bluse fehlte ein Knopf. Sie roch nach Bier.
»Mir geht's gut«, sagte Justine.
»Sie armes Ding«, sagte Brenda. »Ist es wegen Ihrem Großvater? Wir hatten den Bericht über seinen Tod in den Nachrichten.«
»Ja«, sagte Justine. »Genau. Mein Großvater.«
»Brauchen Sie Hilfe, Justine? Wohin gehen Sie denn?«
»Zu meiner Mutter.«
»Wo ist das?«
»Zwei Häuser von den Renthals weg.«
»Kommen Sie. Ich bring Sie hin. Bin gleich wieder da, Charlie.«
Schweigend gingen sie weiter. Brenda hatte das Gefühl, Justine weinte.
»Sie standen sich wohl sehr nahe, Ihr Großvater und Sie? Er muß ein toller Typ gewesen sein«, meinte Brenda.
Am Eingang des Hauses, in dem ihre Mutter wohnte, drehte Justine sich zu Brenda und sagte zum erstenmal in

ihrem Leben die Worte, die sie den Rest ihres Lebens sagen würde: »Bernie hat mich verlassen.« Bevor Brenda reagieren konnte, wandte Justine sich ab und ging ins Haus.

Es war kein Geheimnis, daß Lil Altemus der Meinung war, ihre Tochter habe nicht standesgemäß geheiratet, obwohl sogar sie zugeben mußte, daß er sie nicht wegen ihres Geldes geheiratet hatte. Sie konnte auch nicht behaupten, er habe ihre Tochter benutzt, um sich gesellschaftlich zu etablieren. Er hatte auf eine sehr gefällige und erfolgreiche Weise an Justines Gesellschaftsleben teilgenommen, aber ihre Welt faszinierte ihn nicht sonderlich, er war und blieb an erster Stelle ein Nachrichtensprecher. Trotzdem war Lil sehr erbost über das Scheitern der Ehe, als Justine ihr mitteilte, sie hätten sich getrennt; sie war, wie immer, unberechenbar. Kaum hatte sie den Schwiegersohn verloren, stellte sie fest, daß sie ihn eigentlich viel lieber mochte, als sie gedacht hatte, und glaubte, sie könne seine katastrophalen Pläne ummodeln.
»Jetzt hör mal, du dramatisierst alltägliche eheliche Probleme. Deine alte Mutter kennt diese Geschichten besser als jeder andere. Ihr habt euch gezankt, sonst nichts. So etwas passiert. Das ist ganz natürlich. Die Flitterwochen sind vorbei. Die Ehe beginnt. Er zeigt nur seine Muskeln, um zu demonstrieren, wer der Mann in der Familie ist. Er kommt zurück.«
»Nein, Mutter, er kommt nicht zurück. Ich kenn ihn«, sagte Justine.
»Aber was in aller Welt ist passiert?« Lil schien erst jetzt zu merken, wie fertig ihre Tochter war.
»Es war meine Schuld. Ich hab versucht, ihn in mein

Leben zu bringen, das ihn nie interessiert hat, und ich hab mich nicht genug angestrengt mit all den Nachrichtenleuten.«

»Also, bitte«, sagte Lil verächtlich. »Gibt es eine andere Frau?«

»Ich weiß es nicht.«

»Matilda Clarke sagt, er ist hinter den Frauen her, und Onkel Laurance bezeichnet ihn sogar als Schürzenjäger.«

»Oh, bitte, Mutter«, sagte Justine. Allein der Gedanke tat schon weh.

»Wie heißt noch dieser Ort in New Jersey, wo seine Tante und sein Onkel wohnen? Hackensack, nicht wahr?« fragte Lil.

»Weehawken«, erwiderte Justine.

»Genau«, sagte Lil und griff nach ihrem Telefonbuch.

»Mutter, bitte ruf nicht Mrs. Slatkin an. Bitte.«

»Natürlich ruf ich sie an. Hester wird verstehen, daß das einfach nicht geht. Alle jungen Leute haben Probleme. Man muß sie nur lösen.«

»Dann laß mich gehen. Ich kann das Gespräch nicht mit anhören.«

»Hast du Hubie von seinem Großvater erzählt?«

»Nein.«

»Mach das jetzt und sag ihm, er soll gleich herkommen.«

Nachdem Justine das Zimmer ihrer Mutter verlassen hatte, suchte Lil die Telefonnummer heraus und rief Hester Slatkin an, die sie seit der Hochzeit weder gesehen noch gesprochen hatte. Eine Scheidung nach einigen Jahren hätte sie nicht nur geduldet, sondern wahrscheinlich sogar begrüßt, aber eine Scheidung nach einem Jahr konnte sie einfach nicht zulassen.

»Wir können das nicht zulassen, Hester. Das geht einfach nicht.«

»Wenn Bernie sich etwas in den Kopf gesetzt hat, ändert er seine Meinung nicht mehr«, sagte Hester. Die kühle Antwort Hesters überraschte Lil, sie hatte geglaubt, eine willige Verbündete zu finden.

»Ich hätte mich von Anfang an dagegen wehren sollen«, sagte Lil. »Ich hätte sagen sollen, es würde schiefgehen, und genau dieses Gefühl hatte ich auch. Aber dann hätten alle gesagt, ich sei antisemitisch, dabei hatte das überhaupt nichts damit zu tun. Ich dachte, sie passen einfach nicht zusammen.«

»Adieu, Lil«, sagte Hester Slatkin, und aus ihrer Stimme war klar erkennbar, daß dies ihr letztes Gespräch miteinander war.

»Bei Hubie geht keiner ran, Mutter«, sagte Justine.

»Versuch's weiter.«

»In der Galerie meldet sich auch niemand, und der Anrufbeantworter ist auch nicht an.«

»Ich werd's versuchen«, sagte Lil und tippte die Nummern ein.

»Si?« kam die Antwort nach mehrmaligem Klingeln.

»Siehst du«, sagte sie zu Justine, »da ist doch jemand. Mrs. Altemus am Apparat. Ist mein Sohn da?«

»No esta aqui«, sagte die Stimme am anderen Ende.

»Es ist dieses verflixte Mädchen«, sagte Lil zu Justine. »Sag ihm, seine Mutter hat angerufen. Seine Mutter, die *madre*. Hast du verstanden? *Cinquo, ocho, ocho.* Wie heißt noch sechs, Justine, schnell?«

»Ich weiß es nicht.«

»Ach, vergiß es«, schrie Lil ins Telefon und knallte den Hörer hin. »Fehlen dir nicht auch die Mädchen, die Englisch sprechen? Erinnerst du dich, als du noch ein kleines Mädchen warst, an all die wunderbaren irischen Mädchen, die wir damals hatten? Kathleen und Maeve?«

»Mutter, bitte«, sagte Justine. »Vergiß um Gottes willen Kathleen und Maeve.«

»Also wirklich, Justine. Es besteht kein Grund, den Namen des Herrn zu mißbrauchen«, erwiderte Lil. Sie musterte ihre Tochter. »Du siehst schrecklich aus, weißt du das? Einfach schrecklich.«

»Ich hab ein Recht darauf, schrecklich auszusehen. Mein Mann hat mich verlassen. Mein Bruder hat Aids.«

»Er hat nicht Aids! Und wag es ja nicht, das irgendeinem zu erzählen!«

»Ich werde Juanito anrufen.«

»Juanito, Juanito. Wer, zum Teufel, ist dieser Juanito, von dem ich dauernd höre?«

»Er ist der Mann, den Hubie liebt, Mutter.«

»Ich hasse solches Gerede. Jetzt geh und reiß dich zusammen, und wir treffen uns mit Onkel Laurance bei Frank E. Campbell und gehen die Beerdigungsvorbereitungen durch.«

Lourdes, Lils Zofe, kam ins Zimmer, um Lil zu sagen, es sei ein Mann namens Boy Fessenden am Telefon, der sie sprechen wolle.

»Boy Fessenden?« fragte Lil. »Das ist ein Name aus der Vergangenheit. Ich hab Boy Fessenden seit dem Sommer, in dem er uns in Newport besucht hat, nicht mehr gesehen. Kannst du dich erinnern?« Sie nahm den Hörer. »Hallo, hier ist Lil Altemus. Ja, natürlich erinnere ich mich an Sie. Wie geht's, Boy? Soviel Zeit ist seitdem vergangen. Aber was kann ich für Sie tun, Boy? Ich muß mich beeilen. Ein schwerer Schlag hat unsere Familie getroffen. Mein Vater ist letzte Nacht gestorben. Vierund-

achtzig. Danke. Sehr lieb von Ihnen, Boy. Was kann ich für Sie tun? Hubie? Nein, ich kann Hubie nicht telefonisch erreichen. In der Galerie auch nicht. Ich möchte ihn gerne hierhaben, weil wir die Pläne für die Beerdigung durchgehen. Was? ... Wann? ... Wo? ...«
»Was ist denn, Mutter?«
Lil war mit einemmal aschfahl und reichte Justine den Hörer. »Bitte, mach du das. Boy Fessenden hat Hubie letzte Nacht ins Krankenhaus gebracht.«

An diesem Abend, nach Ende der Besuchszeiten von Frank E. Campbells Beerdigungsinstitut, in dem der Bürgermeister, der Gouverneur, der Aufsichtsrat der Van Degan Foundation, sämtliche Mitglieder des Butterfield und einige hundert Freunde der Familie und Geschäftsfreunde Ormonde Van Degan die letzte Ehre erwiesen hatten, lehnte Lil Altemus eine Einladung ihres Bruders zu einem späten Essen in seiner Wohnung ab und kehrte, angeblich sehr erschöpft, nach Hause zurück. Um neun Uhr dreißig klingelte es an der Tür, und sie ließ Bernie Slatkin herein, den sie, ohne Wissen von Justine, erwartete.
»Ich weiß nicht, wie Sie das meiner Tochter antun können«, sagte Lil, nachdem sie sich in der Bibliothek gesetzt hatten. Sie bedankte sich knapp für sein Beileid, bot ihm nichts zu trinken an und kam gleich zur Sache.
»Ich war eigentlich der Meinung, Sie wären von Anfang an gegen diese Heirat gewesen, Mrs. Altemus«, erwiderte Bernie.
»Das war damals, Bernard. Es geht um jetzt«, sagte Lil, die sich immer geweigert hatte, ihn mit Bernie anzureden.
»Die Ehe ist vorbei«, sagte Bernie.

»Aber warum?«
»Gefühle ändern sich.«
»So schnell?«
»Es ist vorbei, Mrs. Altemus«, wiederholte Bernie. »Ich sehe keinen Sinn darin, eine Situation hinauszuzögern, die auf lange Sicht sowieso zum Scheitern verurteilt ist.«
»Ich will ganz offen mit Ihnen sein, Bernard«, sagte Lil, als würde sie ihm ein Kompliment machen. »Ich war anfangs der Meinung, Sie könnten Justine dazu benutzen, Ihre Karriere zu fördern, oder wären nur an ihrem Geld interessiert, aber jetzt weiß ich, daß das nicht der Fall ist.«
»Das war es nie«, sagte er.
»Bleiben Sie mit meiner Tochter noch vier Jahre verheiratet, und lassen Sie sich dann scheiden, es soll nicht Ihr Schaden sein.«
Bernie, der normalerweise nicht rauchte, beugte sich vor und nahm eine Zigarette aus der Schachtel neben seinem Stuhl, zündete sie an, inhalierte tief und blies lächelnd den Rauch wieder aus. Er drückte die Zigarette in einem Meißenteller aus, warf den Stummel in den Kamin und stand auf. »Ich hab Leute wie Sie nie verstanden, Mrs. Altemus, und werd es auch nie.«
»Und was soll das heißen?« fragte Lil. Sie merkte, daß sie ihn nicht dazu kriegen werde, seine Meinung zu ändern, genausowenig, wie sie ihn hatte überreden können, im selben Haus wie sie zu wohnen.
»Vier Jahre verheiratet bleiben und mich dann scheiden lassen, das wollen Sie? Eine fünfjährige Ehe ist kein so großer Reinfall wie eine einjährige Ehe. Es geht nur um das Gesicht, wie's nach außen hin aussieht? Ihre Tochter ist viel zu schade für ein solches Arrangement. Adieu, Mrs. Altemus.«

»Ich hab Sie nie gemocht, Bernie«, sagte sie, um das letzte Wort zu behalten.
»Ich Sie auch nicht, Mrs. Altemus«, erwiderte Bernie.
»Sie sind ein Schürzenjäger«, zischte sie ihn an.
»Richtig. Das ist mein Problem«, entgegnete er, und sie senkte zuerst den Blick. »Und ich will keine Frau, die eine tragische Figur ist. ›Arme Justine. Ihr Mann betrügt sie.‹«
»Raus.«
»Vergessen Sie nicht, Sie haben mich hergebeten. Es war nicht meine Idee.«

Die Nachricht von Hubies Krankheit verbreitete sich. Am Abend zuvor hatte Ezzie Fenwick, der es von Jamesey Crocus gehört hatte, der es von Juanito wußte, es Maude Hoare zugeflüstert, und Maude hatte es Buster Dominguez erzählt und Buster Matilda Clarke und Matilda Gus Bailey, obwohl keiner aus der Familie etwas zu der Sache verlauten ließ.
Am nächsten Tag ging Gus Bailey die Madison Avenue hoch und traf Lil, die gerade mit einer Tüte aus dem Wilton House Bookshop kam. Sie war wie immer perfekt gekleidet, sah aber etwas mitgenommen aus.
»Tut mir leid, das mit Hubie«, sagte Gus.
Lil erstarrte. Es machte ihr zu schaffen, daß die Leute es wußten und darüber redeten. Eine Träne zeigte sich in ihrem Auge. »Ich bin gerade auf dem Weg ins Krankenhaus«, erklärte sie und deutete auf den Beutel Bücher.
Ihre Blicke trafen sich.
Sie machte die Mundbewegungen für das Wort *Lymphona*, als wäre es eine Erlösung und kein Todesurteil. Gus verstand, daß sie nicht über diese Sache reden wollte, die ihr soviel Schmerz bereitete.

»Wie geht's Ihnen, Lil?« fragte Gus.

»Mir geht's gut«, sagte Lil. »Wirklich. Ich hab ein bißchen Brandy mit Soda genippt, aber wenigstens denk ich nicht mehr dran, aus dem Fenster zu springen.«

Gus nahm betroffen ihren Arm.

»Ich wußte nicht, was ich anziehen sollte«, sagte sie und versuchte einen Scherz draus zu machen. »Das hat mich gerettet. Erinnern Sie sich, wie die arme, alte Mimi Chase aus dem Fenster gesprungen ist, im Trenchcoat? Ich wollte keinen Trenchcoat anziehen. Ich habe nie einen Trenchcoat besessen, aber ich hätte auch keinen angezogen, selbst wenn ich einen besitzen würde. Oh, Gus, es war so entsetzlich. Ich weiß nicht, ob ich ohne ihn leben kann. Keiner hat es verstanden. Ich weiß, was zwischen uns stand, aber ich hab ihn angebetet. Absolut angebetet.« Sie sprach von ihrem Sohn, als wäre er schon tot.

Juanito Perez war in den Jahren, in denen er mit Hubie Altemus zusammengelebt hatte, nie so lieb zu Hubie gewesen wie in den Monaten seines Todeskampfes. Hubie lag in seinem Bett im St. Vincent Hospital und beobachtete Juanito, der am Fenster stand und hinaussah. Juanito war jetzt der einzige, der Hubie zum Lachen bringen konnte mit seinen Geschichten aus der Untergrundwelt, in der er immer noch unterwegs war, trotz der Krankheit, die seinen Lover tötete. An diesem Nachmittag unterhielt er Hubie mit einer Geschichte über Jamesey Crocus, durch den er Hubie kennengelernt hatte und den er immer als Janie die Möbelgräfin bezeichnete.

»Miss Crocus rafft also die Schleppe und sagt: ›Diese Konsolen sind falsch, Ruby‹ und zieht sich beleidigt zurück«, schloß Juanito.

Hubie konnte inzwischen nur noch flüstern. »Du bist furchtbar, Juanito«, sagte er, als er mit Lachen fertig war. Juanito berichtete weiter von der letzten Nacht, und Hubie beobachtete ihn liebevoll. Er fragte sich, ob Juanito sich so aufopfernd um ihn kümmerte, weil er wußte, wieviel Geld er erben würde, oder weil er ihn wirklich mochte. Aber er wollte sich in der wenigen Zeit, die ihm verblieb, nicht weiter damit beschäftigen, sondern dankbar für seine Hilfe sein, egal, aus welchem Grund sie ihm zuteil wurde. Augenblicklich beunruhigte ihn nur die Tatsache, daß seine Mutter ihn demnächst besuchen würde, er wußte nicht, ob er die Kraft aufbringen werde, Mutter und Juanito gemeinsam in einem Zimmer zu ertragen.

»Mutter ist auf dem Weg hierher«, sagte er schließlich, in der Hoffnung, Juanito würde vor ihrer Ankunft gehen.

»Meine Schwiegermutter, hier?« fragte Juanito.

»Jeden Moment«, flüsterte Hubie.

»Ich bin ganz wild darauf, sie kennenzulernen.«

»Selbstverständlich, Juanito.«

»Bitte mich ja nicht zu gehen. Hubie.«

»Mach ich ja nicht. Wenn sie hier ist, dann nenn Boy Fessenden nicht Schwester Fessenden, wenn sein Name fällt. Okay?«

»Wofür hältst du mich eigentlich? Für einen Slumbewohner?«

»Noch eins, könntest du bitte den Ohrring rausnehmen, bevor sie kommt?«

»Meinst du, ich seh dann aus wie Schwarzenegger, wenn ich keinen Ohrring trage?« fragte Juanito verärgert wie immer, wenn Hubie sich vor seiner Familie seinetwegen genierte.

»Der Diamant war der Verlobungsring meiner Mutter. Sie hat ihn mir geschenkt, als sie dachte, ich heirate Violet Bastedo.«

Die beiden schauten sich an und fingen an zu lachen. »Das ist mein erster guter Lacher seit Wochen«, sagte Juanito und nahm den Ohrring ab. Er ging zu Hubie und umarmte ihn.

In dieser Stellung sah Lil Altemus die beiden, als sie das Krankenzimmer mit einer Tüte Bücher betrat. Lil hatte Hubie seit Ostern nicht mehr gesehen. Er kam ihr klein vor, geschrumpft. Seine Zähne schienen größer. Seine Arme sahen aus wie die eines alten Mannes.

»Hallo, mein Schatz«, sagte Lil und starrte ihn entsetzt an.

»Mutter, das ist Juanito Perez. Juanito, das ist meine Mutter«, sagte Hubie.

»Hallo«, sagte Lil, ohne ihn anzuschauen.

»Ma'am«, sagte Juanito.

»Ein sehr nettes Zimmer, Hubie. Meiner Treu, da sieht man ja das World Trade Center. Viel hübscher von hier aus als von Laurances Boot.«

Die beiden jungen Männer schwiegen.

»Die Beerdigung deines Großvaters war gigantisch, Hubie. Du hast es wahrscheinlich in der *Times* gelesen. Der Gouverneur. Der Bürgermeister. Alle Van Degans. Die Kirche war völlig überfüllt. Hinterher sind wir alle zu Laurance und Janet. Der Gouverneur und der Bürgermeister nicht. Nur die Familie, meine ich.« Sie merkte sogar selbst, wie verworren das klang.

»Wie kommt Dodo damit zurecht?« fragte Juanito.

Jetzt schaute sie ihn an. »Dodo?« fragte sie und zog ihre Augenbrauen vor Überraschung hoch.

»Sie kauft meine Bilder«, sagte Juanito.

»Oh?«
»Wie geht's ihr?«
»Mrs. Van Degan geht es den Umständen entsprechend gut«, sagte Lil.
Juanito schaute hinüber zu Hubie. Er sah, wie Hubie litt und trotzdem versuchte, mit einem Blinzeln das Ganze ins Lächerliche zu ziehen.
»Ich mach 'ne Fliege, Hubie«, sagte Juanito. »Ihr habt sicher einiges zu besprechen.«
»Wann kommst du wieder?« fragte Hubie.
»Ich schau heute abend rein. Auf Wiedersehn, Mrs. Altemus.«
Lil nickte. Sie war mit ihrer Tüte Geschenke beschäftigt. Wie sie bei seinem Abschied feststellte, wäre es ihr lieber gewesen, er wäre noch geblieben, damit sie nicht mit Hubie allein sein mußte. Sie wünschte, Justine wäre hier. Sie wußte nicht, was sie mit ihrem eigenen Sohn reden sollte, den sie liebte, so entsetzt war sie von seinem Aussehen.
»Hast du Justine gesehen?« fragte sie, nachdem Juanito gegangen war.
»Sie war heute früh hier.«
»Wie ging's ihr?«
»Ich hatte das Gefühl, sie war betrunken.«
»Justine, niemals!«
»Ich wiederhole, sie war betrunken.«
»Dieses Schwein hat sie verlassen.«
»Ich hab dich noch nie Schwein sagen hören, Mutter.«
»Ich hab's auch noch nie gesagt«, erwiderte sie. »Es ist ja alles so peinlich.« Hubie wußte, daß das Wort *alles* auch ihn einschloß.
»Justine empfindet jetzt nur noch Haß für Bernard«, sagte Lil.

»Diesen Eindruck hatte ich nicht.«
»O ja, grenzenlosen Haß.«
»Du warst nicht sehr höflich zu Juanito, Mutter.«
»Ich hab dir ein paar Bücher gebracht«, sagte Lil und stellte die Einkaufstüte auf das Bett. »Arthur dachte, dir würde das neue Buch über die Prinzessinnen von Monaco Spaß machen.«
»Das kann Arthur doch nicht wirklich glauben«, sagte Hubie.
»Nein. Es war meine Idee. Weißt du noch, wie deine alte Mutter geglaubt hat, du wärst der Richtige für eins der Mädchen? Kannst du dir das vorstellen?«
Hubie lächelte seine Mutter an.
»Und alle neuen Magazine sind auch drin«, sagte sie. »Jetzt muß ich aber los.« Und schon war sie durch die Tür verschwunden.
Hubie dämmerte in den Schlaf.
Beim Aufwachen schaute er auf die Skyline von New York. Ein Lastenschiff fuhr langsam vorbei. Auf dem Bett stand die Tüte mit den Büchern. Er konnte nicht mehr schlafen und holte sich die Illustrierten und das neue Buch über die monegassischen Prinzessinnen heraus, die ihn überhaupt nicht interessierten. Ganz unten in der Tasche lag eine braune Plastikflasche. Er holte sie heraus. Es waren fünfzig Pillen Seconal.
Hubie griff nach unten und öffnete die Schnur seines Schlafanzugs. Er ließ seine Hand kurz auf dem Bauch ruhen. Dann ließ er seine Finger zwischen die Beine gleiten bis zu den Schamhaaren, ergriff seinen Penis und massierte ihn vorsichtig. Als sein Penis halb erigiert war, griff er fester zu und masturbierte. In den zwei Minuten und vierunddreißig Sekunden bis zum Samenerguß vergaß

Hubie Altemus, daß er mit siebenundzwanzig sterben würde.

Beim Verlassen des St. Vincent Hospital fiel Lil Altemus in Ohnmacht. Wenn Joe nicht dagewesen wäre, hätte man sie in dasselbe Krankenhaus wie ihren Sohn eingeliefert, aber Joe sah die Panik in ihren Augen und brachte sie in ihre Wohnung an der Fifth Avenue, wo Lourdes sich um sie kümmerte, und schickte nach Justine.

»Ich kann es nicht ertragen, daß dieser Mann bei ihm ist«, sagte Lil. Sie lag auf ihrem Bett.

»Sie sind ein Paar, Mutter«, sagte Justine.

Lil erschauderte.

»Unter den gegebenen Umständen hat er genauso viel Recht dazusein wie wir.«

Lil stellte sich einfach taub. So erteilte sie Leuten, die zu weit gegangen waren, eine Abfuhr.

»Er bringt Hubie zum Lachen, er läßt ihn vergessen, daß er sterben wird«, sagte Justine, die sich um die Abfuhr ihrer Mutter nichts scherte.

Hubert Altemus, Justines und Hubies Vater, war selbst in der Stadt immer ganz der Gentleman vom Land. Seine Tweedjacke war viel zu weit für seinen schlaksigen Körper, aber Träger und Schneider fanden sie genau richtig, ganz nach ihrem feinen Geschmack. Er war von seiner ehemaligen Frau, die er seit Justines Hochzeit nicht mehr gesehen hatte, in die Stadt befohlen worden, um die verworrenen Leben ihrer Kinder zu besprechen. Die beiden trafen sich bei Clarence's, nachdem er Hubie im Krankenhaus besucht hatte. Sie schwiegen sich an, bis Hubert den ersten der drei Martinis, die er vor dem Essen zu trinken pflegte, getrunken hatte. Wie immer fühlte Lil, die eigentlich nie verunsichert war, sich in der Gegenwart ihres Exmannes unsicher und sagte zu Michael, dem Kellner mit dem kleinen Pferdeschwanz, der immer so nett zu ihrer Tochter war: »Würden Sie bitte dieses Ding da wegnehmen?«, mit einer abfälligen Geste auf eine Vase mit drei Nelken deutend.

»Mögen Sie keine Blumen, Mrs. Altemus?« fragte Michael freundlich wie immer, er ahnte ja nichts vom sterbenden Sohn und einer Tochter, die sich scheiden ließ.

»Ich mag Blumen sogar sehr. Aber diese Blumen mag ich zufällig nicht.«

Michael entfernte den Stein des Anstoßes.

»Ich kann Nelken nicht ertragen«, sagte Lil zu Hubert, und Hubert nickte. Er wußte genau, daß sie versuchte, ihre Unsicherheit zu kaschieren.

»Wer war der Typ mit dem Diamanten im Ohr?« fragte Hubert schließlich.

»Pedro. Oder Geraldo. Irgend so ein Name«, erwiderte Lil, die oft vorgab, Dinge nicht zu wissen, die sie sehr wohl wußte.

»Wer ist er?«

»Justine sagt, er sei der Mann, den Hubie liebt«, erwiderte Lil, ohne Hubert dabei anzuschauen.

»O Gott«, sagte Hubert. Er nahm einen kräftigen Schluck von seinem Martini und schleckte gleich die Olive mit. »Das kann zwar nicht sein, aber der Diamant in seinem Ohr sah genauso aus wie der, den ich dir zur Verlobung geschenkt habe.«

»Ach, sei doch nicht albern«, sagte Lil, obwohl ihr im selben Moment klar wurde, daß das sehr wohl sein könne, da sie Hubie den Ring geschenkt hatte, aber mit diesem Thema wollte sie sich jetzt nicht befassen.

»Ich hoffe, du stimmst mir zu, Hubert. Wenn Hubie von uns geht, sollte nichts über die Todesursache in den Anzeigen stehen«, sagte Lil.
»Sicher, Lil«, stimmte Hubert zu.
»Laurance kann das alles regeln.«
»Das kann er sicherlich, Lil.«
»Ich möchte eigentlich über Justine reden, Hubert. Sie ist ein ganz gebrochenes Mädchen«, sagte Lil und nippte an ihrem Weißwein.
»Sie hat diesen Fernsehansager wirklich geliebt«, sagte Hubert.
»Ich hätte diese Heirat nie gestatten dürfen. Niemals. Und du auch nicht«, sagte Lil.
»Zu spät«, meinte Hubert und gab dem Kellner ein Zeichen, ihm noch einen Martini zu bringen.
»Ich bin nicht sonderlich begeistert, wenn man mir erzählt, meine Tochter sei mit einer Dose Bier in der Hand auf der Park Avenue gesehen worden«, sagte Lil.
»Wer weiß, ob's stimmt«, erwiderte Hubert Altemus.
»Natürlich stimmt's. Ezzie Fenwick hat sie selbst gesehen.«
»Natürlich mußte ausgerechnet Ezzie sie sehen«, sagte Hubert, der Ezzie Fenwick nicht ausstehen konnte. »Ich werde mit Justine reden.«
»Du mußt mehr machen, als nur mit ihr reden«, sagte Lil. »Ich möchte, daß du sie mit nach Bedford nimmst. Behalt sie eine Woche oder so dort. Schick sie reiten und so was. Sie muß weg aus New York. Sie glaubt, alle reden über sie. Und alle reden auch über sie.«
»Ich werde mit Belinda sprechen«, sagte Hubert.
»Oh, wir brauchen die Erlaubnis der früheren Miss O'Brien, was?« fragte Lil, die es nicht einmal ertragen konnte, Belindas Namen zu hören.

»Ah, da kommt Belinda ja«, sagte Hubert und stand freudig lächelnd auf. Er winkte seiner Frau zu, die am Eingang des Restaurants stand.
»Belinda? Hier?« fragte Lil und sammelte ihre Sachen ein.
»Ja, ich hab mich hier mit ihr verabredet.« Belinda winkte auch, lächelte und ging durch das überfüllte Restaurant auf sie zu.
»Wie konntest du mir das antun, Hubert?« fragte Lil.
»Was?«
»Diese Frau an den Tisch zu bitten, wenn das ganze Restaurant zuschaut«, sagte Lil.
»Ich bin mit dieser Frau seit zwölf Jahren verheiratet«, sagte Hubert, »und keine Menschenseele schaut uns an außer Chick Jacoby, der den Tisch für Lord Biedermeier möchte, der ohne Reservierung gekommen ist, ich werde Lord Biedermeier schön lange warten lassen.«
»Hallo, Lil«, sagte Belinda. Belinda Altemus war um die vierzig, aber immer noch hübsch, wenn auch etwas rundlich. Ihr Gesicht war fröhlich, als hätte sie keinerlei Probleme. Ihr blondes Haar war, wie Lil Altemus es nannte, etwas getönt, und ihr Lippenstift war, wie Lil Altemus das nannte, von der feuchten Sorte.
»Hallo«, erwiderte Lil, ohne sie anzuschauen, und stand auf, um zu gehen. Hubert machte keinerlei Anstalten, sie zurückzuhalten.
»Du wirst mich anrufen, Hubert, wegen der Sache, die wir besprochen haben?« fragte Lil.
»Wenn ich mit Belinda geredet habe«, erwiderte er.
Lil drehte sich um und stolzierte aus dem Restaurant. Belinda und Hubert schauten sich an.
»Ich glaube, sie ist immer noch in dich verliebt«, sagte Belinda.

»Wohl kaum«, erwiderte Hubert.
»Sag mal, Hubert, hast du sie eigentlich je geliebt?«
»Ich weiß es nicht. Ich hab's mir wahrscheinlich damals eingebildet. Ich glaube, wir waren das ideale Paar, eine Verbindung, die beide Familien begeistert begrüßten.«
Beide lachten. »Hab ich dir heute schon gesagt, wie schön du bist?« fragte Hubert.
»Sag's mir, wenn ich zwei bis drei von denen intus habe«, sagte sie und klopfte mit einem sehr roten Fingernagel gegen sein leeres Martiniglas.
Hubert grinste. »Möchtest du was essen?«
»Sicher«, erwiderte sie und schaute sich im Restaurant um. »Warum haben wir denn keine Blumen auf dem Tisch?«

Hubie klammerte sich hartnäckig an sein Leben, das ihm wenig Freude brachte. Justine, frisch aus Bedford zurück, besuchte ihn täglich.
»Wunderschön«, war sein Kommentar über den großen Strauß weißer Pfingstrosen, die Justine ihm gebracht hatte. »Meine Lieblingsblumen.«
»Ich weiß«, sagte Justine.
»Da war ein Typ in meiner Klasse in Simsbury. Bobby Vermont. Erinnerst du dich an ihn? Er war Teddy Vermonts Sohn aus dritter Ehe. Er war immer traurig und einsam. Wir wären wahrscheinlich gute Freunde geworden, wenn sie mich nicht rausgeschmissen hätten.«
»An Bobby Vermont kann ich mich erinnern«, sagte Justine. »Er hat bei meinem Debüt gekotzt.«
»Komisch, daß du das noch weißt. Das war das erste, was er zu mir gesagt hat: ›Hat deine Schwester mir je vergeben, daß ich bei ihrem Debüt gekotzt habe?‹«

Justine lachte. »Was treibt Bobby Vermont?«

»Er ist mir neulich hier im Krankenhaus über den Weg gelaufen.«

»Weswegen ist er hier?«

»Aus demselben Grund wie ich.«

»Oh, tut mir leid. Der arme Bobby, aber wenigstens hast du einen Freund hier.«

»Hatte. Er ist gestern gestorben.«

»O je.« Justine wandte sich von ihrem Bruder ab und steckte die weißen Pfingstrosen in eine Vase. »Mummy läßt dich grüßen.«

»Grüß sie auch.«

»Sie würde ja kommen, Hubie, aber der Besuch hier war zuviel für sie. Sie erträgt es einfach nicht.«

»Wie ich aussehe?«

»Ja.«

»Egal.«

»Es ist nicht egal, aber so ist sie eben.«

»Du versuchst doch nicht etwa, mir meine Mutter zu erklären, oder?«

Beide lachten.

»Was machst du denn mit deinem Geld, Hubie?«

»Juanito kriegt alles«, sagte Hubie.

»Tu's nicht.«

»Von dir hab ich das nicht erwartet, Justine.«

»Hubie, das sind zehn Millionen Dollar.«

»Und?«

»Vererb ihm fünfhunderttausend Dollar. Sogar eine Million. Aber vererb ihm nicht alles. Du weißt, was Onkel Laurance tun wird. Er wird vor Gericht gehen. Alles über Juanito ins Rampenlicht zerren: die Drogen, die gräßlichen Bars, in die er geht. Er wird einen Weg finden, zu beweisen, Juanito hätte dich mit Aids angesteckt.«

»Das ist keine ... Justine. Keiner zwingt mich dazu. Ich möchte es. Deswegen bin ich zu Herkie Saybrook gegangen und nicht zu einem schwulen Anwalt im West Village. Herkie ist einer von uns. Du brauchst das Geld nicht. Mutter braucht es ganz bestimmt nicht. Wem soll ich es sonst vererben?«
»Du könntest etwas Wunderbares damit machen, Hubie. Gib es der medizinischen Forschung, zum Beispiel.«
»Ich weiß«, sagte Hubie. »Irgend etwas in mir treibt mich, Onkel Laurance und dem jungen Scheißer Laurance eins auszuwischen. Mein ganzes Leben lang haben sie mir das Gefühl gegeben, ich wäre ein Nichts.«
»Überleg's dir, Hubie«, sagte Justine.
Hubie streckte seine Hand nach Justine aus. Sie nahm sie und drückte sie. »Und der Fernsehansager?« fragte er.
»Ist da hingeflogen, wo immer es heutzutage schnelle Scheidungen gibt.«
»Hast du ihn gesehen, bevor er abgereist ist?«
»Ja.«
»Wie ist es gelaufen?«
»Die süße Straße der Erinnerung sind wir nicht gegangen, wenn du das meinst.«
»Packst du's einigermaßen?«
»Ich hab ihn geliebt, Hubie, wirklich geliebt.«
»Das wirklich Nette an dir, Justine, ist, daß du bei einer Mutter wie der unseren nicht hart geworden bist.«
Justine fing an zu weinen.
»Wir sind vielleicht ein Paar, was?« fuhr Hubie fort. »Die reichen Altemus-Kids haben sie uns genannt, als wären wir etwas Besonderes. Was ist nur mit uns passiert, Justine?«
»Du wirst mir fehlen, Hubie«, sagte Justine.

Hubie schlief mit ihrer Hand in der seinen ein. Als er aufwachte, war Justine immer noch da.

»Du hattest recht mit dem Geld«, sagte er. Er konnte nur noch flüstern. »Kannst du Herkie Saybrook hierherbringen? Ich werde Juanito gut versorgen, aber das Geld geht an ein Pflegeheim für all die Typen, die nicht wissen wohin und um die sich keiner kümmert.«

»Ich werde Herkie anrufen«, sagte Justine.

»Beeil dich aber«, sagte Hubie.

Sie nickte. »Rat mal, Hubie.«

»Was?«

»Ich bin schwanger.«

»Von Bernie?«

»Von wem sonst?«

»Weiß er's?«

»Nein.«

»Wirst du's ihm sagen?«

»Nein. So möchte ich ihn nicht zurückhaben.«

»Weiß es Mummy?«

»Nein.«

»Wirst du's ihr sagen?«

»Noch nicht.«

»Wirst du das Baby behalten?«

»O ja, und ich werde eine wunderbare Mutter sein.«

Hubie war erschöpft durch das aufregende Gespräch und konnte nur noch bewundernd die Hand seiner Schwester tätscheln.

»Möchtest du wissen, wie ich es taufen werde, wenn's ein Junge wird?« fragte Justine. Sie wußte, Hubie hatte nicht genug Kraft, um ihr zu antworten, und fuhr fort: »Hubie. Hubie Altemus Slatkin.«

Hubie nickte und winkte seine Schwester näher zu sich.

»Hubie Slatkin«, flüsterte er ihr ins Ohr, »hat einen gewissen, frechen Charme.« Er lächelte.
Justine blieb beim Gehen kurz an der Tür des Zimmers stehen und schaute noch einmal zurück zu Hubie. Sie sagte: »Ich hab es genossen, deine Schwester zu sein, Hubie.«
Hubie begriff, es war ihre Art, sich zu verabschieden. Er winkte ihr zu.
Justine nickte und wandte sich ab, um ihre Tränen zu verbergen.
»Ich bin so stolz auf dich, Hubie«, sagte sie.
In dieser Nacht starb Hubie. Herkie Saybrook erfuhr nie, daß Hubie ein neues Testament machen wollte. Nur Juanito war am Ende bei ihm und hielt seinen ausgezehrten Körper. Die letzten Worte, die Hubie hörte, waren Juanitos Schluchzen: »Stirb nicht, Hubie.«

37

Trotz der Prominenz der Familie wurde auf Bitten der Familie in den Todesanzeigen nur sehr knapp über den Tod von Hubert Altemus jun., dem Sohn von Mrs. Van Degan Altemus, New York City, und Mr. Hubert Altemus, Bedford Village, New York, und Bruder von Mrs. Justine Altemus Slatkin berichtet. Wäre da nicht Ezzie Fenwick gewesen, der die Todesanzeigen immer als allererstes las, wäre Hubie Altemus' Dahinscheiden unentdeckt geblieben, wie die Familie es wünschte, bis nach der Beerdigung, wenn Lil schon nach Europa abgereist wäre.

Ezzie stand immer erstaunlich früh auf, obwohl er jede Nacht unterwegs war, rief Matilda Clarke an und dann Maude Hoare und Loelias Mutter Fernanda Somerset. Die drei tätigten ihrerseits ihre sechs bis acht Anrufe, und mittags wußte jeder, der den Altemus- und den Van-Degan-Clan kannte, daß Hubie Altemus an Aids gestorben war, obwohl dieses Wort unter keinen Umständen Familienangehörigen gegenüber erwähnt werden durfte. Die offizielle Version war, daß Hubie, der, wie Ezzie Fenwick immer wieder betonte, kein besonders schönes Leben gehabt hatte, an Leukämie gestorben sei.

Beim Verlassen von Lil Altemus' Wohnung nach einem Beileidsbesuch traf Ezzie Fenwick Cora Mandell in der Lobby.

»Oh, Ezzie«, sagte Cora. »Ich nehme an, ich geh dahin, wo du gerade herkommst.«

»Die Fröhlichkeit in diesem Haushalt läßt momentan sehr zu wünschen übrig«, sagte Ezzie. »Obwohl's ja bei Lil noch nie sonderlich komisch war, überhaupt bei allen Van Degans nicht, wenn ich's mir recht überlege.«

»Wer ist alles da oben?« fragte Cora.

»Alle, die man erwartet. Tante Minnie Willoughby. Matilda. Janet und Laurance, Dodo und die arme Justine. Kannst du dir's ungefähr vorstellen?«

»Evangeline wollte kommen, aber sie war zu betrunken«, sagte Cora.

»Besser so. Lil hat genug Probleme ohne Evangeline«, sagte Ezzie.

»Wie geht's der armen Lil?« wiederholte Cora.

»Sie gibt sich stoisch. Absolut stoisch. Keine Träne.«

»Lil macht alles immer genau richtig«, sagte Cora.

»Ich bin auf dem Weg zu Sibilas Cocktailparty«, sagte Ezzie.

Auf dem Weg zu Lorenza, mit der sie die Blumenarrangements für Huberts Beerdigung besprechen wollte, traf Justine Altemus, die ihren Mädchennamen wieder angenommen hatte, Bernie Slatkin in der Madison Avenue, der unterwegs zu einem Interview mit Max Luby über Wall-Street-Praktiken war. Wäre Justine nicht so in Gedanken gewesen und hätte sie Bernie kommen sehen, wäre sie schnell in einem Laden verschwunden, um ihn nicht treffen zu müssen. Sie sahen sich das erstemal seit Bernies Rückkehr von seiner Tropischen-Insel-Scheidung. In Gedanken hatte sie dieses Treffen hundertmal durchgespielt, jetzt schlug sie die Augen nieder, als sie ihn sah, und hoffte, er würde es ihr gleichtun, aber Bernie war nicht zu solchen Verhaltensraffinessen geboren.

»Justine«, sagte er und nahm ihren Arm.

»Oh, hallo!« sagte sie und klang dabei wie ihre Mutter. Sie zog ihren Arm weg.

»Es tut mir so leid wegen Hubie«, sagte er.

»Danke«, erwiderte sie. Die Worte waren höflich, klangen aber sehr ungeduldig, als würde er sie aufhalten.

»Ich weiß, was für eine wunderbare Schwester du ihm warst«, sagte Bernie.

»Er war mir ein wundervoller Bruder«, erwiderte Justine. Sie wollte weitergehen. Bernie schaute sie an, registrierte, wie sehr sie sich verändert hatte. Verschwunden war das liebeskranke Gehabe, das er so verachtet hatte. Sie war wieder die distanzierte Erbin, mit der er das erstemal in einem Aufzug nach Maisie Verdurins Party gesprochen hatte. Einen Augenblick lang erschien sie ihm wieder schön und unerreichbar oder schön, weil sie unerreichbar war. Sie begegnete seinem Blick, als könne sie seine Gedanken lesen.

Er wollte so viel wissen, obwohl er kein Mitglied der Familie mehr war: wie Lil Hubies Tod aufgenommen hatte, ob Onkel Laurance ihr beigestanden hatte, was war mit Juanito passiert? Aber er wagte nicht, die Fragen zu stellen, und sie schwieg. Er wußte, sie hatte aufgehört, ihn zu lieben. Wenn er die Hand nach ihr ausstrecken würde, würde sie ihn abweisen, und das nicht nur als Liebhaber, sondern wie eine Frau der High Society einen Emporkömmling abweist.

Bernie Slatkin war ein Mann, der seine Gefühle im Augenblick der Empfindung untersuchte. Er spürte ein seltsames Gefühl in seinem Innersten, ein Gefühl, das ihm unbekannt war, hielt es fest, bis er es begreifen würde. Was ist das für ein Gefühl? dachte er. Kein angenehmes. Und dann begriff er. Es war Verlust. Er wiederholte das Wort in Gedanken. Verlust.

»Glaubst du, wir könnten im Lauf der Zeit Freunde werden, Justine?« fragte er.

»Nein«, erwiderte sie.

»Warum nicht?«

»Ich wollte verheiratet bleiben und du nicht. Jetzt willst du befreundet bleiben und ich nicht, also werden wir es nicht.«

Bernie nickte. »Du bist hart geworden, Justine«, sagte er.

»Glaubst du nicht, es war allmählich an der Zeit?« erwiderte sie.

»Wann ist Hubies Beerdigung?«

»Morgen.«

»Wo?«

»St. James.«

»Natürlich«, sagte er. In St. James fanden alle Hochzeiten, Taufen und Beerdigungen der Van Degans statt. »Wann?«

»Die Feier ist privat«, sagte Justine. Damit ging sie los, weiter die Madison Avenue hinunter zu Lorenzas kleinem Laden, um die Blumendekoration zu besprechen. Pfingstrosen, dachte sie. Nur weiße Pfingstrosen.

Onkel Laurance hatte entschieden, es wäre für alle das Beste, wenn es bei der Bestattung keine Totenrede und keine Hymnen geben würde, nur die einfachen Gebete für die Toten und die anschließende Verbrennung. Alle waren einverstanden. Hubert Altemus bestand lediglich darauf, mit seiner Frau Belinda in der Familienbank zu sitzen.

Lil Altemus, neben Justine in der ersten Reihe, schaute hoch zu dem Rosenfenster, das Alice Grenville zum Andenken an ihren Sohn der Kirche gestiftet hatte, und fächelte sich mit einem Brief Luft zu. Es war ein sehr heißer Tag, und die Damen der Familie in ihren schwarzen Strohhüten und Leinenkleidern sahen alle etwas mitgenommen aus. »Sie sollten wirklich eine Klimaanlage einbauen«, sagte Lil.

»Ja, Mutter«, sagte Justine.

»Die Pfingstrosen sind wunderbar.«

»Ja, Mutter.«

»Niemand kann mit Blumen so umgehen wie Lorenza«, sagte Lil.

»Ja, Mutter«, sagte Justine. Sie erzählte ihr nicht, daß die Blumen ihre Idee gewesen waren.

»Das sieht Belinda ähnlich, Weiß statt Schwarz zu tragen«, sagte Lil.

»Ich finde, sie sieht sehr nett aus.«

»Sorg dafür, daß Boy Fessenden nachher mit zu uns nach Hause kommt«, sagte Lil.

»Ja, Mutter«, sagte Justine.

»Und Gus Bailey. Wie nett von ihm, zu kommen.«

Juanito ging den Mittelgang vor bis zu den ersten zehn Reihen, in denen die Trauergäste versammelt waren. Er schaute sich nach einem Sitzplatz um. Juanito nickte Lil Altemus zu, die ihn ignorierte, genau wie Hubert Altemus, der mit Belinda hinter Justine und Lil saß, als er ihm zunickte. Juanito war aber nicht so leicht zu ignorieren. Er ging in die Knie und bekreuzigte sich wie ein Ministrant. Lourdes Perez, Lils Zofe und zeitweilige Vertraute, hatte bis zu diesem Zeitpunkt den Liebhaber von Hubie Altemus nie zu Gesicht bekommen und stellte mit Entsetzen fest, daß es der geflüchtete Sohn ihres Bruders Duarte aus Puerto Rico war. Lourdes schlug die Augen nieder und konzentrierte sich auf ihren Rosenkranz, obwohl sie in einer evangelischen Kirche war.

»Wer ist der Mann mit dem Diamanten im Ohr?« fragte Lil.

»Das ist Juanito, Mutter«, erwiderte Justine.

»Was hat er denn hier zu suchen? Wer hat ihn eingeladen?«

»Zu einer Beerdigung muß man keine Einladung haben, Mutter. Eine Kirche ist ein öffentlicher Ort. Und er hat genauso das Recht, hier zu sein, wie wir.«

Dodo Fitz Alyn Van Degan, die die Familie immer wieder gerne vor den Kopf stieß, winkte Juanito zu und machte ihm ein Zeichen, sich neben sie zu setzen. Der junge und der alte Laurance hielten starr den Blick nach vorne gerichtet, als würde er gar nicht existieren.

»Ich will diesen Mann nachher nicht in meinem Haus sehen, Justine«, sagte Lil.

»Ich werde ihm das nicht sagen, Mutter«, erwiderte Justine.

»Sag Onkel Laurance, er soll das regeln«, sagte Lil. »Außerdem müssen wir uns nie mehr mit ihm abgeben.«

»Das glaubst du, Mutter«, sagte Justine.

»Was willst du damit sagen?« fragte Lil. Der Priester ging zum Altar.

»Hubie hat Juanito alles vermacht«, sagte Justine leise und nahm ihr Gebetbuch.

»Was?« fragte Lil so laut, daß alle Van Degans sie hören konnten. Dann besann sie sich und flüsterte: »Du mußt verrückt sein. Hubie hätte so etwas nie getan.«

»Würden Sie sich bitte erheben«, sagte der Reverend.

Justine schlug ihr Gebetbuch auf und gab keine Antwort.

»Der Herr ist mein Hirte«, sagte der Priester, und die Gemeinde stimmte ein. Lil hörte nur mit halbem Ohr zu.

»Haben Sie Hubie Altemus gekannt?« fragte Ezzie Fenwick Babs Malett bei Baba Timsons Party.
»Ja«, sagte Babs. »In meiner Jugend haben sie auf dem Land in unserer Nähe gewohnt.«
»Er ist gestorben, wissen Sie.«
»Ja, ich weiß. Der arme Hubie. Irgendwie eine verlorene Seele, finden Sie nicht auch?«
»Er hat seiner Familie nichts hinterlassen, nicht einmal ein Andenken.«
»Du meine Güte.«
»Die ganzen Möbel, all die Bilder und das Silber waren Van-Degan-Sachen, die ihm seine Mutter geschenkt hatte. Sie sagen, Lil wäre außer sich, weil sein Freund Juanito *quelque chose* alles erbt. Er trägt einen Ohrring.«
»Du meine Güte.«
»Also, das ist wirklich eine perfekte *crème brulée*.«

»Ich begreife nicht, wie Herkie Saybrook das zulassen konnte«, sagte Lil.
»Was zulassen, Mutter?« fragte Justine, die sehr wohl wußte, was ihre Mutter meinte.
»Du weißt sehr wohl, was ich meine«, schimpfte Lil. »Diese Stühle, Charles der Zehnte, sind durch Tante Minnie Willoughby vom Altemus-Zweig gekommen. Stell dir bitte vor, daß dieser gräßliche Juanito sie jetzt hat.«
Seit der Verlesung des Testaments in Onkel Laurances Büro hatte Justine sich das immer und immer wieder anhören müssen.

»Ich kenne Herkie Saybrook schon, seit er auf die Welt gekommen ist«, fuhr Lil fort, obwohl Justine überhaupt nicht reagierte. »Er hätte uns warnen müssen, dann hätten wir etwas dagegen unternehmen können.«
»Das heißt, glaube ich, Schweigepflicht. Hubie hat Herkie engagiert und ihn bezahlt.«
»Aber Herkie Saybrook ist einer von uns«, sagte Lil.
»Das war Hubie auch, Mutter«, erwiderte Justine.
Lil wandte sich von ihrer Tochter ab.
»Ich werde nie wieder ein Wort mit Herkie reden«, sagte sie nach kurzem Überlegen. »Ich glaube, Onkel Laurance sollte sich mit ihm über dieses Testament unterhalten, und ich finde, Onkel Laurance sollte ihn aus dem Butterfield ausschließen lassen. Ich hab ihn nie gemocht. Arrogant.«
»Vor einiger Zeit wäre es dir ganz recht gewesen, wenn ich ihn geheiratet hätte, wenn ich mich recht erinnere«, sagte Justine.
»Lassen wir doch bitte beiseite, wen du hättest heiraten sollen und wen nicht. Ich kann mich nur immer auf eine Sache konzentrieren.«
»Auf was konzentrierst du dich denn im Augenblick, Mutter?«
»Ich konzentriere mich auf diesen schrecklichen Mann mit dem Ohrring und die unsäglichen Dinge, die er auf Großmutter Van Degans Bett aus Newport macht.«

38

Die Renthals nahmen sich eine cremefarbene Villa in Monte Carlo und charterten eine Yacht. Sie segelten zu Parties in St. Jean Cap Ferrat und Beaulieu, Villefranche und Antibes. Die Sorte Leute, die sie da trafen, hatten nichts von einer drohenden Untersuchung gehört, oder wenn ja, scherten sie sich nichts drum, so vergnügungssüchtig waren sie. Amerikaner nahmen solche Dinge immer viel ernster als sie. Für die Renthals war es eine Zeit der Ruhe vor dem Sturm.

Elias behauptete anfänglich, die Untersuchung durch die Securities and Exchange Commission nicht ernst zu nehmen. Er glaubte, ein selbstgefälliger Bezirksanwalt mit politischen Ambitionen würde ihn verfolgen und wollte ihn, nur weil er so reich war, in die Pfanne hauen. »Ich bin smarter als die meisten heute ihm Handel«, sagte er, »und diese Sec-Typen können das nicht ausstehen.«

Nachdem Ruby im *Wall Street Journal* gelesen hatte, Elias sei von einem jungen Rechtsanwalt der Firma Weldon & Stinchfield namens Byron Macumber belastet worden, erinnerte sie sich an die Nacht ihres Balls, in der Gus Bailey sie gebeten hatte, ihn am nächsten Tag anzurufen. Er hatte den Namen Byron Macumber erwähnt und sie wahrscheinlich warnen wollen. Sie erinnerte sich auch an den Anruf Byron Macumbers in ihrer Wohnung und wie Elias getan hatte, als würde er ihn gar nicht kennen.

Elias betrachtete sich als Mitglied des Establishments. Er wies auf seine Mitgliedschaft im Butterfield hin. Er wies auf seine Freundschaft mit Leuten wie Van Degan hin. »Solche Leute werden nicht zulassen, daß mir etwas passiert«, erklärte er Ruby und meinte, Mitglieder des Establishments würden immer zusammenhalten. Er erwähnte die zahllosen Wohltätigkeitsspenden, die er in den letzten paar Jahren geleistet hatte, alle sorgfältig in Zeitungsberichten festgehalten. »Vielleicht sollten wir diesen Typen, Bus Bailey, dazu kriegen, noch einen Artikel über uns und über all unsere Wohltätigkeit zu schreiben«, sagte er und machte sich im Geiste eine Notiz, Max zu fragen, ob er den Scheck für Aids an Faye Converse gesperrt hatte oder nicht.

»Gus Bailey heißt er und nicht Bus Bailey«, sagte Ruby.

»Egal wie. Wir könnten ihn einfliegen lassen.«

»Das halte ich für keine gute Idee«, sagte Ruby.

»Warum nicht?«

»Ich glaube nicht, daß er der Typ ist, der jetzt Lobeshymnen über uns schreiben will.«

»Wie kommst du darauf?«

»Hast du den Artikel gelesen, den er über Jorgie Sanchez-Julia geschrieben hat?« Sie hielt eine Illustrierte mit einem Foto Jorgies, auf dem er mit der klumpfüßigen Geraldine tanzte, hoch.

»Sanchez-Julia war ein Scheißgigolo, der eine alte Lady um ihr Geld gebracht hat«, schimpfte Elias.

Rubys Blick war vernichtend, als wollte sie sagen: »Du bist ein Scheißtyp, der noch wesentlich mehr Geld gestohlen hat.«

Elias schaute weg. »Ich werde Laurance Van Degan jetzt sofort anrufen und ihn wissen lassen, daß ich die ganze

nächste Woche in der Pariser Wohnung bin. Wir werden das schon hinbiegen.«
Miss Wentworth sagte, Mr. Van Degan sei in einer Konferenz und nicht zu sprechen. Elias rief eine Stunde später an. Van Degan war immer noch in einer Konferenz und nicht verfügbar. Elias gab Miss Wentworth seine Pariser Telefonnummer, damit Laurance ihn zurückrufen könne.
Mr. Van Degan war nicht in seinem Büro, als Elias am nächsten Tag von Paris aus anrief. Nein, zu Hause sei er auch nicht zu erreichen.
Mr. Van Degan sei beim Fischen in den Adironacks. Nein, dort gebe es leider kein Telefon, sagte Miss Wentworth.

Ruby war sehr still geworden und lebte zurückgezogen, ging zu den Festen, die Elias aussuchte, aber sie arrangierte ihr Gesellschaftsleben nicht mit derselben Leidenschaft wie einst, weil ihre Leidenschaft verebbt war, sie sah es nur noch als Verpflichtung. Innerlich schämte sie sich für die Dinge, die über ihren Mann gesagt wurden, aber Loelia konnte sie sich nicht mehr anvertrauen, also behielt sie alles für sich. Jetzt bestand Elias darauf, überall hinzugehen, und Ruby ließ sich von ihm führen statt umgekehrt. Ihre Zurückhaltung wurde positiv ausgelegt, und die *Grandes Dames*, die sie kennenlernte, fanden, sie hätte makellose Manieren.
Beim Friseur des Hôtel de Paris in Monte Carlo begegnete ihr Loelia Manchester. Es war ihr erstes Treffen seit dem Ball. Sie begrüßten sich wie alte Freunde, die sich aus den Augen verloren hatten, aber Ruby fragte Loelia nicht nach Mickie und Loelia Ruby nicht nach Elias.
»Geht's dir gut?« fragte Ruby.

»O ja, wunderbar«, erwiderte Loelia lächelnd, aber das Lächeln übertünchte nur die Traurigkeit. »Und dir?«
Ruby zuckte die Achseln. »Auch gut, auch gut«, erwiderte sie.
Nur zu gerne hätten die beiden Freundinnen sich unterhalten wie früher, sich alles erzählt, aber keine fand den Einstieg für ein solches Gespräch.
Loelia erzählte von ihrem Aufenthalt in der Frischzellenklinik am Tegernsee, und Ruby beobachtete ihre alte Freundin. Loelia trug sehr dick Make-up so früh am Morgen. Plötzlich nahm Ruby Loelias Kinn und drehte ihren Kopf ein wenig nach links. Das Make-up verdeckte ein blaues Auge.
»Ich bin im Hôtel du Cap gegen eine Tür gestoßen«, sagte Loelia und wurde trotz der dicken Schminke rot.
»Seh ich dich bei den *Couture*-Kollektionen?« fragte Loelia.
»Nein«, erwiderte Ruby. Ihre Leidenschaft für die Mode war genauso eingeschlafen wie die Leidenschaft, gesellschaftlich zu brillieren. Und sie wußte ohnehin nicht, wann sie die neuen, ultrakurzen Röcke tragen sollte, nicht weil ihre Beine sich nicht sehen lassen konnten, sondern weil ihr klar war, daß sie in New York keiner mehr einladen würde.
Sie verabschiedeten sich, waren traurig, denn sie fehlten einander, doch sie machten keine Pläne für ein Wiedersehen.

»Ich hab das Flugzeug verkauft«, hörte sie Elias zu Max Luby an Bord ihrer gecharterten Yacht auf dem Weg nach Antibes sagen. Max besuchte sie regelmäßig. »Hat keinen Sinn, was zu haben, was sie beschlagnahmen können.

Alles, was fliegt, schwimmt oder fickt, wird nur noch gemietet.«

»In welche Kategorie passe ich, Elias?« fragte Ruby und legte ihr Buch beiseite. »Heißt das, ich bin gemietet?«

Elias lief rot an. »Nur eine Redewendung, Ruby«, sagte er. »Ich hab doch nicht dich gemeint.«

Ruby hob ihre Hand. Sie trug den riesigen Diamanten, den Elias ihr geschenkt hatte, schnippte den Ring mit dem Daumen vom Finger, und der riesige, makellose Diamant fiel ins Mittelmeer.

»Ruby, um Himmels willen, weißt du, wieviel der wert ist!« brüllte er.

»Sechs Millionen zweihunderttausend«, sagte sie gelassen.

Elias packte Ruby wutentbrannt am Arm, sie erwiderte gelassen seinen Blick und sagte: »Wenn du vorhast, mich zu schlagen, Elias, tu's nicht«, mit einer Stimme, die er von ihr noch nie gehört hatte.

Elias ließ ihren Arm los.

»Vor sieben Jahren, als ich noch Stewardeß in L. A. war, hat mich ein Typ zusammengeschlagen. Ich hab damals gesagt, und es auch so gemeint, daß ich jeden Mann, der je Hand an mich legt, umbringen würde.«

»Mein Gott, Ruby, ich würde dich doch nie schlagen«, sagte Elias und ließ sich in einen Liegestuhl fallen. »Die Geschichte macht mich fertig. Ich bin nicht mehr ich selbst.«

Er nahm den Kopf in die Hände. Max Luby räusperte sich.

»Verschwinde, Max«, sagte Elias, und Max Luby, der Elias verstand und Ruby liebengelernt hatte, überließ sie nur allzugern diesem Gespräch, dem beide seit ihrem Abflug aus New York aus dem Weg gegangen waren.

»Was ist denn in letzter Zeit bloß mit dir los, Ruby?« fragte Elias.
»Du weißt es nicht?«
»Du wirst nicht am Hungertuch nagen, wenn dir das Sorgen macht.«
»Das sieht dir ähnlich, Elias, meine Enttäuschung über meine Ehe, meinen Mann und unser Leben als Geldängste zu sehen.«
»Was denn?«
»Ich fühle mich, als hättest du mich mit einer anderen Frau betrogen.«
»Das habe ich nie. Ich schwöre bei Gott.«
»Es ist dieselbe Art von Verrat. Ich habe den Fehler gemacht, dich für genial zu halten, aber du bist nur ein Junge, der in der Schule betrogen hat.«
Elias wurde rot. Ruby hätte ihn nicht tiefer treffen können. »Ich bin genial. Keiner versteht es, so Geld zu machen wie ich.«
»Das kannst du dem Richter erzählen, Elias.«
»Ruby, sag das bitte nicht.« Elias nahm ihre Hand.
Sie ließ ihm ihre Hand, erwiderte aber sein Drücken nicht.
»Ich will kein böses Luder sein, Elias«, sagte Ruby. »Ich fühle mich übergangen. Du hast mich wie eine Mätresse behandelt, nicht wie eine Ehefrau. Kauf ihr einen neuen Pelz. Kauf ihr neuen Schmuck. Wenn du mir nur gesagt hättest, was da passiert.«
»Und wenn du es gewußt hättest?«
»Ich hätte es nicht zugelassen.«
Sie schauten sich an.
»Max hat mir alles erklärt«, sagte sie. »Das war dir nie der Mühe wert. Alles über die Schweizer Bank in Nassau und der falsche Name für das Konto, mein Name übrigens,

und wie du diese ganzen jungen Betrüger für Informationen bezahlt hast, wie Byron Macumber. Mir ist nur eins dazu eingefallen: Warum? Was haben wir denn noch gebraucht, wo wir doch schon alles hatten? Wir wußten gar nicht mehr, was wir noch kaufen sollten, weil wir schon alles hatten, und hatten immer noch mehr Geld als alle anderen. Und jetzt sind wir ausgestoßen wegen ein paar lausiger Millionen Dollar.«

»Wer sagt, wir wären ausgestoßen?«

»Also, Elias, bitte. Stell dich doch der Realität. Gut, wir segeln mit einer Yacht zu Lady Montagues Lunch in ihrer Villa in Antibes, aber dort, in New York City, werden sie dich verfolgen und dir wahrscheinlich Handschellen anlegen, genau wie Byron Macumber.«

»Das machen sie nie«, sagte Elias. »Das würde Laurance Van Degan nie zulassen.«

»Laurance Van Degan ruft nicht mal mehr zurück, Elias.«

»Er ist in den Adironacks, da gibt's kein Telefon.«

»Irgendwie glaub ich das nicht«,. sagte Ruby.

»Er ist mein Freund.«

»Glaubst du wirklich, Laurance und Janet Van Degan werden uns noch in ihre Loge in die Oper einladen?«

»Natürlich«, sagte Elias im Brustton der Überzeugung. »Laurance ist Geschäftsmann. Er versteht es. Wie, zum Teufel, glaubst du, hat Ormondes Großvater den Grundstock zu seinem Vermögen gelegt?«

»So bestimmt nicht, da bin ich sicher«, erwiderte Ruby.

Er wußte, Ruby hatte recht.

»Was möchtest du tun, Ruby?« fragte Elias resigniert.

»Ich will zurück nach Hause. Was immer passieren muß, soll passieren. Du hast doch inzwischen sicherlich alles verkauft, was zu verkaufen war.«

»Ich dachte, dir gefällt dieses Leben. Lunch mit Prinzessinnen. Dinner mit Herzoginnen.«
»Nicht mehr«, sagte Ruby. »Nicht mehr.«

In dieser Nacht, zurück in der gemieteten Villa in Monte Carlo, sagte Elias zu Ruby: »Du hast mir nie erzählt, daß dich in L. A. jemand zusammengeschlagen hat.«
»Darüber rede ich nicht.«
»Was hat er dir angetan?«
»Er hat mir ein paar Zähne ausgeschlagen. Mir blaue Augen geschlagen. Mir den Kiefer gebrochen. Er hat mich die Treppe hinuntergeworfen«, sagte sie leise und monoton.
»Großer Gott.«
Sie nickte.
»Haben sie den Kerl erwischt?«
»Damals nicht.«
»Was ist mit ihm passiert?«
»Er hat Gus Baileys Tochter umgebracht.«

39

Seit seiner Trennung von Justine Altemus hatte Bernard Slatkin keinerlei Anstalten gemacht, mit den Leuten, die er während seiner Ehe kennengelernt hatte, Kontakt aufzunehmen, was den Van Degans eine weitere Bestätigung dafür war, daß er nie versucht hatte, sie zu benutzen. Das war allerdings für Lil eine große Enttäuschung, die Bernie nur zu gerne als Opportunisten abgestempelt hätte, der ihr Kind nur zur Förderung seiner Karriere ausgenutzt hatte. Eines Nachts auf der Park Avenue – Bernie kam gerade aus seiner früheren Wohnung, wo er noch einige Kleider abgeholt hatte – traf er Gus Bailey, der einen Abendanzug trug und gerade wieder von einer New Yorker Dinnerparty nach Hause ging. Die beiden Männer begrüßten sich herzlich, und Gus lud Bernard auf einen Drink zu sich ein.

»Ich hab schon gehört, daß Sie eine nette Wohnung haben«, sagte Bernie, nachdem sie es sich bequem gemacht hatten. »›Listig‹ hat jemand es genannt.«

»Wer hat Ihnen denn das erzählt?« fragte Gus und reichte Bernie einen Drink.

»Wir haben eine gemeinsame Freundin«, erwiderte Bernie.

»Wen?«

»Ms. Myra.«

»Ah«, sagte Gus und nickte. »Eine reizende Lady.«

Die beiden Männer grinsten sich an.
»Und sie kennt viele nette Ladies«, erwiderte Bernie, »perfekt für diese Interimperiode in meinem Leben.«
»Sie halten sich also aus allem raus?«
Bernie nickte. »Ms. Myra hat erzählt, Ihre Wohnung sei listig.«
»Andrerseits sagt mir Matilda Clarke, sie hätte genau das richtige Maß an Schäbigkeit«, erwiderte Gus.
»Das war wohl als Kompliment gemeint«, sagte Bernie.
»Absolut. An der Stelle ist heißer Dank angesagt.«
»Ich verstehe.« Sie lachten beide.
»Das ist vielleicht ein komischer Haufen«, sagte Gus.
»Weiß Gott.«
Bernie stand auf und schaute sich die Bücher in den Regalen an. »Lesen Sie die Bücher alle, Gus?«
»Die meisten.«
»Neulich hab ich Juanito Perez in einem Restaurant im Village getroffen«, sagte Bernie und nahm ein Buch aus dem Regal. »Der ist jetzt ein reicher Mann.«
»Laut Dodo bringt es Lil um, daß Juanito Hubies Geld gekriegt hat. Sie wollte vor Gericht gehen, aber Onkel Laurance hat gesagt, die Publicity würde der Familie schrecklich zusetzen.«
»Waren Sie bei Hubies Beerdigung?« fragte Bernie.
»Ja.«
»Ich hab gehört, sie haben Juanito nicht ins Haus gelassen.«
»Stimmt.«
»Haben Sie gewußt, daß Lil Hubie fünfzig Seconal bei ihrem einzigen Besuch im Krankenhaus mitgebracht hat?«
»Nein, das hab ich nicht gewußt«, sagte Gus.
»Es stimmt. Hat sie in einem Beutel Bücher aus dem

Wilton House Shop gelassen. Juanito hat's mir erzählt, er hat sie ins Klo gespült.«

»O Gott«, sagte Gus. »Lil und Laurance tun immer noch so, als wäre Hubie nicht an Aids gestorben, und erwarten auch noch, daß man ihnen glaubt.«

»Die Van Degans sind hart wie Kruppstahl«, sagte Bernie.

»Das sind diese Leute alle«, erwiderte Gus.

»Der Koch der Bradleys ist an meinem Hochzeitstag aus dem Fenster gesprungen, direkt um die Ecke vom Colony Club, und die Bradleys sind trotzdem zum Empfang gekommen. Yvonne Lupescu hat an diesem Tag Constantine de Rham in den Bauch geschossen, ist ohne Einladung auf meinem Hochzeitsempfang erschienen und hat Justines Brautstrauß aufgefangen.« Bernie tippte sich an die Stirn.

»Ein Arbeiter ist vom Kran gestürzt, der eine Trauerweide zum Appartement der Renthals am Tag ihres Balls hochgehoben hat, und der Ball fand statt, als wäre nichts passiert, nachdem Elias die Familie des Arbeiters ausbezahlt hatte«, sagte Gus in Weiterführung von Bernies Bericht. »Ormonde Van Degan ist während des Balls gestorben, und sie haben seine Leiche auf den Billardtisch gehoben, damit der Auftritt der First Lady nicht verpatzt wird.«

»Diese ganze Gruppe steht dem Tod sehr gleichgültig gegenüber«, sagte Bernie.

»Das Problem ist weitverbreitet, Bernie«, meinte Gus.

»Was steckt denn hinter Ihrer Fassade, Gus? Da ist doch mehr als dieser stille Typ, mit dem sich jeder unterhält.«

»Nichts Geheimnisvolles, Bernie. Nur fragt mich nie jemand danach, und ich bin nicht der Typ, der freiwillig darüber redet.«

»Ich frage Sie jetzt.«
»Ein Widerling ist einfach dahergekommen und hat meine Tochter umgebracht.«
»Das hab ich nicht gewußt.«
»Ich häng's auch nicht an die große Glocke, aber deswegen bin ich hierhergezogen, um die drei Jahre Gefängnis des Widerlings abzuwarten.«
»Und was werden Sie dann tun?«
»Dahin zurückgehen, wo ich hergekommen bin.«
»Und was tun?«
»Ich werde den Kerl, der meine Tochter umgebracht hat, töten.«
»Ach was.«
»Das werd ich.«
Bernie schaute Gus an, und Gus erwiderte den Blick.
»Ich werd mir noch einen davon machen«, sagte Bernie und hielt sein Whiskyglas hoch.
»Ich werde seinen Namen rufen. Ich werde sagen: ›He, Lefty‹«, sagte Gus. »Ich will, daß er mir dabei in die Augen sieht. Ich will, daß er weiß, daß ich es bin, der es macht.«
Bernie stand in der Küchentür und wußte nicht, ob er Gus ernst nehmen sollte. »Und was wird dann passieren?«
»Gefängnis, denk ich.«
»Gefängnis?«
»Vielleicht hab ich dort Zeit, das Buch zu schreiben, von dem Ezzie Fenwick immer sagt, ich würde es schreiben«, sagte Gus.
Bernie ging zu Gus. »Gus«, sagte er.
»Was?«
»Das ist doch nicht Ihr Ernst, oder?«
Gus sah Bernie eine Zeitlang an und lächelte dann. »Nein, natürlich nicht«, sagte er.

40

»Der arme Hubie«, sagten die Leute, wenn sie von Hubie Altemus sprachen, aber die Erinnerung an ihn verblaßte bereits.
Juanito Perez hatte mehrmals versucht, Lil Altemus telefonisch zu erreichen, immer vergeblich. Schließlich schrieb er ihr, einmal, zweimal. Beide Briefe wurden ungeöffnet von Lils Anwälten zurückgeschickt.

»Ist es nicht einfach wunderbar, wie Lil mit der Sache fertig geworden ist«, sagten Leute wie Ezzie Fenwick, Matilda Clarke und Cora Mandell, wenn jemand über Hubies Tod sprach. Ihre Freunde bezeichneten es als Tapferkeit angesichts von Tragödien. Aber ihre Tochter, Dodo, und ihre Zofe, Lourdes, wußten, daß ihre Trauer in blanken Haß gegen Juanito Perez umgeschlagen war, dem sie die Schuld an Hubies Tod gab.
Lil wachte manchmal nachts auf und dachte an die Familienerbstücke, die sie Hubie geschenkt hatte und die jetzt Juanito Perez gehörten. Jedesmal bekam sie vor Wut heftiges Herzklopfen. Besonders die Stühle aus der Zeit Karls des Zehnten wurden zur Besessenheit. Tante Minnie Willoughbys Hochzeitsgeschenk an sie und Hubert, die zwölf Stühle, die sie Hubie geschenkt hatte, als er sich die eigene Wohnung genommen hatte. Es schien ihr das Wichtigste auf dieser Welt, daß diese zwölf Stühle wieder in den Besitz der Familie kamen, obwohl sie keiner wollte.

Lil hatte nicht vergessen, daß ihre Stiefmutter Dodo Juanito in der Kirche den Platz neben sich angeboten hatte, also bat sie Dodo, die zwölf Stühle von diesem verachtenswerten Juanito Perez zurückzuholen. Dodo war durch Ormondes Tod unabhängig und reich und hatte keine Lust, weiterhin nach der Pfeife der Familie zu tanzen. Sie weigerte sich rundheraus, zu Juanito zu gehen.
Auch Justine weigerte sich, ihrer Mutter den Gefallen zu tun, aber Ezzie Fenwick wußte natürlich wie immer eine Lösung. Jamesey Crocus war der geeignete Mann, um diese Stühle wieder heimzuholen. Jamesey war schließlich der größte Möbelexperte New Yorks und liebte es, den Van Degans und den Altemus' einen Gefallen zu erweisen, damit er wieder auf ihre Dinnerparties eingeladen wurde.

Jamesey Crocus schaute sich sorgfältig um, bevor er das Gebäude in SoHo betrat, in dem Juanito Perez wohnte, wie nachts, wenn er eine zweideutige Kneipe betrat und dabei nicht beobachtet werden wollte. Ein elektrischer Türöffner ließ ihn ins Haus, und er mußte die drei Stockwerke zur Wohnung zu Fuß hochgehen, denn ein Schild am Aufzug zeigte, daß er außer Betrieb war. Juanito stand in der offenen Tür des Lofts, das einmal Hubie Altemus gehört hatte. Jamesey, der Juanito vor seiner Beziehung zu Hubie schon gekannt hatte, fiel sofort auf, wie sehr sich seine Erscheinung verändert hatte. Er war zwar leger angezogen, aber die Tweedjacke hatte einen ausgezeichneten Schnitt und hatte einmal Hubie gehört, wie Jameseys geübtes Auge sofort feststellte; sein Hemd hatte einen Button-Down-Kragen, und er trug es offen, wie Hubie es auch getan hatte. Jamesey musterte Juanito mit derselben Eindringlichkeit wie einst Ruby Renthals Konsoltische.

Der Reichtum hatte Juanito grundlegend verändert. Keine Spur mehr von dem etwas verschlagenen Gesichtsausdruck, eine Folge der erbärmlichen Verhältnisse, aus denen er stammte; all seine guten Qualitäten kamen jetzt zum Vorschein. Nur die Zigarette, die frech im Mundwinkel baumelte, erinnerte noch an den Juanito von früher. Einen Augenblick lang trafen sich ihre Blicke.
»Das Rauchen ist sehr schlecht für dich«, sagte Jamesey.
»Da sieht man sie zwei Jahre nicht, und das erste, was sie sagt, ist: ›Rauchen ist sehr schlecht für dich‹«, erwiderte Juanito. »Komm rein, Janie.«
Jamesey Crocus, der in den besten Kreisen verkehrte, haßte nichts mehr auf dieser Welt, als Janie genannt zu werden, aber er sagte nichts. Er schaute sich um. Das Loft war wie Hubie, eine Mischung aus dem Leben, das er, wenn auch nicht vollständig, hinter sich gelassen hatte, und einem Leben, das er anstrebte, aber in das er nie so richtig gepaßt hatte. Die Temperatur des großen Zimmers war durch ein niedriges Feuer im Kamin angenehm.
»Ganz reizend hier, Juanito«, sagte Jamesey.
»Ich hab alles so gelassen, wie Hubie es hatte«, sagte Juanito.
»O ja, natürlich«, sagte Jamesey, der diese Behauptung nicht ganz ernst nehmen konnte. Er wußte, daß Juanito notorisch untreu war und sich durch die ganze Stadt gebumst hatte, und zweifelte jetzt etwas an dieser Beweihräucherung von Hubies Wohnung als Schrein. Juanito würde ihm sicher einen Drink anbieten, damit sie sich erst einmal nett unterhalten konnten, bevor man zum eigentlichen Zweck des Besuchs kam.
Aber Juanito bot ihm keinen Drink an. »Und was verschafft mir die Ehre deines Besuchs, Janie?« fragte er.

»Mrs. Altemus, Lil, hat mich gebeten, mit dir über einige Stühle zu sprechen, die du geerbt hast, einen Satz Stühle, Karl der Zehnte«, sagte Jamesey.
Juanito hatte nicht vergessen, wie Lil ihn beleidigt hatte, indem sie seine Briefe ungeöffnet durch ihre Anwälte zurückschicken ließ.
»Die meinst du«, sagte er und zeigte auf die Eßzimmernische. Acht Stühle standen um den Tisch. Zwei weitere befanden sich in einer Gruppe Möbel am Kamin. Einer stand am Schreibtisch. Der zwölfte stand neben dem Telefontisch.
Jamesey war in Ekstase. Seine Eulenbrille beschlug förmlich vor Begeisterung beim Anblick dieser prachtvollen Möbel. »Oh, mein Lieber, absolut fantastisch«, flüsterte er. »Karl der Zehnte«, sagte er im selben Tonfall wie bei seinen Vorträgen im Museum, »war der jüngere Bruder Ludwigs des Sechzehnten, der, wie du weißt, während der Französischen Revolution geköpft wurde. Während seiner Regierungszeit –«
»Was immer du vorhast, Janie, zu meinem Vorteil ist es bestimmt nicht«, sagte Juanito, den die Geschichtslektion nicht interessierte.
»Nenn mich nicht Janie«, sagte Jamesey mit zusammengebissenen Zähnen.
»Oh, hab ich mich im Ton vergriffen? Verzeihung, Miss Crocus. Ist das besser?«
Jamesey hielt es für besser, nicht weiter darauf einzugehen. Die Möglichkeit einer Verbindung zum Altemus-Van-Degan-Klan war zu reizvoll, um sich mit einem Mann anzulegen, den er immer noch als besseren Stricher betrachtete. »Juanito, du mußt wissen, diese Stühle haben Tante Minnie Willoughby gehört, sie hat sie Lil ge-

schenkt, und Lil hat sie Hubie geschenkt, aber Tante Minnie wollte immer, daß sie als Erbstücke in der Familie bleiben.«

»Tante Minnie Willoughby«, sagte Juanito in übertrieben nachdenklicher Pose. »War das nicht der kesse Vater?«

»O nein, nein, das war Tante Grace Gardiner«, sagte Jamesey.

»Hubies Familie hab ich immer schon durcheinandergebracht.«

Jamesey, der sich bestens in den Stammbäumen aller guten Familien New Yorks auskannte, sagte: »Tante Minnie Willoughby war vom Altemus-Zweig, und Tante Grace Gardiner, die tatsächlich ein kesser Vater war, stammte von der Van-Degan-Seite.«

»Es ist mir eigentlich scheißegal«, sagte Juanito. »Was willst du hier?«

»Mrs. Altemus fragt sich ...«

»Du kannst ruhig Lil sagen«, sagte Juanito.

»Natürlich, Lil. Lil fragt sich, ob du die Stühle eventuell an die Familie zurückgeben würdest.«

»Hast du Lil erzählt, daß du es warst, der mir Hubie vorgestellt hat?«

Jamesey hielt inne. »Nein, nein, hab ich nicht.«

»Ich frage mich, ob sie dich auch als Boten geschickt hätte, wenn sie das wüßte.«

»Ich bin sicher, Mrs. Altemus würde dir die Stühle auch abkaufen, sollte es um Geld gehen«, sagte Jamesey, dem die Richtung, die das Gespräch nahm, gar nicht paßte.

»Du vergißt, Janie, ich hab mehr Geld, als ich je ausgeben kann.«

»Es ist ziemlich kühl hier drin«, sagte Jamesey.

»Es ist schwer, diese Lofts in so alten Häusern zu heizen.

Deswegen hab ich das Feuer im Kamin. Ich werd was nachlegen«, sagte er. Juanito ging zum Kamin. »Erinnerst du dich noch, du hast mich mit Scheck bezahlt, und der ist geplatzt.«

»Ich hab das in Ordnung gebracht«, sagte Jamesey erbost.

»Erst nachdem ich dir auf dem Weg zu Adele Harcourts Buchclub ein blaues Auge angedroht habe«, sagte Juanito. »Scheiße, kein Kaminholz mehr da.« Er nahm einen der Stühle aus der Zeit Karls des Zehnten, drehte ihn um und brach ein Bein ab.

»Juanito!« kreischte Jamesey, als er das Bein ins Feuer warf und ein weiteres abbrach.

»Was hast du denn? Sind doch noch elf da.«

»Diese Stühle sind unbezahlbar. Waren unbezahlbar, meine ich.«

»Würdest du Lil bitte von mir ausrichten, wenn du ihr berichtest, daß deine Mission vergeblich war, daß, wenn sie sich die Mühe gemacht hätte, höflich zu mir zu sein, als Hubie sterbend im Krankenhaus lag, oder mir bei Hubies Beerdigung einen Stuhl in der Kirche angeboten hätte oder mich mit den anderen Trauergästen ins Haus eingeladen hätte oder ihre Scheißanwälte meine Briefe nicht ungeöffnet zurückgeschickt hätten, in denen ich ihr angeboten habe, die Familienerbstücke, die ich geerbt habe, zurückzugeben, sie alles zurückgekriegt hätte, aber jetzt nicht mehr. Verpiß dich, Jamesey, und bleib verpißt.«

41

Ende des Sommers kehrten die Renthals nach New York zurück. Seit der Enthüllung von Elias' korrupten Börsenpraktiken war Renthal, der einst als Finanzgenie gefeiert wurde, zum Symbol für Wall-Street-Habgier geworden. Diejenigen, die nicht zu seinem Ball eingeladen gewesen waren, behaupteten, sie hätten absichtlich nicht an diesem vulgären Spektakel teilgenommen. Keiner ließ mehr ein gutes Haar an Elias Renthal.

Aber trotz allem zeigte sich Elias Renthal in den Wochen nach seiner Rückkehr nicht als gebrochener Mann. Er ging seinen Geschäften nach wie immer und kam jeden Morgen schon um sechs Uhr früh in sein Büro. Die Tatsache, daß Beamte der Securities and Exchange Commission seine Akten in Kartons packten und abtransportierten, wurde einfach ignoriert.

Er kleidete sich nach wie vor musterhaft, bestellte seine Anzüge zwanzigstückweise bei Mr. Sills und Hemden und Schuhe dutzendweise in London, obwohl sich mancher fragte, ob er bei Lieferung nicht vielleicht schon im Gefängnis sitzen würde.

Leider war es während Renthals Urlaub am Mittelmeer auch gelungen, eine Verbindung zwischen dem Selbstmord Byron Macumbers und ihm herzustellen, und seine Anwälte hatten eine Vereinbarung mit dem Büro des

Staatsanwalts getroffen, die laufende Untersuchung zu unterstützen, indem sie die Namen seiner Mittäter offenbarten.

Sein veränderter gesellschaftlicher Status wurde Renthal erst richtig bewußt, als er versuchte, sein Lunch im Butterfield einzunehmen. Der ganze Club schnitt ihn geschlossen, angefangen vom Portier bis zum Kellner, ganz zu schweigen von den Van Degans und den anderen zu diesem Zeitpunkt anwesenden Mitgliedern. Elias verließ den Club mit hochrotem Kopf, aber nicht ohne einen laut hörbaren Furz an der Tür.

Danach ging Renthal nicht zurück in sein Büro, sondern nach Hause, in seine Wohnung, um dort zu essen und sich vielleicht eine Stunde auszuruhen. Auf dem Marmortisch in der Halle fand er einen Brief vom Butterfield, in dem Laurance Van Degan, der Präsident des Clubs, seinen Rücktritt aus diesem verlangte, vorgestern datiert.

Er brauchte Ruby. Mußte mit ihr reden. Er war es müde, die Fassade, die er seit ein paar Monaten der Welt zeigte, aufrechtzuerhalten. Er war verletzt. Er schämte sich. Er brauchte Trost. Er ging die Treppe hoch. Die Tür zu ihrem Schalafzimmer war geschlossen. Er klopfte.

»Nein«, erwiderte Ruby. »Laß mich in Ruhe, Elias.«

RENTHAL SINGT! brüllten die Schlagzeilen der Boulevardpresse. ELIAS (BITTE NICHT ELI) RENTHAL BEKENNT SICH IN EINEM ANKLAGEPUNKT SCHULDIG! Jede Zeitung im Land berichtete darüber.

»Ich hab's ja immer gesagt«, sagte Lil Altemus, die mit der Familie bei Clarence's dinierte, »daß man Leuten wie ihm um jeden Preis aus dem Weg gehen sollte.«

»Ach, halt doch den Mund, Lil«, sagte Laurance Van Degan, der selbst in den Genuß vieler Börsentips von Elias gekommen war und in Angst und Schrecken lebte, das könne bei der Untersuchung ans Licht kommen.

»Laurance!« sagte Lil betroffen.

»Wir haben doch alle Freunde aus der Gosse«, meinte Janet, Laurances Frau, beschwichtigend, »aber wir sollten uns unsere Freunde aus der Gosse besser aussuchen.«

»Oh, Ruby ist nicht aus der Gosse«, sagte Cora Mandell leise.

Ruby machte keinerlei Anstalten, mit ihren alten Freunden Kontakt aufzunehmen. Sie blieb die meiste Zeit in ihrem Zimmer und las oder unterhielt sich mit ihrer Zofe Candelaria. Sie ging nicht mehr zu Bobo, dem Friseur, sie hatte keine Lust, sich dem Tratsch in seinem Salon auszusetzen, sondern ließ einen unbekannten Friseur zu sich in die Wohnung kommen. Lorenza arrangierte auch nicht mehr zweimal wöchentlich die Blumen, weil keine Gäste mehr kamen und die meisten Zimmer der Wohnung geschlossen blieben. Abends aß Ruby mit Elias, aber sie schliefen in getrennten Zimmern, angeblich weil er zu laut schnarchte, wie sie Candelaria sagte, aber Candelaria kannte den wahren Grund.

Eines Abends, es war noch nicht sehr spät, ging Ruby zur Parkseite der Fifth Avenue und setzte sich auf die Bank gegenüber ihrer Wohnung, wo sie jeden Abend beobachtete, wie eine Stadtstreicherin sich häuslich einrichtete. Sie schaute hoch zu ihrer Wohnung und dachte zurück an ihre große Zeit, als die ganze Stadt, oder zumindest der Teil davon, der sie interessierte, in ihrem Ballsaaal getanzt hatte. Erst nach einigen Minuten wurde ihr klar, daß das alles für sie schon Vergangenheit war.

»Señora?«
Ruby schaute hoch. Vor ihr stand Candelaria.
»Ja, Candelaria?«
»Hace mucho frío, señora«, sagte Candelaria.
»Du weißt doch, daß ich dich nicht verstehe, wenn du nicht Englisch sprichst«, sagte Ruby, die zwar Französisch, aber nicht Spanisch gelernt hatte.
»Es wird kalt, *señora*, ich hab Ihnen einen Schal gebracht.«
»Du bist so lieb, Candelaria. Setz dich.«
»Nein, nein, *gracias*.«
»Da gibt es eine Frau, die auf dieser Bank schläft. Ich seh sie jeden Abend.«
»Si.«
»Weißt du, welche ich meine?«
»Si.«
»Später, wenn's dunkel ist, möchte ich, daß du ihr das bringst«, sagte sie. Sie öffnete ihre Tasche und holte etwas Geld heraus.
»Zuviel, *señora*«, sagte Candelaria, als sie die zwei Zwanzigdollarscheine sah.
»Nein, ist es nicht. Stell dir vor, was in ihr vorgeht, wenn sie jeden Abend da raufschaut, wo wir wohnen.«
Ein Jogger auf dem Heimweg ging schnell an ihnen vorbei. Sein Gesicht war gerötet, die Haare naß, und er triefte vor Schweiß. Candelaria war gerade im Begriff aufzustehen und prallte mit ihm zusammen.
»Verzeihung, *señor*«, sagte Candelaria.
»Nein, nein, es war meine Schuld«, sagte er, obgleich das nicht stimmte.
»Alles in Ordnung, Candelaria?« fragte Ruby.
»Si, si, señora. Okay.«
»Ach, hallo, Mrs. Renthal. Wir haben uns im Butterfield kennengelernt, am Damentag. Ich bin Ned Manchester.«

»Hallo«, sagte Ruby. »Natürlich. Wie geht's?«
»Entschuldigen Sie meinen verschwitzten Aufzug.«
»Für meine Begriffe sehen Sie sehr fit und gesund aus.«
»Sitzen Sie oft hier draußen?«
»Nein. Nie. Ich hatte nur plötzlich den Drang, hier zu sitzen und mein Haus anzuschaun.«
»Und wie lautet Ihr Urteil?«
»Zu groß.«
»Sogar die Clarkes haben sich in der Wohnung verloren gefühlt«, sagte Ned. »Und die hatten zwei Söhne.«
»Ich wollte immer ein Kind«, sagte Ruby.
»Und?«
»Es stand wohl nicht in den Karten, obwohl ich ein mütterlicher Typ bin. Wenn man die dritte Frau ist, haben die Männer ihr Soll schon erfüllt. Wie geht's Ihren Kindern?«
»Sehr gut. Bozzie geht zur Schule. Charlotte sagt, sie möchte Schauspielerin werden«, sagte Ned.
»Da wird sich Großmutter Somerset aber freuen«, meinte Ruby, und beide lachten. Ihre Blicke trafen sich. Ned gefiel Rubys rauchige, attraktive Stimme. »Sie haben eine schöne Stimme«, sagte er.
»Die Leute behaupten, ich klinge wie Loelia«, erwiderte Ruby. Sie sprach ganz offen von seiner Frau, was Ned sehr gefiel, weil alle sich im letzten Jahr soviel Mühe gegeben hatten, ja nicht in seiner Gegenwart ihren Namen zu erwähnen.
»Das stimmt«, sagte er.
»Als ich Loelia kennenlernte, hab ich alles an ihr imitiert. Dann wurde es ganz selbstverständlich. Ich bin, was man eine Eigenschöpfung nennt.« Sie lachte über sich selbst, und Ned stimmte ein.

»Ihr Aussehen sind Sie selbst«, sagte er.

»Da hab ich auch ein bißchen nachgeholfen, mein Freund«, erwiderte sie. »Ach, du meine Güte, wie die Zeit vergeht«, sagte sie mit Blick auf die Uhr. »Ich muß gehen. Elias wird gleich nach Hause kommen.«

»Wie geht's Mr. Renthal?«

»Sagen wir mal, es ging ihm schon besser«, sagte Ruby. »Wir haben Probleme, wie Sie vielleicht gehört haben.«

Ned nickte. »Wie haben die Leute reagiert?« fragte er.

»Ich weiß es nicht. Ich habe niemanden gesehen. Ich hab niemanden angerufen.«

»Wenn Sie je irgend jemanden zum Reden brauchen, ich komm jeden Abend hier vorbei«, sagte er.

»Danke«, erwiderte sie. Sie stand auf, schüttelte ihm die Hand und ging.

42

Gus Baileys Zeit lief langsam ab. Irgendwann hörte er auf, den Gastgeberinnen Dankesbriefe für ihre Dinner, zu denen er eingeladen war, zu schreiben. Dann begann er, Einladungen abzulehnen. Zuerst zu Maisie Verdurins Dinner und dann zu einem bei Violet Bastedo und schließlich bei Lil Altemus. Er sagte: »Ich werde dann abgereist sein« oder: »Ich hab an dem Abend etwas vor«.

»Sie werden dich nicht mehr einladen«, sagte Matilda Clarke.

»Das ist mir egal«, erwiderte Gus.

»Egal?«

»Ich hab genug gesehen.«

Später einmal erinnerte sich Matilda Clarke an diesen Satz.

Bernie Slatkin traf Gus zufällig in einem Restaurant im Village und erzählte Brenda Primrose später, er sei ziemlich abwesend gewesen.

Nestor und Edwina Calder kamen nach Abdrehen der Miniserie von *Judas Was a Redhead* aus Hollywood zurück. Edwina und Nestor Calder betrachteten Gus als guten Freund, luden ihn mehrmals zum Essen ein, aber er erwiderte ihre Anrufe nicht. Die Leute sagten, Gus verbringe mehr und mehr Zeit allein.

Eines Nachts klingelte sein Telefon.

»Mr. Bailey?«

»Wer ist da?«

»Sie werden sich kaum an mich erinnern.«
»Versuchen Sie's.«
»Mein Name ist Inez Peretti. Wir haben uns einmal –«
»Bei Ceil Somerset getroffen. Sie sind Ceil Somersets Hellseherin. Natürlich erinnere ich mich an Sie. Ich wollte Sie einmal anrufen, aber ich hab die Platzkarte nicht mehr gefunden, auf die ich Ihre Telefonnummer geschrieben hatte.«
Beide schwiegen kurz.
»Sie sind nicht überrascht, von mir zu hören?« fragte Inez.
»Bin ich nicht«, sagte Gus.
»Ich hab Ihre Nummer von Ceil.«
»Schön.«
»Ich hab das Gefühl, ich warne Sie nur immer.«
»Ja.«
»Letztes Mal hab ich gesagt, Sie gehen irgendwohin, und Sie sagten ja, zu Mary Finchs Ball für Justine Altemus, und ich hab gesagt, Sie gehen vorher woanders hin, und Sie sollen es nicht tun. Erinnern Sie sich?«
»Ja.«
»Sind Sie hingegangen?«
»Ja.«
»Ich spüre, daß Sie etwas planen.«
»Ja.«
»Ich spüre Rache in Ihrem Herzen.«
»Ja.«
»Ich wollte Sie warnen.«
»Danke, Inez.«

43

»Haben Sie irgendwelche religiösen Bindungen?« fragte Henry Caldwell, Elias Renthals Anwalt.

»Warum?« fragte Elias.

»Ich dachte, wir könnten Sie bis zur Urteilsverkündung in einer Art theologischer Schule einschreiben und es an die Zeitungen durchsickern lassen. So was schindet bei Richtern Eindruck«, sagte Henry.

»Mein Gott, ich war seit Urzeiten in keiner Kirche mehr, nur bei einer Beerdigungsfeier in Queens, aber das zählt nicht als Kirche. Außerdem macht's bestimmt keinen guten Eindruck, wenn ich jetzt plötzlich mit Kirche anfange«, sagte Elias.

»Aber es muß doch irgend etwas geben in dieser Richtung, was Sie tun können, Elias. Gute Werke zum Beispiel.«

Die Idee gefiel Elias. »Gute Werke, das ist es. Wie wär's mit Arbeit für die Obdachlosen? Das ist momentan schwer gefragt. Jeden Tag zwei Stunden Karotten schneiden und Suppe ausgeben in St. Bart's, das wär's doch, oder? Und es ist gleich beim Büro.«

»Fantastisch«, sagte der Anwalt. »Mavis Jones bringt das bestimmt in ihrer Kolumne.«

Hinter den Kulissen war schwer gehandelt und geschachert worden. Wegen seiner Hilfe bei der Entlarvung

anderer Missetäter der Finanzwelt und für eine Strafe von hundertfünfzig Millionen Dollar und Abgabe seiner Börsenlizenz mußte Elias Renthal sich nur in einem Anklagepunkt schuldig bekennen: Aktienschwindel.
»Mir ist klar, daß ich ein schwerwiegendes Verbrechen begangen habe«, sagte Elias Renthal vor dem Gerichtssaal zu den Reportern. Sein Anwalt klopfte ihm auf die Schulter, ein Zeichen, daß er genug gesagt hatte, aber Elias Renthal war nicht so leicht zu bremsen: »Ich hoffe, daß ich dadurch, daß ich die Verantwortung für das, was ich getan habe, auf mich nehme, etwas von der Pein, die ich meinen Freunden, meinen Kollegen und vor allem meiner Frau bereitet habe, wiedergutmachen kann.«
Ruby konnte Elias' Augen nicht sehen. Die Lichter der Fernsehkameras reflektierten von den Gläsern seiner Brille. Elias war in den letzten Monaten sichtlich gealtert. Sein Blick war stumpf, Stirn und Seele zerfurcht.
»Die arme Mrs. Renthal«, sagte Bozzie Manchester, der mit seinem Vater die Abendnachrichten anschaute. Ned schaute seinen Sohn an und verspürte eine Woge der Zuneigung für ihn. Ja, dachte Ned, die arme Mrs. Renthal.

Natürlich entging keinem Beobachter, wie sehr Ruby Renthals Status sich geändert hatte, aber Ruby war, wie alle sagten, ein Muster an Rechtschaffenheit, immer an Elias' Seite, wenn er vor Gericht erscheinen mußte, schweigend, schlicht und teuer gekleidet, das Haar streng zurückgekämmt, die Augen nicht hinter einer dunklen Brille versteckt. Hocherhobenen Hauptes, aber nicht arrogant und in Maßen nett zur Presse, um deren Gunst sie jedoch nicht buhlte.

Die Presse hatte sie ins Herz geschlossen und respektierte sie, obwohl sie keine Fragen beantwortete und sich nie für Bilder zur Verfügung stellte. Sie trug nur ihren goldenen Ehering und ihre goldene Cartier-Uhr, die einmal der Herzogin von Windsor gehört hatte, aber das wußte nur Ruby.

»Mein Klient ist praktisch mittellos«, hatte Henry Caldwell in den Wochen vor der Urteilsverkündung immer wieder vor der Presse verlauten lassen und Berichte von Millionen auf Schweizer Bankkonten als lächerlich abgetan. Elias stand mit trauriger Miene neben ihm, aber alle wußten, daß Elias alles andere als mittellos war.
Elias quetschte sich sogar auf dem Weg zum Gericht täglich mit Anwälten und Leibwächtern in ein kleines japanisches Auto statt der üblichen Limousine, um bei den Reportern und Fotografen vor Gericht den Eindruck zu erwecken, er müsse sparsamer leben.
Am Morgen der Urteilsverkündung schritt Elias, flankiert von Leibwächtern und Anwälten, die Treppe zum Gericht hoch, ohne die schreienden Reporter eines Blickes zu würdigen.
Der Gerichtssaal war bis auf den letzten Platz gefüllt. Die Verurteilung Elias Renthals war ein Medienereignis, zu dem die Presse aus aller Welt angereist war.
»Erheben Sie sich bitte«, sagte der Gerichtsdiener, als Richter Maurice McAuliff den Saal betrat.
Henry Caldwell plädierte, sein Klient habe Milde verdient, weil er Vergehen in zehn großen Maklerbüros aufgedeckt und hundertfünfzig Millionen Dollar Strafe gezahlt habe. »Ein Urteil in einem Fall wie diesem sollte keine längere Gefängnisstrafe beinhalten«, sagte er.

»Es ist undenkbar«, argumentierte der Staatsanwalt, »daß Kriminelle in Weste und Anzug frei ausgehen, indem sie einfach zurückzahlen, was sie ursprünglich gestohlen haben.«

Judge McAuliff, der für seine milden Urteile bekannt war, hörte sich die Plädoyers beider Seiten an. »Ihre Verbrechen, Mr. Renthal, sind zu schwerwiegend, um einfach vergeben und vergessen zu werden. Ich darf in diesem Gericht keinen so schrecklichen Präzedenzfall schaffen. Die Botschaft muß laut und klar verkündet werden, daß Gesetzesbruch gleich Gesetzesbruch ist«, sagte er. »Kriminelles Verhalten wie das Ihre darf nicht ungesühnt bleiben.«

Elias zuckte nicht einmal mit der Wimper, als der Richter ihn zu fünf Jahren in Allenwood verurteilte, was, wie alle wußten, bei guter Führung aller Wahrscheinlichkeit nach eine Entlassung nach zweieinhalb Jahren bedeutete. Elias' Arbeit bei den Obdachlosen war vom Richter mit Wohlwollen registriert worden.

Wenn Byron Macumber nicht Selbstmord begangen und zwei kleine Töchter, Kimberley und Sharon, hinterlassen hätte, wäre es Ruby vielleicht möglich gewesen, Elias zu verzeihen. Aber selbst nachdem sie über ihre Anwälte ein finanzielles Arrangement getroffen hatte, das die Ausbildung der beiden Mädchen garantierte, verfolgte sie der Selbstmord immer noch.

Am Abend, bevor Elias seine Strafe in Allenwood antreten mußte, speisten Elias und Ruby allein mit Max Luby in ihrem prachtvollen Speisezimmer mit den Ahnenporträts von exquisiten Tellern und tranken kostbare Weine aus Gläsern, die mit dem *R* eines längst verblichenen Roth-

schild graviert waren. Beide waren dankbar für Max' Gesellschaft, weil sie nicht mehr wußten, was sie miteinander reden sollten. Beim Abschied umarmte Max seinen alten Freund Elias mit Tränen in den Augen.
Auf dem Weg zu seinem Schlafzimmer wollte Elias Ruby gute Nacht wünschen, aber zu seiner Überraschung winkte sie ihn herein.
»Wirklich?« fragte er.
»Wirklich«, erwiderte Ruby lächelnd und strich einladend über das Bett neben sich. Was immer auch passiert war, Ruby wußte, daß Elias Renthal sie aus einem triesten Leben geholt und ihr ein anderes ermöglicht hatte, und dafür war sie dankbar.
Sie verbrachten die Nacht zusammen, als wäre sie noch die junge Stewardeß und er der nicht mehr junge Millionär, wie damals, nach ihrem ersten Treffen, bei dem beide noch Träume gehabt hatten, die alle Wirklichkeit geworden waren.

»Ich werde die Wohnung nicht behalten«, sagte Ruby im Fond der Limousine, die sie zu dem Gefängnis in Pennsylvania brachte.
»Warum nicht? Geld ist immer noch genug da«, erwiderte Elias. Selbst jetzt war Geld für ihn immer noch das Wichtigste.
Ruby schüttelte den Kopf. »Zu groß«, sagte sie.
»Das Rhinelander?« fragte er. »Warum ziehst du nicht ins Rhinelander wie Loelia? Das wär doch nett, bis du eine neue Wohnung findest.«
»Ich dachte, ich zieh für eine Weile aus der Stadt weg«, sagte sie.
»Weg aus der Stadt?«

»Ich zieh nach Merry Hill.«
»Da draußen werden dir deine Freunde fehlen.«
»Nein, werden sie nicht.«
Sie hatte seit ihrer Rückkehr aus Europa keinen einzigen ihrer Freunde gesehen.
Am Tor des Gefängnisses wurde die Limousine von einem Schwarm Fernsehkameras und Reportern empfangen. Ruby strich über Elias Gesicht. »Ich werde nicht aussteigen, Elias«, sagte sie und zog sich in ihre Ecke zurück.
»Nein, natürlich nicht«, erwiderte er.
»Ich werde Bücher und Illustrierte und Sachen schicken und dich besuchen und schreiben.«
»Es tut mir leid, Ruby«, sagte er. »Ich finde nicht die richtigen Worte, um dir zu sagen, wie leid es mir tut, daß du all das mitmachen mußtest.«
»Ich weiß, Elias«, erwiderte sie.
»Du weißt, daß ich dich liebe, ja?«
»Ja, ich weiß«, sagte sie.
»Du hast es doch nicht gehaßt, mit mir verheiratet zu sein, oder?«
»Nur wenn du in mein Bidet gepinkelt hast«, erwiderte sie.
Sie lachten beide. »Du wirst mir fehlen, Ruby«, sagte er.
Sie sahen sich eine Weile an.
»Kuß?« fragte er.
»Sicher«, erwiderte sie. Er beugte sich zu ihr, nahm sie in die Arme und küßte sie liebevoll.
»Denk an die guten Zeiten«, sagte er.
»Ich versuch's.«
»Tschüß.«
»Tschüß.«
Elias klopfte ans Fenster der Limousine, und der Chauf-

feur öffnete die Tür. Wie ein Bienenschwarm stürzten die Reporter sich auf das Auto.

»Hör mal, Elias«, sagte Ruby.

»Was?«

»Du warst super zu mir. Das werd ich nie vergessen.«

44

Lil Altemus, wie immer rätselhaft, weinte herzzerreißend um ihren Friseur Bobo, als dieser starb, wie sie um ihren Sohn Hubie nie geweint hatte. Justine, Dodo, Janet und Matilda waren sich sicher, daß die Tränen für Bobo eigentlich Hubie galten. »So jung«, sagte sie immer wieder. »So jung«, obwohl Bobo zehn Jahre älter war als Hubie.

Als Bobo im Sterben lag, im selben Krankenhaus, in dem Hubie gestorben war, besuchte ihn Justine. Nach diesem Besuch beschloß Justine, ihr Leben endlich in die Hand zu nehmen und etwas Sinnvolles zu machen, damit sie nicht wie ihre Mutter endete und von Komitee zu Komitee hetzte.

Nachdem bei einer Party von Maisie Verdurin ein vergoldeter Partystuhl unter ihr zusammengebrochen war, erklärte sich Babette Bulbenkian, die ungeheuer fette Frau des Milliardärs Reza Bulbenkian, einverstanden, einige Monate auf einer Schlankheitsfarm in Arizona zu verbringen. Yvonne Lupescu hatte das vorgeschlagen und Babette Geschichten von fabelhaften Gewichtsverlusten ihrer Freunde, die diese Diätklinik besucht hatten, erzählt.

Nach ihrer Rückkehr, um einige Pfunde leichter, drehte Babette graziöse Pirouetten für ihren Mann, mit dem sie seit dreißig Jahren verheiratet war. Der Gewichtsverlust von neun Pfund und hundertfünfzig Gramm war für ihre Ausmaße zwar lächerlich, aber sie bewegte sich wie eine zierliche Frau.

»Ah, ja, tapfere Babette«, sagte Reza und beklatschte müde den sogenannten Erfolg. Das, was er ihr jetzt eröffnen mußte, trieb ihm den Angstschweiß ins Gesicht. Reza hatte sich hoffnungslos in Yvonne Lupescu verliebt, die ihm erstmals aufgefallen war, als sie ihm bei einer von Maisies Dinnerparties Komplimente für sein ausgezeichnetes Toupet gemacht hatte, und während des Aufenthalts seiner Frau auf der Schlankheitsfarm hatte Reza ihr einen Heiratsantrag gemacht.

Im Gefängnis hatte Elias Renthal Träume, aus denen er schweißgebadet erwachte, aber er konnte sich nie erinnern, was er geträumt hatte. Ihm fehlten seine Seidenschlafanzüge und die Leinenlaken, die von seinem Personal täglich gewechselt wurden. Er beschwerte sich über das rauhe und kratzige Toilettenpapier und schrieb Ruby, sie möchte ihm doch einen Karton des zweilagigen, das sie in England bestellte, schicken.
Zuerst wurde er der Wäscherei zugeteilt und dann, mit ein paar Worten an der richtigen Stelle, der Bibliothek, obwohl er wenig Ahnung von Büchern hatte, außer wenn es um solche über Finanzen und Investitionen ging. Er trieb täglich Sport und nahm ab. Auf Anraten seiner Anwälte ging er jeden Sonntag zur Messe und ließ sich von Gus Bailey interviewen, den er Gus und nicht Bus nannte, damit dieser ihn so positiv wie möglich schildern würde. Er wollte den Eindruck vermitteln, das Gefängnis habe einen anderen Menschen aus ihm gemacht und die Habgier, die ihn zu seinen kriminellen Handlungen getrieben hatte, sei einfach verflogen. Er erzählte Gus, er wolle nach seiner Entlassung anderen Leuten helfen, vor allem den Obdachlosen der Stadt New York.

Er lernte Bridge und schrieb, er sei der Ezzie Fenwick der Bridgerunde hier geworden. Er spielte mit einem ehemaligen Kongreßabgeordneten, der wegen Annahme von Bestechungsgeldern saß, dem ehemaligen Leiter einer Plattenfirma, verurteilt wegen Kokainhandels, und dem früheren Direktor einer Zementfirma, verurteilt wegen Schmiergeldern. Er las weiterhin alle Wirtschaftszeitungen. Er war zwar auf Lebenszeit für die Börse gesperrt, aber er spekulierte in Gedanken weiter und entdeckte dabei, daß er auch ohne Insiderinformationen ein sehr reicher Mann geworden wäre.

In den Tagen seiner geschäftlichen Triumphe hatte Elias das Lesen von Gesellschaftskolumnen verächtlich als Zeitverschwendung abgetan, aber im Gefängnis las er regelmäßig Dolly De Longpres, Florian Grays und Mavis Jones' Kolumnen und verfolgte mit größter Neugier die gesellschaftlichen Ereignisse. »Wir wären dabeigewesen«, erzählte er seinen Bridgefreunden, wenn von großen Parties die Rede war. Elias beneidete seine früheren Freunde um ihre Freiheit und mußte sich traurig eingestehen, daß diese Welt ihm selbst nach seiner Entlassung für immer verschlossen bleiben würde.

45

Nach seiner Rückkehr nach Kalifornien besuchte Gus jeden Nachmittag Peach, saß bei ihr am Bett und unterhielt sich mit ihr, aber immer nur über belanglose Dinge. Eines Nachmittags blätterte Gus ein Magazin durch und überflog den Artikel, den er über Elias Renthal im Gefängnis geschrieben hatte, während Peach fernsah.

»Hast du diesen Artikel gelesen, den ich über Elias Renthal im Gefängnis geschrieben habe?« fragte er.

»Noch nicht, aber ich werde ihn lesen«, erwiderte sie.

Manchmal fragte sich Gus, ob Peach überhaupt je einen seiner Artikel las. »Wenn überhaupt im Gefängnis, dann so«, sagte er. »Ich hab Typen gesehen, die mit einem Walkman im Ohr gejoggt haben. Keine hohen Mauern, kein Stacheldraht. Da ist ein gemalter weißer Strich, den die Gefangenen nicht überqueren dürfen, und keiner macht es, weil sie dann in ein richtiges Gefängnis müssen, wo die harten Jungs sind, und da gibt's kein Joggen mit Walkman.«

Peach nickte, schaute aber weiter auf den Fernseher.

»Hab ich dir erzählt, daß ich die Wohnung in New York verkaufe?« fragte er.

»Ich dachte, du magst die Wohnung«, sagte sie. »Hat sie nicht eine Terrasse? Ich glaube, das hat mir jemand erzählt.«

»Ich hab sie gemocht, aber ich wollte meine Sachen in Ordnung bringen.«

»Du lieber Himmel. Du hast doch nicht etwa vor, Selbstmord zu begehen oder so was?«
»Nein.«
»Wir haben in dieser Familie, weiß Gott, genug mitgemacht, weißt du.«
»Ich weiß.«
»Warum bist du nach Kalifornien zurückgekommen, Gus?« fragte Peach und machte den Fernseher aus.
Gus zuckte die Schulter. »Warum nicht?«
»Das ist keine Antwort auf meine Frage.«
»Es war einfach an der Zeit zurückzukommen. Ich war drei Jahre weg. Das war doch schließlich mein Zuhause, oder?«
»Ich dachte, dir gefällt es in New York. All diese seltsamen Leute, über die du schreibst, wie Elias Renthal und Jorgie Sanchez-Julia und die gräßliche Mätresse dieses gräßlichen Diktators. Ich dachte, das macht dir Spaß.«
»Es war okay«, erwiderte Gus, ohne von seiner Zeitung aufzuschauen.
Peach musterte Gus. Allmählich verstand sie ihren früheren Mann, den sie immer so gut begriffen hatte, nicht mehr.

Anthony Feliciano teilte Gus mit, Lefty Flint würde am dreizehnten des Monats aus der Strafanstalt Vaccaville, Kalifornien, entlassen werden. Seine Schwester Agnes Flint und seine Verlobte Marguerite Hanrahan würden ihn mit dem Auto abholen und nach Los Angeles bringen. Er habe vor, in Marguerites Bar in Studio City als Barkeeper zu arbeiten.
»Wie hat er sich in Vaccaville verhalten?« fragte Gus.
»Ein Musterhäftling. Hat jeden Tag seine Bibel gelesen. Der Liebling der Wärter«, sagte Feliciano.

»Wo wird er wohnen?« fragte Gus.
»In West Hollywood. 1342 1/4 South Reeves. Von der Straße nicht einsehbar. Eine kleine Wohnung über einer Garage hinter einem Wohnblock.«
Gus zog seine Brieftasche heraus und nahm einen Blankoscheck.
»Ich möchte zahlen«, sagte er.
»Ich schicke Ihnen Ende des Monats eine Rechnung, wie immer«, sagte Feliciano.
»Nein, ich möchte das jetzt regeln«, sagte Gus.
»Sie feuern mich doch nicht etwa?«
»Nein, aber der Auftrag ist zu Ende.«
»Jetzt muß man ihn im Auge behalten, nach seiner Entlassung.«
»Ich möchte das jetzt regeln«, wiederholte Gus.
»Ich dachte, Sie wollten ihm die Hände in einem Schraubstock zerquetschen lassen.«
Gus lachte. »Das hab ich nicht so gemeint.«
»Scheiße«, sagte Feliciano.
»Was?«
»Ich hatte einen Supertypen für Sie organisiert.«
»Was für einen? Einen Handquetscher?«
»Etwas in der Richtung.«
»Nein, nein, danke«, sagte Gus. »Das ist gar nicht meine Richtung.« Er ging zur Tür. »Danke für Ihre Hilfe.«
»Hören Sie, Gus«, sagte Feliciano.
Gus blieb stehen und drehte sich zu ihm.
»Ich darf Sie doch Gus nennen, oder?«
»Natürlich.«
»Ich hab Ihren Artikel über Elias Renthal im Gefängnis gelesen.«
Gus nickte.

»Falls Sie vorhaben, sich Lefty Flint selbst vorzuknöpfen: Dort, wo Sie dann hingeschickt werden, gibt's keine Countryclub-Atmosphäre wie in dem Gefängnis, wo Renthal sitzt.«
Gus schien etwas sagen zu wollen, dann wandte er sich aber ab und ging ohne ein Wort.

An einer roten Ampel am Sunset Boulevard schaute Gus in den hellbraunen BMW auf der Spur neben sich und sah Marv Pink am Steuer. Marv Pink war der Anwalt, dem es gelungen war, die Geschworenen davon zu überzeugen, daß Lefty Flint keinen Mord begangen habe, sondern nur Totschlag, als er Becky Bailey fünf Minuten lang gewürgt hatte. Gus starrte angewidert und wie gebannt den Mann im Auto neben sich an.
Marv Pink drehte sich zu ihm und sah Gus, den er seit der Urteilsverkündung vor drei Jahren nicht mehr zu Gesicht bekommen hatte. Marv Pink hob die Hand zum Gruß.
Gus Bailey zeigte keinerlei Reaktion.

46

Wenige Stunden, nachdem Ruby Renthal die Wohnung, in der sie nicht mehr leben wollte, auf den Markt geworfen hatte, bot ihr der Milliardär Bulbenkian zwanzig Millionen dafür. Er wollte sie seiner Braut zur Hochzeit schenken. Helen Whitbeck, die Maklerin, sagte, sie habe in all den Jahren im Geschäft keine so schnelle Reaktion auf ein Angebot erlebt, und schrieb es dem berühmten Ball der Renthals zu.

Unmittelbar nach seiner Scheidung von seiner Frau, nach dreißigjähriger Ehe, heiratete Bulbenkian Yvonne Lupescu.

Yvonne hatte auf die Hochzeit gedrängt, nach einer Konfrontation zwischen Constantine de Rham und Bulbenkian, der die beiden in flagranti in seinem Haus am Sutton Place erwischt hatte, während Babette Bulbenkian in Arizona abspeckte.

Constantine drohte, zur Polizei zu gehen und Yvonnes Rolle bei der Schießerei zu enthüllen. Bulbenkian erklärte sich bereit, ihm eine beachtliche Summe zu zahlen, um einen Skandal zu vermeiden.

Reza hatte sein Toupet abgelegt. »Ich liebe glatzköpfige Männer«, hatte Yvonne ihm versichert. Er hatte jetzt auch Jacketkronen, auch ein Vorschlag seiner Braut. Und er trug auch keine schwarzen Anzüge mehr, Mr. Sills hatte ihm in aller Eile schickere Modelle angefertigt. Angesta-

chelt von Yvonne, hatte Reza sein Gebot für die Renthal-Wohnung gemacht, unmittelbar nachdem sie auf den Markt kam. Er glaubte, sich und seine neue Frau dadurch in den feinsten Kreisen etablieren zu können.
»Schau, Reza, wir werden nicht einmal die Vorhänge ändern müssen«, sagte Yvonne und strich über die pflaumenfarbenen Damastvorhänge.
»Mrs. Renthals Geschmack ist wunderbar«, warf Helen Whitbeck, die Maklerin, ein.
Yvonne schnaubte verächtlich. »Ruby Renthal hat gesellschaftlich nichts mehr zu melden«, erwiderte sie.
Aber aus dem Kauf wurde nichts. Der Mieterbeirat des Hauses lehnte die Bulbenkians ab, die Affäre Renthal saß ihnen noch im Nacken. Florian Gray berichtete das in seiner Kolumne.
»Wir gehn vor Gericht«, kreischte Yvonne.
»Machen Sie ruhig«, erwiderte Mrs. Sims Lord, die Vorsitzende des Mieterbeirats. Von jetzt an würden in dem Haus nur noch alteingesessene Familien wohnen, man erklärte sich sogar bereit, die Wohnung in drei kleinere aufzuteilen, damit Leute mit nicht so großen Vermögen, aber makelloser Abkunft sie sich leisten konnten. Oder, wie Mrs. Sims Lord es beim Abendessen mit Lil Altemus ausdrückte: »Wir haben von Milliardären genug, danke.«
Worauf Lil Altemus erwiderte: »Hört, hört.«
Bulbenkian ließ sich von der Abfuhr nicht unterkriegen und kaufte ein Haus von Botschaftsausmaßen, das schon seit einiger Zeit an der Park Avenue leerstand.

Menschenmassen schoben sich drei Tage lang durch die Renthal-Wohnung, um die viertausend Einrichtungsstükke zu besichtigen, die zur Versteigerung kommen sollten.

Endlose Schlangen bildeten sich um den Block des Auktionshauses an der York Avenue, und die Leute mußten bis zu drei Stunden warten, um an den Schätzen vorbeimarschieren zu dürfen. Die *New York Times* schrieb in ihrem Leitartikel zu dem Ereignis: »Die Renthals haben alles in Rekordzeit zusammengetragen. Jetzt stoßen sie es in noch größerer Geschwindigkeit ab.«

Antiquitätenhändler, Sammler, Museumskuratoren kamen aus aller Welt zur Renthal-Auktion. Abends übernahmen verschiedene Wohltätigkeitsvereine die Räume, und die Reichen der Stadt zahlten viele hundert Dollar, um zu besichtigen, wofür die Normalverbraucher Schlange stehen mußten. Der Erlös wurde für wohltätige Zwekke verwendet. Ruby Renthal, die zur Einsiedlerin geworden war, lehnte es ab, an den Wohltätigkeitsveranstaltungen teilzunehmen.

»Oh!« sagte Lil Altemus und versteckte ihr Gesicht hinter dem Katalog, als sie sich mit Ezzie Fenwick vor den Billardtisch drängte, der einmal Edward VII. gehört hatte

»Was ist denn los, Lil?« fragte Ezzie.

»Daddy ist auf diesem Billardtisch gestorben«, erwiderte Lil und strich mit der Hand über den alten grünen Filz, auf dem Ormonde Van Degan sein Leben in der Nacht des Renthal-Balls ausgehaucht hatte.

»Schau, Ezzie, sind das nicht die Konsolen, die Ruby dem Weißen Haus geschenkt hat?« fragte Lil Altemus. »Dort drüben. Mit den Widderköpfen.«

»Das Weiße Haus hat sie den Renthals zurückgeschickt«, erwiderte Ezzie.

»Wegen des Skandals?«

»Nein, weil sie falsch sind.«

»Nein!«

»Doch. Jamesey hat's mir erzählt.«
Die beiden schauten sich an, als wollten sie sagen: »Was kann man schon von solchen Leuten erwarten?«

Die Auktion wurde in letzter Minute abgesagt. Reza Bulbenkian machte ein Angebot für den gesamten Inhalt der riesigen Wohnung. Ruby Renthal und das Auktionshaus beschlossen in einer eilends einberufenen Konferenz, das Angebot anzunehmen. Das Auktionshaus war der Meinung, das Gebot des Finanziers liege mit ziemlicher Wahrscheinlichkeit höher als die zu erwartenden Verkaufszahlen, und Ruby Renthal glaubte, es werde die Publicity-Lawine eindämmen, die ihr Foto jeden Tag in alle Zeitungen brachte.
»Wie haben Sie es geschafft, die Auktion zu stoppen?« fragte ein Reporter Reza Bulbenkian bei der Pressekonferenz, die das Auktionshaus und Reza einberufen hatten, um mitzuteilen, daß der Verkauf nicht stattfinden würde.
»Man kann alles kaufen, wenn man zuviel zahlt«, antwortete Reza.
Die Antiquitätenhändler, die aus aller Welt angereist waren, quittierten die Entscheidung mit Buhrufen und Pfiffen.
»Ich bin so glücklich mit Reza«, sagte Yvonne bei der Auktion und strahlte ihn an. Im Gegensatz zu Ruby Renthal genoß Yvonne das Blitzlichtgewitter. Sie winkte in die Kameras. An ihrer Hand blitzte ein Diamant, der so groß war wie der, den Ruby ins Mittelmeer geworfen hatte. »Reza ist der Mann, auf den ich mein ganzes Leben gewartet habe.«
Zu ihrem Friseur sagte sie ganz im Vertrauen: »Er ist reich. Er trinkt nicht, und Gott sei Dank will er auch nicht geschlagen werden.«

47

Es tat Elias Renthal sehr weh, im Gefängnis vom Verkauf seiner Wohnung zu hören, obwohl Ruby ihm auf dem Weg dahin gesagt hatte, sie wolle dort nicht mehr leben. Die Wohnung war für ihn der Inbegriff all dessen, was er in seinem Leben angestrebt hatte, und er hatte die erstaunten Blicke der reichsten und etabliertesten Besucher genossen, wenn er sie durch die drei Stockwerke führte. Und es traf ihn noch mehr, als er hörte, es würden drei Wohnungen daraus gemacht. Damit waren alle Tagträume ein für allemal zerstört, als geläuterter Mann nach seiner Entlassung aus Allenwood wieder dort zu leben.

Er war wütend, weil Reza Bulbenkian und seine Frau Yvonne alle Möbel und Bilder gekauft hatten, die er und Ruby so liebevoll gesammelt hatten, und bereits rauschende Feste in ihrem Haus an der Park Avenue gaben, ganz in dem Stil, den die Renthals so berühmt gemacht hatten. Elias haßte Reza Bulbenkian und erzählte seinen Bridgekumpanen von unsauberen Geschäften, die Reza ungestraft gemacht hatte. Der Kongreßabgeordnete, der Plattenproduzent und der Zementfabrikbesitzer lachten. Sie liebten Elias' Geschichten. Elias erzählte ihnen von Yvonne Lupescus Vergangenheit als Callgirl bei Ms. Myra, ehe sie Constantine de Rham kennenlernte und ihre Peitschen in einem speziell angefertigten Vuitton-Koffer transportierte. »Man stelle sich vor, eine ehemalige Nutte führt die New Yorker Gesellschaft an«, sagte er.

Aber am meisten fehlte ihm Ruby. Mehr als alles auf dieser Welt wollte er bei Ruby wiedergutmachen, was er ihr an Peinlichkeit und durch den Ausstoß aus der Gesellschaft angetan hatte. Wenn er an sie dachte, erinnerte er sich nicht an die freche Stewardeß, sondern an die Lady, die am Abend des Balls in einem weißen Abendkleid mit all ihren Diamanten die Treppe ihrer Wohnung herabgeschritten war.

»Max kommt zu Besuch«, sagte Elias eines Tages zu Ruby, die aus Merry Hill zu Besuch gekommen war.

»Der gute alte Max«, meinte Ruby.

»Max hat Loelia Manchester in der Oper gesehen.«

»Max in der Oper? Wer hätte das gedacht?« erwiderte Ruby.

»Er glaubt, Loelia sei unglücklich.«

»Du lieber Himmel«, sagte Ruby.

Schon bei der Begrüßung hatte Elias gespürt, daß Ruby etwas auf dem Herzen hatte, auch als sie über andere Leute redeten.

»Elias«, sagte Ruby schließlich. »Ich habe dir etwas zu sagen.«

»Was denn, Ruby, Schätzchen? Alles, was du willst. Alles.«

Dann bat Ruby Elias um die Scheidung. Sie hatte die Papiere für ihn zum Unterschreiben dabei. Elias war niedergeschmettert von Rubys Bitte, aber nicht überrascht. Der Kongreßabgeordnete war geschieden, ebenso der Plattenproduzent und der Zementfabrikbesitzer. Mit zittriger Hand unterschrieb er.

»Wenigstens hast du es mir nicht per Anwalt mitgeteilt«, sagte er.

»Du weißt, so etwas würde ich dir nie antun, Elias«, erwiderte sie.
»Mein Freund, der Kongreßabgeordnete, hat von seiner Scheidung aus der Zeitung erfahren.«
»Oder das.«
»Du wirst mir fehlen.«
»Ich weiß.«
»Erinnere dich nicht nur an die schlechten Zeiten.«
»Das werd' ich nicht. Darauf kannst du dich verlassen.«
Ruby holte ein Taschentuch hervor und wischte sich eine Träne ab. Dann begann sie ihre Sachen einzusammeln und steckte die unterschriebenen Papiere in die Handtasche.
»Also dann, gehab dich wohl«, sagte sie, als sie sich am Ende der Besuchszeit erhob.
»Wir dürfen uns küssen«, meinte Elias.
»O ja, natürlich.« Sie lächelte. Er beugte sich vor, und sie drehte den Kopf ein klein wenig zur Seite, so daß sein Kuß ihre Wange traf und nicht den Mund, wie bei einem Sohn, der sich von seiner Mutter verabschiedet. Elias begriff. Sie vermieden es, einander in die Augen zu sehen. Ein paar Augenblicke lang standen sie einfach nur da.
»Ich hab in Dollys Kolumne gelesen, Loelia hätte Mickie geheiratet«, sagte Elias.
Ruby nickte. »Das hab ich auch gelesen«, erwiderte sie.
»Wie heißt sie jetzt, Loelia Minardos?«
»Offensichtlich.«
»Klingt nicht so smart wie Loelia Manchester.«
»Wahrscheinlich nicht.«
»Du siehst Loelia nicht?«
»Nein.«
Elias nickte. »Ich würde gern wissen, ob sie Ned all das Geld, das er verlangte, bezahlt hat.«

»Nein«, sagte Ruby.
»Wieso nicht?«
»Ned hätte von Loelia nie Geld genommen. Er wollte sie nur daran hindern, Mickie zu heiraten, deswegen hat er soviel Geld verlangt. Jetzt ist es ihm egal.«
»Woher weißt du das?«
»Ich hab's gehört.«

Lord Biedermeier besuchte Elias im Gefängnis und berichtete am selben Abend bei einer Dinnerparty in Maisie Verdurins Wohnung, Elias habe geweint, als er von seiner Scheidung erzählte. Alle waren sich einig, daß Ruby richtig gehandelt hatte.
»Ruby ist einfach von der Bildfläche verschwunden«, sagte Maude Hoare. »Keiner hat sie mehr gesehn.«
»Die arme Ruby«, sagte Aline Royceton.
»Aber warum, in aller Welt, hast du Elias besucht?« fragte Maisie.
»Oh, ich hab Elias immer schon gerne gemocht«, erwiderte Lord Biedermeier.
Lord Biedermeier erzählte der Gruppe nicht, daß er hoffte, mit Elias ein zweites Buch zu machen, ein Buch über das Gefängnisleben eines Milliardärs, und daß er ihm sogar versprochen hatte, daß ein Ghostwriter ihn einmal wöchentlich in Allenwood besuchen würde, um es für ihn zu schreiben.
»Eine Art *De Profundis*«, hatte Lord Biedermeier zu Elias im Besucherzimmer gesagt.
»Eine Art was?« hatte Elias gefragt.
»De Profundis. De Profundis«, sagte Lord Biedermeier ungeduldig, als müsse jeder Gefängnisinsasse Oscar Wildes Werk aus dem Gefängnis kennen, und zitierte eine Passage daraus.

Aber Elias Renthal hatte andere Sorgen. Er hatte Ruby für immer verloren. Er schaute Lord Biedermeier verständnislos an.
»Führ Tagebuch, Elias. Schreib alles auf, die täglichen Ereignisse. Das wird ein fantastisches Buch! Wenn du entlassen wirst, werden alle auf deiner Seite sein. Da draußen wartet das große Leben auf dich. Vielleicht nicht die Van Degans, aber es gibt noch genug interessantere Leute als Laurance Van Degan, der übrigens, falls du es noch nicht gehört haben solltest, seinen Posten als Präsident des Butterfield abgeben mußte.«
Elias hob den Kopf. »Wegen mir?« fragte er.
»Offensichtlich«, erwiderte Lord Biedermeier.
»Heiliges Kanonenrohr.«

48

Gus zog in ein Hotel in Hollywood. Er las Bücher, die er schon immer hatte lesen wollen, schaute sich Videos von Filmen an, die er schon immer hatte sehen wollen, aber immer verpaßt hatte. Er rief keinen seiner alten kalifornischen Freunde an und besuchte auch keine Restaurants, in denen er ihnen hätte begegnen können. Er fuhr einige Male an dem Wohnhaus vorbei, das die Sicht auf 1342 1/4 South Reeves versperrte, stieg aber nie aus. Er besuchte Peach jeden Tag und ging alle paar Tage zum Friedhof, wo er eine Rose aus Peachs Garten auf Beckys Grab legte. Peach beobachtete ihren Ex-Ehemann und machte sich Sorgen, er könne einen Nervenzusammenbruch bekommen.

»Er ist raus«, sagte Gus eines Tages, als Peach eine Seifenoper im Fernsehen anschaute. Er war vor zwanzig Minuten in ihr Zimmer gekommen und hatte bis jetzt kein Wort gesagt.

Peach wußte sofort, wen er meinte, obwohl Lefty Flints Name seit seiner Rückkehr nach Kalifornien kein einziges Mal gefallen war.

»Woher weißt du das?«

»Ich weiß es einfach.«

»Hat dir das dein Privatdetektiv erzählt?«

»Er war kein Privatdetektiv.«

»Das weiß ich.«

»Ich hab ihn gefeuert.«
»Woher weißt du es dann? Vaccaville gibt doch keine Zeitungsannoncen auf.«
»Ich hab ihn gesehen.«
»Du hast Lefty gesehen?« fragte sie und schaltete den Fernseher aus. »Wo?«
»Er hat Lebensmittel aus dem Stop & Shop getragen.«
»Hat er dich gesehen?«
»Nein.«
»War er allein?«
»Nein. Marguerite Soundso war bei ihm. Die Barfrau.«
»Laß dir nicht alles Stück für Stück aus der Nase ziehen, Gus. Erzähl mir alles.«
»Sie haben gelacht. Sich amüsiert. Ich kann es nicht ertragen, daß er glücklich ist nach allem, was er getan hat.«
»Wohin sind sie gefahren?«
»Er hat eine Wohnung am 1342 1/4 South Reeves in West Hollywood. Dort sind sie hingefahren.«
»Warum mußte er ausgerechnet hierher zurückkommen, wo es passiert ist?«
»Manchmal hab ich mich gefragt, warum uns während des Prozesses nie einer durchsucht hat. Es wäre so einfach gewesen«, sagte Gus.
»Was wäre so einfach gewesen?« fragte Peach.
Er streckte seine Hand aus, krümmte Daumen und Zeigefinger und machte *Pow*.
Peach starrte ihn fassungslos an, dann beugte sie sich vor und nahm das Telefon. »Ich werde Detective Johnston anrufen«, sagte sie.
»Warum?«
»Ich weiß, daß dieser Bastard hierherkommen wird. Ich weiß es. Ich weiß es, seit er mir diesen Brief aus dem

Gefängnis geschrieben hat. Ich will, daß vor meinem Haus eine Wache aufgestellt wird.«

»Er wird nicht hierherkommen, Peach, das garantier ich dir.«

Am Ende der ersten Woche kannte Gus Lefty Flints gesamten Tagesablauf. Er wußte, wann Lefty aufstand. Er wußte, wo er frühstückte. Er wußte, in welchen Waschsalon er seine Wäsche brachte. Er wußte, daß er immer nur für einen Tag Lebensmittel einkaufte. Nach dem Mittagessen fuhr er Marguerite in ihre Bar in Studio City und setzte sie dort ab. Manchmal ging er nachmittags ins Kino. Die meiste Zeit war er allein. Um sieben Uhr fuhr er wieder zur Bar und ging mit Marguerite in einem nahe gelegenen Restaurant essen. Nach dem Essen trat er seinen Job als Nachtbarkeeper an und arbeitete bis zur Sperrstunde. Marguerite ging oft schon zwischen zehn und elf und fuhr mit dem Taxi oder Bekannten nach Hause. Gegen zwei Uhr, wenn alle Gläser gewaschen waren, der Müll rausgestellt und die Kellner bezahlt, verließ Lefty Flint das Lokal, nachdem er abgesperrt hatte, durch die Hintertür. Marguerites nilgrüner Toyota war neben den Mülltonnen geparkt. In diesem Hinterhof suchte Gus sich einen Platz, von dem aus er den Hintereingang des Lokals und den Toyota überschauen konnte. Er hielt die Hand hoch, krümmte Daumen und Zeigefinger und stellte sich das Geräusch der Luger vor, wenn er abdrücken würde. Diese Geste war ihm schon fast zur Gewohnheit geworden.

Am Morgen des Tages, an dem Gus Lefty Flint töten wollte, ging er zum Gottesdienst in eine Kirche, in der er noch nie gewesen war. Er saß während der ganzen Messe in einer der hinteren Bänke, ohne daran teilzunehmen, wie jemand, der vorübergehend Zuflucht sucht.

»Was, zum Teufel, machst du denn hier, Gus?« fragte eine Stimme hinter ihm, als er die Kirche verlassen wollte.

Gus drehte sich überrascht um. Es war Faye Converse.

»Was, zum Teufel, machst *du* hier?« erwiderte er.

»Hier ist ein Hospiz für einige meiner Leute«, sagte Faye. »Ich besuch sie von Zeit zu Zeit. Brucie ist hier. Erinnerst du dich noch an Brucie? Meine Sekretärin. Du hast sie im Flugzeug kennengelernt.«

»Klar erinnere ich mich an Brucie. Wie geht es ihr?«

Faye zuckte die Schulter.

»Sag ihr schöne Grüße.«

»Du siehst komisch aus, Gus.«

»Wie, komisch?«

»Nicht du selbst. Gehetzt irgendwie.«

»Wie ist's jetzt?« fragte er und warf sich in strahlende Pose.

»Besser. Besser. Ich hab deinen Artikel über Elias Renthal im Gefängnis gelesen. Der Scheißkerl.«

»Warum Scheißkerl?«

»Weißt du, daß er den Scheck über zwei Millionen, den er mir auf dem Ball gegeben hat, hat sperren lassen?«

»Das glaub ich nicht!« erwiderte Gus baß erstaunt, glaubte es aber doch. Das erste Mal seit Wochen interessierte ihn etwas anderes als Lefty Flint.

»Aber Ruby hat den Scheck gutschreiben lassen«, sagte Faye. »Ruby hat mir gefallen. Schreckliche Lage, in der sie jetzt ist.«

»Ruby ist ganz große Klasse«, sagte Gus.

»Du meldest dich nie bei mir, wenn du hier bist. Wie lange bleibst du?«

»Da bin ich mir nicht sicher.«
»Ich geb heute abend eine Party. Komm doch.«
»Ich kann heute nicht.«
»Doch, du kannst. Was gibt es denn schon Wichtigeres als eine Filmstarparty bei Faye Converse?«
»Ich werde einen Typen umbringen.«
»Dann komm doch, wenn du ihn umgebracht hast«, sagte sie.
Beide lachten.

Später, am Abend desselben Tages, besuchte Gus Peach. Er stand die meiste Zeit an der Tür zu ihrem Schlafzimmer und setzte sich nicht wie sonst zu ihr ans Bett.
»Hab ich dir je von einer Frau aus New York namens Ruby Renthal erzählt?« fragte Gus.
»Deren Mann wegen korrupter Machenschaften im Gefängnis sitzt?«
»Genau die.«
»Ich weiß nicht, ob du von ihr erzählt hast. Sie gibt Parties und wohnt in dieser riesigen Wohnung. Das hab ich alles gelesen.«
»Sie hieß früher Ruby Nolte. Sie war Stewardeß.«
»Hat die Geschichte eine Pointe?«
»Sie hat. Vor etwa sieben Jahren, sie war damals noch Stewardeß, ist sie in Los Angeles von einem Typen, mit dem sie liiert war, zusammengeschlagen worden. Der Typ hat ihr das ganze Gesicht zerschlagen.«
Peach schaute interessiert hoch.
»Sie war zehn Tage im Krankenhaus. Sie wollte Anzeige erstatten, aber der Typ hat ihr gedroht, und er hatte gefährliche Freunde, also hat sie keine Anzeige erstattet.«
»Ja?«

»Der Typ war Lefty Flint.«
»Wieso hab ich gewußt, daß du das sagen wirst?«
»Er wird es wieder tun. Das weißt du doch, oder?«
»Dann ruf die Polizei an, Gus.«
»Die Polizei kann erst was machen, wenn etwas passiert ist.«
Sie schwiegen beide.
»Ich muß gehen«, sagte Gus schließlich nach einem Blick auf die Uhr. Er ging auf ihr Bett zu. Wie immer hatte sie sich hinter ihrem Rollstuhl und dem langen Tisch voller Bücher und Magazine verbarrikadiert. Er schob den Rollstuhl und den Tisch zur Seite, beugte sich über sie und küßte sie. Sie spürte, daß diese Geste Abschied bedeutete.
»Tschüß«, sagte er.
»Das hört sich an, als würdest du wegfahren«, erwiderte sie.
»Nein.«
»Alles in Ordnung, Gus?«
»Klar.«
»Du bist so komisch.«
Er sah die Frau an, mit der er so viele Jahre verheiratet gewesen war und von der er schon so viele Jahre geschieden war. Sie erwiderte seinen Blick, und er spürte eine ungeheure Zuneigung zu ihr.
Er wandte sich ab, stellte den Rollstuhl und den Tisch wieder an seinen Platz und ging aus dem Zimmer und den Gang entlang zur Haustür. Dort stand auf einem Tisch in einer angeschlagenen Porzellanschüssel ein Strauß Rosen aus Peachs Garten, der sicher nicht Lorenzas Vorstellungen entsprach. Gus nahm sich eine gelbe, fast voll aufgeblühte Rose und ging hinaus zu seinem Mietwagen in der Einfahrt.

»Gus!« rief Peach ihm nach, aber er hörte sie nicht. Dann rief sie nach ihrer Haushälterin. »Immaculata! Immaculata!« Sie nahm die Glocke vom Tisch und klingelte wie besessen.
»Si, Señora?« sagte die ältere Frau, als sie ins Zimmer schlurfte.
»Halte ihn auf«, rief Peach. »Schnell, Mr. Bailey. Halt ihn auf.«
Immaculata schlurfte zur Haustür und winkte mit dem Geschirrtuch, aber Gus sah sie nicht mehr.

Seine deutsche Luger lag gereinigt und geladen im Handschuhfach des Mietwagens. Um elf Uhr fuhr er mit vorschriftsmäßiger Geschwindigkeit nach Studio City. Ein Auto fuhr auf ihn zu, mit voll aufgeblendeten Lichtern, und einen Augenblick lang war er geblendet. Er hielt sich schützend die Hand vor die Augen. Im Vorbeifahren drehte er sich um und fluchte auf den anderen Fahrer, ihre Blicke trafen sich kurz. Er war mit einemmal beunruhigt, wußte aber nicht, warum.
Er parkte sein Auto in einer Seitenstraße, einen Block entfernt von Marguerites Bar. Er blieb im Auto sitzen, bis ein paar krakeelende Barbesucher um die Ecke gebogen waren, dann holte er die Luger aus dem Handschuhfach. Er ging in den Hinterhof und postierte sich hinter der Mauer. Erst nach einigen Augenblicken merkte er, daß Marguerites Auto nicht an seinem üblichen Platz stand. Und dann fiel ihm plötzlich das Auto mit den aufgeblendeten Lichtern wieder ein, und er fragte sich, ob er sich jetzt nur einbildete, es sei nilgrün gewesen. Er ging vor zur Straße und zum Eingang der Bar. Er war seit seinem kurzen Treffen mit Marguerite vor ein paar Monaten nicht

mehr in der Bar gewesen. Er betrat die Bar, tat so, als ginge er zur Toilette, und stellte sich hinter ein paar Gäste, dann schaute er zur Bar. Lefty Flint war nicht da.
»Kann ich was für Sie tun?« fragte ein Kellner mit einem Tablett voller Bierflaschen.
»Nein, nein, danke«, sagte Gus und ging in Richtung Tür. Draußen angelangt, sprintete er bis zu seinem Auto. Er fuhr zur South Reeves. Dort parkte er sein Auto und ging durch die Einfahrt neben dem Wohnblock, dicht an den Büschen entlang. Der nilgrüne Toyota stand nicht auf dem Parkplatz unter der Garagenwohnung. Die Rolläden oben waren geschlossen, aber dahinter schimmerte Licht.
Angsterfüllt, mit pochendem Herzen, stieg Gus die wacklige Holztreppe zur Eingangstür der Wohnung hoch. Er schaute sich um, konnte aber keine Klingel finden. Er nahm die Pistole aus der Tasche und klopfte an der Tür. Keine Antwort. Er klopfte noch einmal.
Drinnen waren Geräusche zu hören. Ein Vorhang verdeckte den Glasteil der Tür. Jemand zog ihn ein Stückchen beiseite.
»Wer ist da?« fragte eine Frauenstimme.
»Ich suche Lefty«, sagte Gus.
»Sie kommen zu spät«, sagte die Stimme, die er jetzt als Marguerites erkannte. »Lefty ist weg.«
»Ich bin Gus Bailey, Marguerite. Wir sind uns schon einmal begegnet«, sagte Gus durch die Tür.
Sie öffnete die Tür, aber die Kette war noch vor. »Was wollen Sie, Mr. Bailey?« fragte sie.
»Wo ist Lefty?«
»Weg. Ich hätte auf Sie hören sollen, Mr. Bailey«, erwiderte sie. »Sie wollten mir helfen, und ich wollte einfach nicht zuhören.«

»Öffnen Sie die Tür, Marguerite. Lassen Sie mich rein.«
Sie nahm die Kette ab und öffnete die Tür. Gus betrat die Wohnung und sah, daß eines ihrer Augen zugeschwollen und ihr Gesicht schwer zugerichtet war.
»Mein Gott«, sagte er. »Kommen Sie mit. Ich bring Sie in die Notaufnahme im Cedars.«
»Ich bin okay«, sagte sie. »Ich bin noch mal davongekommen. Es ist nicht schlimm. Ich komm mir nur so verdammt blöd vor. Er hat mich einfach benutzt. Ich hab ihm die Arbeit und eine Wohnung verschafft, und er war voller guter Absichten, und der Bewährungshelfer hat geglaubt, er wäre rehabilitiert und würde ein ordentliches Leben führen. Aber hinter einer Bar arbeiten war ihm einfach nicht gut genug. Ich hab gedacht, der Kerl hat sich in mich verliebt, als ich ihn in Vaccaville besucht habe, aber da ist ja die Auswahl auch nicht so groß, und Typen aus dem Gefängnis sind auch nicht besonders gefragt, wenn Sie wissen, was ich meine. Und nur so ein Arschloch wie ich, mit meinem verkorksten Sozialbewußtsein, kann glauben, daß ein Mann, der eine Frau erwürgt und eine andere zusammengeschlagen hat, in drei Jahren rehabilitiert werden kann.«
»Wohin ist er gefahren, Marguerite?«
»Sie sind genauso ein Idiot wie ich, wenn Sie sich mit einer Pistole auf die Suche nach ihm machen, Mr. Bailey«, erwiderte sie.
»Sagen Sie mir, wohin er gefahren ist«, wiederholte Gus eindringlich.
»Stecken Sie Ihre Pistole weg, Mr. Bailey. Er ist weg. Er sitzt in einem Flugzeug nach irgendwo.«
»Wohin?«
»Er hat es mir nicht anvertraut. Er hat mich nur ein bißchen herumgeprügelt.«

»Wohin ist er Ihrer Meinung nach geflogen?«
»Sie waren nicht bei der Bewährungsverhandlung, stimmt's?«
»Nein. Es hätte nichts gebracht.«
»Da war eine reiche Lady, die die Bewährungsprüfer gebeten hat, ihn nicht zu entlassen. Auf die war er schwer sauer.«
Gus starrte Marguerite fassungslos an. »Welche reiche Lady?«
»Sie ist dauernd in den Illustrierten.«
»Sie reden doch nicht etwa von Ruby Renthal?«
»Ruby, genau. Sehr High Society.«
Gus war schockiert. »Ruby Renthal war bei der Bewährungsverhandlung?«
»Sie hat die Prüfer gebeten, ihn nicht zu entlassen.«
»Großer Gott«, sagte Gus.

49

Am Tag, bevor sie New York endgültig verlassen wollte, um sich in Merry Hill niederzulassen, besuchte Ruby Renthal in einem Anfall von Wehmut ein letztes Mal ihre Wohnung, die in Kürze in drei kleinere aufgeteilt werden sollte. Sie wanderte durch die großen, leeren Räume und fragte sich, ob die Leute weiterhin von der Elias-Renthal-Wohnung sprechen würden, so wie sie von der Sweetzer-Clarke-Wohnung gesprochen hatten, noch Monate nachdem sie und Elias sie gekauft hatten und bevor sie durch den prachtvollen Umbau von Cora Mandell ganz die ihre geworden war. Erst heute hatte Ruby im *Times Magazine* ein Foto Yvonne Bulbenkians gesehen, wie sie gerade für eine ihrer Parties die Kerzen in silbernen Kerzenleuchtern anzündete, die noch vor kurzem ihr gehört hatten, auf einem Chippendale-Tisch, der auch ihr gehört hatte, unter dem Porträt des Königs Boris von Bulgarien im Jagdkostüm, das bis zum Skandal in ihrem eigenen Eßzimmer hing. Sie verspürte keinerlei Bedürfnis, das alles noch einmal zu besitzen.

Die Fenster ihres pflaumenfarben lackierten Salons – waren es zwanzig oder neunzehn Schichten Lack gewesen? – waren kahl, ihrer prächtigen Vorhänge beraubt, auf deren Fransen aus Frankreich sie so lange hatte warten müssen. Sie schaute zu der Stelle, an der ihr Monet mit den Seerosen gehangen hatte, den sie und Elias am Abend ihrer ersten New Yorker Party von Maisie Verdurins Wand gekauft hatten, und zu dem Platz, an dem die beiden Konsolen hätten stehen sollen, die sie bei der Orromeo-Auktion in London gekauft und dann, nachdem sie entdeckt hatte, daß sie falsch waren, dem Weißen Haus geschenkt hatte, das sie zur Auktion aus unbekannten Gründen wieder zurückschickte.

Im Ballsaal, den sie seit dem Abend ihres Balls nicht mehr betreten hatte, blieb sie oben an der Treppe stehen und erinnerte sich, wie wunderbar es gewesen war, bis ihre Welt ins Schwanken geraten war. Sie ging die Treppe hinunter und hörte die Musik, die Walzer, blieb in der Mitte der Tanzfläche stehen, schloß die Augen und erinnerte sich an ihren Walzer mit Elias, mit Mickie Minardos, mit Gus Bailey und den Prinzen aus Ländern, die sie nicht mehr haben wollten, die sie damals so beeindruckt hatten. Sie schaute hoch und sah noch einmal die zehntausend Schmetterlinge in den dreißig Sekunden ihrer Schönheit und hörte die bewundernden Rufe ihrer vierhundert Gäste.

»Ruby Nolte, so wahr ich hier stehe«, unterbrach eine Stimme ihre Träumerei. Sie schlug erschrocken die Augen auf.

Auf der obersten Stufe der Treppe zum Ballsaal stand Lefty Flint. Er ging die Treppe hinunter auf sie zu.

»Was machst du hier?« fragte sie und versuchte die Panik in ihrer Stimme zu unterdrücken.

»Ich mache einen Besuch«, erwiderte er. »Du hast Herrenbesuch, Ruby.«

»Wie bist du hier reingekommen?«

»Ich hab gesagt, du würdest mich erwarten.«

»Aber ich wohne nicht mehr hier. Woher hast du gewußt, daß ich hier bin?«

»Ich hab da so meine Methoden.« Er schaute sich in dem golden und weiß getäfelten Raum um. »Wie nennst du dieses Zimmer, Ruby? Den Ballsaal? Ich hab nicht gewußt, daß Leute noch Ballsäle haben. Meine Herrn, man stelle sich vor, einen eigenen Ballsaal. Für eine Stewardeß hast du dich ganz schön herausgemacht, was, Ruby? Schau dich nur an! Jeder, der dich nicht kennt, würde dich für eine von den Schickis halten.«

»Verschwinde, Lefty, sofort«, sagte sie.

»Wir müssen ein paar Sachen besprechen, Ruby.«

»Nein, müssen wir nicht. Wir haben nichts zu besprechen.«

»O doch. Wie kannst du Scheißweib es wagen, bei meiner Bewährungsprüfung aufzutauchen und zu versuchen, mich eingelocht zu lassen?«

»Anscheinend hat es nichts genützt.«

»Wie konntest du mir das antun?«

»Ich würde es wieder tun.«

»Hör mal, reiche Lady. Ich war im Gefängnis. Ich hab meine Zeit abgesessen. Ich hab gebüßt.«

»Nur für deine Kreise, Lefty.« Sie war ganz ruhig geworden, selbstsicher und erwiderte seinen Blick.

Er musterte sie. »Du hast dich verändert«, sagte er.

»Du weißt nicht, wie sehr«, erwiderte sie. »Wenn du vorhast, mich zu verprügeln, würde ich mir das an deiner Stelle noch einmal überlegen.« Sie machte ihre Tasche auf und kramte darin, als würde sie einen Lippenstift suchen, dann zog sie die Pistole heraus und zielte auf ihn. »Als mein Mann mir diese Pistole gekauft hat, hab ich das für den Witz des Jahres gehalten. Er hat immer wieder gesagt: ›Da draußen laufen Irre rum, die es auf Leute wie uns abgesehen haben.‹ Ich hab das nie ernst genommen, aber jetzt merk ich, wie recht er hatte. Ich hab's dir einmal gesagt. Jetzt sag ich's dir noch mal. Verschwinde von hier, genauso, wie du reingekommen bist.«

»Dein Mann im Knast, der Typ?« höhnte Lefty.

»Der Typ«, sagte sie und zielte auf ihn.

»Der das ganze Geld geklaut hat?«

»Der das ganze Geld geklaut hat«, erwiderte sie.

»Du willst behaupten, er wär besser als ich?«

»Es gibt einen entscheidenden Unterschied zwischen meinem Mann und dir, Lefty. Er hat keine Frauen geschlagen oder umgebracht. Er kann das Geld zurückzahlen. Du kannst das Leben, das du genommen hast, nicht wieder zurückgeben. Wohin du auch gehst, die Leute werden immer sagen: ›Er ist der Typ, der Becky Bailey erwürgt hat.‹ Du bist ein Mörder.«

Lefty sagte nichts. Er ging auf Ruby zu.

»Verschwinde von hier, du Bastard«, schrie sie.

»Bleib stehen, Lefty«, ertönte eine Stimme von hinten. Lefty wirbelte herum und stand Gus Bailey gegenüber, der mit gezogener Luger auf der Treppe stand. In dem Bruchteil der Sekunde, bevor er abdrückte, erinnerte Gus sich, wie er zu Bernie Slatkin gesagt hatte: »Ich will, daß er mir dabei in die Augen sieht. Ich will, daß er weiß, daß ich geschossen habe.«

Gus drückte ab.

50

Männergefängnis
Vaccaville, Kalifornien

Liebe Peach,
Meine Pflichten hier, bisher alle manueller Natur, (es besteht allerdings die Hoffnung, daß demnächst ein Platz in der Bibliothek frei wird, wenn Boyd Lonergan, der versehentlich den Schmuckverkäufer bei dem Tiffany-Überfall erschoß, nächsten Monat entlassen wird), haben mich derart in Anspruch genommen, daß ich vor Erschöpfung nicht eher schreiben konnte. Ist es nicht erstaunlich, daß sie mich ins selbe Gefängnis wie Lefty gesteckt haben? Einige der Insassen erinnern sich an ihn und alle Wärter. Es freut mich, sagen zu können, daß sie ihm keine Träne nachweinen. Er hat Boyd, mit dem er kurzfristig eine Zelle geteilt hat, erzählt, er habe mehrere Frauen zusammengeschlagen, bevor er Becky umbrachte.
Zum erstenmal seit Jahren empfinde ich innere Ruhe. Wenn ich in der Wäscherei Kleidung wasche, meine momentane Arbeit, oder Kartoffeln in der Küche schäle, wo ich vorher war, spukt mir kein Lefty ständig im Kopf herum wie so viele Jahre lang. Ich denke an all die Nächte in New York, in denen ich über eine Sache redete und ständig an eine andere dachte.

Wie seltsam das Leben doch ist! Wenn das, was passiert ist, im Hinterhof der Bar in Studio City passiert wäre, würde ich wahrscheinlich zwanzig Jahre hier sitzen. Mord wäre es dann gewesen. Was war nur in ihn gefahren, an diesem Tag in Ruby Renthals Wohnung zu gehen? Und was für ein Zufall, daß sie da war.
Weißt du, was ich glaube, Peach? Ich glaube, es ist möglich, wieder glücklich zu sein. Sogar hier.

In Liebe Gus

51

Pflichtbewußt erfüllte Justine ihre Aufgaben und ging durch die Zimmer und Stationen des St. Vincent Hospitals, des St. Clair Hospitals und des Bellevue Hospitals und brachte den Opfern der Krankheit, die die Leute als Seuche bezeichneten, Bücher, Zeitungen und Süßigkeiten, erledigte Anrufe und schrieb Briefe für diejenigen, die das nicht mehr selbst machen konnten. Sie hatte gelernt, ihre Gefühle zu unterdrücken, zu lächeln und mit den Jungs zu scherzen. Sie kannte jeden beim Namen, und die meisten kannten ihren.

»Hallo, Justine«, hörte sie jemanden aus demselben Bett sagen, in dem Phil, ihr Liebling, vor einigen Tagen gestorben war.

»Hallo«, erwiderte sie fröhlich. Sie sah mit einem Blick, daß der Mann kein Interesse an Lesematerial oder Schokolade mehr hatte.

»Kann ich einen Brief für Sie schreiben oder jemanden anrufen?« fragte sie. Er gab keine Antwort. »Ich könnte Ihnen auch was vorlesen. Ich habe alle neuen Magazine.«

»Erkennst du mich nicht, Justine? Schau ich so schlimm aus?« fragte der Patient. »Ich war ein recht attraktiver Bursche.«

Er war jung, obwohl er alt aussah. Seine Arme waren dünn wie Besenstiele. Dann sah sie den Diamanten in seinem Ohrläppchen, den Diamanten, den ihr Vater ihrer Mutter zur Verlobung geschenkt und den ihre Mutter Hubie geschenkt hatte, als sie vergeblich hoffte, er würde Violet Bastedo heiraten, denselben Diamanten, den Hubie Juanito Perez geschenkt hatte.

»Oh, Juanito«, rief sie und sank neben dem Bett auf die Knie. Sie wußte, daß die Schwester vom Dienst sie wegschicken würde, wenn sie anfing zu weinen, aber sie konnte sich nicht helfen und vergrub ihren Kopf in der Bettdecke, um das Geräusch zu unterdrücken. »Ich hab's nicht gewußt.«

»Man stelle sich vor, du weinst um mich, Justine«, sagte er verwundert.

»Tut mir leid.«

»Ich hab von dieser freiwilligen Helferin Justine gehört, eine ganz vornehme, haben alle gesagt, die jeden Nachmittag hierherkommt, und ich hab mir gedacht, ich wette, das ist Justine Altemus.«

»Das bin ich«, sagte Justine.

»Du hast ein Baby gekriegt, hab ich gehört.«

Justine lächelte und nickte. »Ich hab ihn Hubie getauft. Er ist wunderschön, Juanito.«

»Hast du ein Foto?«

»Nicht bei mir. Ich bring dir nächstes Mal eins mit«, sagte sie. Sie schauten sich in die Augen, und beide fragten sich, ob es ein nächstes Mal geben würde.

»Du bist schön, Justine«, sagte Juanito.

»O nein, bin ich nicht«, erwiderte sie. »Interessant. Fast hübsch. So werde ich beschrieben, aber süß von dir, mir so ein Kompliment zu machen.«

»Hubie hat immer gesagt, du würdest dich zu billig verkaufen«, sagte Juanito.

Justine lächelte. »Genau, das hat Hubie immer gesagt. Das hab ich ganz vergessen.«

»Irgendwelche Freunde seit Bernie?«
»Nicht wirklich. Ich bin eine von den Frauen, die Männer anrufen, wenn sie einen Begleiter brauchen. Ich hab zwei Karten fürs Theater und so weiter.«
»Irgendwann wird dir ein netter Doktor über den Weg laufen.«
»Du bist anders, als ich mir dich vorgestellt habe.«
Juanito lächelte. »Ich war ein Luder, aber ich hab mich schwer gebessert, seit ich Millionär geworden bin.«
Justine lächelte.
»Ich möchte dir ein paar Sachen erzählen, Justine.«
»Was?«
»Weißt du noch, die Stühle, die deine Mutter unbedingt haben wollte?«
»Das ist doch egal«, sagte Justine.
»Charles-Soundso-Stühle?« Es kostete ihn ungeheure Mühe zu sprechen.
»Der Zehnte. Charles der Zehnte. Es ist egal.«
»Nein, das mußt du hören, Justine. Die Stühle deiner Tante Minnie Willoughby, die Jamesey Crocus mir abluchsen sollte.«
Justine nickte.
»Ich hab sie einen nach dem anderen auf die Straße gestellt, für die Leute, die ihre Wohnungen mit Sperrmüll einrichten.«
Justine fing an zu lachen.
»Elf arme Leute haben jetzt recht gute Stühle, wenn sie es nur wüßten«, flüsterte Juanito.
»Ich glaube, das hätte Hubie gefallen, Juanito«, sagte Justine.
»Noch eins.«
»Verausgab dich nicht, Juanito.«

»Wegen dem Geld, das Hubie mir hinterlassen hat.«
»Das Geld ist mir völlig egal. Hubie wollte, daß du es kriegst, und es war sein Geld.«
»Du mußt das wissen. Er wollte mit Herkie Saybrook ein neues Testament machen. Er wollte das Geld einem Hospiz hinterlassen, für Typen, die kein Geld haben, um anständig zu sterben, aber er ist gestorben, bevor Herkie das Testament ändern konnte.«
»Das spielt doch jetzt keine Rolle mehr, Juanito, wirklich nicht, aber es ist nett, daß du es mir erzählst.«
»Aber darum geht's nicht. Ich hab Herkie Saybrook ins Loft bestellt, bevor ich so krank geworden bin, daß sie mich hier eingeliefert haben.«
»Herkie? Warum?«
»Ich weiß, was du denkst. Ich bin der erste Puertoricaner, für den Herkie je ein Testament aufgesetzt hat.«
Justine war sprachlos.
»Ich weiß, deine Mutter und du, ihr habt geglaubt, ich würde das Geld einer Lederbar oder so was hinterlassen. Aber ich möchte damit machen, was Hubie getan hätte, wenn er ein paar Tage länger gelebt hätte. Jeder Cent, die ganzen Van-Degan-Dollars, gehen an das Hospiz. Laß dir eins sagen, Justine. Hubie und ich hatten vielleicht einige Probleme, aber er war der einzige Mensch in meinem Leben, der gut zu mir war.«
»Oh, Juanito.«
Einige Augenblicke lang schwiegen beide, jeder mit seinen eigenen Gedanken beschäftigt. »Hast du Familie, die ich benachrichtigen soll? Das ist eine meiner Aufgaben.«
»Nein«, sagte er.
»Niemanden?«
»Es gibt eine Tante, aber die will nichts von mir hören.«

»Eine Mutter? Einen Vater?«
»Mein Vater hat meine Mutter in den Bauch getreten, als ich ein kleiner Junge war. Daran ist sie gestorben. Ich bin in einem Waisenhaus in San Juan aufgewachsen. Ich weiß nicht mal, ob mein Vater noch lebt, und es ist mir auch egal.«
»Großer Gott«, sagte Justine.
»Dasselbe hat Hubie gesagt, als ich ihm die Geschichte das erste Mal erzählt habe. ›Großer Gott.‹ Ihr Schickis redet alle gleich.«
»Erzähl mir noch was.«
»Ich hab ein recht zweifelhaftes Leben geführt, Justine.«
»Wieso zweifelhaft?«
»Ich bin auf den Strich gegangen.«
»Das heißt, du hast es für Geld gemacht?«
»Genau. Schon als Teenager war mir klar, daß mein Aussehen mein einziges Kapital war. Es gibt nicht viel, was ich nicht gemacht habe. Sogar Pornos, wenn du's genau wissen willst. Du kannst dir nicht vorstellen, wie brav ich geworden bin, nachdem mir Hubie das ganze Geld hinterlassen hat. Ich hab mich reformiert, und dann bin ich krank geworden. Und hier findest du mich.«
»Oh, Juanito, es tut mir so leid.«
»Ich hab keine Angst vor dem Sterben, Justine. Ich hab Angst vor dem, was passiert, bis ich sterbe. Ich hab gesehen, was diese Typen durchmachen. Ich weiß nicht, ob ich das durchstehe. Hubie hat es Klasse gemacht. Ich hab nicht die Klasse wie Hubie«, sagte Juanito.
»Ich glaube schon, Juanito.« Sie drückte seine Hand. Juanito erwiderte die Geste.
»Kann ich dir irgend etwas bringen?« fragte Justine schließlich.

»Nur ein bißchen Wasser«, erwiderte er. »Es ist keins mehr da.«
»Ich mach die Thermoskanne voll«, sagte sie.
Sie kam nach ein paar Minuten zurück, goß ihm einen Pappbecher Wasser ein und hielt ihn ihm an den Mund. Dann schüttelte sie seine Kissen auf. Juanito lächelte sie schläfrig an.
»Ich möchte dir das geben, Justine«, sagte er.
Sie schaute ihn an. Er nahm ihre Hand und legte ihr den Altemus-Diamanten in die Handfläche.

Lil Altemus erfuhr erst bei der Lektüre der Titelseite der *Times*, daß Juanito Perez, der Liebhaber ihres verstorbenen Sohnes, sein gesamtes Zehn-Millionen-Dollar-Erbe einem Hospiz für Aids-Opfer hinterlassen hatte, das ab jetzt den Namen Hubert-Altemus-jun.-Hospiz tragen würde.

52

Nach Gus Baileys Einlieferung ins Gefängnis verschwand Ruby Renthal von der Bildfläche. Der Name Renthal war so bekannt und der Inbegriff für Habgier geworden, daß selbst Leute in Geschäften sie anstarrten, wenn sie ihre Kreditkarten benutzte. Sie trennte sich vollständig von den hochgestochenen Leuten, die einst um einen Platz an ihrem Tisch gekämpft hatten.
Ruby besaß trotz aller Widrigkeiten, die ihr das Leben beschert hatte, immer noch ein großes Vermögen, das Elias ihr zu seinen Glanzzeiten überschrieben hatte. Sie zog sich aus freien Stücken aus der Gesellschaft ins ruhige Landleben zurück und nicht, wie viele glaubten, wegen finanzieller Schwierigkeiten. Sie genoß das ruhige Leben, die Spaziergänge und die Pflege ihres Gartens. Sie hatte einen kleinen Kreis von Freunden, deren Namen nie in Dollys Kolumne erschienen.
»Welche Erleichterung«, sagte sie zu ihrem Mädchen Candelaria, als sie sich gemütlich auf einen weiteren ruhigen Abend zu Hause vorbereitete. Sie verspürte keinerlei Sehnsucht nach Wohltätigkeitsveranstaltungen und allabendlichen Dinnerparties, die sie so lange in Anspruch genommen hatten.
Ned Manchester, der ganz in der Nähe lebte, brachte ihr Tennis und Reiten bei und gestand ihr nach einiger Zeit seine Liebe. Aber sie widersetzte sich seinen Avancen,

obwohl sie ihn sehr mochte. »Ich kann nicht heiraten, solange Elias im Gefängnis ist«, sagte sie zu Ned. »Ich kann es nicht. Er war so gut zu mir. Es würde ihn umbringen.«

Elias war immer noch wichtig für sie, sie besuchte ihn weiterhin im Gefängnis, auch nach der Scheidung. Ihre Beziehung wurde wieder wie am Anfang, wenn auch nicht mehr romantisch.

In der Zwischenzeit hatte Loelia Manchester, die entdeckt hatte, daß ihre Leidenschaft zu Mickie Minardos die Opfer, die sie für ihn gebracht hatte, nicht wert war, diesen trotzdem geheiratet. In den ersten sechs Monaten hatte die Gesellschaft New Yorks die Romanze der beiden mit Spannung verfolgt. Aber die Faszination ließ nach. Die Leute fragten sich, ob Mickie Minardos Loelia doch nur benutzt hatte und ob Loelia nicht doch ein bißchen viel trank und ihr letztes Facelifting nicht doch ein schrecklicher Fehler gewesen war; ihre Augen traten jetzt wirklich fast aus den Höhlen. Ned Manchester kam nur sehr selten nach New York, aber wenn er erschien, sagten die Leute, wie attraktiv er doch sei, ein Gentleman bis in die Fingerspitzen, und wie dumm es von Loelia gewesen sei, ihn zu verlassen. Und bald sagte jeder nur noch: »Die arme Loelia.«

Ende September dieses Jahres führte Elias Renthal einige R-Gespräche aus dem Allenwood-Gefängnis in Pennsylvania. Das erste mit Max Luby. Das zweite mit Laurance Van Degan. Das dritte mit Ruby. Von den dreien behandelte nur Laurance Van Degan ihn arrogant, obwohl Laurance Van Degan, genau wie Max und Ruby, seinen Rat befolgten. Keiner zweifelte an Elias' finanziellem Genie. »Zieht euch aus dem Aktiengeschäft zurück«, sagte er. »Es gibt einen Crash.«

53

»Sprich lauter, Janet, oder hör auf zu weinen oder *irgend etwas!«* schrie Lil über das Überseekabel.

»Es ist Laurance«, sagte Janet zum drittenmal.

»O mein Gott!« rief Lil.

Lil kehrte sofort aus Rom, wo sie ihre Freunde, die Todescos, besucht hatte, nach Hause zurück, nachdem sie von der Krankheit ihres Bruders erfahren hatte.

In New York holte sie Joe, ihr Chauffeur, ab, begleitet von einer Abordnung der Van Degan Foundation, die sie ohne Wartezeit durch den Zoll schleuste. Sie fuhr direkt vom Flughafen ins Manhattan Hospital, gab Joe Anweisungen, ihr Gepäck in die Wohnung zu bringen, ihrer Zofe Lourdes mitzuteilen, alles auszupacken, Justine anzurufen und sie zum Abendessen zu bitten, aber bitte ohne Baby, und sie in einer Stunde wieder aus dem Krankenhaus abzuholen. Lil mußte nicht erst nach der Zimmernummer fragen, die Van Degans waren immer in Suite 690 des Harcourt-Pavillons im Manhattan Hospital. An der Aufzugstür im sechsten Stock wurde sie von Miss Wentworth, Laurances Sekretärin, empfangen, und trotz der Sorge um ihren Bruder fragte Lil sich erneut, warum Miss Wentworth ihr Haar so heftig schwarz färbte.

»Ich hoffe, Ihr Flug war zufriedenstellend, Mrs. Altemus«, sagte Miss Wentworth.

»Ja, ja«, erwiderte Lil und eilte den Gang entlang.

»Und der Zoll?« fragte Miss Wentworth und versuchte Schritt zu halten.
»Ja, ja, alles wunderbar. Keine Wartezeit. Wie geht es meinem Bruder, Irene?«
»Nun ja«, sagte Miss Wentworth vorsichtig. »Sein Mund. Sie werden es sehen.«
»Die sind aber hübsch«, sagte Lil beim Betreten des Wohnzimmers der Suite mit einer Handbewegung auf einen großen Strauß Rosen. »Von wem sind die?«
»Mrs. Harcourt«, erwiderte Miss Wentworth.
»Süß von Adele«, sagte Lil. Sie holte tief Luft, klopfte an die Tür des Schlafzimmers und ging, ohne zu warten, hinein. Laurance Van Degan, der aristokratische, imposante Laurance, lag klein und verängstigt in seinem Krankenbett.
»Oh, Laurance«, sagte Lil, beugte sich zu ihm und küßte ihn.
»Ich hab einen beschissenen kleinen Infarkt gehabt, Lil«, sagte Laurance.
Lil war entsetzt. Sie hatte Laurance noch nie *beschissen* sagen hören. Sein Mund war, wie sie bemerkte, zur Seite gerutscht. Sie fand, er sah aus wie ihr Vater, Ormonde, nach seinem Schlaganfall.
»Oh, Laurance«, sagte sie noch einmal mit trauriger Stimme, denn sie mochte ihn wirklich sehr. Ihr Mann hatte sie im Stich gelassen, als er sich scheiden ließ. Ihr Vater hatte sie im Stich gelassen, als er Dodo geheiratet und ihr sein ganzes Vermögen vermacht hatte, selbst wenn es nur auf Lebenszeit war. Ihre Tochter hatte sie durch ihre Mesalliance im Stich gelassen und dann erst recht durch ihre Scheidung. Ihr Sohn, großer Gott, wie der sie im Stich gelassen hatte! Nur ihr Bruder Laurance hatte sie ein Leben lang nicht enttäuscht.

»Wein nicht, Lil«, sagte Laurance.
»Es ist so unfair, Laurance«, klagte seine Schwester.
»Sie sagen, der Mund wird mit der Zeit wieder normal werden«, sagte er. Seine Stimme, die jetzt von der anderen Seite des Gesichtes kam, klang anders, aber immer noch sehr aristokratisch.
Lil beobachtete, wie er langsam seine linke mit der rechten Hand hob und sie auf seinen Bauch legte. Eine Schwester wollte ihm zu Hilfe kommen, aber er lehnte mit langsamem Kopfschütteln ab. »Die linke Hand macht etwas Schwierigkeiten«, sagte er zu Lil.
»Dieser verfluchte Elias Renthal ist dafür verantwortlich«, sagte Lil. Sie konnte einfach nicht vergessen, daß Elias Renthals finanzielle Manipulationen ihren Bruder gezwungen hatten, seinen Präsidentenposten im Butterfield abzugeben, was ihm das Herz gebrochen hatte.
In diesem Moment betraten die Pfleger den Raum.
»Es ist Zeit, Mr. Van Degan«, sagte die Schwester.
»Ich muß jetzt zur Therapie, Lil«, sagte Laurance langsam.
»Oh, natürlich, zur Therapie. Sie machen ja heutzutage so wunderbare Sachen in der Therapie«, sagte Lil mit der begeisterten Stimme, die sie sonst nur bei Patienten, die ihre Arme nicht mehr bewegen konnten, einsetzte. Sie brauchte ihrem Bruder nicht zu erzählen, daß sie in ihrer Funktion der Damenliga des Manhattan Hospitals eine Million Dollar bei einem Frühlingsball für das Harcourt-Infarktzentrum aufgebracht hatte.
»Lil«, sagte Laurance.
»Ja, mein Schatz.«
»Steig aus dem Aktiengeschäft aus«, befahl er.
»Wo soll ich aussteigen?«

»Aus dem Aktiengeschäft, Lil.«

»Du darfst nicht einmal an die Börse *denken*, Laurance. Du mußt nur ans Gesundwerden denken.«

»Es gibt einen Börsenkrach. Setz dich so schnell wie möglich mit dem jungen Laurance in Verbindung. Er wird wissen, was zu tun ist.«

Die Pfleger rollten ihn aus dem Zimmer.

»Paris ist auch nicht mehr das, was es einmal war. Sechshundert Dollar für eine Nacht im Ritz, für ein *Zimmer*. Und die Leute, wenn du die gesehen hättest«, sagte Lil Altemus und schauderte. »Araber überall. Und die Mode dieses Jahr ist eine Katastrophe. Röcke bis *hier*. Ich hab Loelia in Paris in einem dieser neuen Kleider gesehen. Sie sah lächerlich aus in ihrem Alter. Und sie hat wieder etwas mit ihrem Gesicht machen lassen. Sie kann nicht einmal mehr lächeln, so straff ist ihr Gesicht. Sie macht nur noch einen Schmollmund.«

Seit Jahren mußte Justine Altemus sich von ihrer Mutter anhören, wie schrecklich die Leute in Paris waren, wie teuer alles war und wie schrecklich die Mode. Justine hörte nur mit halbem Ohr zu, gab von Zeit zu Zeit einen angemessenen Kommentar und wartete auf den passenden Moment, um ihre eigenen Neuigkeiten loszuwerden.

»Ich muß dir etwas erzählen, Mutter«, sagte sie schließlich.

Lil merkte, daß Justine kein Interesse an ihrem Reisebericht hatte. Sie läutete ihr Silberglöckchen. »Parker«, sagte sie, als ihr Butler erschien.

»Ja, Ma'am.«

»Würden Sie Gertie sagen, die Vinaigrette war zu ölig?«

»Ja, Ma'am.«

»Aber der Spargel ist köstlich. Absolut perfekt, sagen Sie ihr das.«
»Ja, Ma'am.«
»Meine Liebe«, sagte sie, nachdem der Butler verschwunden war, »der Koch der Todescos macht eine himmlische Vinaigrette. Irgendwas mit Eiweiß, glaub ich.«
»Oh, Mutter, na und?« sagte Justine ungeduldig. Sie konnte es kaum erwarten, ihre Neuigkeit loszuwerden.
Lil schaute überrascht ihre Tochter an.
»Du hast dich verändert«, sagte sie.
»Du nicht«, erwiderte Justine.
Lil wollte ihre Tochter ob ihrer Frechheit ermahnen, ließ es aber dann doch. »Weißt du, daß dein Onkel Laurance sogar im Krankenhaus nur an seine Familie denkt? Weißt du, was er heute zu mir gesagt hat? ›Zieh dich aus dem Aktiengeschäft zurück‹, hat er gesagt.«
Justine nickte. »Der junge Laurance hat mich heute deswegen auch schon angerufen.«
»Tu, was er dir sagt. Dein Onkel Laurance hat immer recht. Hast du ihn schon besucht?«
»Ich hab Blumen und einen Brief geschickt«, sagte Justine. »Und ich hab Tante Janet besucht.«
»Janet ist am Boden zerstört«, sagte Lil, stolz auf das Durchhaltevermögen ihrer Familie in einer Krise. Die Leute sprachen immer noch davon, wie tapfer sie mit Hubies Tod fertig geworden war.
»Herkie Saybrook sagt, der junge Laurance habe gesagt, er wolle niemanden sehen, solange sein Mund verzogen und die linke Hand unbrauchbar ist«, sagte Justine.
»Du hättest trotzdem hingehn sollen. Du bist doch schließlich seine Nichte.«
»Ich werde hingehn, wenn es ihm bessergeht«, erwiderte Justine.

»Er wird wieder der alte sein, ehe man bis zwei zählen kann. Das Infarktzentrum ist das beste in der Stadt, und ich bin stolz, sagen zu können, daß ich persönlich beim Frühlingsball im Rhinelander eine Million Dollar dafür aufgetrieben habe.«

Parker räumte die Spargelteller ab und brachte frische Teller für den Hauptgang.

Lil legte die Hand auf den Teller, um zu prüfen, ob er ordentlich gewärmt war.

»Herkie sagt ...«

»Herkie, Herkie, Herkie, wie oft willst du mir eigentlich noch sagen, was Herkie gesagt hat?« Lil hatte Herkie Saybrook immer noch nicht verziehen, daß er Hubies Testament geschrieben hatte. »Die Seezunge sieht ja wunderbar aus, Parker. Sag Gertie, sie ist ein Meister.«

»Ja, Ma'am.«

»Herkie ist im Aufsichtsrat des Hospiz, und ich sehe ihn bei den Versammlungen, und wir unterhalten uns.«

Lil schüttelte ungeduldig den Kopf. Das Hubert-Altemus-jun.-Hospiz. Sie konnte es nicht ertragen, den Namen ihres Sohnes in diesem Zusammenhang zu hören. Das Geld hätte, wenn überhaupt, anonym gespendet werden müssen. Sie konnte auch nicht ertragen, daß ihre Tochter sich mit solcher Leidenschaft in die Arbeit dort stürzte.

»Wie lange willst du denn dort noch arbeiten? Bist du mit dieser Schwester-Edith-Cavell-Nummer nicht schon zu weit gegangen?«

Justine schaute ihre Mutter fassungslos an. »Solange sie mich dort brauchen«, erwiderte sie ruhig.

»Und dein Kind?«

»Mein Kind, wie du es nennst, hat einen Namen, Mutter. Er heißt Hubie, nach meinem Bruder oder deinem Sohn.

Er ist ein Jahr alt, und du hast ihn noch kein einziges Mal beim Namen genannt, soweit ich mich erinnern kann.«
»Dein Ton gefällt mir nicht, Justine.«
Justine sagte nichts.
»Wie geht's dem, äh, kleinen Hubie?« Der Name tat ihr physisch weh.
»Er geht, er redet. Die meisten Großmütter wären hingerissen von so einem bezaubernden Enkel, aber du bist eben nicht wie die meisten Großmütter«, sagte Justine.
»Was soll das heißen?«
»Oh, Mutter, laß uns nicht streiten. Du bist gerade zurückgekommen. Onkel Laurance ist im Krankenhaus, und ich bin schlecht gelaunt. Und ich habe dir eine wichtige Mitteilung zu machen.«
»Du willst doch nicht etwa wieder heiraten?« fragte Lil aufgeregt. »Damit könntest du deine alte Mutter glücklich machen.«
Justine schüttelte den Kopf. »Nein, ich werde nicht heiraten. Ich habe zwar gelegentlich einen Verehrer, wie du das nennst, aber ich habe nicht vor zu heiraten, zumindest jetzt noch nicht. Mir gefällt meine Arbeit im Krankenhaus, ich mach sie gut, und die Patienten mögen mich und verlangen nach mir, und es gibt mir sehr viel Befriedigung. Und, Mutter, man hat mich gebeten, Direktorin des Hospizes zu werden.«
»War das deine Neuigkeit?«
»Ja, Mutter. Ich weiß, es ist nicht so wichtig wie das Rezept des Todesco-Kochs für Vinaigrette oder wie die Länge von Loelias Röcken.«
»Bitte sei nicht sarkastisch, Justine. wenn es dir wichtig ist, dann ist das sehr nett, aber ich möchte dich gerne darauf hinweisen, daß die Van-Degan-Frauen immer eine

Verantwortung gegenüber der Stadt New York gehabt haben.«

»Ja, das habe ich auch, Mutter.«

»Ich bin noch nicht fertig, Justine. Ich glaube, du könntest der Stadt besser dienen, wenn du in den Aufsichtsrat der Van Degan Foundation kommst. Ich werde morgen mit Onkel Laurance darüber reden, wenn ich ihn besuche.«

»Ich will aber nicht in den Aufsichtsrat der Van Degan Foundation, Mutter. Die Foundation tut zwar viel Gutes für die Stadt, aber ich habe etwas in meinem Leben gefunden, das mir wirklich wichtig ist.«

»Hmmm«, sagte Lil.

»Mutter, mein ganzes Leben lang war ich die Nichte Laurance Van Degans, die Tochter von Lil Altemus. Jetzt bin ich Justine Altemus, ganz für mich allein, und es ist unwichtig, ob ich Onkel Laurances Nichte bin.«

»Ich denke, wir nehmen den Kaffee in der Bibliothek, Parker«, sagte Lil. »Und bringen Sie ein paar Plätzchen für die bösen Hundchen, ja? Und sagen Sie Gertie, das Auberginensoufflé war lecker.«

Einen Augenblick lang sah Lil in ihrem Stuhl in der Bibliothek aus, als würde sie weinen. Dann hob sie den Kopf und schaute ihre Tochter an. »Warum nennen sie es nicht Juanito-Soundso-Hospiz, sondern ausgerechnet Hubert-Altemus-jun.-Hospiz?« fragte Lil.

»Wiedersehn, Mutter«, sagte Justine. »Ich geh nach Hause zu meinem Baby.«

»Du bleibst nicht zum Kaffee?«

»Nein, ich bleibe nicht zum Kaffee.«

Justine stand auf, ging zur Tür hinaus und verließ die Wohnung.

54

Am Tag zuvor war der Börsenindex um fünfhundertacht Punkte gefallen, genau wie Elias Renthal prophezeit hatte, und unter den Mittagsgästen bei Clarence's machte sich eine leichte Hysterie breit.

»Wie kann Elias Renthal Laurance Van Degan aus dem Gefängnis anrufen und ihm den Tip geben, sich aus dem Aktiengeschäft zurückzuziehen?« fragte Constantine de Rham. Jeder wußte, daß Laurance Van Degan Elias Renthal öffentlich den Rücken gekehrt hatte.

»Hör mal, Constantine, Elias Renthal ist vor allem anderen ein Geschäftsmann und will wahrscheinlich am Ball bleiben. In ein bis zwei Jahren wird er aus dem Gefängnis entlassen werden«, sagte Lord Biedermeier. Er nahm sein Pincenez ab und polierte die Gläser mit einer Serviette, damit er die Gäste besser überschauen konnte. Trotz der drohenden wirtschaftlichen Engpässe war das Restaurant bis auf den letzten Platz besetzt, und Leute wie Lil Altemus grüßten ihn nicht, weil er mit Constantine de Rham speiste.

»Ich dachte, er könne nicht mehr spekulieren. Ich dachte, er wäre auf Lebenszeit ausgeschlossen«, fuhr Constantine fort, der seine diebische Freude am Pech anderer hatte.

»Das stimmt zwar, aber er kann es über Mittelsmänner machen. Zum Beispiel über Max Luby.«

»Er wird keine Bälle mehr geben«, sagte Constantine befriedigt.
»Nein, das wird er nicht mehr, und in den Butterfield wird er auch keinen Fuß mehr setzen, nicht mal als Gast, aber wenn er wieder ein Vermögen macht, und das wird er, werden die Leute ihn wieder einladen. Sogar Laurance Van Degan. Das ist der Lauf der Welt.«
Constantine fragte sich, warum er nicht wieder eingeladen wurde. Lord Biedermeier schien seine Gedanken zu lesen und sagte: »Sogar dich, Constantine. Die Leute werden auch dich wieder einladen. Schreib ein Buch.«
»Worüber?« fragte de Rham.
»Playboys, mein lieber Constantine, sind dieses Jahr wieder sehr gefragt. Die Leute sind ungeheuer interessiert an Ali Khan und Rubirosa, und Sie sind ihr Erbe. Denken Sie nur an die monegassischen Prinzessinnen. Die Öffentlichkeit kriegt einfach nicht genug von ihnen. Deswegen hab ich mir gedacht, Sie möchten über den Unfall schreiben, bei dem das schöne junge Mädchen in Paris ihren Kopf verloren hat. Und all die Gerüchte, die Ihnen das Leben zur Qual gemacht haben«, sagte Lord Biedermeier.
»Aber diese Gerüchte waren vollkommen falsch«, sagte Constantine wütend.
»Das spielt keine Rolle«, sagte Lord Biedermeier.
»Es gab keinerlei Beweise.«
»Das spielt keine Rolle. Wenn Sie einen Bestseller schreiben, werden sich die Leute, die jahrelang nicht mit Ihnen gesprochen haben, darum drängen, Sie einzuladen. All das ist vor Jahren, in Ihrer Jugend, passiert. Sie haben nicht gewußt, worauf Sie sich eingelassen hatten. Denken Sie drüber nach. Das Publikum liebt Reformierte.«
»Aber ich kann nicht schreiben«, sagte Constantine.

»Unser geringstes Problem. Sie müßten mal die wunderbaren Manuskripte sehen, die Elias Renthal über sein Leben im Gefängnis eingereicht hat, wovon er kein Wort selbst geschrieben hat. Ich hab ihm einfach einmal die Woche einen Ghostwriter nach Allenwood geschickt, und sie haben geredet und geredet. Es garantiert seine Rückkehr in die Gesellschaft, wenn er aus dem Gefängnis kommt.«

»Hmm«, meinte Constantine de Rham.

Ruby Renthal war die erste, die sagte, nur ein Besuch bei ihrem Zahnarzt oder ihrem Gynäkologen könne sie dazu bewegen, in die Stadt zu fahren. Das erstere war der Fall, als sie am Tag von Gus' Rückkehr nach New York kam. Sie trafen sich im Wartezimmer von Dr. Chase.

»Mein Gott, Gus!« sagte Ruby überrascht.

»Hallo, Ruby«, erwiderte Gus, genauso überrascht wie sie. Er nahm ihre Hand und küßte sie auf die Wange.

»Ich hab nicht gewußt, daß du raus bist.«

»Gerade eben. Die Gerichte sind beim ersten Schuß nicht so streng heutzutage«, sagte er.

»Oh, Gus, mach bitte keine Scherze.«

»Ich mach keine Scherze. Es ist die Wahrheit. Ich hab weniger gekriegt als Elias.«

»Ich hab dir geschrieben.«

»Ich weiß.«

»Du hast nicht geantwortet.«

»Ich dachte, ich hätte deinem Ruf genug geschadet.«

»Gus, du hast doch mein Leben gerettet.«

»Eigentlich nicht. Du hattest eine Pistole.«

»Laß dir die Geschichte dieser berühmten Pistole erzählen, Gus, und damit meine ich nicht, daß sie einmal der rumänischen Königin gehört hat. Ich hatte sie immer dabei, weil Elias das wollte, aber sie war nie geladen, weil ich es einfach nicht ertragen konnte, eine geladene Pistole bei mir zu haben.«

Gus schaute sich im Wartezimmer um und sah, daß die anderen Patienten sie beobachteten.

»Wie wär's mit Mittagessen?«

»Gerne.«

»Nichts wie weg hier.«

Ruby ging zum Empfang und sagte: »Sagen Sie bitte Dr. Chase, ich rufe wegen eines neuen Termins an.«

»Aber Sie können jetzt rein, Mrs. Renthal«, sagte die Empfangsdame.

»Ich rufe an«, wiederholte Ruby, nahm ihren Nerz und folgte Gus zur Tür.

Im Aufzug sagte sie zu ihm: »Ich hab dich im Fernsehen gesehen.«

»Eine schreckliche Art von Ruhm, nicht wahr?«

»Wenigstens ist er nicht gestorben.«

Gus nickte. »Weißt du, was ich glaube, Ruby?«

»Was?«

»Ich glaube, in dem Augenblick, in dem ich abgedrückt habe, hat Becky, wo immer sie auch ist, meinen Arm zur Seite geschoben, damit ich ihn nicht töte.«

»Du meinst, sie paßt auf ihren Vater auf?«

»Richtig. Das wollte sie nicht. Ich hab's gespürt, als ich abgedrückt habe.«

»Es tut dir doch nicht leid, daß es so gekommen ist, oder?«

»Nicht mehr. Ich war drei Jahre lang von diesem Mann besessen. Nur noch ihn zu töten war wichtig. Ich konnte an nichts anderes mehr denken. Und das ist, Gott sei Dank, vorbei.«

»Wie lange warst du im Gefängnis?«
»Ich hab ein Jahr gekriegt und neun Monate abgesessen.«
»Reden die Leute mit dir?«
»Ich weiß es nicht. Du bist die erste, die ich treffe. Aber es ist mir egal. Es ist Zeit für einen neuen Anfang.«
»Gut für dich, Gus. Ich glaube an Neuanfänge.«
Ihre Blicke trafen sich.
»Siehst du Elias?«
»Sicher. Ich besuche ihn.«
»Siehst du die alte Crew noch?«
»Du lieber Himmel, nein.«
Sie lachten.
»Wie wär's mit Lunch bei Clarence's?«
Sie lachten wieder. »Perfekt.«

»Laurance hat gewußt, daß das alles passieren würde«, sagte Lil, die mit ihren Freunden Matilda Clarke, Cora Mandell und Ezzie Fenwick am Fenstertisch von Clarence's saß, der ihnen gerade von dem Streit über Geld im Haus der Bulbenkians am Abend zuvor berichtete. »Laurance ist vor einer Woche aus dem Markt ausgestiegen und ich und Justine natürlich auch.«
Ezzie, der Geld verloren hatte, zumindest auf dem Papier, war schlechter Laune und sprach davon, eine geplante Ägyptenreise abzusagen. Als Michael, der Lieblingskellner aller, seinen Teller brachte, hob Ezzie seine dunkle Brille und musterte mit seinem guten Auge den Teller.
»Ich möchte Sauce Tartare zu meinen Krabbenkuchen«, meinte Ezzie betont laut. »Das ist Mayonnaise.«
»Sauce Tartare ist aus«, erwiderte Michael, höflich wie immer.

»Sauce Tartare aus? Wie kann das passieren?« fragte Ezzie und zog die Augenbrauen hoch.
»Leider«, sagte Michael.
»Dann sagen Sie dem Koch, er soll welche machen oder welche holen lassen«, befahl Ezzie.
»Ja, Sir«, sagte Michael und zog sich zurück, um Chick Jacoby den neuesten Vorfall mit dem streitsüchtigen Ezzie zu melden.
»Sie dürfen nie das letzte Wort haben«, sagte Ezzie und fuhr dann mit seinem Bericht über den Streit der Bulbenkians fort.
Gerade in diesem Augenblick betrat Ruby Renthal, die man lang nicht gesehen hatte, das Restaurant mit dem soeben entlassenen Gus Bailey, ohne Reservierung. »Meine Lieben, ihr werdet nicht für möglich halten, wer gerade zur Tür hereingekommen ist«, sagte Ezzie, mit einemmal wieder strahlender Laune. Jeder Kopf im Restaurant drehte sich zu dem seltsamen Paar, das gelassen neben der Tür stand. Chick Jacoby eilte zu ihnen, um sie zu begrüßen.
»Ich wette«, näselte Ezzie, »Chick wird Lord Biedermeier und Constantine de Rham an seinen Tisch setzen und Ruby und den Knasti dorthin führen.«
Von den drei Frauen bei Ezzie winkte nur Cora Mandell, die die riesige Renthal-Wohnung eingerichtet hatte, zum Gruß. Ruby lächelte, machte aber keinerlei Anstalten, mit anderen zu sprechen, nachdem sie sich an den freien Tisch gesetzt hatte.
»Red mit mir, Gus«, sagte Ruby.
»Übers Gefängnis?«
»Hast du dort Freunde gefunden?«
»Ich hab ein Buch geschrieben.«
»Das hat Ezzie Fenwick immer prophezeit.«

»Da hatte er ausnahmsweise einmal recht.«
In diesem Augenblick erschien Matilda Clarke an ihrem Tisch.
»Gus Bailey!« sagte sie.
»Hallo, Matilda«, sagte Gus und stand auf.
»Eine Ewigkeit«, sagte sie.
»Eine Ewigkeit«, sagte Gus. »Du kennst Ruby.«
»Hallo.«
»Na denn, Gus, erzähl mir alles«, sagte Matilda.
»Ich war im Gefängnis.«
»Oh, ich weiß. Ich glaube, du bist der Held der Nation.«
»Nein, bin ich nicht.«
»Hör mal, Gus. Maisie Verdurin gibt Donnerstag eins ihrer Dinner, und es könnte für eine Weile das letzte sein, weil keiner Bilder kaufen wird, wegen dem Crash und so. Soll ich arrangieren, daß wir beide da hingehn können?«
»Ich kann Donnerstag nicht«, sagte Gus.
»Dann komm fürs Wochenende aufs Land. Justine Altemus und Herkie Saybrook kommen. Sie sind in aller Munde, wie ich höre, nur Lil streitet es heftig ab. Er ist soviel besser für sie als dieser Fernsehansager. Du mußt einfach kommen, Gus. Wir gehen Samstag abend zu Rochelle.«
»Ich kann dieses Wochenende nicht«, erwiderte Gus.
»Nicht wieder eine von deinen geheimnisvollen Reisen, oder?«
»Nein, die geheimnisvollen Reisen endeten mit der Kugel, die ich Lefty Flint verpaßt habe.«
»Oh, ich verstehe«, sagte Matilda. »Auf zu neuen Ufern? So etwas?«
»Etwas in der Richtung«, erwiderte Gus.
»Na schön«, sagte sie und zuckte mit der Schulter. »Wir

Singles versuchen unser Bestes.« Sie ging zurück an Ezzies Tisch.

Gus und Ruby schauten sich an.

»Das hast du gut gemacht, Gus«, sagte Ruby.

»Ich kann damit nicht wieder anfangen. Ich hab eigentlich nie dazugepaßt«, sagte Gus. »Ich hab mich damit nur abgelenkt, weil ich unfähig war, mein Leben auf die Reihe zu kriegen.«

»Was wirst du jetzt tun?« fragte Ruby.

»Ich bin nur hier, um meine Wohnung zu verkaufen, zum Zahnarzt zu gehen und ein Kapitel abzuschließen. Ich ziehe weiter.«

»Wohin?«

»Vielleicht nur einen Block weiter. Es spielt keine Rolle. Ich weiß nur eins: Das hier ist es nicht.«

Michael kam, um ihre Bestellung aufzunehmen. »Willkommen daheim, Mr. Bailey«, sagte er.

»Danke.«

»Schön, Sie zu sehen, Mrs. Renthal«, sagte er. »Darf ich Ihnen die Empfehlungen von heute sagen?«

Ruby und Gus schauten sich an.

»Hören Sie, Michael«, sagte Gus.

»Ja?«

»Wir werden nicht bleiben.«

Er schaute zu Ruby. Sie lächelte.

»Warum lächelst du?«

Ruby stand auf, schaute hinüber zu Chick Jacoby an der Bar und warf ihm eine Kußhand zu. Dann ging sie zur Tür hinaus, gefolgt von Gus.

Eine Weile gingen sie schweigend die Lexington Avenue hinunter. An der Ecke 72nd Street winkte Gus ein Taxi heran. Der Wagen hielt, und er drehte sich zu Ruby.

»Tschüß, Ruby«, sagte er.
»Wirst du zurechtkommen?«
»Klar. Und du?«
»Klar.«
»Viel Glück.«
»Dir auch.«
Gus stieg ins Taxi, und Ruby überquerte die Straße.

Knaur

Romane von Brenda Clarke

Foto: © Wessex Newspapers

(1644)

(1645)

(2083)

(2088)

Weitere Romane von Brenda Clarke bei Knaur:

Das ferne Morgen (1414)

Zeit der Ginsterblüte (1415)

Ein Licht im Winter (1642)

Wie eine Rose im Mai (1643)

Knaur®

Romane von Victoria Holt

Foto: Godfrey Argent

(1510)

(1583)

(2084)

(3006)

Weitere Romane von Victoria Holt bei Knaur:

Der Teufel zu Pferde (679)
Der Schloßherr (776)
Meine Feindin, die Königin (790)
Die Ashington-Perlen (1087)
Tanz der Masken (1328)
Verlorene Spur (1403)
Die Lady und der Dämon (1455)
Fluch der Seide (3116)

Knaur

Romane von Johannes Mario Simmel

(1393)

(1570)

Von Johannes Mario Simmel sind außerdem bei Knaur erschienen:

Bis zur bitteren Neige (118)
Liebe ist nur ein Wort (145)
Lieb Vaterland magst ruhig sein (209)
Alle Menschen werden Brüder (262)
Und Jimmy ging zum Regenbogen (397)

Foto: Isolde Ohlbaum

(1731)

(2957)

Es muß nicht immer Kaviar sein (29)
Der Stoff aus dem die Träume sind (437)
Die Antwort kennt nur der Wind (481)
Niemand ist eine Insel (553)
Ein Autobus groß wie die Welt (643)
Meine Mutter darf es nie erfahren (649)
Hurra, wir leben noch (728)
Zweiundzwanzig Zentimeter Zärtlichkeit (819)
Wir heißen Euch hoffen (1058)
Die Erde bleibt noch lange jung (1158)